BUSANJU WENCUN

不散居文存

肖云儒 著

西北大学出版社

图书在版编目(CIP)数据

不散居文存/肖云儒著. —西安:西北大学出版社,2019.12
ISBN 978-7-5604-4463-5

Ⅰ.①不… Ⅱ.①肖… Ⅲ.①散文集—中国—当代 Ⅳ.①I267

中国版本图书馆 CIP 数据核字(2019)第 288089 号

陕西省人民政府参事室出品

不散居文存

肖云儒 著

西北大学出版社出版发行

(西北大学校内　邮编:710069　电话:029-88302621　88303593)
http://nwupress.nwu.edu.cn　E-mail: xdpress@nwu.edu.cn

新华书店经销　　陕西博文印务有限责任公司印刷

开本:787 毫米×1092 毫米　1/16　印张:40

2019 年 12 月第 1 版　2019 年 12 月第 1 次印刷

字数:530 千字

ISBN 978-7-5604-4463-5　定价:128.00 元

《崇文丛书》组织工作委员会、编辑工作委员会

组织工作委员会

主　　　任　方玮峰
副　主　任　徐春华　徐　晔　张　剑　梁亚莉
委　　　员　陈　锋　张　波　陈俊光　李　杰　杨晓蔚
　　　　　　孙兆鹏　张俊卿　曹锁利　郭亚丽　杨建辉

编辑工作委员会

主　　　编　徐　晔
副　主　编　陈　锋　杨建辉
编　　　委　（以年龄为序）
　　　　　　石兴邦　何炼成　阎景翰　牛致功　彭树智
　　　　　　毛　锜　袁仲一　武复兴　王学理　陈全方
　　　　　　张锦秋　萧　焕　苗重安　朱士光　钟明善
　　　　　　李裕民　肖云儒　温友言　黄留珠　戴希斌
　　　　　　赵振川　雷珍民　王西京　路毓贤　贾平凹
　　　　　　刘学智　姜　捷　马　来　李　郁　许　宁

自　序

"不散居"是 2001 年我 60 岁刚过时，搬到西安西郊丰园小区之后给居室起的斋号，至今已经快 20 年了。

这个地方原来是西安老机场的跑道，古代是唐丰庆宫的遗址，离唐长安城墙也只一箭之地，环境好，交通方便，又有历史渊源。我自度可以在此终老此生了，便让儿子也在附近买了房，搬到了与我相距"一碗汤"的大唐西市，两代人准备在这里安居乐业，我也开始了自己人生最后的一段里程。在文友们的启发下，此居室被命名为"不散居"，其中含有与家庭、事业以及这座城市、这个地方不离不弃的意思。

自此，我开始每天都安排自己的日程——一周一个卡片，七个格子七天，对每天上午、中午、晚上要做什么，都有详细的安排，以便使自己在老境之中，依然能够充实地度过每一天。有意义、有计划、有目的的忙碌，是生命充实的体现，也是充实生命最有效的方法。我过去为公家办事，时间由单位安排，现在则完全是为实现自我而进行自主性安排。所幸我身体还争气，还能跑、能读、能想、能写，还有探究自然、社会、人生、艺术和心灵的强烈冲动——不期然而然，便把这里当成了人生和事业最后的冲刺段落。

我在不散居中阅读，写作，思考，会客，在这里编辑了我的 16 卷本文集《云儒文汇》，也从这里一次次出发，一次次归家，跑了好多趟丝绸之路，在几十个国家、几万里路上，追寻、阅读、感受、剖析这条路，撰写、出版了五部有关丝路的著作。现在，我又在这个不散居编出了这部《不散居文存》。应该说，我的大部分作品都是在这里写成，或是在这里改定、编定的。

在编16卷本文集的时候，我常常泛起愧悔之情。我这一辈子写就的文字，涉及的门类和角度的确不少，但涉猎方面太多，太过杂乱，这并不是好事。我虽也有开新拓途之作，但浅尝辄止者实不在少数，这便使我很难在一个或两个课题上做系统的深层的开掘，最终形成属于自己的学术领域。也许，以我的流动人生和评论职业，要做出大的学术建树也难，那就只能如此了。而由于经历过曲折时代，有过新闻从业经历，所以我也写了一些可以不写又不得不写的文章。这些，我都收入了16卷本文集之中，以留下一个真实的可供反思的自己、一个真实的可供反思的时代。

这样，便有了在《云儒文汇》16卷之外，再编一部更精到的文化与文艺论集的想法。在这次编辑过程中，我别除了各类作家作品评论、社会评论，于400万字中选出50多万字，以"文存"之名，在陕西省文史研究馆编辑的"崇文丛书"中出版。另外，我又别除了大量随感札记，选出了一本自己较为看得上眼的散文集，约40万字，在陕西省文学艺术联合会编辑的"陕西知名老艺术家丛书"中出版。我知道，陕西文史研究馆和陕西文学艺术联合会都是很高的学术和艺术平台，想到这区区50多万字，将要通过这两个平台面世，接受社会和各位学坛宿耆的检验，不免惴惴不安，希望不要贻笑大方才好。

从这本书所收纳的论文中，可以大致看出我作为一位文化研究者、写作者的足迹、思迹、心迹、文迹，那就是从文艺评论，到文艺研究，到文化研究，再到西部文化研究，最后落脚在古今丝绸之路研究上这样一个做学问的轨迹。

而以我个人80岁的年纪，50年的写作生涯，我的研究写作很自然地大致全息了中华人民共和国成立以来，特别是改革开放40年来，我们国家文化思潮和文艺思潮动态发展的历史进程。又由于身在文艺界，比较贴近创作实践，我研究的目光，不能不紧贴着文化创造和艺术创作的实际，选题与论点也就多是在文化艺术实践中涌现的、自己感到有新意的那些问题。

我喜欢在宏观的格局、多维的坐标与历史时代的进程中，经由反复的梳理、比较，寻找出一些疑点、难点、亮点，或自己的兴趣点，开始来做自己的功课，这是我的思考方式。为了使作品中的观点鲜明、易记，便于社会传播，被大众接受，我在进行理论表达时喜欢删繁就简，做独特的个人化的表述，其间常常融入个人的感悟，融入我对一个问题的思考过程，以期可以诱发读者的感同身受。这些与学院派不同的地方，可能是我的特点，也可能恰好是我的弱点。

嗟乎，人生一路走来，行色匆匆，景色匆匆，忽忽已然八秩，已然由耄进耋，到了应该"停车坐爱枫林晚"的时候了。而我自感还有一些未完的计划、未了的心愿。我知道，一生的惯性使我无法在80岁这个人生刻度上停下，一定还会在青灯黄卷、笔冢墨池之中，孜孜矻矻，以度残生。

记得有次我展宣写一副对联，"青菜萝卜糙米饭，瓦壶天水菊花茶"，孰料写到菊花茶的"花"字，笔管开裂，笔头乍然断落，竟在宣纸上绽出一朵墨菊花来。我当下失了色，怕是暗示着什么不祥之事，旋即拾起那笔头，在联后写下了一段小跋，想冲冲晦气。

跋曰："回首生平，聊以自慰的是，为国为家为己辛劳半生，虽无大作为，亦别无奢求，唯糙米饭，菊花茶足矣。今不意笔头断落纸上，墨花四开，乃悟此花实为肖姓，终生浸于墨中，读墨字，写墨书，开墨花，写尽自家毫无绚丽的生命。笔亦肖姓也，本以江南板桥竹根为管，西北荒原狼毛为毫，伴我后半生，得于心，应于手，默契于灵境，可谓鞠躬尽瘁，为文字捐躯……"

是的，我想只要我不离开不散居，《不散居文存》的箧存量，就会日有所增，它的厚度，也就会日有所长的。

2019年10月7日

不散居南窗

目　录

上　编

中国古典绿色文化 …………………………………… 2
世界格局的古代中国读本 …………………………… 9
两区、两河、两路、两圈层：中华文明的互补结构 …… 16
文化的混交林带和次生林带 ………………………… 19
中华传统文化的精神母题和人格模型
　　——文化学眼中的轩辕皇帝 ………………………… 33
佛教和中国的民艺民俗 ……………………………… 41
被拷问的中国人文精神 ……………………………… 53
应当重视矛盾的同一性在事物发展中的作用 ……… 64
从大生命系统看人文精神 …………………………… 69
赞一声被南墙撞倒的人 ……………………………… 72
当前地域文化研究的特色 …………………………… 76
确立陕西、西安文化形象 …………………………… 80
重返诗礼人生
　　——在"诗经里"文化景区的演讲 …………………… 83
西部潮与当代潮 ……………………………………… 87
行走并思考着 ………………………………………… 129
激发全民族文化创造活力 …………………………… 154

弘扬民族精神要有创新思维和世界眼光 …………… 158
传统从来是创新的历史积淀
　　——2008年北京文艺论坛演讲 ……………… 165
和谐文化，人类文明的结晶 …………………………… 172
大众文艺的当下走势 …………………………………… 191
称国学为"华学"是否更好？
　　——《岘峰山人说》序 ………………………… 223
炒糊了的国学热 ………………………………………… 232
美的信札 ………………………………………………… 245

下　编

两极震荡中的多维互渗
　　——论新时期文学的总动势 …………………… 282
关于"真正自由的文学" ……………………………… 303
艺术家主体、生活客体和审美反映
　　——反映论与当代文艺 ………………………… 316
文艺创作反映当代生活中的封建主义潜流问题 ……… 335
现实主义是否出现了多向发展的趋势 ………………… 346
社会主义文艺的审美理想 ……………………………… 350
本质真实三题 …………………………………………… 357
美以铸魂
　　——谈文艺创作的爱国主义精神 ……………… 370
时代的聚光镜
　　——中篇小说的社会主义新人塑造 …………… 378
时代风云和命运纠葛
　　——中篇小说对人物命运的描写 ……………… 389

史诗的追求和史诗的消解
　　——从陕西小说历史观的变迁说起 …………… 402

革命历史题材随想录 …………… 414

追求历史感
　　——谈反映民主革命时期题材长篇小说创作 …… 424

"最后"的景观
　　——关于一种文学现象的思考 …………… 429

要写作家熟悉的 …………… 435

该有怎样一双眼睛
　　——兼答读者问 …………… 444

善于发现和描写"交界"处的题材和人物 …………… 449

行业题材走向社会化 …………… 452

文学要积极反映市场经济对现代人格的建构 …………… 455

在创新中弘扬　在融汇中发展
　　——谈文化艺术的创新思维 …………… 461

质疑"传媒文艺评论" …………… 464

反思文艺评论的三个平台 …………… 469

"乡土新族"和"乡裔城族"
　　——写好新历史阶段的新农村新农民 …………… 472

关于散文散在的话 …………… 478

形可散，神不可散
　　——关于《形散神不散》的一些话 …………… 490

我喜欢什么样的散文（讲座） …………… 500

20世纪90年代散文感觉 …………… 512

改革文艺　向典型冲刺 …………… 518

新闻文艺学应该自成一家
　　——从报纸综合性文艺副刊的特性谈起 …………… 522

论"陕军东征" …………………………… 533

延安文艺运动的创新品格
　　——重读毛泽东同志《在延安文艺座谈会上的讲话》
　　…………………………………………… 547

西部电影对于中国电影的意义
　　——在中国西部电影 30 年高峰论坛上的学术演讲 … 554

电影文学创作随谈 ……………………… 567

第二个十年：中国电影的造山期 ……… 572

多维背景中的特性研究
　　——关于电视剧的两点思考 ………… 576

戏剧当代性 ABC ………………………… 583

喜剧小品随谈录 ………………………… 589

由复苏到复兴
　　——改革开放 40 年陕西文学的个人记忆 ……… 596

谈文艺评论写作的思维 ………………… 606

中国书法的文化意义
　　——2012 中国书法·金陵论坛讲演 ………… 611

说草
　　——《历代草书大家书法字典》序 ………… 619

文艺塑造"中国形象"问题
　　——中国文联第六届"当代文艺论坛"演讲 …… 622

上　编

中国古典绿色文化

一、人与自然的元问题万古永存

大自然有生命发生的四大源流：水源、氧源、物源、文源。大自然有人类发展的"四库全书"：水库、氧库、物库、文库。人最早是从山水、旷野中走出来的。中国古代两大神话系列"昆仑神话"和"蓬莱神话"均来自大自然。大自然是生命和精神文化的氧吧，储藏着、寄寓着无数的故事。

自然生命是社会心灵的结构原型，绿色是人的生命底色。亿万斯年的磨合进化使大自然形成了一个自洽的生命体系，这个自洽的生命体系构成了人类物质和精神生存的结构图式和心理原型，它以不竭的启示营养着生存秩序的良性循环。一旦遭破坏，不仅会造成自然生命链的断裂，也会引发新的社会心理撕裂。在某种意义上，生态不仅指环境状态，也包括人生状态，生态主义有时也等于心态主义。故而自然生态、社会生态、精神生态不但直接交流呼应，而且处于三层同构、全息、交感、互融的结构中，正反双向互动，显性、隐性多层共生。

所以，大自然不但是生命之源，也是人生社会之源、文化精神之源，是天之源、人之基、心之本。生态问题其实是改善自然生态、社会生态、精神生态的一个三维系统工程。美国生态学家利奥波特说，很多历史事实至今还只从人类活动的角度去认识，事实上它们都是人类和土地作用的结果。这个认识使他说出了那句名言："这个世界的启示在荒野！"

有一首诗写青海高原的早春，说姑娘们在阳光下穿上了短裙。有人提出，这反映了青海高原近年气温变暖，不是好事。海外华人学者许倬云也曾谈到长安迁都的主要原因不是政治社会方面的，而是过度消耗和过度开发的后果，这都给我们以生态文化方面的启示。

地球生态是个多层同心圆，包括物理圈（天地）、生物圈（人和动植物以及一切生命）、科技圈（知识、技术、工具）、社会圈（经济、制度、管理、教育、军队），还有精神圈（价值、信念、理想、思考、感悟、道德）。无论哪一层面失衡，都将造成灾难性后果。如今大气中的二氧化碳浓度已达到414 ppm。全球变暖令赤贫人口增加了1个亿。20世纪地球海平面已上升20 cm，21世纪还在继续上升，估计将淹没数以亿计居民的家园。威尼斯沉没已经成为现实话题。中国的水资源和森林、耕地面积，明显低于世界平均水平。海洋酸度剧增，浮游植物减少四成。2014年据国内161城统计，有145城空气质量不达标。世界一定要走绿色低碳循环发展道路，但人类为了各方面的利益至今未达成有效协议。艾略特曾经长叹三遍：世界就是这样终结的！世界就是这样终结的！世界就是这样终结的！海德格尔也说，重整破碎的自然山河与重建衰败的人类精神是一致的。

人类良性的精神生态，是指通过提升人的精神世界，使人能由本能的生存境界进入科学的生态的（即关系的、意义的）生存境界，从而维护和促进社会和自然的生态生存境界。弗洛姆指出，在精神上，现代人比以往病得更厉害。他主要是指病态道德、病态精神。我国精神病患者60年前为2.8个千分点，30年前为10.5个千分点，现已达到15个千分点，超过了1600万人。

人与自然的关系永远是人类社会心灵的元问题。

二、古典绿色文化观万古长青

两千年前中国已经有了自己的绿色文化观，而且具有相当的体系性和深刻性。

譬如中国的天人观。天下者，人在天之下、地之上，即在天地自然之中，天、地、人"三才"融合一体。环境者，环人之境也。英语生态学Ecology的字头eco，希腊文原意为"居所""家园"。在西方，生态和家园密不可分。在中国古典文化中，人与天地，人与环境，作为矛盾统一体而存在，从来是一个对子，互为主体，互相作用，构成活跃的生命现象。屈原的《天问》，柳宗元的《天对》（"国都在名山之下，名山借国都以扬威"），就是人与天的相互酬对，人与天都已经构成了独立的主体。

道儒释三足鼎立，就是天道——真，人德——善，心境——美的三足鼎立。道关注天与人的关系，儒关注人与人的关系，释关注人与心的关系，从而构成天、人、心——道、儒、释——真、善、美三者互动，最终形成自然——社会——精神三层生态圈的良性互融。

精神、社会、自然三层生态圈的良性循环是中国古典生态理想的审美境界，是"至世之德"。这一良性循环一旦破坏或失衡会怎么样呢？老子指出：道丧世丧，道兴世兴，世丧道矣，道丧世矣，世与道交相丧也。也就是说，精神生态和社会生态会一损俱损，进一步还会影响自然生态，他说：其致之也，谓天无以清，将恐裂，地无以宁，将恐废……谷无以盈，将恐竭，万物无以生，将恐灭。天地、社会、道德，三者共存共荣。

《易经》提出了天人同构的生命伦理和生生为易的生命循环哲学。"天行健，君子以自强不息；地势坤，君子以厚德载物"，天以父性在运动中自强，地以母性滋生万物又恪尽承天之道，天地乃是人类的父母。这是一种天人同构的伦理学。

《道德经》提出了天人同道的生命规律：人法地，地法天，天法道，道法自然，天人皆法"自然而然"。遵循这一规律，才有万物齐一的"天钧"（人、天、万物均等平衡）和"天倪"（万物万象、人权天权皆为必然）。

庄子提出了修心廉物的生命追求。他主张以人的道德自律减少自然的过度消耗，去物欲，黜机巧，同守无欲，是为素朴，素朴而民性得矣。为什么？"夫弓弩毕弋机变之知多，则鸟乱于上矣；钩饵网罟罾笱之知多，则鱼乱于水矣；削格罗落罝罘之知多，则兽乱于泽矣；知诈渐毒颉滑坚白，解垢同异之变多，则俗惑于辩矣。"

儒家提出了天人合一的生态共生结构，如张载提出的"民胞物与"，庙堂与百姓（民）、人与天地（物）共生存，共甘苦。

释家提出了人与境、灵与肉的生命交感价值。众生平等，人境交感。众生皆有生命，众生皆因缘而聚，众生皆可普度，是为平等。

释家"五戒"——不杀不盗不淫不佞不滥饮，皆是约束不当之欲，以彼岸的敬畏约束此岸的过度行为。

在中国古典文化中，不可移易之力量谓之"天"，这个"天"有四重含义：自然之天（地界），即现实的、此岸的生存家园；命数之天（命界），即命定的生命家园；宗教之天（天界），即理想的、彼岸的幻象家园；义理之天（心界），理性的、心岸的精神家园。相应的，人有四重家园：天境、地境、心境、灵境。社会有四文文化：天文文化、地文文化、生文文化、人文文化。"人"作为万物之灵长，大写于天地之中，享有至多的资源，当然要承担至大的责任。作为人，一定要仁民爱物、民胞物与，"为天地立心，为生民立命，为往圣继绝学，为万世开太平"。尽可能做到天地、民生、文化、社会四合——均衡发展。

西方前现代的神本观和人本观与我们不太一样。前现代的西方，以文艺复兴为界可以分为两段：先是唯神论，神本主义；后是唯人论，人本主义。各执一端，都会破坏人与自然缘在和觉在的关系，甚至引发人天对抗。直到现代，西方才进入比较科学的境界。

早期资本主义的市场经济与自由平等，是围绕最大限度满足人的物质文化欲望这一价值观设置的。在人权至上理念下，无节制地满足人类超越自然生态承载力的物质要求，满足脱离社会生态体系制约的平等自由。满足人的物质需求并不难，难的是人性永不能满足的贪婪会将这种需求无限、无控地提升，最后超越自然的承载力。

当代资本主义，尤其是生态资本主义，对此的认识有了提升。如美国学者福斯特就提出：如果我们要挽救地球，围绕唯人论的贪婪的经济学和以此为基础的社会制度必须要让位于更广泛的价值观，建构起一套立足于与整个地球生命系统协调一致的新的社会安排。新西兰国土不大，却严查进出口物种。为了保护全球唯一的物种黑蜂，他们严查不让出境，老虎、狮子、毒蛇则不让进口。他们大力保护考拉、袋鼠，给马背披肩御寒，给葡萄披纱防晒，给大树树干围铁皮以防树貂爬上去破坏。他们将树与兽当作公民一样爱护，那真正是民胞物与。

三、古典绿色生存实践万古延续

绿色生存成为古代中国人的价值追求，成为一种传统风尚。绿色生存的行动主义者和行为艺术家，自古至今在中国相沿成习。

古典绿色生存有各类形态。譬如绿色生存的古典形态，传说中伯牙、钟子期的"知音文化"，在古琴的乐声中，人与天地相知相谐、通会知音，进入一种人天相谐、人人相谐、人心相谐的境界。譬如绿色生存的"江湖形态"，那些"一囊书三尺剑，浪迹天涯"的书剑游侠和僧道，是否到过江湖（湖湘、江西）是一种资历，他们远离朝廷，依仗绿林和山寨，追求内在意志和自我信仰的实现，像李商隐的诗所云：永忆江湖归白发，欲回天地入扁舟。他们免不了狂狷，却并不放弃自己的责任，像范仲淹在《岳阳楼记》所云：处江湖之远则忧其君。而山林文化，那更早已是中国精英文化、文人文化的别称了。

在中国古典绿色生存中比较成熟的形态，我想专门谈谈陶渊明。陶渊明的绿色生存实践，不仅表现在他的诗歌创作上——陶诗对《诗经》《汉风》传统的回归，为魏晋时期华丽的诗风画上了句号。他的绿色生存实践已经转化为一种人生态度、生存方式，构成了陶渊明包括艺术审美在内的生活审美、生命审美体系。

陶渊明诗歌有几个主题词。一个是"樊笼"。久在樊笼，得返自然，达人善觉，退而归耕。在东晋动荡生活中他五次为官五年，终于不为五斗米折腰，挂印而去。一个是"回归"。他常常写到归鸟、归人、归心、归田、归空无，"归去来兮，田园将芜，胡不归？"他将返回之路视为人生的前行，"悟以往之不谏，知来者之可追"。还有一个是"田园"。对农业文明背景上的恬静、不争、质朴和超越世外梦幻般的向往，使他希望生前躬耕陇亩，死后也能"同体托山阿"，长眠在山间的土地上。他不愿当桎梏人的各种既在文化、制度、礼教、财富的奴隶，总是力图以自己人生和精神的回归，超越个人和时代羁绊的痛苦，完成人类生存方式的前瞻性思考。

我们不妨从"知白守黑"的角度进一步来理解他。陶渊明的名和号曰潜、曰元亮、曰渊明，恰是暗喻着亦白亦黑、知白守黑。白，意味着"有、显、动、进、器（器物）"，是既在之物，是已知世界，属于知识领域。黑，意味着与白对称的"无、隐、静、退、道"，是存在之源，是未知世界，属于信仰空间。陶渊明以生命和创作双重实践进入知白守黑的境界，以最少生命投资最大生命效益，成为中国古代能与海德格尔诗性哲学、诗意栖居人生观相通第一人。

历史需要英雄也需要圣人。秦始皇以93次战争、400万生命的成本统一了国家，留给我们一个可行百代的"秦制"（郡县制），他算得上是英雄。而陶渊明则以个人生命回归的零成本，留给我们一种可传千年的人生方式，他的确不愧是圣人。他们也许就是金岳霖先生指出的，给中国历史留下英雄人生观与圣人人生观的两个例证。

早年的马克思把人与自然问题看作历史之谜，认为对这一谜底的最终解答就是自然与人之间矛盾的真正解决，而这不是别的，就是共产主义。他说：这种共产主义作为完成了的自然主义，等于人道主义，而作为完成了的人道主义，等于自然主义。它是人和自然之间、人和人之间矛盾的真正解决。这段预言性的论述，在当代背景下，似乎变得比较好理解了。

四、古典绿色艺术精神万代浸润

在我的感觉中，似乎中国文化的实践理性常常以儒为轴，重社会的立业建功；而中国文化的艺术理性却常常以道以轴，重生命在天地自然中的体悟释放。

南北朝的刘勰说，文之为德也大矣，与天地并生者何哉——天、地、人这"三才"中，人集中天地之精华，创造了语言文字、文学艺术，文化原是与天地并生的。海德格尔说，只有一个上帝能救度我们，那就是诗。诗与艺术视自然为生命，通过让物化的世界讲话、唱歌、起舞，来同物化趋势做斗争。霍克海默说，真正的艺术是人类对彼岸渴望的最后保存者。山水生存和艺术审美的地位，崇高到被视为人类精神的圣境与仙境。

中国人主张"诗言志"，其实这个"志"不完全是理性之志、理性之智，乃为情志。袁行霈先生在他的《中国诗学通论》中考证，此所谓"志"者，乃大乐，乃天地同和之情志，绿色生存之志趣，绝非仅仅是理性大德之志。

在中国文字中，一个"风"字，便可由自然之风转化、衍生为风俗、风情、风气，乃至风骚。由自然之声转义为心声、乡声、市声、艺声和生命骚动之声。在古人看来，所有这些声音，都是生命的律动，是天籁，是大音稀声。《诗经》300篇的风、雅、颂中，风占了80%，达265篇。从《诗经》始，我们的诗歌便常常将生态词汇转化、提升为心态词汇、意态词汇、情态词汇。"昔我往矣，杨柳依依，今我来思，雨雪霏霏。行道迟迟，载渴载饥，我心伤悲，莫知我哀。"人的怀念浸入了眼中家园的变化，而季节的自然更迭，又寄托了人的思乡之情。

《诗经》中的"桃之夭夭，灼灼其华，之子于归，宜其室家"，王维的"空山新雨后，天气晚来秋，明月松间照，清泉石上流。竹喧归浣女，莲动下渔舟"，不都是在将生态视野转化为人文情怀吗？

杜甫的"国破山河在，城春草木深，感时花溅泪，恨别鸟惊心"，将国之兴亡、林之枯荣、心之悲喜融为一体。陶渊明的"望云惭高鸟，临水愧游鱼，采菊东篱下，悠然见南山"，将人与境、境与心融为一体。

陕北民歌惯用比兴，"一对对鸳鸯水上漂，人人都说是咱们两个好""上河的鸭子下河的鹅，一对对毛眼眼望哥哥"。从古到今，中国诗歌的比兴都是融汇眼中的绿境，以营造心中的绿境。自然景物通过艺术再造提升为心中意境，生态视野转化为人文情怀。

中国画创作，无论是艺术精神、艺术理念还是艺术实践，更显示出浓郁的绿色质地。从艺术发生学的角度看，唐代画家张璪最早提出的"外师造化，中得心源"理论，就融入了"天人合一"的理念，认为艺术的源泉不只是单一的表现对象，创作客体（造化）和主体（心源）应该都是艺术之源泉。

从透视方法角度看，中国画的"散点透视"原理，是一种让天（景、境）和人（眼、心）互为主体的透视观。它与焦点透视所主张的，现实景物应该在画家即主体一方静态视角的严格拘束中来展现很不一样，主张境与人双向的、动态的自由展现，眼与景均在移动中变化。这便超越了纯客体的透视观，而创造了一种艺术主体和客体在动态中相互结合的透视观。

从艺术评价标准看，南齐谢赫的《画品》提出了六法，六法之首便是"气韵生动"。不只是可见的形象生动，也是主客观结合的"气"和"韵"的生动。自然和人一样都是有生命、有气韵的，画作能传达出大自然生命之气、生命之韵，方为上品。而北宋郭熙在《林泉高致》中提出的另一个艺术评价标准，则是"可行，可望，可游，可居"，创作的目的不只是"可望"可观赏，更主要是能够在其中行走、游历、居住、体验，要能够安放我们的生命和情怀。创作和欣赏都应该是一种人生的进行时，一种生存体验方式。

中国古典山水诗画创作和中华古典绿色艺术精神，千百年来涵养着中华民族山水生存、生态生存的实践和理念，也提升着全民族的山水审美和生态审美水平。这是中华民族生存观和艺术观对人类文明的重要贡献。

2018 年 11 月 4 日，西安不散居

世界格局的古代中国读本

我三次坐汽车走丝绸之路的南、北、中三线近30个国家,这种贴着大地行走的亲历性感觉,让我换了一个角度、一种眼光看中华、看丝路、看世界,对中国和中国文化更有信心了,也更依恋了。

现在世界上已有80多个国家要参与中国提出的"一带一路"倡议,辐射的人口已有约40亿,超过世界人口一半,涵盖的消费市场达到8万亿美金,占世界总量的29%。从对当代世界宏大而深远的影响来看,"一带一路"构想实际上是我们给当代世界和平发展提供的一个中国读本。这个中国读本,可以说是中华民族几千年来所书写的中国读本的一个最新颖的现代版,是中华民族创造力最精彩的一个结晶。

因此,在跑了丝绸之路这么多地方,写了这么多关于"一带一路"的文字之后,我想追溯一下我们民族自古以来的创造性,追溯一下中国思维和中国读本的历史轨迹。

要说中国的好,中华民族的好,最集中的一点就是她永不枯竭的创造力。在每个历史阶段,我们民族的精英常常会将人民群众的创造实践提升为新的创造理念,向历史、向世界提出社会发展的中国读本。这些中国读本不但引领了当时中国社会的发展,也为世界历史的发展提供了许多创造基因和助推力量。以我个人读史的体会,试举几例:

炎黄——远在炎黄时代,轩辕黄帝除了自己致力于创造发明,还以一种"融汇—创新"的中国思维和实践模式,融汇、推广仓颉部落的文字,神农后稷的农耕，蚩尤部落的冶炼，有巢氏的房屋，嫘祖的蚕桑等文明创造成果，将各部落局部性创造整合推广为全社会的共同财富。各部落在这种相互交流的过程中有了共同的语言，建立了共同的记忆，逐步聚成了文化共同体，进而构成民族共同体。黄帝也在这种"融汇—创新"的实践中树立了威望，成为中华民族的人文初祖。传说他活了300年，这似乎可能性不大，但孔子解释得好，"生而民得其利百年，死而民畏其神百年，亡而民用其教百年，故曰三百年"。历史证明孔子的解释还略显保守，黄帝之利、黄帝之教，早已惠及中华民族三千年，他会永远活在我们心里。这是中国思维的一个读本："融汇—创新"的中国思维和实践模式。

由于民族迁徙、部族和亲、血缘混杂，加之对强大汉族政权的攀附心理，除了汉族和一些南方少数民族（百越及其分支）认同自己是夏朝后裔、炎黄子孙外，许多北方少数民族也认同自己是华夏一脉。《史记·匈奴列传》第一句就写道，"匈奴，其先祖夏后氏之苗裔也"。后来，由于汉高祖以宗女和亲，匈奴曾改姓刘，自称刘邦是他们的太祖，同属炎黄。鲜卑慕容氏称"先祖乃有熊氏（即黄帝）之苗裔"。匈奴系的赫连勃勃虽然认为子从母姓非礼，不再姓刘，仍声称"朕之皇祖乃汉人"。北魏拓跋氏自称"魏之先出自黄帝轩辕氏"。到了元、清两朝，由于蒙、满族主体的强大，虽然不再认同自己是炎黄一脉，依然十分尊重炎黄作为人文初祖的地位，定期派重臣要员隆重祭祀、修缮黄帝陵，黄陵第一个禁伐令就是元代颁发的。

这一切都表明，炎黄作为人文初祖得到了中华许多族群的文化认同。一个多民族大国民众的这种"共祖认同"现象中，在世界其他国家很少见。它构成了中华民族凝聚力、向心力的重要源头。这是中华民族心理的一个读本。

周——周代礼乐制度是又一个中国读本。它的创造性在于，以诗采信言志，以乐抒情明秩，以礼定制成教，实行诗之教、乐之秩、礼之制三者的融合。诗与乐"文化"了礼，家族辐射了国家，亲情秩序又柔化了政治统驭。所以《诗经》远不是一部普通的诗歌选本，它是经，是六经之首，是中国读本的一个诗歌版。闻一多先生说得好，《诗经》在中国是宗教，是政治，是教育，是社交，是全面的社会生活。胡适先生也说《诗经》是历史。

古文字中的"德"字，本是市井的街巷旁有一眼睛，喻当政者要眼里有百姓，要看得见民间的疾苦。但这还不够，后来又在眼睛下面加了一颗"心"：不但眼里要有百姓，心里也要有百姓；不但要关注，还要关心、上心、操心。于是礼乐便从夏代的一种祭祀礼仪，发展为周代的"礼制"，一种制度；"礼治"，一种管理方式；"礼教"，一种实践与理念相结合的经营社会的方案。周礼是中国古代社会管理的又一个读本。

从理性层面看，以老子、孔子为代表的先秦诸子，不但与希腊、中东和印度的先贤们一道构成了群星灿烂的古代文明的轴心时代，使人类文化出现了大爆炸，而且在对世界诸种元典性思考中，提供了独具东方特色的中国读本。在苏格拉底强调法制和法治，并且以身殉法的时候，东方的中国哲人却在探索将文化坐标、审美坐标尽可能深地融入社会管理实践，速构了自己独特的路径。

秦——秦朝不但建立了统一的大帝国，而且使这种中央集权的统一帝国在中国存在了两千多年。我们可以追问一句，为什么秦帝国只存在了15年，而其制度却能延续那么长呢？这就必然要触及秦始皇对中国历史更为深刻的贡献。这个贡献就是，适应大一统的需求，短短的时间里，秦帝国在国家管理上创造了一整套社会管理的"标准件"。

这些"标准件"是：在宗法血缘分封制之后，全国实行统一的由朝廷任命的郡县分级管理体制——郡县制；全国使用统一的文字——书同文；全国统一规划修建秦驰道和秦直道——车同轨；全国使用统一的计量单位——度同量；全国推行统一的道德伦理规范——行同伦；等等。这一系列社会管理"标准件"，是大秦帝国，也是以后中华帝国各代王朝大一统的有力保证。王朝可以更迭，统一的"标准件"却延续、保证了统一大格局不致分崩离析。这是我们为世界古代历史，尤其是东西方各个多民族统一大国提供的中国读本。

汉——张骞第一次以"博望侯"的身份开启了和平外交的历史进程，表明亚欧大陆民间自发、分段的交流已经提升为凿空西域的国家行为。他给我们提供了最早的政治的、和平的外交理念和实践，提供了一个广博瞻望的眼界和跨国交流的格局。自此世界发现了中国，开始形成了世界的中国观；中国也发现了世界，逐步形成中国的世界观。这是古人在国际交往层面就如何构建新型合作关系向世界交出的中国思路。

汉武帝采纳董仲舒的谏议，"罢黜百家，独尊儒术"，确立了儒家思想的核心和指导地位，也许是汉代提供的最重要的一个中国读本。它告诉我们，一个多民族、大一统的国家，一定要有社会各方认同的核心价值观，这个核心价值观应该进取、有为、向上，一定要树立、维护这一核心价值观的引领、指导地位。这是中华民族极具凝聚力，中华文明得以永续不断的深层原因。要特别指出的是，汉武帝独尊之儒学，已非战国时期儒学的原貌，而是融汇了道、法甚至阴阳五行的更为包容的新思想。所以它又告诉我们，核心价值观决不能是单一的、静止不变的，而应该具有极强的融汇能力，要能在一种开放动态结构中发展、更新自身，这样才能稳固并具有凝聚力。

唐——从公元7世纪开始，当时欧洲的罗马帝国、南亚的笈多王朝都开始走向衰败，为什么地处世界东方的唐朝却开始崛起？最主要的原因，就是唐朝很大程度上结束了数百年的分裂和内战，在文化、经济、社会各方面实行了大幅度的对外开放，将黄帝时代奠定的"融汇—创造"民族文化心理结构推向极致。唐代以前所未有的宏大气魄，面向世界、开放包容。

汉唐古丝路引进来的不仅是"胡商"，而且带来了异国的礼俗、服饰、乐舞和整个社会生活方式，这种胡汉交融的生活方式，熔铸为长安盛极一世的世界风尚、国际范儿。长安城里汉、胡民众相邻以居相谐以处，域外人才争相任职于朝廷，东、西市里生意兴旺红火，五花马千金裘簇拥着五陵少年相邀游乐于酒家，与当垆的胡姬共笑春风。盛唐这一气度，将长安造就为中国最早的国际化大都会，使长安成为世界文明的制高点。面向世界、兼容并蓄的"盛唐之音"和"盛唐读本"，由是成为如雷贯耳的中国声音，传遍了域外环中。

唐代盛极之势，使祖居中亚康居的粟特人，也表白自己是黄帝子孙，祖先是周武王的弟弟，后来成为世居会稽山阴的江南康家。民族—宗教交汇，儒、道、释以及景教、拜火教、祆教、大食伊斯兰教，各种本土和外来的宗教由斗争、磨合到和谐相处，崇儒尊道礼佛蔚成风气，唐长安成为当时世界上主要宗教流派和谐共处的都城。在唐懿宗殿前演参军戏，竟可以善意地调侃三教——戏说儒、道、释三教之祖均为妇人：佛陀妇人也，《金刚经》有云"敷座而坐"——丈夫坐了儿子坐，非妇人耶？老子妇人也，《道德经》有云"吾有大患，是吾有身"——妊娠者非妇人耶？孔圣亦妇人也，《论语》有云"待价而沽"——待"嫁"而沽，非妇人耶？那真是一派道教风行、佛教兴旺、儒学昌明的兴盛景象。

而唐诗作为那个时代中国人的心声和豪情，更是无所顾忌的自由和奔放，无所留恋的创造和出新。丰沛的、充满骚动的热情和想象，渗透在唐诗之中。即便是忧郁和颓丧，也依然闪烁着青春生命本有的、驱之不去的自在和欢乐。唐诗创作于唐代，唐音又何止在唐代？它是在一代代中国人心里燃烧的"中国情绪""中国境界"。

盛唐时代的中国人可以说生活在三个世界中：多民族聚合的现实生存世界，唐诗唐乐的文化审美世界，多种宗教和谐相处的理想信仰世界。他们以此向人类提供了一种中国人的"生存读本"。

宋、明——宋明以来，中国更出现了一个世界文明史上很独特的现象：以江河递进、接力传薪的方式，接续中华文明的永续发展。唐之后，河渭、河洛一带由于养育了周秦汉唐几大王朝，加之战乱频仍，生态与社会承载过重，渐渐显出了式微之势。政治社会重心开始东移开封而后南迁。长江文明渐次崛起，这对黄河文明是一种极为有效的接力性传递。

前一千年中，黄河文明渐次南传直达珠江，以致在韩愈的流放地潮汕，百姓都自称"邹鲁子民"，自认是孔教之后。而后，崛起的长江文明开始用自己的富裕反哺北方，支撑起中华古国的下一步发展，同时让疲惫不堪的黄河文明得以休养生息。这种江河递进式的传递，使得长江文明的发育既有黄河文明的基础又有新的广阔空间。因而宋明两朝经济社会发展在总体上保持了上扬趋势，商品经济繁茂，由以农立国向工商惠国转型。中国南方由"化外之地""瘴疠之乡"一变而为"湖广熟，天下足"。科学技术在宋明时期有了长足发展，产生了沈括、毕昇这样的大科学家、大发明家。对外交流有了新的格局，郑和就是在明代开辟了海上丝路的崭新格局。而两江文化的精彩更是续写了黄河文明的辉煌。宋代军力虽然不强，但就综合国力而论，宋明其实超过了汉唐。

江河南北接力传递这一模式，使中国历史发展的空间结构，除了东—西模式（西部给东部输钙质、输内力），又增加了北—南模式（南部给北部输物产、输财富），东、西、南、北、中五方互通互济，支撑着祖国稳定持续的发展。

元、清——一个多民族的大国，可不可以由多民族共同治理？尤其是可不可以由少数民族当政、各民族共同治理呢？这是元朝与清朝提供的一种"中国方案"。在这两个分别由蒙古族、满族执政的朝代有过杀戮和歧视，但最终维系、发展、巩固了多民族大一统的中华古国，在各族人民共同努力下，中国进入了版图最大，中西文化交流最繁盛的时代。

元代，通过海上"丝绸之路"进行经贸往来的国家和地区由宋代的50多个增加到140多个。海路到达非洲海岸，陆路往来直抵西欧。大一统的环境为国际和地区间的交往创造了前所未有的便利条件，史称"适千里者，如在户庭；之万里者，如出邻家"。

而绵延了近300年的清代，占中华帝国总长度的七分之一，中国历史上200年以上的统一皇朝，只有西汉、唐、明和清4个。努尔哈赤和皇太极奠定的大清帝国，是当时屹立于东方的世界最强大的帝国。元、明、清奠定了中华版图。清代的疆土面积达到1300万平方千米，较为成功地解决了北方民族和谐共处的问题，实现了中国皇朝史上多民族国家的统一。在这个由满人统治的朝代，汉文化和各民族文化得到保存、弘扬和发展，完成了编修《全唐诗》《全唐文》《康熙字典》《古今图书集成》《四库全书》等浩大的文化工程。世界四大文明唯独中华文明没有中断，清朝做出了应有的历史性贡献。

……………

几千年来，中华民族为世界提供了多少中国坐标、中国思路、中国心理、中国经验、中国成果！它们无一例外构成了人类精神宝库中耀目的瑰宝。而"一带一路"就是我们向当下世界提供的一个最新的中国方案和中国读本，是我们向当下世界提供的最大的"好"！

"一带一路"是我们这个星球上的经济之弧，也是人类精神之虹，是联络世界各国经济、文化、感情的纽带。它直接承接了"天人合一""天下为公"的中华文明观，强调天下是天下人的天下，是"公天下"，而不是一国一族一家所有的"私天下""家天下""霸天下"。中华文明的这个初心，和中国共产党人带领全体人民复兴中华民族，让中国站起来、富起来、强起来的中国梦的初心，先后承接、发扬。"一带一路"的倡议就是两个初心相结合的最新体现。它是中国对人类文明发展的重大理论贡献，也是推进全球合作共存新秩序的伟大实践。

在当今这个大变局时代，"一带一路"倡议，作为一个新的全球治理的中国方案，以一种博望眼光和丝路格局，以走出去谋发展和拉起手共发展的精神，以谐和不零和、结伴不结盟、对等不对抗的理念，以及共筹、共建、共享，和平、和谐、和惠的愿景，全力打造中国与全球各国的命运共同体。它力图在形成亚、欧、非陆海交汇的新的文明格局中，实现中华民族伟大复兴。它是中国打造新型全球化的重要抓手。正如有的外国学者说的，这是马克思主义经典思想中国化、市场化、全球化的重大成果。

"一带一路"标志着我们国家总体战略的大转型。它意味着在"文革"结束40年之后,中国已经由韬光养晦跨进了新的战略机遇期,正在由复苏走向复兴,正在以中国的理念、方式和实力形成新的全球力量场。这样一个改善中国和世界格局的大手笔,是全民族文化自信的集中表现。当下特别要注重的是,将资源自信提升为文化自觉,将历史文化自信转化为现实文化自觉,将精英层的文化自信大面积转化为广大民众的文化自觉,转变为全社会普遍的共识和持久的行为。

2018年1月18日,西安

两区、两河、两路、两圈层：
中华文明的互补结构

如果允许我用几分钟给大家介绍中华文化，我特别想说的是"两个区""两条河""两条路"和"两个圈"的双层互补结构。

"两个区"：农耕文化区和游牧文化区。若以帕米尔高原为圆心，帕米尔到兰州黄河段在中国版图上画一道弧，这道弧的东面大致是中华文明的农耕文化区，弧的西面则大致是中华文明的游牧文化区。弧的西部尚动，千百年来"移畜就草"的动态生存，使生长在这里的人有一种动态生存观和价值观。他们因动而健，以动蓄力，尚动为美。弧的东部尚静，千百年来"守土为业"的静态生存，使生长在这里的老百姓养成了一种静态生存观和价值观。他们因静而厚，以静积文，尚静为美。在漫长的历史进程中，每当农耕文明区在大一统中因繁盛满足而衰落，消弭了勇气和活力，常常是西部游牧文明大举东进南下，给整个民族输血、补钙，重新激活她的生命力和创造力。当农耕文化在重新获得活力之后，又总会以自己先进和沉厚的文明给游牧地区以生存营养和文化推力。两个文明区如此的二元互动，构成了中国历史在"分—合—分—合"中的行进节律。

"两条河"：黄河、长江。唐宋时期"两条河"接力传递，解决了中国国内发展和中华文明永续不断的问题。黄河文明支撑了中国古代上半部历史，但资源消耗过度，开始显出下滑的迹象。这时长江文明崛起，支撑起中国古代史的下半部，不但开始领跑中国，而且反哺黄河文明，同时让整个北方在休养生息中逐渐复苏。中国发展到宋、明，虽然国力、军力不如汉、唐，但社会经济和科技文化的发展并不输于汉、唐，仍然保持了世界领先地位。不同于古巴比伦两河文明的同步发展，中国的"两河文明"是在异时、异空的接力中传递的，它使中华文明永续不断的发展有了较为坚实的基础。

今天的中国，以珠三角、长江经济带、京津冀协同发展和"一带一路"构成的国家发展重心，正是中华"两河文明"异时异地递进发展的这一结构，在新时代跨出的新轨迹。

"两条路"：陆上、海上丝绸之路。以张骞与郑和为代表的先行者开辟的这两条路，绵延几千年，拓展了中国以外向发展促内部发展的新空间，也使中国得以给人类给世界做出自己积极的贡献。丝路，从经济发展上看是一条链，含金量很大的钻石链。从文化精神上看是一道虹，七彩霓虹。它让我们走出去谋发展，拉起手共发展，与世界各国建立战略伙伴关系，建立命运共同体，像阴阳太极图那样合抱世界，共同来打造新型全球化的格局。

陆上、海上丝绸之路这"两条路"，发展到今天就是"一带一路"。正是"一带一路"，使中国和亚、欧、非、澳各国有了几百条航空线路、几十趟中欧铁路班列、十几个陆自联运的港口，以及密如蛛网的公路，让各国日渐靠近，世界畅通无阻。"两条河"使我们有实力屹立世界，"两条路"更使我们有便捷的路径走进世界。"两条路"不仅是经济文化交流的通道，还是中国自古以来特有的一种双层互补文化结构。

"两个圈"：我们还有着一个鸡蛋形的两圈层互补的文明结构。千百年来，中华民族有多少人离乡背井去海外打拼。他们前赴后继、代代传承，建立起无数的海外华人社区，使中华文化在海外的影响越来越大。每个华人社区，每条唐人街，每家中国餐馆，乃至每位海外华人，都是中华文化一个展示、传播的窗口，都是中华文化一个真切的形象。

这种内外两圈双向互补的文化结构，很像一个鸡蛋。大致可以这么认识，本土生成的中华原生文明是"蛋黄"，融汇于异域的中华再生文明是"蛋清"。从炎黄文化到儒家文化，再到中国特色社会主义新文化，就是这两大文化圈的核心。

中华文化的海外融汇圈并不只是对于本土文化的传播弘扬，它与异国异地文明不断融汇的过程，也是一个在新环境下生成新的中华文明因子的过程。它是中华文明最为开放、最为包容、最早走向并融入世界的一部分。它既有传播弘扬中华本土文明的强大功能,又有生成中华外文明的创新功能。它甚至有着比本土中华文化更为开放包容的活力。

  中华本土文化圈是海外华人文化的源头和基础,它会不断给海外华人华侨输送生命和文化的动力和活力。同时,扬播到海外,并融汇于海外而生成的新的中华文明因子,也会反过来启示、促进、激励本土文明的创造更新,它构成了中华文明创新能力和发展动力十分活跃的一部分。它是新流脉,也是新源头,更是新动力。这是一种多么好的双圈层良性互动。

(2018年7月22日—7月28日在布拉格、布加勒斯特、伦敦给当地华人华侨的讲话)

文化的混交林带和次生林带

文学艺术乃至社会科学的研究评论，有各种坐标。其中文化这个坐标，作为生活和艺术的底色，举足轻重。文化底色对文艺和社会思潮、文化心理的影响，是传统的，又是现实的，表现为意识文化（甚至凝结为论点、论著、学派、学科），也表现为无意识文化，渗透进一定社区人们的社会心理和现实言行之中。它无处不在。论社会历史不能不论及文化，论文学艺术不能不论及文化。

关于文化的研讨，近年来思想文化界趋之若鹜，以至成热。成果很多，亦有不足。其中一条，宏观的研讨较多，地域的社区的研究较少。这对纯文化理论的研究也许不能算是弱点，但对以个别性、独特性、形象性反映社会生活（其实是地域生活）、社会心态和情绪（其实是具体社区的心态、情绪）的文学艺术来说，就显得是个遗憾。

一

陕西在中国文化地图上是个极有特色的省份。这种特色，概括起来说，就是纵向的全息性和横向的流失性。纵向看，它以黄河文化系为主体（关中和陕北南部），北面直接衔连着草原文化系（陕北北部），南面毗连着长江文化系（陕南汉水流域）；横向看，作为一个整体，它是我国中原文化和西部文化的交接地带，是中原文化向西部传播，西部文化（以及它所融化、含纳着的地中海文化、伊斯兰文化、印度文化）向中原传播的主要通道，这主要体现在关中平原这一文化走廊的结构意义上。传播，既是一个汇聚，同时也是一种流失。由于交通和地势的阻隔，陕西南、北、中三块，横向的流失性胜于纵向的凝聚性。陕南文化，更主要的是沿汉江而下，和荆楚文化连成一个脉流。陕北文化，更主要的是和黄河河套以南、长城内外的陕甘宁地区以及雁北文化组成一个色块。关中文化，则主要顺渭河而下，自古以来和中原文化相组合。陕西文化结构在空间上的跨越性，使它汇聚了中华民族各主要文化的构成，这在全国各省中可谓首屈一指。将我国江（长江）、河（黄河）文化衔接起来的省份不是没有，如江苏（苏南、苏北分属江、河文化两个系），如安徽（淮南、淮北分属江、河文化两个系），但是能够将江、河文化和塞北文化这三大文化系纵贯一体，将中原文化和西部文化这两大文化板块横贯一体的省份，恐怕只有陕西莫属了。这种聚汇性、全息性，使得陕西文化在全国文化格局中处于辐集和辐散的重要地位，使得陕西文化的研究对于中华文化的研究有着特殊的意义，也为西安这样的古都如何在当代逐步建成全国文化的一个中心提供了文化土壤，提供了许多思路。但全省三大块在横向上的流失性，对陕西省内文化的凝聚力是起消减作用的，对全省在经济上攥成一个拳头也有不利之处。应该说，这是历史上陕西境内文化、经济乃至政治上南、北、中三大社区长期难以浑然一体的重要原因，也是西安这个中心城市的辐射力受到影响的一个重要原因。但是问题又有另一面，流失所造成的传播、交汇，传播、交汇所造成的内部运动，内部运动所造成的活力，又使陕西文化从另一面获得了某种深刻的优势。以上种种，都给我们在思考陕西乃至全国文化发展时，提供了许多新的思路和课题。

  由于周、秦、汉、唐文化在历史上构成中华民族文化的主体，这方面的研究年深日久，故而陕西的主体文化，即关中和陕北南部的黄河文化，其面貌展示得较为充分，而陕北北部、秦西和陕南衔接地区的文化研究则相对薄弱。对这种处在几大文化板块衔接地区的文化，我们姑名之为文化的混交林带和次生林带。文化的混交林带，含义不言自明。所谓文化的次生林带，是指：它不是一个民族的原基文化，而是由原基文化衍生的文化；它不是主体文化，不是民族文化森林中的乔木伟干，而是丛生的次生林。近年来，陕西文艺界似乎自觉不自觉地意识到文化研究中的这个缺陷，从 1985 年起，陆续专题研讨了陕北和秦西的文艺创作以及文化历史现状。相继召开的两次陕北题材创作座谈会和秦西文艺理论研讨会，可以说踏出了最初的几步。前不久又在安康召开了首次汉水流域文化研讨会，有秦、鄂两省五地市（汉中、安康、十堰、郧阳、襄阳）文化艺术界和陕西文联同志参加，议论热烈，论文丰厚，更显得扎实而有新意。

对于文化混交林带和次生林带的述评，我们不妨以陕西的陕南、秦西、陕北为例，从此"三斑"来窥其全貌。

二

汉水是长江最大的支流，处在我国暖温带和亚热带的交汇地带，连接着秦陇、巴蜀、荆楚三大古代文化社区和关中、成渝、襄汉三大现代经济区。正如古诗所云"万垒云峰趋广汉，千帆秋水下襄樊""剑阁北来连陇蜀，汉川东去控荆吴"。它本身又是中华文化不可或缺的发祥和繁衍地之一。这里文化的内在构成，做一个初步的概括，可以说是丰厚主体文化基础上的多维交汇形态，是稳态结构中的开放形态。汉水流域主体文化丰厚，只要思考一下汉水—汉中—汉朝—汉族—汉人—汉文化这样几个概念的历史性联系，就不难明白汉水流域文化在中华文化中的代表性地位。

公元前 206 年 4 月，在秦王朝的废墟上，项羽自立为西楚霸王，封刘邦为汉王，辖巴蜀、汉中，都南郑。刘邦不服，欲攻项羽。萧何谏曰："汉中，语曰'天汉'，其称甚美，愿王王汉中，收用巴蜀，还定三秦，天下可图也。"于是刘邦以汉中为基地，养精蓄锐。厉兵秣马，筑坛拜将，起用韩信，于当年 8 月明修栈道，暗度陈仓，兵出散关，五载击败项羽。其所以以"汉"为国号，正是不忘汉中奠基之故。自立汉朝之后，炎黄子孙才自称汉族，外国人才称我们为汉人。

其实，汉水文化的发祥自远古就开始了，它是中华民族文化多源头之一。据近年在汉水流域的考古发掘，这里出土的古猿人头骨不迟于蓝田猿人和北京猿人。汉水上游的梁山旧石器文化是联结黄河与长江流域旧石器文化的一个重要环节。在文化内涵上，梁山旧石器文化呈现出华北与华南各自特有的一些因素，集合了我国南方和北方的石器制作风格，体现出文化过渡地带的特征。新中国成立以来，仅安康地区就发现新石器文化遗址 30 余处，从采集到的彩陶、泥质红陶、夹沙红陶、夹沙灰陶来看，远在六七千年以前，这里的先民已与中原各地进行文化交流。他们或顺汉水而下，或逆汉水各支流而上，或翻越秦岭北进，与中原和蜀、楚、巴、羌各地各族人民友好往来，交流文化。故而安康的新石器时期文物既有半坡文化类型的特点，也有庙底沟文化特点和李家崖村文化、屈家岭文化的特点，当然也形成了自己的特色。其后，神农架关于神农氏尝百草而有农事的传说，关于神农氏和炎帝合而为一的传说，也表明了这里是中华民族由渔猎文化向农耕文化过渡的最早地区。正是汉水流域和黄河流域炎帝、黄帝两个部族以及他们之间的交流，构成了今天"炎黄子孙"这个泛指中华民族的指代性称谓。早在《诗经》中，已经有了吟哦汉水女神的优美诗句："汉有游女，不可求思。汉之广矣，不可泳思。江之永矣，不可方思……"汉末张鲁以我们国教道教中的一种"五斗米教"作为农民起义的精神旗帜，并建立了政教合一的政权。这是我国政教合一政权的最早尝试。造纸术的发明者蔡伦（洋县）、我国第一个走向世界的外交官张骞（城固）、辉煌后汉而又明于自知的李固（南郑）等等，都是中华文化天幕上的熠熠明星。源远流长的主体文化，使汉水流域文化显得稳定、沉着。正是主体文化的丰厚，使得它在稳定中又具有极大的包容、同化外来文化因子的能力。

多维交汇的开放形态，从汉水流域内部看，是山的静止、仁厚、崇高、封闭和水的活跃、灵智、兼容、通达的交汇。这是山水和盆地产生的特色。在这里，汉水是交汇和开放的标志。正是汉水无数条细支末流，涓涓滴滴汇聚了秦巴和鄂西北山区的精华；正是溯汉水各支流而上，向南向北辐射的无数古道——褒斜道、陈仓道、子午道、金牛道、米仓道、函谷道等等，切开山的封闭，穿透林的阻隔，将这里和外面的世界——当然包括外面的文明——连接起来。在这里，固然有千山万嶂造成的"山地意识"或"盆地观念"，不也有水的汇流和路的辐射所产生的交汇和开拓精神吗？

再从汉水流域和外部的关系看。地域空间上，汉水流域作为秦、蜀、楚的过渡带和交汇带，为中华文化南、北、东、西文化大板块的结合做出过一次又一次的贡献。文学艺术方面，譬如安康汉剧和商洛花鼓戏在音乐上对秦腔和楚剧的衔接和交汇，显示出这块秦头楚尾之地在文化交流上的特殊功能。从美学精神的演变看，先秦理性精神和楚狂浪漫主义的交汇，不但在美学精神上汇成了以楚文化的天真狂放为内核，以秦文化的古拙气势为形式的汉代美学风格，而且在政治上形成了楚的社会文化软件和秦的政治体制硬件相结合的汉代政治结构的交汇风格。

在中华文化发展的总格局中，我们似乎可以说，汉水流域，特别是中上游的秦巴腹地，也许不能算作中华文化主要成果的出产地，在中华文化的大构架中，也许不能算作梁柱。在"江、河、淮、汉"中，江、河是文化的乔木伟干区，淮、汉则似可划为文化的混交林和次生林带，属于中华文化各主要板块流布和交聚的一个重要集散中心。这里也许并不总是历史的闹市，有时甚至可以说是历史偏僻的一隅。正因为如此，汉水中上游常常成为中国历史的一个重要驿站。在好几个剧烈动荡的历史阶段，这里获得了别的地区求之不得的相对稳定和宁静，为文化经济的发展提供了较好的环境。也正是在这些时期，外界处于冲击震荡中的经济文化纷纷涌进，在这里休养生息、交融汇合，康复着自己的肌体，孕育着新的生机。然后，在一个新的相对稳定时期出现的时候，它们由这里出发，再度登程，汇入我国的经济文化主体。三国时期，诸葛亮劝刘备据守汉水重镇荆州（湖北），而后西进占益州（四川），以秦巴腹地为九伐中原的大本营和补给基地，以荆州为联盟孙吴的前沿，使弱小的刘备得以三分天下，与魏、吴相鼎；抗日战争时期，这里曾是大后方，经济文化一度极为繁荣；新中国成立后，这里又是社会主义建设的战略后方，著名的"小三线"。历史延长线上反复出现的这些现象，都反映了汉水流域对中国社会的意义，也折射出汉水文化在日夜兼程的中国文化大河中独有的色彩。

汉水文化源远流长、主体丰厚。我们可以看到，它的主体文化内部，又是多源流、多成分构成的。在陕南的历史文物、民间风俗、民间艺术和语言中，随时可以感受到秦、蜀、楚三音和鸣，"风气兼南北，语言杂秦蜀"（《宁羌州志》）和"秦头楚尾""其人半楚"（《汉中府志》）即是。现存陕南的民间社火，其形式多与四川、湖北相近似，如"采莲船""挑花篮""阳车车""地蹦子""跑场花鼓"等。在这些社火形式中，明显地存留着湖北"郧阳花鼓"、安徽"凤阳花鼓"、湖南"地花鼓"的一些遗韵。汉阴县王家河村表演的"地蹦子"，与湖南的"地花鼓"在形式、风格、动作名称甚至手势、道具上都如出一辙。陕南花鼓、山歌、号子主要采取"领唱与帮腔"的程式，那是源于四川。1985年在陕南汉阴安沟出土的宋代编钟和湖北随县曾侯乙墓那震惊中外的编钟竟一模一样。和"半是楚人"相应，这里出土的文物也可以说"半是楚文"，可见受楚文化影响之深。远的文化渊源不说，这种文化交汇，和"自乾隆之十七八年之后，湖南、湖北、河南、江西、四川、两广移民甚多……来此认地开荒，络绎不绝，处处俱成村落"（《兴安府志》）有着直接的关系。

汉水文化还遗存着多民族文化交汇的因子。这和该地区在古代亦系多民族聚居之地有关，有"梁州殷周之间为群夷之国"的说法。早在殷周时期，汉水上游就是少数民族巴、庸、羌、卢、鼓群集的地方。宁强、略阳一带，"春秋为氐、羌所居""岷洮等州为大羌国"。宁强即为"宁羌"，略阳古庙中，至今仍有身着羌服的木刻画。安康五里出土的以白虎为图腾的巴族军用乐器虎钮錞于（錞于是我国西南地区古代民族代表性乐器）等，表明这一地区文化和西南少数民族文化的久远联系。而1985年紫阳县宦姑乡出土的一套北魏《胡旋舞》铜带版，其上五位乐师一律胡服，敞怀祖胸盘坐在胡毯上，执琵琶、笙、腰鼓、羯鼓等西域乐器作吹打状。其乐舞人像的舞姿造型和急速旋转的动律特征，以及脚下所踩的小圆毯与甘肃敦煌莫高窟壁画"佛国世界"中的《胡旋舞》图有着惊人的相似之处。这又说明此地早在南北朝时已与北方少数民族有了文化交流。

这种文化混交林带的特色，不止于文化，也在经济生活中，或者首先在经济生活中体现出来。因为最早的移民，就是为了生存需要而进行的选择性、目的性流动。而其后，商品流通和交汇所形成的富贾文化，在秦、巴、楚、蜀文化的交汇中起了重要的作用。

在历史运动中，陕南地区就是这样，以自己的主体文化为基础和溶剂，广纳百川，博采众长，不断吸收内部外部各种文化因子，丰富自身，调整自身，发展壮大自身。基础丰厚才有容受的胸襟，才有吸收的气度，才有消化的机能，才有更新的勇气。不断容受、吸收、消化、更新，才能永远立于不萎不散不蜕不败之地。这种"佳能"文化结构，不单是汉水流域文化在各大文化高峰包围中得以千古长青的奥秘，也不单是整个混交林次生林带文化能够生存发展的原因，对于我国主体文化区（其中，陕西中部是重要的一部分）如何借助动态开放和多维交汇结构以加快自身的发展，也是极有启发的。

三

西秦和陕北北部文化也和陕南文化有相类似的特点。宝鸡地区的秦西文化底色中，也明显地表现出一种以强大的主体文化为基础的稳态结构，和以中西部交汇之地活跃的文化传播为特点的多维动态结构相结合的特征。一方面是古代周秦文化与近现代在村社经济基础上形成的稳态文化模式；另一方面是由现代工业交通和商品经济的发展以及作为中国中部和西部文化、经济重要转运站所带来的动态文化的内驱力。宝鸡地处中国文化东西南北的交叉点上,衔接着中原文化和西部文化、黄河文化和蜀楚文化。稳中有杂,因杂成动。经过这里向西北辐射的古代丝绸之路,以及在这条古道基础上修建的陇海、兰新铁路及其延伸欧亚的大陆桥,向西南辐射的唐蕃古道,以及在这条古道基础上修建的青藏公路和青藏铁路,向正南辐射的南方丝绸之路,以及大体按照这条古道的走向修建的宝成、成昆铁路和滇缅公路,都作为物质和精神的通道,激活着宝鸡地区文化中的动态因子。交通枢纽和物质、文化集散中心,引来了大量的移民,四方杂处的移民,作为多型文化的载体,汇聚于金台观下,形成了宝鸡——这座金鸡长鸣的现代化城市。现代的城市工业文明,又通过优越的社会主义市管县体制向农村强有力地推进、渗透,这更使宝鸡地区文化的多维动态结构呈现出空前活跃的生命力。这些都告诉我们,在中国地图上,宝鸡不只是一个重要的交通枢纽、经济中心,也正在成为而且愈来愈成为一个重要的文化枢纽、文明中心。

在陕北的文化结构中,主体文化和多维交汇,作为一对矛盾的统一体,矛盾双方都显得更为强盛。矛盾统一体内部传播交流、冲突斗争、融合更新的运动过程,也显得特别剧烈而充满活力。陕北地区也是中华主体文化的发祥地之一,自古至今有好几个历史时期在民族文化总体格局中起着核心的作用。20世纪40年代,著名考古学家裴文中根据自己对这里出土的古脊椎动物一枚门齿化石的研究,提出了"河套人"和"河套文化"的概念。他认为河套文化在人类文明史上放射过夺目的光辉。无定河两岸像村落一样密集的新石器时代遗址,尤其是龙山文化遗址,表明远古时期这里就得到了开发。中华民族共同的祖先——人文初祖轩辕黄帝一族被学界和民间公认发祥于陕北,现在仍是华夏之根的象征。我国号称五千年文明古国,就是从黄帝时期算起。从一定意义上说,这是陕北文明第一次在全国得到确认和传播。李家崖村文化遗址距今已有3000多年的历史,至今可见当时的小方国城池。那时已经有了自由民,有了青铜器,有了各种家畜,说明当时陕北的文明几乎与中原同步。到了明末,早期商品经济的发展使封建社会内部各种社会部件无法适应,矛盾冲突加剧,导致陕北的李自成、张献忠率先在米脂起义。他们一直打进京城,建立了中国第一个全国性的农民政权——大顺王朝。李自成义军不仅显示了他们的政治、军事力量,可以说,在一定程度上也显示了陕北文化的力量。陕北文化随着义军的流动,得到了第二次全国性的确认和传播。第三次全国性的确认和传播，是20世纪三四十年代的延安时期。毛泽东率中国共产党中央机关在延安的13年，使陕北、陕甘宁成为全国的精神核心和世界瞩目的地方。中国特色的民主主义革命，即中国共产党领导的新民主主义革命，是马克思列宁主义和中国革命实践、中国历史文化的结合，其中自然也包括和陕北人民群众的革命实践、陕北地区历史和现实文化的结合。党在陕北进行的新民主主义政治、经济、文化的开创性实践，首先是毛泽东思想和民族革命先锋队的历史功绩，在相当程度上借助于陕北人民群众社会实践的活力，借助于陕北文化的内在活力。而随着新民主主义革命在全国的胜利，随着革命的政治、经济、文化依靠新中国政权的力量在全国各地区确认和传播，陕北的传统文化和革命文化又一次得到了全国性的确认和传播。这是一次最深刻、最广泛的传播。仅仅从陕北民歌的一些主要曲调、陕北信天游诗歌形式和陕北秧歌舞以及一些陕北风习在北自白山黑水、南至珠江琼崖的中国大地上普及的程度，就可以感受到陕北文化在现代中国主体文化中举足轻重的地位。从这个意义上看，陕北文化似乎走出了中国文化的混交林带和次生林带，其实不然，从下一段的分析就能看出，陕北文化在全国文化格局中的这一地位，正是陕北文化在一定程度上逸出立体传统的稳态结构，避开这一稳态结构在某些方面、某些时期可能造成的窒息与沉滞，借助文化混交林和次生林的活力而造成的。

这就要谈到陕北文化结构的另一面。自古以来这里就是胡汉杂居、交汇、同化，多民族共同创建地域文化的地区，也是在反复的、拉锯似的征战中实现多维文化的强制性传播的地区。战争是政治、经济的，也是加压、加速、加酶的文化传播。西周时期，周人和属匈奴族的"猃狁"人在这里就有四次大的战争。秦代，这里白狄、赤狄和戎族之间的征战不断，秦末建立了"翟（狄）国"。汉代，中央王朝与匈奴之间征战与和亲交替。晋代，西北许多少数民族内迁，"杂胡"源源入塞者凡20余万，这里成为汉、匈杂居区，出现过一段"四夷宾服凑集""四方种人皆奇貌异色"，各族文化互相影响，共同促进生产的局面。不久又有了"五胡乱华"的动荡。其后几千年间，匈奴族铁弗部的赫连勃勃在这里的统万城建立过夏国，元昊曾称帝号大夏。其间的西夏则既一面接受契丹"辽"的封号，又一面称臣北宋。蒙古族的成吉思汗由北向南长驱直入，建立全国性的元朝统治。唐、宋、元的杜甫、范仲淹、沈括等汉族的文化科学名流也在这里留下了政治业绩和文化成果。不论战事纷争还是和亲交往，都直接、间接地促进了陕北经济、文化在多维交汇中的发展。几千年的延安古道上，邮亭驿站相望于道，既有匈奴游骑的铁蹄，也有出击将士的军幡，还有屯田、筑城兵民的长队。战马嘶号、金鼓雷鸣之后，又传来悠扬悦耳的"和亲"乐声和农民、匠者、艺人、富贾的对话。陕北文化作为汉民族主体文化圈最后的边疆和中华西部各少数民族文化的东部前沿，就是以这样一种远离主体文化的相对自由和灵动，就是以这样多民族经济文化交汇的活力，就是以被军事的冲撞所激化了的强烈形态，不断完成着它的多维文化传播交汇和在这种传播交汇中的更新发展，充分显示着文化混交林与次生林的优势。文化次生林借着主体文化严实荫盖之间的空隙，得以直接承受更多的空气、阳光而蓬勃成长；主体文化则又借着蓬勃成长起来的次生文化来反激自身的发展——这不正是陕北文化在主体文化与次生文化中都头角峥嵘的原因吗？

这不正是它给予我们的启示吗？

如果我们原先仅仅以地貌学的眼光来理解，黄河母亲在面临着这块由鄂尔多斯台地和毛乌素沙漠组成的土地，陕甘宁边区的土地时，为什么不得不向北向南绕一个大弯，而将她的恩泽远送给河套地区，那么，当我们现在以地质学的眼光重新来看这个大弯道，就发现原来黄河母亲伸开两只修长而温柔的臂膀，搂住的竟是亿万斯年埋藏在高原下的一个金娃娃：煤田、油田、气田！20世纪前半期，"闹红"曾经使这块土地成为民族精神能源的一个基地；20世纪最后十年，"闹黑"，开掘地下的黑色宝库，使这块土地成为国家物质能源的一个基地。当资源开采和经济开发将陕、甘、宁、晋、蒙结为一个浑然一体的结构时，将会给这块土地上的文化混交林灌注新的生机，那是毫无疑义的！

陕北、秦西、陕南三个区域文化这种丰厚主体文化基础上的多维交汇形态，这种稳态结构中的开放形态，具有极大的全息性。从某种意义上来说，它是中华文化混交林和次生林的一个典型。过去我们的文化研究，目光大多集中在黄河、长江文化带和中原、西部文化板块方面，这当然是必须的。但对处于各大文化板块之间的衔接和交汇地带的文化，做专门的深入的研讨则稍显不够，像汉水文化、淮河文化、闽赣文化、黔滇文化、陕甘宁文化、陇东秦西文化、祁连山腹地（即甘肃南部和青海北部）和新疆的多民族混交性、次生性文化。这些地区的文化景观也许没有原基文化那样单一，没有主体文化那样宏大，却也有肥沃的土壤，化育着、再生着丛生的杂树，显示着蓬勃、强韧的生机和驳杂多样的色彩，是文化森林中生物圈循环不可或缺的一环。它们是中国文化的有机组成部分，不但以自身的特色丰富了中华文化，而且发挥自己的媒介和融会作用，不断以新的信息、新的活力营养着、激励着主体文化的发展。研究混交林带和次生林带文化，不只具有填补空白的开创性质，而且对于在动态中、在整体中研究主流文化具有重要意义。

四

思考和研究混交文化和次生文化问题，为我们的文艺创作和评论提供了一个新的视角和新的思路。生活、文化，是文学艺术形象的和思辨的花朵赖以开放的两块土壤。虽然从更为根本的反映论的意义上看，二者有着源和流之分，但在具体的创作和评论中，生活和文化都有着土壤的意义。文化是生活的提炼，又浸透在生活之中。

对混交的、次生的经济文化现象，我们的文艺有着久远的思考和反映。就现代文学来说，1934年沈从文发表的中篇小说《边城》以及其他反映湘西生活的乡土作品，就是对特定社区混交与次生文化的反映。其后，有李广田写于1938年，出版于1942年的记叙安康见闻的散文集《圈外》（19篇）。"边城"之"边"，既指地域的边远、边沿，也指精神文化的边远、边沿；"圈外"之"外"，则直接指安康的精神文化处在当时社会的政治、经济、文化的圈子外面。两位作家给自己的作品不约而同地选择了这样耐人寻味的题目，也许不能就此说他们对反映混交型和次生型文化有多么高的自觉，却显示了他们对这两块地域文化十分真切的感觉。在新中国成立后新时期的作家作品中，汪曾祺对南北相接的淮扬文化以及农牧相杂的坝上草原的描绘，王蒙对伊犁边城多民族共居的大杂院的描绘，张曼菱对国境线上来去自如、血脉相融、和睦相处的各国籍各民族群居生活的描绘，也都含有开掘混交型、次生型文化的意义。

有两位中年作家尤其引起我们的注意。一个是贾平凹。他在20世纪80年代中期以后，以《商州初录》起始的作品，从文化内涵上看，大部分可以冠以这样两种文化意义的共名，即"远山野情"（这是他的一个中篇的题目）和"腊月、正月"（这也是一个中篇的题目）。前者是指描写了各种边地和圈外次生于混交林的文化性生活形象,后者是指写了各种在新与旧的文化冲突中举步维艰而又执着前行的嬗蜕期的时代生活——这当然是一种更深意义上的混交与更生。还有一个是张承志。他的大多数作品,也可以冠以两个带有文化意味的共名,即"老桥"与"大坂"。前者指他常常描绘过去与现在、新与旧、此与彼的文化坐标在"桥"上的联结和冲撞;后者指他常常描绘人物艰难的命运和坚定的意志在形与神两个层次的冲撞,最后精神终于克服了环境,主宰了命运。

反映混交型和次生型文化的作品,当然因作家的不同而有不同的风格,即便同一作家的同类作品,往往也色彩多样甚至迥异,但也常常在某些方面体现出一些共同的特点来,譬如这类作品常常通过对奇景异色和远村野情的展示,造成一种奇绝的色彩。不论是描绘世相风俗,还是人情心态,抑或是远村山水,也不论是追求油画的凝重,还是速写的简约,或是册页的清醇,对于主体文化圈内的读者,都有一种"圈外"和"边地"的陌生感和神秘感。可以说,这类作品虽然风格不同,但气质上都沾一点远村的浪漫。有论者这样评李广田的《圈外》:"无论是清冽的江山,或是黛色的峰峦,无论是江上点点白帆,或是茅屋草舍上的袅袅炊烟,无不呈现出一种令人神往的诗的意境。"也有论者这样评沈从文的《边城》:"作者以清新细腻的笔触,怀着对遥远家乡的眷爱,写出了湘西淳厚朴实的人情世态,健美古朴的风俗习惯,新奇幽雅的山光水色,绘出了一轴令人神往的边城风情画卷。"在贾平凹的许多中篇,尤其是近期的《美穴地》《白朗》《五魁》等作品中,那一个个传奇性的人生故事,一个个情浓于血的女性形象和虚化了时空的山林游侠、乡野兵匪形象,现代化了的浪漫情调不是日益浓稠了吗?张承志虽然全是另一种风格,但在他大江东去的阳刚和崇高中,大量的古歌神话、理想人格和异乡异闻,不也透出现代浪漫主义的精神吗?这一类作家作品,常常是用另一种眼光、另一副笔墨写另一派人生和自然景象,从而透露出混交、次生型文化的某些内在特点来。

又譬如,这类作品常常喜欢写逸出主体文化、单一文化之外,特别是逸出主体政治文化、单一政治文化之外的人生过程和人生意识,写与此相关的性格命运、心态情态、民俗风习和感应着这种人生意识的自然景观。对此沈从文有过明确的表述,他在谈到自己反映湘西生活的作品时说:"我要表现的是一种人生形式""一种优美、健康、自然而不悖于人性的人生形式"。将这段话放到当时的历史背景上去理解,其实就是要表现逸出那个时代主体文化之外的人的真性情，所谓"化外"之民的生活与爱情。强盛的主体文化常常是一个民族主要的精神支柱，但主体文化中的糟粕，也常常构成对人的真性情浓重的文化荫盖，窒息着人们心灵中的天籁。而生活于混交文化与次生文化中的心灵，由于相对处在主体文化的"边地""圈外""化外"，反倒能够更自然、更自由地发展，更多地将真性情留存下来。这类作家多写女子，因为在男权社会，女子介入社会主体文化的深广度远不如男子，相对更真更美。此类作家多爱夜月和静水，月和水不但和女子的阴柔对应，而且和象征着世界主体的太阳形成反差，应和着一种"圈外"的生命形式和生命价值。朦胧的月色和潋滟的水光又是什么呢？那正是一种神秘，一种陌生，一种濡染、交融之后的奇异景观。这又从审美感觉上和混交、次生型文化关联着。他们似乎还爱写游侠和兵匪，这固然是因为湘西山地（沈从文）和商洛山地（贾平凹）处在几省交界地区，旧时代区域割据的政治、军事、文化力量比较薄弱，鞭长莫及于"圈外"而造成的一种社会现象（这也是边地文化的一个特色）。从纯学术观点看，游侠、兵匪现象也有着极深厚的社会信息量。在这些地区，无论是兵是匪是侠，如果不从伦理的坐标看，而从政治经济、政治文化的角度看，其实都是离开了土地的农民。生产者一旦和生产资料剥离开来，便从原有的政治、经济、文化的社区结构中甩出来，成为不同形态的游荡者。游荡使他们不断地从一个社区到另一个社区，从一种文化环境到另一种文化环境；底层劳动者的游荡又使他们只可能在"边地"和"圈外"逡巡，而难以进入社会的核心和主体文化的漩涡。于是这些多种文化因子的携带者，便在极不自觉的状态下，在不断的命运拨弄中，传播着、缀连着、融合着形形色色的"圈外"文化，有时甚至形成遍布乡里的亚文化网络。原来游侠兵匪都是混交型、次生型文化中产生的典型，难怪这些作家们爱写他们、躲不开他们——只是也许作家们自己也未必自觉而已。当这种社会现象纳入一定的政治实践体系中，那可能是一次农民起义或一场现代革命。毛泽东同志在《中国的红色政权为什么能够存在？》等文章中，对这种中国社会特有的现象做过马克思主义的透辟分析。而且在当时反动政权统治下的各省交界地带，即"边区"，建立了15个红色革命根据地。从这些根据地的名称——鄂豫皖边区、陕甘宁边区、湘鄂赣边区、晋察冀边区和晋冀鲁豫边区——来看，它们无不是利用各政治、经济、文化主体地区的缝隙和混交，建立并壮大、发展起来的。20世纪30年代的中国，"边区"革命政治、军事现象和"边域""边地"的文化现象同时出现，实在是意味深长的。可以说这两种现象都反映了对当时主体政治、文化的不满。前者集中了劳动人民的反抗愿望，用武装斗争的革命实践来改变现状；后者则寄托了某一部分知识分子的不满和厌倦，用文学的形式、怀乡（即怀真、怀美、怀善）的情绪、稍带浪漫的格调，通过描绘自己向往的生活境界，来否定现实。

写逸出主体文化制约的美善自然的"人生形式"，固然首先是由生活中混交型、次生型文化现象决定的，从艺术创作的角度看，又常常和作家艺术家主体的人生追求、价值选择、审美情趣有关。拿沈从文来说，父辈走的是从军参政的道路，自小家里就希望他打入主体政治文化的圈内。青少年时代，生活多次提供了这方面的机缘，他的心灵却终于退缩、逃逸到湘西这片真山真水真性情的"世外"之界中来，在落寞的笔耕中度过坎坷的一生。贾平凹的心理调查表明，这位作家自小也有一种"避世"心理和在"圈外"逡巡的心理。他确定自己的气质为"粘液质+抑郁质"，生长在一个大家庭里，"自幼没有得到什么宠爱。长大后体质差，在家干活不行遭人唾骂，在校上体育争不到篮球，所以便孤独了，喜欢躲开人，到一个幽静的地方独坐。愈是躲人，愈不被人重视，愈不被人重视，愈要躲人"。先天加后天形成的这种避世孤独的心理，导引着他的才能和灵智在文学的天地中得到发挥，也导引着他的审美心理天然地向夜月、静水和淳美倾斜。人找到了一种最自如的"生活形式"（审美创造也是生活形式的一个内容，是生活状态的美的模拟和生活理想的美的构想），才智也就能得到较为充分的发挥。贾平凹较快地在文学上做出了成就。不论主观上怎样想，他实际上是以文学的入世弥补了生活的避世，以退中之进实现了自我。文学的入世，当然并不单指他个人在文学社会中的地位、影响以及其他身外之物，而是说，沈从文、贾平凹这一类以反映混交型、次生型文化见长的作家，他们不是以作品对历史、时代和生活进程的直接干预来介入社会，而主要是以作品对远离主体文化的边地生活的真、善、美的提炼和扬播，宣叙自己对美的追求，积极影响社会审美坐标而介入社会的。

再有，譬如我们还能看到反映混交和次生文化的作品有这样一个特点，就是写两种或多种文化的交叉、冲突、融会、再生，体现出这类社会生活和社区文化中封闭与开放、沉滞与活力的剧烈震荡。在贾平凹的一些反映商州地区现实生活的小说中，这种混交与再生现象主要体现在，描写了现代文明如何揳入了山地文化的封闭系统，而与传统的价值坐标、文化心理发生冲突，既调整着这个封闭系统，又被这个封闭系统所整合，随着政治文化的解冻，随着农业经济向商品经济的转化，新的生产方式和思想文化，甚至一些在传播中变了形的西方文明像龙卷风一样扑向丹江上游的沟沟洼洼。一方面是人们仍然按老习惯、老方式在生活；另一方面是商品化逻辑通过经济、文化渗入百姓的寻常生活。两极的不协调组接，造成许多幽默和尴尬。几千年前就用于航海的罗盘，今天仍被用来看风水，办丧事；收录机刚刚放完哀乐，又开始敲锣打鼓唱孝歌；丹江南岸走着四抬陪嫁、唢呐锣鼓的迎亲队伍，北岸却飞驰着接新娘的小轿车；靠现代科技致富的专业户，却跪在神坛下求菩萨保佑。乡镇企业的管理更科学化，同时，封建的亲缘、地缘关系和家长作风也在蔓延。在村社文化、宗教文化的旁边，城镇流行文化、知识青年文化正在崛起。跨地域、跨国界的商品经济和科学技术，正在以无敌的铁的规律，将次生文化组合进自己的网络，而"圈外"群体、"圈外"价值、"圈外"心理，却喜忧参半地，别别扭扭地，甚至充满戒备和敌意地在边沿徘徊，不肯入圈。半是天使半是魔鬼，半是欢歌半是眼泪，半是推拒半是俯就，"州河文化"就这样蹒跚地前进着。也许在现代商品经济的世界里，在不受时空分割的公平的市场面前，次生型文化将告别过去，走向一个消融了自己的未来。

张承志的许多作品也都含纳着这样一个内在的混交与再生的结构：常常是一个人物如"我"由于时代和命运的变幻，从他原有的文化土壤（如草原文化）中分离出来，或进了城，或上了大学，获得了新的文化因子。原有文化土地的召唤，使他渴望着再回到草原上去；但回到草原之后，作为已经是新文化载体的主人公却和草原有了很大的距离，原先与环境水乳交融的文化心理和价值坐标，现在变得陌生甚至格格不入。人物与环境的矛盾引起了人物内心的冲突，两种或几种文化坐标混交引起困窘之后，常常是一种新的文化价值的再生。这种新的文化价值已经不是原有的哪一种文化坐标，而是两种或几种原基文化融会后的次生物了。

文化的混交林带与次生林带——一个挺有趣的课题。此文将这个课题稍稍揭开几页，我们已经看到了一片不小的待垦土地。它在等待耕耘，等待开花，等待结果、收获。

1991年夏，西安岚楼

中华传统文化的精神母题和人格模型
——文化学眼光中的轩辕黄帝

从历史考古学的角度看，炎黄二帝在历史上确有其人，渭水中游是中华炎黄文化的发祥地也大体确认。据专家论证，炎帝、黄帝均为太昊伏羲氏的后代。太昊伏羲氏在距今约6000年前生于渭水中游的天水境内，其部落后来东徙定居并建立政权于古陈仓（陕西宝鸡一带）。历史上以炎帝神农氏和黄帝轩辕氏称谓载入典籍的各有八代，第一代距今约5500年。今天陕西黄陵桥山，是第二代轩辕黄帝的陵墓，河南新郑是第八代轩辕黄帝生长、建都的地方，河北涿鹿则是他的归宿地。笔者对古代史疏于研究，在这方面没有发言权，愿意对这种经过科学考古论证的看法取赞同态度。

对轩辕黄帝还可以取另一种眼光来看，这便是文化原型学的角度。从文化的生成组合和文化的动势动律角度，从文化的内在结构和文化的时空全息角度，从文化的人格凝聚和人格的文化辐射角度来看，又可以说轩辕黄帝、黄帝时代及其相关的史料和传说，作为一种远古的精神文化现象，是中华传统文化的一个原始模型，一个人格象征，一个精神母题。简言之，黄帝是中国文化的一个原型，一个神话。于是，我们眼前便有了两个"黄帝"的叠影，他们都以黄帝的史料为基础，故而大体一致。但文化学眼光中的"黄帝"已经稍稍不同于历史考古学眼光中的"黄帝"。它是在真实黄帝的基础上，由同代和后代人民不断添加文化附着物，不断凝聚新的文化期待创造出来的。作为文化人格的黄帝可以说是我们民族的集体记忆，由集体不断传递、不断补充、不断丰富的记忆。这两个黄帝，一个（历史学中的黄帝）主要做认知判断，一个（文化学中的黄帝）

主要做价值判断。一个是大地，一个是云霓。一个湮没在历史的岁月之中，一个活跃在现实的精神里。一个是真，一个亦真亦幻，是梦。文化学眼光中的黄帝，的确是我们民族对完美人格的一个梦，一个理想，何其遥远而又何其现实。本文的论述，主要以文化学为理论坐标。

为了避免不必要的争论，有必要对"神话"这个概念做一个解释，一个界定。在社会流行话语体系中，"神话"常常意指虚幻的故事，和"史实"对立，"历史人物"和"神话人物"以真实性为界河而对峙。但是在文化学话语体系中，则不是这样。神话是一种文化原型，神话——原型理论在西方是一种跨学科理论，它是从弗雷泽为代表的文化人类学、荣格为代表的分析心理学、卡西尔为代表的象征哲学等等多学科理论坐标上阐释历史、文化和审美问题的。

关于神话。在《象征形式哲学》第2卷（题名"神话思维"）中，卡西尔从认识论角度指出，神话既不是虚构的谎言，也不是任意的幻想，而是人类在达到理论思维之前，认识世界解释世界的一种普遍的思维方式。[①]这种思维方式给原始人带来一种神话的世界观，它有自身的特点和规律。例如，神话思维中"并不存在对于本质与偶然，真理与假想的区分"[②]，所以常常把单纯的表象同认知、愿望等同起来。轩辕黄帝作为当时一位极有作为的部落联盟领袖，在这种神话思维的作用下，伟人升华为圣人，伟人的业绩经过聚合（也包括想象）升华为神话和传说。黄帝这个个别的具体的形象，也便成为那个时代对难于认识的本质力量的一种认知。这种认知在形成之后，并不像现代理性那样舍弃感性形象素材，概括成为纯理性的抽象表述，而是不经过抽象，一直黏合在感性形象（黄帝）身上，留存、吸聚、发展、遗传下来。尼采和海德格尔认为，这种神话认知作为一种初民的思维方式，有时反倒比逻辑理念哲学更趋近真理。

关于原型。原型或叫"原始模型"，或叫"民话雏型"，或叫"集体表象"，或叫"认识母题"。原型是一系列的形象群、联想群，它以具体可视的形象或故事，显示着一种社会生活，或一种民族精神，或一种认识方式的结构。从这个意义上看，精神原型和文化母题不是别的，正是一种如轩辕黄帝这样能代表、概括共性和本质的个别和形象。它是在长期的文化传承中形成的，类似于小说中的典型形象和诗歌的象征意象，是民族精神、群体文化的个性化名片，是以个别形态表示出来的民族历史（纵向）、民族精神（横向）的"共名"。它虽然不是人类遗传信息的载体，却是社会文化信息载体的一种形式，可以作为一个社区社会心理和文化精神的遗传基因，活跃在人类文化场中，千秋万代传承下来，并在传承中不断吸收新的文化因子，整合、更新。

英国当代动物学家和行为生态学家道金斯曾经将一个希腊语词根"Mimeme"缩简为"meme"("弥母")，为这种在生物遗传基因之外的文化或准文化遗传基因命名。他认为，缩简后的"meme"这个单音节的词，听上去有点像"gene"（基因）。能和"基因"构成对称性的词，而含义又和法语"同样的"（"meme"）、英语"记忆"（"memory"）有关联，比较能够表达文化模仿或复制、文化传播或遗传，这也就是文化原型的真切意义。

这种以个人的形象、具体的故事叙述一种文化精神母题的特殊方式，即神话——原型思维，在归纳一个民族的基本生存需要方面，在表述一种文化的基本价值方面，在重构人类情感经验方面，发挥着不可替代的作用。这一点，已经在关于炎黄文化的研究中反复得到了证实。

轩辕黄帝作为民族传统文化的原型和母题，可思考的内容很多，笔者先提出四个方面：

第一，从文化发生的角度思考，轩辕黄帝是中华民族多维生成和合的人格象征。

黑格尔提出过一个命题：哲学理论就是哲学史。也就是说，在共时性理论体系中的逻辑联系内容常常来自理论对象本身历时性的发展程序。精神的、社会的或其他事物的历时程序往往会积淀为精神的、社会的或一个事物的共时状态或结构。有时又可能反过来，某种精神的、事物的共时结构又会延展、辐射为这一精神和事物的历时发展。时间和空间的这种全息性、置换性，不仅表现在哲学理论和哲学史的关系上，也不仅表现在史和论的关系上，在社会文明发展的各方面往往都能看到。现在我们从史实和传说中所知道的黄帝一生的空间活动范围，也正好全息着中华民族生成的历史进程。这是一种空——时置换。

这种一个人的人生活动和一个民族的生成过程相全息，主要体现为三种状态。

一是在战争撞击中和合。黄帝出生在5000年前的黄土高原，迁徙生活于黄河流域，在动态的人生中，通过团结、联合，也通过斗争、战争，和合万邦、亲睦九族。他早年便教民习用干戈征服无道，在惩暴过程中强健和凝聚部落，自此威声大振，各方部族归服。不久，炎帝无道，黄帝再次修德振兵，安抚万民，与炎帝部族大战于涿鹿之野，三击而胜，天下乃治。战争是流血的征服，同时也是流血的文化交流。涿鹿之战后，黄帝没有野蛮地对待战败者，而是以一种宏大的宽容气度，向对手学习，并推广了神农氏族的善农耕、重稼穑传统，促进了黄河流域游牧文化向农耕文化的转型。而这场战争也使炎帝部落向东南迁徙，与长江流域的苗蛮集团逐渐融合，推进了母系社会向父系社会的转化。再后来，黄帝又联合炎帝和黄河古道下游蚩尤所率的九黎族部落打了一场惨烈残酷的大仗，九战九不胜，最后靠指南车、军鼓、号角取胜，也就是靠原始的科技（指南车）和管理（组织指挥）取胜。胜利者同样不杀敌对部落的首领蚩尤，反让他主管军事以制八方。两个对立的部族于是通过战争达到了政治的联合和经济的交流。

这里要说明的是，这一段传说极可能和史实相悖。史实似乎是蚩尤被杀。但正是从群众通过传说对史实的这种修改中，我们感受到了一个民族以完美人格理想和进步文化精神重铸和升华黄帝原型，使之和中华民族在多维和合中逐步生成的历史进程相吻合的良好愿望。

黄帝一生身经52战，在战争中和合，使华夏民族滚雪球一样壮大。对黄帝来说，战争是手段，通过战争对内增强凝聚力，提高自强自信，对外交流融合才是目的。这一点，后来成为中华民族发展史的一个重要特点。

二是在分封辐射中和合。《国语·晋语》说："凡黄帝之子二十五宗，其得姓者十四人，为十二姓：姬、酉、祁、己、滕、葴、任、苟、僖、姞、儇、依是也。唯青阳与苍林氏同于黄帝，故皆为姬姓。"据《路史·国名纪》中所载，黄帝子孙所封之国约70个，分布在今天的河南、河北、山西、山东、陕西、安徽、广东、四川、湖北、江苏、内蒙古、青海等地。黄帝的子孙通过分封治理各地，世代繁衍，奠定了多维生成的中华民族雏形和中华古国最早的版图。据史家考证，有一些少数民族也自称是由黄帝子孙蔓延发展而成的，如西藏族之羌，回族之安息，苗黎族之禹号，蒙古族之匈奴，东胡族之鲜卑。满族的祖先金人，也是黄帝之子的后裔。诚如于右任先生所言："是中华民族之全体，均皆黄帝子孙也。"黄帝的人生经历及生命繁衍，便这样全息着多民族的中华大家庭的生成及和合。

三是在图腾综汇中和合。黄帝不但以自己的人生实践矗立了中华民族多维生成的人格象征，而且在民间还广为流传着他综合各部落的图腾，创造了中华民族多维生成的图腾象征——龙，以及符号象征——文字。他让仓颉按黄河的形态和神韵，综合各部落的敬奉（牧鹿部落敬奉鹿，神农部落敬奉牛，热海部落敬奉虾，东夷部落敬奉鱼，仓颉部落敬奉朱雀，轩辕部落敬奉小龙）创造了包含这所有特征，又和所有图腾不一样的大龙。大龙有鹿之角，牛之头，虾之须，有小龙的身子，朱雀的爪子，浑身长满的是鱼鳞，是一个各部族图腾的和合体。而文字的发明，对中华民族文化的至关重要，更是尽人皆知。象形文字为黄帝和合万邦的基业树起了一面文化的旗帜。文字使中华民族有了统一的信息交流密码，有了自己的符号象征，至今仍是华人世界最强有力的精神黏合剂。中国文字的动态性、包容性、多义性、象征性，也无不全息着我们民族文化的一些基本特征。

以上种种，使黄帝成为一个多维谱系的大民族公认的共同祖先，成为我们共有的"种族记忆""集体记忆"。黄帝使潜藏在每个中国人心底的原始记忆有了超个人的内容，而上升为一种民族文化心理。黄帝便这样成为这个大民族的"共名"，成为中华民族的人格神、人格象征。一个像轩辕黄帝这样能够在相当深刻的程度上创造时代、辐射历史的人，是大写的人。

第二，从文化精神的角度看，轩辕黄帝是中华民族文化优秀质地组构的人格象征。

从现在知道的关于黄帝的资料看，他在自己人生实践过程中体现出来的人格精神，包含着中华民族优秀品格最早的基因和价值体系最早的雏形。这里我们看到的是前一个论题的逆过程，不是空——时置换，而是时——空置换过程。黄帝毕其一生实践的各种人格精神和价值坐标，像种子一样在几千年社会历史进程（这是一种历时性）中发育，构成民族文化精神各个维面的内容和质地（这是一种共时性）。

今天，中华民族著称于世的一些优秀精神品格，无不可以在轩辕黄帝和他的时代找到源头。

开放自强的创造精神——黄帝有开放的眼光和包容的胸襟。他常常以开放性思维用人之长，善于发现兄弟部族甚至敌对部族的优势，在开放中学习，在学习中改造、创造、发展，逐步将零星的文明成果综合为自己的文明体系。传说热海部落酋长风后发明了指南车，牧鹿部落酋长广成子发明了弓箭，黄帝团结联合他们，将他们的发明应用于实践，壮大自身。他向炎帝的神农部落学耕地种谷，促进了游牧文化向农耕文化转型，向蚩尤的九黎部落学炼铜技术，促进了石器时代向铜器时代迈进。从这里,我们看到了中华民族文化开放性、包容性和多维性的最早源头,看到了在多维开放中自强不息精神的最早源头。

建功立业的有为精神——这种精神是中华民族的传统品格,从儒家的入世有为主张,到秦皇汉武唐宗宋祖以及无数仁人志士和世世代代人民群众的建功立业实践,创造了中华民族文明史的灿烂星河。这条河的源头,可以说正是黄帝的有为人生观和有为人生实践。黄帝自小便有发展社会、治理天下、建功立业的志向。"黄帝十岁,知神农之非而攻其志";及长,他看见各个部落由于生产力低下互相抢劫,又立下了团结统一天下、共同发展文明的大志,并且首先从自己部落做起。黄帝为民族创建的煌煌功业,精神动力皆来自这种有为主义。而他的煌煌功业又为中国人的有为主义传统提供了最早的实在成果,奠定了最早的实践基础。

为民利族的奉献精神——黄帝为了群体利益和民族的发展,早年历尽辛苦周游天下,希望能够找到一个更好的家园安置部落。他带回了许多先进的物质文明、精神文明信息。为了保护新的生产因素,当九黎人抢走了神农人的谷种,而炎帝怀疑是轩辕人所为时,传说黄帝不惜以母亲作为人质,顶风冒雪帮助追寻盗了谷种的九黎人,取得了炎帝的信任,达到了炎黄联合的目的。为了避免部落之间抢劫漂亮女人,他率先娶丑女为妻,创建了在男女结合中重德重情的新风尚。和蚩尤恶战九次取胜之后,他不是急于去庆贺表彰自己的功勋,而是立即着手解决战争给部落带来的创伤,倡导组织发展生产,一时"蚕神献丝,乃称纤维之功。地献草木,述耕种之利,因以广耕种"。他还妥善安置九黎部落,发挥他们的特长。天下安定之后,他依然没有坐享其成,而是再度踏遍穷山恶水,寻求新的治国安民之道。

此外,黄帝文化人格体现出来的还有身体力行的实践精神、勤俭修身的自律精神等等。这些和上述几点一道,构成了承传千古的中华民族优秀品格的丰富内涵。

第三,从文化个性的角度思考,轩辕黄帝是中华民族文化内在主要特征的人格全息。

从世界文化总格局中看,一般认为中华传统文化的内在特点主要有三,即伦理中心、家国同构、天人合一。这三大特点,当然是在长达几千年的封建社会进程中形成的,但也能清晰地看到其中有着黄帝时代的文化基因。黄帝以德治为先，修德化民。他宽厚仁慈，身居高位却始终与民同甘苦、共患难。他制定"君臣上下之义，父子兄弟之礼"，使人安伦尽分，彼此以仁义之心相待，而且"圣德光被"，慈爱之心和仁义之举广及周边各部族。在德治基础上，他疾恶如仇，对邪歹暴虐严惩不贷。在看重实践实绩的基础上，黄帝推崇人的道德水准和意义境界。这是伦理中心的初始形态。黄帝治国，以家族辐射部落，以部落辐射民族，由血缘而辐射地缘，兼达天下。黄帝被尊奉为华夏始祖，举凡华裔都称自己为"炎黄子孙""黄帝子孙"。这是家国同构的初始形态。黄帝以人而圣，以圣而神，以人道而王道，以王道而天道。这是天人合一的初始形态。黄帝传说中，从龙的图腾到死后的驭龙升天，那龙人合一，正是天人合一初萌期的一种图像，是天人合一由象形到象征的中间环节。

毋庸讳言，黄帝个体文化人格和民族群体文化人格内在特征上的这些相似点，许多是后人对中国文化特征做了理性概括，逆推到黄帝身上，进行了人格的再造和重铸，使民族文化具有了人格和感情原型的色彩。如前所述，这种逆推和再造本身，反映了整个民族视黄帝为人文初祖、人格共名的共同心理和共同期望。同时，这本身也反映了中国文化的伦理中心色彩——对民族文化种种特征的概括，只有转化为人的伦理精神、人的道德形象，才能被精英圈外的整个社会所认可、接纳，并得以传播、传承。

恩格斯曾经论述过人类社会除了生理的血缘遗传之外，还有社会的文化遗传。文化基因在漫长的积淀过程中，由客体因素转化为主体因素，由社会因素转化为心理因素，逐代承接、变异，保存下来。他称这种遗传为获得性遗传。黄帝不但给子孙后代以生命基因，也给子孙后代以特定的获得性文化遗传基因。

第四，从文化动律的角度思考，黄帝是中华文明三位一体维新结构的人格全息。

中华文明发展在结构上的特点，有学者提出，是一种生产技术、社会组织和政治权力同层同构的三位一体结构。社会政治管理、社会生活管理和社会生产管理合一，全部由同一层次、同一结构的领导群体承担。这是一种古典的社会管理结构，在现代社会和现代经济生活中有着明显的弊病。但是，它却在漫长的历史进程中维系着我们国家和民族的发展，在公元前2600多年到公元1300多年的近4000年的时间里，创造了三位一体而大致能持续维新发展的业绩。这种三位一体社会管理结构，形成中华文明的一个重要特点。它使政治领袖不能不同时关注社会管理和经济发展，不能不同时关注社会精神文明和物质文明的同步发展，并且要较深地投入其中。黄帝是精神领袖、政治领袖、社会政务和社会经济文化管理者的合一，其"帝——神——人"形象的叠印，正是这种三位一体结构的人格雏形。

中华文明这种三位一体维新发展的特点，在黄帝时代已经初具形态。综览史籍所云，黄帝时代的发明创造主要有指南车、兵法、弓箭、分土建国、礼法制度、嫁娶制度、阴阳之事、棺椁、坟墓、宫室、市场、货币、文字、历数、医药、陶器、养蚕、纺织、舟楫、车、杵臼、旃（毡子）、釜甑、冠冕、衣裳、火食、几案、井、伞、灶、镜、音乐、鼓、足球、图画等等共30多项，辐射到政治、军事、社会生产、日常生活、风俗习惯和社会管理、典章制度各个方面。黄帝人格精神的文化内涵，既通过其政治军事活动显示出来，又通过其组织社会生活、实施社会管理的实践，特别是通过其大力发展物质文明的实践显示出来。黄帝一生的实践活动，凝聚着中华民族物质文明早期发展的缩影，标志着当时社会生产力发展的水平，是一定历史阶段社会文明的人格化和命运化。

在世界各民族的创世神话和远古历史中，像轩辕黄帝这样多维度、多层面全息着一个民族传统文化内质和体系的原型人物，像轩辕黄帝这样凝结为"神仙——英雄——平民"的三重叠合形象，广宽涵盖社会历史生活的原型人物，也许不是唯一的，却极可能是首屈一指的。

1998年4月，西安古都大厦

注释

① 卡西尔《象征形式哲学》，矢田部达郎日译本，第145页，东京培风馆昭和五十八年版。
② 庄锡昌、顾晓鸣、顾云深《多维视野中的文化理论》，第139页，浙江人民出版社1987年版。

佛教和中国的民艺民俗

把佛教当作一种文化现象来看，其教义之中包含有丰富的哲学、伦理学、心理学、心灵学和美学各方面的内容。对这些内容的研究，特别是研究在中国文化基础上对佛教的吸收和改造，取得了很大的成果。就佛教教义本身来说，比如僧肇的般若性空理论、道生的涅槃佛性学说、天台的"三谛圆融"思想、华严的"法界缘起"观念等等，不但对大乘佛学做了积极的发挥，而且将儒家学说融进了佛教思想。后来的禅宗更是中国式的士大夫佛道。由佛教的传播和研究引起而发展的各种学问，比如在佛教的议论和辩论中发展起的"因明"即佛教逻辑学，在佛典的著述和吟诵中发展起的"声明"即语言声韵之学，直接促进了古代汉语反切规律的总结，丰富了中国的音韵学，并间接影响到中国诗歌对声律的运用，促进了近体诗的形成，等等。

但是佛教在中国的初传，最早主要是作为信仰和方术流行于民间。两晋以降被知识分子接受之后，佛教在民间流传这条线非但没有中断，而且作为一种宗教信仰，更作为一种宗教文化，大面积地和中国民间文化相结合，经过各社区文化的改造融合，沉淀到民间哲学、道德伦理和民间风俗、民间文艺之中，成为中国民俗文化的重要组成部分，以致产生了佛教似乎是中国国教的错觉。只是，从民俗文化和民间文艺入手研究佛教和佛教在中国的传播流布，一直显得比较薄弱。

世界几个大的宗教在传播上都有一个特点，便是将理性的教义化为感性的故事。述而不论，以述代论，述多论少，并常常走出印刷文字的文化圈，以各种民间艺术和口头文学的形态,在民间传布,或渗透进各种风习民俗之中。因此,佛教民艺和佛教民俗成为中国文化的一个重要组成部分。笔者拟从以下四方面对有关资料做一些钩沉和介绍。

第一,各种各样流传于民间的佛本生故事所汇成的佛经文学,本身就是我国民间文学的有机构成。这些民间佛教故事又常常是佛教风俗形成的渊薮和流布的激素。其中的精品就是《佛经》。

如果按照确切可考的第一部汉译佛典的出现——东汉桓帝元嘉元年(151)安世高译出的《明度五十校计经》算起,到北宋仁宗庆历元年(1041)帷净和孔道辅先后奏请朝廷解散翻经院止,大规模的译经工作延续了近900年。此后零散的佛经翻译工作一直绵延至今。这是人类文化史上的壮举。以翻译佛典为基础,大量经过释迦牟尼汇总、改造、转述的流传于古代尼泊尔、印度、锡兰、大月氏等地的民间传说开始在我国民间流传开来。由于释迦牟尼的佛教教义重道德伦理规范,主张众生凭借默想和顿悟,臻至真谛求得解脱,所以《佛经》故事多以弘扬和平、牺牲、慈爱、诚信、平等、无私、克制贪欲、禁戒残暴等等为内容。比如《长寿王》的故事就是反对战争,主张人与人和平相处;《太子须大拏》的故事则宣扬自我牺牲精神;《鹿王》及《鹿夫妇》的故事讲的是对群类的爱、幼小者的爱和子女的爱;《相扑》则描写了一个无信的人所得的结果;《山鸡王》《虬与猕猴》则是对存心欺骗者的嘲讽。这些故事一方面反映了佛经文学的宗教说教性质,另一方面从它所表达的人民的爱憎、祈求和希望看,也反映了佛经文学的人民性。

第二,在佛教影响下产生了我国古代民间文学新的体裁类别——俗讲、变文和宝卷。

民间口头文学或口碑文学,实际上是口承语言民俗,是民俗学研究的一个十分重要的领域。这里是为了论述的方便,才将其从民俗中分出来谈的。

俗讲

六朝时期,在寺庙中就有一种"唱导"的活动,就是在宣讲佛经时,一方面按"梵呗"的声调来转读,另一方面要唱宣佛号。接着,为了引起兴趣,警醒听众,还要讲一些因缘、譬喻故事,以加强宣传效果。当时把宣讲佛经叫作"僧讲",而演说世俗故事叫"俗讲"。藏于法国巴黎国家图书馆的敦煌卷子中,有关于俗讲仪式的记载:

>夫为俗讲，先作梵了；次念菩萨两声，说押座了；素唱《温室经》，法师唱释经题了；念佛一声了；便说开经了；便说庄严了；念佛一声，便一一说其经题字了；便说经本文了；便说十波罗蜜了；便念佛赞了；便发愿了；便又念佛一会了；便回发愿取散云云。以后便开《维摩经》。讲《维摩》先作梵；次念观世音菩萨三两声；便说押座了；便素唱经文了；唱日法师自说经题了；便说开赞了；便庄严了；便念佛一两声了；法师科三分经文了；念佛一两声，便一一说其经题名字了；便入经说缘喻了；便说念佛赞了；便施主各发愿了；便回向发愿取散。

俗讲有一定的仪轨，鸣钟集众、登座、说押座文、开题、正式讲经。押座文系开始讲时说一个短经，以镇押、稳定在座群众。正式讲经文则先唱经，再解说。继以吟词，循环往复。到唐代，俗讲已相当发达。日本僧圆仁入唐，《入唐求法巡礼行记》中记道："……会昌元年，敕于左、右街七寺开俗讲。左街四处：此贤圣寺，令雪花寺赐紫大德海岸法师讲《华严经》……正月十五日起首至二月十五日罢……""九月一日，敕两街诸寺开俗讲""五月，奉敕开俗讲，两街各五座"。兆合在《赠常州院僧》诗中写到地方上俗讲时，有句"古磬声难尽，秋灯色更鲜。仍闻开讲日，湖上少渔船"，可见当时的盛况。在俗讲活动中，涌现出一批闻名遐迩的专家，像文淑法师，在唐人笔记小说中一再被提到。他的俗讲，"假托经论"，所言多系"淫秽鄙亵"的世俗故事，老百姓十分爱听，常"鼓扇扶树""填咽寺舍"，其"上座率"颇为可观，连青楼教坊也"效其声调以为歌曲"。

变文

在俗讲的基础上，吸取中国古代说唱文学长期发展的表演艺术，形成了变文。变文也是一种通俗的、散韵结合的说唱文学，但不再"假托经论"，依附于某部佛经做讲解。其内容有佛教的，也有表现历史和世俗内容的；演出者不限于僧人，还有民间艺人；形式不但有说唱，还辅以绘画。安史之乱后，唐明皇和高力士在西内过着寂寞的生活，"每日上……扫除庭院。芟薙草木，或讲经、论议、转变、说话……"，其中"转变"也就是讲变文。

"变文"的"变"字，是变易之意，即将一种记载改变成另一种体裁的文字，如将佛经和史料改变成说唱文。还有的将文字改变成图像，则称之为"变相"。在古代，变文与变相有时在说唱中交相匹配，文图并茂。如敦煌卷子中有《大目乾连冥间救母变文并图一卷并序》，千佛洞还发现了附有文字说明的类似连续画的《祇园图记》，在一些变文说白与唱词的过渡处往往插有"看……外"之类的语言，表明有绘画相辅。

从俗讲到变文，从题材上看，逐步自宗教民间文学向一般民间文学转化。既有直接宣传佛经的，如改编自《盂兰盆经》的《大目乾连冥间救母变文》，改编自《贤愚经》卷九《须达起精舍品》的《降魔变文》，等等，又有讲佛教传说的，如《八相成道变文》取自佛经，写佛陀成道故事。世俗题材有写历史故事的，如《李陵变文》《王陵变文》《昭君变文》等，也有写现实题材的，如《张义潮变文》《张淮深变文》，还有写民间传说的，如《董永变文》。题材的扩大和反映现实的能力，表现了俗讲和变文的生命力。从表现内容上看，越来越世俗化，加进了很多当时中国社会的生活习俗、社会心理，并考虑到了当时中国老百姓的欣赏习惯。从故事情节看，越来越生动、充实，在形象、意蕴、语言上达到相当水平。《昭君变文》写昭君和番的故事，具有浓厚的爱国感情。《王陵变文》写王陵助刘邦伐项羽的故事，写出了一个深明大义、有胆有识、勇于牺牲的老妇人的形象，也表现了项羽的刚愎自用和粗蛮残酷，而且在对人物的描写中预示了楚汉相争的历史命运。《丑女变文》写得幽默生动，富于生活情趣，有些情节，像贪夫被丑女吓倒和丑女被幽居，都是原典《贤愚经》上所没有的。《降魔变文》中"六师斗法"那一大段，描写、修饰极为丰富，大量使用骈偶句法，完全是艺人的再创造（原典只有一句话）。俗讲和变文都是散韵结合。俗讲常常依经解文，以四六句写成，间以诗句总结前文。变文则是一段散文，一段韵文，以散文铺陈描绘，以韵文加以渲染，看得出佛典写法的传承。韵文有诗偈也有俗曲，五言、六言、七言，以七言为多。这表明非正体的诗歌在民间很流行，被俗文学借用了。这些，都丰富了中国文学宝库，并对后世文人创作和民间文艺产生了影响。如后世话本中，开头的"得胜回头"即"入话"，正相当于俗讲中的押座文。话本的行文也是散韵结合的，表明了话本与变文的联系。变文更成为后来宝卷的直接渊源，从而又间接影响弹词、鼓书等民间说唱。

宝卷

宝卷简称"卷"，是"宣卷"的文字底本。这主要是一种宣扬因果报应的、劝善训谕的、佛教思想极为浓厚的民间说唱文学。宝卷是变文的直接发展。在唐代会昌毁佛之后，变文日渐绝灭，俗讲变文演唱者流入社会，到宋代发展出卷子中的"说经""说参情"，再往后就形成宝卷。由于宝卷产生于佛教思想的衰落期，民间的"檀施供养之佛"只宣传一种粗俗的迷信，成为没落的封建意识的一部分。宝卷虽来自民间，却很少能表现积极且有意义的思想观念，多为浅薄的图解式说教。从艺术构思上看，宝卷大多遵循一定的程式，善人受难、遍游地狱、死而复生、升天成佛等情节经常使用，以宣扬佛教的六道轮回和本缘观念。具体的描写也经常重复。世俗题材的宝卷则杂取旧籍，内容很少有创造性，增饰的情节也多荒诞离奇。但不少宝卷仍然在一定程度上反映了人民群众的愿望和想法，如写富人嫌贫爱富、官府贪赃枉法的《五月英宝卷》，写考场受贿、压抑人才的《还金镯宝卷》，都反映了一定的社会现实，有的也表现了劳动者朴素的道德观。

宝卷和小说、戏曲以及民间说唱弹词关系十分密切，继承和发展了韵散结合的说唱形式，在中国文体发展史和说唱文学史上有一定的地位。早期宝卷散文部分用说经口吻，用"经云""盖闻""话表""却说"等等开头，韵文部分则主要是五、七言诗的形式。一卷或一品末了有的使用曲子唱词。《金瓶梅词话》第74回《宋御史索求八仙寿，吴月娘窃听黄氏卷》描写了说唱宝卷的完整情景。先是洗手焚香，然后展卷阅本，先以说经的口吻说散文："盖闻法初不灭，故归空；道本无生，每因生而不用……"接着唱偈并加以解说："富贵贫穷各有由，只缘定分不须求。未曾下的春时种，空手荒田望有秋。——众菩萨母，听我贫僧演说佛法，道四名偈子，乃是老祖留下。如何说'富贵贫穷各有由'？……"边讲解边诵偈之后，接着唱、韵、散交叉叙述。故事讲完，又有祝颂语，并以说偈结束。

宝卷一直流传到新中国成立以前，已与一般曲艺相同，主要表现社会传闻和奇闻逸事，新中国成立后被淘汰。

第三，各类佛教民间艺术在我国历史上的长足发展。

黑格尔说："艺术到了最高阶段是与宗教直接相联系的。""宗教往往需要利用艺术来使我们更好地感到宗教的真理，或是用图像说明宗教真理以便于想象。"（《美学》）以此故，文化发展进程中往往存在着一个宗教艺术阶段，这个阶段又促进了宗教和艺术的发展。在中国，宗教精神一方面深深地渗进文人艺术之中，另一方面，在物质形态上又主要体现为民间艺术创作实践。

佛教建筑艺术

建筑作为艺术实践活动，在中国古代主要表现为民间艺术。按黑格尔的说法，建筑是对一些没有生命的自然物质进行加工，使之与人的心灵结成血肉因缘，成为一种外部的艺术世界。因此，建筑的象征性，使它能成为神的象征而受到宗教的青睐。大雁塔雄踞平原之上，以它稳定的塔基、高耸的塔身和靠近它时一重重的前导建筑和台阶，造成了一种崇高感和肃穆气氛。许多神庙佛殿都修在高山峻岭之中，有的借助山的高峻和巨大，造成空间巨大的体量，象征着神的不可企及，比如布达拉宫；有的借助林木的掩映和云雾的缭绕，渲染佛的朦胧，比如峨眉山的寺庙群；而塔儿寺巨大建筑群的烘托拥戴，悬空寺在悬崖峭壁之上的回廊飞檐，千佛洞、云岗窟穹庐般高远的拱顶，雍和宫、碧云寺乔木伟干般的擎天廊柱，还有碑石铁马、钟鼓磬钹、帷幡香火，莫不象征着佛祖的伟大、崇高、神秘、顶天立地和超凡脱俗，都莫不是神祇佛性的意象。

佛教雕塑艺术

神像既是信仰的对象、膜拜的形体，又是由千千万万佚名的民间艺术家创作的雕塑艺术作品。我国西部石窟中的犍陀罗艺术雕塑，佛陀衣饰处理得像是湿贴于身，以这种透明感衬托出佛陀匀称的肌肤和俊美的体形，四肢纯净而和谐，面部焕发着肃穆慈祥的光辉，这与当时佛教哲学上倡导的唯识玄想一致，表现了一种寂静自在的内心世界。佛像低眉垂睑，五蕴皆空，已进入圆融无碍之境。我国现有 120 多处石窟遗址，除了极负盛名的云岗、龙门石窟，莫高窟、榆林石窟、麦积山、大足等主要石窟都在中国西部。创建于北魏的云冈石窟，造像 51000 多尊，大佛达 17 米，小者只有几厘米，菩萨、力士和飞天形象清秀高超，飘逸自得。龙门石窟的露天大龛奉先寺，南北宽 36 米，东西深 41 米，有 11 尊雕像。主佛卢舍那佛高 17.14 米，面容丰腴饱满，修眉长目，嘴角微翘，流露出对人间世事的关注和洞观一切的睿智。佛教雕塑艺术是中国民间艺术中极为重要、极为珍贵的花朵。

佛教绘画艺术

考古学家认为，史前人在一些洞穴（如阿尔塔米拉洞穴、拉斯科洞穴等）中作画，为的是进行一种宗教仪式，因此可以认为宗教意识和原始绘画几乎是一道产生的。但严格的宗教绘画艺术，还是指基督教、伊斯兰教和佛教的绘画艺术。宗教绘画艺术大致有地窟或洞窟壁画和宗教建筑的装饰性壁画，前者主要发展了绘画语言的寓意、象征和叙事性，后者则主要附丽于建筑。

我国佛教的壁画艺术以敦煌莫高窟壁画为最优。莫高窟各窟内的 45000 多平方米的壁画,如按两米高排列,可构成25千米长的画廊。这些壁画均有较高的艺术价值,各时期风格又不一样。北魏的敦煌壁画描绘了苦行故事,如"舍身饲虎""强盗挖目",人生犹在地狱之中,阴森可怖,线条粗犷强烈,没有柔和可亲的感情。到唐代壁画,则已完成了中国化,场面浩大,结构严谨,颜色均匀,变化多端。172窟的《西方净土变》一图,构画了极乐世界的美丽图景:七宝楼台,香花伎乐,莲池树鸟,以富丽的物质生活去描绘佛门境界,看得出经过了中国化的世俗的改造。156窟的《张仪潮统军出行图》则生动活泼,气势磅礴,构图与画面处理上是大场面的纵深透视,线描变化多端,刚柔、粗细、软硬、曲直,运用自如,飞天的动态优美传神,是唐代佛教洞窟画的典型风格。此外,傣族佛寺中也存在着大量的经画,把佛经的内容或民间传说,绘成连环画的形式挂在佛殿里。有的挂在列柱之间,有的制成幡旗插在佛台附近,也有的直接挂在佛台的背面。作者大多是佛爷和还俗"康朗"。正像西方宗教画创作中有许多专业画家参与一样——比如画圣母像的拉斐尔、画《最后的晚餐》的达·芬奇等,中国历代也有大批专业画家从事道释画创作。仅南北朝时期就有曹不兴、卫协、顾恺之、陆探微、张僧繇、曹仲达、展子虔等等。但应该说,中国大量的宗教绘画是由民间艺人完成的,他们的作品构成了我国民间绘画的重要内容。

佛教乐舞艺术

佛教音乐在我国古代一度十分繁荣,并且对我国古代音乐从音调到乐曲产生过深远的影响。坐落在北京东城禄米仓的智化寺,始建于明代,该寺的佛教声乐以其绝无仅有的完整性和准确性成为一部国内外罕见的古代佛乐的活古董。智化寺声乐从曲牌、谱式、记谱法、乐器诸方面来考证,可追溯到盛唐或更远的年代。它的演奏以管乐为主,辅以云锣、钟鼓,曲调既有典雅的宫廷情调、悲怆的宗教色彩,又有浓郁、淳朴的民间音乐的韵味。自1446年建寺之日起,智化寺音乐便像佛经一样被奉若至宝,以极严格的师徒相传方式保存下来,至今已有28代传人。由于它保持了那个时代音乐的本来面目,因此对研究那个时代的社会、历史、文化具有不可估量的意义。

在东汉的《胡笳调》《胡笳录》以及后来的《笳吹乐章》中,录有《婆罗门引》《明光曲》《法座引》等梵曲。唐代著名法曲《霓裳羽衣曲》,既有本国的传统曲式,又有来自印度的佛曲,主要体现为歌与破的部分吸收了《婆罗门》中的乐曲。

至今在青海藏族地区每年农历六月十七日至二十五日，都要举行龙鼓舞表演集会。这实际上是由一个佛教故事演化成的民俗。相传很久以前藏族的前身羌族有一位首领派人去西天取经，归途中佛经被天河水浸湿，取经人在岸边大石上晒经。在他打盹时，一阵清风掠过，佛经不见了。焦急之中，菩萨显灵指点他"屠羊制鼓，佛经即显"，他即宰羊剥皮制成单面鼓，在敲击中经文重新显现出来。此鼓即被称为龙鼓，被寺院用作念经的伴诵器，后来逐步发展为群众庆贺胜利、丰收、节日的龙鼓舞蹈。唐代的寺院，除了俗讲，还演奏散乐，有的甚至设有专供民间艺人表演百戏、散乐的剧场，以歌舞形式表演佛经故事和民俗生活。后来逐渐发展为歌舞戏（如《踏摇娘》《五方狮子》）、参军戏、杂剧以及寻橦、跳丸、吞火、旋槃、跟头等各类杂技。

第四，各类佛教民俗在中国文化中的熔铸。

在现实生活中，有许多传承的民俗事象，是和宗教信仰有关的。有些民俗直接由原来的宗教仪式演变而来。原始宗教和现代宗教都对民俗产生了深远的影响。有的学者甚至认为民俗是退化了的宗教，观点虽有偏颇，却说明宗教和民俗关系之深。

佛教对精神民俗的渗化

由于现代宗教的传播给人们的生产生活带来广泛的影响，有些宗教活动逐渐和各类原始宗教、民族民间风俗相结合，成为带有宗教色彩的独特精神民俗。比如"厄莎"本是拉祜族原始崇拜中的创世天神，佛教传入拉祜族聚集地后，厄莎又成了佛教化了的偶像，"厄莎就是释迦牟尼"，甚至在大佛房内就设有观音和厄莎的雕像，神力十分显赫。这是原始信仰被佛教渗入的例证。佛教渗入民间宗教习俗的例子就更多了。赕星、赕统、赕耶是布朗族的佛教民俗活动。赕星系在关门节至开门节的三个月里，全寨老人编为三组，轮流去佛寺听经，七天一轮换。赕统系傣历十月左右举行的为期三天的赕佛活动，除了献经书，还献牛猪羊三牲，佛爷要念十本经，群众则放焰火、爆竹，跳象脚鼓舞。赕耶在傣历一月，每四户买一套袈裟送给一个小和尚，每八户买袈裟送给一个大佛寺。旧社会，傣族男孩7—10岁必须入佛寺当两三年和尚，称为"升和尚"。没有当过和尚的男子，上香烛烧黄表，由喇嘛念经后将黄表埋于院中，可以镇邪保平安。而"崩康"则是土族人信仰的佛像，在一个四方亭子里用土砌成没有门窗的土屋，中间放着数千尊一寸大小的叫作"沙沙"的泥佛像。每逢初一、十五，土族百姓便绕着"崩康"转圈，口里不断诵着"六字真言"，祈祷消灾赐福。由于"崩康"常常修在村中或村边的路旁、坡头，因此便成了土族居住点的一种标志。

在长期的岁月中，佛教信仰还演化为百姓的俗信行为。蒙古人喝酒时，要用手指蘸酒三次，第一次向天弹指，表示敬天敬佛，第二次向锅灶弹去，表示敬火神，最后弹向地面，表示敬大地、敬祖先。这种风俗按蒙古语译音，叫"察朝里"。

佛教对人生仪礼的渗化

人生仪礼是指人的一生中不同的生活和年龄阶段所举行的不同的仪式和礼节。从我国各民族人生仪礼将死当作生命在另一个时空的延续（如天堂、地狱）来看，人们深深地受着佛教轮回转世观念的影响。

从诞生仪礼看，许多地方妇女在未孕前都有祈祷观世音菩萨以求赐予一男半女的习俗。藏族孩子满月后，要选择吉日举行出门仪式，母子在亲人陪同下出门，第一件事是到寺庙拜佛，祈求神佛保佑新生儿。有的地方孩子出生之后，还要去寺庙中请住持起个佛号。从成年仪礼看，瑶族男子成年时，要举行一种相当于成年礼的"度戒"仪式。度戒时要翻云台、上刀梯、踩火砖、捞油锅，经受种种严酷考验。度戒时要吃素，背诵宗教经典和本民族、本家庭历史。

从丧葬仪礼看，信仰佛教的民族中曾经流行过火葬。傣族的大佛爷死后，先要举行盛大的拉尸典礼，由两寨村民争夺。火葬后，骨灰盛于瓦坛中葬于寺后，上建一坟塔。藏族的活佛和达官贵人死后，举尸而焚，将骨灰顺风撒播，或撒入大江大河之中。裕固族人死后要即刻屈肢成胎儿状，叫圆寂，然后在地炉中焚烧。火葬、水葬、天葬之俗，都与佛教的传入有关。西藏在佛教传入之前实行墓葬，佛教传入后，宣扬"乐施"，提倡把个人的一切包括自己的肉体施舍给众生。《要行舍身经》载有劝人于死后分割血肉，布施尸陀林（葬尸场）中。佛教中还有《尸毗王以身施鸽》及《摩诃萨埵投身饲虎》的佛经故事，显扬"菩萨布施，不惜身命""求道如此，及可得佛"，于是火葬、水葬、天葬成为风俗。

佛教对岁时民俗的渗化

直接由古代天文、历法知识等科学技术形成的岁时民俗中，就能看到佛教的影响和渗入。这从各种宗教性、生产性、文娱性、气候性的节日民俗中可以看出。如农历四月初八为浴佛节，是佛教创始人释迦牟尼的生日。在汉族地区，此日佛寺诵经，用香水灌洗佛像。扩大影响到民间后，取其祈佛避灾降福之旨，又形成各族的"牛王节""嫁毛虫"类的民俗。是日设台祭祀牛王，以五色糯米饱喂牛，让牛休息一日成为民俗。民间还有"佛生四月八，毛虫今日嫁，嫁出青山外，永远不回家"之类的俗语，目的在于祈求不遭病虫害，确保五谷丰收。

傣族的"泼水节"在傣历六月举行，清晨大家先要去佛寺"赕佛"，泼水带有浴佛的性质。七月十五日的中元节，附会上佛教传说，与目连救母故事发生关系。传说目连母亲堕入饿鬼道中，目连求救于佛，佛叫他于七月十五建盂兰盆会以救母。所以民间七月十五又称鬼节，施舍饿鬼消灾。腊八节又称"佛成道节"，《上海风物志》云"十二月初八"，相传是释迦牟尼佛得道日，民间煮食"腊八粥"。

傣族的"关门节"一般在傣历九月十五日举行。相传其时佛到西天去与其母讲经，数千佛教徒在这期间去乡下传教，踏坏了百姓的庄稼，百姓怨声载道。佛知道此事后心中不安，以后每当去西天讲经，便把佛教徒集中起来，规定这三个月内不许去任何地方，关门忏悔，以赎前罪，故称"关门节"。这个节开始之后，也就进入农事繁忙季节，为了集中劳动力，禁止男女谈情说爱和嫁娶，宗教和生产掺和到一起。佛教对社会民俗的渗化还表现在我国各民族的村落信仰常常和宗教信仰交织在一起。信奉佛教和伊斯兰教的民族，宗教信仰同时也就是村落信仰。在信奉小乘佛教的西双版纳傣族和信仰喇嘛教的藏族、蒙古族部落就是如此。在汉族地区，僧侣和巫师、风水算命先生、道士等一样，都有自己相应的职业组织，构成社会民间职业集团的民俗现象。

在乡社职制方面，傣族的"民刑法规"不但约定俗成，而且有详细的文字记载。第一条犯上法规就具体规定了百姓触犯土司、头人、佛爷、和尚、寨神，破坏佛寺建筑，以及对师长、父母长辈失礼的处罚条例。

在民间礼节方面，佛教的渗入就更为广泛。藏族敬献哈达。对观见佛像、喇嘛有很多具体规定。给普通人可以敬献棉纱织品，称"素希"，给宗教界上层人士则需敬献丝织品，称"浪翠"。给普通人敬献哈达，给菩萨则敬献五彩哈达。佛教教义认为五彩哈达是菩萨的服装，是最隆重的礼物。给喇嘛活佛献哈达，不能直接递到手里，只能放在活佛面前的桌子上，以示凡人不能冒犯佛威。傣族民间待客有一种叫"送刹毫"的习俗，不论哪家来了客人，谁家有好菜饭，都要送一点过来，请客人尝尝，本源于送饭给佛爷。在藏族，僧俗之间有烦琐的礼节。拜见活佛和大喇嘛，要行跪拜礼。农奴遇见僧侣要脱帽弯腰。一般喇嘛见到活佛或是回避，或是跪拜。这些人际礼节成为维护政教合一统治的重要民俗手段。

佛教渗入中国民间艺术和民间风俗的过程，同时也是佛教适应和接受中国文化影响的过程。中华民族以自己深厚的文化传统，对佛教不但吸收摄取，而且融会改造。

在民间艺术对佛教艺术的吸收改造上，如民间雕塑曾深受犍陀罗佛教艺术的影响，犍式构图风格、装饰手法在许多石窟艺术中流行。天水麦积山石窟的早期洞窟（70、71、74、78、165等窟）中，造像雄健高大，佛像鼻高耳垂，眉细眼大，宽肩细腰，服饰多内着僧祇支，外着半披肩袈裟，衣纹呈凸起均衡密褶的犍陀罗式样。大同云岗开凿的最早的昙曜王洞（6—20）窟，犍陀罗风格又主要表现为雕像的鼻梁高直，薄唇阔肩，衣服短窄露出足部，衣纹作平行的褶皱等。后来中国石窟艺术的成就正是以此为基础。绘画也同样如此，阴影晕染法就是在这一时期随佛教徒的往来而传入的，在6世纪时通称为凹凸画法，对中国古代画坛产生过很大影响。当时采用这种画法的艺人，被誉为画坛绝艺，名重一时。莫高窟172窟《西方净土变》以极为富丽的物质现象去描绘观念的法门境界。156窟《张仪潮统军出行图》的线描变化多端，墨线、粉线、朱线及刚柔、粗细、软硬都已运用自如。这都表现了一种世俗的、希望得到感官满足的情绪，与其说是佛教宣传，不如说是世俗贵族追求享乐、粉饰藻绘人生欲求的审美表露。

中国民俗文化对佛教的融会改造也表现在民间文学和语言方面。在宝卷中，常常是佛、道、儒混杂。有的宝卷中观世音菩萨和太白金星一起出现。而观念上却又表现为儒家的纲常。在驳杂之中表现出一种融会趋势。佛典的翻译和佛教的传播还带入了许多譬喻文学和传说故事。东汉时翻译的佛典譬喻文学，当首推著名的《法句经》，采取散见于早期佛经十二部经、四阿含中的偈颂分类编纂而成，对中国文学创作产生过一定影响。如曹操《短歌行》中的警句："对酒当歌，人生几何？譬如朝露，去日苦多！"就和康僧会所译的《六度集经》第八十八篇中的"犹如朝露，滴在草上，日出则消，暂有不久"的用词与含义十分相似。在语言的融会方面，佛经的翻译不断促使学者借鉴梵音以治汉语音。到唐代，对梵语的研究愈加深入。同时，由于吐蕃语在梵汉语系之间的桥梁作用，汉语音韵学的建构便有了更大的发展。唐末僧人守温在隋代陆法言《切韵》的基础上，制定了汉语 30 个字母，后经宋人增益，最终形成 36 个字母的完整体系，汉语音韵学的基础由此奠定。所有这些都与佛教的传播分不开。郑樵讲过："七音之韵，起自西域，流入诸夏……华僧从而立之，以三十六为之因，重轻清浊，不失其伦。"可见，在汉语这一语言系统的生命中流淌着由佛教传播输入的血液。

从这个意义上看，佛教对中国民间艺术和民间风俗的渗入和影响，实际上是中外文化多维交汇的一个重要的途径，也是这种交汇的一个典型的表现。

1990 年元旦—春节，西安

附言：

本文系作者准备《西部文化论》写作时的资料钩沉，只做了初步的集纳和索引，卑无高论。主要参考书目和论文如下：

《民俗学概论》　　陶立番著

《宗教，一种文化现象》　　马德邻、吾淳、汪晓鲁著

《佛教与中国文学》　　孙昌武著

《藏族文学史略》　　王沂暖、唐景福著

《青藏佛教史略》　　王辅仁著

《世界各民族历史上的宗教》　　托卡列夫著

《中国佛教美术的来源及其概况》　　常任侠著

《巫术科学宗教与神话》　　马林诺夫斯基著

《中华民族风俗辞典》　　唐祈、彭维金主编

《佛教故事的源流与发展》　　〔日〕岩本裕著

《中国文学史》　　余冠英等主编

《中国通史简编》　　范文澜编

《二十五史精华》　　岳麓书社

《唐代长安与西域文明》　　生活·读书·新知三联书店

《西域文学史》　　〔日〕羽田亨著

《中国佛学论文集》　　陕西人民出版社

《中国风俗史》　　邓子琴著

被拷问的中国人文精神

一

中国人文精神一直在经受拷问,近年尤甚。它在自己的发展进程中,大致经受过三次大的拷问。由古典人文精神到传统新儒学的转型,使中国人文精神经受住了历史的第一次拷问;第二次拷问则是在"五四"新文化运动中,作为对这次拷问的回应,现代新儒学出现。20世纪80年代,特别是90年代以来,现代市场经济对中国人文精神又开始了第三次历史拷问。整个文化知识界,整个社会目前都未能对这次拷问做出令人满意的答复。让我们透过文学的折射,来看看中国人文精神在新的拷问中如何辗转反侧,如何寻寻觅觅。

二

王朔作品以及流贯于王朔作品中王朔的人生态度告诉我们,在中国当代社会一部分人群中,人文精神已经被轰毁到何等程度。

王朔以痞味精神、痞味画面、痞味话语酣畅淋漓地写出了痞子生活、痞子人物、痞子心态。他毫不文饰,撕破来写。在文化、文学、文字的圣坛上,他首先撕破自己,而后撕破文人和他们的人文精神。这种撕破,几达全裸。

在他笔下,痞子、痞味、痞气成为对固有人文精神刻意的反讽、反叛和反抗。他将权力文化和精英文化一向视为神圣的东西掀翻在地。他将逸出人文精神圈外的边缘人作为主角，通过主流文化的边缘化散失，达到边缘人的中心化凝聚。他笔下的人物失却了固有的精神家园，又没有找到新的精神家园，因此他们轻易地解除了认同和建构任何一种人文精神的义务和责任，获得了调侃、批评任何一种人文精神的优越心态和话语权利。他们也有自己的精神，这便是在流浪中对任何一处精神村落摇头说"不"。

在深层情绪上，王朔人物以审美形态传达出平民百姓对非平民化经典人文精神的一种厌倦和轻视。当人文精神的探寻和传播无视平民生活和世俗欲求时，他们也就对此报之以无视。人文精神本来是从生活实际中升华出来的，但常常凝固为真实人生头顶上迷蒙的云霓，以致反过来隔离人生真态、窒息心灵真情。这时，大众便要求有一种和自己贴得更近的精神话语。王朔的嘲讽，正是从另一个向度上透露出平民百姓重构人文精神的渴求。

不幸的是，在大多数情况下，王朔将自己对固有人文精神的批判，寄寓在一伙玩世者、厌世者、弃世者身上，批判又常常过分和偏激，这使得他在传达了大众文化欲求的同时，不易被大众理解和接受。他极端得叫人萌生戒心，虚无得叫人难于认同。这时，伏在民众心中强大的人文精神传统，又会被反激，站出来排拒他。大众一方面可能认同他对固有文化精神的某些批判，另一方面又不认同这群在文化土壤上肆意践踏的"鬼子兵"。极端和虚无是要付出代价的。极端和虚无的后坐力可能将射手本人击倒。这是王朔的尴尬。

但王朔别无选择。在他看来，面对一种很爱面子的文化，不撕破面子是毫无用处的。他只能以撕破自身来撕破固有文化。他和他的形象倒下了，固有文化精神也倒下了——王朔期冀以这种两败俱伤、同归于尽的方式取得成功。他极可能已经失败了，但在这失败中极可能包含着某种胜利。也许王朔并不自察，在他红色幽默的深处，流的是惨烈的血，有固有文化的血，也有王朔自己的血。他的轻松何其沉重。

由于拒绝进入人文精神体系，固执地以侃爷、顽主为自己的文化基座，王朔一开始打的就是外线进攻战。他用不着在内线做艰难的自我解剖，一味痛快淋漓地将批判、嘲弄宣泄到固有文化头上。本来不曾拥有，也就无所失落，更谈不上矛盾和分裂。但只要我们把镜头拉开来，便可以看到这嬉皮笑脸背后的混乱和悲哀。作品一旦传播到社会上，就不能不影响别人，自娱的个人责任也就转化为娱他的社会责任。如果说王朔敏锐地感到了固有社会文化和艺术文化的缺陷而去拷问它，不失为一种责任感，那么，他却只能极不负责任地将一伙玩世、厌世的纨绔子弟作为人文精神的载体向社会推销，这不是混乱和悲哀吗？

王朔的创作还要继续发展下去，但已经存在过的那个王朔将会永远存在下去。

三

和王朔不同的是，贾平凹是文人队伍中的一员。中国文化对他的人格、他的创作有着明显的影响。他的作品是有文化品位的作品，他是一个有文化感的作家。在中国文化中，道与释对他的影响是显在的，是流露在文字中的，儒对他的影响倒是潜在的，是隐伏在内心深处的。因而内儒外道，以道入儒这种中国文人常有的文化方式也便时时从贾平凹的身上表现出来。他在超逸世外时，常常有儒家入世的冲动，当处在纷繁世事之中时，又免不了有清静无为的想法。这两者都是真诚的。到了《废都》，他要描绘包括儒道释在内的人文精神在这群文化人心中的全面崩溃，要描绘四大文化名人堕落成四大文化闲人的历程，要描绘废都文人心灵的一片废墟，便不能不遭受灵魂撕裂的痛苦。这种痛苦是双重的，既来自对原有人文精神的轰毁，又来自对时下社会风行的一些价值标准的难以认同。贾平凹似乎只有自暴自弃、自虐自残一条路了。

其实，描写社会行为、社会文化、社会精神、社会情绪的边缘化过程，一直也是贾平凹创作的一条内在贯穿线。和王朔不同的是，他关注的不是城市市民阶层的边缘化。在写《废都》之前，他的目光和笔力集中在山乡山民，即文化边缘地区的文化边缘人群身上，《废都》则集中写了文化界文人的边缘化。《废都》之前的许多作品的人物，大多是历史典籍不予记载或很少记载的山民百姓，是失去土地、离开了村社（这是中国传统文化的根基）的农民、山野兵匪或山林游侠。这些"化外"之民一直处在社会潮流、历史事件的圈外，只是自在地用自己的远山野情敷衍着自己的人生故事。因此，此类作品喜欢写逸出主体外，特别是主体政治文化之外的人生过程、人生意识，以及与此相关的性格命运、心态情态、民俗风习，和感应着这种人生意识的自然景观。

这是一种文化边地和文化的圈外现象在创作中的表现。其中早就显示出贾平凹不重文化人的社会责任而重人性的舒张和人生的闲适的倾向，早就包含着他对以儒学为中心的传统人文精神的反抗成分。也就是说，贾平凹对典籍主流文化和碑载人文精神一直是持疏远态度的。他怀抱一种圈外人文观或边地人文观，这为他在《废都》中正面描绘处于文化中心的文人的精神堕落进行了远铺垫。

《废都》将生活场景挪进了古都这样的中国文化中心城市，目光集中到文化中心区、文化圈内人文精神的崩塌陷落，其实仍可看到"圈外"文化浓重的影响。也许是囿于作家的社会视野和生活积累，小说的几位主人公并不是古都文化嫡亲的传人。他们大都来自小县城，带着山乡边地千丝万缕的社会关系和精神纽带。他们所交往的一些女性和男性，不是昨天的农民，就是今天的市民，三教九流之中竟没有一个正宗的古都文人。他们始终游弋在古城主流文化圈外，经由非正统的途径"浪"得了一点名声。在他们心中，或隐或显，仍然带有王朔式的入其门而不能登其堂的淡淡的失落，当然也带有遽尔成名的自赏自恋，因此执拗地和主流文化圈保持着距离，形成一个自我运转的小圈子，用自在的生存方式"批判"着主流文化。在这里，"都"既是政治社区中心，也是主流文化中心，"废都"，既指古都政治上的败落，也指古都文化的衰竭和畸变。这样，在比他们更为有生命力的新的经济文化大潮来到时，比较浅的文化根基导致这些人遽尔成名后的倏忽堕落，也就有着必然性了。小农意识和小市民意识带着"文化""文人"的幌子，到一个新时代来冲浪，人文精神上毫无自恃力和抗疫力的弱点也就暴露无遗了。于是在作品中，迷醉和痛苦总是相伴而行。这里暴露了作家圈外人文观的致命弱点。小说结尾，庄之蝶意淫景雪荫以示报复，周敏将景丈夫的小腿一脚踹断，已经是地道的王朔方式了。

《废都》让我们看到了中国人文精神在两个层次上的崩塌。一是庄之蝶等作为文化人人格的崩塌。书中四大文化名人在精神上已经完全失语，他们对新的社会实践、社会情绪、社会心理，不做任何人文层次的思考，失去了形而上的感应能力、开掘能力和再现能力，面对鲜活的生活和人性进程，熟视无睹，哑口无言。他们间或搞一点应酬之作，基本不从事有意义的精神劳动，自身的意义世界日渐萎缩。后来庄之蝶干脆宣布丧失写作能力，正式退出文坛。退出文坛，不是外在的政治经济压力，而是心灵的死亡。哀莫大于心死。作为文化人，这种精神喑哑症，表明他们已经完成了边缘化过程。二是庄之蝶等人作为普通人人格精神的崩塌。四大文化名人，以名气来交换声色犬马，通过开条子、走后门、拉帮派等社会上流行的手段，易名为权，易名为利，干老百姓不屑为的坑蒙拐骗、醉生梦死的勾当。书中收废品老人的警世民谣所针砭的丑恶现象，其实就包括他们这一群。他们不但失去了文化人的意义世界，也失去了普通人的意义世界。人文精神崩塌到这种程度，可谓触目惊心。

《废都》着意反映文化人人文精神的崩塌，力图反映价值标准由"以利为先"到"以道为先"的转型时期，知识分子的圣坛被轰毁，文化人的崇高地位和神圣感觉被轰毁的实际。但当这种复归不是使圣成为人，而是使圣成为食色之物，就走向了另一个极端。那些撕破来写性的文字，对文化圈和社会精神确实产生的不良后果（如有的评论者所说，"书中四鬼狰狞，引燃了读者心中的百鬼蠢动"），必然为社会文化、精英文化所不能见容，以致引发了各类不满的声音。

瞄准人文精神的射手，又一次被后坐力击倒。

四

在新写实小说和新历史小说中，中国人文精神不是轰然倒塌的，而是悄然消失的。这两类小说专注于现实和历史的平民心态和世俗生活，以平民化甚至平庸化的社会坐标、艺术坐标，消解历史和现实生活中的主流精神和理想价值，使艺术的人文精神和作家的人文操守在瓦解中实现着某种转型。

新写实小说大致可以用这么一句话来表述，那就是写小人物在物欲压抑下的精神烦恼。

写"小人物"不是新写实小说开的先河。新写实小说写"小人物"不同于以前的地方在于：一、大量而集中；二、将"小人物"从边缘位置挪到中心位置；三、写了"小人物"心态在社会生活中的普泛化，特别写了这种心态在文人界的传染性扩散；四、反映出艺术家自身对"小人物"心态评价方位的转变，由以前常见的审视角度转为某种认同，甚至某种欣赏，也有尚不情愿认同的无奈。这是新写实小说写"小人物"的主要特点。

新写实小说揭示了"小人物"心态普泛化的主要原因是物欲的膨胀挤压。经济社会人和物的关系，灵和肉的关系，道和器的关系，比之传统社会有某种程度的颠倒。人在日益强大的物质力量面前，感到从未有过的渺小。精神在恶性膨胀的利益要求面前失重，文化和与文化相应的各种社会机制在生机蓬勃的经济运作面前苍白，有的甚至被挤压成碎片。这使更多的人，包括许多职业精神劳动者，体认了"小人物""小角色"身份，更多地理解了"小人物""小角色"

的处境和心态。一种新的物质存在的意识，一种平庸世俗的文化价值观和相应的文化运作，在社会和文化领域风行。

"小人物"心态普泛化主要的情绪性结果，是烦恼。这种烦恼，有如三月雷雨天的潮湿，无处不在而又纠缠不清，弥漫在新写实小说各类人物的心头。烦恼，作为一种社会典型情绪，其实是文化良知在渴望堕落和不甘堕落中的挣扎。烦恼不完全是麻木，也不完全是抗争。烦恼是精神被物欲淹没时的半推半就、半喜半忧；烦恼是人的意义世界被日常生活淹没后，对昔日的回眸和终于走向麻木的愧疚。这都是烦恼所具有的真实美的内涵。但有时候，烦恼也可能是一种心理策略，既飞吻往昔的精神之梦，又献媚今后的物质之网，将急剧转变的折线，柔化为两个优美的弧度，好对得起过去，又不失去将来。

新写实的探索，是历史选择的结果。尽管它是以烦恼和无奈的方式，但它毕竟传达了社会特别是平民对新的社会价值和人文价值的呼唤。新写实小说没有执意揭示，而是淡淡地呈示了传统价值观和人文观与现实生活的种种不适应。它反映了物质的第一性不仅作为人类生存条件，而且上升为物质生存意识、生存方式，对人的思想观念、性格心理的决定性影响。不少新写实小说既写物质生存需要无法满足之后人性的扭曲和畸变，又写物质生存需要如何聚集为一种精神要求，即要求建立一种更多地考虑普通人衣食住行、生活情趣等等实际利益和世俗价值的新人文精神，建立一种反映了物质生存意识的，更具人性色彩和平民色彩的新人文精神。这一点，应该说是新写实作品对当代社会基本走向的历史性反映，也是新写实作家朴素艺术责任感的体现。

就目前的新写实作品看，这方面还只停留在朦胧的企求和渴望上，新人文精神的建构还远没有拉开帷幕。从企求到建构是一个漫长的时期，在这段时期，随时存在着被世俗淹没而走向麻木和从世俗的淹没中走向新的清醒这样两种可能。希望新写实小说在创作实践中更多地显示出第二种可能，而避免第一种可能。

新历史小说在一定程度上是新写实精神向历史生活的扩散。它们常常跳出历史小说局限于碑载史料和碑载文化的老路子，注重对历史生活中的世俗社会、平凡人物和平民精神的反映，或将碑载历史世俗化、平民化，消解历史的象征感和暗喻感，使历史回到人生百味中来。新历史小说在艺术上由神话原型回归生活故事，由哲理和史诗回归到生活场景和对常人心态平实的描绘，反浪漫，反矫情。新历史小说总体是对寻根文学浪漫神话的否定，也是对传统历史文学执意提炼历史精神以对应时代的一种否定之否定。

新历史小说给文学把握、表述历史生活开辟了一个新视野,提供了一个新坐标,使过去难于走上史书和文坛,或者只在通俗小说中流传的历代平民生活,在高雅文学中获得了自己的话语权,形成了自己的话语体系,使文学在表现历史生活时在内容和形式上取得了新的自由。尤其不可忽视的是,新的思想坐标、艺术坐标有可能使文学关注到历史生活中一向存在却一向被经典文化忽视的中国人文精神世俗且平实的一面,从而发掘出固有人文精神在内容和表现形式上的新生面,使我们对中国人文精神的丰富性有新的认识,也为中国人文精神的现代转型提供了可贵的形象素材。

同时,我们也看到,新历史小说绕开了传统历史小说的人文精神和寻根小说的现代精神,它既生动细腻又随心所欲地写历史,过大的自由度和作者思想感情过度的渗入,使其有将历史变成空壳的危险。如果偏离历史唯物主义的基本坐标,使历史小说产生非历史倾向,必然带来许多需要讨论的问题。

五

张炜的创作可以说经历了耐人寻味的二度转移。从这个二度转移中,能窥见一个作家人文精神的坚执和新变。

张炜在创作伊始就表现出一种乡土情结,他以我们熟悉的笔法描绘曾经生活在其中的乡村生活,素朴洁净的心境晕染和自然诚笃的抒情意味,不似国画小品,倒像英国水彩画般明丽,召唤着读者对乡村生活的憧憬。到了《古船》,他的创作出现了第一次转移。当时社会的文化解放和精神再造,遭到了保守、僵化因素的严重抵制和压抑,作为具有人文责任的作家,张炜在《古船》里以严肃的文化批判来呼唤启蒙和解放。明丽的水彩画变成了厚重的油画,对乡土风情的描绘转而为对农业文明内在结构的解剖和批判,生活和感情的视角转而为社会的、历史的、文化的视角。

这一时期,不少作家都在新的社会思潮和文化精神启动下,将自己的创作转入社会文化批判的层次,《古船》是其中难得的力作。之所以难得,是因为它远不止解剖和批判了处在小农经济形态中的农业文明弊病,而且描写了小农经济的现实形态、现实关系成为历史之后,血缘文化和小生产者心理作为一种社会文化心理的积淀，如何长久地腐蚀和诱变其后新的社会经济形态，使新的社会经济形态出现历史倒退而徒具空壳。我们感受到作者鲁迅式的忧患精神，它具有深埋的激情和理性的深刻，又熔铸在人物形象的塑造和人物关系的动态结构之中。

到了《九月寓言》，张炜的创作有了第二次转移。他在《九月寓言》中以充满感情的笔调描绘自足的乡村生活，描绘劳动和劳动者的淳朴、崇高以及和乡村文化共在的一切美好，描绘乡村文明对传统价值的坚守和这种文明在工业文明围困下如何没落和濒临绝境。

下述三点应该引起我们的重视。其一，《九月寓言》的文化境界，已经由文化的竞争、论争进入了文化的综合、兼容。其二，《九月寓言》的文化坐标，已经由对经济荣衰、社会善恶、道德文化美丑的具体判断提升到人类生存、生命需求的整体判断。其三，《九月寓言》的话语体系，已经在书写现实社会生活中引入了神话代码，即"寓言"。这是尤其值得我们注意的。寓言或准寓言代码的引入，使全书对农村生活的描绘，相对摆脱了具体时间链条的锁扣，散化为一种空间的覆盖和浸漫。张炜在作品中布设了一个自己所向往的乡村文明范型，并将读者引入这个寓言的规定情景和特定逻辑体系，完成了对农业文明的重新梳理和更深的认识，也完成了对工业文明的张炜式的隐秘的抗拒。

在城市工业文明走向烂熟的时代，20世纪世界上一些最负盛名的作家都不约而同地流露出怀旧倾向。艾略特、叶兰、乔伊斯、托马斯·曼的作品在这种怀旧中都流露出不同程度的神话主义，而福克纳、马尔克斯一类作家则背向发达工业社会，专心致志地去写他们想象中的小小故乡和古旧家族。在中国当代文坛上，一些古老的、尘封已久的日子正在活灵活现而又迷迷蒙蒙地上演，构成了一幕幕带有寓言色彩的现代剧。可以说，这是文学家们对现代工业文明拷问传统人文精神的一个艺术回答。在这个回答中，不但结出了思想认识上的成果，而且结出了艺术形式上的成果。

与此同时，一批前几年热衷于传播先锋理论的青年评论家，有不少也转而研究国学，和海外现代新儒学遥相呼应。这又是理论家们在人文精神受到拷问时的一个理性回答。两者之间有很多类似之处，比如，都以后工业文明为自己的精神坐标，都带有某些寓言（作品）色彩和玄虚（理论）倾向，能够在精神和感情上满足社会需要，却未必能解决现实社会精神建构中的实际问题。由于作品的社会功能只在前者,张炜应该说已经在相当程度上完成了自己的任务。而关于后者的要求,理论则显出了灰色。

六

面对人文精神的轰毁和消融,与张炜的飘然拒绝相比,余秋雨则力图在浩瀚的民族文明史中开掘、选出健康的人文精神,并加以形象地表现,他做着切切实实的梳理建构工作。

近几年来,他的写作和研究集中于中国文人或具有文化感内涵的历史人物、历史现象。他致力于一个命题:再现基于健全人格的文化良知,再现中国人文精神在人类文明史上不可磨灭的作用。他写到了愚昧和野蛮对文明的围剿,写到了文明的孤掌难鸣和千困万窘,主题却是一往情深地歌吟文明,歌吟"碎成了碎片而依然光亮的文明,让人神往又让人心酸的文明"。

他以文化学者的渊博和透辟,以散文作家的描绘和抒情,将这项工作搞得有声有色,创造了通俗文艺大潮中学者散文能够向平民社会广泛扬播的罕有的先例。应该说,余秋雨的散文在一定程度上推动了整个社会对中国人文精神存亡的关注和思考。

余秋雨对中国人文精神中的有为主义做了集中的发掘,使传统人文精神常常以奋争向上的新面目出现在读者面前,并和现代精神暗通。他在《十万进士》中避开陈见旧识,集中写了科举制如何克服世袭制的弊端,在选拔社会有为之士中的积极作用和历史功绩。科举制度在中国整整实行了1300年,从隋唐到明清,一直紧紧伴随着中华文明史。它选拔了十万名以上的进士,百万名以上的举人,在整体上构成中国历代官员的基本队伍,其中包括一大批极为出色的,且有着高度文化素养的政治家、行政管理家,也有一些出色的学问家、科学家、文学家。他在《一个王朝的背影》中写了一个有为的皇帝康熙,写他如何励精图治,在王朝的休憩地也不忘习武狩猎,以保持胡服骑射的先民所给予的奋争向上精神。他又通过承德避暑山庄这个清王朝夏宫的兴衰,写出了整个王朝由有为到无为,再到败落的"背影"。紧接着,他在《流放者的土地》中,写了一批有为的流放者(其中有的就是被康熙治罪流放的),写他们如何在时乖命舛的逆境中,以戴罪之身为社稷百姓建功立业。越出常轨,去写迫害者和被迫害者两方面的有为，这是个难题。他不去展开对具体历史活动功过的评价，而是提炼出一种双方共通的人格精神来加以揄扬。他在《抱愧山西》中发掘了几个被湮没的国内最早最富的山西票号——当代银行的"乡下祖父"，以及与其相应的古典金融意识和在经济开发中的有为精神。过去，我们只知道山西有煤矿，有大寨，那是艰苦奋斗精神的徽号，而不知山西有如此惊人的经济、金融致富的智慧。作者因此以"抱愧"来表示自己对山西的误解和小视，其实也可读作"抱愧中国文化"——我们不能不对被误读、被疏漏的中国文化精神的丰富和有为而有所歉疚。他在《上海人》中，又发掘了中国人文精神诚笃、厚道、坚执之外的精明、开通、好学、随和种种质地，发掘了中国文化重道之外的重器，也发掘了上海小市民意识深层所具有的大市民基因，从而使中国人文精神和现代市场经济的要求在文化精神上接轨融通。

现代新儒学在阐释发扬中国人文精神时有一个视域限制，即偏重伦理而轻视、疏漏经济、政治、科学方面的有为精神、操作智慧、优秀成果，有时甚至形成中国人文精神继承发扬中的盲点。在一定程度上，余秋雨的文化散文避免了这种局限，拓展了我们对中国人文精神的认识。他厉声疾呼的是重视传统文化中有为主义在新时代人格建设中的作用，他殚精竭虑的是调整学界、文界乃至整个社会对中国人文精神的偏颇印象。这是开风气之先的。

余秋雨的文化散文，在反映中国文化时，没有停留在有为主义这一人文精神层次上，总是力图发掘出人生态度及生命活力来。他总是透过历史事件去写历史主体即人，写人的向上的精神状态和情绪状态，人的活跃的生命状态。这时，社会和历史的评价固然还存在，却已经退居次要地位，人生和生命的评价成为第一因素。他的目光总是离不开逆境和苦难，逆境和苦难是拷问文化良知和生命活力最好的公堂。我们可以说，余秋雨是以经受住严酷拷问的人文精神、人格群像来回答今天社会对人文精神的拷问的。

说到注重文化良知和张扬人文精神，还不能不提到梁晓声的创作。比起张炜来，他在作品中对这个问题的回答更切实可感，和余秋雨采用的虽不是同一种文学体裁，却异曲同工。他早年的老三届命运和知青生活，那个时代赋予他在理想中燃烧的生命激情，以及后来更新了的知识结构和精神质地、多年形成的社会参与意识和理性思考深度，使他的作品既能褒扬中国传统人文精神的有为主义、积极心态和美好的情操，又能表现出和新的经济社会发展相应的气魄、情愫和价值标准，并以熔铸在形象中的哲理诗情打动着、激励着、启发着读者。和余秋雨一样，他的作品弥漫着一种苍凉和崇高，不同的是，他更多了一些诗人式的炽热，余秋雨则更多了一些学者的沉静。和余秋雨一样，他也总是从具体的历史社会生活中去捕捉、提炼人格力量和生命激情（例如写"文革"知青下乡那一段生活），高位悬浮以超越特定时代的政治评断，将社会思考转换为生命感悟，使之成为泛化了时空的精神养分。不同的是，他的传递更多依仗艺术感受，而余秋雨的传递则更多依仗理性思考。

人文精神受到严峻拷问时的文学，是多向、多变的文学，每个作家都将在拷问中选择，在选择中书写时代也书写自己。

1994年9月，西安谷斋

应当重视矛盾的同一性在事物发展中的作用

同一性是矛盾的本质属性。认真研究矛盾的同一性在事物发展中的地位和作用，对于我们完整地、准确地掌握唯物辩证法，更好地指导现实的斗争，具有重要的意义。

关于矛盾的同一性问题，毛泽东同志在《矛盾论》一文中，曾经做过精辟的阐述。他指出："同一性，统一性，一致性，互相渗透、互相贯通、互相依赖（或依存）、互相联结或互相合作，这些不同的名词都是一个意思，说的是如下两种情形：第一，事物发展过程中的每一种矛盾的两个方面，各以和它对立着的方面为自己存在的前提，双方共处于一个统一体中；第二，矛盾着的双方，依据一定的条件，各向着其相反的方面转化。这些就是所谓同一性。"毛泽东同志的这段论述，不仅科学地规定了矛盾的同一性的内容，而且揭示了矛盾的同一性在事物发展中的作用。

首先，由于在统一体的两个对立面有着"相互依赖""互相合作"的关系，因此，我们可以依据客观情况，充分调动、利用双方的各种共同点，发展一方兼顾另一方，以对方的发展来促进自己，从而推动整个事物的发展。例如，毛泽东同志在《论十大关系》一文中所谈到的重工业和轻工业、农业的关系就是如此。重工业是我国建设的重点，必须优先发展生产资料的生产，这是正确的。但是能否因此忽视轻工业、农业的发展呢？不能。如果将生活资料即生产资料的生产和生活资料的生产作为一个统一体的话，那么这个统一体的两个矛盾的方面（一方面是重工业，另一方面是轻工业和农业）是既对立又统一的。

辩证法的要求是,不但要看到它们有相互排斥的一面,更要看到它们"互相依赖""互相合作"的一面,就是说,在一定条件下,它们是相互促进的。毛泽东同志正是抓住了后一个方面,科学地阐述了重工业和轻工业、农业的关系。他指出,如果真想发展重工业,不但不应该用重工业去打击、排挤它的对立方面——农业和轻工业,相反,要采用发展它的对立面的办法,即尽快把农业、轻工业搞上去,加速资金积累,改善人民生活,使其反过来促进重工业的发展。实践证明,前一种办法,只看到对立面的斗争,而忽视了对立面的同一,因而重工业在某一段时间内可能有所发展,但由于农业上不去,轻工业产品满足不了群众的需求,进而会影响重工业发展的速度,国民经济的基础也不稳固。后一种办法,既看到对立的斗争,又看到对立的统一,不但重工业的发展可以快一些,而且由于保障了人民群众的物质生活需要,会使它发展的基础更加稳固。同样,要发展内地工业必须发展沿海工业,要加强国防建设必须搞好经济建设,要真正做到独立自主、自力更生,必须认真学习外国的长处。经济方面如此,政治方面也是如此。比如,要发展马克思主义的意识形态,就必须坚持"百花齐放,百家争鸣"的方针。为什么呢?其中一个重要的原因就在于,在科学文化、思想理论问题上,不同的风格、不同的学派是客观存在的。在这种情况下,我们允许它们存在,提倡自由讨论,不主张运用行政手段强制推行一种风格,反对另一种风格,或强制推行一种学派,反对另一种学派;不主张乱打棍子,乱扣帽子,就是为了使它们在自由讨论中取长补短,也就是为了扩大争论双方的共同点,达到发展马克思主义的意识形态的目的;否则,所谓发展马克思主义的意识形态也就常常成了一句空话。

其次,在事物发展的过程中,新、旧事物之间总是"互相贯通""互相联结"的,就是说它们之间有一条由此达彼的桥梁,只要我们善于发现事物之间的这种相通的"桥梁",积极创造条件,努力做好工作,就能将事物引渡到新阶段去。恩格斯在《自然辩证法》一书中,介绍了他和马克思在与黑格尔的唯心主义做斗争的同时,如何发现了埋藏在唯心主义尘埃的辩证法的合理内核这样一座"由此达彼的桥梁"。和同时代其他唯物主义思想家不同,他们没有简单粗暴地拆毁这座桥梁,把辩证法与黑格尔派一同抛到大海里去,而是决心拯救辩证法,并且把它们转为唯物主义的自然观,因此,他们才能够将唯心主义辩证法引渡到唯物辩证法的崭新境界。列宁在《共产主义运动中的"左派"幼稚病》中,以极大的篇幅总结了布尔什维克党的经验,指出革命家应当参加到反动工会和资产阶级议会中去,利用资产阶级的阵地达到无产阶级的目的;布尔什维克要善于区别两种性质的妥协:叛卖性的妥协和策略性的妥协。"拒绝利用敌人之间的利益矛盾(哪怕是暂时的矛盾),拒绝同各种可能的同盟者(哪怕是暂时的、不稳定的、动摇的、有条件的同盟者)通融和妥协,这岂不是可笑到极点了吗?"为什么布尔什维克党能够利用资产阶级议会?为什么她能够同一些反列宁主义的派别建立暂时的同盟?就是因为前者和后者之间有一条由此达彼的"桥梁"。列宁和布尔什维克党正是因为巧妙地抓住了这个"桥梁",所以才能利用一切可以团结的力量来推进革命事业。可以说,布尔什维克党的这一经验,是运用对立统一的辩证观点,特别是重视矛盾同一性在事物发展中的作用的典范。

任何事物都处于运动之中,而在一定质的规定范围之内,任何事物的运动又总是在矛盾双方共处于一个统一体内的情况下才能进行,这是矛盾的同一性在事物发展中的作用的又一突出表现。这里,我们不妨以社会主义经济建设中的综合平衡为例,加以剖析。所谓综合平衡,就是使国民经济部门有一个比较协调的比例关系。用哲学的语言来说,就是使国民经济这个统一体中矛盾的各个方面,处于正常的、合乎客观实际的地位。倘若不注意综合平衡,人为地规定一个让它发展快的部门,把指标定得高高的,硬要其他部门让路,这样就会使原来的矛盾统一体发生变化。这样的事例不是很多吗?新中国成立以来,我们有两个经济发展比较快的时期,一个是1953年到1957年以前,另一个是1962年到1965年。这两个时期,都是重视综合平衡,坚持有计划、按比例发展的结果。有两个经济停滞和倒退时期,即1958年到20世纪60年代初和"文化大革命"时期。这两个时期,又都是由于综合平衡遭到破坏、比例严重失调造成的。所以,早在党的八大时,周恩来同志就提出了"应根据需要与可能,合理地规定国民经济的发展速度,以保证国民经济比较均衡地发展"的思想;20世纪50年代后期,陈云同志又提出了关于坚持"三大平衡",即国家预算收支平衡、银行信贷收支平衡、物资供求平衡(以后又加上外汇收支平衡)以及它们之间综合平衡的观点。毛泽东同志说:"所谓平衡,就是矛盾的暂时的相对的统一。"(《毛泽东选集》第5卷第375页)又如,政治上的安定团结是发展社会经济的必不可少的条件之一。安定团结,当然不是没有矛盾因素的相互斗争。但当我们说安定团结促进社会经济发展时,不仅仅是指其所包含的斗争方面的内容,而主要是指它所包含的统一方面的内容，即形势的稳定、人心的凝聚、领导的集中、各方面的协作等等。这也说的是统一性在事物发展中的作用。可见，矛盾的统一性是矛盾运动的前提和必要条件。有了相对统一状态，事物才构成一定的质，才谈得上发展。这里，相对统一能够起到巩固斗争成果的作用，并且是事物发展的一定阶段的标志。正是统一性所标志的一个一个发展阶段的连续不断的积累，才构成了事物发展的历史过程。试想，如果没有矛盾统一性的作用，怎么使事物获得自己的质的规定性呢？又怎么使事物处于相对稳定状态呢？

长期以来，林彪、"四人帮"从他们反革命的政治需要出发，疯狂反对马克思主义唯物辩证法，抹杀矛盾的统一性，歪曲矛盾的斗争性，用"对着干"代替对立统一规律。他们鼓吹"斗则进，不斗则退"，似乎只有矛盾的斗争才是事物发展的动力，矛盾的统一则是阻碍事物发展的因素。他们打着"斗争哲学"的旗号，破坏一切必要的统一、平衡、团结、合作，谁要提矛盾的统一性，就被扣上"阶级调和"的帽子。时间已经证明了这种"理论"的荒谬，宣告了形而上的破产。

党的十一届三中全会公报指出，加速社会主义现代化建设必须有两个条件：一是要按客观经济规律办事（其中很主要的一个内容，就是搞好综合平衡）；二是要有一个安定团结、生动活泼的政治局面。这两点实际上是从总结我国社会主义实践经验的角度，批判了林彪、"四人帮"的"斗争哲学"，同时也为理论工作者提出了应当重视矛盾统一性在事物发展中的作用的任务。列宁在《黑格尔〈逻辑学〉一书摘要》中指出："辩证法是一种学说，它研究对立面怎样才能够同一，是怎样（怎样成为）同一的——在什么条件下它们是同一的、是互相转化的，——为什么人的头脑不应该把这些对立面当作僵死的、凝固的东西，而应该当作活生生的、有条件的、活动的、互相转化的东西。"重视研究矛盾的同一性在事物发展中的作用问题，可以促进我们更好地运用辩证法；当前，它可以为新时期的革命和建设实践服务，为国家的发展、为四个现代化的伟大事业增添更多的"精神能源"，这就是它的现实意义之所在。

无产阶级认识世界的目的完全是为了改造世界。也就是说，革命者的任务主要就是做转化工作的——利用现有条件或创造新的条件，促进旧统一体的分解和新统一体的诞生。请想一想：我们搞革命、搞生产，哪一次不是为了将物质的旧形态变为新形态，将旧事物变为新事物呢？"事物（现象等等）是对立面的总和与统一。"(《列宁选集》第 2 卷，第 607 页）可见，斗争只是手段，建立、巩固、完善新统一体才是我们的目的。而林彪、"四人帮"鼓吹"斗争就是一切"，这实际上是老修正主义者"目的是没有的，运动就是一切"公式的翻版。他们将不停的分解、永不休止的斗争作为目的，这完全是心怀叵测。

附言：

本文是 1978 年党的十一届三中全会前夕写的，当时整个社会还以阶级斗争为纲，文章针对性地提出重视矛盾同一性在事物发展中的作用，被当年《光明日报》哲学专刊通栏刊载，并由中央人民广播电台分两天全文播发。

从大生命系统看人文精神

人文精神的讨论，已经渐显沉寂。缘故很多，有一条，恐怕和思维空间的狭小，可说的话越来越少有关。人文精神的反思和重建，现在的讨论可以说才开了一个头，远没有深入堂奥。这里，我想就扩展人文精神讨论和研究的思路说点想法。

在现在波及的各方面问题继续深入展开的同时，还需要从现代世界最新的现实出发，将对人文精神的思考拓展到人与自然、人与整个生存环境的人文关系上来，拓展到万物之灵的人类对整个生态圈、对整个生命体系的人文责任上来。

"天人合一"，人和社会、人和宇宙相全息，人和万类霜天竞自由，又和万类霜天相交流，是中国文化乃至东方文化的一个基本特征。虽然传统文化的"天人合一"观是在自然经济、村社文明基础上的人与天的循环，人对自然、对生存环境的认识、开发、利用还不是很充分，自然对人的承载也远没有超量，实现这种交流、循环较为容易，但传统文化的"天人合一"理论，却在相当深刻的程度上理解了人对自然的亲和、关怀，人对大的生存环境的亲和、关怀，实际上是人对自身生命的终极关怀，从而将人对自然、对生态的态度纳入了人文视野，纳入了人生观念、人生价值、人生境界之中。现代社会的发展，出现了人对自然的掠夺性开发，也出现了自然对人的报复性惩罚，出现了各种生态病变，以及由这种生态病变导致的文化心理病变，乃至精神和肌理的病变。人和环境、资源的关系，也就以前所未有的广阔和深刻程度，进入了现代人的人文视野，成为考察当代人文精神一个不可或缺的方面。

在现代社会，人对自身的关怀，早已超出了物质关怀，进入了文化关怀。而仅仅局限在文化意义上也是远远不够的。人类的繁衍兴盛和社会的可持续发展必须彻底扬弃和超越传统的工业文明的无节制发展，扬弃和超越短视的人类中心主义和浅薄的物质消费主义的价值观，而在生态文明基础上建构充满人文精神的价值观。比如，反对、抵制无节制发展，在开发自然资源、生存环境的永久性工程中，贯注人类的道义感、责任感和使命感，既尊重人类的生命权利，尊重人类在生命中的中心地位，也承认、尊重自然的生存权利。这不是对人性的一种限制，而是把人的价值、意义与尊严摆在物质消费之上，克制物性对人性的宰割以及兽性的泛滥，实现人与人、人与自然、人的肉体与精神的圆融统一，营造现代人人性的新境界。

在实现这种新的人文境界时，需要培育一种新人文理性，并在整个社会实践操作中发挥它的作用。在新人文理性的培育生成过程中，人类要逐步地由忽视资源合理利用和生态平衡的粗放型经济增长方式，向合理利用资源、维护生态平衡的集约型经济增长方式转变，这是从经济增长方式上说；从人类存在方式上，则要由人与社会、人与自然相互疏离的对立的存在方式，向人与人、人与社会、人与自然圆融和谐的存在方式转变。这两种转变，都可以说是由传统的自然经济理性、工业文明理性向现代新人文理性的转变，它构成了现代社会进步的坚实的人文基础。

将人文精神拓展到宇宙大生命的领域，近年来已经引起文化学者和文艺创作者的注意，出现了一些以此为主旨，或旁涉这个课题的作品。文艺评论界也关注到这种创作现象，有些文章做了初步的、有见地的分析。但是，郑重地将其作为现代社会人文精神的一个有机内容，展开正面的归纳、阐释、研究，则显得不够。其实，这方面可供我们开掘的研究内容是很多的。

比如，环境保护的人文研究和艺术表现。当代社会，环境保护不只是一种社会建设策略，更是一种道德精神境界，是人类可持续生存的新的世界道德。每一个人都是生命大家庭的一员，构成全部活着的世界，具有同样的平等权利。每个生命形式以它对人类的价值而有理由得到尊重。每个人应该对自身施于自然、施于客观环境的影响负有道德责任。是建设性的还是破坏性的？是堵塞循环的还是疏导循环的？是美化了还是丑化了？这些无不反映道德水准和认识水准，也无不产生道德后果和社会后果。古往今来，写森林、河川、山岳的作品，正是由于超越了自然生命的使用价值、产品价值，而发掘了潜藏于自然生命深处的精神价值、美学价值，亦即人文价值，才成为上品，进入文学史画廊的。

再比如资源开发的人文研究和艺术表现。人类并不能独占地球，地球也不能只供人类享用。从大生命人文精神出发，人和其他生命共同享用地球生态资源，因而实行"资源共享"。不但当代人资源分配应该利益平等，人类和其他生命资源的分配，也应该在一定意义上体现利益平等原则。其他生命资源通过多级转换，为人类的生存提供给养，保证了人类生存质量的不断提高。同时，其他生命资源又在物质上、精神上为人类营造美好的生存环境。这样，人和其他生命共享地球资源，最终也就构成深刻的人文、人道命题。过去反映社会主义建设的作品，从政治坐标、经济坐标、人性坐标和传统人文坐标上着眼多，如果以这种新角度、新眼光来观照和开掘素材，一些习见的题材也可能写出新意。大生命坐标的是非判断和审美判断，极可能使我们在司空见惯的生活中发现大开眼界的东西。

至于消费生活的人文研究和审美表现人文色彩则更为强烈。它从节约自然资源和提高生存境界，即物质和精神两方面的良性循环出发，强调以适度消费替代过度消费，提倡人类过一种以提高生活质量为中心的简朴生活。和传统的清教徒的生活追求不同，这种简朴的生活境界，是现代人具备了大生命眼光之后，在较为丰富的物质生活水平之上，一种文化、精神化的生活追求。他们更看重满足深层的人生欲求，比如参与科学和艺术的思考、欣赏和写作，在旅游、娱乐和艺术活动中实现审美追求，过健康的心理生活、道德生活和信仰生活，以及参与家庭和社会事务以满足为群体、为后代奉献的美好愿望，等等。这种在更高层次上满足人生欲求的消费伦理观，是现代社会人文精神的体现。注重追求精神生活，追求生命在形而上层面的实现，愈来愈成为普遍的社会现象。在人生欲求的大转换中，衍生出多少命运故事，多少感情冲突，多少心理经验，又给人类精神生活史提供了多少新的素材。这块待开垦的处女地也正在召唤作家的笔。

1996 年 12 月，西安谷斋

赞一声被南墙撞倒的人

这个话题讲的是撞倒南墙的人。撞倒南墙的人，可以理解为"一条道走到黑"的人，"不见棺材不落泪"的人。这是贬义，一根筋。也可以理解为"不到黄河不死心"的人，这便有了中性的意义，立志，但也许志向不切实际。还可以理解为"不到长城非好汉"，这便是褒义了，豪情和壮志啊！

可以说，一切既有的文明都是墙，一切新的创造都需要有人撞墙。美国经济学家熊彼得说，大的创造都带有颠覆性，颠覆是什么，就是把墙撞倒了。

撞倒了南墙的人，大都是胜利者。势也，运也，他们以自己的坚毅人格、精神定力和实践能力，将天时地利人和各方面的因素组成一股合力，最后撞倒了南墙。他们是幸运者。但是我们要看到，在他们之前或之后，与他们同时，有更多的人被南墙所撞倒。这些被南墙撞倒的人，常常会被讥笑为不识时务，不自量力，被看成是失败者。

今天，我却想为那些被南墙撞倒的人点赞、喝彩。是他们为最后那位撞倒南墙的胜利者，积蓄了人气、力气、精神气，积蓄了智慧和经验。

20多年前我所在的省文联家属楼与省杂技团挨着，有天晚上，院子里黑黝黝的，杂技团排练场门口有两个小孩站在那里，看来非常害怕，声控灯灭了，他们用脚跺一下，把灯跺亮，一会儿灯又灭了，他们又跺一下。我问他们干什么呢，这么晚还不睡？他们说老师让他俩罚站，因为不守纪律。他们是杂技团的小学员，才七八岁。就是这两个孩子后来合练一个杂技——断砖，用砖砸脑袋，把砖砸碎。一个孩子用力太猛，不小心把自己砸成了脑震荡，于是不得不退出学员班，打杂、陪练。

而另一个孩子决心要完成两人的初心。不立天下之志，安有可成之事？在老师的指导下，他开始科学地对待这个练功，研究砖最易断的部位，研究头最能受力的部位，又研究砸的学问，研究砖、头、砸三者的最佳关系。他循序渐进，先用硬橡胶胎砸额头，然后用厚书砸，慢慢的，一点一点加力度，加硬度，最后终于练好了这一门绝活。他出师后成了团里的台柱子，后来还以另外一个高难度的空中翻滚获得了全国大奖，不到30岁就评上正高职称。他是从撞橡胶开始，慢慢在适应中变强大，在练习中学智慧，最后"嘿"的一声，砖断了。而先于他撞砖的那位小伙伴，后来陪练也不当了，摆了个小摊。他得了奖，专门去感谢小伙伴，说："没有你，就没有我后面的坚持，也没有我今天的领奖。我是跟着你走，走向领奖台的。"他们现在还是朋友，我跟他们也还有联系。

我想，我们应该为那位撞倒南墙得奖的孩子点赞，也应该为那位被南墙撞倒的孩子点赞。没有他的勇气和志气，第二个孩子不会以循序渐进的科学方式走向胜利。

我还要为另外一位勇撞南墙却被南墙撞倒的人点赞，他在2500年前已经是闻名世界的思想家，他叫苏格拉底。苏格拉底和柏拉图、亚里士多德并称"希腊三贤"，是世界文明轴心时代著名的思想家、教育家。他只比孔子晚生18年，是"希腊的孔夫子"。

他竟然是被自己构筑的南墙撞倒的！处在奴隶民主制的雅典城邦，苏格拉底极力主张"法制为贵"，法律是城邦强大的根本，要坚定地执行。但是，后来他的政敌却诬陷他犯有腐蚀雅典青年的罪行，他被执行官会议投票判定服毒处死。他本可以祈求宽恕，或者逃离，学生们已经帮他安排了逃走的途径，但是他拒绝了。他不愿向政敌低下高贵的头颅，更因为他要以死维护法治的尊严，至死不违反自己曾力主的法制。死前他还在镇定自若地与学生讨论学问，也拒绝吃死刑前那顿丰盛的晚餐。

他以死维护了自己主张的"法制为贵"，因而有了更多的追随者。可以说，古代西方法制观念比古代中国更为深入人心，其中是有着苏格拉底们鲜血的浇灌的。是的，他死在自己构筑的法制的南墙之下，却撞向了躲在法制南墙后面的非法制势力，从根本上促进了欧洲法治构建的进程。他其实是历史长河中的胜利者。

下面要说的这个人又不同，他似乎在横亘于自己命运之前的南墙下犹豫过、退缩过。但是他却千古留名，成为中华文化风骨的一个标志人物。他是陕西韩城人，工作在汉长安，不用说，大家知道他叫司马迁，司马子长。他在汉武帝判定李陵叛国的时候，挺身直言，为李陵辩护，认为李陵寡不敌众，降敌是权宜之计。这就触怒了皇帝，下令处死他，或者让他用重金赎买自己的生命，或施以宫刑。穷文人哪有钱赎罪，但他也没有像苏格拉底那样慷慨赴死，而是选择了屈辱地活下来，领受了宫刑。

在《报任安书》中司马迁写到了自己当时的心情：他被众人羞辱，没脸祭扫祖坟，每日愁肠百结，精神恍惚，不敢见人，冷汗沾湿了衣襟，百代之后这耻辱也洗不清啊。但是有一个声音，他父亲司马谈的声音一直在耳边回响。父亲也是一位史官，临死前要他承继自己的续史之志，承担史官之责，记录历史以留存后代。这不光是父亲的遗训，也是历史给予他的崇高使命。他当时跪答父亲：小子不才，一定完成父亲的遗愿，不敢稍有懈怠。从此司马迁拿起了史笔，扛起了史责，恪守着史心，在油灯竹简上熬过了自己的余生，坚韧地写着，写着，写着，终于完成了皇皇巨著《史记》。《史记》不但创建了中国文史不分家的传统，创建了以纪传体写通史的中国史学写作体系，而且敢于对当朝的、在任的皇亲国戚乃至汉武帝做功过评价。鲁迅说《史记》是"史家之绝唱，无韵之离骚"。司马迁保留了中国上古史、中古史的无数资料，成为见证这一段历史的铁证和资料库。尤其是，最后竟然是他获得了历史的代言权。中国的那一段历史，现在不是听司马迁在讲述吗？不是司马迁说了算吗？这就是司马迁，中国第一史官，中国的史圣。

司马迁对朋友说，我是个平庸的人，并不惧死，要死很容易，但轻易抛弃列祖列宗的嘱托，那才叫不忠不孝啊！是的，在汉武帝处罚他之后，司马迁没有一头撞过去，但是司马迁却撞向了一座更高的南墙，这就是文化精神、历史精神中沉疴的南墙。对他来说，活着比死去更不容易，更需要勇气！汉武帝阉割了他的身体，却阉割不了他的人格精神，反倒是他把汉武帝钉在了史书的简册之中。汉武帝是历史的强人，司马迁却成了世界文化名人。他以对南墙一时的妥协，最后取得了更高层次的胜利。他以自己在生命平台的妥协，最后在历史平台上撞倒危乎高哉的那座墙，而成为更大、更高的胜利者。

司马迁和苏格拉底告诉我们，只要自己心里没有墙，这个世界就没有墙！

那些撞倒了南墙的人，应该说都是成功者、胜利者，他们借助于天时、地利、人和，以自己强大的精神力量和实践力量撞倒了南墙。但同时，我们也要具体分析风云变幻的历史复杂性，的确有不少乱撞南墙的人，也有不少不敢撞南墙的人，还有更多被南墙无谓撞倒的人。不过在今后的人生路上，他们都有可能成为成功者。在这个复杂的现代社会，我们不能做一个传统人，也不能做一个简单人。现代社会给我们提供了强大的预测力和判断力。包括大数据在内，人文与科学坐标上的新成果，给撞南墙，给创新、追求、探索，提供了许多充分和精确的科学判断依据，这使我们在创造创新时风险小多了，成功率大多了，我们的时代、我们的人生，也便有了许多新的可能性。

让我们以撞南墙的精神，为人类，为民族，为自己的人生争取更多新的可能性，拓展更大新的空间！

2018年5月16日，西安

当前地域文化研究的特色

近年来，在学术研究和文学、影视、戏剧、歌舞中，"文化热"经久不衰。而对地域文化的研究和展示又一直构成"文化热"的一个重要而鲜活的板块，形成了许多地域文化的研究群体和创作群体，譬如京派、海派、津门、岭南和西部文化研究和创作群体，以及黄土地、黑土地、红土地文化和冠以各地区简称的晋军、豫军、陕军、湘军等等的研究和创作群体。一方面是宏观的现代市场经济和现代传媒信息手段导致的世界经济、文化一体化趋势日益兴盛，一方面是民族和地域精神资源和文化个性的发掘、保护、更新日益受到重视，这种两极震荡所形成的文化张力，构成了现代社会一个重要的精神现象和精神内驱力。

和过去相比，当前的地域文化研究，起码有这样一些特色：

多元化特色

以多元理论坐标和多维视野来把握地域文化，从而发掘出地域文化显在和潜在的复杂色彩和丰富内涵，对有些问题做出更新更深的阐释。这种方法又使当前的地域文化研究能从各种关系入手，从地域与民族、国家和世界的文化关系中，从文化与政治、经济、社会心理甚至潜在情绪和畸变心态的关系中，展开全景的描述。

动态化特色

许多研究开始对地域文化做纵深的开掘,从历史走向同序、同构的现象中总结动势、动律,并将其固化为动态结构。

比如在对京派、海派和西部文化的研究中,学者们不约而同地提出,地域文化的形成和留存常常是隔离机制在起作用,但地域文化变迁和发展的动力,又常常是异质文化对本位文化的撞击、渗化,通过对地域文化的开放,促进本域文化的开拓。因而,隔离、生成、留存——开放、变异、更新——再隔离、再生成、再留存——再开放、再变异、再更新,便成为地域文化发展的动态结构。

实践性特色

大量地从当前地域生活的实践中提取鲜活的素材,并以鲜活的思路、鲜活的语言表达出来,这不仅是一种清新务实的理论风格,而且由于和平民语境相协调,能在大众生活中诱发广泛的联想,并产生实践性的影响。因而当下的地域文化研究常常和现实的文化建设、文化策划结合在一起,有时还直接成为实施某项文化产业的软件。

批判性特色

走出了过去常常出现的"为本地讳"的误区,科学的批判精神在当前地域文化研究中越来越显示出力量。许多论著都触及了各自地域文化圈层的弊端和落后的一面,并且追究了深层的原因。这种批判反思精神,不但反映了当代文化思想的新意和深度,而且着眼于地域文化的进步和发展,着眼于建构完美人格和文明精神,既有理性的高瞻远瞩,又有现实的针对性,是地域文化研究应用价值的体现。

从上面简述的一些特色中,我们可以看到当前地域文化研究的价值和意义,主要是:

第一,这是在当代文化大背景下,以新的观念、新的方法建立地域文化新的话语体系的一种尝试和探索。正像20世纪80年代和90年代以来，文艺创作的地域话语、平民话语和三四十年代文艺创作的民族化、大众化在本质上有所不同一样，当下的地域文化研究实际上主要不着眼于回顾，而着眼于前瞻，重点不在回到"地域的世界"，而在走向"世界的地域"。它是在世界经济、文化一体化大趋势下，从一个新的认识高度和文化境界，来抢救地域文化资源，保存地域文化个性，增强地域文化在当代的留存、发展。它对标准化、一体化日甚的世界，在文化精神生态上重要的平衡作用是显而易见的。

第二，这是在一个经济、文化剧烈竞争的时代，在重新构建经济格局的同时重新分配文化话语权的生动景象。经济的竞争为文化的竞争提供了基础和动力，文化的竞争不但反过来成为经济发展的助动力和开路先锋，而且能充实经济发展的文化内质，将经济发展提升到一种文明境界。正因为如此，当前的地域文化研究，常常重在发掘本地文化优势，或从劣势、弊端中寻找发展的重点、难点、空白点，重在塑造本地的文化形象，打造本地的文化名牌。这样，地域文化的研究就以它的实践性、建设性，将一个地区的物质和精神文明建设更紧密地结合起来，使社会发展的驱动机制从单纯追求经济利益走向经济和社会文化的一体化发展，社会发展的形象从注重外在形态开发走向功能性开发，社会发展的目标从以经济增长为中心走向以人为中心的综合建设。地域文化成为一个地域两个文明建设的"名片"，甚至口号、旗帜，已经成为不争的事实。

第三，地域文化研究从各个局部具体而又鲜活地丰富了、充实了中华文化的内涵。有利于我们从地域文化和社会发展入手，在把握不同社区发展个性的基础上，揭示中国社会发展的共性和中华文化演变的规律。近年来，地域文化研究的新成果促进了中华文化研究在总体上的转向，使其由更多地关注传统到关注现代，由更多地关注典籍到关注民风、民俗、民间艺术和生活中的各种活文化，由更多地关注中原文化、北方文化这些传统的文化原生林，到关注东西南北中各个地域的文化，特别是关注少数民族文化和文化次生林、混交林等文化过渡带，由更多地关注中华文化内部的状态、动态和结构，到关注各地域乃至整个中华文化如何走出隔离发展阶段，进入竞争互动、协调综合的开放发展阶段。比如，过去我们往往只是从中华文化生成和演变的总体状态来谈民族文化的多维动态开放特色，现在则进一步从中华各民族、各地域文化的内外开放、交流中来谈这个问题，认识到中华文化其实是一个多层面、多向度的多维动态开放网络。一城一地的文化优势和弊端,一城一地在文化建设上的发展和失误,都可以在整个网络上引发连锁反应。这样,地域文化也就在更深层次上,成为民族文化乃至世界文化的一个板块。这不但是认识的深化,也是一种文化资源、文化矿藏的新发掘。

第四,地域文化研究有利于社区和国家的稳定与发展。文化归属是社会稳定和社区认同的精神加固器,地域文化的研究和传播对增强一个地区各方面的凝聚力有极大的作用。由于地域文化研究话语的平民化和传播的多渠道,特别是借助于电视、广播、报刊、文艺和各种亚文化形式,地域文化的状态和特性从来没有像今天这样为老百姓所熟知,并且进入大众的日常生活舆论。这就有可能一方面通过局部社会的文化精神凝聚,为全局、全民族的认同和凝聚奠定厚实的基础,一方面又通过局部社区、地域差异性的广泛交流传播,达到全局、全民族之间的相互熟悉理解。地域文化研究者应该意识到这种社会责任,从而在自己的工作中警惕地方主义和民族主义情绪,防止各种各样的片面性和绝对化。

1998 年 5 月 22 日,西安谷斋

确立陕西、西安文化形象

每一个地区、每一个城市都有自己的形象,但不见得都形成了自己的文化形象。可见可闻的市容、地貌、语言,大致的经济文化布局、规律和成果,独特的民居、民俗、民风等等,都构成一个地区、一座城市的形象。而文化形象却是更内在的东西,它既包括留存下来的可见的物质精神成果,也包括流贯在社区生活深层的内在精神、文化心理和弥散在社区生活各方面的地域特色、文化氛围。这往往需要较长的历史演进才能形成。因而社区文化形象的形成是一个地区的文明发展走向成熟的标志,是一个地区的社会综合实力和两个文明水平的整体表现。

陕西和西安,作为有近7000年文明史(从仰韶文化算起)的中华文明重要发祥地,作为闻名于世的13朝古都,作为承接东部、中部,辐射西部的我国当代政治、经济、文化的密集地区和中心城市,其实早已在国内外初步具有了自己的文化形象。然而人们往往只是限于"传统文化荟萃之地""悠久灿烂的历史文化""古都"这样一些笼统的印象。这个印象当然是对的,但长期以来,对本省本市文化形象的具体内涵和总的特点做深入、系统的总结研究却很不够。北京、上海、广州近年来正在开展这方面的研究,比如"京派""海派"和"岭南文化"的传统和现代内涵的研究,"大市民意识"和"中华文化圈南中国衔接带"的研究,都很引人注目。中国北部、东部、南部的地域文化形象,正在以坚实的社会经济发展为后盾,逐步确立。西部虽已起步,相比之下稍显沉寂,需要很快赶上去。文化,包括历史文化和现代文化,是陕西、西安的优势和强项,陕西作为文化大省，西安作为文化重镇，不应在确立文化形象方面落在后面。

关于确立陕西、西安文化形象问题，初步考虑，起码有以下几方面的工作可以先开始着手——第一，确立陕西、西安文化形象的精神内涵。西安连续作为古代京畿之地，大致是近3000年前到1000余年前这一期间。这一期间，中国封建社会由诞生到发展，虽然有起有落，有荣有辱，总的看，处于朝气蓬勃的上升时期。周、秦、汉、唐都是中国历史迈出大步的朝代，周文王、秦始皇、汉武帝、唐太宗，一步步励精图治，统一中国，兼容开放，走向世界，使我国经济文化达到当时世界的一流水平，中华古国成为雄踞世界的泱泱大国。中国的封闭落后、挨打受气，总的看是京城东迁和北上之后的事。

从这个角度看，西安和陕西作为古代文化的中心，其实是朝气充盈、蓬勃发展的古代中国的象征，中国传统文化中封闭落后的东西对陕西的影响固然深重，但不能忽略陕西作为京畿之地的长时期内所得到的朝气蓬勃的文化营养。这是历史老人留给陕西最宝贵的精神财富。改革开放以来，陕西作为中西部结合地区在经济文化发展中的许多实绩，以及西安作为内陆开放城市在建设以商贸、旅游、科技为中心的外向型城市中的许多重大举措，都是和周秦汉唐这种精神传统一脉相承的。延安精神是中国现代革命运动留给我们民族优秀的精神财富。延安也在陕西。在半个多世纪的传播、教育、实践中，它成为陕西文化传统的重要有机组成部分。如果说，延安革命精神的内涵是"自力更生、艰苦奋斗"，那么，能不能说陕西传统文化的内涵是"励精图治、兼容开放"？此说如勉可成立，不仅可以消除对陕西、西安传统文化精神封闭自守这一老印象的误解，也可以从积极方面克服陕西传统文化中一些确实存在的负面因素，更可以将古代陕西的优秀传统和现代陕西的励精图治、改革开放实践融接一体。

这样，陕西和西安文化形象的内涵，便可以大致概括为"励精图治、兼容开放、自力更生、艰苦奋斗"这16个字。这样概括未必尽善尽美，只是提出来讨论。

第二，确立陕西、西安文化形象相应的举措。前不久，陕西省委副书记刘荣惠同志在全省宣传部长会议上就建设关中文化圈，促进全省社会经济发展的问题做了专题讲话，随后又撰写专文对这个问题做了更充分、翔实的论述。他提出了建设以省会西安为网领，宝鸡、咸阳、渭南等区域城市为网结，各类文化园区为网点的三层网络组成的关中文化圈的构想，以此辐射陕南陕北，重点抓好八项精神文明工程，带动各地文化扶贫，促进全省经济、社会全面发展。这个文化建设网络，可视为建立陕西文化形象的一个最主要的操作机制。其中各类文化园区的建设对陕西的文化形象尤为重要。比如西安高新开发园区、西安高等教育园区、西安民族文化园区、杨凌农业科学园区、黄陵轩辕文化园区、岐山周文化园区、临潼秦文化园区、茂陵汉文化园区、西安乾县唐文化园区、延安革命文化园区、法门寺佛教文化园区、华山旅游文化园区、壶口——龙门黄河文化园区等等，经过多年的经营建设，都已初具规模，只需在现有基础上统一规划、调整，建设标志，形成系列，即可成形。

此外，还可以配套开展许多专项、专题的文化建设活动，譬如：制定并推广实施简明易记的市民守则、乡民公约；开展"陕西人应有怎样的形象"讨论；开展陕西各类公民文化形象问卷调查；由城而乡逐步在青少年中实行"我是共和国公民"的教育和成年仪式，颁发"敬老证"；在现有发掘、整理基础上，从确立陕西文化形象这一角度出发，有计划地对我省民居、民俗、民艺进行系统研究，提供导向性意见，出版导向性著作，组织示范性展览演出；设计陕西省、西安市徽标，在一些主要公共场合、公共建筑和进入陕西、西安主要道口悬挂；在西安建设既具古都特点，又有现代精神的标志性建筑，以代替原有的千百年不变的大雁塔、钟楼这类纯古代的标志建筑；在现在给日本、港澳定期提供文字、音像宣传资料的基础上，扩大到给陕西、西安在各国的友好省区、友好城市提供宣传资料，开辟宣传窗口。

第三，确立陕西、西安文化形象应动员群众广泛参与。这项工作要在省市党政统一领导下，内外结合，专家和群众结合，职能部门和社会宣传结合，双轨或多轨并行。特别要发挥新闻媒介的作用，形成广泛的社会舆论，引起全民关注。上面提到的各项活动，在专家和职能部门研究、论证、实施的同时，最好在新闻传媒上围绕"爱国爱乡"这一中心，逐项开展群众性的讨论，集思广益，群策群力。设计徽标和关于民居、民俗、民艺的著作、展览、演出，可以以评奖竞赛的方式向社会征集。在群众广泛的参与中不断拓展思路，为决策提供坚实的依据，为实施创造浓郁的氛围。而群众参与本身，就是一种富有社区、乡土特色的生动形象的爱国主义教育，就是建立陕西文化形象的动员和实施。

1996 年 2 月，西安

重返诗礼人生
——在"诗经里"文化景区的演讲

来到沣东、沣河两岸,来到《诗经》故里,我内心莫名地就有了一种庄严感。我们立足的这块土地,在陕西、在中国,乃至于在世界,都具有唯一性。这块具有唯一性的土地,集聚了诗、礼、乐,中国古典文化奠基性质的几个元素。来到这里仿佛听见了《诗经》的吟咏之声,看见了正在进行的礼乐仪式,内心由不得就有了一种遥远的回应,那是隐藏在血缘中的记忆和感动!

现在属于西咸新区的沣河两岸这片土地,集中了《诗经》的许多精华之章。据一些专家统计,在《诗经》中"雅"的这个板块里有101篇诞生在丰镐二京,占到"雅"的90%多。在"颂"的这个板块里,38篇中有31篇诞生在这片土地上,占80%多。中国古代,用诗歌收集民间的声音,用礼仪来定制,把社会阶层和人际的秩序确定、固化下来,乃至于发展到由礼仪到礼制、到礼治、到礼教。在这块土地上,我们民族第一次探索着将审美坐标、道德坐标与实践坐标三者合一,整体推行。因此我们就能在这看到真善美、诗礼乐,看到审美、道德、实践三者的三重唱。这是令你不能不感动的。

又何止只有远祖的声音在内心回响,《诗经》和礼乐还给我们民族,甚至给人类提供了最早的具有东方色彩的管理社会国家的方案。这个方案就是用诗歌、音乐来柔化礼教,文化化礼教,温情化礼教。《诗经》之所以不仅是诗歌,而且成为六经之首,就是因为除诗歌审美以外,它还可以规范我们审美、道德、伦理,社会生活和个人操守等方方面面的秩序,这些秩序千百年来已经积淀为中华民族的精神规范和文化图腾。周礼周乐的音阶、音律和节奏所蕴含的层级意味，是中国社会层次划分一个很重要的界线，又是一个较为柔化的连接。正因为这样，中国古代的法制、刑制由于有了礼教和礼制奠基，又有了乐教和乐制的熏陶，便多少显出一点文化和弹性，社会、民众比较好接受。这也就是马克思当年在《共产党宣言》里说的，"蒙上了温情脉脉的面纱"。

远古社会本来兴盛人殉，王侯将相、尊长贵人去世，要活人殉葬。后来，由于礼、乐、诗的发展，大家开始反对人殉制，主张用俑代替人殉葬。再后来又有人反对俑殉，最讲礼乐的孔子就反对，他说"始作俑者其无后乎"——最早作俑殉葬的人会断子绝孙的啊。这是孔老夫子以人为本的一个宣言。这个宣言是背靠周礼发出来的，你没听孔子一再强调："郁郁乎文哉，吾从周"。

中国许多文字一经解读，或多或少都潜藏着一点礼教精神。那个"天"字，其实就是"人"字演化过来的，在甲骨文和金文里，把最上面人的圆头变成平展的一横，就是天。人立于地，支起天，力量不比天小。无数人聚在一起，力量比天都大。

"德"字也很符合礼乐之教。左边的双立人和右上的十字，本来是一个十字路口，象征老百姓的市井生活。下面那个"四"是眼睛，王者尊者要求眼里要有民众，要关注民间市井生活。这就是最早的"德"字。但是只关注民间就够了吗？还不够，所以后来又在"德"字右下角加了一个"心"字，不光要关注，而且要用心关注，对百姓不仅要眼到，还要心到。这是中国"德"字的来源。以德治国在周代开始兴起之后，它就由夏代主要作为一种祭奠的礼仪，提升为礼制、礼教了。

"六经"和关中地区有很密切的关系，尤其是《诗》《礼》《乐》三经，关系就更近乎。写《大秦帝国》的陕西籍作家孙浩晖先生，曾经大声疾呼先秦时代（主要是周代）应该是中华文化的正源，这是有道理的。

所以《诗经》给我们提供的，远不止是诗歌、音乐、礼仪的远古样态。对社会、文化和文明史来说，更重要的是它给我们遗留、保存下来了一种东方文化的生存方式。你看在《诗经》里面写沣河两岸、西安咸阳一带风光的有好几首诗，有的直接点出了南山、终南山。一首叫《草虫》的诗吟道，"陟彼南山，言采其薇"，说我在南山下行走，采撷蕨菜。一首叫《殷其雷》的诗吟道，"殷其雷，在南山之下"，说天响雷了，就在那终南山下。可见，沣河两岸、整个西咸新区，都有丰富的《诗经》资源，我们要视为珍宝，深入采掘，让它发光。

《诗经》中写到终南山、沣河一山两岸的风光，又通过对风光的展示暗传了人的内心感情。像那首著名的《采薇》："昔我往矣，杨柳依依，今我来思，雨雪霏霏。行道迟迟，载渴载饥，我心伤悲，莫知我哀……"既写出了这一带春、冬两季的景色，又用季节的变换传达出游子重返故地时情绪的变化。——过去我来这里，杨柳依依一片春绿，今天我来这里，却是雨雪霏霏，载渴载饥。季节的变换，春天和冬天；色彩的变换，绿色和白色；通过主人公的两度归返，将它们融通一体。在这幅图画里，能够隐隐感觉到作者淡淡的惆怅。他叹惜时光之流逝、世事之变迁，有一种从内心深处弥漫出来的哀伤。人的怀念浸入了家园的变化，而季节的更迭，又寄托、比喻了人的思乡之情。这恐怕是中国古典诗歌将生态词汇内化为心态词汇、意态词汇、情态词汇的早期例证了。

《诗经》还写了风雅。古人对雅致人生的追求，是对人生、对自然的一种君子风度。譬如这首《甘棠》："蔽芾甘棠，勿剪勿伐，召伯所茇……"这茂密的梨棠树你千万不要乱剪、不要砍伐，那是周代开国元勋召公养住过的地方啊！后面几段又反复吟唱对树"勿败，勿拔"，那是召伯休息过、停留过的地方。这首诗以先祖之尊、先祖之教，劝诫人们善待树木，保护生态。这不是人在大自然面前的君子之风吗？一种十分风雅的生存态度。

《诗经》里面还描写了对待爱情和家庭的风雅之情。像《关雎》以雎雎鸟鸣寄寓君子和淑女纯真的爱情；像《桃夭》："桃之夭夭，灼灼其华；之子于归，宜其室家。"花开灼灼的桃树下，姑娘出嫁了。你到了婆家要好好地侍奉公婆，相夫教子宜家室。这是一幅多么风雅淳朴的古代风情画啊！

在《诗经》中也有反映老百姓的风骨的诗句。选入课本的那首《硕鼠》，大家很熟悉了，它极有锋芒地鞭挞了贪官污吏。在《大雅》中还有一首《瞻卬》，痛斥周幽王宠幸褒姒，斥逐贤良。这首诗甫一开始，便以多段排句，历数了周幽王的昏聩，百姓的苦难，最后大声疾呼：苍茫的上天啊，你控制着万物，切莫因这个昏王让祖宗受辱，只有悔改，你的后世才能得救啊！那个时候老百姓活得非常艰难，又没有一点说话的权利，但是他们依然忧国忧民，忧谗忧佞，忧奢忧腐，忧天下之不平。他们执拗而倔强地，甚至冒着生命危险，用诗来表达自己的意愿，这种风骨何其可贵！

风光，风骨，风度，风俗，风情，风骚（指诗歌艺乐之美），《诗经》里所写到的这些，为我们展开的何止是一轴审美的风景图？那是当时社会迹近完整的人生画卷，是先民们在艰难中不失优雅的生存状态。其中许多优秀而优美的精神质地，完全可以为几千年之后的我们提供文明营养。"诗经里"景区、沣河两岸乃至西咸新区，如何将《诗经》中这些美善的、诗意的人生气质和风度，转化、提升为景区的文化内涵和人生体验，成为我们内在的文化品相，是一件大有可为、大有作为的创造性工作。要一句句、一条条整理、解读、开发《诗经》资源，转化、升级为"诗经里"一类景点的文化景观和旅游项目。在这个过程中，切记要坚守诗礼人生的文雅质地，万不可因商而俗，否则那真是亵渎《诗经》了。

所有这些，也许是《诗经》之所以由"诗"而成为"经"的原因。《诗经》既是诗乐，又是礼教，又是教育，又是历史，又是人际关系和社会管理，是中国人的一个精神符号。胡适说过，《诗经》就是历史。故而《诗经》可以成为百科全书式的经典，一直传到今天和今后。我们的"诗经里"好会抢头彩，起了一个这么好的名字，千万不要辜负了它。

在整个西安复兴古城的建设中，秦、汉、唐我们打造的效果已经很好了，周这一块起步稍慢。西咸新区、沣东、沣西新区的创立，给我们提供了绝好的机遇。"诗经里"对《诗经》所涉及的这块土地上所有的风物、民宿、音乐、人物，应该进行分门别类的整理，发掘亮点，尽可能转化为体验性、观赏性景观项目。更重要的是，要让到"诗经里"来成为一次重返诗礼人生的行为艺术和情境体验。"诗经里"要能够给所有来这的人连接一个信息通道，借着这个通道把诗礼人生的生存方式、生存气氛传承下去，让我们的生存经验跟我们祖先的生存经验流脉融通，聚合成为整个民族的生存经验和集体意识。

如此一想，沣河两岸这片土地，真是千古难觅的一方宝地。

2018 年 8 月 27 日

西部潮与当代潮

一

不论怎样评价,大家都承认,在20世纪80年代中后期的中国文坛和艺苑上,存在着一股"西部热"。

这是风行一时的"西北风"录音带《西部摇滚》的歌词——

你和我踏入中国的西部,

茫茫的西部,

到处可见到硬汉子的脚步,

坚实的脚步。

古老的太阳照着那年年翻新的黄土,

岁月的烽烟没有动摇古老的风俗。

历史走过了一个文明又一个文明,

西部留下了一代人又一代人的辛苦。

啊,西部,

硬汉子的脚步带我找到悲怆的号子,

热烈的鼓舞;

硬汉子的脚步带我找到天山的风采,

长城的风骨。

啊,西部!

> 你和我踏入中国的西部,
> 茫茫的西部,
> 到处可见硬汉子的汗珠,
> 豆大的汗珠。
> 残酷的风沙天天吹打着古铜色的胸脯,
> 星移斗转没有改变语言的质朴。
> 历史走过了一个里程又一个里程,
> 西部铸造了一代人又一代人成熟。
> 啊,西部,
> 硬汉子的眼睛使我看到脱缰的马群,
> 飞扬的金谷;
> 硬汉子的眼睛引我看到沸腾的大路,
> 高歌的船夫。
> 啊,西部!

1987和1988年,这种西部风格的歌曲,像《我家住在黄土高坡》《船夫》《我热恋的故乡》《女儿歌》《你会爱上它》,以及经过现代迪斯科节奏和通俗唱法改造的老的西部风格的歌曲,像《花儿与少年》《在那遥远的地方》《信天游》,伴之以西部风格的舞蹈和服装,几乎响遍全国。这就是文艺界冠之以"西北风"的音乐的"西部潮"。"西北风"造就了一批风靡全国的通俗歌手,他们有的自称为西部歌手,狂热的听众则奉他们为西部天宇的歌星。录制着这些歌手节目的盒带,像《西北热》《流行风》《西部跳动》《西部风情》《西部狂热》《信天游》《陕北1988》等等,市场行情看涨,销量名列前茅。

同时,美术和摄影也刮起了类似的"西北风"。在第七届全国美展中,陕西一位青年画家用现代观念处理的延安时期题材的作品《玫瑰色回忆》荣获金奖。用现代装饰感改造的关于西部草原生活的作品《蒙古吉祥》也在全国美展中荣获银奖。超乎悲喜激情之上的现代冷漠感,悄无声息地弥漫在这一届美展的不少画面上。而这种冷漠感在选择可见的构图、色彩、线条时,在选择形象和意象时,是那么青睐西部、偏爱西部!在全国第十六届摄影展览中,又是一位陕西青年摄影家以三代农民对知识的渴望为题材,抓拍的一位农家孩子趴在磨盘上做作业的作品《希望》获得金奖。这帧照片是静态的,却流贯着生命衍生的热忱和憧憬未来的热忱。另一帧陕西青年摄影家抓拍的黄土地上激越的安塞腰鼓（前景为一位仰卧着抢拍的摄影记者）获得银奖。这帧照片充满了动感，却又流贯着大地的沉稳与厚实。还有一组陕西的作品获得三等奖，它的题材是老的——中年画家刘文西坚持深入陕北，和群众同甘共苦，但用了最现代的、新潮的制作方法，造成了浮雕和光栅般的陌生感，因此获奖。

西部戏剧在《桑树坪纪事》轰动之后，更坚实地迈着步子——剧作家的目光更多地关注着西部的社会主义建设生活。而有的则致力于开掘西部城市风情和文化，想搞一种带有西部味的市井戏剧，陕西人民艺术剧院为进京演出创作、演出的《古城墙》和《安家小院》即是。这对西部文艺的偏斜是一种十分必要的校正。

西部电影不必说了（在《中国西部电影论》一书中集中论说）。尽管对它毁誉参半，而且毁之烈、誉之殊者那么空前，那么轰动，但作为中国电影史上的一个重要现象，它是存在下来了，而且将会在漫长的岁月中接受研究、经受检验。在获得众多的国际、国内大奖之后，它一度显得沉默。到了近两年，冷锅里扑出热栗子，又爆响了一部《黄河谣》，再度引起了那么一点轰动。有人认为这是西部片活力的再现，有人认为这不过是夕阳西下的绚丽，是"滴血黄昏"。

不论怎样，它在艺术上给予我们增益，反映了西部片继续走向精致，这是大家认可的。西部电影界在反思之后也开始调整自身。我们看到了《陕北大嫂》。它以一个新的视点与革命战争中人性人情的美丑，启发人们：原来革命战争也可以这么写。它又以一个新的视角开拓了西部片的新领域，写了西部人民与革命那种撕不开、扯不断的血缘关系，写了土地，还有革命，给西部人民的心灵灌溉了那么灿烂的真、善、美，写了西部人除过在强劲中，也在柔情中显示自己的崇高和力量。它又启发人们：原来西部片也可以这么写。如果再稍稍回溯一下《默默的小理河》和《一个和八个》，就会蓦然发现，我们原来至少在某种程度上忽视了西部片的这一条从未间断的线。其实还有另一条更有力的线，在西部片的创作中也一直没有间断，现在正在更广阔的天地中延伸，它就是反映中国西部社会主义的开发、建设和革命的电影创作。过去有《暴风雨中的雄鹰》《农奴》《沙漠绿洲》《天山的红花》《军垦战歌》《生命的火花》《瀚海潮》等等。现在又正在创作反映西部沙漠核爆炸前一刻惊心动魄悬念的《绝境》，反映国家第一测绘大队、青藏公路建设和欧亚大陆桥、塔里木油田开发的影片。这是古老和现代在一种全新意义上的交融、碰撞。西安电影制片厂在自己的题材规划中，将大西北风情系列、延安时期系列、西部开发建设系列和西部历史题材系列作为四个重点来抓，反映了对西部电影繁荣的全方位理解和多层次调整。

西部文学更不必说了（在《中国西部文学论》这部书里说过了）。这个话题，我曾经谈到的，仅就情况方面，有这么一些要点：中国西部文学在近现代的发展有三个阶段；从题材上可以分为五大类，题旨上可以分为三大类。中国西部已经形成了实力雄厚的作家群，其中的佼佼者，完全可以作为中国当代文学的代表者，跻身于世界文学之林。中国西部文学现象，不仅仅有相当多的作品，而且品种（小说、散文、诗歌、报告文学）齐全，还有一支研究、评论队伍，一批研究、评论成果，有一批有经验、有水平的资深编辑和组织者——这是中国文学一个完整的方面军、集团军；中国西部文学在新时期文学探索和创新的各个主要方面，都留下了自己深深的足迹。比起西部经济在全国的序号来，西部文化在全国格局中的位置是更显赫、更重要一些的。这几年的进一步研究，使我更明确了一点，需要在这里补写几句，那就是，新时期中国文学的总格局，是五圈一线的格局。五圈，大致是黄河北的京津作家群、东北作家群、黄河南的吴越（包括沪、宁、杭）作家群、湖广作家群，以及黄河西部延长线上的西部作家群。一线，指黄河一线，沿河一带，鲁军、豫军、晋军、陕军各不相让。陕西文学，实际上是中国文学圈与线的交结点。这大概就是"文学大省""文学重镇"的意思吧。

电视，除了电视剧外，本是以传播为重点的，这几年也卷入了这股文艺上的西部潮。电视剧，有了像《雪岛》《庄稼汉》等质量不低的作品。文艺专题充分发挥了传播西部文艺的职能，由西北、西南11家电视台组成的中国西部电视集团，连续推出了《西部之声》《西部之舞》《西部民俗》，甚至《西部小吃》。这种系列性播扬，无异于集团军炮火的覆盖，在观众心理上所起的总体传播作用，是可以想见的。全国对地域文化和文艺的传播，还未见有这样的声势和气魄。日本人也手痒，几次催促我完成关于西部文艺的电视专题系列片——《西部天籁》。

当我们挂一漏万地在这里谈西部文艺的近况时，不应该忘记新时期文学发轫时的一些耐人寻味的史实。说怪也不怪，现代文艺思潮与技巧的尝试，竟然有不少是从"第三世界"的西部开始的。

我们还是先看音乐。新时期音乐创作的现代潮，由瞿小松作曲的交响乐《懵懂》，又名《X第一号》，是开先河的作品。当时很多人的确因为欣赏不了、听不明白而"懵懂"，也有人的确感到这是第一个没有主题、难于理解的"X"作品。瞿小松一反常规，在这个曲子中极力避免引起听众确定性的联想，全曲无清晰的旋律与明确的题旨，但濡溶着、流动着深远的乐感氛围和文化景深，是那种有内意蕴的无标题音乐。——而这首交响乐的素材来自西部黔贵山区，后来也被用来作为反映贵州山区生活的影片《良家妇女》的音乐。瞿小松其实并不是西部人，而是京华人士，是现代艺术和新潮文化因子的携带者和实践者。他和他的伙伴谭盾、苏钢等被称为"第五代音乐家"。他不仅在音乐上，而且在绘画、摄影和理论上都有自己的声音。他的夫人刘索拉虽然是学音乐的，却以一部《我别无选择》的小说而蜚声文坛，而成为第五代作家中的一员。刘索拉是陕北人，她的父辈是延安时期的老革命。

新时期美术的现代探索似乎也是从西部开始的。我们都还记得和北京的"星星画展"时间不分先后、内容不分轩轾的，有四川青年画家罗中立的现代纪实性油画《父亲》，有陈丹青的《西藏组画》。他们之后，西部画家的许多意象的、印象的和变形的作品出现。西部高原、阳光、雪山、草原、戈壁、夕照在色彩上的强烈反差性组接，只有西部才有的恢宏、厚重的历史感觉，很少人工痕迹的由造化设定的天籁似的线条——绵延的曲线和折钢裂铁似的直线，都和现代人、现代艺术的内在追求、内在气质一拍即合。

《野山》以我国第一部成功地体现了现代艺术的纪实精神，尝试了各类现代纪实手段而获得七项"金鸡奖"。《黄土地》以成功的音画语言对象征感、人生感、历史文化感的追求，使得电影界对自然、对人、对生活事件乍然获得了一个全新的角度，开了眼界，开了思路。当文学上已经开始探索工业题材作品如何由表现行业化的生活到辐射社会化的生活、由写人的职业生活和政治生活扩展到写人的文化心理和感情感觉时，电影还只是亦步亦趋地将这些探索的成果"挪"到银幕上。《黑炮》，西部的电影家根据西部作家的小说作品拍摄的这部电影，最早发现了电影可以运用自己独有的语言——音画、色彩、蒙太奇组接，通过大胆的假定来表现生活的困窘和荒诞。

色彩和道具所造成的环境的假定性和荒诞性，原来可以如此巧妙地呈现或暗示出人物的内心活动来。这是现代表现派艺术意识较早在中国银幕上的映现。

此外，我以前还谈道，纪实小说作为一种完整的样式，大型的长篇成果，恐怕王蒙的系列中篇《在伊犁》和艾青的长篇《绿洲笔记》这两部反映西部生活的纪实作品是开先河者。贾平凹曾说过，论文化寻根的作品，文学舆论往往从韩少功那篇宣言式的文章算起，其实在此之前，他在《商州初录》《又录》《再录》等大量作品中已经有了这方面明确的追求。正如有的论者所说，这些作品对商州的地理概貌、风土人情、历史基因、社会现状，从时空上拉开距离，做了俯瞰式的展现，有时甚至将商州山区具体的生活故事和民间传说，直接组接到商州方志的大的文化历史背景中，用结构主义的办法暗示出所有的人和事都不过是在一个历史的、文化的大舞台上演出的。他学习原本意义的中国文人古典小说传统，掌握了以平实的神秘感抓取读者的向往之心，和对人物大、小两个空间的组接和统摄。他也学海明威的简洁和福克纳的繁散，而从日本的川端康成那则得到更多的启示。这启示最主要的就是如何在本民族文化基因和文化心理的基地上来表现现代人的思想、情绪和心理。贾平凹是公认的第一批文化寻根小说作家。有几年，南美作家马尔克斯的名作《百年孤独》，因其以大胆假定的亦真亦幻的所谓魔幻现实主义的手法成功地反映了现代人眼中的这块闭塞落后而又古朴淳清的地方，而大为风行。最早引进这种现代魔幻艺术意识的你道是谁人？竟又是当时还在西部、写西部的西藏作家，他叫马原。

总体来看，文艺的西部潮不论其表现形态多么丰富，内里总埋伏着两个坐标，西部的坐标与现代的坐标。几乎所有的西部文艺作品，西部的坐标与现代的坐标都在意蕴中、人物关系和人物心态中，在美学追求和艺术形式中，交叠着、渗化着。西部生活和西部文化对现代意识、现代艺术是如此敏感，而现代艺术家对西部又是如此亲昵。

这是怎么了？发生了什么事情？在西部和现代之间有什么苟且？有什么暧昧？有什么默契？有什么缘分？什么东西使它们总是如影随形地相伴，夫唱妇随地感应？从什么时候起，我们突然发现，那些西部味很强的作家、艺术家竟然大都是现代味很强的作家、艺术家？又是因为什么，那些西部意识很强的作品，恰恰同时是现代意识很强的作品？

当西部生活在政治上、经济上急速地走向新时代，成为当代中国、当代世界生活有机的一部分，西部文艺也开始急切地寻找自己和新时代沟通的渠道，寻找在自己的土壤上建设现代艺术的稳固支点——这就是历史意识和现代意识的结合，民族、地域意识和世界意识的结合。

在无际的地平线上，西部和现代紧紧地拥抱了。萧索而落寞的西部，变得那么热烈、灿烂。

那么，西部潮与现代潮深层的感应大致表现在哪些方面呢？

表现在：西部文化内在构成的多维向心交汇和世界新大陆文化多维离心交汇的感应，西部历史文化的动态多维组合和当代世界文化综合发展趋势的感应——西部人多族杂居状态和现代人跨社区生活状态的感应，西部人因杂居带来的心态杂音和现代人文化心理的杂色的感应；西部人在村庄和部族自然经济基础上的流动生存状态，以及反映着这一生存状态的动态生存观，和现代人在现代宏观商品经济基础上的流动生存状态以及反映着这一生存状态的动态生存观的感应；西部随处可见的前文化自然景观、人文景观、心灵景观，和现代某种超越文化、排拒文化的社会情绪、社会心理、社会思潮的感应；西部人原始生存和艰难发展的悲怆感、忧患感和现代人超高速发展的焦虑、忧患感的感应；西部人由于空间疏离造成的孤独、人在自然包围中的孤独，和现代人由于心灵疏离造成的孤独、人在"物化人"包围中的孤独的感应；西部人文山川的阳刚之气和它的人格化，和现代竞争社会所要求的强者精神和它的人格化的感应。等等，等等。

下面我们就一段一段谈开去。

二

西部文化内在构成的多维向心交汇和世界新大陆文化多维离心交汇相感应；西部历史文化的动态多维组合和当代世界文化的综合发展趋势相感应。

关于这个问题，我在五年前撰写的《中国西部文学论》中已经提出（见该书第三章第一至五节和第十一章第一、二节），后来又在《多维交汇的西部文化和两极震荡的西部精神》的长篇论文中做了更详尽的论述，这里不拟赘言。为了理解问题的方便和论述的逻辑需要，只是做一个提要式的简介：

欧亚大陆从地形上看，像一张四轮葡萄叶。在四个叶端，分别是地中海地区、波斯地区、印度地区和中国东亚地区，由于其靠近海洋，文化经济发展较早，在古代形成了世界四大古文化区。而葡萄叶的叶掌，则是以帕米尔山结为核心的大高原、大雪山、大戈壁，其缺乏生存条件，不但本地文化经济长期处于落后、封闭状态，而且隔离、阻塞了四大古文化区的必要交流。这种阻隔当然不是好事，但隔离机制又有助于四大文化在独自的发展中形成自己的个性，而最后必然带来它们向中亚（即中国西部）文化低谷地区的汇流，使这里形成多维文化交汇的结构。因为这是由欧亚大陆的边缘向中心地区的文化汇流，我们称之为多维文化的向心交汇。

这种向心交汇，使中国西部形成四圈四线的交汇型的文化地图。四圈，即新疆文化圈、青藏文化圈、蒙宁文化圈、陕甘文化圈。这四圈鲜明地反映着地中海文化、波斯文化、印度文化、蒙古文化和中国中原文化在西部地区不同成分和不同程度的组合交融。四线，即将这四圈文化和世界四大文化联成网络的丝绸之路、唐蕃古道、草原之路、南方丝绸之路。

但是，在世界文化格局中，同时还有另一种文化交汇现象。这就是世界四大古文化，在美洲、澳洲和非洲部分地区和那些地区的本体文化发生交汇、融合。这种交汇不是内向的聚汇，而是外向的辐射型交汇，我们称之为多维文化的离心交汇。离心交汇在漫长的时间里孕育的美、澳、非新大陆文化，在许多方面，特别是深层结构方面，和中亚文化、中国西部文化有相似之处。尽管两者是在不同时空中发展的，发展的程度有很大的差异和差距，但内在的同构却使他们产生自觉的呼应和不自觉的感应。

我们着重谈到过中国西部、美国西部和苏联西伯利亚文学艺术中许多呼应和感应现象。如中国西部和苏联中亚、西伯利亚某些地区同文同种、地区经济和文化的毗连；如中、美诗歌的深刻影响；如中、美、苏西部文学中的"硬汉子"形象、"大山人"系列和"大性格"的类似，等等。

美、澳地区属于新开发的大陆，那里已经发挥了多维文化交汇的优势，使自己成为世界发达地区。中国西部如何发掘、认识、发挥多维文化交汇的优势，改变自己的落后面貌，不仅在文化内在结构上和现代文明相感应，而且在精神、物质成果上和现代文明相辉映呢？这个任务摆在了我们面前。这是文化结构上西部和现代的感应。

多维交汇型的西部文化还和现代文明（也包括现代思维）综合发展的总趋势相感应。交汇是自发的综合，综合是自觉的交汇。

人类各民族文化的发展，大致可以归纳为这样三个阶段：古代的隔离发展，近现代的选择发展和当代的综合发展。

由于自然的（如地理与语言的阻隔）、社会的（社会结构、生产水平、国家制度的差异）、心理的（神话、歌谣、传统、图腾的自成体系）原因，各民族、各社区的文化艺术为了维系自身的发展，必须在内部形成一套自我延续的机制。它是文化类型形成并具有独立性、文化区域划分并形成自我循环的先决条件。各种传统，没有这种隔离发展阶段，是不可能形成的。

但是，隔离同时在集聚着、激活着交流的要求。交流则又破坏着隔离。这是内中的辩证法。当近现代的历史进步打破了文化发展的隔离机制之后，失去了时空限制的各民族、各社区文化，被推到同一条历史进步的起跑线上比试，人类文明便进入了选择的发展阶段，亦即竞争的发展阶段。这个阶段的特征：第一，普遍的共振性。某一地区、某一民族的某种文化思潮或文明成果，常常超越地区、民族的范围，引起普遍的回响和流布。第二，竞争淘汰性。以对世界历史进程的适应和促进为标准，在竞争中淘汰不适应者，发展适应者。第三，冲突演进性。不是稳态平衡发展，而是在民族意识（社区意识）和世界意识这两个基本因素的冲突中，在矛盾统一的辩证过程中，使文明得到发展。中国"五四"新文化运动前后近一个世纪中，典型地经历了文化的选择发展过程。漫长的封建社会对文明的窒息，到了清代后期，中华民族、中国社会产生了"别求新声于异邦"的要求。那以后贯穿而下的是，19世纪末关于"中体西用"的争论，20世纪初的"夷夏"之辩，"五四"时期的欧化与国粹之争，20年代的东西方文化比较的研究与论争，30年代的以"新儒学"为代表的东方文化本位论的兴起，40年代关于民族化与大众化的讨论和实践，五六十年代"洋为中用"的讨论，一直到80年代"全盘西化"论的再度兴起和破产，弘扬民族文化在新的高度上引起关注，等等。这都反映了我国文化在近现代发展中艰难的选择。人类文化的选择发展阶段，反映了商品社会的不平衡进程，带有自由竞争和高度垄断的社会达尔文主义的盲目性和残酷性。在这个阶段，文化的发展较少考虑人的心理平衡要求，而较多考虑商业性和实用性，较少连续和平衡，而较多断裂和偏激。

第二次世界大战以来，特别是20世纪70年代以来，综合发展的文化进程方式逐步在世界兴起。它克服了选择发展阶段的片面性，即在竞争和淘汰中常常忽视吸收、融会对方的优长和精华，而重视综合当代在世界文明各个领域提出的问题，积极主动反映这些问题的共同趋势和发展可能，重视各民族、各社区文化中于当今时代仍有生命力的因素。同时，在文明发展中既重物又重人，既重客观又重主观，既重历史又重审美。例如，20世纪70年代以后，西方兴起了对现代主义纠偏的后现代主义。美国学者詹明信解释，现代主义是扩大了的资本主义亦即帝国主义的产物，后现代主义则与帝国主义之后的"多民族资本主义"相联系。它的最一般的特征不是从时间的角度，而是从空间的角度来把握世界。由时间观念到空间观念的转化，就是从一维到多维的转化，就是从否定性的淘汰发展到综合性的认同发展。苏联学者甘图诺娃认为，后现代主义在自己的探索中吸取、融合了欧洲、北美、东方、非洲各地的指导经验和审美经验。又例如，从领导科学的角度，江泽民同志最近提出了"现在是20世纪最后十年，已经快要进入21世纪了，应该提倡矩阵式领导"。矩阵是指多种元素按照一定的序列和规则排成多行、多列的矩形。矩阵式领导是指既要注重垂直领导，又要加强平行联系，形成一个立点端正、纵向畅通、横向协调、内部顺展的有机系统的管理方式。这不是别的，就是综合性思维在管理体系中的运用。而人才学领域也相应地提出了要更新"专才至上""专才取胜"的小科学观念，树立"通才至上""通才取胜"的大科学时代的人才观。通才就是知识领域广博，知识构成多维交汇的人，就是善于发挥综合思维的功能，擅长智慧杂交的人。所有这些都意味着，当人类文明进入综合发展阶段时，类似于中国西部这种多维交汇型文化结构会有多少优势，多少潜能。

在发展中国家，在文明后进地区，例如中国西部，文化进步的综合过程，就是前面谈到的以西部和现代两个坐标来建设、发展文明的过程。它表现为，现代人寻根，"物化人"寻魂，世界意识寻找民族土壤为依托，民族意识寻找世界格局来展开。马尔克斯的《百年孤独》和整个拉美的"爆炸文学"，体现了这一综合过程，中国西部文艺也体现了这一综合过程。人们感到，高度物质文明不仅带来了人的异化，也带来了文化艺术的异化。为了人的全面发展，不能不着手解决物质文明与精神文明的矛盾，不能不把历史主义与伦理主义、功利性与非功利性、对立竞争和互补完善结合起来，进而不能不把世界意识与民族意识结合起来。愈来愈多的人感觉到，世界进入信息时代、科学时代，每一局部地区的政治、经济、文化变动都可能具有全局意义。世界一体化程度大大增加，世界在文化心理上正在变小，地球在现代科技面前是可以玩弄于股掌之中的星体。这种自觉的世界意识的普及，必然会从新的深度上唤醒民族意识。因为世界文化综合发展，扩大认同的同时，突然感到一种失去个性的空虚。这就为在文化道德方面，在审美感受方面，挖掘和恢复各民族产生于前资本主义社会形态基础上的传统，提出了心理补偿要求，力图不以失去民族本位为代价来认同世界现代化进程。于是各国各地寻根热迭起。中国西部既是世界几大文化交汇之处，又是中华民族根之所在，现代寻根热不能不纷纷选择这块土地来做精神漫游。

同时，西部文化向现代境界的迈进也得力于它文化的交汇型和思维的综合性。正由于没有世界意识的刺激，就没有民族地域文化的自觉，因此寻根作为一种现代行为和现代心理，必然渗透着世界意识的内容。而且寻根的目的不是自我封闭，是明晰每个民族、每个地域世界现代化进程中的历史投影。这是寻根过程和目的的世界性。从结果来看，文化寻根既是现代文化和传统文化的渗透，也是对传统文化做新的审视和开掘，并将它重新带回到现代社会中来。这一点，在当代中国西部作品和传统中国西部作品的不同中，可以鲜明地感受到。当每个民族、每个地域都以自己富有个性的文化艺术参与到世界文化艺术系统中来，便形成由许多独特之美合流的综合的世界文化发展局面。这种局面，是近现代以来两种意识长期进行悲剧性冲突之后所达到的新境界。这将是各民族、各地域文化在更深意义上对世界文化做出的贡献。

从古代开始形成的中国西部文化的多维向心交汇，就这样和美、澳发达地区的多维离心交汇文化产生了深层感应，就这样为现代文化的综合发展和现代思维的综合趋势提供了良好的文化底色，就这样在一个新的历史环境、一个新的文化背景、一个新的思维高度上，显示出自己的优势来。这也就是为什么西部文艺最初的尝试和提倡，很快便蔓延成一种热潮，引起国内外关注的原因吧。——中国西部文化的结构，大体符合了人类文化发展的走向。

三

西部人多族杂居状态和现代人跨社区生活状态相感应，西部人因杂居带来的心态杂音和现代人文化心理的杂色相感应。在过去的专著和论文中，我曾对西部人多族杂居的情况，杂居对西部人心理的影响以及文艺作品对这些特点的反映，做过分析介绍。中国的少数民族绝大部分在中国西部，西部是少数民族的故乡。由 50 多个少数民族组成的西部民族博览会和西部民族百花园，在政治思想的认同和社会组织、行政管理的建设上，在经济文化的发展上，在民间各种亚文化、潜文化的导引和研究上，都给我们提出了许多新的课题。在马克思主义的指导下，解决好西部民族地区的政治、经济、文化建设，将是西部对建设中国特色社会主义独有的贡献。

西部少数民族的分布和居住，大约有四种情况。第一种是相对集中于一个地区，且人数较多、地域较大，基本形成了纯一的民族社区经济和文化，而且集体定居，形成村落，主要从事农耕活动。如新疆维吾尔族和宁夏回族，他们的流动性不大，长期生活在纯一的、稳定的社区中，心灵中的杂色杂音较少。第二种情况，虽然相对集中，但以游牧为主，居无定所，且一族之内分支部落极多，如内蒙古的蒙古族、青藏的藏族、新疆的哈萨克族，他们的流动性较大，虽然一般不超出本民族的大圈子，但在各部落、派系之间流动则是常事，容纳不同生活习俗、生产方式和价值标准要多一些，适应性也更强。第三种情况是几个较大民族交界地区的杂居状态或许多小民族杂居的状态。如在青海海北和甘肃甘南的祁连山腹地这个广大地区，恰好处于中国西部四个文化圈（其实也可以说是民族圈）的交接处，是青藏、新疆、蒙宁、陕甘四圈多民族文化交汇的漩涡。自古以来民族杂居，你中有我，我中有你，而且经过通婚、信仰、习俗的长期变异，产生了许多新的小民族，如东乡族、裕固族、保安族和部分撒拉族。他们和汉、藏、蒙古、哈萨克各族杂居于此（自然也有自己的小社区），有差别有统一，有隔离有交流，有冲突有合作，四面交通，八方往来，在心态、情感和文化心理上，呈多维交汇的杂色杂音。第四种情况是已经离开土地和牧场，并且从本民族、本部落的肌体上分离出来，进入城镇特定生活社区，从事工商、行政或各类脑力劳动的少数民族。他们连本民族完整的小社区也没有了，以单个的个体和家庭进入了五方杂处的城市居民组织。他们不但要面临多民族杂居的现实，还要承受由牧区、农村到城市，由部族、村社文化到城市文化的形形色色的喜怒哀乐和价值杂交、价值转移。作为杂色的心态，这一部分人的内心世界就更为丰富了。

其实居住杂化和心态杂色，也是一种多维文化交汇。人是文化的带电体，杂居就是不同带电体、不同心理场和文化场的靠近和交叠。杂居虽然主要表现为无意识和潜意识文化的交汇，但又是进一步进行有意识文化，甚至意识形态文化交汇的心理基础。当然，杂色心态首先是长时期多维文化交汇的心理沉积。

毋须说，杂居状态和杂化心态使西部人的文化容受能力、智慧杂交能力、视角转换能力都较强。从杂居地区的民族能很快掌握多种语言，从他们能较快适应新的生活环境，并且建立新的人际关系等几方面，可以确定无疑地感受到这一点。这是西部人的一个优势，只是这种优势还处于自发状态，有待于在一体化的、多维的现代文化结构中得到充分的发挥和科学的提高。

跨社区生活已经愈来愈成为现代社会的一种常见现象。这是现代商品经济所要求的交换决定的。交换市场不受社区限制，商品无国界。这不但使得直接从事商品交换的这一部分人，不能不超越原有社区的局限，随着市场的扩大，走向更广阔的社会，走向世界，也使得在商品经济基础上从事其他相关职业，包括庞大的上层建筑中的人员，不能不面对这一体化的世界，而且使得并没有流动或很少流动的人，也不能不卷进这个日益复杂的世界，因为流动的世界、流动的人群来到了他们面前，商品和商品经济相关的活动将每一个使用商品的人裹挟进自己激越动荡的湍流。从某种意义上说，现代人既在自己居住的小社区中生活，被亲缘、地缘、业缘等等关系固定着，又是地球村这个大社区的一个居民，被国际大循环的全球一体化经济流通所固定着。复杂的世界将自己全部的复杂性在人的心里留下影像，人也就不能不在自己的心里预备一面能够照出这复杂的镜子，变得有能力应对这复杂的世界了；否则便难于适应现代生活。这是从社会生活的变化来说。

从人自身来说，人类也愈来愈复杂化。人类总体文明素质的提高，人作为主体在愈来愈广阔和深刻的程度上得到确认，得到张扬，当个体的人从群体的人中分离出来，当精神的人从自然的人中——亦即"思想着的人"从"生活着的人"中——分离出来，人的复杂程度不但日益提高，而且能够得到从未有过的充分的展示。

所有这些，既是现代社会对人的要求的提高，也是人自身素质的提高。"社会变得复杂了，人变得复杂了"，这句街头巷尾常常能够听见的慨叹，其实真切地反映了现代生活的总体走向。它可能会带来这样那样的问题，例如某些人道德水平的下降，也可能会带来这样那样的失衡，例如对价值观念某些具有进步意义的变化看不惯，但总体上，人的复杂化、社会的复杂化是人更大解放，社会更大进步的标志，它符合人类对社会的终极要求和对自身的终极关怀。

自然，西部人因民族杂居带来的心态杂色和现代商品经济给人的文化心理带来的复杂化是两种背景、两个阶段上的复杂,却为西部人在走向现代社会的过程中,铺垫了必要的文化底色,有利于西部加快现代化进程。需要特别说明的是,这并不意味着忽略或否认自然经济的简单再生产带给西部人的种种弱点。

四

西部人在村社和部族自然经济基础上的流动生存状态,以及反映着这一生存状态的动态生存观,和现代人在现代宏观商品经济基础上的流动生存状态,以及反映着这一生存状态的动态生存观相感应。

《河殇》的作者武断地认为中国历史处于一种"超稳态结构"之中而停滞不前,认为中国社会内部缺乏动的活力,只有静的惰力。仅就纯学术的观点来看,这是不科学的、片面的。他们立论的基础仅仅是中国黄河流域的土地文化区。对土地文化区生存状态的分析,也失之偏激和片面。其实,中国西部、中部和东部,生存状态并不完全一样。中国的中原地区,主要是农业文化,显得相对静止;中国西部却主要是游牧文化,生存方式以动为主,生存意识中有不可忽视的动的活力。

农业文化区基本的生存状态,是"守土为业"。因为人们要世世代代在这片固定不动的土地上劳作,才能生存繁衍。所以"守土"的能力成为人生存能力最主要的标志。守为高、守为上,反映到意识上,便是静为善、静为美。守土为业就能平安度过一生,甚至发家致富,荫庇子孙。人生一世,只有躲避天灾人祸才挪动,动和灾祸伴生。动穷动穷,动则穷;动乱动乱,动则乱。爱倒腾的人,是根基不厚的人或无根的人。万一倒腾发了家,即因动而富,那是不义之财,是暴发户,遭人白眼,受人唾骂。商事是流动的事业,因而无商不奸,因商致富必须以名望做交换,付出道德的代价。"三十亩地一头牛,老婆娃娃热炕头",这才是农业文化区理想的人生境界。土地、房屋是什么呢?是"不动产",是将人焊接在一个地方不能动弹的人生基座。在这个基座上建立起一整套价值观念和生活习俗。"热土难离,穷家难舍""金窝银窝不如自己的穷窝""在家样样好,出门事事难""父母在,不远游"。走得再远,大年三十必须赶回家团圆,"团圆"就是一种封闭的静态的人生聚会。伤别,成为中国古代诗歌一个永恒而固定的题材。离别与伤感同在,伤别诗之多,中国乃世界第一。壮行诗也有,那也是悲壮,"风萧萧兮易水寒,壮士一去兮不复还",出行与悲怆仍然是同义词。在农业文化区的人看来,离土、离乡,这个"离"字(也就是"动"字)总包含着某种风险、某种不祥。因而亲人离家,要"饯别""饯行",亲人离而终归,要"接风""洗尘",用中国食文化的隆重仪式,祝福游子的平安,庆贺动态人生的结束。在路遥的小说《人生》中,永不安分的高加林最后选择了黄亚萍而背弃了巧珍,巧珍又按照她母亲那一代的标准,选择了马栓,原因很多,许多文章做了精辟的分析。其中有一个原因,评论家几乎没有提到,恐怕大多数读者,甚至作者本人也未必意识到了,那就是动态的和静态的生存观的差距。高加林的不安分是什么呢?是现代人动态选择性生存观。他希望离开束缚着自己父辈的土地,他希望在人生道路上不停地选择、竞争,更快、更高、更强地发展自身。他虽然在这次动态生存的搏斗中失败了,重又回到土地上,他终究还是要走的,要做土地的浪子远行的。正是为了这种远行,这种游动,他毅然斩断了自己对巧珍的爱。这爱是真切的,但却是动态人生的羁绊。为了动而背弃爱,显示出这个"动"字在高加林心中那种至上至贵的,甚至高于初恋之情的位置。巧珍嫁马栓,行动上是自己的选择,精神上是被迫的选择,她强迫自己按照母亲那一代的价值坐标结婚,这就是按静态人生的标准,成立一个固着在土地上,窒息在窑洞里的,可以"拴"住"心猿意马"的静态家庭。她曾经想改变自己的生活方式(她说,以后要像城里人那样,给高加林过礼拜天),在高加林带来的新的生活机遇面前,做一次动态的奋飞。但精神上还稚嫩,还处在"被拯救者"地位的巧珍,是无力自己救自己的。当高加林这一精神支柱一旦抽身,她身上长期形成的静态文化心理便淹没了"小荷才露尖尖角"的动态文化萌芽。这一对年轻人的分手,是两重意义上的胜利:强大的静态生存观,终于通过巧珍的出嫁,"拴"住了一颗"心猿意马"的心;同样有生命力的动态生存观,也终于通过高加林的决断,使他在精神上、感情上完成了离开土地的艰难的起飞。

这是在农业文化区和游牧文化区接壤之地的陕北,发生的一场富有时代意义的人生辩论。由高加林的家乡再往西,正式进入中国西部的腹地,情况便有了很大的不同。中国西部社区的人口构成,除了汉族地区的世袭农民外,主要有六种群体:一是生活在广大地区的游牧民族群体,如维吾尔、哈萨克、蒙古等少数民族。二是在新开垦的处女地和新开发的工矿区中生活的集团性移民群体，如几百万生产建设兵团和石油、地矿工人。三是军队和军事科研基地的流动生活群体，用所谓"铁打的营盘，流水的兵"来形容他们是很贴切的。四是历代失意的官僚和落魄的文人和他们的后裔组成的流放者群体，如清代的林则徐、纪晓岚，现代的艾青、王蒙、张贤亮。这是西部的知识阶层。五是由失去土地的农民构成的个体的、盲目流动的移民，俗称"盲流"的那一类人。六是在精神上不堪现代生活的困窘而来西部寻根，寻找失去了的精神传统，寻找真性真情真的自然，寻找文化补偿的心灵行旅者群体，如作家张承志、马原、张曼菱等等。

这里，不论是游牧之"游"，移民之"移"，流动之"流"，盲流之"流"，行旅之"行"，都确凿无误地包含着一个"动"字。流动的生存状态，动态的生存观，是中国西部除世袭农民之外的这六种群体共同的特征。他们的生存方式不再是"守土为业"，而是"移畜就草""移人就业"。在这里，一切价值标准都和"动"字有关。动为贵，动为上，动者为尊。冬天来临之前，哪一位哈萨克的小伙子能够动得最快，最快地拆掉帐房，最快地将整个牧群撤离夏草场，赶往冬草场，又最快地在新草场上重新拉起自己的帐房，便会受到大家的夸奖和姑娘们的青睐。因为"动"的能力意味着生存能力、生存智慧。也因此，在草原上有着和在土地上完全不同的习惯，当姑娘待嫁时，不是去打听男方有多少"不动产"，即土地、房舍和存粮，而是在赛马、叼羊中考验男方"动"的能耐。在农业区，永远不离开土地的小伙子，"不动"的小伙子，是姑娘们可以信赖和依托的男性。相反，在游牧区，永远在马背上运动的小伙子，才是姑娘们可以信赖和依托的男性。西部所有这六种群体，在人生的道路上，都经历过或必将经历两次或多次生活的选择，适应或必须适应两次或多次生活的转弯。命运把他们从原有的生活环境和人际关系、社区结构中剥离出来——这种剥离有时是那么惊心动魄，那么苦痛和酷烈——放到一个新的生活环境和人际关系、社区结构中去，强迫他们在新的起跑线上，从零开始竞争。然后，极可能又剥离一次，又选择一次，又竞争一次。流动生存状态和动态生存观就这样锻打了西部人的适应能力、选择能力、竞争能力，就这样唤起埋藏在他们心中的奥林匹克精神，就这样用人生的雪暴，用精神的沙暴，用感情的风暴，在西部人的心灵上搓磨出厚茧，使他们变得格外刚强起来。

对上述西部六种群体、人生状况和感情状态的描绘，构成了中国西部文学主要的题材类别，如西部民族题材、西部开发题材、西部军旅题材、西部流放和盲流生活题材、西部行旅者寻根题材等等。所有这些题材内容，也无一例外地含纳着一个"动"字。

无"动"则无西部人生；无动则无西部文化、西部文艺。

我们再来看看现代社会和现代人的生存状态和生存观念。

好像是巧合，美国未来学研究者提出了在现代社会萌生、在未来社会成形的"新的游牧民族"的概念，而且在《未来的震荡》一书的第二部第五章，列专章对这个问题做了详尽的评述。这一章的题目就叫《四海为家：新的游牧民族》。他为我们描绘了这样一群跨世界游动的人群：

罗布是华尔街的一位董事，每周五下午4：30，夹上公文包，取下大衣下班。他乘电梯下降29层来到地面，再花10分钟穿过熙熙攘攘的街道来到华尔街直升机场。11分钟后他到达肯尼迪机场，转乘环球航空公司的大型客机向美国西部飞去。他习以为常地在飞机上吃晚餐。1个小时10分钟后，他愉快地走出俄亥俄州的哥伦布机场，半个小时后坐家用汽车回到家里度周末。

罗布的情形并不是十分不寻常的。加利福尼亚的一些牧场主每天早晨从太平洋沿岸的家里出发，飞到193千米以外的英皮里峡谷去经营自己的牧场，傍晚再回来。宾夕法尼亚州一位工程师的孩子，只有十几岁，为了矫正畸齿，定期飞往德国法兰克福去治疗。更有一位11岁的美国孩子，已经能够独立完成环球飞行。芝加哥大学哲学家麦基翁博士在整整一学期中，每周来回300多千米，去纽约的新社会研究学院讲课。旧金山的一位年轻人和檀香山的女友为了周末约会，每周要轮流在太平洋上空飞行3200多千米。有位新英格兰的主妇定期飞到纽约理发。

空间距离随着社会的发展而日益缩短。人生和一个固定地方的联系则日益短暂而脆弱。对现代人，特别是对未来人来说，流动、旅行、迁徙，已经成为第二天性。现在一个美国人一生旅行的里程，大致相当于70年前一个美国人一生旅行里程的300倍。最近25年中，美国国内旅行平均里程增长速度比人口增长速度快6倍。1967年3月到1968年3月的一年中，有3660万美国人更换过家庭住址。1961年，占有英格兰和威尔士总人口的11%的人，在他们的家里未住满一年。法国每年有8%至10%的人迁居。美国学者威廉·怀特认为："按照定义，几乎可以说，企事业组织的忠实成员就是那些离家在外……四处奔波的人。"西方学术界和舆论界早已提出"企事业团体的吉卜赛人""整个欧洲正经历着一场国际性大迁徙浪潮""现代社会正在进行一次庞大的人口交流"这样一些观点。

阿尔温·托夫勒由此提出他的论点："我们亲身经历了这样一个过程，即对人类生活来说，一块土地已经大大降低了它的重大意义。我们正在培育着一种新的游牧民族，他们移居迁徙的规模大，地域广泛，意义深，这是很少有人怀疑的。"他认为，经济愈发达的国家，文化知识层次愈高，这种现代游牧文化的趋势就越清晰。

需要说明的是，我在《中国西部文学论》中提出西部人动态生存状态和动态生存观念的论点时，并没有读到托夫勒的这本著作。我们是各自根据自己面对的研究对象，即中国西部人的流动迁徙和西方人的流动迁徙，走到一条思路上来的。与其说这是研究思路的巧合，不如说这是西部和现代生存实际在不同层次上的感应。

生存观念、生存意识，一个重要的表现，就是对家的观念，对家的意识。对土地文化区的人来说，"家"是什么？是房舍，是牢固地扎基于土地上的多面体生存空间。在"家"里，也就是指在"房子"里。对游牧文化区的人来说，"家"是什么？是帐房，是可以随时搬动的、游走的多面体生存空间，是马背，是可以驰骋于大地之上的生存状态。在"家"里，也就是指在马背上。对现代一体化经济结构和社区组织的人来说，"家"又是什么？是汽车、飞机，是游动于甚至游离于土地之上的多面体生存空间。在"家"里，对这些人来说，主要是在"路"上。因此现代人的那种"家"的感情，已经不是地缘和亲缘之情，而是业缘（事业）和情缘（感情）。家的观念的不同，在生活的一切方面显示出来。比如说，在婚姻的稳定性这样的问题上，就能显示出来。

这样，我们便切实地感觉到了西部在动态生存观方面和现代的感应。无须说明的是，这两种动态生存观是处于社会经济文化的不同阶段的产物，它们是有很多不同的。比如，西部的迁徙流动现在主要还是为了维持简单的再生产和低水平的生存条件，现代的迁徙流动则是为了实现宏观经济的大循环，满足人类生存较早的物质和精神需要。又比如，西部的流动，常常是群体的流动，是原有小社区（如部落）的整体搬迁。这种小社区的整体流动，使人并不能从原有的社区生活组织、人际关系和文化圈层中分离出来。它总是维持着原有的生活结构和心理氛围，带有相当的封闭色彩，甚至在某种程度上是一种封闭的挪动。而现代"游牧部族"的流动，则主要以经济竞争、商品流通和个人精神需求为目的，每一次迁徙都是人在某种程度上对原有生存环境的剥离，甚至是对原有文化土壤团粒结构的一次破坏。而在迁徙之后，由于不再介入以地缘、亲缘为基础的生活结构和人际关系，人的个性和主体的张扬便有了相当大的自由度，有了活力。但这种"不介入"也带来了问题，便是传统道德、责任感和归属感的淡漠乃至丧失。中国西部群体的社区的流动，能够保持对民族的、地域的认同感和忠诚感。在现代西方的流动中，这一切都被冲毁了，只有对公司、对协会、对职业的忠诚，亦即对事业和利益的忠诚，而没有了对地缘、亲缘的归属感，也没有了依靠伦理维系的长存的友谊，因此人生常常使人感到冷酷。这促使现代西方社会伦理观发生质的变化，由亲缘、地缘伦理体系（即家国同构的政治伦理体系），向业缘、情缘伦理体系（即家国分离的经济伦理体系）转化，由和谐为本的伦理观，向竞争为本的伦理观转化。这又是中国西部动态生存意识向现代转化时不能不预先考虑到的。

尽管两种动态生存观不可同日而语，我们仍然要着重指出二者在文化心理的深层结构上的相似。这种相似使二者有可能越过几个历史阶段相认同、相呼应。这便是西部动态生存观在现代的积极意义。具体说，有这么几点：第一，动态生存意识有助于西部人解决原有的生活难题，促进他们去寻找新的生活条件和人生前景。第二，动态生存意识相对有利于维护选择人生的自由和思考人生的自由。第三，动态生存意识一代一代锻炼了西部人的生存能力，并且在漫长的岁月中沉淀为一种文化心理遗传基因，有利于西部人适应现代商品生产社会的各种人格要求，如角色意识、应变能力、心理能力以及竞争的机制。有篇报告文学写到，新疆维吾尔族人靠卖烤羊肉串走遍天下。在广州的外汇市场上，新疆人的活跃度位居广州人之后，名列第二，以致新疆不得不在广州的三元里地区派出公安机关长驻。从中我们不是可以看到在动态生存意识化育下的阿凡提式的机巧和智慧吗？

五

西部随处可见的前文化自然景观、人文景观、心灵景观，和现代某种超越文化、排拒文化的社会情绪、社会心理、社会思潮相感应。

需要首先说明一下的是，"前文化"这个概念，含义很多，在这里主要是指前社会文化，特别是前现代文化。

现代社会是科学的理性社会。社会的现代化过程，在某种意义上，就是社会的科学化过程、理性化过程，总体上看，也就是社会的文化化过程。但是，现代社会愈理性化（科学也是一种理性），人愈理性化，潜藏在人的自然本体中的非理性化欲求就愈受压抑，就愈容易反激出宣泄的需要来。这也许是一些大科学家、大哲学家、大文豪晚年笃信宗教的一个潜在的原因，甚至是他们中间的一些人，在人的非理性要求受到过度压抑时，终于失衡，得了精神病，以至自杀的一个潜在的原因。

现代社会又是走向有序化和一体化的社会。覆盖全球的宏观经济循环为社会一体化建立了基础框架。科学技术超地域、超国界的全球性传播加速了一体化。思想、政治观点汇成流派、体系，又用党派、政权、制度、阵营凝结为全球性的格局，也使一体化得到强固。信息社会的现代交通、通信、传播和全球性的电子计算机网络，不但使时空在整个世界几乎同步，而且空前地统一了思想、舆论、兴趣。瑞典科学家的一项发明，很快就成为全世界的财富。南极洲建立了一座新村，也很快会引起全人类的兴趣。世界愈是一体化，人类愈思念个性化，向往个体性，个体思维在沉重的压抑下解脱出来。生活愈变得有序，变得连你该不该笑、该不该哭，怎么笑、怎么哭，对谁、对什么事情笑还是哭，都要按规则（不仅是礼仪的规则，还包含人际关系甚至政治交往的规则）行事，人就愈眷恋无序，眷恋随心所欲的童年的天真和初民的耿直。

而人类又是怎样在自己辛勤创造的文化中被弱化啊！文弱、文弱，这个词组合得何等科学。人类创造了文化，每一项文化成果都极大地扩展、延伸了人类认识世界、改造世界的能力，也提高了人类消费世界、享用世界的水平。但每一项文化成果又反过来削弱了人体。人类在文化的进程中，愈来愈成为科技的人、理性的人，成为政治动物、经济动物，而自然母亲给予我们的真性真情真力，在一天天削弱、退化。皇冠车使人日行千里却失去了"夜行八百"的飞毛腿，万宝空调使人在炎夏凉爽如秋却再也难于承担烈日下的体力劳动，飞利浦电视机使人能够看到整个世界甚至天宇，却使你对目力所及的眼前事物没有了反应。当人类由生到死都被包裹在这层密不透风的文化膜、科学膜之中，只能通过文化膜间接地、半透明地感知世界，而不能用自己的眼、耳、鼻、舌、身、心直接地触摸和品味这个世界时，那长期受欺凌、受歧视的自然本性怎么能不愤怒、不咆哮、不反抗呢？当现代社会的文明将人类弱化得再也不能产生原本意义上的鲁滨孙和斗牛士时，人类又怎么能不急切地呼唤奥林匹克精神呢？

现代社会开始露头的某种超越文化和排拒文化的情绪、心理和思潮，就其积极意义上来说，是人类撕破文化膜到前文化的、大自然的天地中进行一种健身呼吸，是人类对正在蔓延的文化病的一种心理治疗。当然，这种情绪、心理，特别是思潮，也有消极意义。如果由超越文化发展到憎恶、反抗文化，而且形成思潮、形成理论，那就更是一个错误。这一点，我们将在后面分别加以分析。

突破文化膜对人的弱化，一般有两个渠道。一个是实践感受、实践强化的渠道，这就是近年来兴起的文化寻根型和回归自然型旅游。这两种类型的旅游已经形成热潮，大有超过城市消费型和文物考察型旅游的势头。再一个就是模拟感受、模拟强化的渠道，这就是近年来文艺创作兴起的文化寻根热和"人与自然"热。为什么模拟的渠道选择了文学艺术呢？因为其他的意识形态和各类学科，像哲学、伦理学，都是理性文化、抽象思维文化，只有文学艺术是感性文化和灵性文化，是具象思维和灵象思维文化，也只有文学艺术能够再造对象本来的面貌，通过形象性、感情性、个别性和偶然性来感染人。这种特点可以说正和人内心潜在的无序性、非理性要求暗合。

无论是对大自然和前文化状态的实践感受还是模拟感受，都不约而同地将关注转向了中国西部。因为中国西部是前文化生态和心态最丰富的地方。这是它拥有的一笔得天独厚的文化资源。

西部的自然风光中，没有或较少有文化膜的附着物和散落物。西部的雪山、草地、河源、湖泊，就其实际的存在来说，大都是纯自然的，没有社会实践活动的改造，是造化的赐予，是天籁的秘响，有着特殊的真切感和纯净感。当你面对这地老天荒、完全超脱于人世社会的景观时，一种历史的、哲学的、人生的、生命的沉思和感慨便不由生出。这些阅尽人间春秋的高山大河似乎在以沉默为语言，告诉你：人世喧嚣处的生命，是具体的、琐屑的、忙碌而不知何以忙碌的、形而下的。而这里，西部，则有在无边无际的宏阔的时空中循环的大生命、真生命、形而上的生命。这里是沉默的，却可以思接千载、神通万里，因之十分喧闹。为生命所累、为生命所苦的现代人，希望能在应当喧闹的地方求得沉默，例如在闹市的人群中，而在应当沉默的地方，却神往于精神上的喧闹，例如在大自然中。

西部社会风习中的前文化因素，对现代社会心理是一种平衡。物质生产与精神生产是不平衡的，是在矛盾、冲突、差别、离异中求得大一统的。自然经济、村社和部族文化从历史的角度来看是落后的，从伦理的角度来看却很复杂，既有落后、保守的一面，也有淳厚朴实、重义轻利的一面。后者在调节、润滑社会的运转上，有着积极意义。特别是在非意识形态领域，在民风民习中包含的那种朴素的、原生态的人伦哲学、群体认同、天人合一、崇尚天然，以及综合地、整体地把握世界的致思方式，对于现代社会商品交换对人心的侵袭，对于实用主义、个体自足、天人对立，以及过分实证地、精确地、微观地把握世界的致思方式，是一种平衡和补偿。

西部非文字表述体系的文化较为发达，对文字符号给予现代社会的笼罩和现代人的制约，也是一种平衡、补偿。西部初期的文化财富和其后的许多文化传统，都是采用民间口头纵向传递的形态保存、延续下来，如各民族的创世神话和英雄史诗，便是通过阿肯弹唱等等民间口头说唱一代一代流传下来的。它和通过现代印刷术的大面积横向传播有很大不同。它不是通过文字符号的翻译（这种翻译是二度的，即记录、整理、创作时的一度翻译和欣赏、接受时的二度翻译）来传播的，因而较少受符号表述时的局限、翻译者表述时的局限、接受者对符号理解和再现时的局限的制约。这里每一种制约，都是一次失真。它也不是通过现代印刷进行的大面积横向的同步传播，可以在相当程度上避免同步覆盖所导致的个性消失和整体文化的共性侵蚀，更多地保留原生的生活画面和情趣。此外，西部的非语言表述体系也较为发达，大量的文化财富和生活的、心理的经验，既通过语言（又分文字、传说和弹唱），又通过音像（如歌舞）和自娱（如民俗）性的表述系统，集中起来，传播开去，留存于后世。社区疏离所造成的处理复杂政治关系和人际关系的钝拙，使得语言使用的深度和广度受到限制。西部人更深更广地和自然交流。他们常常通过非语言表述的歌声、舞姿，以及某种婚丧嫁娶和祭祀的仪式来表达自己的喜怒哀乐，交流感情，协调社区精神。非语言、非文字表述，相对于精确、丰富的现代语言文字文化来说，当然显得粗糙、简陋，却也有某种优越性。这种表述方式的轻符号、重感觉，轻形式、重意会，轻微观内容、重总体情绪，以及它的现场交流和自娱参与特色，应该说都是值得日益发展到精致程度的现代文艺参考的——而且也正好与现代文学艺术许多新探索暗合。这正表明了两者之间的感应。

应该承认，以上粗略涉及的这一切，表明了西部人心中的非文化自我（非现代文化自我）因子较多，人的自然本性和传统本性（即前现代文化本性）保存较好。这对被过量物质文明压抑着的、相当程度上物化了的现代人，是一种人性的召回，一种生命的复生。不是要现代人回到前文化状态中去，而是要现代人在保存、发展已有的文化智能的基础上，恢复、发展正在退化的非文化智能，同时恢复、发展我们和宇宙用多种语言，甚至沉默来对话的能力。这是主体和客体在无边的领域里感应、默契和呢喃的能力。这种能力的重新发现和在新境、新界中的发展，将是人在未来社会全面发展的一个重要表征。

在现代后工业社会开始出现的反文化情绪，大多是朴素、自发地表现于民间的日常生活中，有的则被提炼为意识形态，提炼为一种观点，一种主义，并扩大传播为一种思潮。它的情况很复杂，不能一概而论，需要做具体的分析，做区别的对待。我感到，现代的反文化情绪大致有这么几种意思：

第一，反唯文化，认为人应该在发展文明的同时，重视自己的自然生命；在承认人是一种社会的存在（即文化的存在）的同时，也重视人是一种类的存在。故而应该寻求一条路子，使人在日益文明化、社会化的现代，能够保持住自然赐给我们的真情真性真态。我感到这种看法是有一定道理的，只是需要进一步看到，人的自然本性在一个文化的社会中，不可能抽象地存在着，它归根结底总会带上这样那样社会意识文化的色彩。作为一种补偿、一种追求未尝不可，但要实在地获得这种"真"性，又是不可能的。

第二，反符号文化，例如非非主义，认为文字语言符号是存在于主体和客体之间的一种假象，文字和语言使我们反而认不清这个世界了，是对真世界的否定（"不是这样的"）。而"非非"，即"不是不是的"，就是要否定文字语言符号对真世界的否定，非其非，求真是，让人类直接与客体世界相通。这种看法就发现文字符号在认识过程中的局限性和副作用，是敏锐的，有可取之处，但是走到了另一个极端，反对与文字、语言相联系的整个现存的文化形式、文化成果。他们认为文字语言成为现代社会的"世之界限"，现代世界成为一座文字语言的海市蜃楼，是彻底的错误，应该完全轰毁，甚而主张对现代社会做"前文化还原"，退回前文字时代，重新探索人类文明发展的"亿亿种可能"。这就掉进了全面否定历史、否定现实，甚至否定未来的虚无主义泥淖，在历史悲观主义的深渊中不能自拔，显然是我们不能同意的。即便这样，他们主张勇于探索和开辟新的文化世界、文化自我，开发人类被现存文化窒息了的"文化外"的认识潜力和创造潜力，这还是有启悟力的。

第三，反传统文化，也反主张批判继承传统的现实文化。由此出发，他们反对一切文化规范和行为准则，包括社会主义的文化行为规范。这种主张，不但理论上是错误的，而且直接导致现实社会政治、经济、文化生活的混乱，危害性很大，需要认真的分析和批判。

在中国和外国的历史文化演进中，可以说一直存在着一条若明若暗的反文化情绪的虚线。中国上古时期曾经出现过一段文化的灿烂发展期，老子和庄子早于我们几千年，超前体察到了文化繁荣给人带来的困窘。他们反对一切人为之事，反对文化规则和精神传统。老子说："五色令人目盲，五音令人耳聋。"他反对当时的伦理观念，主张"绝仁弃义"，反对传统的理性法则，主张"绝圣弃智"，认为人的一切痛苦都是文化造成的，只有"绝学无忧"，抛弃了学问文化，才能避免忧患。庄子走得更远，他把反文化的老子推向极端，明确提出"灭文章，散五采"，主张取消一切文化。庄子是在人类思想史上第一个触及人的物化处境的哲学家，他最早提出了反物化的哲学命题："物物而不物于物""胜物而不伤""不以物挫志""不以物害己"，总之，"不囿于物"。他似乎对自己的主张抱悲观主义的态度，认为这一切都无济于事，社会的发展将使人的物化命运无法扭转。得救之途只有"堕肢体，黜聪明，离形弃知"。谓之"坐忘"，倒很有点现代非非主义者的洒脱。在西方，尼采陈述过"道德对生命本能的压抑"的观点，别林斯基慨叹过："智慧就是痛苦"，海德格尔看到了"存在（指社会文化存在）的冥暗"，弗洛伊德则处处感到"超我对本我的压抑"。所有这些都是对反文化社会情绪的不同表述，都反映了中外思想家对文化压抑人类的感知。他们或以科学的精确，或以文学的感慨，或从积极方面，或从消极方面，陈述了反文化问题。而在不同的历史文化背景之下，他们的这些见解所起的作用也是迥然而异的，有的积极，有的消极，有的带有破坏性，需要我们在具体的历史条件和文化背景之中加以具体的分析评断。其实，马克思关于人的异化的理论，十分深刻地论述了资本主义工业文明对人本性的压抑。他指出"劳动的异化，人失去他的本质而变成为物"，他评述了英国工人破坏机器的反资本主义文明的行为。马克思主义以历史唯物主义的态度,在特定的时代、阶级、社会文化关系中对这方面的问题做了历史的、具体的分析,而且从中找到推动历史进步的积极力量和积极情绪,这就是推翻资本主义而建立一个新的制度。在马克思主义者看来,物质文明愈加速发展,精神文明的建设愈应该受到重视。从这个意义上说,中国共产党人提出的相辅相成抓好社会主义物质文明和精神文明的建设,为现代社会物对人的压抑、文化对真性的压抑找到了一条积极解决问题的正确的道路。

正因为现代反文化情绪有如上的复杂性,我们应该对西部和现代在这方面的感应做两点论的分析,既要看到这种感应的正效应(如前所述),也要看到它可能产生的负效应,负责任地指出它,尽可能地预防它、转化它。

比如说,既然这种感应是现代潮从西部潮的某些原始形态的生活与心理中获得某些结构效应,某些平衡和补偿,那就不可否认,结构效应并不会是纯结构的,它不可能将内容完全从结构上剥离干净,必然会挟带着一些内容上的东西。一方面,平衡和补偿的需要,使现代生活从挣脱文化困境出发,主要关注到西部那些原始的、古朴的生活和心理内容,而忽略西部在现代化进程中充满生机和活力的生活内容和心理内容。另一方面,平衡和补偿的需要,使现代潮在这种感应中处于主动地位。他们并不负有全面地、历史地评价西部,并设法从积极方面改造西部的任务,他们只是以现代潮的反文化情绪为主坐标,借西部的前文化来浇自己心中的块垒,因而脱离西部全面的真实,夸大到曲解西部的情况就难以避免,完全借西部生活之形装现代人之魂,把西部生活和西部形象搞得不伦不类、不尴不尬。应该注意以西部生活、西部精神、西部历史进程的全部真实为土壤,避免从先验的想当然出发,随心所欲肢解西部;应该注意将特定的西部现象,放到特定的历史进程中做历史的、辩证的分析理解,避免将西部变成一个抽象的、凝固不变的、遥远而又古朴的神话,来被动地和现代对应;应该特别关注西部文化在内在结构上和现代的沟通,把握西部生活的内在精神,把握这种内在精神积极进取的一面,反映出西部如何主要以自己的"优根"、优势和现代精神相感应;还应该特别注意反映在现代化进程中,西部精神和文化心理的积极能动作用……这一切,都要求我们的作者和学者根除自身在看待西部时的任何一点优越感、任何一点贵族式的倨傲不恭,否则,必然要在自己的创作和写作中流露出来,而不为西部人民所接受。

六

  西部人原始生存和艰难发展的悲剧感、忧患感，和现代人超高速发展的焦虑感、忧患感相感应。

  在我们民族的审美心理中，西部总是和悲壮、悲怆、悲悯等等意象和情绪联结在一起，和悲剧感联结在一起。近代德国美学家伏尔盖特在《论悲剧的美学》中，指出构成悲剧的三要素：一是强烈的、异乎寻常的苦难（包括身体和精神两方面）；二是人性的伟大，即内在精神气质上的崇高和类崇高；三是比较典型的有代表性的悲剧命运。这三个要素在西部中国的自然景观和历史、现实生活中都有丰富的蕴藏。

  从西部的生存环境看，有两种主要的自然意象，构成了西部悲剧气质的原型。

  一是落日。太阳是光明、温暖、繁荣、欢愉的象征。红日西沉，接踵而来的就是黑暗、阴冷、凋零、悲凉。黑暗使人孤独无助，夜色使人忧郁顿生。日落西山的悲剧效应已经成为人类共有的文化心理。当妈妈对怀抱中哭闹的孩子说，"再闹，晚上把你放在门外"，连不谙事理的稚童也明白这意味着什么。

  一是西风。西风日渐，接踵而来的就是萧索的秋天和冷峻的冬季。春的生机和夏的繁盛成了过眼烟云，百草衰败，百虫蛰伏。无色无姿无声的秋冬，使人的心境和大地那样一片寂寥。消沉的人更消沉，为万物难逃的劫难而悲哀；超脱的人更超脱，为枯荣盛衰的梦幻而悲悯；积极的人准备着更严酷的搏斗，心头弥漫着悲壮。文人雅士的笔下，"碧云天，黄叶地""西风紧，北雁南飞""快倚西风作三弄，短狐悲，瘦猿愁，啼破家"等等愁肠百结的诗句便纷至沓来。

  自然之夜在日落西山中来临，与人生之夜产生感应；自然之冬在西风渐紧中来临，与人生之冬产生感应。这是天人异质同构在西部产生的生命共感现象，它构成了西部悲感的一个重要的源头。

  从西部人的精神气质和人生命运看，也有两种人物形象，构成了西部悲剧气质的原型。

  一个是"扶伏民"，这是悲哀者的原型。《太平御览》四夷部十八、西戎六"扶伏"条记载，轩辕黄帝的臣子茄丰曾被流放到玉门关以西的地方。也许这是中国历史传说中第一个西部流亡者。据说茄丰是怀着强烈的原罪感躬腰西行的，因此他的后裔便被称为"扶伏民"。也许茄丰血缘上的后裔，现在已经找不到了，但是他精神上、心理上的后裔，在漫漫的历史长廊里躬腰西行的政治流亡者、精神流亡者、生活流亡者，以及他虐型和自虐型的流亡者行列中，我们见得太多了。这个匍匐于西部地平线的"扶伏民"形象，透露出了西部人悲剧型文化心理的一个重要方面。

一个是夸父，这是悲壮者的原型。这个和"扶伏民"精神状态完全不同的传说中的英雄，也是在奔向西部的壮烈历程中完成自己的形象的。夸父雄心勃勃，要和"坐地日行八万里，巡天遥看一千河"的太阳神进行一次马拉松式的竞赛，他要追上太阳，拉住它，不让它掉到地平线下面去，让西部、让世界永远光明和温暖，永远没有悲剧。他赤脚朝着西部疾行，终因饥渴而毙命。当这位英雄轰然倒下时，仍然壮心不已，抛出手杖化作一片桃林，给光裸的大地以绿荫和果实。这是西部精神悲壮的原型，其中掺和着对社会发展、对人类生存强烈的忧患感和责任感。夸父是否有后，已经无从考察，我们却从千千万万开拓西部的先行者身上，看到了他的遗传基因。最早西巡的周穆王，出使西域的张骞、班超、朱士行、法显、玄奘，和西部各民族联姻的解忧公主、弘化公主、文成公主，贬谪西部、屯垦西部的林则徐、左宗棠，以及从西汉开始一直到20世纪社会主义时期遍布西部各省的几百万生产建设兵团和石油、地矿、冶金、科技大军，所有这些历朝历代的西部开发者，这些要让阳光永驻西部的人，都是夸父的子孙。这是一个远比"扶伏民"壮大的英雄家族。他们尽管不都像夸父那样悲壮地结束生命，但他们艰苦拼搏的业绩、无私奉献的精神和追求光明理想的执着意志，无一不像夸父那样豪强悲壮，充满了历史责任感。

可以说，中国西部悲剧精神的积极因素和消极因素，都蕴藏在这两个原型中了。夸父和"扶伏民"，是我们理解西部悲剧感和忧患感的两把钥匙。

西部精神的悲剧美，已经在西部文艺中有了丰富的表现。限于篇幅和各段结构的均衡，我仅就文学方面的情况做简略的评价。

在叙事性文学中，西部的悲剧美大约有以下几种表现：

人境相悖的悲剧，主要由人与环境的矛盾导致。像长篇小说《桑那高地的太阳》，在对悲剧的展示中，很突出的一点，就是通过人的境遇的改变（兵团战士由内地来到边疆），人和环境在重新组合中新产生的矛盾，来揭示这一代人内心具有历史信息的悲剧色彩。他们既不肯屈服于环境，又不得不屈服于环境，由此产生了巨大的心灵痛苦。

史美相悖的悲剧，主要是道德与历史的错位导致。《麦客》中水香与顺昌的爱情悲剧，实际上是传统道德对人性中搏动的历史要求的扼杀。这种扼杀主要是通过这一对婚外恋人自身心理上旧道德对合理感情的扼杀来实现的。"他虐"通过"自虐"得以完成，就更有了深刻性。《人生》中对此表现得更为丰富——高加林的悲剧，是通过传统社会道德对人物命运的"他虐"完成的；巧珍的悲剧是传统社会道德通过人物"被拯救者心理"的"自虐"来完成的；而在德顺爷身上则体现了一种身处"虐"中而不知其为"虐"的麻木之悲。灵肉相悖悲剧，主要是由人心中形而下欲求和形而上追求的矛盾导致的。在《灵与肉》和《一个唯物论者的启示录》系列中篇中，这是贯穿始终的悲剧基线。食、色之欲和理想精神追求，构成许灵均、章永磷的深刻悲剧。这是一代知识分子的悲剧。

形神相悖的悲剧，主要是理想与现实的矛盾导致的。这是一种理想人格不能实现的悲剧，是张承志作品经常采用的悲剧形态。张承志作品中那个"我"，是理想人格的化身。他在西部大地上做精神漫游，总是找不到和理想人格相吻合的现实土壤。于是，追求的失落和失落的痛苦，成为人物恒定的心理贯穿线。痛苦成为一种幸福，一种虽不可实现却依然保持崇高的幸福。

动静相悖的悲剧，主要是由静态生存和动态生存的冲突，或换一个角度，保持文化个性和开展文化交汇的冲突导致的。中篇小说《唱着来唱着去》所反映的北疆阿勒泰中苏边境民族杂居地区动态的民族文化，包括血缘的交汇，如何影响着民族文化个性和血缘的纯一。主人公赛义江在动态生存社区对文化开放的认同和民族加于他的保持血缘的纯一所要求的感情限制的冲突，构成深刻的同化与反同化悲剧。

天人相悖的悲剧，主要是人与自然的矛盾导致的。中篇小说《环湖崩溃》触及这种悲剧。作品中写道，1958年强制牧民定居务农，大量开垦草原，最后大自然反过来报复了人类，使这里的农业、牧业都难于发展，天人相悖造成了悲剧。

这里所谈的叙事文学中的几种悲剧形态，在具体作品中当然不是这么清晰，可以明确分类的，它们常常交织地出现在西部文学作品中。

在抒情性文学中，西部的悲剧美大约可以归纳为三种表现：

分合悲剧模式。其主要反映中国主体文化中表现为家国同构、天人合一、伦理中心的和合精神核心，与中国西部游动生存状态和动态生存观相冲突。其主要表现为离情别绪、离愁别恨的抒发和咏叹，从古到今中国西部诗歌中大量的伤别诗、乡愁诗、闺怨诗都程度不同地感应着这种分合悲剧。具体地看，这些诗虽然写的是思亲友、思征夫、思故乡之悲苦，整体上把握，却反映了和合精神和动态人生冲突的悲苦。为家（尽孝），需要静；为国（尽忠），需要离家赴任或别亲从戎，不能不动。真是自古忠孝不能两全。按家庭伦理的标准，需要在家侍奉尊长，携妻将雏，这是静；按社会历史的标准，需要别家远行，介入社会，从事社会的政治、经济、文化活动，这是动。历史评价和伦理评价总处于矛盾之中，也是自古难于两全。进一步，从静态的家中出去了的，便有思乡之愁，家里也有思游子、征夫之愁。没有从家走出去的，又有人生无法实现之悲苦，向往比家更高的人生境界而不可得的悲苦。于是吟唱出多少感天动地的诗句："可怜无定河边骨，犹是春闺梦里人""感时花溅泪，恨别鸟惊心""但见沙场死，谁怜塞上孤""羌胡无尽日，征战几时归"……于是创造出多少蕴寓着分合的诗歌意象群：离异意象群——牛郎织女；团圆意象群——月亮、鹊桥；距离意象群——流水落花、高天远云；接连意象群——鱼、雁……

兴亡悲剧模式。如果说命运悲剧主要表现为"分""合"二字，那么历史悲剧则主要表现为"兴""亡"二字。"兴""亡"更替是历史循环的必然，一切兴盛都是以衰亡为前提，为代价的，有亡乃兴，兴亡都含蕴着悲剧。西部文艺主要通过各民族创世史诗和古歌咏叹兴亡，如巨型长诗《福乐智慧》《十二木卡姆》《格萨尔王传》等，都从一个宏阔的时空中记叙和感叹了历史的兴亡。汉族著名的写西部征战的抒情散文《吊古战场文》，拉开时空距离，从战后的视点、后人的思考中写战场，表现出深长的历史兴亡的悲怆，将一个已经悄无声息的古战场写得何等惊心动魄。看那描绘中的悲哀："浩浩乎，平沙无垠，复不见人，河水萦带，群山纠纷，黯兮惨悴，风悲日曛，蓬断草枯，凛若霜晨，鸟飞不下，兽铤亡群……"听那想象中的慨叹："尸填巨港之岸，血满长城之窟。无贵无贱，同为枯骨。鼓衰兮力尽，矢竭兮弦绝，白刃交兮宝刀折，两军蹙兮生死决。降矣哉，终身夷狄；战矣哉，骨暴沙砾。鸟无声兮山寂寂，夜正长兮风淅淅，魂魄结兮天沉沉，鬼神聚兮云幂幂。日光寒兮草短，月色苦兮霜白，伤心惨目有如是耶！"亡是一种悲哀，无须多说；兴亡迭替是一种悲哀，亦无须多说；兴，难道也是悲哀吗？是的。胜利和成功了，又会有君弃之悲、世弃之悲、忠奸相搏之悲，争名逐利之悲。这些盛世的悲哀，也在西部抒情文学的弦上弹奏出自己的声音。

枯荣悲剧模式。这主要是自然界的枯荣变换、盛衰更替在人们心理上所引起的同构感应,发展为文、诗,前面已经谈到了。

当代西部文学,特别是新时期以来的西部文学,表现西部悲剧美更为深刻、内在。这最主要表现在,许多作家能够突出西部文化开放、交汇的特点,从世界文化的互渗、古今文化的反差这样一个大背景上来展示西部人精神上的悲剧色彩。如张贤亮笔下的章永璘,除了带着西部知识分子在极左思潮下的原罪感,还可以看到俄国民粹主义者的悲剧心理。张承志笔下的精神强者,也常常带着一点西方传统文化中人文主义、浪漫主义的情调。王蒙《杂色》中的曹千里和契诃夫笔下的马车夫,在被生活抛弃孤独难耐这一点上不是也有某种精神联系吗?

西部文化也有着对悲剧意识的消解因素,那主要是大自然和酒。西部自然既是悲剧感的一个根源,又是悲剧感的一种消解因素。大自然教人强健和旷达,教人宏阔和振作。酒是西部生活的宠物。在西部,酒是强壮人世、扬神励志之物,它促使人积极入世,用精神的振作消解生活的悲苦。

现代社会存在着深刻的悲剧感。现代社会悲剧最深刻的原因,在于物质生产和精神生产的失衡,在于社会发展和心理承受失调。我们可以在这两方面看到它和西部悲剧感的感应。

首先,现代社会剧烈动荡,急速发展,造成人的困窘、焦灼,导致种种的文化心理病变。

人生的加速流动造成心理的高频震荡。现代人经常毫无准备便投身于完全陌生的新社区生活和异域文化环境,心理上出现迷惑和震荡,有时甚至使得适应能力崩溃。

现代社会政治、文化、经济在激烈竞争中的高速发展和矛盾纠缠,常常诱发各种突发事件(如战争、案件、破产、政变)。临危抉择的超常压力,过度刺激的心理病变,使现代人经常陷入亢奋的痛苦。

现代社会超量的感觉轰炸和过重的信息轰炸,构成人类不胜其苦的心理、感情和思考的噪声。一方面它迫使人类疲于奔命地处理信息、融解感觉,以跟上时代潮流,保持自己每一秒钟都岌岌可危的一定序号的社会位置;另一方面它使人的感觉麻木,使人厌恶和排拒信息的接收和处理。"恶心!"这是现代社会青年人中流行的口头语,是感觉轰炸、信息超重造成的厌恶、疲惫、反感、愤懑等心理病变的一种宣泄。感觉的过度刺激歪曲了我们体察现实的真实程度,认识上的过度刺激干涉了我们思考能力的科学程度。现代人越来越锐敏的感性和越来越深刻的理性都在发生病变。

现代社会随着生存状态的改善,生存正在急剧恶化。噪声、沙化、吸毒、空气污染,以及各种各样难于控制的生理和社会的恶性病变,对日益减少的资源和财富分配不公造成的抢劫、杀戮、地区争端和局部战争,等等,使人类对"我们驻足的这个小小的地球村,到底能够在多长的时空里、多大的程度上承载正在以等比级数增长的人类"缺乏信心和渐增恐慌。现代人类对世界的终极思考,悲观远胜于乐观。

这些发生在20世纪末的文化病变,或使人产生现代焦灼感,追求疯狂的介入,或使人产生现代冷漠感,追求病态的超脱。现代人便这样由两条相反的路同时陷进了精神泥潭难以自拔。他们似乎在中国西部发现了希望,辽阔的带有崇高感的大地,没有文化污染的空气是一片多好的精神家园,而西部人旷达中的奋进和奋进中的旷达,无异于两剂疗救现代文化病的药方。这是现代和西部一种逆向的感应。

其次,也许更深刻的现代悲剧,还来自现代经济的活跃、发现。他们惊呼:这回真懂得了牧羊人的孤独。

中国西部地广人稀,拥有国土面积的四分之三,只居住着国人总数的十五分之一。这是西部社区疏离的一个原因。更主要的原因,是它以自然经济为主体的农、牧业生产方式。西部的可耕地,很少像东北、华北大平原那样大面积地集中成片。一座海子的边沿,一条小河的谷地,零零星星,疏疏落落为人类的生存提供一点绿地,散布着一些小小的村落。社区不能再扩大,也不能太密集,因为土地母亲狭小的胸脯上,承载不了过多的儿女。他们只有疏散,只有稀释,移人就土,移畜就草,才能生存繁衍。西部的草原虽然辽阔,但牧民赖以生存的牧群,需要比耕地大得多的草场才能养活。如果一个牧民之家只有一百头牛羊,起码需要一千亩以上的冬、夏草场,才能构成勉强可循环的生物圈和食物链。这是由草原载畜量决定的两座帐房起码的空间距离。西部社区的疏离,在自然经济的农牧业阶段,简直是不可避免的事。人被土地包围着,土地被雪山、草地、戈壁分离着,西部便有了孤独的远村。人被牧群包围着,牧群被草原包围着，牧群离得越远，牛羊吃得越饱，西部便有了孤独的帐房。

这样一种生存状态，使社区与社区、人与人绝少交流，甚至无法交流，也迫使社区与社区、人与人在无法交流的状态下建立一整套封闭的、内向的、自给自足的生存循环机制，以致慢慢减少了交流的需要，甚至无须交流了。西部的农民、牧民，只有全面掌握衣、食、住、行的本领，才能生存。这使他们常常成为"什么都得干、什么都会干、万事不求人"，但总体生活水平不高的那种"能人"。年深日久，世代相传，孤独的生存状态不可避免地转化为孤独的文化心理，孤独的情绪氛围。啊，我那西部"孤独的牧羊人"！

这当然不是西部文化的优势，但也在某些方面转化为优势。西部社区疏离所造成的人际孤独，极大地发展了他们与自然直接进行实践交往、思维交流、情绪交感的能力。他们不善表达，善沉思；不善言辞，善意会；不善舞文弄墨，善轻歌曼舞。他们拙于社会交往和人际周旋，却和大自然，和他的牧群、草场、远山、流云，有着自如的对话和细妙的感应。他们在文化传播符号——语言，在现代传播手段——报刊书籍、广播电视、会议文件之外，创造了独处大自然中和外部世界交流的"手语""眼语""心语""情语"。这是孤独给予西部人的天籁。

中国西部的孤独，情况很复杂，其中有的还有生存精神和审美心理上的原因。例如西部的大景观、强者和硬汉，就是造成孤独感的一个原因。大者为美，是那种孤独崇高之美。不论在自然还是人文景观中，大者、强者之间都常常保持着较大的空间距离。相当的距离是他（它）们生存和具有崇高之美的必要条件，失去距离也就失去了他（它）们的强大，也就失去了他（它）们所以为大美的原因。只有小树、小山才能丛生，才能密集地挤在一起。大河需要广阔的流域来汇集。大山只有地壳的运动才能隆起。千年老树总是集地之精华，伟岸地、孤独地耸立着。虎是兽中强者，很少成群结队，它们每一只都需要一座山林，它们永远是孤独的山林之王。鹰是禽中强者，也总是孤独地和悬崖峭壁为伍。

人也是如此。君子之交淡如水，精神劳动本来就是孤独的个体劳动。精神上的强者，常常是不同领域里的启蒙者和先行者，不喜欢拥挤在一个空间。所谓"江山代有才人出，各领风骚数百年"，也包含着一个精神的强者常常像大江大河一样，需要广阔的时空流域来化育、汇集的意思。星河灿烂的时代也有，更多的是在历史的淘汰之后，剩下代表性的、孤独的强者，隔着时代的银河相望。别看他们异地异代而处，却可能是真的知音。知音往往并不是日夜厮守在一起的人。

　　精神强者一般都是深刻的思考者。高强度的思考需要高强度的孤独。在思考进入极致时，思考者常常在心灵上绝尘弃世，实行自我放逐。这使他们很不合群。孤独的弱点加上过人的成就，极易遭到群体的排拒和嫉妒。嫉妒和排拒愈益使他们孤立。更有甚者，精神的强者常常有超前于现状、超前于常人的见解。超前就是一种对现状和后续的批判。于是他们常常在精神上遭到社会的放逐。异人被诬为异类，这是经常发生的历史的误会。车尔尼雪夫斯基、列宁、鲁迅、毛泽东和他的战友，都有过精神孤立、精神放逐的遭遇。他们可能身在闹市，却感到无人对话、无人交流的孤独。他们甘于寂寞地处在那个万头攒动的主体文化结构之外，执着地探求着。鲁迅的感叹"现在成了游勇，布不成阵""两间余一卒，荷戟独彷徨"，就透露出探求者的孤独。有时这种放逐远远超出了精神的范围，他们便不约而同来到了偏远的西部，来到了政治、军事、经济、文化的"边区"或"圈外"，另行经营一个新的天地。车尔尼雪夫斯基、列宁来到了西伯利亚。一个在那里写下了长篇小说《怎么办？》，画出了自己心中的理想社会彩图，一个在那里写下了论著《什么是"人民之友"以及他们如何攻击社会民主主义者？》，为新制度扫清道路，铺下理论基石。毛泽东和他的战友由南到北，用脚走出一个有力的弧度，纵贯半个中国，直指西部，来到了陕甘宁边区，来到了保安、延安这些西部边城，在这里既用理论，也用政治的、军事的、经济的、文化的行动，实践着一个新社会的雏形。鲁迅虽在上海滩，但他的心早已经和这些在西部边地的人在一起了，他多次在文章和电稿中表示了自己的向往和钦佩。

　　先行者在后面的大队还没有跟上来之前，启蒙者在整个社会还没有启蒙之前，都有一段漫长的孤独，成为精神的流放者、心灵的游历者。这是又一种西部的孤独。我们看到，这种孤独实际上已经将西部和现代联结起来了。

　　如果从更广阔的思路上来思考现代孤独的成因，除了上面提到的，还有这样一些话题——现代人整体文化素质的提高和内心生活的丰富，促发孤独。孤独常常是智慧的苗圃，是思考的沃土，是驰骋感情的旷野。现代人也就常常将孤独看成自己的领土、自己的财富。现代人的对话与交流，要求有丰富的信息内容、思考内容、情绪内容，因而一切语言以沉默为渊源，一切交流以沉默的劳动——收纳信息知识、沉思事物的内部联系、蕴集感受和情绪——为土壤。现代人认为，世界上最有资格说话的人、最想说话的人，不是喋喋不休者，不是津津乐道者，而是最为沉默者，亦即最好的思考者。是戴着眼镜的孤独的老猿，而不是穿梭往来的活跃的小猴，生活得更有尊严，更有分量。现代人要说话，就要说那些别人和自己在沉默以前说不出来的话，即有信息、有见地的话。这样的话，只有孤独才可能赐给，感情也是这样。按现代知识分子的观点，无可言说无须言说、无可交流无须交流的爱，才是可以独享的爱、至高的爱。——内心世界的丰富，就这样导致了孤独的偏颇。

与此若即若离联系着的，是现代社会群体主体和个体主体的大幅度张扬，孤独和交流同时成为主体张扬的天空。群体认同需要交汇，个体自足则倾倒于孤独。以个体主体为基座的价值观、人生观的流行，造成一批孤独者——一批社会的"独行侠"。请看顾城的诗《远和近》："你／一会看我，一会看云／我觉得／我看你时很远／你看云时很近。"这种类似叔本华论述过的人的隔离感和对人际关系的悲观观念，造成了一批"迷乱和战栗的孤独的个体"。

还有前面谈到过的，在现代生活的急剧流动中，个体不断地从原有的环境、原有的群体中被抛甩出来，使人孤独。从外部看，个体与环境、个体与社会群体难于组成永恒的固定的关系，难于熔冶一体。从内心看，这种人和群体的不断游离，也就迫使人不能不为自己创造一个相对稳定的内部环境，以实现良性的精神循环。这就容易导致内向型、内存型的孤独。而现代文化动荡造成一部分人对生活采取消极的不介入主义，他们以超悲剧、超喜剧、超义愤、超真诚的油滑对待生活。这种现代冷漠、这种现代幽默的别名，正是现代孤独。

现代孤独也是一种逆反。人愈拥挤在城市，社区空间愈密集，愈要开辟和保留自己心灵中的小天地，没有绿地，哪怕在阳台上搞盆栽，也要将它密封起来。社会愈是一体化，人愈希望独处；生活愈是规范化，个性愈要求独立。

身体的面对面，常常诱发心灵的背靠背。无法逃离的频繁的人与人的交往，常常导致这种对"逃离"的罗曼蒂克的神往，和对孤独的乌托邦之国的单恋。

现代孤独更是一种自救。尽管这种自救也许是无望的尝试。深知有被既在世界的喧嚣淹没的危险，深知有被既在文化机制操作的危险，仍然决心与世绝缘。这种绝缘的心灵气功，导致人格、诗格、文格的孤独。他们在生活中，在作品中，开始自言自语，本我、自我、超我相互对话，在自己一个人或极小的一群人的心境、身境与语境中，度过孤独的生涯……我们还要说，尽管这种自救非但是无望的挣扎，倒可能是更深的溺水，但的确有人在尝试。

在过去和现代的浪漫主义作品中，孤独一直是被欣赏的。德国的少年维特离开迷人的姑娘而远走，在一个完全生疏的地方生活。中国西部的藏族姑娘在失恋之后，也离开钟情的人去一个遥远的草场，在陌生的孤独中重新生活（《走出荒原》）。在荒漠中行走的西方圣徒和在雪路上磕头的西部朝圣者，都在经受孤独的洗礼。浪漫主义主要不表现生活实在是怎样的，而表现生活应该是怎样的。这类作品常常将人物从现实社会关系中，从熙熙攘攘的人群里孤独出来，然后将他们放在一个仅仅有他或她或他们几个的主观设计的空旷背景下，去演出一个象征性的故事。这是适合表现孤独的构思。张承志、马原、董立勃笔下那许多时空不具体的生活故事，实际上可以读成作者将人物提取出来，在一个象征的、孤立的环境里做人生的试验，做这种人生试验的公开的报告。

孤独不但深刻地影响到这些作品的构思、结构、人物关系，而且影响到这些作品人物总的神情和格调，影响到这些作品的艺术风格。无论是第五代导演的一些电影，还是第五代作家的一些小说、诗歌，还是第五代画家的一些油画，人物常常处在静观默察之中。无表情或表情起伏不大，无动作或动作幅度不大。对话减少，节奏降速，情节淡化。边地生活（空间距离），原始情调（时间距离），孤独心境（心理距离），从三个维度上将画面拉远，造成某些西部作品的神秘色彩。

我们对此暂且不做评价，但从中看到了西部孤独与现代孤独的某些感应。

七

西部人文山川的阳刚之气和它的人格化，与现代竞争社会所需要的自强精神和它的人格相感应。

应该说，中国传统文化就其主体结构和总的精神来看，不是扬励刚强、扬励进击的文化，而是以柔克刚、以天达人、以阴取阳、以儒和道补法的文化。这在中国的统治阶级文化、意识形态文化中，在宋明以后的历史中，表现得更为明显，更为集中。中国的封建社会，常常是以温情脉脉的家的伦理，与中庸平和的政治权谋来实现专制严酷的国的统治的。中华民族的阳刚气质和自强精神所以能够生生不已地传承发展下来，相当程度上是透过统治阶级文化的缝隙，游弋于意识文化主体的边沿得到实现的，是经由亚文化、副文化的领域，经由文化混交林和次生林带，经由民间文化和多民族文化的留存、传播、交流、再生得到完成的。不用说，我们又想到了西部文化，西部那混交的、次生的、多民族的文化。

　　有的西方学者从气质上、心理上将人分为统治型、超脱型、依赖型三类。我想从社会文化学的意义上借用这种分类来阐述一些相关的问题。依赖型的人，缺乏独立自主的精神和阳刚雄强的气质，是不言而喻的。应该特地提到的是，产生于封建社会的自然经济结构，正是这种依赖型人格在中国一代一代生长的土壤。小生产者的自给自足，使他们过多地考虑一家一户的生存，心胸狭隘而目光短浅。低下的生产、生活水平，使他们最大的希望就是为温饱、为生存维持住简单再生产。他们也有牢骚、不满，也造反、起义，甚至像李自成那样夺取政权建立国家，但由于没有自己的政治理想，他们只能依赖他们所反对过的那个阶级——封建地主阶级的政治体制、政治结构和行政方式来"解放"自己。自然，这不可能给历史增添什么新东西，只是改个年号，轮着做皇帝，完成一次又一次历史的重复，即鲁迅说的，由"做奴隶而不可得的时代"争取到"做稳了奴隶的时代"。社会政治理想上的依赖性，决定了他们在历史的发展中只能扮演"被拯救者"的角色。于是"被拯救者心理"成为中国社会习以为常的心理。"被拯救者心理"，就是依赖别人来拯救自己，或依照别人的，甚至敌人的模式来拯救自己。他们从来不相信自己能够拯救自己，能够创造拯救自己、拯救社会的方案。这种"女性化"的人格，不但使中国的小生产者演出了一幕幕"镜花水月"的历史悲剧，而且给中华民族精神注进了多少阴柔委顿的因子。

　　超脱型的人格和哲学，在中国源远流长，几千年来一直纵贯于民族精神之中。"隐士"文化可以称为中国的亚文化。"隐士"文艺则在中国艺术精神中占有更重要的地位。避世、出世成为中国知识分子一种重要的人生方式。"见素抱朴，少私寡欲""塞其兑，闭其门"则是中国知识分子追求的一种人生境界。不仅道家，甚至儒家也有这种淡泊之心，孔子就说过"用之则行，舍之则藏"这种恬淡超脱的话。老子提倡"不争，故无尤"，自己弃官而去，出函谷关，隐逸山林，不知所终。庄子主张用返回自然来解决人与社会的冲突，在人与自然的和谐中达到内心的和谐。他认为卷入社会的格杀和名利的角逐是最大的悲哀，主张保持心灵高度的逍遥自由，使自己成为永恒宇宙的一部分。陶渊明不愿"以心为形役"，不齿为五斗米折腰，辞官归田，躬耕南山，采菊东篱，在隐退中获得充实。范蠡、张良功成即身退。介子推宁肯被烧死也不出山争功领赏。姜太公以直钩钓鱼，表示自己不计实利，听其自然，愿者上钩，等等。他们或是为了躲避兵燹灾荒，或是为了躲避政治窘迫，或是心性高洁，或是人生智慧，也有的其实是待价而沽，以"隐"钓誉，情况虽然很不相同，但有两点大致是共同的：一是以阴柔为人格境界；一是以曲线来介入社会。老子说得透：不与人相争的人，天下没有人能和他相争。

即便是统治型的人格，在中国以儒为主的文化结构中，也主要不表现为单面的强权政治，而表现为冲和中庸的谋略政治。"谋"是和"阴"联系在一起的。宋太祖在创基立业时，重武轻文，发动陈桥兵变，雄强不可一世，但将江山握于股掌之中后，却以柔克刚，以杯酒释大将兵权，真是君子动口不动手，谈笑间"灰飞烟灭"。朱元璋以强者的手段，打出个天下，后来却搞开了"深挖洞、广积粮、缓称王"的谋略。刘备觊觎汉室江山久矣哉，却偏躲到后园子里种菜，以示淡泊，曹操煮酒论英雄，一语点破，吓得他筷子掉地，又巧借"闻雷"来掩饰。这一个一个，都是真正的中国式的英雄。庸者为王，弱者胜强，大智若愚，难得糊涂，化百炼钢为绕指柔，再以绕指柔熔百炼钢，"不为天下先"，等等，反映出中国政治文化的极高智慧和水平。但毋庸讳言，这对民族精神雄强、阳刚的一面不能不是极大的压抑和消解。就连酒这种可以激起人的热情和勇气的男子汉的专利品，进入中国主体文化大背景之后，也带上了另一种相反的效应，有时竟成为寄托消极出世、退让人生之情的阴性的液体。一代枭雄曹操，竟然不是红脸汉子而是白脸老生，唱起了这样的酒歌："对酒当歌，人生几何"，"何以解忧，唯有杜康"。

西方学者对人从气质上的这三种分类，两千多年前的孔子曾用四个字做了相近的概括："狂""狷""中行"。"狂"者，志大言大，进取外露，近于统治型的人；"狷"者，性情褊急却又拘谨，"有所谨畏不为"，近于超脱型的人；"中行"者，介于两者之间，"依中庸而行"，近于依赖型的人。孔子说"不得中行而与之，必也狂狷乎"。这一类型的人，被中国以儒家为正统的文化所肯定。

在中国文化的根基儒、道、法三者中，道出世，超脱阴柔，儒入世，却以权谋取胜，仍近阴柔。儒道互补作为中国传统文化的基本结构，实际是一种以柔克刚、以阴补阳的结构。中国也有法家，近于"狂"，近于雷厉风行的统治型。

到了汉唐以后，中国传统文化趋于成熟，法家乃被消融、同化于儒道互补的结构之内，只依稀可见其蛛丝马迹而不足以成三足鼎立的一家了。看来，大中国传统文化精神中，特别是近五百年来，阳是受制于阴的。

但是不要忽略，中国自古以来还有西部文化的源流和板块。西部文化在中国从来都属于民间文化，它不可能成为社会的统治文化。西部文化在中国又从来都属于异质文化，所谓"夷狄之邦"的文化，它不可能成为国家的本体文化。因此，它有可能在中原儒道互补的文化圈外，较多地将自己原有的阳刚气质留存下来，成为中国文化中极有活力的一支。它和内地文化在气质上的差异，从《资治通鉴·唐纪》记录的一位突厥人的话可见一斑。他说："释老之流，教人仁弱，非用武争胜之术，不可崇也。"他劝他的可汗不要学内地仁弱的文化，而要保持"用武争胜"的锐气。这股西部的阳刚之气，在古代曾经对中国文化的发展起过重要的作用。隋唐两代的东西文化交流和南北民族迁徙，曾经激活了民族本体文化内在的生机，使民族文化出现了空前的繁荣发展。历代中原与西北少数民族连绵不断的征战，又促进了中原和西部经济文化的交流，而且强健着我们民族肌体内的雄性精神，这是大家都知道的了。我国宋代以前"尚武"，民族整体形象具有相当的男子汉气质，不能说与此无关。宋以后"尚文"，虽然宋明两代在科学文化方面达到极致，但烂熟了的文明却在相当程度上弱化了民族精神，所谓宋代"雌了男儿"，所谓连石狮子也在狰狞的形象中平添了一点中和之气与微笑之容，恐怕也是事实。这与西部文化在近五百年与内地相对的隔离难道没有联系吗？

20世纪的中国进入了现代社会。鸦片战争以来，一百多年挨打的历史、几代受凌辱的创伤，不但使中国人清醒地看到了自己国家在经济上的落后，在政治上的腐败，更使中国人深深感到了我们民族在精神上的雌弱。在各种矛盾交错中急速动荡的现代社会，在知识信息爆炸中剧烈竞争的现代科技与经济，都要求有与之相同步的强者精神和以这种精神铸造的现代人格。没有这种精神和人格，中国在世界民族之林中何以自处！从某种意义上说，一百多年来无数仁人志士所探求的改造中华、振兴中华的伟业，同时也就是重铸民魂、重振雄风的伟业。毛泽东最为赞赏的鲁迅精神，就是敢哭敢笑，没有丝毫奴颜和媚骨的硬汉子精神、民族自尊自强精神。毛泽东倡导和培育的延安精神，也就是自己动手、自己动脑、自己挺直脊梁来拯救自己，拯救民族的自力更生、自强不息精神。共产党所代表的劳动人民，特别是工人阶级，在社会各阶层是最雄强、最刚硬的。因为只有他们一直躬身于社会最基本的实践，一步一步执着地推动着历史巨轮的滚动。从这个意义上我们可以说新民主主义革命和社会主义革命，包括新时期的改革开放，都是为了焕发，而且已经极大地焕发了我们民族精神中的阳刚之气、雄强之气，彻底去掉了民族精神中那种甘于落后、甘受欺凌的女儿态。

这时候，人们重新发现了西部，发现了站立在崇山峻岭、长河落日之间的那位大写的西部男子汉，听见了他那雄强的、高亢的男性之歌——

我是鹰——云中有志！

我是马——背上有鞍！

我有骨——骨中有钙！

我有汗——汗中有盐！

——杨牧《我是青年》

这位西部诗人向世界宣告，西部是骨中之钙，是汗中之盐，是云中之志，古老的西部是铁骨铮铮的青年汉子！

人们用现代的科学技术和现代的科学思维在中国西部发现了地下、地上同时存在的两个富矿。地下的物质矿藏：石油、煤炭、有色金属……地上的精神矿藏：交汇体、动态感、强者气质……科学家、工程师和艺术家、研究者同时朝这里进发，当欧亚大陆桥就要在阿拉山口接轨的时候，中国西部文学讨论会也正在伊犁边城举行。

原来，西部文化是在剧烈的动态竞争中诞生发展的，以动制静、以阳主阴是本质、本色；原来，西部文化又是多维交汇的，这使它的内在结构中含纳着某种开放体系，能够容受、引进世界各国和周边各地文化中动态的阳刚的因子；原来……文艺学术，作为时代的晴雨表，作为社会最敏感的神经，得风气之先，开始出现了讴歌强者精神、塑造硬汉形象的小小的然而引人瞩目的热潮，并且很快就有了相当的成果。

我在《中国西部文学论》第七章第一节和第九章第二节，以近两万字的篇幅对此做了初步的描述。大意是，在早期的西部作品中，就已经出现了叙事文学的硬汉子形象系列和抒情文学中的阳刚意象系列，还涉及了内地人的西部化和女性的刚化等极有价值的社会心理现象。张贤亮、路遥、唐栋、李斌奎、张锐、文乐然的一些小说中,硬汉子形象作为主角在驰骋,并且通过人物形象和生活形象、自然形象的交相辉映,洋溢出强烈的对力的呼唤。西部作家勇于在历史长河中流击水的豪迈气质,升华为雄性审美精神流贯全篇。在杨牧、周涛、章德益、昌耀、李老乡、张子选等人的诗歌作品中,则从各自不同的气质出发,经过立意——具象——意蕴这样一个诗化过程,创造出了雄性精神的意象系列:博格达的峰峦、慕士塔格的积雪、伊犁的骏马及其雄魂、天山的鹰和它的雄风、长长的冬日、茫茫的荒原、无边的寂寞、伟大的沉默、苍穹、雪线、流沙、断崖,等等。这些富有力感的意象,是创作和欣赏中力度的契机和脊梁,有着深广的审美启动力。

无独有偶,北京大学中文系教师曹文轩在他开设的"中国80年代文学现象研究"这门很受欢迎的选修课中,也专门用第十一章整整一章论述了"硬汉子形象塑造"问题。这部讲稿与笔者的《中国西部文学论》在同一年同一个月出版。曹文轩在"阳刚之美是中国80年代文学的主要美学倾向"这一论点的基础上,以西部文学为重点,谈到了硬汉子形象的几种类型(1. 外在与内在相统一;2. 躯体与精神不对称;3. 男性化的女强人);硬汉子形象活动的几个领域(1. 艰难竭蹶的日常生活;2. 风云变幻的政治舞台;3. 险象丛生的大自然);硬汉子形象的性格特征和精神标志(1. 冷漠外表下储藏着深沉的情感;2. 不可摧毁的意志和超出常规的韧性;3. 他们永远是打不败的);塑造硬汉子形象的艺术手段(1. 逼势;2. 树立大容量的对立物)等几方面的问题。许多见解与笔者不谋而合,勾勒出西部文学阳刚美的轮廓,但思路更为开阔,材料也较充实,可供我们进一步深究这个问题。

九

西部不是一种读法,现代也不是一种读法。

当我们从西部潮与现代潮的感应的视角来读西部,读现代时,自然更多着眼于他们的联系,他们的优长之处。我们不应该忘记西部是不平衡的。西部的经济是落后的。西部的文化,就结构来说,虽然有它的优势,但由于西部处在漫长的原始形态的自然经济基础上,结构优势并没有迅速地、完全地转化为成果的优势。因而西部的文化也是较为落后的。

就拿西部的文化结构来说，也要看到，理论上我们可以将一种文化结构从特定时代的文化内容中抽象出来，与另一时代的文化结构做类比，在生活实际中，这是不可能的。文化结构总是挟带着它所处具体历史时代的经济、政治、思想、文化和实际生活的丰富内容。结构和内容密不可分，落后的内容当然会影响结构优势的发挥和感应。我们对西部与现代文化结构上的感应也就绝对不能理解为两者内容上的沟通。这只是一种精神、气质上的感应，应和。

当代西部文学艺术，作为西部潮与现代潮感应一个表征，一个结晶，情况也很复杂。既然现代潮并不都值得肯定，对这种与现代潮的感应自然也不能全盘肯定。感应并不是模仿、照搬或亦步亦趋地跟踪。对于西部文学中那些脱离生活和历史实际的"伪现代派"现象，我们应持清醒态度。在艺术上，有些感应也未必是成功的。

所有这些，我们都要作具体的科学的分析。对西部潮、西部文艺的负面，我们不应该无视或忽视，也不应该草木皆兵。我个人始终是将这些负效应作为一种精神现象、文艺现象在发展过程中的不足来看待的，既严肃地指出，也不全盘否定。

而我们在这篇长文中，也只是从总体趋势上来谈两者的感应。我已经在《西部的沉思》和《中国西部文学论》中指出了西部潮应该注意的问题，将来有机会还要做更深入细致的剖析。但所有这一切，都不会降低我对西部、对西部文艺由衷的热情。

我是一个被西部重新铸造了灵魂的东部人。我在西部第二次诞生。我爱西部如爱我的母亲。我总感到，冥冥之中的夸父是有道理的：西部不应该永远是太阳落下去的地方、光明消失的地方，总有一天，它会光明永驻，也总有一天，这里会升起新的太阳，那便是精神的重振和经济的腾飞。我愿意为此而劳作。我吁请更多的人为此而劳作。

像文章开始时那样，我向诸君再献上一首西部的歌——

　　也许你还不了解它，
　　它的绿洲，它的黄沙，
　　它的牛羊，它的庄稼，
　　它的胡杨林如诗如画。
　　哦，我说你会爱上它，

马奶子葡萄，哈密的瓜，
秋到果园飘芳香，
春来窗前看杏花。
啊，走上一走，梦中常思念它，
我看上一看，醒时常思念它。
啊，思念，
如痴如醉你会爱上它。
也许你还不熟悉它，
它的油海，它的钻塔，
它的花毯，它的彩裙，
它的林荫道攀越山崖。
哦，我说你会爱上它，
天山的雪莲，伊犁的马，
草原飘香有奶茶，
牧民弹起了冬不拉。
啊，走上一走，梦中常思念它，
我看上一看，醒时常思念它。
啊，思念，
如痴如醉你会爱上它！

请别忘了，这首歌的题目叫《你会爱上它》。永远别忘了，"你会爱上它"！

1991年春构思，秋草成

行走并思考着

人的生命特别是青春的生命，主要是动、静两种状态，行走是生命的动态象征，思考则是生命的静态象征。生命应该有这么两个层面：一个就是行走，进入实践的生活；一个就是思考，包括感悟，包括感情，对实践的生活形而上的提升，进入意义的生存。人就在这两个层面中生存，一个实践性的生存，一个意义化的生存。马克思曾经说过这样的一个意思，任何我们看到的人、事、物，事实上都有两部分。一部分就是可见的、可叙的。在可见的、可叙的之外，还有几个层面，这就是可感的、可思索的。人的感情世界，人的思维方式，还有隐藏在事件背后的结构，这些东西我们看不到，很难表述出来，但是它们也会作为人类文化遗产一代一代流传下来。为什么很多寓言能够感动启发我们，就是因为它们提供了一种内在的逻辑结构。比如"狼和羊"的故事大家都知道，狼要吃羊是不讲道理的。狼说你在上游喝水，把水弄脏了我要吃你。羊说我在下游呀，好，你在下游，那你把我喝剩的水喝了，我还是要吃你。这就是强盗逻辑。它成为一种逻辑结构，流传下去，强者对弱者，强国对弱国，常常用的狼吃羊的这种逻辑。

梁思成先生，伟大的建筑学家，也倡导人要有形下形上两种生存，他说一个只有实践生存而没有意义生存的人，是半个人的时代，叫"半人生存"。只活了一半，你吃了、喝了、玩了、乐了，也干事了，但是你没有对你的实践生存做意义上的审视和精神上的感悟，那么你是"半人生存"。马尔普赛，西方的一位学者把这叫作"单维人"。所以，我今天想用这样一种方式来讲，即边走、边看、边想、边说，散点漫谈的方式。

我们从西安走起，走到云南，走到南方，一直走到南非、印度。我准备了20个点，今天只能讲五六个。

第一站　钟楼

钟楼，我们西安市的标志。站在钟楼上你看到了什么？看到了东西南北大街上的人流、车流、建筑群。其实我们应该看到的远远不止这些。任何一个地方都是时代和历史的脉点，你都可以号出人类生存和人类文化的脉象来。钟楼是我们古长安的中心，不但是历史文化的脉点，还是移民文化的脉点，是民族文化的脉点，是农本文化的脉点。

先说钟楼是西安历史文化的脉点。我曾经做过一个比喻，西安的城墙就是一个图章，图章上面的那个柄就是钟楼。它盖在关中的黄土地上，也盖在我们陕西人的心里。站在钟楼上朝南朝北一看，南北大街伸延出去的这条路，被我们命名为"龙脊大道"。龙脊大道的延长线恰好是东经119度，这个东经119度，是一个十分神秘的经度。我们中国人的祖先"蓝田猿人"在这个经度上，我们的文化祖先"人文初祖"轩辕黄帝也在这个经度上，周、秦、汉、唐辉煌聚焦于古长安，西安也在这个经度上。我们知道革命的圣地延安也在这个经度上。东经119度就这样集中了我们中华民族许许多多的精神文化亮点。

那么西安的东、西大街呢？历史文化内涵毫不亚于南、北大街。东、西大街的延长线是北纬34度半。大家记住，这也是一条很神秘的线。因为它属于北温带，所以人类最早就生存在这个纬度上。这个纬度是中国古代都城线，夏、商、周、秦、汉、唐、宋（北宋）的都城，咸阳、西安、洛阳、郑州、安阳、开封大致都在这条线上。中国的八大古都，在这条线上横列了五个。开封是一个衔接点，它和中国其他三个古都——北京、南京、杭州，沿南北运河构成一条南北纵向的连线。所以我说过中国的古都集中在两条河周围，一条叫黄河，西安东、西大街的延长，集中了五座古都；一条叫运河，南北大运河，集中了北京、开封（汴梁）、南京和杭州四座古都。一弓一箭，开封是这一弓一箭的交叉点。这一弓一箭是中华民族历史文化发力射向世界的一个象征。

北纬34度半还有什么呢？你再往前延长，把地球仪这么旋转过来，便发现一个非常有趣的现象，原来整个地中海文化也大致处在这个纬度上。我们知道人类文明最早在两河流域，伊拉克的幼发拉底河和底格里斯河。两河流域就处在34度半附近，雅典36度半，伊斯坦波尔37度半，埃及32度，罗马38度半，大约都在这个区域。为什么呢？因为它是北温带，由于它有淡水，适合人类生存。所以人类在这儿铸造了自己最早的文明。

站在钟楼上，你横向东西一望就是这么一个格局，我们处在一个世界的、中国的古都城线上，这是最早孕育人类文明的地方。而纵向南北一望，又是中华民族文明聚集的一条线。这就是西安钟楼，人类文明和中国文化的一个重要的脉点。

钟楼也是西安民族文化的一个脉点。站在钟楼上往西北方向一看，那是莲湖区，是西安回民坊上，伊斯兰文化景观和穆斯林社区生存的聚集地。鼓楼可以说是回民区的大门。一进鼓楼就是回民风情的小市场、小吃街，就是大清真寺。西安最经典、最地道的羊肉泡馍、烤羊肉串都在那里，比已经宾馆化的老孙家、同盛祥好吃多了。

站在钟楼上朝东北一看，是新城，就是现在的省人民政府。那是清朝时候满族八旗子弟集聚地，是清朝政府在西北地区最大的一个衙门。辛亥革命以前，钟楼的四个拱门的东门，通向东大街的门，是用砖砌起来的，不让汉人从那里走，因为从东门一出去就到了新城区，到了满人居住的地方。受歧视的汉人，只能绕很大一圈走到东北城区。八国联军打进北京，慈禧太后逃到西安，就住在回、满、汉交汇的北院门，鼓楼成了慈禧行宫的"午门"。

钟楼又是西安移民文化的一个脉点。钟楼下的开元商城，原来叫开元寺。20世纪五六十年代被毁后是一个大市场——解放市场。那里面集中了西安的各种异质文化。有越剧团，西安的越剧团旁边是上海风味东亚饭店；有西安评剧团，东北二人转也在那个地方；秦腔三意社在那个地方；还有河南坠子、河南曲子。

为什么会有这些呢？西安是古都，自古有敞开大门容受各方文化的气派。河南人在黄河决口之后，携家带口逃进潼关来到西安，他们需要有豫地的文化生活。这就产生了豫剧团、狮吼剧团。同时在钟楼开元寺这个窗口搞了七八种河南曲艺。第一个五年计划，大量国防工厂内迁到西安，国防厂的老根据地是东北老工业基地，于是大批说东北话的人来到西安，这是又一个移民潮。他们需要自己的地域文化生活，于是评剧团在西安诞生。20世纪50年代，整个西安东郊的纺织城是从南方迁过来的，上海、苏浙一带迁过来的，还有交大西迁，吴侬软语来到了西安，他们也需要自己的地域文化生活。看越剧，吃东亚的饭，是当年上海人和交大教授们非常自豪的地方。每隔一段时间就要跑到这里来，回味一下上海滩的生活。西安的移民文化，便这样聚集到钟楼下。

钟楼还是我们西安农本文化的展览厅。不是有人说西安是一个大堡子，是中国最大的乡村吗？我1961年大学毕业来西安工作，住在陕西日报社旧址——西安东大街，当时这里是西安的王府井，最繁华的地方。但在下班之后，高峰期交通管制结束，我能够听到乡村的骡马大车，车夫啪啪摇着鞭子吆喝着通过东大街，到钟楼下的骡马市街那里的骡马大店歇下，然后拿出自带的锅盔去泡馍馆泡着羊肉汤一吃，吃完看三意社名角苏育民的《火焰驹》。赶大车进城，看秦腔，吃羊肉泡，你说农本文化的气息多浓郁。钟楼就是西安农本文化的一个橱窗。现在的骡马市已经改造成一条步行街，成了西安现代化的橱窗。

钟楼又是西安现代历史的一个展览厅。你别看现在的钟楼漆得金碧辉煌，很是灿烂，其实充满了历史的沧桑。北洋军阀打仗的时候，二虎守长安，钟楼堆满了沙袋，成了碉堡，战云密布。当时先进的科学技术也首先在钟楼展示。西安最早的电影放映厅就在钟楼上。供展览用的天文望远镜最早也架在西安钟楼上，有38米这么高。还有，西安最早的摄影展也在钟楼举办。当然钟楼也是西安的政治晴雨表，大家知道周总理逝世，所有的单位、高校、市民都把横幅纸和悼念诗贴到钟楼周围。钟楼是陕西甚至西北现代史上一个非常灵敏的温度计。有一点变化马上就在钟楼反映出来。

前不久有个生病的女孩，是一位少女作家，叫珍真，后来和我成为朋友了。她的书稿没有出版社接受，她要公开叫卖她的书稿，第一个念头就是"我要到钟楼去卖"。为什么？这是西安的门面，是古都皇冠上的珍珠，到那里去卖才有新闻价值，才能构成新闻事件。果然她的书稿后来卖了十几万，引发媒体广泛关注。珍真后来到北京发展，把意大利一位像司马迁那样被阉割了的歌唱家叫法比奥的，写成一部长诗。她在意大利驻华大使馆开了新闻发布会。意大利人邀请她到他们国家当访问学者。这个孩子已经走向世界了，她的起步点是在钟楼。

所以，我的行走从钟楼说起。只要站在钟楼上就能打开西安，就能打开陕西，也就在一定程度上打开了中国。我们应该为西安而自豪。

第二站 乾陵

我们从西安往西北走几十公里,就到了乾陵,到了兴平的马嵬坡。在乾陵和马嵬坡埋葬着两位著称于史的女性,一个叫武则天,一个叫杨贵妃。

陕西有71座皇帝陵墓,埋了72个皇上。71座陵墓里面怎么能埋葬72位皇上呢?实际上乾陵埋了两个皇上,一个是唐高宗,一个是大周王国的则天皇帝,他们是夫妻,两口子都埋在那里。武则天是一位非常伟大的女性,是中国历史上二百六十几个皇帝中唯一的一个女皇帝。以垂帘听政方式而掌握实权的女性很多,包括慈禧太后在内,但是敢于称帝,向整个中国封建宗法制挑战的只有武则天,仅此一人。大家知道那要经历多少斗争,要有多么坚忍的意志。

武则天开始是昭仪,后来是贵妃,以感情征服了皇上,然后取代了皇上,自己变成了则天大帝。但她最后失败了,不是败在军事和权力斗争中,而是败在文化,败在宗法文化上。她在临死之前给她的儿子发了最后一道诏书,下令去帝号,以大圣则天皇后的身份入葬乾陵,也就是重新当了唐朝皇帝高宗的妻子,葬到唐朝的皇陵乾陵中。这是一个非常无奈的历史悲剧。武则天活到80多岁,夺取权力8年,垂帘听政20年,称帝15年,80多岁才去世。一个人,用自己一生的经历智力,以自己的生命为代价夺取了这个皇位、这个政权,但最后在临死前却平和地交出了自己的政权。这是为什么?当然有很多具体的原因,比如关陇集团也就是李世民的后代的旧族势力非常大,武家的那几个孩子都不争气,她一死关陇集团必定要夺取政权,她有掘墓之忧。种种具体原因使她去帝号。

但从文化上来思考这个问题,最根本的原因是一个再有能力、再有智慧、再有力量的个人,也是没有办法战胜一个制度的。这个制度就叫作父家长制和嫡长子继承制,也就是封建宗法制。封建社会怎么传承的呢?老子传给儿子;儿子又怎么传承的呢?传给老大;老大怎么传呢?传给长孙。长子、长孙、长重孙,就是这样一个系列、一个制度,延续着中国封建社会。它形成了一个"文化模板",也就是一种模式。这个文化模板是家国同构的,国家是嫡长子继承制,社会最底层的单位——家庭也是嫡长子继承制。这是封建社会超稳定的原因,它内部有这样一个超稳态结构。再改朝换代,也没有动摇这个父家长制和嫡长子继承制,结果整个社会还是立在每个家庭细胞的嫡长子继承制的基础之上,封建制度和封建王朝就在这个基础上得到了维护。因为李自成、黄巢起义都没有改变这种社会结构和制度，所以他们建立的还是和以前一样的封建王朝。奴隶起义失败了重新当奴才，奴隶起义胜利了又去当奴隶主、当皇帝。

武则天在这个制度面前，困窘了、尴尬了、无奈了，没有办法了，她如果把她的皇位传给她的侄子，那她得罪的就不仅仅是李家朝廷里的这些人，而是天下，那样势必要求所有的家庭都革除父家长、嫡长子传统，而把自己的家业传给外婆家，可能大多数中国的父系家长都会反对，中国社会便大乱了。如果她不传给武家武三思这些人，而传给她的亲儿子，大周王朝就自然复归李姓大唐王朝了。这是个无法逾越的制度障碍，无法逾越的制度与权力更替的悖论。以武则天的伟大，最后也只能碰得头破血流，而且灰心丧气。

武则天可以说以感情征服了皇上，又用感情置换了权力。但是封建宗法制最后又逼着她把权力交给她所置换的那个对象。她的一生是一个"！"（惊叹号），一个弱女子，经历了千难万险，爬到权力的顶峰，创造了中国封建社会女性生命的奇迹，不是"！"是什么呢？但是最后转化为"？"（问号），转化为对封建宗法制、对自己命运的叩问。命运为什么会发生这样的逆转，对此她只能无奈、无言、无字。

从乾陵东南行几十里，便到了马嵬坡，那里有一个很小的墓，杨贵妃就埋葬在这里。大家可能知道我和于丹、孔庆东在那坡前曾经谈论过杨贵妃和女性问题，那是在四年前。杨贵妃也很伟大，她和武则天有类似的地方，她也是从一介平民成为"万千宠爱集一身"的贵妃，人生也是一个"！"。她以感情征服了皇上——唐玄宗李隆基，但是却没有去攫取政权（当然她也纵容外戚杨国忠篡权，从大的方面讲，杨贵妃没有以感情去置换最高权力）。她把感情升华为爱情，不用感情去置换权力，却用感情去消解权力，她把唐玄宗消解为李三郎，消解为平民。这位李三郎除了皇帝的一面，还有平民的一面，他会演戏，懂音律，他和杨贵妃有真爱。我们都到华清池去过，《长恨歌》也都读过，都被那种被世世代代人所铭记的刻骨铭心的死而不已在九天神游的那种爱情所感动过。大家知道，最后杨贵妃虽然也为政治斗争和兵变殉葬了，被缢死了，但是李杨的爱情永生了。她的人生由"！"转化为"……"（省略号），永无止境而又联想无穷的感动和爱。白居易在《长恨歌》里写的"此恨绵绵无绝期"，也就是"此爱绵绵无绝期"，那是永无绝期的爱啊！

这是一个非常值得我们思考的问题，就是权力不见得能让人永存，而感情、爱可能会使人永生。我们现在去乾陵看武则天，感到的是威严，是伟大，而到马嵬坡去看杨贵妃，感到的则是亲切、温馨。特别是你们，年轻的孩子，走到那里，心中总会有某种情绪被拨响，引发自己生命中恋情、友情的联想。这是旅游欣赏过程中的一种"再创造"。你们脑子里的那个杨贵妃已经不是杨贵妃本人了，可能是埋藏在你们各自心里面的李贵妃、王贵妃了。当然，你们每一位现代超级贵妃心里，也埋藏着自己的李三郎、王三郎。当我们自己很平民化的生活一旦和一个著名历史故事相结合，就会引发许多共鸣、思考和联想。杨贵妃的故事也就这样一代一代永存。她的故事绵延下来了，像霏霏细雨一样侵入我们每个人的生活，特别是每个人的青春生活，从这个角度来说，杨贵妃是成功的。

中央电视台十套"探索与发现"这个栏目在做乾陵专集时，采访我，问："肖老师，你认为武则天的无字碑，为什么没有字？"我当时说了四点，具体解释无字碑为什么无字。

第一点，如果无字碑是武则天自己立的，那是因为她不便评说。在中国文化语境中，自己对自己的功过一向不好说。不像现在，有很多年轻的作家、演员，非常喜欢也非常善于炒作自己，说自己如何如何得辉煌伟大。或者通过别人来说自己的辉煌伟大，当自己实在没有多少伟大可说的时候，就制造各种绯闻，反过来说自己如何如何得丑恶。丑恶也出名呀！正反都可以炒。在武则天的那个社会里面，她不能评说自己，她是有争议的人物，所以不予评说。

第二点，如果无字碑是她的儿子李显立的，那是因为她的儿子不便评说。李显作为李家王朝的血亲，作为李家王朝的继承人，他不能肯定武则天，因为肯定武则天就意味着背叛和不忠。作为儿子，他又不能非议自己的母亲，那是不孝。他在忠和孝中矛盾。两者的冲突使他不便评说。

第三点，还有一种说法，无字碑是后人立的，如果是这样，那也可以说是无法评说。为什么呢？因为后人对武则天的褒贬多得很，特别是贬，说她淫乱、残酷。其实武则天实行了很多的新政，对初唐时期的社会发展起到了一种巩固延伸的作用。尤其是减免赋税劳役，解除农民这个沉重的负担，改变一些歧视妇女的法规，约束李唐旧族关陇集团的权力等方面，都具有进步意义。但是，因为她是女人，牝鸡司晨，母鸡打鸣不符合封建男权社会的习见，后世常常以单纯而偏执的道德评价掩盖了她的历史功绩。到了100多年以后的后唐，偏见的覆盖和遮蔽，已经没有办法再评说她了，这就是无字碑的来历。

第四点，对今人、对我们来说，又可以说是无须评说。真正站在历史唯物主义的立场，武则天滥用酷吏、道德沦丧是不好的，但她的许多政策有利于历史进步，应予肯定。这是无须评说的。

第三站　汉中

离开马嵬坡，我们往西走，从宝鸡往南拐到汉中。就这么说着走着。一提到汉中，有许多同学会意地笑了，可能你们看了前不久中央电视台搞的中国魅力城市评选晚会，我有幸被汉中市选为他们的文化代言人。现场由易中天和敬一丹作点评。汉中和呼伦贝尔、丽江三个城市组合为一场。这个活动在报名的总共八十几个城市里面选十个，那一场是三个城市。

汉中是一个养在深闺人未识的城市，世界和中国知道汉中的人不是很多。但细细一说汉中的文化，谁都会吓一跳。汉中是"汉家发祥地，中华聚宝盆"。今天我想说说汉中的四大文化：一是朱鹮文化，也就是绿色生态文化；二是天汉文化，汉族称谓的源头；三是三国文化，刘、关、张，诸葛亮的主要舞台在汉中；四是石门文化，中国书法和石刻艺术的顶级瑰宝。

汉中有一种非常美丽的鸟，叫朱鹮，被日本尊为国鸟。当时朱鹮已经是引起世界关注的几种濒危鸟类。有一种香气扑鼻的玉，是著名的金香玉，它们产在秦巴山的深处，和汉中一样养在深闺人未识。我年轻时当过记者，30年前我还是记者的时候，在秦岭山区的采访现场拍到了世界上仅存的第10只朱鹮。当时香港的很多报纸，海内外报纸都登了我们拍的那些图片。日本通过卫星搜索，发出警示说，全球只有7只。那以前，最早只有3只，后来才增加到5只、7只的。朱鹮全生活在中国陕西汉中的洋县，因为汉中生态好极了，秦巴山区层层叠叠、浓浓厚厚的树林，成了它们最后的家园。

我在1982年的夏天作为记者去秦岭南坡的汉中——1982年我们很多同学还没有来到这个世界上，就是说你们比小朱鹮还小。保护区的老乡给我们报告，朱鹮孵蛋孵了好多天，小鸟已经孵出来了。巢筑在一棵20多米高的树上，人不能上树，上树就惊飞了朱鹮，濒危动物要保护啊。所以谁也不知道那个窝里到底是几只小鸟，只听见唧唧的叫声。记者和专家下午 3 点多钟到达现场，然后在 30 米远的山坡上架起了 500 毫米的长焦照相机，耐心等待小鸟伸出头来。雌鸟妈妈一直在巢边站着，像忠诚的卫士一样守护它的宝贝。但没见雄鸟的踪影。

朱鹮和鹤一样，是有责任感的鸟，一夫一妻生儿育女相守到死，中途丧偶则独身终生。我们一直等到 6 点夕阳西下，蓦然看到一只大鸟翩然而至，雄鸟觅食回来了。山区很宁静，那朱鹮张开翅膀悄无声息地滑翔，翅膀底下有两团胭脂红，在绿色林子里显得非常漂亮。为什么叫朱鹮呢？就指的它双翼下这两团朱红色。雄鸟可能感觉到了有人，飞了好久就是不落巢，让我们欣赏了个够。它吃了很多小鱼装在自己的嗉袋子里，带回窠里喂给小鸟。我们屏住呼吸等它降落，刚一降落，哈，伸出了 3 个小脑袋，肚子饿了想吃鱼，也顾不得害羞了，顾不得有没有记者了，叽叽喳喳在老爸的嘴里啄食。我们就啪啪啪啪拍下来了。看，就是这张照片，当时世界各地报纸抢着登，宣告濒危鸟类朱鹮在中国汉中已经由 7 只增加到了 10 只。后来我在中央电视台和沈冰做"精彩中国·陕西篇"的时候，我一拿出这张照片，沈冰"哎呀"了一声，抢过去对着镜头说，观众朋友们，30 年前全世界只剩下了 3 只朱鹮，现在已经有了 1000 只了。这是肖老师他们在 28 年前在汉中秦岭拍到的世界上第 10 只朱鹮，这是一个珍贵文物。汉中，就是这么一个地方。朱鹮是汉中最好的名片。该保护区非常得美丽，生态好，也体现了人类的爱心。

我们为什么叫汉族？为什么叫汉语？为什么叫汉文化？这不是跟很远古很远古的事情有关，就跟 2000 多年前我们的汉中有关。汉江之滨有座山叫汉山，汉江从宁强县发源流过汉山，因而得名汉水。项羽和刘邦两个人约定同时攻打秦皇、秦二世。项羽是个英雄气短儿女情长的将军，力拔山兮气盖世，却又爱美人。实实在在的人，阳刚气质。刘邦原来是一个亭长，放现在属于基层干部。有人说他是一个流氓，这是就他的江湖味，痞味，灵活狡黠应付各方面的能力而言。他到汉中以后，埋头于汉中盆地，休养生息，韬晦自强。他广纳人才，拜授了大丞相萧何、大将军韩信、大谋士张良。大家都知道月夜追韩信，人才跑了不行，要赶快追回来。刘邦耍了一点小计谋，把秦军重兵引到项羽面前，让项羽去对付。项羽是个英雄，能正面抗击秦军他自感伟大。后来，一代英雄项羽自刎于乌江，美人虞姬也自刎。刘邦称帝后不忘他的根据地汉中，立朝称汉，汉朝，天下是汉家天下。汉使张骞把这个"汉"带到了西域，让世界知道东方有一个国家，有一个群体叫汉人。因此我们的文字叫汉字，汉文，汉文化。汉文化还是全球华人的精神符号，是汉文化把全球华人凝聚到一起。这么伟大的汉文化现象，你道来自哪里？就来自我们的汉中。我在一篇文章中写过，在陕西这个地方，稍不留意就和历史撞了个满怀。

在央视那个魅力城市评选会上，我讲这些时，也是全场掌声。我又当场画了一个金鸡形状的中国地图，说道，汉中是中国的"两心"，"鸡心"和"机芯"。如果中国是一只金鸡，汉中就在这金鸡的心脏部位。呼伦贝尔位置也很好，在金鸡的喉咙部位，呼伦贝尔为中国引吭高歌。丽江位置也很好，是金鸡生金蛋的部位。这是第一个心，鸡心。第二个心，音同字不同，叫"机芯"，是计算机的那个芯片。汉中是汉文化的集成芯片，是汉文化称谓的源头，是汉文化故事的源头。所以余秋雨先生到汉中以后，题了一句词，刻在了汉江公园石碑上，叫"汉中的故事就是民族的故事，汉中的历史就是民族的历史"。最后，汉中被评为中国最佳历史文化魅力城市。刘邦的家乡徐州也参加了这次评选，落选了，他们不平衡。我开玩笑说，刘邦在你们那里只是一个亭长，到了我们的汉中成了王，再到长安成了皇帝，别忘了是我们陕西最后成就了你们的刘邦。

三国文化，主角又是刘家人，刘备，自称是刘邦第多少代玄孙。刘备、关羽、张飞、赵云、诸葛亮，这些在整个中国、全球华人和东亚南亚家喻户晓的人物，主要的人生戏剧就展现在汉中的山山水水之中。陈仓栈道、定军山麓、六出祁山、九伐中原，大家都熟知，无须我来讲。我也不敢讲，哪里能讲过易中天先生呢。记得在央视搞魅力城市节目的时候，我们设计了一个鬼点子，就是要逼易中天大夸汉中。录下了但后来没有播出，当然也不宜播出。就是由市长赵乐秦提问，易中天老师，你在讲三国的时候说过一句话，说刘邦到了汉中以后，挥鞭一指说："汉中这个破地方。"难道你认为汉中是个破地方吗？这个问题我不好提，因为我和易中天认识，一起谈过司马迁，我提等于与朋友过不去。但是这个坏点子是我出的。赵乐秦作为汉中的代表来提，身份正合适。易中天再著名，"乙醚"再多，也没有汉中人民多，汉中300万人口，他得罪得起？他马上站起来说："不不不，那是刘备说的，不是我的看法。汉中当然是个好地方，在古代，所谓天府之国最早是指关中，所以开始在那里建都。后来关中由于周秦汉唐王朝的消耗，历代战乱频频，养活奢侈的皇室负担又太重，破坏了关中的森林生态，使得水量剧减，养不起皇室了，所以走了，迁都洛阳。那以后，便把汉中称为天府之国。再后来，在汉中之后，刘备入川主蜀以后，才把四川称为天府之国。所以汉中是天府之国呀。"赵乐秦市长这时拿出了一把鹅毛扇，说："易老师，我送你一把鹅毛扇，是诸葛亮在汉中用过的，你以后再讲三国，希望摇上这把诸葛亮的扇子，为我们'破汉中'做一个广告。"这是个精彩的玩笑啊。

石门文化，可说的也很多。石门创造了好几个中国之最。石门是中国最早的隧道，有中国最早的摩崖石刻。刻在它上面的书法，是中国最早由篆书向隶书转换的开始，是最早一篇隶书的萌芽。这些文字也是中国书法最早由无意而书到有意而书的转折。就是说，它记录了中国最早的书法艺术家的手迹。在这以前，中国没有有意而书的书法家，都是无意而书的随意书写，到了石门以后才开始注意对书法本体的探讨，有了专职书法家。大家都看过《辞海》，《辞海》封面上的"辞海"两个字，就取自石门摩崖石刻。于右任写过一首诗，我背不出来了，说他每天晚上反复地读石门颂，读到入睡。石门书法文化就这么有分量。现在石门水库把它的原址淹没了，部分碑石移出来在汉中汉台的石门艺术博物馆里。

一个地方，一个城市，对一个民族的贡献不仅是 GDP（国内生产总值），而是经济、政治、文化、生态方方面面的贡献。汉中这个地方所以有魅力，就是它对民族的综合贡献。现在中国有一部分人，我把他们叫 GDP 主义者，就是只追求 GDP，政绩就靠 GDP 来维持，而不考虑对民族、地域的精神文化贡献。经济上又竭泽而渔，不考虑可持续发展。汉中不同，它对中华民族精神是有很大贡献的，它给我们的民族精神提供了许多优秀的养分。譬如：

第一，刘邦、刘备蓄势待发、韬晦自强的精神。他们都是在汉中休养生息，而后强势出击的。年轻人要学习这个精神，不要张扬不要炫耀。幼儿园的孩子得了 100 分回去给自己的妈妈报喜那是可爱，到了大学，你考了一个好成绩，在宿舍里到处炫耀，那就叫可笑。一定要蓄势待发，韬晦自强。咱们陕西人有个特点，叫生、愣、蹭、倔，就是埋头咬住牙苦干，不干则已，一干就惊人。在惊人之前一般不张扬，好像很木讷。蓄势待发、韬晦自强的精神使得汉中在历朝历代成为文化沉积盆地。大家知道抗日战争时候，整个国家的文化、经济西移，日本占领了半个中国，首都都从南京迁到了重庆。那个时候有两个地方成为中国文化的蓄水池，一个是昆明西南联大，大家都很熟，北大清华，很多学生都到了那里。杨振宁就在那个学校，闻一多、朱自清、钱锺书也是那个学校的。一个就是西北联大，在汉中城固，南开、辅仁（北京师范大学前身）、北京女子师范大学聚集在这里，也出了一批人。罗章龙，我们党的创始人之一，江隆基，后来成为北大党委书记、校长，侯外庐，中国思想史研究的宗师，西北大学老校长张岂之的老师，还有翻译家曹靖华，出了一批又一批人。它是一个蓄水池，当我们国家遇到变乱的时候，文化开始向西北西南迁移，在西部沉积下来。

第二，张骞矢志不渝、执着开拓的精神。张骞为了一个信念，颠沛流离几十年，执着地朝西部地平线走去，在无数常人无法想象的困难面前，从不回头从不言败。他是第一个让中国走向世界的人，也是第一个让世界认识中国的人。陕西的文化精神中其实有非常开放的一面。

第三，蔡伦创造发明、重视实践的精神。大家都知道蔡伦发明了造纸，但可能不知道蔡伦墓在汉中洋县，这里是他的封地。蔡伦之前也有人造出过纤维纸。蔡伦是被皇家认定的纸的发明者。这是世界公认的。纸的发明改变了文化传播方式，使大规模的典籍文化积累有了可能。蔡伦的创造发明精神对中华文明有特别的意义。中华文明是伦理本位的，是重道轻器的。我们常常重视推广人文的、道德的、伦理的楷模，很少树立推广创造发明的科技楷模。我们知道孔子，知道孟子，知道韩非子，但是我们很少用像宣传孔孟那样，包括用像宣传关公那样的宣传力度，去宣传沈括、宣传华佗、宣传蔡伦、宣传僧一行等等科学家。我们重视坐而论道，轻视实践，以致常常清谈误国。我觉得蔡伦精神弥补了这一点。我们要重视人文精神，也要重视科学精神，更要重视发明创造。

第四，诸葛亮鞠躬尽瘁、死而后已的精神。这种精神构成了诸葛亮的主要人格意义。而诸葛亮的这种精神的主要舞台就在汉中，我不多讲了。原来我曾为诸葛亮遗憾，这么智慧的一个人却因为正统观念去为大草包阿斗鞠躬尽瘁死而后已，太不值了。这是高价值的人才、智力与低价值甚至零价值、负价值的目标定位的错位，这种错位造成了极大的浪费。最近北师大有个教授写书，说诸葛亮早有称帝不臣之心，说他怎么擅权，如果真是如此，历史可能改写，这未必不是幸事。这些姑且按下不论，学术问题嘛，可以争鸣。但是千百年来诸葛亮的民间形象一直是鞠躬尽瘁、死而后已。一个人，一个团队，一个民族，要成就一个事业就需要这个精神。

诸葛武侯墓在汉中。记得十年以前我给武侯墓题过一个词，武侯墓有两棵汉桂，非常茂密，我触景生情，就题了"汉桂犹绿也，良相安在哉"。和诸葛亮同代的汉桂现在还开花，还那么香，还那么绿。但是一个那么鞠躬尽瘁的丞相，哪里去了呢？在岁月的烟尘中灰飞烟灭了！历史把他掩埋了。诸葛亮精神实在应该像汉桂一样，永远香在我们的心头、绿在我们的心头。

第五，张良不计得失、功成身退的精神。这一点，别说年轻人不容易做到，老年人也不容易做到，却是非常重要的人格修养。现在要建设和谐社会，更需要这种精神。张良被封留侯，在留坝县。他为什么叫留侯？刘邦在长安建立大汉王朝之后，论功行赏。萧何封相了，张良是刘邦的大谋士、大功臣，刘邦让张良进京，也要给他封官。张良是个有大智慧的人，一路上他想，古往今来鸟尽弓藏、狐死兔烹的事太多了，现在刘邦成了大事，把我叫去封侯，但封个侯又能怎样？封了能长久吗？一路内心斗争，思忖着风险有多大。走到留坝县，眼看就要翻过秦岭了，他决定不走了。他上表说，谢谢皇上了，我就留在这里吧。我早就志在江湖，不愿意身居高位，请皇上恩准我在这个地方隐逸起来吧。于是刘邦做了个顺水人情，就封了他个"留侯"。张良的功成身退，不争功诿过，跟范蠡一样，成为千古佳话。这是一种大眼光，一种很高的境界。

这就是汉中给予我们的东西，给予我们的精神的、文化的、历史的、故事的营养，以及可见的和不可见的营养。

第四站　云南

我们再往南走，越过川西成都平原，进入横断山脉，到云南转一转。我非常喜欢云南，已经是到过云南十次，4月20日还要去。云南是中华民族的展览馆。中国56个民族，云南有40个。云南最拿人的旅游纪念品就是，用盒子装起来的一排40个穿各种民族服装的小人，真漂亮。

杨丽萍在《云南映象》里边唱了一首歌，叫《高原女人歌》。后来在中央电视台，我还听过丽江一位老大娘原生态唱这首歌。杨丽萍是舞蹈家，不是歌唱家，嗓门儿不见得多好，但是唱得叫人潸然泪下。这首歌不是大家想象中的现代情歌或劲歌，不是"我爱你爱得山崩地陷、海枯石烂"或"我爱你，我爱你，就像老鼠爱大米"，不是这个。它是一首非常忧郁的、非常沧桑的歌，是女性生命的吟叹。它把女性生命在这个世界上一些最根本的承担，通过非常通俗的口语唱出来。没有什么华丽的乐句和飞高遏低的唱法，就是叹息，一个妇人在那里叹息，一边纺着线，织着布，一边吟叹着唱。

我还是给大家念一念吧，这比我的解释要好得多。我学着用川滇一带的口音念，要不，出不来那个味道："太阳歇歇么，歇得呢。"太阳要休息么，是可以休息的。"月亮歇歇么，歇得呢。"月亮要休息么，也可以休息的。"女人歇歇么，歇不得嘞。"女人是不能休息的。"女人歇下来么，火塘会熄掉呢。"女人一休息，就没人照看火塘，火塘会熄掉的。在西南许多少数民族，每一个堂屋里都有一个永不熄灭的火塘，一年四季靠那个维持着火种，一家人围着火塘过日子。女人一歇息，火塘熄灭了，家还是家吗？"冷风吹着老人的头么，女人拿脊背去门缝上抵着，刺稞戳着娃娃的脚么，女人拿心肝去山路上垫着。"高原女人是要拿自己的心肝去山路上给她的孩子垫脚的。所有做过母亲的人都能体会到这种无私的爱。"有个女人在着么，老老小小就在拢一堆了。"一个家庭最重要的凝聚力是什么？是女人！一个家如果没有了母亲，不定就散伙了。有母亲在，这个家就会永远围着火塘坐在一起。"有个女人在着么，山倒下来男人就扛起了。"别看男人那么伟岸，力拔山兮气盖世，没有女人给他精神和感情上的支撑是不行的。女人在，你才能把山扛起来；没有女人，你就趴下了。当下有一句话表达了大体相同的意思：男人要征服世界，女人只征服男人。女人征服了男人才能驱使男人去征服世界。在这个意义上来说，男性生命力的源泉在女性身上，当然双方是互为源泉的。"苦荞不苦么吃得呢，槟榔不苦么嚼得呢，女人不苦么咋个得？"女人不吃苦那咋能行啊！"女人不去吃苦么，日子过不甜呢。"真的，女人不吃苦，日子怎么能过得甜呢？"天上不有（没有）女人在着么，天就不会亮了。地下不有女人在着么，地就不长草了；男人不有女人陪着么，男人就要生病了；山里不有女人在着么，山里就不会有人了。"的确是这样，别看说得朴素，却把女性在整个生命群体、整个人类世界的分量，女人全部的承担都说出来了。

当时，我第一遍听便流泪了。第二遍是我在央视现场听那个老大娘唱的，也流泪了。它整个儿就是一种生命运行和人生况味的叹息，整个儿是文化。在这样一首歌面前，你说你去偷鸡摸狗，你去耍奸弄巧，能行吗？一个男人听到这样的歌，你不冲锋吗？你不陷阵吗？你不建功吗？你不立业吗？一个非常好非常好的歌，这就是云南文化。南方少数民族，不像北方少数民族是在马背上疾驰的民族，刚性外露。它像山泉水一样，总是化绕指柔为百炼钢，遇着山它躲开，待到把所有的山都躲开，它却流向了大海。这就是云南文化的象征。

下面说说云南的茶马古道文化。我到云南，是前年去参加他们茶马古道瑞贡京城的一个出发仪式。他们在那里重新复活茶马古道，用100匹骡子驮上普洱茶和其他的一些商品，包括金银器。原来是走西藏的，这次活动从普洱市出发，走昆明，走成都，走西安，过黄陵，过黄河，过太原，最后到北京西山。那是一个公益性的宣传活动，他们请我去参加出发典礼，所有的典礼都是模式化的，没有什么可说的。可说的倒是典礼之后，我们来到澜沧江边的布朗族自治县，参加了他们的"千年茶祖节"。

在那里我被一本书震动了。对于书的理解，我们常常容易有学院色彩，容易把书本当作一种或者理性的，或者感性的，总之非常形而上的东西。我从来没有一次感触那么深的是，书本和生命，和民族生存的命脉休戚相关。我到的那个山寨在深山里，不通车，人家用摩托车把我带到千年古茶林中。云南的普洱茶不是绿茶长在很低的树上，那里的茶树又高又粗，采茶姑娘爬在树上摘叶子、对歌。我为那个"茶祖节"写了一个祭文，我说，我走过黄河九十九道弯，来到布朗山，像跪拜我们轩辕一样，匍匐到你的脚下，还说了茶祖帕埃冷的不朽功绩，这些话和下面一个节目比，便显得苍白。

下面是由布朗族的一个叫苏国文的老师，念一段布朗文的创世诗史。他是老头人的儿子，老头人20世纪50年代到过北京，见过周总理。现在虽然已经没有头人了，大家还习惯叫他头人，是部落的精神领袖。据苏老师介绍，布朗没有文字，用傣族的文字，为找到这部民族的创世诗史，他们两代人没有停止奔波。听说书流落到缅甸的布朗族中，他七次去缅甸。开始人家不给他，又跑北京找缅甸驻华大使馆，通过外交部联系才同意让他重抄一份。他就在缅甸住了七个月，一字一句地抄。那个书很厚，原来像佛经一样写在贝叶上，现在抄在土纸上，纸是毛边的，封面烫金，用黄绢包起来装在盒子里，非常漂亮。

他只念了一段，大体是这样的意思：帕埃冷在临死的时候，给他的家属说："我留给你们什么呢？我留给你们牛马，牛马生病了死了你们怎么办呢？我留给你们金钱，你们乱花了挥霍了，又怎么办呢？我还是留给你们茶树吧，把茶树种在山上，它可以千年万年留下去。"就是这样一些非常深的有象征意味的话。苏老师念得很慢，念到第三句，人群里突然有一个老人，"扑通"跪下了，接着大部分人都跪下了,怀里的孩子也不哭了,成年人都泪流成河。其实他们中间有好多年轻人并不懂古傣文,但是那种从远古发出来的声音,让他们找到了民族的认同感。啊,我们这个民族是有文字的,是有祖先的,有根的。这种归属感形成了一个气场,一个群体场。无数个"我"融入了"我们"中间,脆弱的自我于是有了自信,有了力量。群体的归属感就这样点燃了一个族群的生命之火,叫我非常感动。

然后,所有的布朗人又去"喊茶魂"。他们走到一个山崖绝壁上,头人领喊:"帕埃冷……"大家响应:"回来哦……""帕埃冷……回来啊……"喊茶魂。在这个时候,茶魂就是文化魂,就是布朗魂、民族魂。正是因为有茶祖帕埃冷,有茶魂,有传世古书,有这样一些民族精神流脉的传载物,使得一个民族千秋万代地凝聚在一起。

茶马古道从这样一个地方出发,就决定了它深厚的文化意义。后来我在电视台解析茶马古道时,谈了它的两重含义。一方面,茶马古道有生存实践方面的意义。马驮着茶还有别的物资,从云南到滇西,进入西藏,从那又驮出西藏的一些物资到川滇,进行物资交流。这是生存实践的表现。另一方面,茶马古道又有着意义层面的内涵,这就非常有意思。"茶",刚才我说了,千年古茶,是一种农耕文明符号,是静态生存,永远扎根在山林里面,一千年不动,绿色繁衍。"马",是一种游走文明符号,是动态生存,永远在走着,又永远在离开,永远在到达,刚到达又离开。地平线上的风景永远在激励着、呼唤着人类那种动态的游走的生存。马儿和马夫、马锅头是动态生存符号。小伙子永远要跟着马队走向远方,走向远方。

人类就这么两种生存状态,在家里,或在路上,或茶或马,或静或动。静给动以内容,在土地上种了茶或粮食,在家里造了各种器具,到西藏去才有可驮行的东西,茶给马的行走以内容。动又给静以一种交流的力量,在行走的交流中,驮回来我们没有的东西,既有异地异形的物资,又有异地异质的文化,是物资和文化的双重交流,动静互换,在互换中双赢。我们今天讲课题目叫"行走并思考着",其实也就是"动着并静着","茶着并马着",就是人生的两种状态,是吧?行走是动,思考就是静下来。人不可能一生在动态中生活,也不可能一生在静态中生活。当你动的时候心灵需要恬静,静久了,心灵又有动的渴求,志存高远会激励你向往天边的地平线。

这种动静平衡、茶马互换，对现代人很有意义。现代社会是一个快节奏的社会，容易浮躁。一个人在快节奏的生活中要能使自己的心灵情绪慢下来，静下来，才是高人。这很不容易。我在这里给我们白鹿书院和思源学院做一个广告，我看咱们的书院和学院就是一个在高速动态社会里让人沉静下来的地方。我们在高高的塬坡上，学校的建筑很像布达拉宫，有一种宗教的神圣感，书院的四合院更是非常安静，远离城市尘嚣，俯瞰着那个红尘滚滚的西安。这就是茶精神呀，青年人今天的静，今天对知识文化的沉浸，是为了明天的动，明天的人生拼搏。而今天生活的静态中，又含寓着思想的飞扬，含寓着内在的动。

所以我说，茶马古道象征着生存的两种状态，人生的两种境界。茶马古道有些规矩、有些故事很有意思。千里走马驮，走上世界屋脊的青藏高原，非常艰难，非常触目惊心。有一个马队在途中突然遇到了山洪，瞬间被整个卷走，卷得无踪无影。30年后，另外一个马队重走这条路，发现在这片树林的树梢上面，挂着一片一片的白骨。当年山洪把整个马队卷走，山洪落下去后，所有的人和马架在了树上，30年后成为这片白骨！

马队的小头目叫马锅头，马锅头有很严格的规定，马队的小伙子上路以后不准谈恋爱，不准采"路边的野花"。为什么，因为在文化心理上，它要保持动态生存群体的凝聚力，保持人在异乡对于家乡对于土地的永远的维系，对于根的维系。你的爱你的归属永远在家里，而不在路上。你采野花，就像猪八戒那样到高老庄去了，不去西天取经了。不行。必须要坚定地往西天走，往布达拉宫那个圣地走，沿途遇到任何诱惑都要排斥。云南有一首民歌叫《小河淌水》，是韦唯唱的，还有个同名花灯剧，根据那首民歌发展改编的。剧中有个小伙子在路上遇到了另外一个民族的小姑娘，两人产生了非常纯真的爱情，被马队强行阻止。小伙子哀求让他留下来，马锅头最后同意了，但必须永远离开马队，离开古道。当他告别他的马背生涯时，痛哭流涕，心灵上有一种撕裂的痛苦。因为他告别的是自己执守的一种价值观，是一种永远前行的精神。他得到了家的温柔，却失去了行走的权利和行走的人生追求、人生乐趣。他有强烈的被抛弃的感觉。

云南和陕西一样，是一个到处都有文化的地方。陕西是到处都有历史文化，一不小心，碰见的就是秦皇、汉武、唐宗，是刘邦，是刘备，是诸葛亮，是司马迁、李白、杜甫。但是在云南，你碰见的大都是平民老百姓，你能碰见那个唱女人歌的老大娘，你能碰见那个半路留下的马夫，你能够碰见那个念布朗古文的苏老师。这一切给我留下太深刻太深刻的印象。云南告诉我们，不能光从碑载文化、典籍文化、庙堂文化、精英文化来解读中华文明。中国所有的文字历史典籍几乎大都是以王朝更替为主线的，但还有更丰富的历史在民间，不光在汉族，在各个民族的民间。就是前面说的，每一个地方，都是一个文化的脉点，都是一本书。

第五站　潮州

由云南往东，越过广西，进入广东。再越过广州，就到了潮汕地区，到了著名的侨乡潮州。我是应潮州淡浮院院长岘峰山人李闻海先生的邀请，来这个美丽幽静的文化书院和凤凰卫视名嘴杨锦麟先生，加上韩山师院黄挺教授和才女主持人李蕾，共同做一期《出走与望乡》的文化节目。

淡浮院依山而筑，山绿得厚，房子建得古雅。从两边回廊拾级而上，展开了几百幅各朝各代的系列碑刻，全是按照广东著名的学者型领导吴南生先生收藏的历代珍品拓片，由李闻海先生集资勒石修建的。启功题"中国历代书法碑林"八个大字，吴南生撰文、国学大师饶宗颐书丹的《中国历代书法碑林序》。顺回廊一路朝上看，有甲骨、金文、石刻，到二王，到颜筋柳骨、张颠素狂，到苏东坡，赵孟頫，文徵明，董其昌，于右任以及当今大家；有《石鼓文》《石门颂》《曹全碑》《圣教序》《九成宫》《平复帖》，几千年中国书法的精华尽收眼底。他们本来想做《南北碑林对话》的节目，我建议改成现在的题目。一是淡浮院的碑林虽然珍贵，却只是中华碑刻的精练展示，也可以说是长安碑林的潮州版，并未形成可以与长安碑林对话的、独立的南派碑林，因而二者很难对话。二是《出走与望乡》这个题目可以探讨潮汕文化最有特色最本质的问题，又可以拓展到潮汕乃至广东文化的方方面面。

广东文化统称岭南文化，其实有三个板块：广州珠三角一带的广府文化，粤北五岭山地一带的客家文化和东边韩江三角洲的潮汕文化。三者比较，广府文化在省内国内影响大，但从海外来看，潮汕文化的实力和影响超过了广府文化。我举出几个人大家就明白了，一个香港的李嘉诚，一个正大集团的谢国民，一个华学宗师饶宗颐，在经济、文化方面都是海外华人华侨中坐头把交椅的人。潮人旅居海外的同胞有1000多万，分布在世界五大洲、四十几个国家地区。海外每五个华人中就有一个祖籍在潮州。

岭南文化有五个关键词，而潮汕文化将其表现到了极致。这五个关键词是："走先"——不死守陈规旧习，有求异的激情和思维，既敢先人一步想到，也敢先人一步走出去。你们看这"六敢""六走先"——

敢闯洋，敢下南洋。几百年前他们就敢走出土地，冒生命危险闯朝廷的海禁，漂洋过海开拓海疆，创造新生活，为我们这样一个几千年土地文化传统的国家，创造了海洋经济、海洋文化、海洋文明。

敢打洋鬼子。虎门销烟，虎门炮台和三元里抗击英军，是中国最早大规模打西洋鬼子的地方。这之前，明代戚继光打的是东洋鬼子。

敢把皇帝拉下马。从康梁变法到孙中山革命，再到黄花岗七十二烈士，领头的大都是广东人。

敢跟"孙小头"去打"袁大头"。辛亥革命之后发行的银圆，有铸着袁世凯与孙中山头像的两种，银圆上袁世凯的头比孙中山的头大，民间便以"孙小头"和"袁大头"来称呼这两种硬通货。广东人敢跟孙中山北伐，坚决打倒称帝复辟的袁世凯。

还敢于提出新的思想见解和保护新的思想见解。中国第一条铁路的修建者詹天佑的创造性思维就是在这块土地上孕育的。新中国成立后，毛泽东邀请著名历史学者陈寅恪北上京华主持历史研究所，陈以不允许他不信奉历史唯物主义为由谢绝。后郭沫若又代表中国科学院邀请，亦谢绝。在那个"左"的阴霾很浓重的时代，这位持异见的学人却能在中山大学生存下来，按照自己的意志去从事学术研究，这也只有广东的文化环境才能办到。

到了社会主义新时期，广东又敢于走先改革。在严冬逝去的那个春天，"有一个老人"小平同志在广东南部画了一个圈，广东人，尤其是深圳人，迎着各种风险与困难，以坚定而又成功的实践，演绎了一个动人的春天的故事，实践了党中央的历史决策。后来，又是在广东高州，江泽民总结并首先提出了"三个代表"的重要思想。这些影响历史进程的重大事件和思想，都发生在这块敢于走先的土地上。

"揾食"——"揾食"或"揾两餐饭"，是广东话"弄点吃的"意思，发展为"找饭碗"，找生计。这是典型的广东文化表达方式，表现出一种强烈的实干、务实精神，干活就是为了吃饭，工作就是饭碗，人生就是埋头揾钱。反映了同样文化心理的话还很多，比方"炒更"，兼职，加夜班兼职，多熬时光不是为形而上的理想，而是为多挣一份钱。"拍拖"，婚姻爱情不是花前月下山盟海誓，而是切切实实手拉着手同走人生路，一起玩，一起吃，实实在在，同甘共苦。

广东人就这样实在，做实事，实实在在做事。他们调侃北京人爱神聊、爱侃大山，说"广东人'会生孩子不会起名字'固然遗憾，总比你们北京人'总是起名字却不生孩子'要好要切实"。是的，他们从不提空口号，或囿于空口号，而是切切实实"时间就是金钱"，还提出"主意就是金钱"。他们点子多，敢冒风险。

广东人"揾食"能力主要表现在"工于工，精于贾"（《潮州志》），出了李嘉诚、霍英东、谢国民这样世界知名的大企业家。2004年统计，华商百位富人排行榜中，台湾第一，有24人，潮汕人第二，19人。广东人以市场格局打破中原重农抑商传统，以民间海上贸易打破海禁的官商传统。

"生猛"——这又是一个与吃有关的关键词，广东的"生猛海鲜"，其实是一种广东的文化方式，生龙活虎，猛虎下山的风格。他们干事，喜欢生猛，把热水器叫成"浴霸""洁霸"，奶茶叫成了"波霸奶茶"，开个店铺也往生猛叫，叫成什么"家俬城""世纪娱乐城""东方大广场"。什么都要生猛到极致。"揾食"，也有一股狠劲。在家种田、做手工，讲究做出"绣花功夫"，茶艺也叫"功夫茶"，精美到家。海外从商，也做到极致。在中国，潮州人被公认为拓殖外域的"东方犹太人"。

"闯洋""广汇"——广东人是中国最早闯南洋，闯世界的人。"地球上凡有潮水的地方就有潮州人"。异质文化接触早，接受早，融入快，是中国最早实现了世界性的人力、物资、经济、金融交流和文化交汇的地方。他们日常用语中有很多"水"字，可能与闯洋不无关系：进水货，货从水上来；发水财，出海就有财；走水路，水陆交通都叫水路；交水费，交通费都叫水费。广东人吃饭爱煲汤，而且第一道菜就上汤。市面最早流行"番银"，即外币，唐宋时开始，到明末清初盛行，与我们的纹银同时流行。沈复《浮生六记》写到过当时以"番银"结算买卖甚至嫖妓费用。

但是潮人、粤人的闯洋史是充满了血泪的。他们坐红头船、猪笼船到番邦当猪仔，被视畜类，只能与驴马同道，干比驴马还重的活。闻一多的《洗衣歌》

用诗写过这血泪:"年去年来一滴思乡的泪,半夜三更一盏洗衣的灯……下贱不下贱你们不要管,看哪里不干净哪里不平,问支那人,问支那人。"想到美国西部与俄罗斯西伯利亚、加拿大的铁路都是华工修的,还得不到承认,我们能不热血沸腾?当然,随着历史的进步,广东人闯洋也大致分出了三个阶段:19世纪以前主要是打工,为揾食、为生存闯洋;20世纪前半期,主要是为救亡、启蒙,闯洋去西方寻找真理,闯洋人中许多都成为革命和科学的先行者;改革开放以来,主要是留学,为了学习现代科学文化管理知识闯洋,很大程度上成为中国人在全球化进程中的个人选择。

总的说,闯洋与广汇构建了粤人艰苦创业、自强不息,海纳百川、诚实守信的文化精神。他们有令人钦佩的守土意识:用揾食、生猛和绣花功夫般的精神创造了各方面的文化精华。他们有表现到极致的动态生存能力:以走先、闯洋、广汇精神创造了华人文化在海外的灿烂。他们勇敢地出走,又深情地望乡。无论自己成功与否,总是竭尽全力反哺国内、反哺家乡。辛亥革命,广东除了为民族贡献了孙中山、廖仲恺这样的领袖,还有许多普通华侨华人的涓滴贡献。越南一位卖豆芽的小贩黄景南,将一生积蓄6000大洋全部捐给孙中山的革命活动。抗日战争时期,潮州籍华侨关景,挑水为生,每担只赚1分钱,却捐了3000元,也就是说,他为抗日要挑30万担水。抗战八年,华人华侨捐款13亿,侨汇达55亿,还捐了飞机217架,坦克27辆,救护车1000辆,机械工人10批3200人。

而潮汕文化将岭南文化的这五个关键词表现到了极致。

第六站　南非和印度

最后,咱们到国外转一转。我到过南非,我从土耳其到埃及,再到南非。后来我又去过印度,从泰国到尼泊尔进入印度。

南非和我想象的完全不一样。在去南非之前,在出国人员身体检查中心,我打了八针,防艾滋病的针,防黄热病的针。我的夫人、孩子对我去非洲都非常担心,叮咛我小心再小心。我也有点紧张,赴汤蹈火般地登上飞机。土耳其当然很好看,伊斯坦布尔,也就是君士坦丁堡,是世界五大古都之一,也是伊斯兰教之都;埃及当然也好玩,我始终觉得,从旅游角度,印度、土耳其、埃及、南非这些国家比欧美，特别比美国更可看可说。美国是一点看头都没有，高速公路很好，摩天大楼很好，先进富足，但是说不出个什么。说来说去南北战争，已经到了我们的康乾盛世了，还拿出来给我们显摆。地中海则非常有文化，可以追寻可以思索。

到南非为什么吃惊，它的现代化程度叫我吃惊。它有三个首都：比勒陀利亚是它的行政首都；开普敦，就是好望角，非洲最南边印度洋和大西洋交界处的那个城市，是立法首都；约翰内斯堡是经济首都。那个漂亮啊，不比老牌资本主义英国、法国差。城市的环境整洁，生态好。比勒陀利亚的市树叫紫槐，槐树，开的花不是白的，是紫的。全城飘着紫色的云朵，真是没有见过那么漂亮的。我和他们的议员接触，他们的主要领导都是黑人。后来我又参观了几个城市，才知道南非的立法制度、行政规则、市场经济、社会管理都很现代化。

我到了好望角，那里有一座山叫桌山，山顶像桌子那么平。站在那里可以看见在大西洋中间，大概离岸很近，只几海里的地方，有一个小岛，那是流放曼德拉的小岛。一个非常小的小岛，跟外界隔绝，有人看守，不能上去。那里哪是监狱，绝对是一个高级疗养院，岛上全是花和树，空气之好超过氧吧，有许多服务人员为曼德拉服务。曼德拉怎么能不长寿，80多岁了还活跃在政坛上。在服刑的那几十年里，曼德拉依然能够适度参与政治。后来我们又到了它的邻国肯尼亚。肯尼亚的孩子那么瘦，瘦得两个大眼睛叫人不敢对视。两相对比，我不由得思考，为什么自然条件差不多，南非这么富裕、现代化，而中部非洲如肯尼亚，却那么落后贫困？

是因为制度，因为管理。南非在摆脱殖民统治独立之后，用我们的话来说，没有走极左的路，没有走否定一切打倒一切的路，没有像中非，像肯尼亚那些国家一样，把白人全赶走，把原有的法规和管理全打烂。资本主义的管理制度是人类文明的结晶，人类可以共享。阶级剥削是不对的，霸权主义是不对的，但管理是一门科学，成熟的社会管理是可以借鉴的。为什么要在放弃殖民统治的时候，把先进的管理制度也抛弃呢？

曼德拉为什么得诺贝尔和平奖，就是由于他了解这一点。他提出，南非既是黑人的故乡，也是祖祖辈辈在这里生活的白人的故乡。白人在那里生活了300年，近十代人为建设南非出了力，如果一个国家、一块土地300年还不能认同一个种族，那是得多么狭隘。白人愿意继续在这块土地上生活，我们要尊重他们的选择。曼德拉有一种人类的情怀,只要是人类先进的东西,好的东西,我们要留下。他们的很多管理制度、管理经验,很多知识和技术,就可以成为新国家的财富,融入我们共同的事业。因而在摆脱殖民统治以后,南非没有乱,井然有序过渡到一个新阶段。在曼德拉那里,虽然主宰国家的领导全变了,由白人变成黑人,但这个国家依然科学运转,是法制管理的传承使国家正常运行。曼德拉是一个宽容的,有人类情怀和科学头脑的政治领袖,在南非威望极高,已经成了整个非洲,甚至整个第三世界的精神领袖。

管理重要,但还有比管理更重要的东西。这是我到了印度以后的感觉。印度太让我感到亲切了,和中国很像,人多得化不开。从新德里往泰姬陵走,路上的交通规则是弹性的,人流搅和着汽车,最多的是前几年西安到处可见的奥拓小汽车,摩托车,自行车,往前流动。还有人力车,前面后面一共拉四五个人,我拍了照片,回来好多杂志都用。不是说人家不好,那是一种异国风情。印度也有很多先进的地方,我到了它们的硅谷班加罗尔,也到了唐僧西天取经学佛的那烂陀寺,这都是先进文化。包括印度人的语言能力,除了山区农村,英语和印度语同时成为日常用语,这是他们走向世界的优越条件。

文物局局长陪着我们到了印度中部奥兰加巴德的古代石刻洞窟,那些洞窟比我们的敦煌早700年,里面全是圆雕石刻,甚至镂空刻出一座大礼堂那么大的有石梯上下的二层楼房子,上上下下里面全是印度教的神像,精致辉煌的程度超过我们的敦煌,年代也比敦煌早700年。敦煌壁画风格是由印度传过来的,而印度的洞窟是浑然一体的石刻。

但我在印度也的确看到它的另一面。在北部一个城市,我看到很让人心酸的一个镜头。在一个十字路口的安全岛上有几个孩子在玩耍,每当红灯一亮,路上的车停下来,他们几个,其中包括一个十来岁的小姐姐抱着一个两三岁的弟弟,全冲到汽车跟前,伸着小手乞讨。当红灯换成绿灯,车要走了,这些孩子又很高兴地回到安全岛上继续他们的游戏。我伸头看过去,他们在安全岛的两棵树中间,吊了一个烂吊床,吊床旁还有锅灶碗盆。那三个孩子,一个姐姐带着两个弟弟,竟然就在安全岛上安家,以乞讨为生。红灯一亮他们便要饭,绿灯亮了车走了,他们便玩,一切习以为常。正是孩子们这习以为常的乞讨生活,让我看得心酸。那么小的孩子,他已经不认为要饭是一种异态的畸形的生活,他觉得这一切就是正常的人生。当他们懂事以后,接触了更大的世界以后,真不知道会怎么想。

参观印度中南部的古代石窟时，我还接触到一群沉默的人。他们是种姓制残骸的受害者，是低种姓的贱民的后代。因为我们是外宾，走到哪里都安排几个人侍候着。有的拿着矿泉水，有的端一个盘子，盘子里边有食品、毛巾。洞窟里面没有灯光设施，便有一个人扛一块白铁皮跟着，一个洞一个洞用白铁皮反射阳光照洞里。我们心里很不安，他们每次要请我喝水，我都谢谢他们，但他们从来不回话，脸上没有任何表情，跟木头人一样。我很奇怪，是不是我这英语说得不对？翻译说没说错啊。我问那为什么他们丝毫没有反应？翻译说，他们是旧种姓制中贱民的后代。印度原来有种姓制度，高种姓的人能参与公共生活，低种姓的人，永远不能跻身于上层社会生活。现在这种制度早已废除了，尼赫鲁时代就废除了，废除了几十年，有些低种姓的人都当上国会议员了。但是在中南部、在农村还残存着这种制度。他们的后人还受歧视，他们自己也自认低人一等。

这也就是说，心灵的解放、思想的解放，比制度重要得多。制度已经废除了，宣布你们不是贱民了，你们可以享有平等权利。可是实际上不行。印度现在只有百分之一二的人信佛教，主要信印度教。印度教告诉你的是，"凡是投胎贱民家里，那是前生造了孽，这辈子一定要低声下气地度过，下辈子才能获得正常人的命运"。他们在这样一种思维和精神阴影下，在这样一种文化误解和迷信的阴霾下生存，无异头上戴上了紧箍，即便有了解放他们的制度也依然不敢越雷池一步。他们之间也这样沉默吗？不，我去厕所，看到他们就住在挨着厕所的破房中，互相有说有笑的，一见我们来了，所有的人又都缄口如瓶。

后来我们吃了一顿很特殊也很辛酸的饭。在一个林子中间的场子上，路边是高树，树上是猴子。印度的生态保护很好。牛在新德里的闹市上随处可见，是神牛。晚上，贫民席地而卧，牛则像幽灵一样在卧着的人群中巡游。他们的猴子也可以在林子随便活动，不会有安全问题。林子中间摆了一个桌子，我们坐在那里吃鸡肉抓饭，树上全是猴子，一不留意，就跳下来抢你的饭。我们这些"外宾"一共才六个人，热情的主人让二十六七个沉默的用人，拿着棍子背对我们，面对着猴子，像足球场上面对观众的警卫一样。他们假装棍子是枪，猴子一蠢蠢欲动，他们就拿棍子这么一举，一瞄准，吓得猴子不敢动了。我们就是在这种戒备森严的环境下，在动物、低等公民、高等公民这种台阶森严的环境下，吃的这一顿饭。我真想叫他们一起来吃，但不能，他们是另外一层，不能跟"外宾"在一起吃。于是我只希望赶快结束这不平等的状态。

在南非，一个制度、西方的制度，唤醒了民众，唤醒了起码的民主意识和自由意识。当他们的心灵被唤醒，那个制度才能起作用。而在印度的这一部分人群中，虽然已经有了制度，有了废除种姓、废除贱民、给贱民以平等自由的制度，但是，心灵还没有自由，心灵还在沉睡。如果他们还沉睡在印度教的来世报应和现世救赎等等观念之中，还沉睡在种种世代相传的习惯势力、心理定式之中，制度就只能是外在的力量。外力是拯救不了自己，特别是拯救不了心灵的。在这种情况下，制度所能起到的作用微乎其微。

所以，说来说去，我是想说，南非的例子，证明了在社会进步的历程中，制度是非常重要的。而印度的例子，则进了一步，证明还有比制度更重要的东西，这就是人本身的解放，人的内部世界的解放，心灵的解放。

好了，我就讲到这。谢谢大家来听我这么长的演讲，讲错的地方，大家批评。谢谢大家。

2007 年 6 月 11 日，西安

激发全民族文化创造活力

"要坚持社会主义先进文化前进方向，兴起社会主义文化建设的新高潮，激发全民族文化创造活力，提高国家文化软实力，使人民基本文化权益得到更好保障，使社会生活更加丰富多彩，使人民精神风貌更加昂扬向上。"胡锦涛同志在十七大报告中的这段论述，明确将"激发全民族文化创造活力"作为坚持社会主义先进文化前进方向、兴起社会主义文化建设新高潮的一个重点。同时，又指出了"激发全民族文化创造活力"的重要意义：它能够促进国家文化软实力的提高，能够使人民精神风貌更加昂扬向上。

创新是一个民族的灵魂，创造与人类文明共始终。文化创造活力是人类进步的风帆，更是社会主义先进文化前进的发动机。中国特色社会主义既是中国共产党人领导亿万人民群众的一场伟大社会改革实践，也是中华民族旷古未有的一场思想解放运动，使我们从各种精神枷锁和文化桎梏中解放出来，探索具有中国特色的社会主义理论和实践；使我们国家在20多年中大踏步和平发展，自立自强于世界民族之林，这本身就是中华民族创造活力的一次历史性喷涌。中华民族自古以来就以富于创造活力而著称于世；自古以来就敢于并善于继承和发展人类既有的经验，因时因地提出自己的新思想，走出自己的新路子；自古以来我们一次又一次以创新、发明、探索，为人类的进步做出了独有的贡献。中国以此受到世界的尊重，中国人也以此在世界有了良好的形象。这一切，都构成了"中国软实力"。

激发全民族文化创造活力，最重要的是在全社会强化创造意识，营构创造氛围。近几百年来的历史，一再严峻地告诫我们，没有创造就没有高速发展，没有高速发展就会落后挨打。无论是文艺创作还是社会实践，在一个创造力贫乏的平面上转圈圈，再勤奋、再刻苦，也只能是一种量的叠加和数的积累，唯有创造性的实践才可能引发质的飞跃，唯有质的飞跃才可能引发数量等比级数的增长。进入新时期，我们已经逐步具备了发展文化生产力的两个基本条件，即人力资源的高素质化和社会活动（包括经济活动和文化活动）的高信息化，在全社会树立敢想、敢说、敢实践、敢为人先的风气，以创造为荣，以创造为乐，培育、发现、爱护创造性人才，人人争当创造性人才，恰是正当其时。

激发文化创造活力，要营造宽容博大的氛围，以利于创造性事物的萌芽，利于新生事物成长。新生事物常常稚嫩而不成熟，创造更是要以错误和失败为代价。对此，整个社会都要培育健康的心理。什么是创造？就是以异向或反向思维，对既在的、众所认可的、习以为常的秩序、规律、方法、理念、现象、习惯，进行反思、诘问、校正、调整、发展，甚至否定。创造或迟或早总会导致原有状态的改变，但是这种改变无疑是一种进步。美国经济学家约瑟夫·熊彼德曾提出"创造性破坏"的著名观点，后来美国文化史学家泰勒·考恩在自己的专著《创造性的破坏：全球化与文化多样性》中集中阐发了这一思想。他们对新经济、新文化带来的原有状态的颠覆和破坏，都持积极态度。他们更看重一种文化在转型或颠覆之后所产生的创造活力，认为这是"充满创造力的文化破坏"。

当前，和物质生产领域一样，我们的精神生产领域也存在着由"中国制造"向"中国创造"提升的问题。就文艺创作来看，名著反复移植、旧作不断翻新、群起跟风克隆，在各门类艺术尤其是影视创作和节目中可以说是蔚成风气。选刊、文摘盛行，网络、短信文化大批量地复制传播，网络给艺术文化和学术论文的拷贝在技术手段上提供了从未有过的便利，以致剽窃事件屡见不鲜，等等，都从一个侧面反映了文化创新力的萎缩。一个文化体系由于自身创新力的贫弱，或由于外力（比如市场利润）的左右而走向同质化，走向自我循环、自我复制，不仅悲哀，而且极其危险。

如果说这些还是浅层的表现，那么艺术思维的平庸，尤其是想象力的贫乏，则已经成为当下文艺创作的痼疾。艺术想象力是作家艺术家创造活力的重要标尺。艺术想象力来源于创作者的生活积累和人生阅历，来源于创作者的生命感悟和艺术感悟，更有赖于不断从人民群众创造性的社会实践中吸取新的营养，获取新的激情，不断将人民群众的创造活力转化为自己的艺术想象力和文化创新力，可以说它是作家艺术家创造生命活跃程度的检测器。艺术想象力可以促发我们生命个性、艺术个性的张扬，帮助我们冲破习见观念和定式思维，冲破陈旧的艺术方法和表现手段，帮助我们从生活原型和感情原型的土地上起飞，翱翔在艺术创造的宇宙之中。

激发全民族文化创造活力，要将个体的创造活力融入群体的、民族的创造活力之中，将文化的创造成果转化为社会的创造实践。文化创造活力是所有社会创造活动的火车头，而生命的、心灵的活跃和自由又是文化创造活力的渊薮。创造力的解放当然源于每个人生命本体的解放，它需要我们走出各式各样外部的文化屏障和内部的心灵云翳。不言而喻，这一点对文艺家尤其重要。艺术创作是创作者用审美形态再现自己情感体验的心性活动，无论是感受、理解、记忆、联想和创造性的重构还是再现，都需要心灵的自由，需要生命的释放，思维的开放，想象力的奔放，但这还远远不够。个体的创造活力并不意味着无度自由，而是一种有度自由。不论其自觉不自觉，创作者心灵的自由总需要也总是会和他所具有的社会责任意识和谐地融为一体。同时，也只有个体的创造活力和群体的、社会的、民族的创造活力融为一体，只有你的创造成果（譬如文艺作品）能够不同程度转化为民众的共鸣（譬如文艺欣赏的共鸣）和社会的实践，个体的创造力才能够得到真正的实现。

文艺工作者的创造活力是需要营养的，这营养要到人民群众的创造性实践的土壤中去汲取。现代资讯传播的发达，已经在现代人和真态的生活之间构成了一张无所不在的拟态生活隔层，布下了一道很难逾越的"文化膜"。参与了这种文化膜制造的文艺家，极容易不由自主地陷进"膜生存"而不能自拔，以致愈来愈远离了真态的、原创的生活，这是我们要格外警惕的。由于文化膜给我们脑子里喂满了别人的、"类象"的素材，此类素材作为一种"他者经验""伪经验"，会无孔不入地渗透到文艺家的心灵深处，并且日积月累沉淀下来，挤兑、替代了创作者直接的、自我的、原生的生存体验，有时甚至到了创作者自己无法分辨真伪的程度。我们不是常常看到有的作者不自觉地将这种"伪经验"作为自己的人生资源，将"伪经验"诱发的各种"伪想象"作为自己的艺术想象在作品中使用，以致造成大量作品的雷同。在这种情况下何谈文化创造活力呢？

再有能耐,也是在别人布设好的、既在的文化膜中翻筋斗,有什么原创可言呢?文艺的创新绝不是为了尽可能多地分享公共经验,而是要在公共经验一望无际的草原上,找到自己生命的小草。我们要冲出"膜生存",涤除伪经验,在"贴近实际,贴近生活,贴近群众"的过程中,尽可能多地获得独有的生命体验,实现艺术的创造。

近年来,一批引发好评的主旋律电视剧,如《激情燃烧的岁月》《亮剑》《士兵突击》,之所以受到欢迎,最主要的就是因为作家艺术家感知、捕捉到了当今重要的时代情绪:一旦物质化的生活追求无法遏制地膨胀,真情的和意义的生存便正在离我们远去,你会困惑没有精神依赖的日子为什么竟然比没有钱的日子更苦恼。几部电视剧之所以成功,恐怕正是因为作者能够以自身极富活力的、自由的艺术创造,来表现剧中那几位鲜活的、带有原生气质的人物性格,表现主人公们痛快到极致的生命活力,表现他们将自己的生命活力融入民族解放和国家进步的历史性创造活动之中,而给了观众以巨大的感情震撼和精神提升的缘故吧。

激发全民族文化创造活力,还要有政策、体制上的支持,运用科学的机制不断拓宽文化创新的领域,促进文化创造活力持续涌流。要加快建立国家文化创新体系和知识创新体系,加大文化人才培养和文化专利保护。要组建像高新科技开发区那样的文化创新试验基地、试验单位、试验团队,给他们开小灶,吃偏饭,允许在实践中走弯路、犯错误,经济上少收益、打水漂。经过试验,总结经验,探索规律,上升为对文化创新的科学认识,并在这个基础上制定相关政策,改革机制体制,形成有效的激励机制、雄厚的信息基础设施和动态的人才、技能交流平台,以引领全局性的文化创新活动。

文化创造力的核心是文化创意能力,文化创造力最强大的动力是文化产业、文化市场。要花大力气培养文化创意人才,发展文化创意产业,尤其要培养一批具有国际视野和战略眼光的创意专家,大手笔才能写大文章。成熟的市场经验,对能适应多种产业融合的文化管理人才、文化经销人才、文化资本营运人才的培养,是我们要主攻的弱项,而且刻不容缓。

2007 年 11 月 25 日,西安不散居

弘扬民族精神要有创新思维和世界眼光

文化艺术要培育和弘扬民族精神,这一直是社会主义文化建设的重要课题。改革开放以来,尤其是我国加入世界贸易组织之后,中华文化将会更为深刻地进入世界文化格局,弘扬民族精神的问题更是备受关注。江泽民同志在中国文联第七次代表大会和中国作协第六次代表大会的讲话中,集中地论述了文艺弘扬民族精神的问题。他高屋建瓴地指出,中华民族精神不仅体现在中国人民的奋斗历程和奋斗业绩中,体现在中国人民的精神生活和精神世界里,也反映在我们民族优秀的文艺作品中,反映在我国杰出文学艺术家的创造活动中。他指出,文艺在弘扬民族精神方面可以发挥独特的作用,鼓励文艺工作者通过自己独创性的艺术劳动,使文艺成为国民精神的火炬、人民奋进的号角。

和经济相比,文化艺术有自己的独特之处,具有不同社会制度意识形态的差异性,具有不同国别民族文化精神的差异性,也具有个体创造性精神活动的不可规范性。因而,同处世界格局中的各民族文化,除了由于历时的同律和共时的同构而造成的许多相似性,也必然会出现许多差异甚至悖论,尤其是价值层面深刻的差异和悖论。这些差异、悖论引发了历史上一次又一次的文化冲突,甚至文化、宗教的战争。世界文化就这样在流血或不流血的历史河床中前行着,合合分分,才形成了现代世界以西方文化为中心的欧美文化区,以中华文化为中心的东亚文化区,以印度文化为中心的南亚文化区和以伊斯兰文化为中心的中东和北非文化区这样一个多元文化格局。显然,将世界各民族的文化艺术纳入类似WTO那样的组织,希图以一种法定的约束力来达到全球各国各族文化艺术协调一致的发展，恐怕是不可能的。

其实，经济全球化并不一定能消除不同国家之间的冲突，在一定情况下还可能加剧不同文化传统的国家、民族之间的冲突。20世纪末到21世纪初的全球形势充分证明了这一点。有的学者说未来世界的冲突主要是文化冲突，甚至连战争也大都是文化冲突的武力表现，应该说不无道理。也许正因为看到了这一点，改革开放以来，国人在谈论文化艺术全球化问题时，常常更多从抵御和反对新形势下的文化霸权主义，维护民族精神和保存民族文化传统的角度着眼。抵御、维护、保存，显然是十分必要的。但是，对于民族文化艺术如何走出去，如何在创造、开放中弘扬发展，则议论较少。这方面为数不多的一些议论，又大多集中在工具理性和市场运作层面，谈论民族文化如何由事业转为产业（文转产），由智力转为股份（文转股），谈论民族文化如何通过现代市场操作进入世界市场格局。这些研讨也是十分必要的，只是千万不要忘了问题还有更重要的一面，那就是换一种眼光——以全球眼光，对民族文化艺术定位；换一个坐标——以开放、融汇、更新、创造的坐标，思考民族文化艺术加快走向世界的步伐，以便在全球文化格局中占得更大份额，发挥更大作用。在这个层面上，民族文化艺术的保存、维护和民族文化艺术走向世界、走向现代，实际上都是弘扬民族文化的题中之义，是这个问题互促互动的两方面。

以积极、进取、开放的精神弘扬民族文化艺术，首先要发扬中华文化固有的在兼容并包、开放融汇中不断创新的品格。

前些年，有人认为中华文化是一种僵滞封闭的超稳态结构，这显然是偏见导致的谬误。中华文化的内在结构应该说是稳态和动态两种机制的统一。千百年来形成的许多民族传统，譬如团结凝聚、自强自信、奋发进取的精神品格，天人合一、家国同构、伦理中心的文化结构以及种种政治、法律、伦理、科学、艺术的形态意识和非形态意识（文化心理即其中的一种），都构成了我们民族相对稳态的精神传统。所以说这种稳态是相对的，因为它们是在历史运动中不断创造、积累而成的，具体内容又无不随时代的变迁而不断变化发展着；也因为它们并不是纯一的，而是一个庞大的体系，一个多维复合体。这个多维复合体的各部分、各层次，这个大系统的各个子系统之间，构成多种对立统一关系，处在不停的矛盾运动之中。这是一方面。

另一方面，更为重要却往往被忽略的是，中华文化又具有多维动态融汇的机制。中华文化在发展过程中总是不断吸收新的文化因子，经过汰选、改造、融汇，化为自己的血肉生命，使自己得以周期性地更新、发展、进步。一部中华文化发展史就是不断融汇各种异质文化因子更新壮大的历史。遍布黄河、长江流域和华南、东北、青藏地区的上百个文化遗址，不断证明着中华文化是多源发端、多流生成的；中华文化是56个民族共同创造的多民族文化，而汉文化内部自古以来又呈现着多地域、多流脉的复合色彩。这个多维文化的复合体，在漫长的交汇融合中形成了以儒为核心，儒释道为主干，各种文化成分枝繁叶茂、硕果累累的参天大树。中华文化发展的几次高峰都和文化的开放交汇有着深刻的联系。试想，没有秦汉之际董仲舒等思想家对先秦诸子百家学说的创造性综合，哪里有秦汉文化？哪里又有后来成为民族文化重要基石，对世界文化产生重要影响的儒文化？没有汉唐乃至宋明中华文化对印度佛教文化上千年的吸收、改造，没有近于《中庸》的天台宗，近于《周易》的华严宗，近于《孟子》的禅宗等中国化佛教的先后创立，哪里会有融汇了佛学内容的儒学——宋明理学的壮大？更不会有中华儒释道文化系统的形成和直至今天对世界文化具有的巨大的平衡、启迪作用。

　　这种多维文化在融汇中的创新发展，有一个不可或缺的基础，便是在时代精神中融汇，在本土文化中融汇，在民众生活中融汇。耐人寻味的一个例证是，当中国化的佛教禅宗日益兴盛之时，过分拘泥"原版性"的佛教流派，如唐玄奘及其弟子窥基创立的一味追逐"天竺化"（印度化）的法相唯识宗，由于忽视和本土文化在整合中创新，逐渐衰败了。也是由于不与时更新，印度本土的佛教日益衰败，佛教徒日见减少，据说只占总人口的百分之一，不但早已不敌印度教、伊斯兰教，甚至已经不敌锡克教了。

　　中国在近百年来，几次西方文艺的引进高潮，如"五四"时期和改革开放初期，也都是从对域外文艺生吞活剥的单向模仿开始，走向与本土精神、民族生活相融相洽，走向逐步深入地描绘作家艺术家在民众生存中的真切体验，从而完成了自己的整合和更新的。从20世纪二三十年代文学狂飙派的前卫色彩，到后来巴金、老舍、茅盾、赵树理的民族现实生活写真，从80年代中期开放之初西方现代思潮对诗歌、小说铺天盖地的贵族化影响，到后来平民化的新写实作品润物细无声的出现以及现实主义在主旋律作品中的高层次回归，都说明了异质文化因子的确是文化创新的触媒，而本体文化脉流又更是文化创新的沃土。

"和实生物，同则不继。以他平他谓之和，故能丰长而物归之。若以同裨同，尽乃弃矣。"（《国语·郑语》）"以他平他"就是将不同的事物联结在一起，并且相互配合达到"和"，才能产生新的事物。如果"以同裨同"，把相同的事物放在一起，就只有量的增加而不会有质的变化了，哪里能产生新的事物呢？孔子继承了这种"重和去同"的思想，提出了"礼之用，和为贵""君子和而不同，小人同而不和"。和而不同，有容乃大，适时地、多维地、创造性地将异质文化转化为自身发展的营养，这是中华文化几千年生生不息的根本原因。

千百年来，中华文化在将异质文化营养转化为内部活力时，体现出这样一些规律：它总是从自身发展的内在需求来选择先进的异质文化成分与之交融；它总是在自身文化体系中产生了对旧文化的批判力量，即在具备了内因的前提下，先进的异质文化才有可能被吸收、整合；在民族文化系统中最积极、最活跃地融汇异质文化的，往往是旧系统中最坚决的社会、文化批判力量；中外文化的融汇过程，大都表现为在中华主体精神的基础上，中外文化作不同程度的"双向扬弃"，在双向的扬弃中，本体文化和异质文化都要不同程度地重组、重建自己，才可能实现动态的、有机的结合，产生文化新质；这种融汇，不仅是文化的融汇，更是异质文化和中国社会生活实践的交融过程，在和中国社会生活实践的交融中，异质文化受到远比在文化交融中更深刻的改造，从而参与到中国实际生活的进程中来，甚至成为中国社会的精神文化现象之一。

在创新中弘扬，在融汇中发展，这才是弘扬发展中华民族精神的要义。

以积极、进取、开放的精神弘扬民族文化艺术，还要转换视角，转变观念，在当代全球文化格局中对民族文化艺术作新的把握。

在当代世界文化格局中对民族文化作再认识，最重要的是以世界眼光和现代科学体系对民族文化精髓、民族美学体系和民族文艺现象重新进行扒梳整理，发掘更深更新的内涵，做出科学而有力度的再肯定。只有在当代的、全球的大时空里，才能判断、识别民族文化中的先进因素（这是我们应该大力弘扬而且可以营养世界文化的瑰宝）；也才能发掘民族文化中那些适应全人类、被人类普遍认同的精神资源（这是民族文化和世界文化的衔接点，是民族文化进入世界格局的绿色通道）。同时，对民族文化中落后、过时的东西，也要从当代世界文化的坐标上做出更具科学理性的再批判。如果我们立足于过时的或脱离中国实际的文化立场和方法，立足于有着自然经济、计划经济或全盘西化浓重投影的文化立场和方法，对民族精神无论是扬弃还是发展，都可能误入歧途。

20世纪初叶，西学东渐，以体系化的、思辨的西方文论全面否定经验的、感悟的中国美学和传统文论，一时成为时尚。王国维却力主在世界格局中认识本国文化的观点，他指出："欲完全知此土之哲学，势不可不研究彼土之哲学。"而且躬行实践，借助叔本华的学说和西方的逻辑方法，将古典文论意会层面的意境说，发展为有初步科学阐释的境界说。同样，叔本华对欧洲文化哲学作反思的时候，也从印度哲学和中国的《易经》、佛学中吸取了思想资源，这帮助他表达了仅用西方纯粹理性哲学和思辨逻辑难于阐释清楚的人的生存困窘。20世纪初始的五四运动期间，有些激进的国人痛切非议象形汉字，不料这同时，中国古典诗歌却在美国引发了一场意象派诗歌革新，涌现出了庞德那样的大诗人。而后来在海德格尔那里，我们又看到了中国传统文论中虚静精神的影响。

在全球文化日渐趋于综合的大背景中，东西方文化艺术的关系正在更新，一方面不断以新的形态冲突着，一方面又走向对话和互补。随着信息社会和生态社会的到来，随着人对主客体世界复杂性愈来愈深刻的认识，工业社会的许多文化观念和审美观念已经失去了它的自洽性。西方文化也正在重新建构。在这种重构中，东方的中华文化，以儒家的"天人合一"和道家的"顺其自然"谐和着人与自然的关系；以儒（重善）、释（重美）、道（重真）的三位一体协调着人与社会，平衡着人的内部世界；以中国式认知的模糊色彩和感悟色彩拓展着人类对世界、对心灵、对艺术的把握；还有，以"中庸"把握思维和实践的分寸和尺度避免不良的倾斜和断裂，等等。所有这些都正在被世界重新认识，成为现代文化和现代思维极有价值的资源。

正如马克思在谈到世界市场的开拓时说的："民族的片面性和局限性日益成为不可能，于是由许多民族的和地方的文学形成了一种世界的文学。"今天，旧的封闭的民族文艺研究正在日益广泛地被多语言的比较文艺研究所取代。我们应该加强比较的研究和系统的观照，在全球化格局中发掘、发扬民族文化中具有世界意义和现代价值的精华，并且做好科学的阐释推介，使之在文化全球化的现实进程中发挥鲜活的推进作用。

以积极、进取、开放的精神弘扬民族文化艺术，还要下功夫做好双向话语转换，在转换中接轨、整合、创新。

这方面，半个多世纪以前，就有宗白华先生以中国文论为纲，融入西方文论话语的成功尝试，也有朱光潜先生以西方文论为纲，融入中国传统文论话语的可贵努力。近来，杨义先生又大力提倡以现代科学的精神和方法，全面建设中国文艺学体系，而且提出了极富创造性的框架设想。但是应该说，民族文化的现代化、学科化，世界文化的中国化，作为一个长期的、全国性的跨学科系统工程，还没有正式开始。

首先要下功夫将民族文化艺术精神转换为世界通用的现代科学话语体系。现代世界对中华文化青睐的同时，也将中华文化和相关的艺术精神现代化、科学化、体系化的任务极为迫切地提了出来。要建立"中体西用"的民族文化科学话语体系，将中华文学艺术的一些结晶，如灵象触发特色、意象传输特色、整体感悟特色和模糊表述特色等等在当代仍有生命力的精华，融化到现代世界通用的科学话语体系中去。这个话语转化工程，重点当然是学术研究，同时也要走出书斋、学院，和文艺创作的实践、社会精神文明建设的实践结合起来。还要采用现代运作方式，进入互联网和各种传播渠道，在一定程度上变为一种社会行为。这样，学术成果才可能有效地促进整个社会精神文明的民族化和现代化进程。

建立民族文化艺术的智性体系，一不能"言必称希腊"，二不能把立足点放在国外流行的现代概念上，三不能完全沿着中华文化已经形成的老路走，要从世界文化坐标系出发，尽量返回民族生活的源头和民族文化的原生点去解读中国文化密码，经过切实的发掘、化育，创造出一种能对民族文艺作新的整体表述、能和当代世界对话的话语体系来。这是在现代世界的语境中，大力弘扬民族文化的有效途径。

同时，也要重视"西体中用"的话语转换。除了直接译介，不妨用民族的话语体系和符合国人接受心理的形式，对世界各国先进文化的精华进行"意译"甚至重写，以改变目前西学走不出精雅文化圈的现状。我们不妨这样设想，在五四运动时期和20世纪80年代中期两次西方思潮引进的高峰中，假如一开始就意识到西方话语中国化的重要性，做好思潮引进中"意译"和重写的工作，做好异质文化进入社会、进入民众的工作，我们对西方思潮的吸取和融汇也许不会走那么多弯路，可能会比现在的进程早得多、快得多、好得多吧。当然这只是一种设想，文化的发展和历史的发展一样，是无法超前、无法缩略的。每个弯道都有它的必然性，每个弯道又都会启示行者走好以后的路。我们在这里只是想说，世界先进文化如果难以在民众中普及，转化为我们民族的文化营养和百姓生活话语也就会成为空中之楼阁。世界文化的优秀成果只有经过民族的、大众的、科学的话语转换，才能在中国文化的土壤中生根开花，成为中华文化的血肉。不重视双向话语转换，对民族文化在交流融汇中发展，对民族文化在现代世界的弘扬，都是不利的。

2002年3月31日，西安不散居

传统从来是创新的历史积淀
——2008年北京文艺论坛演讲

一、传统怎样形成

1. 传统文化是历代创造性的文化精粹联结的等高线。

我以为一个民族文明程度和文化水准的标志有两条等高线：一条是民众等高线，即整个社会文明程度和大众文化水准的平均海拔高度；一条是精英等高线，那是指不同历史时期各个领域里的一批最高文明成果联结成的等高线。俄罗斯文艺批评家别林斯基认为，后面这条等高线才真正标志着人类文明和民族文化的海拔高度。我想，能够跻身于这条精英等高线的文化精品，大约便属于经典文化，而且流传下来，便积淀为传统了。民众文化等高线虽然不好归入经典，但因为它的价值标准和某些形态融化进了民众的日常生活中，也会转化为我们民族世世代代的活的生存相，而构成传统不可或缺的一部分。

因此不妨这样来表述传统文化：共时态地看，传统文化是一定历史时期精英文明和大众文明成果组建的精神平台，它常常构成那个时代的文化标高或文化共相；历时态地看，传统文化是几千年典籍文化和民间文化精粹连缀成的等高线，它常常构成一个民族的精神原典。

传统文化产生于特定的历史文化语境，在它所处的时代产生过巨大影响，又经受住了历史长河严格的淘选。由于时代、历史和民众普遍的认同，它会转化为文明积淀，成为民族的集体记忆，构成一代又一代人的精神家园。

这中间，作为传统文化中的文学艺术作品又有着自己的独特性。因为美的理念和形态，虽然总会在不同程度上反映人类的真知与善断，反映人的本质力量和客观规律，却不等于真与善本身，不等于本质力量和客观规律本身。美总是要通过各类有意味的形式，使真与善、规律和本质形象化、情感化、个性化，它传达的是形象中的感情，意绪中的规律，个案中的共相，偶然中的必然，也就是那种被康德称之为"无目的的合目的性"。正因为这样，传统文艺作品较之其他传统文化来，常常有更大的模糊性和可争议性。

因而对传统怎样形成的问题，我们大致可以这样认为。

2. 传统是在否定之否定，而不是在肯定之肯定中形成的。

否定之否定是辩证法表述事物发展的一个普遍规律，后者却不是。传统是在对前人突破性的创造，或曰否定性的创造，或如美国经济学家熊彼德所说的"破坏性创造"中形成的，而不是在对前人一味拷贝、克隆、阐释和迎合中形成的。马克思指出："任何领域的发展不可能不否定自己从前的形式。"否定是事物发展过程中具有决定作用的环节，只有通过否定，才会有新东西的诞生和旧东西的消亡。奥巴马当选后说的一句话"只有改变才有希望"，很快被全球舆论炒热，原因也在这里。如果传统是一条环环相扣的铁链，铁链的下一环一定是与上一环有 90 度的不同向度，只有异向异态异见，才能衔接贯连下去。这种"铁链原理"是极启发人的。当然这里的否定，不是单抛弃旧事物，而是在吸收旧事物的积极成果的基础上产生的。启功说，唐以前的诗是长出来的，唐诗是嚷出来的，宋诗是想出来的，宋以后的诗是仿出来的。唐诗正是以自己迥异于前朝的青春感、生命感、创造感，成为中国诗歌史的巅峰，成为中国诗歌乃至中国文化的核心传统之一。如果说宋诗还勉强可以不同于唐诗的理性思辨特点在中国诗歌传统中聊成一格，那么，元明清以后仿出来的诗歌便地位衰微，而不能不在体裁上另辟新径，以词曲（宋、元）与小说（明、清）来为传统的长河增添新的光彩了。

3. 传统是在新阶范畴和新质文化中，而不是在同质范畴和同质文化中传承的。

传统是在新质生产力要素出现之后，逐渐向社会生活、社会文化层面辐射，开始形成新质文化，又在新质文化的涵养中逐步传承的。不是新质文化，不能积淀为传统，构不成传统链条新的一环。历代农民起义与封建王朝的斗争，为什么不能使历史进入新的社会形态？那是在对立的两个阶级的斗争，例如李自成与崇祯的斗争中，始终没有产生第三范畴，即新阶范畴和新质文化。是新质生产力——蒸汽机和工人阶级与新质制度、新质文化——资本主义、社会主义，使历史在一个新阶段、新时代中传承下来。第三范畴、新阶范畴是事物发展亦即传统延续的必要条件。

4. 传统是在真识和异见中，而不是在陈见和庸识中延续的。

并不是所有具有新形态的文化都必然构成传统，只有那些带有新的真理元素的真识和异见，才能进入传统流布延续下去。有的文化虽然新异，却并非真善美，则会被文化遗传机制自然淘汰。这在文化史上不乏其例。

二、继承什么传统和继承传统的什么

1. 传统文化会在许多层面上泽惠后人。

记得马克思说过类似这样的意思，他说，每一个历史事件都会给后人留下许多层面的精神财富。最显在的层面，是这个具体事件中所含纳的带有普遍意义的、具有辐射力的经验。例如马克思在《路易·波拿巴政变记》中分析的，历史的各种机缘如何使一个小人物登上了历史舞台，正如越王勾践卧薪尝胆而终于反败为胜给予后人的启示。

再深一层，人们处理这个历史事件的思维方式和操作方法会作为一种实践理性和思维智慧使后人永远得益。例如韩信甘受胯下之辱以成全自己的高远之志；刘邦败于项羽之后，埋头经营汉中，重用人才，韬晦自强，终于以弱势之师大胜强敌。这些都给予我们超越性的启示。

还有，历史事件深处所包蕴的某种结构模式会转化为新的认知模式，增强后人把握客观世界的能力。例如老子哀兵必胜、韩信背水一战以及孙子兵法、三十六计，都成为现今社会成功学的内容。

而人是历史的主角，我们总能在每一历史事件的最深处，感知到特定时期具体参与人或整个社会群体的精神状态和感情折光，如创造之力、奋发之情、忠烈之心、仁厚之爱，或者反过来，怯弱、庸常、宵小、奸佞等等。程婴舍子救孤、公孙忤臼忍辱含冤表现出来的忠烈之心，张良功成身退表现出来的散淡境界和人生智慧。

马克思对历史遗产作用的这个价值层面的看法，大体上也适用于传统文化。

传统文化给予后世的泽惠也是多层面的，既有某一理性思考价值、知识智慧价值、艺术审美价值，又有隐藏在文本中的感性表达程式和理性结构模式。

人类理性的进化发展，是靠一代一代智者学者和科学家所发现、所创造的公理、定律、公式以及观点见解的积累和延伸造就的，它最终不仅会作为一种理性知识，而且会作为一种理性思维结构模式在人类的思维方式和精神世界中积淀下来，长久地起作用。

人类感性的进化发展，也是靠一代又一代作家、艺术家、文艺评论家和艺术欣赏者的心理经验、感情体悟和对美的形态、感情范式、表达程式的积累和延伸造就的。例如中国戏曲的行当、脸谱、唱腔、曲牌和表演程式；中国画的皴、点、晕各种笔法和线条；诗歌的韵律和平仄；特定民族和地域的独特色彩所包含的文化记忆和独特色彩关系所包含的心理暗示；特定民族和地域独有的、相对稳定的音乐舞蹈语汇和它的标志性旋律、节奏、动作，等等。所有这些艺术文化程式，作为感性的结构模式，也会在我们的精神世界中积淀下来，构成中华文化的传统和艺术的传统，构成我们在生物基因之外的文化遗传"觅母"（法语音译"同样的"，即文化遗传基因）。

传统文化在传承过程中，随着岁月的推移，它在具体内容上的可继承性会逐步减弱，但隐匿其中的结构模式、思维方式、审美范式和精神情绪状态的可继承性却反而会逐步增强，其认知历史和参照现实的价值会愈来愈被现代人看重。哲学大家冯友兰先生在 20 世纪五六十年代曾有"道德的抽象继承"一说，似乎大致也是这个意思。

2. 继承什么传统和继承传统的什么？

现在回到小标题，我们到底继承什么传统和继承传统的什么呢？以国学的继承为例，我对时下被炒的"国学热"一直持谨慎态度。牟宗三说国学分道统、学统、政统。道统是心性化儒学，学统是世俗化儒学，政统是制度化儒学。如果说心性化儒学、世俗化儒学还可以适度继承、弘扬，制度化儒学则可继承之处极少。我赞成他的看法。

学统、道统有些含有真理性的元素可以按抽象继承的方式，在改造更新中吸收之，也不能原汁原味端给当代人，要有一个于丹、易中天式的以其原料重新烹制"心灵鸡汤"的现代化与大众化过程。就是在这个烹制过程中也要警惕，不能曲解原意，也不能把现代化和大众化与庸俗化、浅表化混同。中国传统文化中的政统部分，主要是皇权主义和宗法制度，其核心价值观和中国当下的现代化进程，在主要方面实在是南其辕而北其辙。嫡长子继承制，血亲分封制，家国同构、忠孝一体，主奴根性基础上的绝对的人治，等等。这些东西毫无疑问要摒拒。

"修齐治平"，国学修身齐家的一些道德修为思想，可以在批判的改造更新中吸收其中的营养，国学关于治国平天下的核心价值观我看不出在今天有什么积极意义。对传统文化的"家国同构"模板，以修身齐家模式来治国平天下，更要反思。如梁启超所说："吾中国之社会组织，以家族为单位，所谓家齐而后国治是也。"像这样以家族伦理道德为基础的治国，把道德范式放在科学管理和行政功能之上，法治怎能替代人治？公平竞争又如何开展？科学发展观怎么落实？现代管理又怎么实现？在不公正的体制制度下，道德自律与道德感化只能是天真地希望狼变得更温顺些，狗变得更规矩些。过分褒扬清官与统治者的让步政策，其实是不触动传统制度的牧师行径。

3. 如何继承？

继承要具体到传统原发的历史环境中去理解，抽象到精神修为层面上来继承。

前者，具体到传统原发的历史环境中去理解。例如，书法学习碑帖，既要抽象地练习模仿各种字体，又要了解书家为什么这样写，在当时书家的情绪心理和独有的艺术追求及笔墨体式的结合中来理解，妙在哪里，我之可取处在哪里，才能抓住内质，把传统的精神和方法真正学到手。学行草尤其需要这样。学习继承以程式为特点的各类中国艺术都应取这种态度。当年齐如山正是以此点拨梅兰芳，方有梅派的诞生。

后者，抽象到精神修为层面上来继承。与上面相反，是将传统与它产生的具体时空剥离，抽象到普适性道德和方法层面，即精神修行层面上来生发继承。于丹与易中天以及当下许多经营学、成功学的讲座，深浅虽有不同，或多或少都具有这样的色彩。

三、创新是对传统最积极的继承和发展

1. 传统是一条流动的河。

原创性、权威性、历史感和社会的认可度，构成了传统文化质的规定性，这

种规定性是清晰的。但传统文化不是固化的文化化石，它是一条流动着的五彩缤纷的河。文化是在永不中断的创造—传播—接受—反馈—再创造的互动机制中实现自身并传承下去的，传统应该永远不会风化、硅化、僵化。

传统文化的生成和发展其实都是一个动态的过程。譬如经典作品，它的原创者无疑是第一创造者，但作品真正的经典性，真正的传世价值，往往是原创者在当时当代无法意识到也难于确定的。总是在漫长的传播流布过程中，由一代又一代的文化传播者和接受者无数次地感知、发掘、联想、评断、提升，从更大的时空坐标，更宏阔纵深的历史境界和艺术境界上逐步明确认定的。我们今天从《楚辞》《离骚》《红楼梦》《黄河大合唱》中得到的社会历史信息、感情意绪信息和艺术美学信息，肯定要比屈原、曹雪芹、冼星海本人在创作当时有意和无意输入的信息，在量和质上都多得多。原因就是融进了经典在历代传播过程中文化接受群体不断再创造所积累的成果而实现了某种增值。因而，文化的原创者和各代各国的文化接受者，都是创造、积淀、传承、传播传统的人，是这一活动不可或缺的参与者。

这里说的接受群体不仅是指文化精英，更包括广大民众。这时候，无论是典籍传统还是民间传统，实际上都由具体的作品或民俗民艺活动、行为变成了一种文化载体、一种感情的空筐和心理的坛场。谁都可以在原作的触发启动下，把自己相关的生活经验和心理经验装进去。传统在历代的解读过程中，便这样吸聚、融汇万千人的创造智慧而使自身不断得到丰富和深化。这个和传统对话的历史过程，构成了传统文化极其重要的创造过程。

甚至包括社会在某些时候对传统的质疑、误读、解构，也都是传统文化动态创造过程的有机部分。伪传统、伪经典会在这种质疑解构中被淘汰出局，真正的文化瑰宝却会在反复的解读乃至解构中焕发新的光彩，更能牢固地确立自己在传统中的地位。从这个意义上来说，解构对传统和经典不全是坏事。

今天的我们和历代的文化接受者一样，在享用传统文化的同时，也积极参与了对传统文化的创造。我们自觉不自觉地会将时代新的认识水平，新的见解、智慧和人生体悟融入传统之中。正因为如此，传统文化才得以在这种反复的再创造中涅槃，化为文化的血脉，流淌在一代又一代民众心里，活在时代生活和民族精神之中，发挥现实的作用。

2. 每一代都要为后代留下新的精神创造。

代代相衍，将自己的精神创造融汇为传统大河中新的波浪，推动传统不断地丰富和发展，是一代又一代人的责任，也是我们的历史责任。

我们要当好子孙，把祖先创造的好东西留下来；但不能"装孙子"，躺在前人的遗产上毫无作为。我们更要当好祖先，给子孙创造新的文化，把自己创造的好东西传下去；当然也不能"装爷"，歧视压抑下一代的创新活动。

当代人常常生活在文化膜的笼罩之中，以"他者经验"和"类象经验"作为自己精神生活的主要资源。这种"膜生存"状态使现代人面临创造危机。我们可以学点国学，也可以学点西学，但这并不是当务之急。精神创造、文化创新最活跃的源泉，在历史新阶段的现实生活之中，在科学发展、在市场经济、在和谐社会的构建、在与传统和世界的开放性对话之中。

奋力冲决文化膜对创新的窒息，在鲜活的社会生活和精神生活实践中，把德先生、赛先生请进每个中国人的脑子里，用科学发展观创造性地指导社会建设与精神建构，续写中华民族光华熠熠的传统，这才是迫切而又迫切的要务啊。

和我们继承了什么传统、继承了哪些传统相比，我们为后代创造了什么传统、创造了哪些传统，永远更为重要。

2008年12月11日，西安鱼化湖畔

和谐文化，人类文明的结晶

一、引子：建设和谐文化是文化工作的新主题

"建设富强、民主、文明、和谐的社会主义现代化国家"，已经被写进了中国共产党第十七次全国代表大会（简称中共十七大）的报告。"构建和谐社会""建设和谐文化"在中共十七大报告中也被多次提及，并成为学习报告的关键词。《中共中央关于构建社会主义和谐社会若干重大问题的决定》第一次鲜明地提出和阐述了"构建社会主义和谐社会"这个科学命题。胡锦涛同志在中国文学艺术界联合会第八次全国代表大会的讲话中从这个科学命题出发，明确提出繁荣社会主义先进文化、建设和谐文化是现阶段我国文化工作的主题。

1. 什么是和谐社会？

胡锦涛同志指出，建设和谐社会的基本内容是："我们所要建设的社会主义和谐社会，是民主法治、公平正义、诚信友爱、充满活力、安定有序、人与自然和谐相处的社会。"

胡锦涛同志指出，建设和谐社会的基本途径是："要通过发展社会主义社会的生产力来不断增强和谐社会建设的物质基础，通过发展社会主义民主政治来不断加强和谐社会建设的政治保障，通过发展社会主义先进文化来不断巩固和谐社会的精神支撑。"

胡锦涛同志在中共十七大报告中指出，积极构建社会主义和谐社会，是深入贯彻落实科学发展观的要求。"社会和谐是中国特色社会主义的本质属性。科学发展和社会和谐是内在统一的。没有科学发展就没有社会和谐，没有社会和谐也难以实现科学发展。构建社会主义和谐社会是贯穿中国特色社会主义事业全过程的长期历史任务，是在发展的基础上正确处理各种社会矛盾的历史过程

和社会结果。"科学发展观所要求的以人为本,全面、协调、可持续发展,正是构建和谐社会的必由之路。

"君子和而不同,小人同而不和",和的前提是不同,是差异,甚至是对立和冲突。"和"有四种读法,he 与 huo,he 又可以读 hé(阳平)与 hè(去声),huo 可读 huó(阳平)与 huò(去声)。"和"读阳平时,是指事物的状态,一种和谐的状态。读去声时,是指事物的动态,一种正在协调、整合,正在走向和谐的动态。也就是说,和谐作为一个动态过程,是因"不同"而需要"和"(阳平),"和"(去声)不同而达到"和"(阳平)的过程。

与构建和谐社会相适应的和谐文化,既是构建社会主义和谐社会的重要内容,也是其必要条件。从总体上说,社会和谐就是广义的文化和谐。

从这个意义上,我们是否可以说,中国共产党在它成立以来的 80 多年中,实际上为我们中华民族做了三件大事:一是通过斗争求解放,使中国"站起来";二是通过改革抓建设,使中国"富起来";三是通过科学谋发展,使中国"和起来"。

2. 什么是和谐文化?

广义的文化,是指人类改造客观世界和主观世界的活动及其成果的总和,其中包括:物质文化,指一切已经人化了的自然,以器物的形态存在;精神文化,指意识形态及其外在表现上的人类文化,如道德理念、科学理性、社会习俗、语言文字、文学艺术、制度体系等方面的文化。文化的要点在"化"字上,化入人心,成为人们的生活理性和行为方式。

如果要对现代和谐社会的最低配置做简明表述,我想应该是:思维方法上,注意事物各种因素的平衡;经济发展上,让人不愁温饱;社会生活中,让人把话说完;精神生活中,让人找到归属感、成就感。

"和谐"一词在不同场合、不同背景下有特定的含义,但共同的基本含义则是"四要":要差异中见协调,个体中见整体,整体上见平衡、和顺;要承认多样性,因为多个主体才有"和"的问题;要协调差异性,因为没有差异也就无所谓"谐";要允许"和而不同",最终求得大同。

总之,和谐文化就是以和谐为思想内核和价值取向的文化,是以倡导、研究、阐释、传播、实施和谐理念为主要内容的文化。和谐文化存在于思想观念、价值体系、道德理念、行为规范、文化产品、社会风尚、制度方法等各方面,既包括文化形态，又包括文化现象。

二、和谐精神是中华民族传统文化的精髓

中国古代的"和谐"一词，始于礼乐教化——讲究韵律与心灵的相应，如《中庸》云喜怒哀乐"发而皆中节，谓之和"，继而泛化为人伦关系——夫妻和悦谓之"琴瑟和谐"，"交情通体心和谐"（《琴歌》），后来又引申到社会政治领域——"八年之中，九合诸侯，如乐之和，无所不谐"（《左传》）"和谐则太平之所兴也，违戾则荒乱之所起也"（《后汉书·仲长统传》）。从语源意义上看，和谐是多音和鸣，孤音无所谓"和"；和谐是一个由人心，至人伦，再至社会的多层次的系统。

我将中华民族传统文化中的和谐精神概括为"三知、三和、三乐"：三知——知天，知人，知己；三和——宇宙和谐，社会和谐，心灵和谐；三乐——乐天，乐人，乐心（或乐天知命，乐人知命，乐心知命）。这"三知、三和、三乐"，表现在中国文化主要理念的各方面，也表现在中国人文化心理和社会生活、行为风俗的各方面。

1. 宇宙和谐，"知天乐天"所对应的中国传统文化的理念是"天人合一"。

由于宇宙中只有人是主体性的存在，故而宇宙和谐的关键在于天与人的和谐。"天人合一"的前提是"天人相分"，人只有从宇宙这个客体中分离出来，确立自己主体性的存在，才会引出"天人合一"的问题。2300多年前的中国诗人屈原以长诗《天问》较早提出了"天人相分"的问题，人（诗人）一口气问了天（宇宙）170多个问题，从宇宙之谜到人类的忧患——"敢问何故"，表现出人相对于天的独立精神。后来，唐代柳宗元又写了《天对》，与《天问》形同姊妹篇。天人既然相分，"天人合一"的命题也就确立了。"天人合一"解决的是"知天"的问题，解决好了，便进入了"和天"的状态，也有了"乐天"的效果——和谐。

在与自然的关系上，人类经历了崇拜自然、征服自然和协调自然三个阶段。随着现代人类对自然的大规模征服，一方面使社会发生了深刻而迅速的变化，另一方面，环境污染、生态失衡、能源短缺等一系列问题也日益严重，一直困扰着人类。严酷的事实迫使人类反省。在处理天人关系上，中国古代大多数思想

家都主张一种整体观,即天人和谐,强调人与自然的协调统一——既要改造自然,又要顺应自然;既不屈从自然,又不破坏自然。人既不是大自然的主宰者,也不是大自然的奴隶,而是大自然的朋友,要参与大自然化育万物的活动。如此,人才能达到"与天地合其德,与日月合其明,与四时合其序"的人与自然和谐的"天乐"和"乐天"境界。

2. 社会和谐,"知人乐人"所对应的中国传统文化理念是伦理中心(由亲而礼)和家国同构(由家而国)。

人与人和谐是社会和谐的基础。中国传统社会是一个等级森严的社会,传统文化强调不同社会身份的人要在伦理基础上,由亲而礼,由家而国,和谐相处。儒家将建立和谐社会的途径、方法,归结为仁义礼智信。孔子的忠恕之道要求人待人诚恳、宽厚,互相关心、理解,与人为善、推己及人,团结友爱、求同存异,其理想的目标状态则是达到"父子有亲,君臣有义,夫妇有别,朋友有信"。这就是以"知人乐人"来实现人际和谐。

人与人的和谐扩大为族群、阶层乃至某些可以和谐相处的阶级(例如原先说的工人阶级、农民阶级、小资产阶级和民族资产阶级)之间的和谐,便是社会的和谐。社会和谐主要体现在三个方面:其一,政治和谐,即行"仁政","以德治国""以仁施政""保民而王"。"仁政"的核心是孟子所说的"以民为本"。其二,经济和谐,即对百姓要"先富后教"。孟子反对"富者地连阡陌,贫者无立锥之地"的两极分化现象,认为这是社会动荡的根源,主张"有恒产者有恒心,无恒产者无恒心",即让百姓拥有固定的收入,社会才会有稳定和谐的基础。其三,文化和谐,即发扬中国文化一统多元的传统。一统性,就是需要一个能兼容并蓄的主导意识形态;多元性,就是各种思想能在这个基础上相互糅合。从先秦诸子开始,经两汉经学、魏晋玄学、隋唐佛学、宋明理学至清代朴学,以儒家文化为基础,各种学派与民间信仰交流激荡而成的博大精深的中国文化,正体现了"和而不同"的文化精神。

伦理中心、家国同构虽有利于和谐,但也有其严重的历史弊端。伦理中心导致人治重于法治,家国同构导致主奴根性,这是中国传统文化和文化心理弊端的两大潜结构。关于人治重于法治,人人知道它的危害,不多说了。关于主奴根性,如鲁迅说中国人:人人亦主亦奴,主奴集于一身,被人凌辱又凌辱别人,被人吃又吃人,一级一级以礼教制驭着,在忍受中煎熬到主奴易位,新一轮主奴结构又周而复始。主奴双重社会角色和双重身份，必然造成双重人格、双重精神状态。西汉萧何善韬晦不矜功，辞让封赏，散财优军，以向主子刘邦表明自己毫无反意。刘邦登基后，他又故意压价购田，故意败坏自己的名声，好让刘邦放心——一个毫无德行的萧何对自己的皇权构不成威胁。自古"勇略震主则身危"，儿子在父亲面前亦要装得百般温顺。这是萧何有好结局的原因。而晚明苏杭一带的李贽、徐渭、金圣叹等狂狷文人，由于都是以畸格狂态寄寓真性童心，都是反抗依附人格与主奴根性的，结局没有一个不悲惨。所以，英国法律专家梅因认为，从古代到近代，人在形态上的变迁，是从身份到契约的转变，从服从共同体到意愿共同体的转变。

伦理中心、家国同构，在伦理宗法制社会是有遗传机制的，学术界称为社会结构、制度、文化的同化惰力和模板修复功能。正是这种功能，形成了中国封建社会的超稳定结构，使中国有了世界上最漫长的封建社会。国家可以改朝换代，但因为家国同构，父家长专制和嫡长子继承制的结构未变，又会通过同化和修复功能，使国家的本质无法改变，千百年便这样换汤不换药。金朝、元朝、清朝的统治者作为征服者，最后都认同了作为被征服者的汉族的文化，元朝、清朝建立后不久，其统治者都到黄陵祭拜黄帝，认为黄帝非汉人一族之祖，乃中华各族之人文初祖。军事的征服就这样演变为文化的被征服。其中的缘由，恐怕就在这里。

3. 心灵和谐，"知己乐心"所对应的中国传统文化理念是执用两中（思维和谐）、儒道互补（精神和谐）。

人的自我和谐，主要是要处理好"知己乐心"的问题。中国传统文化讲究"允中""执中""执用两中"。"中"即"度"，"过度"与"不及"都不行。要合"度"就要"执中"，但"度"与"中"又不是一成不变的，要随时间和条件的变化，在实际生活中灵活掌握。当前，随着改革开放不断深入，利益结构不断调整，生活节奏加快，人的价值观念、行为方式和利益要求多元化，选择性、自主性和差异性增强，人们尤其要注意使自我处在一个适度、适时、适当的和谐状态。

心灵世界存在情感与理性、知识与信仰的矛盾，中国传统文化总是将平和心理冲突、追求心灵和谐作为个体的价值目标，无论是"养心""正心"，还是"心斋""坐忘"，都是追求心灵和谐。而儒道互补，儒道释三足鼎立，更构成中国人的最佳精神结构，即所谓"正清和"——"孔子尚正气，老子尚清气，释迦尚和气",所谓"以儒治国、以道养身、以佛养心"。

儒道释三家都重和。儒家认为"天地生万物",人与万物都是自然的产儿,主张"仁民爱物",由己及人、由人及物,把"仁爱"精神扩展至宇宙万物。道家把自然规律看成是宇宙万物和人类世界的最高法则,认为人与自然的和谐比人与人的和谐还要崇高。佛家认为万物共生共处是缘分,是"佛性"的不同体现,所以众生皆有生存权利,应该平等。在这个基础上,三者以鼎足之势构成了中国人和而不同的精神结构——

儒是中国人精神的动力系统,重善,追求完美人格,在服务社会中追求幸福度。如诗圣杜甫的"哀民生之多艰""挽弓当挽强,用箭当用长""安得广厦千万间,大庇天下寒士俱欢颜";

道是中国人精神的控制系统,重真,追求完美生命,在实现生命中追求幸福度。如诗仙李白的心无羁束:"人生得意须尽欢,莫使金樽空对月""谁挥鞭策驱四运,万物兴歇皆自然""天子呼来不上船,自道臣是酒中仙";

释是中国人精神的检视系统,重美,追求完美理想,在憧憬理想中追求幸福度。如诗佛王维的禅意:"古木无人径,深山何处钟""薄暮空潭曲,安禅制毒龙"。

中国人的精神三窟,可进、可退、可超越,可热、可冷、可平和。这是封建社会超稳定的原因,却又要看到它平衡精神、和谐社会之功劳。唐代是儒道释三家鼎足而立的典范。人们既可崇儒、尊道、礼佛并行,又可调侃三家。如《三教论衡》记唐懿宗御前演参军戏竟有调侃三家的场面:

> 曰:佛祖何人?答:释迦?妇人尔。《金刚经》云"敷座而坐",夫坐了才坐,非妇人何人!曰:道祖何人?答:太上老君,妇人尔。《道德经》云"吾有大患是吾有身"(身体是祸患之源,吾有身才知患也),非妇人何"有娠"?曰:孔圣何人?答:仲尼,妇人尔。《论语》云"沽之哉,吾待价而沽也",非妇人何"待嫁"?

如此自由开放,真乃盛世气象。

中国历史在倚儒或倚道的交替中,大约以 800 年为一周期。中国历朝历代的衰败缘于单维文化造成的闭塞沉滞,振兴则可归因于多维文化的交融,包括民族斗争中强行的流血的交融,单维多维互换的规律性现象。中国历史演进的节奏大致是:周(合)—春秋战国(分)—秦(合),汉(合)—魏晋南北朝

（分）—隋唐（合），隋唐（合）—五代十国（分）—宋（合），宋（合）—元（分）—明（合），明之后有清。经历史学家计算，这一个"节奏"大约也持续800年左右，真是"800年必有王者兴"。周朝800年，在其建立后的第500年时，楚合并南方各小国自立，后统一于秦；秦至隋唐800年，汉是合的高峰，到东晋五胡乱华则局势纷乱；隋至宋元800年，前几百年隋唐较和谐太平，到南宋式微，元尚武而灭；明至清，康乾之前几百年较和谐太平，500年一过便内乱外患、分裂倾覆。这当然是约略的说法。

中国传统文化的核心价值，既这样分别体现在宇宙和谐、社会和谐、心灵和谐三个方面，也体现在"心灵—社会—宇宙"三和谐的内在联系上，即"乐人""乐己""乐天"交融。首先，儒学强调心灵和谐与社会和谐的互动。以"乐人"的群体认同原则"乐己"，实现个体自足，又以"乐己"导致"乐人"，实现群体认同。通过"己欲立而立人，己欲达而达人"，从一己之乐推广到众人之乐。这样，个体的心灵和谐就可以通向群体的社会和谐，实现孔子所说"修己以安人""修己以安百姓"。

其次，中国文化对心灵和谐与宇宙和谐的互动关系也有深入的思考。先秦道家认为，在没有人为干预的情况下，宇宙自然本来是十分和谐的，是人们为了自己的欲望而对宇宙自然不断进行干预，破坏了宇宙自然的和谐。所以，道家强调回归到没有人为干扰的自然和谐状态，即所谓"道之尊，德之贵，夫莫之命而常自然"。同时，人无止境的贪欲也破坏了自己心灵的和谐。所以，道家主张仿效无为的自然来建设和谐的心灵，所谓"人法地，地法天，天法道，道法自然"。先秦道家认为，心灵和谐与宇宙和谐之间有很强的互动关系，宇宙本体的和谐决定着心灵的和谐；人要保持心灵的和谐又必须效法宇宙自然的和谐，不做任何违背天道自然的事情。道家的许多修养方法就是教人如何实现"我与万物合而为一"的和谐。这种境界称之为"乐"，《庄子·天道》云："与天和者，谓之天乐。"显然，"天乐"所达到的正是人乐、心乐，也就是"心灵—宇宙"和谐统一的精神境界。

社会和谐而"知人"——"人和""人乐"，心灵和谐而"知己"——"心和""心乐"，天道和谐而"知天"——"天和""天乐"。只有实现心灵和谐、社会和谐、宇宙和谐三者的统一，才能最终达到"天人心和"的境界。自先秦始，到唐宋出现儒释道诸家追求"心灵—社会—宇宙"普遍和谐的趋势，再到占东亚文明主导地位的宋明儒家，将"和谐心灵—和谐社会"的互动纳入到了"和谐心灵—和谐宇宙"的更大体系之中，为中国文化建立了一个以儒家人文价值为本位的"天人和"的宇宙论体系。

三、社会和谐、文化和谐是人类共同的理想

1. 西方文明的和谐观。

有人说，西方文明重竞争、重微观分析、重精确实证，因而他们不重和谐。这是片面的。西方文明的确不像中国文明重三易——简易（整体观，宇宙天人合一，社会四海一家，历史古今一体）、不易（本质观，万变不离其宗）、变易（变化观，所谓"周易"即所有事物都在变易，"人间正道是沧桑"），但和谐精神也同样是西方文明的主要内容，只是表现不同而已。

西方早期朴素唯物主义认为，联系世界万事万物的标准就是和谐。古希腊辩证法的奠基人赫拉克利特说："自然追求对立，对立产生和谐""不同的音调造成最美的和谐"。毕达哥拉斯认为："整个天就是一个和谐""和谐起于差异的对立，是杂多的统一，不协调因素的协调"。柏拉图认为世界上的一切事物都会从"无秩序变成有秩序"，在他的理想王国中，人们各守其德，各司其职，秩序井然。亚里士多德提出"混合政体"，认为参与城邦政治生活的各阶级力量能够合作并保持平衡，从而减少冲突、实现和谐。他还特别强调"社会中间层"的作用，认为一个庞大的中间层是社会上下层冲突的天然缓冲带，是和谐社会的基础。从经济上看，这就是中产阶级。西方早期的和谐思想还体现在民主的进程上。古希腊创造了人类最早的民主制，几百年后的罗马也创造了比较发达的民主共和制。民主是社会各阶级的调和品，是人们渴望平等，追求和谐的产物。

到了中世纪，宗教占据统治地位，认为社会的和谐由上帝掌握，只有皈依上帝，人类才能找到内心与社会的和谐。常常强制人们理性地服从信仰。

文艺复兴时代的宗教改革与启蒙运动，使人们对社会和谐有了新的认识。开普勒写成的《宇宙和谐论》，探讨了宇宙之所以成为一个和谐整体的原因。路德和加尔文的新教运动，用"以人为本"反对"以神为本"，对基督教教义进行了重大改造，把社会和谐奠基在人与神的和谐之上，使基督教成为更具普世意义的行为准则和道德规范，即新教伦理。马克斯·韦伯说，"理性、克己、勤俭、

救赎、节制"等新教伦理,能够产生"真正的资本主义精神",使资本主义社会自我完善,修复补充,得以延续。

到了近代西方,伦理、人性与理性一道成为哲学的主题。斯宾诺莎主张在理性的指导下,遵从自然的必然性,达到身心和谐,进而"人人追求全体的公共福利",就可以实现国家内部的和谐。康德提出了人为自然立法,实现人的自由与自然规律的统一和谐。黑格尔用辩证法完善康德的思想,认为是"对立的东西产生和谐,而不是相同的东西产生和谐",和谐的本质就是对立统一。

正是这一时期丰富多彩的哲学探索,为近代西方资本主义思想奠定了三个基础:卢梭的社会契约理论,奠定了社会和谐的道德基础;洛克和孟德斯鸠的三权分立机制,确立了国家权力运行的平衡和谐;约翰·密尔对私权和公权的界定,设计了公民和政府和谐相处的制度框架,最后发展成以自由、民主、平等为核心的"自由社会"理念。

然而,自由社会的自由选择原则,对私有财产主权的过分肯定,对市场的过分依赖,对力量的过分崇拜,对人类理性能力的过度迷信,加上资本主义无限消费观对资源环境的过度消耗,反倒加重了人与人的不公平、人与社会的不协调、人与自然的不和谐。

亚当·斯密洞悉了自由市场经济所带来的巨大经济变革,同时也对这种"利己主义"经济运行方式必然带来的贫富不均、社会失序、阶级矛盾以及道德问题表示了担忧。他在构思《国富论》之前,预感到自己所要描述的"看不见的手",是一只没有羁绊的欲望之手。为此,他先写了一本《道德情操论》,试图构筑一个"利他主义"的道德屏障来促进社会和谐。他认为经济过度发展必然带来阶级分化,而阶级分化必引起阶级斗争。《道德情操论》表达了对和谐社会的向往,即"人类社会的所有成员,都处在一种需要互相帮助的状况之中""所有不同的社会成员通过爱和感情这种令人愉快的纽带联结在一起,好像被带到一个互相行善的公共中心"。[①]

利己主义的经济思想与利他主义的道德原则是一个悖论,如何处理好个人主义价值观和市场公平有序的竞争之间的矛盾,始终是资本主义制度的大难题,这个难题被称作"斯密难题"。西方各派学者都想解决它,其中社会均衡论者认为社会各个部分各司其职,可以促进社会和谐;社会分工论者认为分工造就统一,进而带来社会和谐;社会系统论者认为社会系统现存结构的均衡稳定,可以造就社会和谐；社会融突论者认为社会冲突与社会均衡的互动平衡，可以促成社会和谐；社会解压论者认为将潜在的社会冲突及时转移释放，可以实现社会和谐。但他们都失败了。

现代西方社会，人与人、人与自然的不和谐，引发了西方资本主义国家的工人运动和经济危机。20世纪初，面对经济大萧条，西方资本主义国家调整了思路，采取了"国家干预主义"。国家干预主义的代表人物是凯恩斯，他认为市场并不能保证资源得到有效配置并使民众充分就业，国家有必要采取一系列干预政策，这造就了罗斯福"新政"。"新政"是西方经济思潮从自由放任论向政府干预论转变的一个重要里程碑。但这只是一个国家内部的调节。各大列强对资源和市场的争夺使矛盾不断加剧，终于引发了两次世界大战。"终极和谐社会"的信念动摇了。

2. 马克思主义的和谐社会观。

"斯密难题"被马克思主义的社会有机体理论破解了。马克思主义从起源到目标，就是为了追求和谐社会。持空想社会主义思想的傅立叶就发表了《全世界和谐》一书，提出了不和谐的资本主义制度将被和谐制度所代替。欧文进行的共产主义试验也以"新和谐公社"命名。《共产党宣言》肯定了他们的部分思想，认为这些思想中包含着很多"关于未来社会的积极主张"。

按照马克思的辩证法思想，和谐社会就是社会矛盾体系中各种要素处于一种相互依存、相互协调、相互贯通的稳定状态。马克思的社会有机体理论认为，社会就是各要素、各方面、各成员利益关系的综合体，社会和谐则是一个历史的实践过程。

马克思称自己的哲学为实践的人道主义。他的社会和谐思想也带有浓厚的人道主义。他将社会和谐解释为，"它是人和自然界之间，人和人之间的矛盾的真正解决"。也就是说，真正和谐的社会，是人类摆脱异化、回归自我，使人的社会属性和自然属性合二为一，使人与人、人与自然的和谐成为现实；"是通过人并且为了人而对人的本质的真正占有"。"这种共产主义，作为完成了的自然主义等于人道主义，而作为完成了的人道主义等于自然主义。"马克思的社会和谐思想为中国社会主义和谐社会理论体系奠定了坚实基础。

由于各国历史条件的不同，社会主义运动分化成众多流派，其中具有代表性的两大主流：一是科学社会主义，主张通过经济的必然性来批判资本主义，强调通过暴力革命、阶级斗争来建立无产阶级专政。二是民主社会主义，强调通过和平的斗争和对资本主义的纠正来走向社会主义。近十几年来，一些新的社会主义流派也发展得很迅猛：市场社会主义是将社会主义与市场经济相结合，即把市场效率和社会主义公平价值统一起来，同时还提出要使生产资料不同程度地社会化，认为公有制仍是争取平等的基础。生态社会主义是将生态运动和社会主义相结合，谋求经济与环境的和谐，认为资本主义制度是全球生态危机的根源，只有社会主义才能解救全球生态危机。这两个流派为社会主义运动提供了新的活力。

中国共产党提出建设社会主义和谐社会、和谐文化，是从当前国际国内政治、经济、社会、文化的现实状况出发，创造性继承发扬中国传统文化、西方文化和马克思主义的和谐思想并与实践结合的结果。正如胡锦涛同志指出的：面对当今世界各种思想文化相互激荡的大潮，面对国家发展和人民生活改善对文化发展的要求，面对社会文化生活多样活跃的态势，如何找准我国文化发展的方位，创造民族文化的新辉煌，增强我国文化的国际竞争力，提升国家软实力，是摆在我们面前的一个重大现实课题。

提出建设社会主义和谐社会、和谐文化，表明中国共产党执政理念的成熟，表明我们党基本完成了从革命党向执政党的转变。认识到斗争哲学并不是马克思主义的全部，只是马克思主义根据现实斗争的具体情况的阶段性理论，而实现社会主义和谐社会，追求人和社会的全面发展，才是马克思主义的终极目标和理论归宿。这是对所有社会主义运动的借鉴和超越，更是对马克思主义的发展。

四、建设和谐文化中的一些文化问题

1. 弘扬和谐文化不能离开建设和谐社会这个基础。建设和谐文化要防止无差别、无冲突论，要在发展的基础上，把促进正确处理各种社会矛盾、协调各方面的利益关系放在首要地位。

首先是要落实中共十七大报告提出的保障公民的基本文化权利。保障公民享有基本国民教育的权利——无偿使用公共图书馆、文化馆、博物馆和其他公共文化及休憩设施的权利等基本文化权利，要与公民的民主权利、物质权利一样，纳入公民基本权利的范围，得到法定的保障。"发展是硬道理"，应该被理解为经济发展、文化发展都是硬道理。这就要求"六硬"，公民文化权益应是

"硬权益";政府对文化的投入应是"硬投入";文化产业的产出和经济产出一样应是"硬GDP";文化建设和整个精神文明建设的成果和绩效,应是"硬政绩";文化工作责任的落实和考查应该是"硬落实""硬考查"。只有这样,才能保障人民群众,尤其是底层民众、弱势群体在共享改革开放物质成果的同时,也能够共享改革开放的文化成果。

其次,文学艺术家要有人文责任感,要关注和关爱底层,及时而又较有深度地反映底层生活中种种新的走势和矛盾,捕捉社会情绪的流变和民众的真实需求,以自己的作品促进各种社会矛盾的化解。近年来"底层写作"(不论这提法是否准确)盛行,写城市农民工和乡村留守者的优秀作品时有涌现。它们不停留在写底层的生存之苦难,更写底层的精神之困窘,还表现底层民众情绪之乐观昂扬,如贾平凹的《高兴》就表现出一定的心灵深度和强劲的历史乐观主义精神。

只有个体的创造活力和群体的、社会的、民族的创造活力融为一体,只有你的创造成果(譬如文艺作品)能够不同程度转化为民众的共鸣(譬如文艺欣赏的共鸣)和社会的实践,文艺创作对社会和谐的功能才能够得到真正的实现。

近年来,一批引发好评的主旋律电视剧,如《激情燃烧的岁月》《亮剑》《士兵突击》大受观众欢迎,最主要的原因是作家艺术家感知、捕捉到了在当今时代情绪中,追求灵与欲、神与物平衡和谐的强烈呼唤———旦物质化的生活追求无法遏制地膨胀,意义的和真情的生存便离我们远去。你会困惑,没有精神依赖的日子为什么竟然比没有钱的日子更苦恼?几部电视剧以极富活力的、自由的艺术创造,塑造了几位极具原生气质和理想精神的人物,不但表现了主人公们痛快到极致的生命活力,更表现了他们如何将自己的生命活力融入民族解放和国家进步的历史性创造活动之中。这对当前社会精神层面的"三信"危机,即信仰、信念、信任危机,是一种震撼和冲击。

和谐不仅体现了矛盾的同一性,同时也体现了矛盾的差异性。和谐关系既表现为协调性,又表现为竞争性。不同的民族、国家,或同一民族、国家,在不同的社会实践中会形成质地各异的文化。不同的文化在价值立场、内容体系等方面会存在分歧,形成矛盾冲突。文化冲突表现在多个层面,它既包括不同形态文化间的价值冲突,也包括同一形态文化内部的不同的文化观念,不同的文化风格、欣赏趣味的冲突。现代社会的和谐,现代人的成熟和先进,不表现在它无视这些冲突,而表现在它善于包容、协调、转化、解决种种冲突矛盾,在社会主义核心价值体系引领整合下，使多方面的"不同"最终归于"和谐"。冲突越多越能考验、锻打现代人在协调关系、和谐矛盾中推进社会发展的智慧和能力。简单的同一、一律，反而容易掩盖矛盾，造成隐患。

在这种"冲突—和谐"螺旋式反复的过程中，文艺应当成为重要的精神和感情力量。创作者总是通过叙说社会的、人性的、性格的、灵魂的冲突，提出人生的疑问，排解内心的积郁，表达对人生社会的反思或憧憬，达到平衡精神和安顿灵魂的目的。欣赏者则是在接受作品时，对冲突叙说进行审美再造，通过联想、感应、共鸣，释放对生活的疑问、反思或憧憬，而平衡精神和安顿灵魂。文艺便这样由实现个人的和谐推动了社会的和谐。这也就是中国古典文论中的"兴、观、群、怨"说。文艺不但可兴（激励）、可观（认知），而且可怨（倾吐积郁）、可群（和谐人群），可以在充分发挥文艺表现各类冲突的职能中，促进社会和心灵的和谐。和谐发展观在进入美学和文艺学领域时，有时会出现复杂性。科学地解读这种复杂性，有助于文艺的创新。要特别警惕20世纪五六十年代文艺创作无冲突论的回潮。

2. 建设和谐文化，对外要警惕西方的文化霸权主义和文明冲突论，对内要防止文化地域主义，防止内部争夺文化资源、妄自尊大。要有人类文化的共生意识和共享意识。

《礼记》中"以中国为一人，以天下为一家"，说的是儒家主张用超越一国一族的"天下观"来构筑一个和谐有序的世界。提倡"以德服人"的王道，反对"以力服人"的霸道。《论语》提倡"远人不服，则修文德以来之"，即以文德感化外邦，所谓"仁者无敌"。古代中国除了"天朝大国"的政体观念，在自我定位和自我感觉上大都用的是"文化中国""文明共同体"的观念，主张以和平的、公正的、文明的手段来解决国际争端，这才是真正的世界主义，其中最具代表性的是儒家描述的"大同社会"。大同社会代表了中国古代理想的和谐社会的最高境界，与柏拉图的"理想国"概念的提出同期，比欧洲最早的空想社会主义"乌托邦"概念的提出早了2000年。后来康有为还写了《大同书》。

为了避免日常生活中文明冲突的潜在因子，我们应当自觉、主动地化解各种文化交流的障碍。譬如：

不要把民族文化云朵说成是普照世界的文化太阳。文化在至高的精神层面上，是人类共通的精神价值。每个民族都处在不同的文化云朵下面，但透过云层照射我们的其实是同一个太阳,这就是人类文明的终极价值。云朵的不同色彩,只是同一阳光从不同角度折射的结果。我们常常把民族价值、地域价值置之于人类价值之上,把自己头上的这一朵云彩说成是普照世界的太阳。任何文明,都会在发展过程中接受人类共同原则即普世原则的筛选,并把自己的优秀成分加入人类的大文化中去。没有这个意识,就会沦为井蛙观天式的部落文明观、酋长文明观,而失去在人类文化大格局中的生命力,故而中国文化中经常出现"天下公理""人间大道"这些带有普世意义的词汇。从这个角度看,亨廷顿的文明冲突论是狭隘的、浅表的,某种程度上为霸权主义的文化扩张做了理论前导。

同时,也不能把普照世界的文化太阳说成仅仅是本民族的文化云朵,只此一家别无分店。我们应该在一些精神大原则上承认共同性、人类性、普世性,而不要把人类常识性的文明强调成中国人的"独创",这会使别人产生共同精神财富被剥夺的感觉。例如,"己所不欲,勿施于人"这个原则,人类几大古文明中都提出过。"以人为本"原则,既是中国文化古已有之的格言,也是西方以人性、人道、人权为基点的人文主义起点。"和平""科学""和谐""平衡""与时俱进"这些概念,也一直是全人类的智者所共同坚持的,是人类文明的共同财富。当然,各民族是以各自的语言来表述它们的,也赋予了它们许多新的有针对性的含义。在文化意义上,我们将它们不宜说成是中国的独创。唯我独尊容易成为冲突的引线。

我们也不能把普世性的优秀文化结晶说成是西方国家的专有。近现代以来,由于历史形成的全球文化的西方中心主义,尤其是表述体系上的西方化色彩,常常使我们将许多人类共有的文化精神价值误读成是西方一家的文化资产。比如,现代市场经济、现代科学管理,过去被极"左"思潮戴上了西方资本主义的帽子,长期被我们拒之门外。改革开放之后,是邓小平同志为它们摘掉了帽子,指出,资本主义可以搞市场经济,社会主义也可以搞市场经济,对于现代科学管理许多好的规律和经验,我们应该将其引进并进行学习。我们不能一说到西方文化便产生民族主义的防范心理,明明置身在人类的共同精神价值谱系之中,却总是走不出狭隘民族主义的话语,一味孤芳自赏。这样做既降低了自己,又排拒了他人。狭隘容易导致抵触,抵触容易引发冲突。

再有一点便是,也不能以自己民族和地域的文化云朵强行覆盖、遮蔽别民族和别地域的文化。我们在至高的精神价值层面承认人类文化的共通性、承认九天之上的太阳，在具体的呈现形态上则要承认云朵与云朵之间的差异，提倡五彩缤纷的差异互赏。对于这两方面，我们千万不能本末倒置了，不能一方面对人类可以融通的精神价值心存疑虑，一方面又对不可能趋同的民族、地域和不同的文化样式，进行强制性趋同。例如，在文化宣传上动不动就提"×××征服了世界""×××称雄世界""×××天下第一""××××源于中国"等话语。再如，地域文化的陋习常常不被容忍，而推动地域之间的"文化征讨"却广受欢迎。还有就是人们对各种文化资源（从炎黄到大禹、从杨贵妃到孟姜女，乃至西门庆这样并不光彩的人物），展开激烈的地域性争夺，往往演化为文化冲突。

人类的历史是人类共同创造的，任何一个世纪都是各国共存共荣的世纪。亚里士多德曾提出"混合政体"，平衡城邦政治生活的各种力量，以求减少冲突、实现和谐，成为古希腊文化的标志性人物。但他的学生亚历山大大帝，却以武器的批判替代批判的武器东征亚洲，以强力推行自己的价值观，结果半途夭折，反而造成了希腊文明的历史性衰落。历史教训是如此深刻。一切自以为是、居高临下、单向输出的文化话语，都会走向失去自身定位的泥潭。所有自警、自省、自律、自嘲的态度，反而有可能带来一种文化的理性复兴。

总之，我们很难赞成亨廷顿的文明冲突论，而愿意赞成南非大主教图图的观点：人类应该为差异而欣喜。

3. 建设和谐文化要激发全民族的创新活力。

首先，我们追求的和谐，不是停滞的、低水平的平衡，而是一种动态的、发展的、不断进入新境界的平衡。创新正是推动这种动态平衡持久而深刻的动力。创新是一个民族的灵魂，创新引发事物的质变、历史的突变。文化创造活力是人类进步的风帆，更是社会主义先进文化前进的发动机。无论是文艺创作还是社会实践，若一直在一个创造力贫乏的平面上转圈圈，再勤奋再刻苦，也只能是一种量的叠加和数的积累。唯有创造性的实践才可能引发质的飞跃，唯有质的飞跃才可能引发数量的等比级数的增长。自古以来中华民族一次又一次以创新、发明、探索，为人类进步做出了独有的贡献，而受到人类的尊重，在世界树立了良好的中华形象。这一切，都构成中国软实力。建设和谐文化要在全社会树立敢想、敢说、敢实践、敢为人先的风气，以创造为荣、以创造为乐，培育、发现、爱护创造性人才，人人争当创造性人才。

新生事物常常稚嫩而不成熟，创造更是要以错误和失败为代价。什么是创造？就是以异向或反向思维，对既在的、众所认可的、习以为常的秩序、规律、方法、理念、现象、习惯，进行反思、诘问、校正、调整、发展，甚至否定。创造，或迟或早，总会导致原有状态的改变，但这种改变无疑是一种进步。美国经济学家约瑟夫·熊彼德曾提出"创造性破坏"的著名观点，后来美国文化史学家泰勒·考恩在自己的专著《创造性的破坏：全球化与文化多样性》中集中阐发了这一思想。他们对新经济新文化带来的原有状态的颠覆和破坏，都持积极态度。他们更看重一种文化在转型或颠覆之后所产生的创造活力，认为这是"充满创造力的文化破坏"。

和物质生产领域一样，我们的精神生产领域也存在着由"中国制造"向"中国创造"提升的问题。就文艺创作来看，名著被反复移植、旧作被不断翻新、群起跟风克隆等现象，在各门类艺术尤其是影视创作和电视节目中可以说靡然成风。选刊、文摘盛行，网络、短信文化大批量地复制传播，网络对艺术作品和学术论文的拷贝在技术手段上提供了从未有过的便利，以致剽窃事件屡见不鲜，等等，都从一个侧面反映了文化创新力的萎缩。一个文化体系由于自身创新力的贫弱，或由于外力（比如市场利润）的左右而走向同质化，走向自我循环、自我复制，不仅悲哀，而且极其危险。

如果说这些还是浅层的表现，那么艺术思维的平庸，尤其是想象力的贫乏，则已经成为当下文艺创作的痼疾。艺术想象力是艺术家创造活力的重要标尺。艺术想象力来源于创作者的生活积累和人生阅历，来源于创作者的生命感悟和艺术感悟，更有赖于不断从人民群众创造性的社会实践中汲取新的营养，获取新的激情，不断将人民群众的创造活力转化为自己的艺术想象力和文化创新力。

文化创造活力是需要营养的，这营养要到人民群众的创造性实践的土壤中去汲取。现代资讯传播的发达，已经在现代人和实态的生活之间构成了一张无所不在的拟态生活隔层，布下了一道很难逾越的"文化膜"。参与了这种文化膜制造的文艺家，自己也极容易陷进"膜生存"而不能自拔，使自己愈来愈远离了实态的、原创的生活。这是要格外警惕的。由于文化膜给我们脑子里喂满了别人的、"类象"的素材，这些素材作为一种他者经验、伪经验，会无孔不入地渗透到文艺家的心灵深处，日积月累沉淀下来，排挤、替代了创作者直接的、自我的、原生的生存体验，有时甚至到了创作者自己无法分辨真伪的程度。有的作者常常不自觉地将这种伪经验作为自己的人生资源，将伪经验诱发的各种伪想象作为自己的艺术想象在作品中使用，造成大量的雷同作品。这种情况下，有什么原创可言呢？文艺的创新绝不是为了尽可能多地分享公共经验，而是要在公共经验一望无际的原野上，找到仅仅属于自己生命的那棵小草。我们要冲出"膜生存"，涤除伪经验，在"贴近实际，贴近生活，贴近群众"的过程中，尽可能获得独有的生命元体验，实现艺术元创造。

激发全民族文化创造活力，还要有政策、体制上的支持；要运用科学的机制不断拓宽文化创新的领域，促进文化创造活力持续涌流；要加快建立国家文化创新体系和知识创新体系，加大文化人才培养和文化专利保护；要组建像高新科技开发区那样的文化创新试验基地、试验单位、试验团队，给他们"开小灶""吃偏饭"。经过试验，总结经验，探索规律，将其上升为对文化创新的科学认识，在这个基础上制定相关政策，改革机制体制，形成有效的激励机制、雄厚的信息基础设施和动态的人才、技能交流平台，以引领全局性的文化创新活动。

文化创造力的核心是文化创意力，文化创造力最强大的动力是文化产业、文化市场。要花大力气培养文化创意人才，发展文化创意产业。尤其要培养一批具有国际视野和战略眼光的创意专家，大手笔才能写大文章。对有成熟的市场经验，能适应多种产业融合的文化管理人才、文化经销人才、文化资本营运人才的培养，更是迫不及待。

其次，还要注意，决不能以一种复古的情怀，冲淡现实的和谐文化建设。在学习和建设和谐文化的热潮中，几乎同步出现了国学热。如前所述，建设和谐文化是我们党根据新时代的要求，找准我国文化发展方位的战略决策，并不是照搬中国和外国古代的和谐思想，我们不能以复古冲淡创新。

我们对国学热要进行具体分析。如果是为了在民众中，特别在青少年中传承普及民族文化，整理抢救古代典籍，以增强凝聚力，进一步树立中国形象，我们是应该赞成的。如果是溺于旧学而食古不化，或者借各种国学活动来作秀邀宠，甚至以术代学、化学为产，从中捞取功名利禄，我们是不应倡导的。在学术界，也有种种视国学为准国教的倾向，需要警惕。譬如，国学中心论，国学救世论，西学中源论，以儒立国论，种种观点，都是我所无法同意的。

现代社会有三个基本条件，即市场经济、民主体制、自由思想，而国学以及它所蕴涵的制度文化、管理文化、精神文化、艺术文化，不可能成为现代社会这三个基本条件的前导。从"重耕轻商、重义轻利"的观念中产生不了现代市场经济模式，从家族宗法文化中产生不了民主法治制度，从主奴根性与依附人格中产生不了自由平等精神。关于以父家长制为基础的家国同构模式，从社会分工体系看，其所有权和经营权不分，政企、政事、政文不分，造成难以克服的权力设租和寻租腐败；从道德评价体系看，忠孝同义，以天地君亲师作为偶像顶礼膜拜，使其被置于大道之德、大真之理之上的崇高地位；从人才选拔机制看，是忠孝本位而不是能绩本位，选拔人才不靠竞争，而靠伯乐点马；从社会发展体系看，先修身齐家后治国平天下，"家齐而后国治"（梁启超），即把道德范式放在科学发展、科学管理、行政职务之上。

国学大师牟宗三曾说，国学分政统（制度文化）、道统（心性文化）和学统（世俗文化）三方面。他认为道统和学统中的优秀成分是可以也应该被继承的，但政统，即制度文化方面可被继承的实在不多。也就是说，国学对于修身齐家，在今天仍有其积极作用，但对于现代社会的治国平天下，可用之处实在不多了。于丹、易中天、王立群讲《庄子》《论语》《史记》《三国》，实际走了抽象继承的路子，将古典故事和其中的政统内容、政权背景剥离开来。他们或者把故事的政统内容做了道统、学统的转化，如于丹；或者把潜藏在政统故事内的民族智慧做了思维学和成功学的转化，如易中天、王立群。

4. 建设和谐文化是一个长期培育、长期积淀的过程，要防止将和谐的内涵庸俗化、普泛化、政绩化、经院化。

建设社会和谐、文化和谐是一个漫长的过程。和谐不是事物作为存在的唯一状态，而是矛盾同一性相互依存的表现形式之一。社会的发展，会孕育新的不和谐。事物的发展就是由不和谐到和谐再到不和谐的循环往复过程。所以，一方面，政府要努力协调各种利益关系，使不同利益群体在社会生活中发挥各自的作用，并能和谐相处。另一方面，政府要教育群众逐步认识到和谐社会的构建不可能一蹴而就，而是一个长期的发展和积淀过程。

在这个过程中要防止将和谐的内涵庸俗化。和谐社会、和谐文化不是一团和气，不是掩盖矛盾，不是没有原则、没有表扬和自我表扬。以前用阶级斗争压制不同意见，而现在不能用和谐、稳定来压制不同意见，从而造成"一言堂"的局面。

防止将和谐的内涵普泛化。和谐不是一个筐，什么都能往里装。泛而无疆，大而无当，张冠李戴，便什么都不是。中国文化常常有一种强大得令人哭笑不得，却又叫人无可奈何的机制，那就是使和谐这一类鲜活而有创造性的理念，经过庸俗化、普泛化的处理，让民众对原有的活的内容、意义和责任完全失去感觉，变成没有任何特指内涵的时尚套语，最后淹没在陈词滥调的汪洋大海中。这种悲剧是反复出现过的。

防止将和谐的内涵政绩化。和谐社会、和谐文化的建设是一个相当长的历史阶段的任务。为政不过一方，为文却功在天下，为政不过一时，为文却功垂万代。要把一个历史阶段的任务，硬压缩到几年任期内，立竿见影即见成效，必然导致急功近利，使一部分人绕开内在的、奠基性的工作，热衷于走过场、讲形式、做表面文章，甚至搞不计后果的文化"掠夺性开采"。

防止将和谐的内涵经院化。建设和谐社会、和谐文化重在建设、重在实践。理论研讨不能经院化，只有与实践结合，理论才能鲜活，解决问题；才能实现观念创新、思维创新、表达创新。

我们国家二十几年的改革开放，把经济改革放在前面，是一个智慧而又无奈的设计。因为国家百年积弱积贫，在现代化的道路上需要日夜兼程，老百姓更是要很快见到实惠。目前中国财富积累的速度很快，但我们看到的是一种没有精神准备的富裕。局部的竞争可能成功，但如果缺少思想奠基、竞争规范，那么，成功之后就又会找不到目标。当下，最受社会欢迎的，是各种"成功之术"的传授。大家都在追问"怎么富裕"，谁也不去追问"富裕为了什么"，只问"术"，不问"道"。因而，当经济改革初见成效之时，我们应该及时从科学发展观与和谐理念的高度，将物质文明、精神文明、政治文明、生态文明四个文明一起抓。为了民族的独立和新中国的建立，我们曾经"斗"字当头；为了国家的强大和民众生活的改善，我们正在"富"字当头；为了社会的科学发展和百姓全面的福祉，我们更需要"和"字当头。

（2007年5月在中国文学艺术界联合会领导干部和文艺家杭州学习班、郑州学习班上的讲课）

2007年12月30日，整理改定于西安

注释

① 〔英〕亚当·斯密. 道德情操论 [M]. 蒋自强，等译. 北京：商务印书馆. 1997: 105.

大众文艺的当下走势

一、超越四次冲击，进入最好时期

半个世纪以来，我们的文艺大体遭遇过四次冲击，又超越了四次冲击，并最终进入最好的发展时期。现代大众文艺就是在这个过程中诞生、成长起来的。

这四次冲击主要都来自文艺之外的力量，即社会的、政治的、经济的力量，却又深深切入文艺精神的内里，影响着我们文化发展的轨迹。这四次冲击大致表现出一种历时的线性顺序，有时又会共时地存在着、交织着。

1. "左"潮冲击——极"左"思潮（简称"左"潮）对文艺的冲击。

这是来自政治思潮的冲击。

极"左"思潮对文艺的蹂躏并非从"文化大革命"才开始，此前已经阴云密布。在极"左"思潮的影响下，在整个社会的政治斗争格局中，文艺界进行过好几次大批判，如批胡风，批右派，批"中间人物论"。

"文化大革命"是一次在极"左"路线、极"左"思潮下策动的对文化的"革命"。"文化大革命"中对文化和文化人"全盘否定"和"横扫一切"的结果是，整个国家没有了文化和艺术。当时的老百姓调侃说，全国只剩下了八个样板戏、一个忠字舞、一个作家（浩然）。毛泽东同志也说，没有小说，没有诗歌。这一时期，人民无法欣赏艺术文化之美，也无法欣赏自然之美，而极"左"的中国在政治思想上也不允许人们有这种"闲情逸致"。贫困的中国人没有旅游的经济条件，全国人民只好跟着那时唯一的"风光片"——"西哈努克亲王在我国参观访问",跟着西哈努克在银幕上欣赏祖国的山河。至于人体美,那时已经被戴上了"黄帽子",人们更绝口不提,全国"谈美色变"。中国人优美的体形,被汪洋大海般军绿色的红卫兵服和工人阶级的蓝色工作服掩盖了,淹没了。

"文化大革命"后,粉碎"四人帮"后,我国进入新的历史时期。在党的十一届三中全会精神的指导下,邓小平发表了在中国文学艺术界联合会第四次全国代表大会上的《祝辞》,力挽狂澜、拨乱反正,使中国的文艺出现了历史性的转机。自那以后,极"左"思潮对文艺的影响已不能通过错误路线和权力干预推行了,但它作为一种潜在的思想观念和思维方法,总会在一段不短的时期内,保持着惯性和定势,因而直至今天,我们也不能说文化上极"左"的东西就完全消失了。

2. "西"潮冲击——西方思潮(简称"西"潮)对文艺的冲击。

这是改革开放之后,西方的哲学思潮进入国门,对原有社会文化观念和文学艺术观念必然会引起的冲击,也是对"左"潮冲击的一次反弹,一次惩罚。

极"左"思潮使社会封闭、文艺封闭、艺术家封闭,思想和创作的路子越走越窄。改革开放之后,人们睁开眼看世界,除了强烈地感受到世界的进步和自己的差距,也为西方那些闻所未闻的、新颖的、独到的、怪诞的,有的又相当深刻的人文思想和理论观点而兴奋。这些思想激活了我们的思考,也缭乱着我们的眼睛。创新的冲动在这种兴奋中孕育。这一时期,一大批在"西"潮孕育下的小说诗歌,虽然大多数读者不爱读、读不懂,却成了文坛的时尚和热点。与其说这是简单的模仿,不如说这是借模仿为创新探路。

"西"潮对文艺的冲击具有两面性。一方面,应该说它们促进了当时文化艺术的思想解放和艺术更新,是中国文化现代化进程的积极因素。另一方面,它们也极容易使文艺疏离民族传统,远离读者趣味,以致出现暂时的双向冷落的局面。西方思潮以前卫和先锋为旗帜,使文艺在一定程度上冷落了民众,民众也在一定程度上报之以冷落,并一度引发了双向危机——文艺出现了被社会和读者遗弃的危机,民众则面临文艺产品极度匮乏的危机。也可能正是这种双向危机,警醒了文艺,震撼了文艺,使文艺反思自身。

文艺的确需要反思,因为老百姓对文艺的冷漠,是整个中华民族对艺术的态度、提示和策励。这帮助文艺正确对待"西"潮,取其精华而走出其遮蔽。在20世纪80年代现代主义盛行之后大量出现的、被称为后现代主义的文学现象,以及再后来对底层写作、民族小说的路径探索，等等，其实可视为是中国文艺力图抵御"西"潮冲击的一种尝试，一种努力。

3. "商"潮冲击——商品大潮（简称"商"潮）对文学的冲击。

这是经济社会发展新气候引发的对文艺的冲击。市场经济引发价值观念和运作方式的变化，把文艺推到新的考验面前。原先文艺处在以政治、社会、文化为主的三维背景中，现在则扩展到政治、社会、文化、经济、生命、心理等更多维、更复杂的背景下。

娱乐消闲、追星拜金的作品，曝光黑幕、隐私的作品，言情而至色情、通俗而近庸俗的作品，一时铺天盖地而来。这类书籍、报刊和相关盗版音像制品，开始大都在夜幕下的地摊上被叫卖，被叫作"地摊文艺"。

"商"潮的冲击，挤压甚至吞噬着原有的文艺生态群，打破了旧的平衡。"地摊文艺""通俗文艺"作者群，或者说那些"写手""码字儿的"，一夜之间已经疯长成一个庞大而自信的"家族"。一些传统作家也开始参与其中。更多的作家则不同程度地按市场经济时代新的审美取向调整自己的创作。从写什么到怎样写，再到怎样出版发行、怎样宣传炒作，都发生了极大的变化。

在这次冲击中，一方面政府大力提倡和扶持高雅艺术和严肃文学，尽可能保持其主体的地位。另一方面，一大批具有人文责任感、审美理想和艺术追求的作家，仍然坚定地守望着文艺的圣殿，不断拿出有分量的作品。这使处在"商"潮冲击中的文学基本保持了自己的质地。他们中有人极为悲壮地提出了"文学依然神圣"的口号——因为文学在当时已然不那么神圣了。

4. "网"潮冲击——网络大潮（简称"网"潮）对文学的冲击。

这是随着高新科技对文艺各个方面的渗透引发的冲击波，它由文化传播手段的现代化、科技化转变，引发写作方式、表述方式和文学观念的大变化。

这里仅举二例说明：

"说话文"运动：

在"五四"时期的白话文运动之后，现在似乎又开始了一个说话文运动。"五四"白话文运动是为了社会的开放和发展，在科学、民主的大旗下兴起的。它打破了中国几千年书面文字和百姓日常口语的隔离，使平民有了话语权，使文化大幅度走进日常生活。"五四"白话文运动过去快一个世纪了，由于汉语语法的严谨和文字形态的相对稳定性，白话文在使用过程中总是跟不上民众日常口语鲜活的发展，因而白话文在使用过程中总是不断出现滞后、脱离口语的趋势。像公文写作中的连篇套话、论文写作中的概念轰炸、新闻写作中的"新华体"模式，都在不同程度上再度使文字与日常生活语言分离。

时代呼唤我们的书面文字进一步贴近日新月异的口语，贴近日新月异的生活。广播电视节目在将书面文字转化为现代说话文方面开了好头。声像传播那种非文字化的口语直接传播，特别是专业说话人——广播电视节目主持人和广播电视节目评论人群体，其中也包括《百家讲坛》《开坛》和《艺术人生》这些栏目的学者、艺术家嘉宾的出现和走红，极大地开发了语言文字在表现人类真实生活、真实情绪和真实心灵时的能力、潜力、活力、张力，并借助强势传媒覆盖全社会。而后，更为强势的网络传媒又把生活中的新鲜口语即兴地、快速地、几乎是无间距地直接转化为文字。它以更为强势的传播效果，普及、覆盖了全社会。这是一次在规模、声势、影响上，都不亚于"五四"白话文运动的"说话文"运动。问题当然也有另一面，大面积的公众传播常常给说话人和写作人以压力，使他们在面向话筒、镜头和屏幕时，往往不由自主地露出"秀"态来。

随着表述方式由文字向口语的转化，引发了内容、结构、语法甚至标点符号的一系列变化。譬如，由重视书面逻辑的展开转而更重视在内在逻辑基础上的散点缀连和亮点辐射，更重视在叙述、评论和感慨中自由出入，更重视在双边和多边的对话、会商和审美信息接受者的多维选择中引出结论。即兴的表述也使其在相当程度上忽略了各类标点符号的精确含义，而代之以一点到底的间隔；还有，便是在原有文字符号中插入各种网络符号，等等。"现代说话文学"对汉语写作的意义是多面而深远的，将会在汉语写作史上划出一个新段落而留下重重的一笔。

"五四"白话文运动，曾经结束了中国古文写作和民众日常言语相隔离的漫长历史，在相当程度上改变了写作被少数精英垄断的局面，使普通民众在一定程度上有了表述、言说的权利，是一次历史性进步。可以说这次"说话文"运动，是继"五四"白话文运动之后又一次历史性进步。在新的时代，它把表述和言说的权利交给了更广大的民众，这使文化民主和政治民主有了便捷的通道。当然，在另一方面，大面积的公众传播常常给言语创作者以心理压力，使他们在面向话筒和镜头时不由得多少露出表演态，而降低了真实性。

网络时代：

网络文化是最有现代感、全球感、青春感的文化，是最率真又最作秀，最真诚又最需要真诚，最开放多维又最封闭隔离的文化，是最大众化、普泛化、私人化、隐秘化的文化，也是最民主平等又最霸权垄断的文化。1997年1月，美国制定《全球电子商务框架》，要求各国遵守这一法规，把网络控制权、信息发布权、共同话语权抓到手里。所以，从世界范围看，普及网络就是认可英语霸权。

网络时代培养了一代表达狂，滋生了一批"伊妹儿"依赖症、"网虫"和短信收发强迫症患者。宽泛意义上的网络一族，在当下生活中充满了矛盾和困窘。

网络改变时空，使遥远的事物变得近在咫尺，也使原本零距离的事物变得有若鸿沟天堑。变换的距离和间隔，会产生新的感觉。网络又开放又封闭，每一个个体都能在人群里当众孤独，在喧闹中独得宁静，在亲密接触中和对象隔离，保持自我的独立空间，保持一份心灵的私密和温馨。封存私密能使人保有神秘感，而神秘感又能诱发人追索探究的欲望。

网络使辐射传播变为定向传播，人们有了更多的个性化的选择空间，也有了更多的个人化交流空间。这不仅意味着个人的兴趣得到更多的满足，而且意味着人格得到更多的尊重，生命感得到更多的实现。网络又使单向传播变为多向传播。作者、传播者与接受者三合一，而且可以在对话中随时转换角色。故事不止是在你身边发生，简直就直接发生在你身上。那种亲历性的现场感，那种和读者同时交织在一种命运里的感觉，实在是妙极了。这些便是网络文化时代新族群的生存相。

网络文化是一片处女地，不成熟文化在短期内遽然膨胀，必然会出现一些问题。譬如过度率真的私语，容易使作者淡忘文化的社会意义和责任意识；人人即兴而随意发表作品或博客，容易影响文字写作的精神品位和质量；和互联网文化相关的各种新的价值转换，会挑战文艺原有的精神坐标。这也是我们文化正在面临的冲击。

中国当代文艺一次次受到冲击，又一次次战胜冲击。在每一次冲击中，我们都去糟取精，将经验和教训转化为营养。在每次冲击后，中国当代文艺都会出现一次辩证的发展和进步。中国当代文艺坚守着也与时俱进地校正着航向，走向新的海域，进入最好的发展时期。

我们在四次冲击的背景上来谈中国当代文艺的变迁，实际上是要说明，"左"

潮和"西"潮使文艺为某种理念服务而脱离现实脱离民众，它们催发了"商"潮和"网"潮。而"商"潮和"网"潮则提供了大众文艺的社会条件和审美心理，这使文艺在更广、更深的层面上进入大众生活和大众心灵。因此，谈大众文化实际上也是从另一个角度在说中国当代艺术运动的文化轨道。每个艺术时代的到来，都记录了人类文化史精神演化的轨迹，如魏晋、盛唐。艺术时代的变迁，又只不过是人类文化变迁和历史变迁的一种"书写"形式。科林伍德说得好："艺术变迁的动力是历史与精神的力量。"

二、大众文化总定位

如果说，"左"潮大致是以意识形态为背景的文化，"西"潮大致是以精英文化为背景的文化，"商"潮大致是以市场为背景的文化，"网"潮大致是以科技数字化为背景的话，大众文化则应该是以经济为背景的文化。我想这样定义大众文化：它是以市场为发育空间，以利润为主要目的，以批量复制形成规模，以市民情趣为主要追求的文化现象。它对促进文艺观念和机制的转变、文化市场的创建起到了积极作用，同时它的负面效应也不可忽视。

对于大众文化，西方一直有争论。法兰克福学派从工业社会的现代理论出发，认为大众文化是反文化，反精英，反价值的。西方马克思主义学者杰姆逊从后工业社会的后现代理论出发，认为大众文化容易制造社会人生的幻觉而误导民众。这两种观点对大众文化均持批判立场。

但是，费斯克对大众文化的理解与生产性文本理论和耐格特的大众文化空间理论则均对大众文化持赞同观点。他们认为，文化也者，"文"是意义的生产，"化"是意义的流通。只有大众文化的平民化、生活感和便捷的互参互动，才能创造跨群体的公共文化空间，它拓展了人们对文化的认识，符合文化的本义。而大面积覆盖的动态传播，有利于形成全社会的共知共识，可以促进公开公正、民主平等意识的传播。他们认为大众文化的特点有五个方面：a.去中心、反无价值；b.张扬个性、消解整体性；c.平面复制商业化；d.平民化、生活感；e.交互参与的动态性。

俄罗斯文艺批评家别林斯基认为，一个民族的文明水平，并不是由该民族所有成员的文化水准的平均数决定的，这个民族最杰出的文化创造者的水准所连成的那条等高线，才真正显示出这个民族的文明水平。我们姑且把别林斯基说的这条等高线称为精英文化等高线。相反的，大众文化理论则主张，一个民族的文明水平除了由精英文化等高线决定，还应该由该民族的大众文化等高线来决定。

在大众文艺语境下，文艺家在理念、实践方式、创作手段等各方面都和过去有了差异：

理念层面，文艺由重视对人的精神和审美层面起作用，转而重视对人的生命实践层面起作用。文艺的功能不再只是教育，也不纯然是审美，娱乐、宣泄愈来愈有了重要地位。文艺愈来愈平民化、青春化、个性化甚至"酷性化"，愈来愈重视生命释放甚至欲望释放。文艺的接受者不再纯是受教育，也不纯是欣赏，而是投入、互动、玩酷，在消闲和娱乐中完成艺术创造和欣赏。整个价值坐标日益由群体认同向个体自足转化。

创作实践层面，现代科技的声、光、电大举进入文化艺术，甚至催生独立的艺术新品种，如光效应艺术，激光音乐，音乐喷泉，水幕电影，尤其是网络虚拟游戏艺术铺天盖地的涌现。

为了实现上述要求，大众文艺的审美风格日趋简洁明快、通俗直接、日常而多样、奇幻却又可批量复制。各种拟真手段使生活自如地进入艺术，艺术成为日常生活的文化延伸。大众文化就这样显示了自己在当下生活进程中的渗透力量。

三、走势之一：由文化自娱到文化失语

从文化接受学的角度看，文艺可分为他娱和自娱两大类。前者在他人的创作、表演中实现审美和娱乐的目的，后者则在自己的创作、表演中实现审美和娱乐的目的。在大众文艺时代，出现了一个几乎带普遍性的现象，那便是他娱文艺式微，而自娱文艺崛起。

自娱文化、亚文化、亚艺术的兴起，表现在很多方面。譬如，卡拉 OK 的普及，使数以千万计的人成为自娱歌唱家；舞厅和晨练使数以千万计的人成为自娱舞蹈家；网络文学、百姓副刊使许多人成为自娱文学家，这可以说是网上和纸上的文学"卡拉 OK"，小男人、小女人、小市民、小情趣的散记随感大量

出现。近年来，海外文学网站"新语丝""橄榄树""花招"迅速挺进本土，国内文学网站大量涌现。1996年，"网络文学"一词正式在纸媒上出现，1997年，美籍华人朱威廉在上海创立了世界最大的中国原创文学网站"榕树下"，每天发布几千篇作品。现在，全国已有500多个文学网站，一些网络写手名声大噪。有的网站和作品日点击量超过50万次。一篇网络文学作品，往往可以成为百姓尤其是年轻人的热门话题。

现场随机采访、热线、DV、手机偷拍，可以说创造了数以百万计的自娱广播电视（简称广电）人。DV大赛，催生了许多大学生影视作品。现在电视台的制作和播出，和出版一样，正在走向分离。写作和出版的主体是分离的，将来的电视台主要也只是为播出提供一个阵地，而自娱广电人就成为重要的投稿者。作者拍好，剪辑好作品，将其送到电视台，编辑看中了，就可以播出。中国人现在对影视的心态发生了很大变化。过去只要电视台记者的镜头对准自己，就赶紧整理衣服，整理头发，因为上电视很光彩。现在变了，谁知道你会剪辑到哪里，如果是曝光批评怎么办？比如我用公家车送孙子上学，你要剪辑成爷爷爱孙子感情片，这是在表扬我；你要剪进《焦点访谈》，说开学第一天有多少公家车私用去送孩子，那就是不光彩的，得赶紧逃离。在现代人看来，传播未必都是好事。这是自娱文化的贡献。

服饰和美容的风行，使相当一部分男性和大部分女性，成为自娱化妆师和自娱模特儿。他们以自己为画布、为创作材料，通过美化自己的容貌和形体，在一个更高、更美的层面上实现自己。他们在色彩与风度、气质的关系，在容装与职业、环境的关系，在时尚与突显个性的关系等方面，懂得的不比专业（他娱）设计师少多少。

家庭装修更是几乎使城乡大部分人成为自娱工艺师和美术家。中国人太爱家了。所谓国家，国与家连在一起对中国人才有意义，才会爱她依恋她。许多中国农民最大的愿望是给儿子娶媳妇、盖房子。房子封了顶、儿媳妇娶进门，他们才算是完成了人生使命。这十多年来，随着生活水平的提高，大部分城乡居民都买了房、盖了房，装修美化自己的居所成为中国人普遍的追求。城乡居民一旦有了房子，每个人都会速成学习装修，每个人都能讲出自己的审美观点和设想，整个中国于是成了一个家居装修和环境设计的强化美术训练班，这是世界上最大的，旷古未有的。同时，中国也有了世界最大的建材和装修行业。关于结构、关于色彩、关于构图、关于比例，什么是功能区，什么叫玄关，什么叫对比，什么叫倾斜，什么是暖调、冷调，等等，这些过去美术专科生才懂的概念，现在几乎无人不懂。可见，装修艺术，也就是大美术、泛美术，普及到了什么程度。

自娱文学艺术在近十多年的崛起简直铺天盖地，它的吸引力远比他娱艺术要大。现代人的审美认同有了变化，认为自己与其去感知别人的人体美、生命美，不如去扭迪斯科，用自己的肢体语言，证明、感知自己的美丽，建立或恢复自己在人生赛场上的自信心。现代人这种生命的自审美欲望，可能要比欣赏别人作品的欲求还要大。有的人想演节目，想进入自娱状态到了急不可耐的程度，别人容易误解这是有表现欲，其实这是急切地想通过自审美达到自实现、自确证。这是人类很重要的一种生命冲动和感情冲动。

由他娱到自娱的文化，实质是什么呢？实质上就是由大多数民众被动接受文化到主动参与文化创造，由审美中的他引导到自引导。在他娱文化中，创作者、传播者和接受者是分离的，作家、出版方和读者不是一个人。而在自娱文化中，我们既是文化的创作者，同时也是文化的传播者和接受者，是一种作者、传播者和接受者三合一的状态。这也就是我们所追求的文化民主和文化平等，标志着文化平等话语权、平等参与权、平等享用权在一定程度上的实现。

自娱文化是社会物质文明、精神文明和政治文明水平提高的表现，但也可能出现负面的东西，我们要防患于未然。自娱文化或者说大众文艺，与国民素质的提高在总体上是相呼应的。但是，若用图表表示两者的关系，他们并不是一直呈斜线上升趋势，而是一个抛物线。也就是说，大众文艺在初始阶段对国民素质的影响一直是正面的、上升趋势，具有积极的意义。但若无节制的发展，上到了抛物线的顶端，超越临界点、也就是泛滥的时候，事情便走向了反面。在泛滥的情况下，大众文化越发展，极可能越不利于国民素质、民族文化水平的提高。对此，我们可以从下面几方面看：

一是要注意潜在人称由"我们"向"我"转化的趋势。自娱艺术使得我们文艺的潜在人称发生了根本性转移。他娱艺术、专业文艺、精英文化，由于承担着营养、娱乐民众，提升社会精神境界和审美水平的责任，它的潜在人称（不是指具体作品的人称）常常是社会的、群体的、"我们"的，只是在具体作品中以"我"的、个体生命的形态表达而已。这是一种以"我"表达"我们"的方式。而自娱艺术、业余文艺、大众文化，潜在的人称常常是单数的、个人的、"我"的，它主要为的是自己而不是他人或社会的娱乐、审美、满足、宣泄。在自娱艺术中，作者不是作为群体而是作为个体的"我"存在。比如罗京和李咏。罗京的潜在人称就是"我们"，我们中国，我们的北京，我们中央台。罗京、李瑞英、邢质彬，他们是国家的形象代言人，是群体的标识，这是他们多年的角色定位。而李咏的潜在人称则是充分的"我"。若要让李咏、王小丫来播新闻，充当"我们"的代言者，观众可能会不太适应。因为观众对他们从未有过"我们"的角色定位。若让罗京去主持《幸运52》，观众也会觉得不适应，因为观众对他们从未有过"我"的角色定位。罗京说话时从来不笑，一次就把节目"砸"完了。过去只有"我们"的文化，个体的、"我"的文化欲求，只能通过他娱文化人代言、代宣泄。现在自娱文化使"我"可以越过文化代言者直抒胸臆，代言便在相当程度上变为倾诉。"我们"瓦解为"我"，"我"又集合为"我们"。自娱使我们的文化在更大和更充分的程度上表现了"我"，但却隐藏着忽视"我们"、忽视代表大家发言，忽视群体和社会价值坐标的隐忧。自娱文化的无度泛滥极容易导致失语，走向误区，这是必须警戒的。

　　二是自娱对于自娱艺术的参与者没有任何准入门槛，没有任何业务上、思想上的素质要求。比如，歌厅是完全的商业运作，有钱就能唱歌。这里不要求演唱者的业务素质，不会看演唱者钢琴几级或者是否上过音乐学院，也没有道德标准，即使坑、蒙、拐、骗的人甚至吸毒者，只要他们当时没有实施犯罪，买了票就可以进去（当然，在里面吸毒也不被允许）。对于参与者、从业者没有门槛或门槛很低，便可能引起负面效果。他娱文化的文化代言者却有严格的准入门槛，它有着文化素质、专业水平、社会职业道德和公共约束等各方面的严格要求，多年来形成了相应的评价体系和考核机制，这在一定程度上保证了文艺的质地。

　　拿陕西电视台《秦之声》栏目来说，栏目已经存在十多年了，前四到五年处于抛物线的前端，即上升阶段。这时，作为大众传媒的秦腔活动与秦腔的发展、民众审美水平的提高，呈正比例。《秦之声》用现代传播手段极大地普及了秦腔，给这个古老的艺术注入了新的发展活力，应该说以现代的方式救活了秦腔。但过了几年，这个栏目就出现了一些负面的东西。为了维持栏目，人们参加拍摄需要交费，于是这个栏目渐渐成为一个地区、一个行业借秦腔宣传展示自己形象的窗口。某县市银行信用社，或者是全省某系统，只要给钱，就可以办《秦之声》专场。相比于专业演员业余演员的水平自然会低一点。秦腔自娱者占领了一次可以给几千万人传播的电视媒体，而那些最出色的秦腔艺术家却只能在剧场里给稀稀拉拉的观众演出。若任其发展，传播的力度的不对称将使社会和民众对秦腔真正的代表性人物渐渐陌生。没有了名家，没有了流派，秦腔的整体审美水平会开始下降，长此以往，秦腔史将如何书写？我们将这个隐忧告诉栏目，他们立即着手改革，每期推出精彩的名角唱段，又搞"秦腔四大名旦"评选活动。此后，《秦之声》真正成为秦腔艺术的最高殿堂。

自娱文化泛滥到无法控制的程度，文化就走向无声，文化艺术史将无法书写。当最大的传播渠道没有了秦腔的名角名派，看不到任哲中，看不到刘毓中，看不到李瑞芳，秦腔将无声；没有了梅兰芳、程砚秋、尚小云、荀慧生，京剧在历史上也将会无声。推而广之，中国现当代文学没有鲁迅、郭沫若、茅盾、巴金、老舍、曹禺，没有谢冰心、张爱玲、丁玲、赵树理，中国现当代文学史将无从写起。中国思想界没有从孔子到孙中山，包括胡适那些精英，中国将是无声的中国，中国的思想史将无法写就。

自娱文化导致失语的原因，还可以列举一些，譬如杂乱和喧闹导致失语。当公众视角变为个性视角，宏大叙事方式变为私人叙事方式，群体认同价值坐标变为个体自足价值坐标，必然会影响时代和民族文化主旋律的强度。人们听不见最强音，便如市场一样，进入了一个喧闹而无声的文化时代。

文化自娱者的顽主心态导致失语。很多文化自娱者言不及义，只关注如何生活得更舒适、更实惠，少有人去关注如何生活得更高尚、更深刻，醉心于闲言碎语、闲聊神侃、闲人得志，从而导致失语。

自娱文化的大批量生产、拷贝和克隆之风日盛，也导致失语。缺乏有个性的声音，只有宏大的普泛的时尚的声音，必然淹没创造性。在文化史上，只有创造性的、独特的声音才不会喑哑，留得下来。

造成失语最根本的原因，不在于民众而在于知识分子的整体失职。在"商"潮和"网"潮的冲击下，有的知识分子一度变得迷茫，不同程度地放弃了思考和代言的天职。他们自身精神境界、生活情趣的俗化与物化，使自己不自觉地远离终极话题。他们或者对变动不居的社会生活失去了深度把握和表述的能力；或者只能用过时的老话解释新的精神现象，而不被时代接纳；或者只能用大众视觉和话语，解释深刻的精神现象，想迎合大众反被大众冷淡；或者是赶新潮，用西方话语唬人，用另类酷评贴金，虽哗众取宠于一时，却解释不了当下的时代而失语。正是他们的失语导致民族与时代的失语。

四、走势之二：由文化熏陶到文化消费

大众文化第二个走势，是由文化熏陶到文化消费。

为了扩大市场份额，大众文化力图将一切文化元素转化为消费元素，在一切精神审美现象中发掘商业卖点和市场价值。文化在相当大的程度上由精神营养品变成了精神的消费品、欲望的消费品。文化接受由审美过程变为消费过程。

文化由审美到消费，一般有两个途径：一是娱乐化途径，二是偶像化途径。

在娱乐化途径中，大众文化的操纵者，即文化策划人和经纪人，尽可能地把一切文艺审美元素转化为娱乐消费元素。譬如：

作品中的悬念打斗本来是塑造人物、推动情节的艺术手段，现在在相当程度上成为消费和娱乐的元素。我们看成龙的影视作品，除了消费他扮的人物和故事，还在消费他打斗中体现出来的生命极限的力量以及悬念激起的解索欲望。

作品中的爱情描写本来是推动情节发展、塑造艺术形象、揭示人物内心世界、打动观众有力的艺术手段，现在也在相当程度上成为消费和娱乐的元素。泛滥于荧屏的纯情、伪情、滥情之风，豪华奢靡之风，为的就是吸引票房市场。

一时甚嚣尘上的"黄祸"与"皇祸"，不也是消费化娱乐化的表现吗？"黄祸"渲染美色、美体，展示"枕头""床头"。"皇祸"则用"野说"——不可信但可娱乐的野史传说、戏说，随意编造调侃历史以娱乐，"另说"——以另类观点解读历史以影射现实或哗众取宠，在荧屏上掀起了持久的皇族宫闱热。皇帝戏宣扬皇权主义、等级观念、主奴根性，引发对现代人格平等观念的瓦解；宣扬朝廷、王法，激发人们对现实的权力崇拜，强调宗法传统和人治观念，会引发现代民主与法制观念的瓦解；宣扬夫权思想，使历史上的男尊女卑的观念成为现实的氛围，引发妇女解放观念的瓦解。如此等等，都在本质上与科学、民主、法制、平等的现代文明对立。

更有作品把评论娱乐化、学问卡通化、能力修养操作化。评论娱乐化，如制造艺术争鸣、策划文坛官司、故意酷评棒杀，以作秀炒作，引发眼球效应。娱

乐记者们更是在造谣、传谣、议谣、辟谣的怪圈中轮回。学问卡通化，如学术传播读图化、故事化，使漫画、连环画、说书式的人文讲座一时走红全国。能力修养操作化，把能力、修养乃至情调，都化为成功学，作量化的、操作化的培训。格调不再是文化情调的积淀结果，而是成了可以短期培训的操作方法。

从这些现象中，我们可以感受到当下大众文化是如何通过娱乐化途径，将文化的功能由熏陶转向消费的。

在偶像化的途径中，我们看到大众文化致力于培育两类偶像，即品牌偶像和娱乐偶像。大众文化通过明星形象、广告和商标的亿万次烙印，制造品牌的质量信誉感和时尚威慑力，并将其转为社会文化环境和社会心理氛围的元素，如皮尔卡丹、大众、肯德基。有了品牌偶像为什么还要娱乐偶像呢？因为明星可以把商业品牌和市场导向人格化、人性化，商业品牌因明星而有了亲切感和人情味。这就是一个企业、一个商品成为品牌了，还要找形象代言人的原因。商标还只是非人格的图案。在苹果电脑的广告中，两个漂亮的女孩一扭腰身，笑喊一声"苹果熟了"，就有了人性化、感情化的视觉震撼。这是将"孔雀开屏"的效应注入营销。对商品形象化、人情化的宣传，能促进商品销售进入绿色通道。

娱乐偶像。"像"，是复制时尚、包装新潮的模式和底板，所以常能引发新潮青年的追星崇拜。从"像"的角度看，明星的确够伟大。"偶"，是木偶，是被策划人、经纪人包装起来的玩偶，是被制造出来的公众形象，充其量只是满足消费市场需求、商业利润需求的手段，也是满足欲望的对象。因而，从"偶"的角度看，明星又的确很可悲。尽管某些人已经是无人不知的巨星，但还是脱不了这玩偶的实质。

我认为娱乐偶像有三重作用：

第一，推销某种时尚的价值观念和生活方式，以拉动高端消费。近几年轮番炒作靓、炒作丑、炒作酷、炒作爽、炒作甜、炒作软、炒作闲、炒作博客、拍客、播客、晒客、炒作驴友、布波、丁克、红唇、拇指等概念，甚至炒作苦难，都是先推出一批新偶像，让他们示范一种新潮人生和时尚消费观，然后推动追星潮，把明星的示范性消费转化为全社会的时尚热，掀起一波高端产品新的销售热潮，以获取高额利润。

偶像制造的形象模板，提供了一种消费范本，引领与提升社会消费的时尚潮流和档次。偶像成为群众的消费手册，教人们如何衣食住行。这时他们便由欲望对象转化成模仿对象，有时甚至读着、看着、想着他们，都成了一种生活方式和情调。人们便这样在陶醉中沉没，在沉没中陶醉。一定样式和价位的物质消费会使你感觉到自己进入了一文化档次的新的社会阶层，比如拥有了一部黎明用着的那种手机，王菲正穿的时装、常读的报刊，小甜甜布兰妮的吊带、T恤、迷你裙。就是麦当娜嫁了一位导演盖里奇，都会掀起模仿潮，说是"知本"时代，要嫁就嫁这种有真才实学的男人。真是群星造就了灿烂的夜空。

因为明星存在的目的是制造时尚热潮，推销时尚产品，故而明星必须按签约公司的策划来做人行事，形象、体重、腰围、发型、衣着，一切都经过策划和设定，他们没有丝毫个人的自由空间。明星的魅力仅仅闪烁在市场需要的那一张特定的面具上。所以玛丽莲·梦露在自传中深有感慨地写道："你亲身经历过明星制，便容易理解奴隶制。"而梦露，也不过是出现得快又消失得快的梦中之露。梁咏琪也曾面对媒体的刁难哭着说："你们把我当个人看好不好！"长年被当作玩偶，他们对自由和随心是那么渴望。

第二，将物欲性的消费情调化、文化化。进入时尚消费后，人们不但被这些商品的质地和美感吸引，更被这些美化拔高了的生活方式吸引。明星的魅力投射到商品上，使陌生的商品变得有了文化光彩和人性化的亲近感。器物只是一个外在符号，买了它，便拥有了它所象征的某种情调身份。这时，消费被人格化、文化化、情调化，利润披上了文化的、形象的纱裙，消费也就洗尽了铜臭，成了超然于物欲之上的，有情调、有档次的高贵行为。人们为自己的高端消费找到了正当的理由，心灵便得到了抚慰。因为，人都有羞耻感。不懂事的孩子，已经有成人的消费欲望，但他们还没有相应的道德力量来承载这种欲望。就是那样的孩子，他还知道雷锋，知道八荣八耻。没有一个孩子敢于对自己的爷爷奶奶说我要穷奢极欲，我要纸醉金迷，谁也不会用非道德化的、欲望化语言来表述自己的购物要求。千元以上一条裙子，对工薪家庭的孩子来说是天文数字，她想买，但她绝对不会用物欲泛滥的语言来表述，而常常是用文化化、情调化的语言提出要求。父母不同意买，她就会说："这是王菲穿的式样呀，是小资情调呀，是'派'、是'谱'呀，我们这一'族'都穿了，老爸老妈太老土啦。"只有包裹上文化的外衣，购物需求才得以理直气壮地被表达。取得了文化的认同，人们就有理由大把花钱。因为这已经不是花钱，而是文化情调的追求，谁不希望自己的孩子有情调，有文化呢？

时代发展到今天，按生产资料占有划分阶级的时代已经过去，现代社会已经进入按文化档次、人生姿态划分人群、划分阶层的时代。"派""谱""族"便是这样的文化族群。所以父母只好借钱让女儿去有情调，去进入较高层次的文化族群了。

在消费社会，不再是需要造成商品，而是商品造成需要。人的消费行为从一种经济行为转为一种文化行为，不仅是以商品的物质本体为消费对象，而是以含纳着形象和感情的商品、即"精神—物质"本体为消费对象。这样的消费，会消费出一种"派"、一种"谱"和一种情调、等级来。明星偶像和品牌偶像便这样以高贵的姿态拉动高端的消费，用文化手段推动物质主义。在广告千万遍的诱发下，人原有的欲望一一膨胀，曾经没有的欲望也被激发出来。欲望让我们大量分泌荷尔蒙。在欲望的诱惑下，我们"死无葬身之地"而无怨无悔。

第三，大众偶像满足窥私欲。窥私欲是人类共有的弱点，人们总想知道窗帘和钥匙孔后面别人在怎样生活。但窥探隐私是违背道德甚至法律的，明星作为公众人物在某种程度上却愿意被窥，因为这样可以提升他们的关注度、提升价位，被窥是有回报的。明星以出卖隐私获取丰厚回报，大家以窥探隐私来满足自己某种趣味和隐秘心理，欣赏自己想看想有而难以看到、难以具有的。当我们议论明星的绯闻时，既充满兴趣又故作不屑，这便既满足了深藏在内心的不良情趣，又满足了自己道德上的优越感。梦露说，人们总是习惯将她看成是某种类型的镜子来观看，而不是活生生的人。人们不理解也不想理解她，只顾自己的欲望和淫心，然后把她称为淫乱的人，掩盖自己的心灵。这充分道出了明星被窥时那种莫泊桑笔下"羊脂球"式的无奈。希腊哲人也说过，处于被窥探地位是悲哀的。明星虽然无奈和悲哀，却又因利益而情愿。

崇拜偶像、追星，原因多多，我想从这么几方面来谈：从追星族的感觉来看，它能使脆弱的个体聚成一族，而让自己有某种归属感，也能使他们对物欲的追求具有高尚感。从偶像明星的感受看，明星在自己的被窥探消费的过程中获得了利益，享受了富裕的生活，实现了一种虚幻的价值。也就是说，他们既被社会消费，也消费了社会。明星被名利逼迫而出售自己的精神空间，任大众占有，这也是一种精神卖身，即所谓大众情人。从精神传承看，追星是传统社会的盲从心理和现代社会的趋时心理的合体。只有民众精神不够充盈弥满，不能自信自立，才需要在这种盲从和趋时中，使孤独软弱的个体转化为相依的群体和时尚的潮流。精神弱者只有融入群体潮流之中，才能虚幻地感觉到自身存在的力量。这种力量当然是自欺欺人的。人们在张国荣歌会上聚集时，一人变为万众，会自感强大。倘若偶像突然自杀，他们的支柱则崩塌了。

五、走势之三：由传媒覆盖走向生命委顿

现代人不同程度地处在现代文化膜的遮蔽和压抑之中。回想一下每天的生活，除了睡眠，我们几乎无时无刻不处在网络、电话、电视、广播、报刊、书籍、文艺演出、文件、课堂、广告、MP3、电子眼，以及城乡尤其是旅游点上各种人造的文化景观和游乐场所构筑的虚拟世界之中，就连面对面的聊天和独对灵魂的遐想，就连做梦，也不过是对文化虚拟世界各种信息余唾的反刍。被文化膜包裹得严严实实的现代人，便这样可悲地陷入了一种拟态生存状态之中，人类实态生存的空间，像大地上的绿地，正日渐缩小。

当人类愈来愈将自己整个的人生置放于文化的云霓下，当人类愈来愈依赖现代传播工具来实现自己的人生时，文化膜的拟态真实对实态真实的遮蔽，便不可避免了。任何文化膜都不是百分之百透明的，它至多是半透明的，信息通过文化膜时会被过滤、被削减。文化膜总是有目的或无目的地对真实的生活信息和生命信息做这样那样的削减、改造、整合、提炼、概括，而现代人和最真切的原生态生活便这样被隔离开来。

有了网络、书籍、电视，人类所能知道的，你都能知道。现代科技使现代人有了"千里眼""顺风耳"以及孙悟空的速度。可以说，他们无所不知。但他们的所知都是"二手货"，都是文化膜传播给他们的。现代人能知道一切，但无法经历一切。知道和经历完全是两回事。亲见、亲闻、亲知、亲感以及这"四亲"基础上的亲想、亲思——原创性思考，对现代人来说是越来越少了。用自己的双腿亲自去丈量大地，用自己的双手亲自去创造生活，这"亲自"两个字，对现代人来说是越来越稀罕了。所以我们常常能听到"你'亲自'吃饭来了"，"你'亲自'上厕所来了"这样的调侃，这皆因"亲自"在当代已经"物以稀为贵"了。

10亿人看世界杯足球赛，起码有99995万人不在现场，而在电视机前。他们没有亲历，却津津乐道，在文化膜中生存得津津有味、自得自足。我们已经

建立了膜生存中的生命自洽体系。就像在缺氧的高原生活了40年，到了平原反而不习惯，出现"醉氧"症状。我们长期在传播膜里生存，如果突然把我们放到真实的生存空间中去，反而无法适应。文化膜便这样剥夺了现代人真实生活的权利和义务。所以说，现代人是有知识而无阅历的。真切的人生阅历给予我们心灵痛感和美感、快感、幸福感，二手知识却基本是无关痛痒的。现代人没有新鲜的体验生命，只是在同一意义层面的移动，不增加任何对生命的感受和知识，不诱发新鲜的思考。

在文化膜的覆盖下，化育出一代知识丰裕而阅历贫乏、思考贫乏的"知道分子"。没有实践垫底的人生，是没有分量的人生。没有阅历的人，智商高而情商差、知之甚多而能力甚少。这样的人容易缺乏主见、新见、恒见，容易追风气、赶时尚、当粉丝。这类人由于对真实的、复杂的、严峻的、深奥的人生涉及较浅，所以极易对人生缺乏敬畏，对生命缺乏尊重，轻视生命甚至轻佻地对待生命。现在不少人游戏人生，而游戏人生的另一种说法，就是游戏死亡。马加爵在没有充分犯罪理由的情况下残忍杀害了室友，这就是从游戏人生到游戏死亡的恶性例子。目前，就连政治和战争也被时尚化、消费化了。伊拉克战争中，美国女兵林奇传奇式的宣传，中国台湾总统选举中陈水扁的种种恶搞，在策划和传播方式上，采用的都是准好莱坞方式。

文化膜使人际关系中的许多直接交往中断。依赖电话与网络交往，身陷数字符号世界中的当代人的人际交往能力日渐衰竭。人们的物欲得到了更大程度的满足，心灵和感情却因缺乏浇灌而枯萎。于是我们看到的是：人的交际面越来越广，交际深度却越来越浅；认识的人越来越多，朋友越来越少；房间越来越多，家的感觉越来越少。人与人、人与物的关系越来越具有功利性和临时性。这种在超载信息布下的网络中挣扎而出现的丧失自我的空虚感和无根的漂泊感，使现代人有了新的审美尺度——以感性刺激、表面印象、欲望放纵替代理性和深层意蕴感情。正是这种新的审美尺度构成了大众文艺的心理基础。

文化膜对个人心理、社会心理的遮蔽，具有一种非强制的强迫性与非密闭的密闭性。广电节目和网络节目可以自由出入、自由选择，其实节目的制作者与管理者早已预设了各种节目平台的价值取向和审美口味，自由选择实在是无可选择。文化膜以自己的坐标和口味，把生活中某些一闪而过的画面留下来，通过艺术处理将其放大、强化，灌输给无处可逃的大众，这也是无可选择的。文化膜的强化与遮蔽，导致现代人认识偏斜，并且使这种偏斜在年深日久中成为习惯、成为理所当然。这就是传播文化学中的斯德哥尔摩综合征和"沉默的螺旋"理论。文化膜以自己制造的虚拟共识涵化民众，以自己类似性生产产生的共鸣效应，连续性生产产生的积累效应，广泛性生产产生的遍在效应，对沉默的现代人造成认知诱导和心理压力，导致社会舆论在不情愿中情愿地一边倒。

文化膜的涵化作用，甚至可以导致传媒杀人。远者，如80年前的女影星阮玲玉，死于传媒制造的铺天盖地的绯闻，死于不堪承受的可畏的人言。她被舆论制造的现实性压力压死。近者，如10年前的男影星张国荣，也死于传媒已经掌握却秘而未发的隐私，死于不堪承受的可能的人言。他是被一种不堪承受的预测性压力压死的。

人类作为个体是脆弱的，极容易被文化膜所涵化，但作为群体、族类，人类有着强大的生命力。自从受到文化膜遮蔽的那一天起，人类就开始尝试着冲决文化膜。这些年，大众行走文化和体验旅游十分兴盛，驴（旅）友、好色（摄）族成为新潮人群，电视、网络上各种行走类节目走红，《走遍中国》《纵横中国》《走进非洲》《话说长江》《话说长城》，还有以唐蕃古道、茶马古道、蜀道纪行，沿着玄奘、张骞、郑和的足迹等为主题的行走类节目，收视率一路看涨。这一现象不能不说与走出文化膜的社会心理有关。

前几年，报纸上有一条消息，说西安电子科技大学有两个学生，穿牛仔服、耐克鞋，却仿照藏传佛教徒磕长头。他们从西安三桥出发，一直磕到咸阳。他们向公安局正式申请过，也通知了传媒，为了不影响交通，就一直沿公路边的小土路前进。社会上对此有许多非议，电视台就来采访我。我说这也许是一种行为艺术，应该是积极、健康的。他们一直被囚禁在城市的水泥森林中，想用这种有寓意的方式走出文化膜对人类的压抑，有什么不好？为什么要坐汽车，为什么要骑自行车？为什么一定要走柏油马路？不，我们要用身体去一点一点地丈量大地、亲吻大地，大地是我们的母亲啊。这有什么不好？青年人意识到了他们生命在拟态生存窒息中的危机，他们要冲出文化膜，走进真自然。当然，他们的行为稍稍有一点作秀性质，这也应该被理解，毕竟是年轻人。

但人们还需要警惕新的怪圈。人类不停地突破膜生存，又不断地给自己编织新的文化和心灵的网膜，不停地冲出来，又不停地把自己关进新的网膜里。你想突破城市文化的膜生存，走出城住进了"农家乐"，但人人都去"农家乐"，

"农家乐"开始被到处克隆、批量生产。当你意识到要去住"农家乐"的时候,"农家乐"早已经标准化、批量化了,早已经成了新的网膜。你想吃乡土风味的岐山面,可今天的岐山面也已经标准化了、"麦当劳"化了。

六、走势之四：从深虑思维到浅思维

易中天、于丹现象并不自今日始,早在 20 年前,汪国真通俗而浅近的哲理诗歌在年轻人中洛阳纸贵,那股高雅文学大众化、深虑思维浅近化的风势便已经起于青苹之末。后来的余秋雨,虽然一直恪守着精英的深虑思维,却尝试着通过大量的文化散文和文化演讲,大幅度地朝浅近的表达方式和大众的传播渠道上靠拢。他和汪国真都成功了,吸引了公众的眼球。

从汪国真到易中天的 20 多年中,这种以浅近思维的形态来传达深虑思维的趋势有增无减。这种传达模式很接近康德的"知性"观念。它不是学院的高高在上的学理诉求,却也不是一般大众文化的感性诉求；相当切近我们的日常生活,却又有高于生活的理性观照。它是一种切身的智慧,一种具体而微的生活哲理的表达。它不是理论的通俗化,它是通俗生活的理论思考,因而和学院的理论其实完全不是一种东西。它不是我们习惯的大众文化,如电视剧或者歌星的演出。它总能让我们从知识中获得应对人生的具体而微的策略和行为方式,大致属于"成功学"范畴。它不需要太高蹈的分析,却自有其值得回味的妙处,它不需要高深的学理的展开,却要在感性和理性之间找到一块自己的独特的园地。其实这种"浅思维"文化的兴起是一个新的时代的标志,也是后现代文化平面化的必然的景观。

浅思维文化的运作依赖电视的有力传播,却又更依赖"草根"的、网络的口碑。余秋雨当年是靠一本《文化苦旅》打出名气,而如今却主要靠电视节目维持声誉。但是,余秋雨的浅思维文化还是以学术性的思考和写作为基石的。先是学术和散文书籍的传播,之后,由于电视媒体对于浅思维文化有强烈需求,余秋雨才登上电视。易中天的走红,前期却几乎全是电视的功劳。易中天开始也写了许多相当有特点、有趣的著作,却并不流行,电视媒体将易中天变成了新的偶像,然后反过来带动著作的发行。这和余秋雨的情况正好相反。当年的电视媒体还没有像今天这样无所不包、无所不能,还是"精英"较少涉足的领地,余秋雨还有着靠几本书成为公众偶像的机会，但到了易中天，情况已经变了。只有著作而没有电视，不可能有易中天的火爆。易中天的讲课有说书般淋漓痛快的风致，他本人又有一点教书先生的博雅气质，这些都可以提供不同于一般感性满足的有趣的电视观赏经验。

我们总是议论电视搞不了文化，譬如读书类节目总是无法长久维持，人文类节目总是收视率不很高。像崔永元这样一直在电视圈里打转，却又高调抨击电视低俗的"精英"明星，也为此充满焦虑，觉得电视降低了人们的文化水平。如今却真有了比崔永元正宗得多的学者现身说法了，他们崛起为真正的电视明星。看来，电视不是不能走文化路线，只是这文化路线有其自己的限制。当年中央电视台（简称央视）《读书》节目的问题，其实是没有找到自己和观众结合的点，没有"浅思维"文化的发挥，而是试图将学理通俗化；也没有切切实实把握好媒体在今天的特性，这种特性不是靠几句高调的批评就能够解决问题的。

当然，今天电视里的明星还需要大量"后小资"的"草根"在互联网上的追捧，才可能广为流传。网络"草根"的支持才使得易中天成了今天最为引人瞩目的明星，让易中天脱颖而出。较老的一代的电视观众的支持虽然也有一定的力度，但在文化市场上有如此瞩目的表现，起决定作用的毕竟还是新"草根"们。

这种浅思维有两个关键点：首先，它需要对知识和理性思考做巧妙的"软"性处理，将知识变为具体可感的素材和有趣的叙述。故事是这类思考的核心，浅层的人生哲理和处世之道是这类思考的支柱。引人入胜的趣味和漂亮的表达是这些浅思维的关键。形式当然大于内容，也必然要让这样的文化形态有其完全不同于传统知识分子宏大叙述的新的大众特点。传道、解惑、启蒙，已经被观众频繁的互动所取代，高高在上的宣讲已被热闹的签售所替代，被启蒙的群众已成了着迷的粉丝，激情的事业已成了找乐的狂欢，现代的大叙事已被后现代的碎片所覆盖。

其次，这些浅思维的思路，要切切实实契合当下民众正在改变的文化欲求和所关切的当下社会问题。今天的"草根"不仅仅需要感性的宣泄和满足。他们见多识广，互联网使他们知道了许多事情，文化水平比起当年计划经济时代的"群众"高多了。所以，光靠"超女""好男儿"的感官满足是不够的，他们今天还需要各种"有用"的"知性"的文化。用浅思维的文化来启悟"草根"的人生，迎接市场化进程中让人感到相当严峻的挑战，这才是易中天走红的社会大背景。

这种浅思维文化，自有其独特的价值，也有值得反思的地方。但它在今天的流行，毫无疑问地说明了当下文化本身的丰富性，是值得我们深入探究的。

七、走势之五：从心灵美学到"视听盛宴"

当下，一个由电子传媒、电视广播再加上手机彩铃为主导的视听文化，成为大众文化的宠儿。大众审美的日常形象被夸张地视觉化、听觉化，成为凌驾于心灵体验和精神追索之上的视听性存在。过去的文化艺术虽然亦有视听样式，但主要作用于心灵、感情，现在则常常置换为由视听引发的快感。

我们在生活中能够看到，"美丽"已经常常不在心灵，而成为写在美女浓妆上的冲击你视觉的媚态；"诗意的栖居"也不再仅仅是指精神的栖居，而成了楼市的"风景佳园"。审美在一定程度上被经过悉心经营而且极度强化了的色彩、构图、光影等可视的物象所替代。审美趣味便这样被物化。

这同时，我们在文艺中也感觉到了一个读图时代的到来。许多礼品"巨书"都是"图说"，还附带可视可听的光盘。在教学的课件中，文字常常被"图说"和音响淹没。可视的形式挤压着可感的内容。

在视像的展示中，人们一方面用"物"挤压"心"，一方面又对"物"做文化包装。视像的展示首先不是为了体现"物"的日常实用功能，而是刻意突出人对物的消费能力和消费态度，醉翁之意还是在人。艺术视像的生产，从色、形、图的角度，探讨人在日常生活中审美趣味"物化"的可能性，并且竭尽全力去促成这种可能性的实现。它的直接表现就是以读图促进购买力的提升。如情人节期间对巧克力进行爱意包装，用美图、彩铃、缠绵的留言，将巧克力的物态功能（好吃），强行提升为情态、心态效应（感动）。当爱意效应远远超过食用效应，糖果的价格也便提升为艺术品的价格。这就如同精湛的工艺使钻石戒指超值。引发超值的不是钻石的重量，而是附加其上的苦心与爱心。

这样一种现实，即由视听表达与视听满足所构筑的日常生活美学，是对传统美学"无功利性要求"那一理想世界的现实颠覆，也就是眼的美学、耳的美学对心的美学的现实颠覆。它通过"视听盛宴"，营造出一种更具官能诱惑力的实用美学理想，来取代用精神笼罩心灵的传统美学。美感更多地表现为快感，视听与快感逐步显示出一致性，都显示了当下大众文化和时代生活的感性特征。

这样，视听的消费与生产，在使文化与审美平面化的同时，肯定了一种新的美学概念——消费性的日常生活活动的美学。这一美学使追求快感和感官享乐具有了合法性。

八、走势之六：以科技渗透改造艺术

近年来随着网络、影视、舞台、图书出版相关科技的长足发展，现代科技对文化艺术的渗透日益全面而深刻，引发了文艺在许多方面的变化。当声、光、电和各种数字技术手段进入文化艺术之后，使许多不可能成为可能。现代化的戏剧舞美，无须繁复的布景，只有数字芯片控制的灯光，便可创造出花团锦簇的色彩和千变万化的空间，这使我们对舞台艺术空间环境、气氛和意境的创造，有了全新的理解和实践的新天地。有时，声、光、电和各种数字技术还会由技术手段结晶为艺术样式，甚至形成独立的新艺术品种，如当下流行的激光音乐，音乐喷泉、水幕电影等光效应艺术。

网络虚拟文艺也是在这种科技对艺术的渗透中逐渐形成的。在数字式超文本作品中，给网络的数字语言赋之以形，通过在线传播而虚拟在场景观，将文字、图像、声音整合为一体，使其兼具声光色之美，而且读者可以直接参与到作品中，成为其中的一名作者或一个人物。这种网络超文本作品，非文、非画、非乐，亦文、亦画、亦乐，和以往所有的艺术样式、艺术门类都不同。它以参与互动的方式使你有一种亲历性的感受。它又以假名假面式的参与，使你在互动中毫无顾忌，能够最真切地宣泄自我，而得到在以前的文艺形式中从未有过的满足。

现代科技对文化艺术的渗透，会引发文化立场的变化。网络空间以其拟态的真实、自由、兼容、民主、共享吸引民众。用一种"在线民主"的神话，虚构一个"在场民主"幻觉；用"人人都能当作家""人人都对整个社会有发言权"一类的安慰性幻觉，激发大众的文化热情，以实现文化话语权回归民间立场。

现代科技对文化艺术的渗透，会引发文化创作者和文化接受者价值坐标的变化。网络写作的基本动机是追求个人欲望的极致表达，使自己能够在电子牧场上以虚拟的主体作孤独地驰骋、肆意地狂欢，甚至裸身书写。这是一种欲望修辞。由于解除了传统社会的"面具焦虑"，这种欲望修辞可以肆无忌惮到采用市井的"粗口秀"，把宣泄推向极致。消解神圣和理性的无厘头"大话"模式，调侃一切的"王朔语气"，便是这样被创造出来的。

现代科技对文化艺术的渗透，也会引发艺术观念的变化。技术的进入不仅提供了手段，而且深化为文化理念，改变艺术观念。譬如，网络写作在艺术上的个我自由、独立品格和非功利色彩带来的更为偏重新奇性、偶发性、狂欢性的审美倾向，还有选材的个人化，风格的时尚化，语言的市井化，趣味的极端化。又如，科技手段渗透引发创作者们对大制作大投入的喜好。《无极》《英雄》《天地英雄》等，似乎都崇尚大而贵则美。高科技手段乃至其他创作手段、技巧日益成为审美评价的重要坐标。

文化手段的科技化，还会引发写作方式、表述方式的大变化。前面我谈到了"说话文"运动，就是这一变化最有力的表征。它揭开了汉语写作史的新篇章。

更值得我们重视的是，现代科技对文艺的渗透，使文化和社会交流空前便捷、广泛，催发了通过参与文化而吸聚、组合、生成社会族群的现象。一部作品、一个艺人、一种文化时尚的同好者，会聚合，甚至组织成粉丝团之类的社会族群。同一交流传播平台也会聚合社会族群。譬如"网虫"和"拇指族"的形成，就培养了一代一代"e族"表达狂、"伊妹儿"依赖症和短信强迫症患者。这些共同寄生在网络上的人，在社会上已经是一个庞大的文化族类，进而，同类的小族群又聚合、滚大，成为以某种文化姿态为标识的潜在社会阶层。这都是前信息时代从未有过、也不可想象的。当下文化便这样通过科技手段，聚合成巨大的社会力量。它给我们的社会管理、社会心理、文化、道德、法制都提出了许多新的课题。

总之，科技手段的拟真化使生活自如地进入艺术，艺术成为日常生活的真切的和虚拟的文化伸延，大众文化就这样显示了自己在当下生活进程中的渗透力量。

九、走势之七：由边缘到另类

边缘化是当代文化新潮的一个重要表现。你若留意观察体味，会发现后现代主义的大旗上绣着"五去"的标记,这便是去中心,去经典,去元价值,去传统,去规则。去者,远离中心也,边缘化也。当然边缘化不是目的,只是手段。边缘化的目的是远离之后在地平线上的再度聚集,促发新的中心、新的族类的形成。这新的族类,在原有的话语平台看来,就是另类。边缘化是一种以"酷"的姿态,表明自己不和循规蹈矩的人群为伍的文化主张。边缘化群体的年龄,常常集中在15—25岁之间,这是正在形成自己人生价值坐标的阶段。这类人群的精神世界还没有元价值垫底,是最容易接受另类的时期。他们一般到了30岁以上归属感就强了。这部分人蔑视世俗,比如,他们喜欢说"俗了吧""土了吧""老帽儿了吧"。

所以"垮掉的一代"的克鲁亚克宣布:永远要处在世界的边缘。也就是说他永远不与中心话语合作。至于有一天他们自己成了社会中心话语,会不会强制别人与他们合作,则不得而知。

"新新人类"则将自己定为"酷一代",他们在宣言中说:"我们是酷一代,不追求螺丝钉的价值,却要追求机械人的专业技能和变形金刚的应变能力。我们把大脑变成电脑,不断录入新信息,又用大脑操纵电脑,不断创造新知识。"

他们蔑视世俗但没有激情,享受生活又厌倦生活,随心所欲又不为所动,喜欢吸引别人的目光又不在乎别人如何注视。他们不刻意创造时尚,是时尚刻意创造了他们。可见,从另类的边缘化言行到走向大族群的中心,常常只有一步之遥。从"酷"到俗,从一意孤行到哗众取宠,也只有一步之遥。

愤青、"小资"、白领、金领、嬉皮士、雅皮士"飘一族""海龟""e族""新新人类""拇指族""行走族"、丁克族、布波族,这些年来这些走马灯似的另类族群,虽然寿命苦短,却无不各领风骚三五年。它们像节日的礼花,以短暂的闪光创造了天空的绚丽多彩。

试说几种族类和另类现象。"小资"和愤青。"小资"是颤抖的甜果冻,所贴的标签是"帅呆"。愤青是愤怒的酸葡萄,所贴的标签是"酷毙"。中国"小资"倒多的是真"小资",无大用亦无大碍,更无大害,他们看重私人的生活情调,追求自己活得滋润,而不太关注国计民生、社稷伟业。中国的愤青,我看有一部分怕是假愤青,关心国家大事往往玩虚,若动真,却又有过之而动乱。"小资"现在渐渐比愤青多了,这是时代进步,表明社会和谐,更多的人想安心过日子。

"布波族"。"布",指布尔乔亚,资产阶级,有钱人;"波",指波西米亚,小资产阶级。这是既有钱又讲情调的一族。他们的爱好很另类:着装方面喜欢锦织唐装与牛仔裤搭配,要的就是不伦不类;装备方面追求二手旧悍马车和过时的旧手机,显示自己风尘仆仆的行走人生,也显示有钱人的高度自信;读物方面喜欢肯斯顿的《飞碟飞机》;爱好方面喜欢小提琴,但他们喜欢的不是小提琴的旋律,而是它的松香味,意在表达"玩什么典雅情调,我就是大俗人一个,怎么着?"外语方面,学阿拉伯语,英语早就学过了,美国人都往中东跑;朋友圈子方面,UFO会员,酷毙雪茄客;住宅方面,绝不买大房,不动产是人生最大的累赘,租一所小"汤耗子",随时准备离开,去漂泊;度假方面,几大洲已经跑差不多了,只好去库克岛了;婚姻方面,最好是"1.5式"的,比爱情过一点,比婚姻少一点的同居,或者尝尝"分开同居"的味道,同住但不同房,保持独立,你真爱我,结婚也可以,但话要说到前面,我只"嫁给你一部分",嫁给你,但不嫁给你背后那个庞大而又传统的社会关系,成天为繁文缛节的风俗礼节疲于奔命,一辈子还有幸福吗?

身体写作。现代三位大思想家以各自的坐标论述了自己的人体美学观。马克思从劳动的身体、尼采从权力的身体、弗洛伊德从欲望的身体的角度,建构了自己的美学体系。马克思的观点是,由于资本像生命体那样膨胀,资本家的身体则异化为无生命的疲于奔命的状态,资本家和工人都沦为资本的奴隶、金钱的奴隶。他从来不把人体的美丑从时代和社会背景中剥离出来。现在有不少"美女作家",她们受弗洛伊德欲望身体观的影响,以主动的方式将自己的身体置于全民观看的境地。棉棉说她"用身体检阅男人,用皮肤思考"。卫慧则"对各种欲望顶礼膜拜,对即兴的疯狂不做抵抗"。周瑾认为"爱就三秒钟"。王天翔的希望是,"我宁愿我的传记里充满男人"。她们自诩"妹(媚)力四射",以自己是"文坛坏女孩""社会问题女孩"为荣。

行为艺术。如果说文学还只能间接地展示身体,那么,身体在行为艺术中则遭到了更惨烈的使用。一个被命名为《生命》的行为艺术中,"艺术家"现场表演了人怎样从牛的子宫里血淋淋爬出来。《有偿巴掌》表演的是付费打农民的耳光出气,以平息自己的愤怒。《一次雇佣的拥抱行为》则雇佣下岗工人家的少女来出卖初吻。这些所谓的行为艺术都是在要弄弱势群体。还有由著名艺术家甄选、推荐的作品《12平米》和《洗手间》等更下作的"创作"。这些甚至使广州一位观众将作者告上法庭,因为观赏此类龌龊的行为艺术使他"恶心""呕吐",损害了身心健康,需要赔偿。

"哈韩帮""哈日帮""哈狗帮"。"哈狗帮"源于20世纪90年代后期黑人的绕口歌,经港台地下乐队包装,"脏话加色情",怪异恶俗,在中小学生中流传甚广,引发负面影响。例如:"你要和我装,我让你受伤。你要和我玩,我让你有小孩……"等等,不能一一道来。

我曾经参加过电视台一个节目,是前卫文化和经典文化的对话,让我做现场点评。一边是搞另类艺术的,一边是传统的艺术家。有一个穿着厨师衣服的大学生,他是个音乐人。我问他:"你平时在学校也穿这身衣服吗?"他说不,只是为了做节目,因为要通过传媒与社会见面,想从装束上宣告他自己是另类的。还有一个金发黑衣戴墨镜的女孩,自始至终不说话,显示着一种"酷"状。我问她在家这样打扮,她母亲骂她吗?她说在家不会这样,也是为了在节目中宣告自己的文化姿态。另外一边是老的话剧和秦腔表演艺术家,他们为了做节目,也能看出来刻意装扮过,都穿的是传统的装束——西装,长衫。我问他们平时也穿得这样"经典"吗?他们说做节目总要讲仪态,尊重观众。这是两种文化姿态,经典文化最基本的文化坐标是四个字:仪态万方,一切按游戏规矩办。像英国的宫廷舞蹈,就是中规中矩,可圈可点,仪态万方。谁在游戏规则中玩得最精到、最高明,谁就最好。另类文化的文化坐标也是四个字:放浪形骸。他们标榜的是逸出规则、破坏规则。"形"是什么?"形"是规则,不光是形式、衣着,也指已经成为形态的那些文化规则,包括生活规则,民俗规则。他们放浪形骸,逸出艺术形式之外寻找真生命。

另类和另类文化的走红,可能有这几种社会心理:

一是引发平民虚幻的成功希望。芙蓉姐姐、木子美、流氓燕,为什么会引发大面积的社会关注,以至形成一种文化现象?是娱乐心理和庸俗趣味,但又不完全是。它有三个特点:一是芙蓉姐姐、木子美、流氓燕,不是伟人(以成就影响论,不是政治、文化、科技精英),不是名人(不是名门、世家之后),不是好人(以道德表率论,不是先进楷模),不是富人,不是能人,不是美人,这些人成名容易,也司空见惯。而像"芙蓉"们这样,就在你身边,一个个平凡而又平庸的人竟然一夜成名,这种贴近感,不能不诱发人人成功出名的虚幻希望。这就把成功的可能推到广大普通民众眼前。同时,"芙蓉"们并不是靠现实行为成功,而是靠网络上的虚拟行为一夜成名的,不需要多大的成本,也不需要十年寒窗在漫长的苦熬中等待,这也诱发许多人快捷成功的幻觉。

二是满足社会变态心理的宣泄。媒体宣传"芙蓉"们,也不是出于正常心理的正常宣传,而是畸态变态心理诱使下的畸态变态炒作。这集中表现在几乎不去展示她们的成就或品格,而是竭尽全力展示她们的身体。炒作明星和美人的身体,引发的是大众可望而不可即的钦羡和失落。现在炒作极其平庸的身体,引发的则是大众可望而又可即的心理。平庸的身体就这样吊起了平庸的胃口,给平庸者以希望。

从"芙蓉"们自身的心理看,他们恶炒自己的身体,满足社会变态心理的宣泄,恐怕也反映了她们自身有曝私癖的病态。保护隐私,特别是保护身体隐私,本是人的正常心理。保护隐私是人能够在一个不受侵犯的、私人和家庭的空间中,自如、放松生活的必要外部条件,也是心灵自由的一个必要的外部条件。曝私癖则是反常的畸态心理。在利益驱动下,"眼球攫取欲"恶性膨胀,已经造成了他们心理的病态。

"芙蓉"们的曝私,恐怕还有强烈的成功欲被压抑多年之后,终于以一种极端的方式、报复的方式反弹了、井喷了,在穷凶极恶中夹杂着对成功的乞求和仇恨。这种人的心理主题词是:惊世骇俗。

从社会心理来看,一是窥秘癖。"窥秘心理""钥匙孔心理"人皆有之,在法律和道德控制线内,希望了解别人、别地、别族、别国、别代怎样生活、怎样思考,这是人所共有的正常欲求,也是推动人类生活的重要心理动力,比如它能推动旅游探险、创作和欣赏文艺以及对新闻和信息的了解。突破法律和道德控制线的窥秘癖,则是变态的、阴暗的,是对他人生存场的侵犯,并在这种侵犯中得到欲望的恶性满足。这种人是以窥秘癖宣泄阴暗心理的人,他们心理的主题词是:阴暗。

二是围观癖。鲁迅笔下的看客,是中国人国民性的一种典型心态。他们可以围观某人杀人、抢人而无动于衷,甚至获得某种满足。他们在毫无意义的围观,百无聊赖的起哄,无事生非的造谣、传谣中打发生命,消遣围观对象以娱乐自身。他们不会害人、害国、害民族,但也不会救人、救国、救民族。从这个意义上来说,他们可怜而又可怕。这类人只需要精神的粗饲料。他们的生存类别可定位为:闲人、顽主。心理主题词则是两个字:冷漠。他们是那种冷得让人打战的人。

三是嗜痂癖，即嗜痂逐臭。有的人是价值倒错，美丑不分，以臭为香，以丑为美；有些人，尤其是青年人，常常是出于一种游戏心态，或是追新逐异，或是作秀邀宠。最严重的，则是有人利用这些社会现象和社会心理牟利，或达到某种目的。正如报上登的某导演所说：他们明知"芙蓉"们是痂、是臭、是垃圾，却利用这里面的商机来做产业，吸引眼球，承载广告，以达到牟利的目的。利用完了便弃之如敝屣。许多"芙蓉"现象正是这些商家策划、炒作的结果。他们暗中制造了"芙蓉"现象，又在公开场合伪道学地嘲弄、歧视"芙蓉"们。这就何止是消遣，已经是作践了。我们能感觉到他们冷酷的狞笑。

在所有这些现象深处，我们能感受到一种情绪，这便是潜藏在现代社会中的反文化情绪。我们反对那种不分青红皂白怀疑一切、打倒一切的反文化思潮，但也不能将它们全盘否定，一棍子打死。现代社会的反文化情绪是非常复杂的精神现象，要具体分析、审慎对待。各种反文化情绪，反的目标其实并不一样，而有这么几种情况就不宜简单否定：

一是反唯文化。这些年兴起文化热，言必称文化，一切话题都陷在文化的泥淖中跑不出来。其实，文化本来是第二性的，是生命存在之上的东西，是人类对生命的一种反观，一种感悟、思考和表述。这种反观和表述，或多或少都经过理性或诗性的审视、过滤、概括，已经不完全是生命原生态层面的东西了。当人类没有意识到，或没有很高层次意识到自己生命存在的时候，生命作为一种隐性的存在，是在文化之外的，是文化不能完全覆盖的。现代人重视生命，希望能冲决各种固有的文化做派的笼罩，更自在、更真实也更艺术地活着。他们反对唯文化论，反对什么都往文化上靠，什么都用文化理论去解释；反对言必称孔孟，行必符礼仪；主张文化规则要根据生命的需求动态地变化出新，并且要承认，生命现象和社会观象，远不是只靠文化就能完全说清的。

二是反符号文化，即反对文字符号文化对人的束缚。非非主义认为，迄今为止，能够从过去的世界中留存下来，构成人类历史的，主要是文字记载中的那个世界。人类文明的积累，也主要局限在文字疆界之内。能够进入文字记载的其实只是少而又少的那一部分历史的碎片，大部分无法进入文字记载的人类生活，很遗憾，都随光阴的消逝而消逝在宇宙之中，人类世世代代、祖祖辈辈用生命换取的绝大部分知识、经验，也随之消失了，这是生命最大的浪费。

所谓世界，即世之界，不应该只是文字。如若突破文字的疆界来认识世界，人类的发展会获得"亿亿种"新的可能。这就需要对被文字笼罩的世界做前文化还原，用文字以外的各种元素，如生命的感悟和联想，去补充、丰富、还原历史文化。文字也许是人类一个最大的误区。人类的确有很多感情、感受、感悟、感觉，非常微妙，是文字无法表达的。我把它们譬喻地称为微量感情，无可言说的感情。人类的喜怒哀乐，有的像音乐的全音，大喜大怒、大哀大乐。有的，或者更多的像半音，半喜、半怒、半哀、半乐，还有微妙而复杂的，亦喜、亦怒、亦哀、亦乐。林黛玉和贾宝玉之间，除了林黛玉死时宝玉的哭灵，全音阶的喜怒哀乐很少，一般是愠、恼、颦、嗔，是微妙的半音。少男少女恋爱的时候，她哭，正是因为她高兴；她恨，正是因为她爱到极致。愠怒、嗔怒、颦怒、恼怒，对宝黛来说无一不是爱。人类有许多这样半音式的感情状态，是文字很难记载的，但音像可以。看一部精微深妙的文学作品，如果读者自身没有文化底蕴、人生阅历可以与之共鸣，艺术想象力又不足，即通常说的没有灵根悟性，是感觉不出作者想表达的意思的。这就是文字的局限性了。

三是反定势文化。实践着的社会和人生是鲜活而不僵死的，是动势的而不是定势的。生活实践一旦进入文化层面，经过了概括、提升，便常常弃舍了进行时的鲜活性，而有了过去时的既在性。从这个意义上看，一切文化都是一种定势。马克思说文化会导致人的异化，别林斯基说智慧的痛苦，鲁迅在《论睁了眼看》中说，黑屋子里早早醒来的先觉者、智者是比还酣睡着的人更痛苦的。老子在《道经》第十二章中说："五色令人目盲，五声令人耳聋。"第十九章中说："绝圣弃智，民利百倍；绝仁弃义，民复孝慈。""见素抱朴则绝学无忧。"大致都是在论说或感慨文化的正面、负面两种可能性，其中依稀流露出文化人内心深处的某种原罪感。

十、最后总说两点

第一点，大众文艺时代的到来，意味着大文化时代的到来，也意味着人本文化时代的到来，意味着生活的艺术化和艺术的生活化进入了新阶段。大众文艺为人类找到了在艺术和文化活动中更广泛地表现自身，更直接地传达自己的欲求的可能性，也拓展和提升了人类享受文化和美的能力。

大文化时代，仅从文艺的角度来看，表现在很多方面——

大美术时代。美术已经以空前的广度和深度融入了当下生活，一切有构图有色彩有线条的地方，都构成美术思维的对象，构成美术创作的内容和形式。城乡规划、街区和景观设计，无孔不入的广告、彩屏、装潢、工艺，复杂多变的建筑、汽车、器具，全天候进入我们生活的影视、戏剧、光盘，都使美术永远与你伴行。

大音乐时代。同样，音乐正在广泛地融入现代人的日常生活，CD、MP3播放器、手机彩铃，甚至门铃，使音乐永远和我们在一起；而一切生活中的音响，人的说吼哭笑，大自然的风生水起、鸟语花香，又都在转化成艺术音乐的对象。

大舞蹈时代。晨练、猫步、站相，美化坐、站、行姿各种体态与身体语言已经成为现代人的必修课，成为情场、商场、职场乃至整个人生赛场取胜的重要元素。这促进了现代人从四五岁去小天鹅艺术团学舞蹈，到几十岁退休了还在晨练中学老年舞蹈。

大影视时代。VCD、DVD、监视器、摄像头、摄像机、手机在生活中越来越普遍，作用越来越大。据说北京人每天要被拍几十次，英国地铁的摄像头竟有几万个。我们一言一行都被人监视并记录在案，我们每时每刻都在"出镜"，不由分说地成为镜头前的本色演员。

大传播时代中，不但人人看报看电视，而且人人都学会了用报、用电视。农民工利用传媒讨要工资，残疾作家利用传媒推销新书，艺人在传媒上制造官司增加关注度。我们生活在一个人人离不开传播而且深刻地进入了传播的时代。

大文学、大戏剧时代。文学和戏剧已经不只属于文学家和写作者，文学和戏剧已经渗透进百姓的日常生活，成为一种人生姿态。在娱乐界和传媒的影响下，许多人在追求生活情调化、精致化的同时，也不自觉地将自己的生活故事化，把作秀生活化，以吸引世人的眼球。这种泛文学、泛戏剧的人生姿态，已经成为时尚。

大众文化热潮和当代艺术的大众化趋势，全面改变了艺术的传统色彩。艺术由艺术家个人的内心独白或个人与社会的交流，变成大众的文化沟通、交流的过程，变成宣示和直观自身文化生存境况的独特的精神方式。这就给我们提出了重新解读一系列传统艺术观念，解读当代人类文化活动本质与艺术观念之间关系的任务。

第二点，大众文艺为现代都市文化和艺术的生成，为整个文艺的大众化开路、奠基。大众文化不但在社会环境、社会文化心理方面提供了许多新的元素，而且为都市文学营造了相应的审美坐标和欣赏氛围，提供了许多可资提炼、整合的精神资源和艺术的手段。

都市文化、都市文学是在政治民主、社会开放、现代市场经济背景下，反映整个社会城市化进程中的文化冲突与人的精神追求的各种艺术现象以及相应的文化的艺术产品。它们由过去的农业文明在都市的延展，已经变为今天社会文化的中心，反向朝乡村扩散。

高雅文艺对都市文艺早有探索，并且由20世纪30年代以来的市民文艺（这是以乡村为社会中心和文化背景的城市文艺），提升为在现代市场经济和全社会都市化进程背景下的都市文艺，由开始的由乡入城题材、移民（"打工仔"）题材、漂泊题材和都市青春题材，提升为对都市文化、都市精神、都市人格的深层开掘和展现，如王朔、王安忆、刘西鸿、张欣、张梅、邱华栋、毕宇飞、韩东等人的作品。王朔时代的新都市人还是遗世独立的叛逆者，后来他们的城市人格日渐成熟，形成了白领、金领等阶层、族类。他们的人生已经在都市得到安顿，灵魂却无法安妥，还处在各种困窘和冲突中。这都远远超越了旧海派写城市感觉的高度，读者在对城市人的生存状态和感情潜流的把握中，城市和人的角色、身份得到反省，各种人与物、灵与欲关系中的现代荒谬得到表现。

但高雅文艺中的都市文艺一直不能顺利地确立自己的主流地位，其原因在于，中国社会拥有丰富的"乡村经验"，但"都市经验""都市人格"都极不成熟，社会心理对城市化进程还准备不足，还有阻力。而当代文艺自身包括创作、评论，也严重缺乏都市经验，缺乏开掘和表现都市经验的经验。许多文艺家长期享用城市的物质和文化，但城市精神并未深刻地植入他们的心灵和创作。相反，乡村虽然在现实生活中引起他们的忧虑和愤激，一旦进入作品，面目却无比清丽、温情。可见他们的乡土情结何等根深蒂固。

大众文艺在这方面走在了前面，它是都市经验、都市人格，都市文化的直接实践者、生成者和原生资源的提供者,不像艺术家只是都市经验、都市人格,都市文化观察者、感悟者、反映者。几十年后再来看当下的大众文化,其中所包含的中国都市化进程中的社会的、文化的、心理的信息量,将会比历史、社会学和雅文艺要大得多。

(2006年在中国文学艺术界联合会知名艺术家高级研讨班的讲课)

2005年8月6日,简记讲课提纲

2008年3月9日,整理改定记录稿

称国学为"华学"是否更好?
——《岘峰山人说》序

    2006年盛夏,应岘峰山人李闻海先生①的邀请,我来到南国的一个文化书院——安静美丽的潮州淡浮院,和凤凰卫视著名主持人杨锦麟先生,韩山师院黄挺教授,著名的才女主持人李蕾,共同录制了一期《出走与望乡》的文化话题节目。

    淡浮院依山而筑,山绿得厚,房子建得古雅。从两边回廊拾级而上,渐次展开几百幅各朝各代的碑刻。这是以吴南生先生收藏的历代珍品拓片为蓝本,由岘峰山人集资修建、勒石镌刻的,其上有启功题"中国历代书法碑林"八个大字,有吴南生撰文、国学大师饶宗颐书丹的《中国历代书法碑林序》。顺着回廊一路朝上看过去,从甲骨、金文、石刻,从王羲之、王献之、颜真卿、柳公权、张旭、怀素,到苏东坡、赵孟頫、文徵明、董其昌,再到于右任以及当今诸位大家的作品,几千年中国书法的精华尽收眼底。

    淡浮院请我们这些长安学人来,本来想做"南北碑林对话"的节目,是我们建议改成现在的题目的。一是,淡浮院的碑林虽然系统而珍贵,但其实与西安碑林在内容上大体相似,都是中华历代碑刻的精练展示,并未形成与西安碑林相异的、独立的南派碑林,两者在文化内涵上是一种承续和延伸,很难形成对话关系。二是,如谈"出走与望乡"这个题目,则可以探讨潮汕文化最具特色最本质的一些问题,还可以拓展到整个华人文化的方方面面,拓展到从全球华人文化的格局中来看待中国本土文化,视野开阔多了,承载量也大多了。

    一个尘封已久的文化命题便这样被开启了。在话题中,我们通过对潮汕文化与中原文化的关系的探究,梳理在中国现代化进程中,海外文化的输入对中国传统文化的影响,透视"留守"和"出走"对于中国文化的双向意义。唐宋时期,韩愈、文天祥等历史文化名人都曾在潮州留过足迹。虽然韩愈在潮州仅待了八个月的时间,但潮人尊韩的文化现象却千年不衰,并形成了潮州特别的"崇韩文化",这很值得我们思考。潮州的山曰"韩山",潮州的水曰"韩江",市区有街曰"昌黎路",市民自诩潮州为"昌黎教化"之地,自己为"昌黎教化"之民。潮州的"崇韩文化"无处不在。记得我在话题节目中说了这样一段话:"潮州人崇韩的现象也从一个侧面说明了潮州人对当时先进文化的推崇。唐代是封建社会的高峰期,唐长安文化更是备受推崇。韩愈于中唐时被贬到潮州任刺史八个月,其间他不仅重教兴学,还驱鳄除害、关心农桑、赎放奴婢等,在对潮州历史文化的发展产生深远影响的同时,也加速了当时中原文化与潮州文化的交流融合。"我还用八个字概括了中华文化总格局中的潮汕华人文化:"潮声迭起,唐音在心。""潮声"与"唐音"本是血浓于水的。

就在这几天里,岘峰山人提到了他的前辈、潮州老乡饶宗颐先生的一个主张。这位蜚声海内外的国学大师,建议将中华传统文化结晶的国学,改称"华学"。此话一出,四座皆赞,到底是大家,不然哪里会有如此高屋建瓴之论。杨锦麟和岘峰山人比我年轻,性格又开朗,此后在好几个场合便将饶老的想法传播开来。那之后不到半年,锦麟先生在第三届世界华人论坛的演讲中专门谈到了他的华学观。他说,中华文化在台港澳和海外华人华侨社区保护传承的完整程度,有许多地方是经过"文化大革命"十年浩劫而出现过文化断层的中国大陆所不及的,"所以,我对中国的软实力要提出一个新的概念补充和修正,这就是改称'中华软实力',只有这样才能涵盖传统国学和传统文化的完整性"。

他说,"这里有必要提到'华学'这个概念。我们理解中的华学,不是中华文化的源头,也不是中华文化和现代文化结合的中端,应该是一个涵盖面很广的一个定义。凡是属于中华文化圈内的精华荟萃,包括56个民族的各种经典和各种文化的底蕴,都应该列入华学视野。"以锦麟先生凤凰著名主持人的品牌效应,此说渐生影响。

我手中这部马上要在海内外同时出版的《岘峰山人说》,书中也有专文论及闻海对华学的种种想法。作者嘱我为此书作序,正好为我提供了一个就国学、华学来进行讨论的机会。因为我也是华学的一个赞同者。

国学的正式提出，当在 20 世纪初的清末，当时学界针对西学东渐而力挺国学以抗衡。据王淄尘《国学讲话》云："庚子义和团一役以后，西洋势力益膨胀于中国，士人之研究西学者益众，翻译西书者益多，而哲学、伦理、政治诸说，皆异于旧有之学术。于是概称此种书籍曰'新学'，而称固有之学术曰'旧学'矣。另一方面，不屑以旧学之名称我固有之学术，于是发行杂志，名之曰《国粹学报》，以与西来之学术相抗。'国学'之名随之而起。"梁启超 1902 年写信给黄遵宪，提议创办《国学报》，"以保护国粹为主义。"章太炎于 1906 年在东京发起"国学讲习会""国学振起社"，以"振起国学、发扬国光"为宗旨。正如国粹派邓实在先生总结的，"国学者何？一国所有之学也。有其国者有其学，学其一国之学以为国用，而自治其一国也。"

由此可以看出两点：一、国学，最初是对中国传统文化学术典籍的总称，后来扩展到对整个中华传统文化的泛称，应该说其界限基本是明确的。至于学界有人要给国学清理门户，主张对其精确定义，将范围缩小到历代汉族的典籍文化中来，反对国学内涵的泛化、模糊化，从学术研究的角度，心情可以理解，有它的科学道理，此处暂且不予置论。但国学主要是指汉民族文化，总体上没有涵盖理应是中华民族文化有机组成部分的各兄弟民族的文化，这一点一直是明确的。

二、国学一开始便是针对西学而命名的，有抗衡西学东渐的初衷，它的着眼点是"学其一国之学以为国用"而不是"学其人类之学以为国用"，它的指向也先天性地带着一种内封性，一种对西学、对世界其他地区文化，乃至对中华其他民族文化，在心理上的区隔和某种程度的戒备、拒斥。这恐怕也是不可否认的。

我想说的是，国学这个产生于特定背景下的称谓，放到今天全球文化大交流的语境下，确有可能引发推敲的地方。国学对国人来说，理所当然是"中国之学"，但扩大到境外，便出现了一个问题，即为什么国学一定要特指"中国之学"，而不能是其他国家指称自己国家的文化和学问呢？对散居在世界各国的华侨、华人，还有热爱中国文化的东洋人、西洋人来说，国学为什么不可以被理解为他们所在国的文化或学问，为什么只能是这个自古以"中央之国"自居的中国的学问呢？这种称谓多少流露出一点文化优越甚至文化强制的味道。国学这个概念立足于国家、立足于本土，不利于中华文化走出国门、传播世界，在境外极易产生歧义。而作为中华之学的华学，则淡化了文化的国家属性、地域属性，强调的是全球文化格局中特定民族文化的精神质地和内蕴风格，这对于海内外文化的交流、认同和共享，恐怕是更为有利。

对中国境内来说，国学的"国"字，又容易叫人联想到国家之学。这也容易造成一种错觉，好像我们弘扬国学，想要强调的是中华传统文化中的国家学说、政治学说和意识形态学说。中国传统文化中的政治学说和意识形态学说，其核心是什么呢？不是别的，正是皇权主义和宗法制度。在现代化、全球化视野之下，皇权主义和宗法制度，可以说恰恰是我们传统文化的软肋，是很难再拿出来进行学习、继承、弘扬的，当然更不应该去世界各地进行推广。国学大师牟宗三说得好，儒学在中国可分为制度儒学（政统）、心性儒学（道统）、世俗儒学（学统）。他认为，如果说心性儒学（道统）、世俗儒学（学统）的许多精华还有可继承之处，那么制度儒学（政统）在现代是绝不可继承的。那原因不是别的，正是因为制度儒学是中国皇权主义和宗法制度重要的理论基础。

在国际上，学界大体有一种共识，即现代社会必须具有三个最基本的条件，这就是市场经济模式，民主法治制度，自由平等精神。中国传统文化中的家国同构、宗法文化，作为一种政统，只能产生扼杀"德先生""赛先生"的封建制度和皇权文化。要想在这个基础上生发、构建科学、民主的社会制度与现代管理，实在难乎其难。

从社会分工体系看，我们自古政企、政事、政文不分，所有权、经营权不分，造成权力设租、权力寻租，即贪腐的制度性土壤。远在尧舜、商周时期就有贪夫詂官的记载，在《诗经·大雅》中，也有"贪人败类"的字句。贪腐的历史如此悠久的原因不在于中国官宦群体在道德精神上有先天性的缺失，那原因盖出于皇权制度和专制主义这块无法逃离的土壤也。

从道德评价体系看，皇权宗法文化主张忠孝同义、忠孝相通。君、亲、天、地，被放在一个至尊的位置上，并作为偶像崇拜的同体系列被天道化、人道化、神圣化、迷信化，高高地悬浮于真理是非之上。古代对不忠于皇权的现象，列出了"阿党妄上、擅发兵、大不敬、矫诏"等十条罪状，号称"十恶"，全都是不赦之罪，稍有触犯，一律要处以极刑。因为这"十恶"指向的是皇权，是那种制度的命脉，故而绝对不予赦免。"十恶不赦"的成语就出自这里，并逐渐衍化为人类一切大恶极罪的代名词。

从人才评价系统看,皇权文化、宗法文化主张忠孝节义本位而不是德才能绩本位,重忠孝而轻能绩,因而亲缘、地缘、学缘、情缘,各种裙带风盛行。这使得中国传统社会的整个人治系统,有了文化和道德精神的支撑。加之传统的人才评价又特别崇尚"伯乐相马""慧眼识才",用个人的"慧眼"替代科学的人才选拔机制。这种人才评价体系,其实是整个社会人治系统的一个环节,往往只有乱世才可能启用一点人才(如汉代的卫青、霍去病,宋代的岳飞,那是为了实现皇权建功立业或保驾护国的目的),治世则常常选用庸才,盛世更是奴才得势于天下。这几乎成为规律。

从社会发展模式看,我们的传统文化以修身、齐家作为治国、平天下的前提和基础。梁启超说:"吾中国之社会组织,以家族为单位,所谓家齐而后国治是也。"伦理中心过分强调道德范式、道德自律,忽视科学管理和制度建设。把道德范式放在科学的社会管理、行政组织功能之上,以伦理中心为治国之基,又怎能构建起现代民主制度,实现社会的科学管理?更遑论践行科学发展观了。

要在天人合一、君权神授(父权神授)的传统宗法制基础上产生具有自由意识和法制意识的现代公民社会,那更是难乎其难。传统宗法制社会只能产生主奴根性、依附人格,人人依附于人,人人被人依附,你是你所依附的人的奴才,你又是依附于你的人的主人。这样由主奴依附关系组成的社会,不可能生发出人格尊严、自由思想,不可能培育起平民权利、公民意识。而平民权利、公民意识恰恰是现代社会所必需的。君权神授是人治的土壤,公民意识才是法治的基础。

所以,如果给人造成国学乃是国家之学这样的错觉,我们积极推广国学的行为也就极容易被误解,好像我们热衷的是推行制度儒学、政统"国学",这就非但不能给中国文化增光,反会产生这样那样的负面影响。华学这一称谓则在一定程度上避免了这种歧义。它给人的印象更多是纯文化的,是民族文化中关于文史哲经,关于伦理道德,关于民间智慧、民间风俗、民间艺术方面的文化内容,即道统、学统方面的内容,这些内容才是更易于融入世界、为人类共享的东西。

许多人都看到了国学隐含的弊端,这正是近百年来,中国人大量引进、移植西方学术思想、学术体系的原因。近一个世纪中,西方学术思想、学术体系在我们的土地上由引入到蔓生、到覆盖、到蚕食，而我们民族自己的理性思维和学术体系，在新历史阶段带有质变性质的传承和构建，则收效甚微。这时，另一方面的问题又出现了。随着时代的发展和社会的现代化，随着中国经济地位的提升和国际社会格局的变化，更多的人逐渐认识到，仅仅靠引进西方的观点，并不能重新构建出新的中华文明来。于是，有学者提出了"振兴国学"的口号，试图用弘扬中国古代优秀文化传统的方法，实现中国在学术领域的再度辉煌。问题在于，国学的概念早已被限定在中国历史传统的学术范畴之内，提出这个口号本身就极有可能使现代中国人的思维被误导进一种新的禁锢之中，即中国传统文化的禁锢。这显然并不利于中国文化在当下的发展创新。

在现代文明社会中，对国学传统的传承和升华，不能仅停留在刻板地复制和单纯地克隆上，要与时俱进，要与当代人类文明的普世价值进行必要的接轨。中华民族的传统文化，社会主义的文化实践，以及改革开放以来具有中国特色的现代文明价值取向应该熔冶一炉，成为华学的有机组成部分。这也是当下国际社会对我们普遍的价值认定，这既是对传统的回归和敬畏，也是对现代文明的吸收和追求。大约是出于这种目的，汕头大学王富仁教授近年来提出了"新国学"的主张。他认为国学是五四运动以前为了将中国学术与西方学术相区别而提出的一个概念，但五四运动以后迅猛发展起来的新文化已经构成了中华文化新的组成部分，确不为原有的国学概念所包容，所以以新国学概念将五四运动前后两个段落的中国文化衔接、涵盖起来，这样就可以避免中国旧文化与新文化的断裂。

这与饶宗颐先生的思路大体相似。不过饶老明确提出华学，在称谓上与传统国学有了清晰的界限，更有力度，也更利于学术理性在实践中的学科化。还有的人更朝前迈了一步，主张明确提出，华学是超越国学和西学，创建中华民族自己的新学术体系，以促进中华民族的伟大复兴。他们认为，所谓华学，就是在继承和弘扬国学的基础上，在引进和消化西学的基础上，由中国人自己创建的既不同于国学、也不同于西学，既超越国学、又超越西学的全新学术体系。这样的华学，将促进中国持续蓬勃地发展。他们显然比饶老走得远多了，却不失为一种有益的看法。

中国人被称为华人，中国的语言文字称为华语，中国的文化学问称为华学，称谓一致，顺理成章。由于"华人"一词是指生存于世界格局中的中国人,"华学"一词的内涵也就理所当然地较"国学"一词更为丰富,除了本土的历史文化,也包含世世代代海外华人、华侨在新的生存环境中融汇、更新、创造的文化。这些文化本来就是中华文化的一部分,而且是中华文化中更开放、更动态、更世界化、更现代化的一部分。它处在中华文明和人类文明,历史文明和现代文明的衔接、交融地带,对于促进世界了解中国,中国走向世界、走向现代,促进中外文化、古今文化在和谐的交融中共融共进,具有非常关键的作用。

中华文化在海外华人社会的延续和传承一直极有生命力,形态也一直比较完整。这在海外华人社会可以找到许多典型的例证。仅仅从龙的形象和相关民间习俗和民间艺术活动这一点来看,世界华人社区几乎无一不和中国大陆有千丝万缕的联系。

中国近年来的快速发展和世界性崛起,使得民族文化的外向性传播已经成为中华文化传承、发展的新命题。改革开放 20 多年来,各类外国学术著作和文艺作品在我国翻译出版的数量,是各类民族文化作品翻译、推介到国外去的几百倍,出现了严重的"入超"和"赤字"。改变文化交流中的这一现状,不仅关涉文化发展的上线,即民族文化的发展、构建和传播,而且会关涉文化发展的下线,即一个民族文化精神、核心价值观的保全和一个国家的文化安全的维护这样至关重要的问题。消解国学的封闭性,弘扬华学的开放性,可以促进中华文化的外向传播,起到化解地域障碍、增加理解共识、加速融入全球文化大格局的积极作用。我们不能够把我们的视野、我们的关注点局限在中国大陆,必须涵盖中国大陆以及台湾、香港和海外华人社会文化中合理的成分和内涵。只有文化中国的概念才是内地、港澳台和整个华人社会的最大公约数。

以我个人的感觉,"五四"以来,国人在文化上摇摆和偏颇的一种表现就是,一段时期,有不少人畸恋传统文化,到了另一段时期,又有不少人膜拜西方文化。而且,这两类人群一旦相遇,便常常陷入无休止、无穷尽的关于国学、西学孰优孰劣的烦琐争论中。当然也有人在国学的现代转型和西学的本土转化上做种种可贵的尝试,虽有成果,却也有偏颇。譬如,在近几年的国学热中,就有相当一部分人善于将国学和现代市场社会的盈利法则结合起来。也有一些人善于将国学和现代传媒社会的哗众取宠结合起来。还有的学者或传媒人,例如中央电视台的《百家讲坛》中的一些主讲人,为了适应大众传播的通俗性、平民性、适用性要求，有意无意地将《论语》《庄子》《史记》等古代文化典籍的内容，从它们的时代背景，尤其是皇权、宗法文化背景中剥离出来，做各种去政治化处理。一些本来含有特定政治、宗法文化内容的古籍故事和格言，被讲述者做了抽象的人格化、心性化处理，于是齐国之论一变而为修身之论，一变而为当代人的修养术、成功术甚至权谋术。我以为于丹讲《论语》虽有硬伤，却远不是问题的要害，问题的要害是她通过《论语》来引导社会安于现状的保守倾向和人们无度的忍耐倾向。她在某种程度上有意忽略儒家思想中的批评性传统，劝导人们不应有太多的抱怨，最重要的是通过古代哲人的"修养术"，关注个体自我的内心幸福。这实际上是用个人内心的自我完善去弱化社会责任和政治承担的重要性，有意无意地掩盖了造成种种人生和社会问题的政治经济原因。在易中天、王立群的讲述中，一些把成功术和权谋术从当时社会特定价值坐标中剥离出来，为现代大众烹制"心灵鸡汤"的现象，更是俯拾即是了。我们所缺乏的、最为需要的，是真正根据国情变化的现实、时代发展的需要，致力于创造性构建新的现代中国文化体系。遗憾的是，正是在这最重要的方面，我们做得很不够，若论成果，则更是凤毛麟角。

其实，近代以来，中国传统文化在海外流布的过程，或者简约地说，华学在海外流布的过程，就是一个中、西文化在生活实践中互动互惠的过程，也是一个中国传统文化在人类文明的营养中、在世界和现代格局中逐渐更新的过程。这个华学走向全球并实现自我更新、自身创造的过程，迄今为止起码有了约300年的历史，在漫长岁月中，海内外华人已经为构建新的现代中国文化体系造了势、奠了基，积累了很多可资借鉴的经验和教训。

我们整个中华民族，每个人站在自己的位置上是各自独立的，一到紧要关头就会靠拢到一起，自动聚合为整体。每个人的血脉、民族的血脉在这种聚合中，是那样心照不宣，那样强大而又神秘。这不是国的概念或国家的、政权的概念能够解读的，只有华的概念、民族的、文化的概念才能融通。华学概念所包含的这些中国文化的新元素和新动向，恐怕都是国学难以涵盖的吧。

我赞成华学说，是想倡导在纵向和横向两个维度让中华文化作为一个结构整体，不仅包含古代学术，也包含现当代学术，不仅包含汉民族的主体文化，还包含其他兄弟民族世世代代创造的文化，包含海外华人华侨传承、流布、创造的中华文化。这种华学，是对传统国学概念的一种补充和修正。它应该成为传统文化衔接现代文明传播过程中的一个节点。我们敬畏传统，但更关注当下活着的新鲜的文明过程，我们应该横向贯通，纵向对比，同心协力搭建一个共同的话语平台。华学就是这样的平台。华学的概念，可以凝聚海内外华人对中华文化的认同。它属于海内外热爱中华文化的所有人，甚至包括进入中华文化圈内的非华人。因而，从概念上说，华学比国学更具有时代感，也更具有包容性。它有助于互动交流，有助于中华文化在更广阔的共识中传播。

可喜的是，近年来海外和港澳台的学者，在饶宗颐先生影响下，已经在这方面做了大量卓然有成的工作，许多人写了文章，也出版了一些书。中山大学出版社和紫禁城出版社从1995年起已出版了八辑《华学》。《华学》由泰国华侨崇圣大学中华文化研究院和中山大学中文研究中心编辑饶宗颐先生任主编。华南理工大学还设立了"华学创新奖"。此情此景，如复旦大学教授朱维铮在《饶宗颐学术馆碑记》中所说的，真是"延华学于一脉"呀。

尽管形势可谓乐观，我仍然热切盼望着，饶宗颐先生的主张能引起人们更广泛的更为认真的关注，而不是以国人和学术界惯有的那种无所谓，甚或油滑的调侃来对待它。任何一种文明和文明的传播都要在某些符号和理念组成的平台和渠道中进行。民族的精神文化传承和走向，往往受到传播平台的极大影响。对华学的讨论看似是称谓之争，我们却不能轻视。事实上，一个伟大民族的主要标志，不仅仅在于物质财富的充裕、文化形式的丰富，更重要的是这个民族是否拥有伟大的思想及其相应的学术体系。

所有这些话，都是岘峰山人这本书和他的淡浮院引发的，我们实在应该感谢他。是为序。

2007年9月13日晚10时，西安不散居

注释

① 泰国著名侨领、正大集团董事长谢国民先生在泰国建有传播中华文化的大型文化书院淡浮院，影响遍及海内外。五年前，谢国民先生又在其家乡潮州风景区建成了国内第一所淡浮院，聘请同为潮州人氏的海内外知名文化大师饶宗颐先生担任名誉院长，文化学者岘峰山人李闻海先生为院长。这所规模大于泰国淡浮院的大型文化书院，收藏了大量中国文化古籍和碑帖，承担了一些研究课题，举办了许多广有影响的文化论坛和讲座，在向海内外传播中华文化方面影响日渐增大。

炒糊了的国学热

一、高烧不退的国学热

最近两年，国学热、讲史热高烧不退。如果把国学热分为国学活动、历史讲座、文化研讨三个层次，那么这三个层次都很有热度。

全国各级、各类名目的历史文化讲坛不下千余个，从中央到每个省市和部分县。每个高校的部分院系、部分中学，相当多的大企业也设有讲坛。全国电视台、广播台人文专题讲座已达百个。千个社会讲坛，覆盖百万师生干部；百个电视广播讲坛，覆盖亿万民众。这就是当下的形势。所以我说，文化热、国学热已是仅次于股市、麻将的中国第三热。这三热，一热财富，二热休闲，三热文化，是社会进步、人民安康的表现，并不是坏事情。

我在给"三秦大讲堂"题词时，表明了对国学热的肯定态度。我写的是："学问因讲述化为民众话题，社会因讲述提升人文理性。"这起码包含了三点肯定：一是国学热有利于中国文化中精华部分的传承弘扬。二是国学讲述中的许多内容、价值坐标固然可以推敲，但经过文化整理的思维、思路、知识、智慧，对民众的眼界和思维总是一种营养和提高。三是学问、文化因国学热普及到民众，亲近了民众，也提升了学人和学问的地位。也就是说，我对现代传媒普及文化学术，以及为了普及传播而做的娱乐化、大众化的适度改造，基本赞成。

但国学热的确热过了，有点炒作的味道了。国学是被市场利益、社会浮躁心理、公众传媒（包括屏媒、网媒、纸媒、声媒）炒的。而作为国学热最大的标志品牌，中央电视台的《百家讲坛》栏目，就有很多不足：

第一，道多器少。选题集中于人文方面，对自然科学史、创造发明史和商业文化史中光彩夺目的人和事很少涉及，而这三方面其实也是我们历史上一直绵延着的文明线，只是被传统文化固有的重道轻器观念埋没了。从《史记》《货殖列传》所载人物范蠡、白圭、桑弘羊，到近代晋商、徽商、浙商、秦商；从战国时的水利专家李冰，东汉的发明家蔡伦、天文学家张衡，南北朝时期的数学家祖冲之，北魏地理学家郦道元，隋唐时期的医学家孙思邈，到宋代发明活版活字印刷术的毕昇、北宋百科全书式的科学家沈括、明代农学家徐光启；等等。哪一个不是可圈可点？《百家讲坛》却从不涉及。

当然，这类人很难讲，不如权术与爱情好听，但其中也有爱情、有命运、有社会冲突和人文思考，更重要的是，他们代表了中华民族进步与科学的一面。这些方面以前被重道轻器观念掩盖了，现在应该大力发掘，向大众普及。那意义不仅在于复活中华民族的科学创造文化，促进现代科学观念的普及，更可以引发深刻的思考：历史上的重道轻器观念，是如何延缓了中国社会的发展的。以此警醒今人。

第二，术多学少。讲《三国演义》讲《史记》，必然讲政治人物、政治斗争多。讲政治活动军事斗争，又常常陷于具体政治事件和军事智慧的铺陈。这就容易忽视另外两极，即深度的文化透析和细腻的心理活动、感情展示，出现智术多于道义，智术多于人情的倾斜。《三国演义》本身就过于注重谋术，曹操谋多近诈，孔明智多近妖。《史记》所记载的先秦时代是学与术时有分离的时代，一方面是先秦诸子如儒家的孔子、孟子，道家的老子、庄子，墨家的墨子以及法家的韩非子，他们创造了元典学说；一方面是处在漂移时代的谋士们如张仪、苏秦，他们的谋策多于信仰操守，为成功不择手段。现在这些都被《百家讲坛》放大了。

王立群说，他并非爱讲权术，而是因为古代的政治史本身就是帝王将相史。这个观点是不对的。中国的历史、中国的政治史，甚至中国的帝王将相史，并非只有权术。他可能说出了当下历史研究的部分现状，却远不是中国历史原有的真实。恩格斯说，历史运动取决于社会各种力量无数个平行四边形对角线的合力，历史是在多重力量的推动下前进的，是人民群众和杰出人物共同创造的。

一个人之所以杰出，是他能从某个角度、不同程度反映民众的心理诉求。只是民众的诉求和行动很少被记载下来。这一直是我们历史学界的缺欠。我们不能把不公平的记载作为历史事实，把书面的、典籍的存在当成历史最合理的存在，更不能把历史上官场政治斗争和当下社会的官本位意识、商场智术关联起来炒作。这必然会导致把历史变成成功学、成功术来热销，把智慧手段放在道德目的之上的偏颇。从市场营销学的角度看这是好的，从历史学的角度看这却未必好。现在的文化热，恐怕热学少，热术多。

第三，叙多思少。《百家讲坛》对所讲人物与事件，叙述多、称赞多，而学理反思、文化批判少。有人调侃《百家讲坛》是学者说书，可能就是指他们的叙说远多于思考。我们的学者应该站在历史认知水平的高峰，对既在性历史不能只是史实性的重述再现，或只限于具体史实的发现和重构，要有新高度的反思。在这一方面，我们现在做得很不够。

譬如，易中天说诸葛亮并不那么鞠躬尽瘁，而是像曹操一样擅权，斩马谡是为了平衡荆州、益州、东州几个内部集团的矛盾。这个说法虽有道理，却是小道理，只是对具体史实的一种新理解，而不是学者深度的人文思考。大道理应该是对诸葛亮、曹操道德境界如何被智术屏蔽、遮蔽的深度反思。老子说："智慧出，有大伪。"真正的大智是建立在大道，即推动历史、改善民生之上的，否则智慧便容易降为智术、诈术。所以古代那些最重操守的知识分子常恐自身道德修养不够而不敢任高官，这才是对民生社稷负责的态度。讲《三国演义》《史记》的智术权谋，不能造成一种错觉，似乎人生只是一场战争，战胜别人就是成功，而为了成功，一切暴力和阴谋诡计都变得理所当然。

文化学者是社会良知的体现者，有引领社会思潮、提升民众理性的责任，不能只当一个历史的叙说人。叙述淹没思考，谀语多于诤言，不利于国学在科学轨道上的传播，也使学者匍匐在历史老人的脚下。我们不能成了历史人物的弄臣，还是要当历史和社会的诤友。

总之，国学热虽是好事，却要注意，第一，始终要抓住民族文化心理构建和民众人格构建这个主题，抓住为中国现代转型而构建现代的、科学的、自由的、创新型的人格这个最大的主题。这是文化和文化人对国家民族的终极关怀。市场经济时代，我们不能玩物丧志，也不能玩史丧志。第二，这种构建，当然包括个人人生价值的内容，如于丹讲《庄子》《论语》，从修身出发，就高了一层次。但远不止于此，还有更高的层次，即道的层次，要着眼于现下时代的、全民族的文化心理和民众人格构建的大道。这就需要对中国文化做全面的反思。因而，王立群在概括他的读史感悟时说："其实就是八个字，'史以明智，史以明理'，就是说，历史可告诉人们很多智慧，教会人很多做人的道理。"这恐怕是不完整的，还应该加四个字："史以明道"。明大道，不只是通晓做人的道理，而且领会天道物理，宇宙社会历史（当然也包括人生）大的发展规律和趋势。所谓"大学之道，在明德，在亲民，在止于至善"，读史，如果能够在智、理、道三个层面收割思想，那是最好的了。

二、给国学热打"退烧针"

王立群对国学和国学热的看法，有的似有偏差。在西安的讲演（见《华商报》报道）中起码有三点我不敢苟同：

第一，他在褒扬意义下，认为"国学典籍有自动纠偏能力"，因而不怕误读。是的，国学是有自动纠偏能力，但不是朝历史进步、朝社会改革的方向上纠偏，而是以文化的"模板修复功能"消解历史进步和社会改革，使中国封建社会出现超稳定结构而绵延几千年。中国文化三个主要内涵——天人合一、家国同构、伦理中心，就像文化芯片一样植入我们民族的文化心理之中。古代的社会改革如果违背这些精神和父家长制、嫡长子继承制等宗法制度，最终往往会被文化的模板修复功能纠正复位。

我们不妨以武则天为例。武则天违拗宗法制度自立国号大周，在权力意义下看来，她胜利了。但在她临终时，按嫡长子继承制，她只能将皇位传给李姓的儿子，而不能传于武姓的娘家人。这个毕其一生改变李唐王朝颜色的女强人，最终不得不下遗诏："去帝号，称则天大圣皇后"，而传位于唐中宗，将李家天下又还给李家，自己则依然作为李家的皇后入葬乾陵。这就是传统宗法文化的"自动纠偏功能"，不过是一种文化弊病。

唐代有两个出色女性，武则天与杨贵妃。武则天以婚姻爱情置换、攫取权力，在权力斗争中胜利了，却败在文化手里，主要败在宗法制上。她的一生是一个轰轰烈烈的叹号，最后变为对中国文化无尽而又无奈的拷问，变为启动我们思索的问号。无字碑无法回答她的拷问，它只能无字。杨贵妃走了另一条路，她不以爱情攫取皇家权力，而以爱情消解皇家权力，把一朝天子唐玄宗变为李三郎，变为平民化的情郎，最后她虽然也为政治殉葬，但她和李三郎那种平民化的爱情却永存下来。"此恨绵绵无绝期"实际上是"此爱绵绵无绝期"。杨贵妃的命运也便由叹号，变为无尽思念的省略号。

第二，王立群认为"我们对国学的关注还远远不够"，要把对国学的"小众关注"变为"大众关注"乃至"普及国学"。民族精神和传统文化是以多种方式传承的，且主要是获得性的集体无意识遗传，民俗风情行为和民间艺术文化的传承，这些是今天仍然活着的传统。国学、典籍文化的传承，主要影响的是庙堂和精英层面，不但不是民族精神和传统文化的全部，还可能遗漏了大量精华，存在着许多局限与偏见。国学在古代就是小众的，活跃在精英层与庙堂层，现代社会有必要大众，有必要普及吗？当务之急恐怕还是普及科学意识、民主意识、创造意识。因而我的主张是：社会慎待国学、民众初知国学。

第三，王立群说改革开放初期，我们"认为西方文化可以解决一切问题"，"但在把西方文化运用了20多年后，大家慢慢发现它并不是万能的"，是"有缺陷"的，"遂将目光转向了被冷落许久的国学，并且通过实践发现，国学确实能够带来效益"。对于这些看法我是不能同意的。其一，这不符合事实。改革开放以来，除了极少数激进的现代派主张用西学改造中国，政府和民众都从来没有"认为西方文化可以解决一切问题"，改革开放的实践过程也从来不是"把西方文化运用了20多年"。我们强调的一直是，努力实践和构建中国特色社会主义文化，民族的科学的大众的文化，而反对西化。难道不是这样吗？

其二，我们千万不能搞"两个混同"，即一将改革开放以来我们对世界先进文化的吸取和照搬西方混同，二将现代文明和西方文明混同。而要坚持"一个区分"，即把已经构成人类文明瑰宝的西方文明和具有帝国主义、霸权主义本质的西方文明加以区分。西方文明本来就有两类。我们应该坚持向一切人类文明的优秀成果学习，真诚地给西方文明的优秀成果行"脱帽礼"，摘掉我们心中那种带偏见的、和帝国主义撕扯不开的西方文明帽子。

我们常常把人类的共同精神价值看成是西方文化，这是误会。同时，我们又把民族价值、地域价值置之于人类价值之上。文化在至高的精神层面上，是人类的普世精神价值。每个民族处在不同的文化云朵下面，但透过云层照射我们的是同一个太阳，云层不同只是阳光折射不同。因而亨廷顿的"文明冲突论"

是局部、浅表的，实际为霸权主义的文化扩张做了理论前导。任何再古老的文明，都会在发展过程中接受人类普世原则的筛选，并把自己的优秀成果贡献给人类文化宝库，而不再仅仅属于哪个地域。没有这个意识，就会沦为井蛙观天式的部落文明而失去大格局中的生命力。中国文化中经常出现的"天下公理""人间大道"这些带有普世意义的词汇，正反映了这种宏大的眼界。

其三，不能说我们学国学是因为"国学确实能够带来效益"，这是王立群无意中说出的实话。国学在现代的功能，主要不是给我们带来操作层面的效益，相反，主要是在精神层面，以沉厚、冲和、中庸之气平衡现代人的实用、功利、浮躁。如果像前面指出的，在讲史中将官场政治斗争愈来愈和商场智术关联起来，最后侵蚀我们的感情世界，让情场也充满功利。官场、商场、情场，三场都功利化，历史学就真正变成了成功学、成功术，这反而违背了国学的核心精神。

三、我赞成和不赞成什么样的国学热

国学可以说是国故学，精神国故、文化国故的统称。它包括义理之学（哲）、经世之学（政治、经济、社会）、考据之学（历史、训诂）、词章之学（文），以及一切国故中的医、巫、侠、易。最有代表性的典籍是：先秦元典、两汉经学、魏晋玄学、隋唐佛学、宋明理学、汉赋、唐诗、宋词、元曲、明清小说等历代文化学术体系。很明显，这其中既有国粹，也有"国渣"。

我赞成这样的国学热：整理国故、抢救保护——抢救已经濒危的国学资源。这是主要由学者专家做的系统工程；取精用宏、整合构建——从宏观的发展着眼，将国学精华整合构建成适合时代发展的新的中华文化体系。这是应由政府、社会和华人世界组织协调各类知识精英来做的系统工程；树立形象，凝聚根性——改善软环境，增强软实力，树立国家对外形象。如建立孔子学院，形成儒学或华学文化圈，影响世界。这也要以政府为主来做；择优普及、传承发扬——关键是择优精选国学的精粹，给大众传播的知识一定要少而精。

我不赞成溺于旧学，食古不化。钻进故纸堆里指手画脚不可取。国学是动态文化，是一条流动的河，它有相对静止性，却不是固化的文化化石，不是文物，它总是在流布接受过程中不断增值。

作秀邀宠，以术代学。鼓噪"峰会"，广场诵读，打坐叩头，梳髻蓄须，全民穿唐服、汉服，不一而足。郑州某企业印10万本《弟子规》赠给各小学，一位校长在赠书仪式上下跪，希望从孩子起振兴国学，"与异域文化争鸣"。《弟子规》就这么好吗？能取代现代教育管理吗？仅"天地君亲师"，把师长放在真理之上这一条，怕就不符合"吾爱吾师，吾更爱真理"。

化学为产，唯利是图。市场介入，化学问为产业是好事，是学术产业化的一种探索，表明学术终于有了价格，书中终于有了黄金屋，也给国学的传播增加了动力和活力。这是时代特色，但唯利是图不好。现在给企业家办的国学班比比皆是，清华、北大等"老板班"一年学费为2.4万—5万。中国人民大学国学院副院长袁济喜甚至说"国学应成为'儒商'的必修课"，这明显有招生广告味道。我们还是要以现代科学文化武装我们的企业家。国学可以是选修课，人们可以从中吸取营养。"儒商"是一个意指不明的称号。如果"儒商"是指严格意义的儒家商业思想指导下的商人，现代企业家们明显没有必要成为这样的"儒商"。如果"儒商"是泛指有知识文化和道义担当的商人，企业家们需要学习的东西就多了，国学并非必修，也不是唯一。其实依我看，有的企业家上MBA班是用金钱买个有西方现代管理文化背景的履历，上"老板国学班"不过是用金钱买个有传统文化背景的"东方儒商"身份。他们的行为好像都有点赶时髦，当然这只是指有些人。

这其中，最要警惕是各种"准国教"倾向。譬如——

国学中心论——力图以儒学作为当代中国的核心价值观，主张以儒立国。海外国学大师牟宗三有国学"三统说"，他说国学分道统、学统、政统。道统是心性化儒学，学统是世俗化儒学，政统是制度化儒学。他认为，如果说心性化儒学（道统）、世俗化儒学（学统），还可适度弘扬，用以修身齐家，那么制度化儒学（政统）绝不可继承。也就是说，在今天，国学中的许多好东西会有益于我们修身齐家，却不能用以治国平天下。这一点说得很到位。

国学救世论。王立群说，国人在实践中感到了西方文化不行，便将目光转向了被冷落的国学，通过国学带来效益。国学成了挽救当下精神滑坡的救世主。为什么国学断断不能救世，后面我要专门说。

西学中源论——总爱在世界优秀文化成果中找到它的源头本在中国，如中国易经的阴阳是电脑二进位的始祖之类。在这个问题上，我十分同意余秋雨的观点，即我们要有人类文化的共生意识和共享意识，应该在一些精神大原则上承认共同性、人类性、普世性，而不要把一些人类常识性的文明强调成中国人的独创，这会使别人感到共同精神财富被单方面掠夺的不舒服。例如"己所不欲，勿施于人"这个原则，人类几大古文明中都提出过。又如"以人为本"原则，是西方以人性、人道、人权为基点的人文主义起点，不但不能说是我们的独创，而且别人发展得远比我们成熟。另外，像"和平""科学""和谐""平衡""与时俱进"这些概念，也一直是全人类的智者所共同坚持的，都不宜在文化意义上说成是中国的独创、独有。和谐精神就曾被古希腊毕达哥拉斯、亚里士多德提出过。亚当·斯密写《国富论》之前，也提出过"斯密难题"，即如何解决追求财富和完善道德之间的悖论，以达到社会和谐发展。马克思和现代西方学者关于实现社会和谐，更有许多科学思考。唯我独尊容易导致不和谐，甚至成为文化冲突的引线。

在汉诺威世界博览会的德国馆大厅，是一大堆德国伟人未完成的塑像，有贝多芬、黑格尔、马克思，等等。说明牌上说，德国伟人常常无法在自己国家完成，都走向了世界，因此有理由让世界各国观众在自己的心中去完成。也就是说，只有全人类的营养才能造就最伟大的人。他们请各国观众在黑板上补充在自己国家出名的德国人。你看，连骄傲的德国人，也把民族性放在和世界性的互动之中。这个世界博览会的法国馆，主题更别开生面——法国走在十字路口，不知往哪里去，希望世界各国观众帮着出主意。他们融入世界的姿态让人如沐春风，中国人真要学学人家的气度。

我们应在至高精神价值层面承认人类文化的共通性，在具体呈现形态上则要承认差异互赏。我们常常搞混了、颠倒了这两方面：一是对可以共通共享的精神价值心存疑虑；二是对不可能趋同的文化形态进行着强制性趋同的误导。例如，为了宣传，各地对炎帝黄帝等各种文化故地资源不择手段的争夺，对地域性文学艺术群体冠以火药味很浓的称呼——"豫军""陕军""湘军""塞上兵团"，而且大炒什么"陕军东征"。真不知道文学怎样去征讨别人！还有，说本国、本地的缺点或开展文化的批评反思，常常不被容忍，惹出种种不愉快，甚至酿成事端。其实，宽容异见、异说和不同风格，才大气、才和谐，不容忍的态度反倒容易引发冲突。不要把地域性的文化问题放大，上升为国家化、民族化的统一思维，而定于一尊，演化为文化冲突。和的精义是和而不同，不同是和的前提，和不体现为单一，而体现在最佳状态下各种不同的协调共存。

文化传播、文化交流绝不是征服，文化汲纳、文化鉴赏也绝不可能投降。鲁迅说得好，难道吃牛羊肉就会变成牛羊？有人说"21世纪是中国的世纪"，不知从何谈起？任何一个世纪都是各国共存共荣的世纪，都是整个人类共有共享的世纪。总想着去排挤、征服别人，对文化的发展而言绝非吉兆。在古希腊时代，主张建立容纳各派力量的混合政体的亚里士多德，一直教导他的学生追求社会和谐。不幸，他的学生亚历山大在成为大帝之后却发动了讨伐亚洲的战争，结果半途夭折，反而造成古希腊文明的衰落和罗马帝国的崛起。这还不是教训吗？

我不赞成亨廷顿的"文明冲突论"，而赞成南非大主教图图所说的那句话："我们为差异而欣喜"。是的，我们应为差异而欣喜。当今世界，只有崇尚文化差异，才能合理争取到文化话语权。我们不应该发布强加于人的信号，而应在差异中争取文化和谐。

我不赞成东西循环论。恕我不敬，这好像是季羡林老先生的意思，说20世纪是西方文化的世纪，21世纪则是东方文化的世纪。文化是靠正确性、真理性显示自己生命力的，不能轮流坐庄。没有先进性、真理性的文化永远不会成某个世纪的主流文化。我们努力吧。

四、为什么国学不能救世，不能成为我们的核心价值观？

为什么国学不能救世，不能成为当今社会的核心价值观？为什么儒学不能立国，不能成为中国的准国教？美国学者说，现代社会必须有三个条件，这就是市场经济模式，民主法治制度，自由平等精神。很明显，国学最基本、最核心的精神与现代社会最基本、最核心的精神南辕北辙。从宗法文化和农本文化中产生不了市场经济、民主制度和自由精神。从国学中产生不了现代社会、现代科学、现代人文、现代管理体系。

第一，农业文明、自然经济基础上的国学，虽有这样那样的精华，却不可能成为现代市场经济的精神前导和文化基础。中国千年前即有商贸，但没有成熟的市场，产生不了现代市场经济。《吕览·上农》认为，人据农而商，则"无居心"，易流徙，"不可以守"，亦会好智多诈，"巧法令"，无是非观。所以农民被士称为小人，而商人则被直呼为贱人。在秦代，一代有市籍，即打入另册，三代失去自由。晋时羞辱商人，头缠巾，额题名，两脚穿黑白二色鞋。认为无商不奸,并抑商抑奢已成国人心理传统。最近《参考消息》登载了纽约市长完全用市场语言表述公务责任的一段话,他说,市长就是公司首席执行官,任务是经营好城市各种产品,打造品牌,市民就是顾客、上帝,为他们服务。请问,我们就是把国学学得再透,又怎么能过渡到后者这样的观念?

第二,家国同构、宗法文化只能产生专制的皇权主义和皇权文化,很难在这个基础上建立科学民主的社会制度与现代管理。在宗法社会,社区群落只是服从的共同体,不是意愿的共同体。而且家国同构、血亲宗法制、父家长制和嫡长子继承制的模板会不断自我修复。

从社会分工体系看,家国同构的皇权社会,政企、政事、政文不分,所有权、经营权不分,先天性的权力设租、权力寻租几乎成为无法克服的腐败难题。我国早在《诗经·大雅》就有"贪人败类"的记载,西周、殷商,甚至尧舜时期就有贪夫玷官的记载。贪污的历史和华夏文明一样悠久,原因盖出于此。知道这些,我们心里能好受吗?

从道德评价体系看,忠孝同义、忠孝相通。天地与君亲师作为偶像崇拜的同体系列,被放在大道之上,真理是非之上。在古代,不忠于皇权是罪大恶极的。古人针对不忠于皇权专门列出了"阿党妄上、擅发兵、大不敬、矫诏"等十恶,都是要处极刑的不赦之罪。成语"十恶不赦"就来源于此。

从人才评价体系看,一不是德才能绩本位,而是忠孝节义本位,重忠孝而轻能绩,因而亲缘、地缘、裙带风盛行。二崇尚"伯乐相马",用个人眼光替代科学的人才选拔机制。这种人才评价体系,在乱世还可能选出一点人才(如岳飞为保驾护国脱颖而出),而治世选庸才,太平盛世出奴才,几乎成为规律。

家国同构的社会,以模板遗传、同化惰力和修复机制,使三纲五常、忠孝节义通过潜结构实现再生性遗传,造成了中国社会的超稳态结构。现代人怎么能以它为当代的核心价值?

第三,天人合一、君权神授,和传统宗法制社会很难产生具有自由意识和法制意识的现代公民社会,只能产生主奴根性、依附人格,不可能有人格尊严、平民权利、自由思想。

传统宗法制的社会和文化只产生精神奴隶。人人亦主亦奴,具有主奴两重身份、两重人格。马克思说这种人的精神还处在"动物世界"。周成王临终告诫子孙:"尔是风,唯民是草。"你怎么吹他便怎么倒。这就是"草民"一词的由来。八国联军进京，有义和团和民众的奋起反抗，也有百姓打顺民旗和德政伞俯首欢迎。胡适说，自由国家不是一群奴才所能建造的。现代社会必须由公民组成，但由奴隶到公民的变迁，必须经历从天定身份到自选契约的转变。这都是中国传统社会从不具备的。个别明君和清官的开明和亲民，只具有个别性的真实，整体上看，他们反倒模糊了宗法社会的本质，开明和亲民只是统治者凶恶面目上温情脉脉的面纱。跪着的民众期待清官，也成全了清官。有没有清官情结是奴隶与现代公民的根本区别。

第四，国学的伦理中心，过分强调道德感化、道德自律，忽视科学管理和民主制度建设，也与现代化的要求悖谬。从社会发展模式看，国学主张以修身、齐家作为治国、平天下的前提和基础。如梁启超所说："吾中国之社会组织，以家族为单位，所谓家齐而后国治是也。"像这样以伦理道德为基础的治国，把道德范式放在科学管理和行政功能之上，科学发展观怎么落实？在不公正的体制制度下，道德自律与感化只能是天真地希望狼变得更温顺些，狗变得更规矩些。过分褒扬清官与统治者的让步政策，是不触动传统制度的牧师行径。

五、国学热会不会是一种历史错觉和感觉误差？

当前的国学热，有没有可能是因为国学在近百年中遭遇了太多的坎坷，而获得了我们道义上的同情而致的呢？难道它其实是一个历史错觉和感觉误差？

国学在近百年中起码遭遇了四次大的冲击，一是五四运动时期对国学的文化批判。这既是历史的要求，在特定的历史激愤中又出现了很难避免的矫枉过正。二是20世纪五六十年代对国学的文化压制。这是一种思潮通过行政权力对所谓"封资修"的"封"，进行极"左"的压制和打击。这时的国学已经不分良莠，一律戴上了封建文化的帽子，国学家则成了封建余孽。三是"文化大革命"中对国学彻底的文化扫荡——用武器的批判代替批判的武器，用触及皮肉来触及灵魂，用痞子文化打击传统文化。四是20世纪八九十年代西方思潮对国学又进行了一次文化清算。这是从一个现代的异向的坐标上，从学理上对国学的清算。

饱经沧桑、历尽坎坷的国学终于来到了科学发展、和谐发展的新世纪，它要向民族、向历史讨个说法，我认为这是完全有理由、有必要的，也很应该。多难的国学就这样俘虏了人们脆弱的心，获得了道义上的同情。在振兴国学的热情中,有一部分极可能是四次冲击的历史后坐力的反弹,极可能是一次次历史误读给予人们的感觉误差。

但问题还有另一面。当我们的眼光由近百年伸延到近几千年,便出现了完全相反的另一番景象。中国历代人文知识分子从来没有中断过对国学的反思和批判,但几乎每一次反思和批判都在残酷的压制下,惨痛地失败了。无以计数的失败不但投进了先贤们思想的、精神的痛苦,而且无一不拌和着他们的血泪和生命。魏晋、晚明、"五四",可以说是和中国传统礼教抗争的三个高峰期,除了"五四"新文化运动借助全球的现代风和自身由文化,向"武化""政化"转变,由笔杆子向枪杆子转变,总算没有失败(其实也有部分的"流产"),那前面的两次大抗争,遭到的已远不是压制而是刀下溅血的镇压了。

魏晋反礼教的代表人物是竹林七贤之一的嵇康,他将美男子的仪容气质和狂狷的生命追求、独立的人生理想熔铸一体。他"非汤武而薄周孔""越名教而任自然",宣告"六经以抑引为主,人性以从欲为欢,抑引则违其愿,从欲则得自然。"这种离经叛道的主张触动了封建王朝的礼教基础,嵇康被司马昭打入死狱,刑前写下绝笔的《幽愤诗》,声称自己耻于向伪善者、当权者乞求:"卧龙不可驯,志士不可屈。"一时京师震动,数千名太学生联名上书求赦。这反而起到了反作用,导致司马昭非杀嵇康以震慑天下爱多言的文人不可。嵇康奏响自己创作的名曲《广陵散》,被结束了生命。

晚明反礼教的代表人物是李贽。他是福建泉州人,祖上有色目人血缘。异族文化加上海洋文化,都与汉族内封性的土地文化相异,这决定了他的异端和苦难。李贽一生:不考官,不屑为宦,不说假话,不陷俗务,不同流合污,不僧,不儒,非礼非制。他在《焚书》中说:不是那块料而去当那个官,是旷官;不当到最后不放这个位子,是贪荣;一定要把官当到名声满朝,是钓名。对这些,他表示"贽不能也""贽不为也"。

他主张的"童心真性说"直指礼教,是晚明思想解放和新人格诞生的理论旗帜。他认为童心是人最初的一念之本,失却童心便失却真心,失却真人。要活成真人,便要反对儒家的"发乎情止乎礼仪",肯定追求个性、私欲和个人利益的合理性。自然既发乎性情,则自然也应止乎性情,在性情之外没有外加的礼仪可言。这是极具历史进步性的个性自由和个人发展论。他还把儒家说得一无是处:"鄙儒无识,俗儒无实,迂儒未死而臭,名儒死节殉名。"如果人人都以孔子的是非为是非，社会上还有什么是非呢？

这些符合历史进步的追求，无法被那个时代理解，万历皇帝传旨以离经乱道、惑世诬名两条罪过严拿治罪，"其书籍已刊未刊者令所在官司尽行烧毁，不许存留。"李贽入狱后，乘狱吏为他剃头之机，夺过剃刀自刎，血溅满地而未死。狱吏问他痛不，他已不能出声，在狱吏手中写道：不痛。狱吏又问，何以不痛，写道：七十老翁何所求！

中国知识分子的人格，经历了三个历史阶段，即漂移待沽阶段（如先秦孔子、苏秦"丧家犬"式的到处推销自己的"沽之哉"阶段），依附人格阶段（如汉、宋、明知识分子皮之不存毛将焉附，而四处"找皮"的阶段），主体确立阶段（如当今市场经济时代形成知本家、知识资本主义、文化资产阶级的阶段）。阿尔温·古尔德纳认为，在现代社会，知识分子从总体上控制了知识的生产和分配，知识于是成为一种与货币资本一样的文化资本。占有它的叫文化资产阶级。知识分子终于可以把自己种在自己的"皮"上而无须依附别人，从而有了空前的主体性。

从来就有这样反礼教的文人传统，就有这样反对国学核心价值的斗争。他们有正气、有傲骨、有狂狷与狂飙的自由精神，他们反映了新的市民社会和工业社会的历史要求，开始有了"德先生"与"赛先生"的萌芽，这才可能引领社会由传统逐步进入现代。

到了我们撇清各种历史误读和文化偏向，科学地认识、评价、反思国学的时候了。站直了，别趴下！中国知识分子要挺起腰杆，发扬"五四"精神，让中华文化大踏步走进现代境界和现代实践，并逐步建立起新的中国现代文化体系。

2007年9月10日—15日，西安不散居

美的信札

第一封信：开篇的话

晓星：

当你哼着歌，用轻盈的步子跑下楼，去参加高中毕业联欢晚会，你大概想不到，爸爸却坐下来给你写信。也许这是很长很长的"系列信件"……

是你离家时几个毫不经意的动作触发了我写信的念头。你仔细地擦皮鞋，然后又走到穿衣镜前，旋旋身子，捋捋头发，趋身对上嘴唇上刚刚冒出来的一个红疙瘩（你们俏皮地称之为"青春美丽痘"）做了一番颇为认真的考察，才转身出门。我恍然领悟到：孩子懂得爱美了！自小就萌动在你心头的对美的爱好和渴望，现在被青春点燃了，它像一朵明亮的灯焰亮在你心里，使你对美的追求，热切而又自觉。

你可能已经注意到，这次写信，我将小星的"小"，改成了"晓"。你长大了，正处在人生的第二次断乳期——精神断乳期阶段。人生的这个阶段，要求你们由浪漫不羁的、常被自发感情主宰的幼稚状态，逐渐成长到具备自觉的自制能力的状态，孩提时代许多美好的童真的感情和心理逐渐在社会文化心理和文化意识的陶冶下，变得更深沉、成熟，更带理性色彩。故而，法国思想家卢梭将青少年在精神断乳期的成长，称为"人的第二次诞生"。

在这个关键的时期，我希望你结合学校课程的学习，扩大视野，接触一点人文科学方面的知识，努力使自己"真"的感情提高为历史意识，"善"的感情提高为道德意识，"美"的感情提高为审美意识。

我想借你高中毕业到上大学或走向社会的这个转变的空档，给你讲述介绍一点美学方面的知识，结合你的生活实际和欣赏实际，每天写一个问题，凑到一起又有一定系统性。写法上，尽量虚实结合，多举例子，从例子中引出道理。我一面写，你一面读，不断给我反馈阅读信息，也可以提出问题，展开讨论。用这种对话、交流的方式，也许效果会好些。下面要给你谈的这些内容，大部分是我在学美学、欣赏美的过程中的思考和感受，也有一些是我综合和介绍别人的观点。我对有些问题展开谈，有些问题则提纲挈领地谈，但主要是给你提供进一步研读的线索——当然，如果你将来有兴趣、有时间的话。

如果在两三个月时间里，能让你上一次美学基本知识的速成班，我便如愿以偿了。

青少年爱美之心刚刚萌动的时候，常常有一种羞涩感，并且会不自觉地去掩饰和压抑它。这完全没有必要。爱美之心人皆有之，自有人类以来就存在。马克思在《1844年经济学—哲学手稿》中曾经谈到人是按照美的规律来建造的。尽管在资本主义社会，劳动创造了美，却使工人变成了畸形，人还是按照美的规律来建造。他还指出人类对世界的掌握形式是多种多样的，有政治经济学的、宗教的、"实践—精神"的，也有艺术的。爱美、创造美、以审美的态度对待客观世界，可以说是人类的天性之一。

在古代，烧煮食物时支垫锅釜，有三块石头或土块就足够了，可我们的祖先在6000多年前就不断美化支垫物的形状，先是立柱式，继之鸡头式、象鼻式、鱼式、鸟式，后来又演变为饕餮纹及人体雕刻。古代的拴马桩，本来只要能系住缰绳就行了，但几千年来，人们在这竖立的石桩上镂刻了千变万化的人事物像，使其成为中国古代石雕艺术一个特异的系列。御寒蔽体的衣服，能裹住身体就行了，但我们的祖先不满足于树叶兽皮，不但试验养蚕种棉，发展纺绸织布，还在上面染出不同的花色。人类在一切物质产品的生产中，无不执着于对美的追求，以美的规律来创造一切。

去中国西部旅行，看见远处戴着雪帽的山峰，你会感到那是一位皓首银须的老人在用深邃的目光注视着这个世界。当旭日从大海中浴浪而起，你心中会升腾起一种庄严感和崇高感。离别和思念会使你寄情于景物——"感时花溅泪，恨别鸟惊心"。特别是你们年轻人，处在"少年不知愁滋味，为赋新诗强说愁"

的美妙年华，形象思维、浪漫激情最为活跃，万事万物万景都会在心中生出万种情态，心中的喜怒哀乐也莫不移置到客观景物上去。你初恋着，不但满心满脸流动着爱的光泽，还会觉得整个世界一片明媚春光；你失恋了，心中的愁苦又会化为一片愁云，使周围的一切黯然失色。审美的方式，艺术的方式，始终是人类把握客观世界的一个基本方式。

学点美学，让你的爱美之心更充实、更丰富，从更高的境界上感受到自然之美、社会之美、艺术之美，感受到生命之美、民族历史之美、祖国之美；学点美学，让你更自觉、更科学地以审美的方式去把握世界、创造世界，为社会物质的和精神的文明做出更多的贡献。

在谈下面的话题之前，我想先简述一些人们经常使用的美学概念。这些基本的美学概念可以帮助你们阅读有关的美学论著。

美感

由客观对象的审美属性引起的人们感情上的愉悦状态。这种心理状态，是包括感受、知觉、想象、情感、思维等心理功能在审美对象刺激下交织活动形成的。

审美感知

感知美的过程。

审美感受

审美感知的结果。

审美评价、审美判断、鉴赏判断

内涵大体相同，指在审美过程中所包含的对美的评价。

美学分析

对审美对象所进行的理性分析。

美学理论

在对美学分析的基础上进行概括得出的理论上的结论。

审美意识

在社会实践和审美实践中形成的审美趣味、艺术观点和相关观念、理想、纲领的总和。

审美活动

按照美的规律所进行的一切活动，是社会生活与社会实践通过人对现实的审美关系所反映出来的一切东西。

人对现实的审美关系

人对现实的审美认识和审美改造（前者如将山川拟人化，后者如对产品进行外观设计），或者说，人对现实的审美把握（把握，既包括认识又包括改造）。

美学研究的对象是和我们对美的本质的科学理解联系在一起的。这种理解大致是：

美是社会实践的产物。社会实践在客观方面产生了客观世界的美，在主观方面产生了人对客观世界的审美意识，艺术则是审美意识物质形态化了的集中体现。艺术和日常生活中审美感受的区别，一方面是能更集中地表现一定社会、一定阶级的审美意识，一方面是这种审美反映获得了物质的体现（如文学的印刷品，电影的拷贝，音像的盒带等），从而在社会上流传，成为社会普遍的审美对象。

根据这个理解，美学的研究对象主要是以下三个互相联系的方面：美、美感、艺术。

美

对美的研究是从客观方面研究审美对象，阐明美的本质和根源，研究美丑的矛盾发展，美的各种存在形态以及崇高、滑稽、悲剧、喜剧等本质特征和相互联系。

美感

对美感的研究是从主观方面研究作为审美对象反映的审美意识，阐明它的本质、反映形式的特征及其历史发展的规律性。

艺术

对艺术的研究，即研究作为审美意识集中表现的、物质形态化了的艺术，阐明艺术的本质、内容、形式和种类，以及艺术创造的规律，艺术欣赏和批评等问题。

第二封信：思绪千年溯美源
——美的本质析义

两千多年来，许多有名的美学家执着地探索美，热衷于为美下定义。从德国鲍姆嘉通在 1750 年把美学当作一种专门的学问研究算起，此后的美学家们，有的从伦理道德上评价美，说美就是善；有的从目的评价美，说美就是理想的追求；有的从功利观点评价美，说美就是实用；有的从结构上评价美，说美就是对称、秩序、比例、和谐；有的从审美上评价美，说美就是愉悦、情趣、趣味；有的从精神上评价美，说美在于理念；有的从形态上评价美，说美在于多样统一。关于美的种种定义，列夫·托尔斯泰在《艺术论》中指出："或者什么定义也没有下，或者所下的定义只不过是指某些艺术作品中的某些特点。"他得出了自己的结论："'美'的客观的定义是没有的。"而德国18世纪美学家温克尔曼也认为："美是自然的一种最伟大的秘密。"美，像云雾缭绕中的神女峰，像沙漠孤旅者心目中的海市蜃楼，像在明纱和轻烟中翩翩起舞的演员，像达·芬奇的名画《蒙娜丽莎》嘴边捉摸不定而又耐人寻味的微笑，那么令人向往，又那么难以企及。美学家们目眩神迷地去探寻她，接近她，她常常含笑不答，飘然而去。

想将无比丰富、复杂、多样的美，纳进一个有限的定义的框子，诚然是困难的，但对古往今来林立的学派、论点对美做大致的归纳还是可能的。现在许多美学书都把美的定义归纳为三种：美的客观论、美的主观论、美的主客观统一论。我想再加上两种：美的关系论和美的信息论。

美的客观论

其中又有各种派别，大体上可以分为机械的美的客观论和辩证的美的客观论。

机械的美的客观论完全否定人在挖掘美的根源时的作用，因而在西方又被称为绝对的客观论，称为"绝对主义"。有个叫乔德的美学家，在他的《美的客观性》一书中，为了论证美的绝对论的命题，打了这么一个比方：即使地球上的人死得一个不剩，拉斐尔的名画《西斯廷圣母》的美，也是不会改变的。即使没有人静观《西斯廷圣母》，它的存在总比一个无人静观的臭水坑要好。这种机械论的美学观影响并不很大。

辩证的美的客观论认为美是客观的，是不依赖人的意识而存在的物质范畴，但人和人类的社会生活，对美的存在、发现、发展起着不可估量的作用，人在改造客观世界的同时，还不断地创造美，并使这种美逐渐外化为客观的物质存在。这种美（如社会美）最终虽然稳定为客体，它的产生却和人有关。在当代中国，辩证的美的客观论的主要代表人物是蔡仪和李泽厚。蔡仪认为"美是客观的，不是主观的；美的事物之所以美，是在于这事物本身，不在于我们的意识作用。但客观的美是可以为我们的意志所反映，是可以引起我们的美感的。而正确的美感根源正是在于客观事物的美。"在他的主张中，"美是典型"这一公式引起了广泛的争鸣。李泽厚也主张美是客观的，但和蔡仪不同的是，他强调

"美是客观社会性的存在"。比如蔡仪认为自然美在于自然物本身具有美的属性，而与社会无关，李泽厚则认为自然之美，不在自然本身，而是在自然物和人类社会发生关系，被人所认识的时候才产生的。他以国旗为例，认为国旗美，是因为国旗本来就是美的反映。但国旗之美不是因为这块贴着黄色五角星的红布显现了"普遍的种类属性"或"均衡对称"之类的法则，黄星红布本身并没有什么美，它的美是在于它代表了中国，代表了这个独立、自由、幸福、伟大的国家、人民和社会。于是，红布、黄星本身成了人化的对象，具有了客观的社会性质、社会意义，所以才美。美学界有人认为他在正确地强调美的社会性的时候，夸大了美的社会性；在谈论自然美的时候，否定了自然物的美的属性。因此，人们就这方面的问题展开了争论。

美的主观论

这个观点影响更大一些，因而各种派别、主张更多。比如美存于人的心灵中（〔英〕休谟），美在上帝（〔古罗马〕圣·奥古斯丁），美存在于主观、不依赖于存在（〔德〕康德），"和谐只存在于听者的心灵里面"（〔德〕费希特），"美是理念"（〔德〕黑格尔），"没有一个主体，美就决不存在"（〔德〕弗歇尔），"美是属于心灵的力量（〔意大利〕克罗齐），等等。现于中外美学家中各举一种观点介绍一下。

英国美学家休谟认为："美并不是事物本身的一种性质。它只存在于观赏者的心里，每一个人心见出一种不同的美。这个人觉得丑，另一个人可能觉得美。每个人应该默认他自己的感觉，也应该不要求支配旁人的感觉。要想寻求实在的美或实在的丑，就像想要确定实在的甜与实在的苦一样，是一种徒劳无益的探讨。"（《论审美趣味的标准》）几百年来围绕着达·芬奇的名画《蒙娜·丽莎》展开了激烈的争论，就是这种美不在物而在心的主观论的典型反映。有人极力称赞蒙娜·丽莎肖像的逼真美，有的极力颂扬她的善，有人则被她那谜一般的微笑所陶醉。对于她微笑之美、微笑中的含义，更是猜测、演绎、众说纷纭，并且都把自己的感受和理解说成这幅画真正的美之所在。他们认为，美是没有客观尺度的，欣赏者的心灵意识到作品美在何处，也就是作品美之所在。这实际上导致了美的不可知论。

我国著名美学家朱光潜，在1949年之前也持美的主观论观点。他在所著的《文艺心理学》等许多著作中谈到，"凡是美都要经过心灵的创造"，"同是一棵古松，千万人所见到的形象就有千万不同，所以每个形象都是每个人凭着人情创造出来的，每个人所见到的古松形象就是每个人所创造的艺术品。"这种观点，和休谟的观点在本质上一样，都颠倒了美和美感的关系，用审美情趣、审美经验替代了美的属性，否认了美的客观性，是唯心主义的，不科学的。朱光潜在中华人民共和国建立后通过对马克思辩证唯物主义的学习，已经放弃了这种观点，并做了理论上的自我反省。

美的主客观统一论

这是朱光潜在中华人民共和国建立后大力主张并阐述的观点。他曾用一首苏轼的《琴诗》来说明这个观点。

若言琴上有琴声，放在匣中何不鸣？

若言声在指头上，何不于君指上听？

他认为，谈琴声就在指头上的就是主观唯心主义，说琴声在琴上的就是机械唯物主义。琴声既来源于琴（客观条件），又来源于弹琴的指（主观条件），这便是主客观的统一论。他把琴声比为美，美（琴声）在主观（手指）和客观（琴）相统一的关系上。他把这个观点归结成一个定义："如果给'美'下一个定义，我们可以说，美是客观方面某些事物、性质和形状适合主观方面意识形态，可以交融在一起而成为一个完整形象的那种特质。"并用这样一个公式简明地表达出来：

物甲（客观）＋美感（主观）＝物乙（即主客观统一的"物的形象"，也就是艺术品、美）

朱光潜虽然力图运用辩证唯物主义来解释美，但可以看出，在这个公式中，他并没有肯定客观存在（物甲）的第一性，而是持主客观并列的二元论。还可以看出，他认为物甲中并不存在客观的美，只有物甲依附于主观的美感之后才可以产生美，这实际上把美感看成了美产生的源泉，而客观事物不过是美的一种表现形态。因而，从根本上看，这种观点还是违反了存在决定意识、"客观决定主观"的辩证唯物论。

美的关系论

这种观点认为美不在孤立的物或凝滞的心中，而在物与物、物与心的特定关系中，在运动着的物与心的特定关系中。它不是纯主观，也不是纯客观的，而在于主观和客观的关系中。这种观点，在具体的阐述和运用过程中，常常不是偏向强调美的主观性，就是偏向强调美的客观性，有时则摇摆于唯心主义和唯物主义之间。

但是，法国美学家狄德罗关于美是关系的论断，却具有重大的积极意义。他在《论美——美之根源及性质的哲学研究》一文中提出："美，相对词；是在我们心里引起对愉快关系的知觉的效力或者能力……一切能在我们心里引起对关系的知觉的，就是美的。"他举了这么一个典型的例子：在高乃依的悲剧《荷拉斯》中，罗马的荷拉斯之兄弟同敌人作战，被杀死两个，剩下的一个佯装逃跑。父亲非常生气，对女儿说，"让他死吧"，表现出他的爱国精神和英雄气概。原来无褒无贬、无美无丑的陈述句"让他死吧"，在进入了这种特定的时空关系、人际关系和心理感情关系之后，就具有了审美意识，成为"揭露其与环境的关系而更美"的"绝妙好词"。如果环境、关系改变，让在强盗袭击面前溜走的仆人史嘉本来说这句话——问他同敌人格斗的主人何在，答道，"让他死吧"。这就完全成为另外一种意义，成为可笑的话了。"所以美确乎如我们以上所说，是随关系而开始、增长、变化、衰落、消失的"，"我认为组成美的，就是关系"。

显见，狄德罗的美是关系说强调了美的内容、美的社会性，强调了事物之间内在的联系和运动，这实际上也就是强调了美的客观性。他说过："一个存在物，由于我们注意它的关系而美，我并不是说由我们的想象力移植过去的智力的或虚构的关系，而是说那里的实在关系，借助于我们的感官而为我们的悟性所注意到的实在关系。"[①]这实在的关系，就是客观事物的美的属性。当我们说一朵花或一条鱼美时，是由于看到了组成它们各部分之间的秩序、安排、对称、关系。这些都是存在于事物本体之中的实在的美。

美的信息论

这是近年来提出的一种新看法。这种看法力图在辩证唯物主义和历史唯物主义基础上，广泛吸收相关学科，特别是自然科学的有关成果，从信息论的角度对美的本质做出新的解释。它虽然还不大系统，还需要进一步展开，进一步扩大自己的影响，却在许多方面给人以启发。

这种观点认为，信息是生活主体同外界客体之间交流的对象性的动势序，人类的生活和生活的环境无一不具有整体的形象的动势序，它们焕发着程度不同的对象性正、负美的信息。这种信息流对象性地传递给人，人对它进行个性的创造性的处理，使人本身原有的正、负美动势序受到影响，或更换，或加强，并以这种新的动势去形成事物新的美质、新的正负美结构，使客观事物的负美转化为正美，正美变得更美或变为新的美。这种观点认为，对这一信息流程的剖析是揭示美的本质的科学途径。

美的信息首先是以人的五官躯体及脑的生理条件和意识状态为对象、为阈限的一种信息。来自客观现实的各种美的信息，只有在人类感觉器官（眼、耳、鼻、舌、身）和感受能力（感性、知性、理性、悟性）的尺度范围内，才有意义，才可能产生美。因此，不能简单地谈美在事物本身。美的信息如果超出了信息接受的"人类尺度"，一旦失去它的对象性存在物——人，只不过是一种不可能的空幻的设想。这就如马克思说的："非对象性的存在物是一种（根本不可能有的）怪物。"但人类的美感，却又的确是以客观事物传输出来的，人类能以接受到的实在的美的信息为依据的，是对这种信息的能动的接受、感应、加工、创造和反馈的结果。且看李清照的词《醉花阴》：

薄雾浓云愁永昼，瑞脑销金兽。佳节又重阳，玉枕纱橱，半夜凉初透。

东篱把酒黄昏后，有暗香盈袖。莫道不销魂，帘卷西风，人比黄花瘦。

这里，整体的美感，包括物象、形象、意象、情境，无一不建立在"薄雾""浓云""金兽瑞脑""重阳佳节""玉枕纱橱""夜凉""东篱把酒""黄昏""暗香""帘""西风""人""黄花"等等客观实在的美的信息中。这些信息都在人的接受尺度之内，它们通过视觉、听觉、触觉、味觉、躯体感觉传输到作者的信息处理系统中，经过加工创造，成为美的艺术，再以文字符号的方式输出去。这种反复不断的输入输出过程，既是美的信息的形象反馈过程，又是对美的有序自动控制过程。正是通过这种自控，人类依照自己的审美理想不断提高着自己的精神境界。

第三封信：繁纷旖旎觅灵犀

——美的特征释疑

外观的形象性

我们要歌颂生命的力量，歌颂不屈的精神，可以在丰富的例证和资料的基础上说理议论。这种说理议论常常使人茅塞顿开、思路活跃，对人生、对社会的理解忽而进入一个新的境界。这是理性的、逻辑的力量。也可以以另一种方式来歌颂生命的不屈。看看一万多年前西班牙阿尔塔米拉岩洞壁画上的野牛吧！它受了伤，扑倒在地，可是它在生命的最后一刻还睁大着眼睛，挣扎着，要站起来。这是失败者的不屈，这种不屈又使失败转化为胜利——生命的意志和力量的胜利。壁画上没有一句说明和议论，却那么强烈地震撼着你，激发着你对人生、对社会的理解。这种理解可能说不清楚，却又那么明确无误。这是感性的、形象的力量，是美的力量。马克思说，"形象是自然物体的形式"，形象是艺术的生命，也是美的外观。黑格尔说，"美只能在形象中见出"。没有形象性，就没有美，形象性越鲜明，美就越显得充分。

美的形象性，主要表现为直观、具体、鲜明等可感的特征。直观性就是一目了然的可视性，能够"在视觉中看见了它本身"（马克思）。具体性要求表现出事物的个性和过程，它必须是细致的。鲜明性则是指事物的形象特征所包含的新鲜感和明晰度，它必须是具有较强说明性的。你来到大草原，看见了白云、羊群、平湖和点缀其间的牧民小小的毡房，看见了风在自由地驰骋，鸟在尽兴地翱翔，日月在穹庐上相接，那博大、旷达的感受自会在你心中油然而生，美的形象性使你不着一字，尽得风流。形象性不但构成生活美、自然美的特征，也构成艺术美的重要特征。王国维认为，戏曲要"写情则沁人心脾，写景则在入耳目，述事则如其口出"。填词则要做到"不隔"，要让读者直接接触形象，不要在作品和欣赏者之间横一道屏障，有如雾里看花，终隔一层。美国诗人惠特曼也说："我决不容许任何障碍，哪怕是最华丽的帘幕。"高尔基说托尔斯泰的作品是"感光板，描写得惊人的浮雕"，以至于"当您在读他的作品时……您会感觉到仿佛他的主人公的肉体的存在；他仿佛站在您面前，您想用手指去触摸他"。而鲁迅则谈吴敬梓的《儒林外史》是"烛翻索隐，物无遁形，凡官师，儒者，名士，山人，间亦有市井细民，皆现身纸上，声态并作，使彼世相，如在目前"。

生活的肯定性

俄罗斯文艺理论家普列汉诺夫说："人最初是从功利的观点来观察事物和现象，只是到后来才站到美的观点上来看待它们。"这段话奠定了美需要具有生活肯定性的基础。作为美的客体对象，只有显示出对生活肯定的特质，即有益无害的品质，才能被美的接受者、主体的人所接受。作为主体的人，也总是从自己的功利出发，去撷取客体中存在的这种肯定性，进行审美改造，从主体的角度肯定了客体的肯定性。即便是大自然中的客观存在物，比如崇山峻岭、天真活泼的小白兔，主要也是因为它们和肯定性的社会价值观联系在一起之后（如崇高、天真），才具有了审美价值。这是一类，肯定应该肯定的，有点像数学中的正正得正，即美其美，当然美。

但生活中应该否定的东西也是可以成为审美对象的，只是它们在成为审美对象的时候，需要经历一个否定过程。《红楼梦》中伪善的贾政和无恶不作的薛蟠，在生活中都是不美的，作者在小说中以自己正确的美善观衡量他们，并在情节的展开中，性格的塑造中，细节的铺叙中艺术地丑化了他们，批判揭露了他们，于是这两个形象就成为能够正确引导读者认识社会人生的、又有独特艺术价值的形象，具有了很高的美学意义。这又是一类，否定应该否定的，有点像数学中的负负得正，即丑其丑，也就具有了美的价值。

还有更复杂的情况，比如丑中有美，美中有丑，丑极为美，美丑互换，等等。这些情况虽然复杂，只要认真分析，就知道它们都并没有违背"生活的肯定性"这一特征。老鼠危害人类，不具有生活的肯定性，它是丑的，但是它又有身体轻巧、动作敏捷、机警灵活等特性，当我们摒弃了它危害性一面，突出强调后一面时，它就可以成为肯定性的审美对象。这正是中国传统习俗中以鼠为十二生肖之首，"老鼠嫁女""老鼠成亲"剪纸风行民间，米老鼠形象家喻户晓的原因。有时，环境变了，或者形象之间、形象与环境之间的关系变了，美丑可以互换。狐狸在与动物世界的童话和寓言中，主要是狡猾的形象，但组合进人间神话故事之后，比如《聊斋》故事，却常常是善良、美丽、聪慧的狐仙形象。这些形象不管怎么变化，从具体的故事情境来看，它们都从正面或负面表现出生活的肯定性来。还有一种情况就更复杂了，如葛洪在《抱朴子·博喻》中指出："锐锋产乎钝石，明火炽乎暗木，贵珠出乎贱蚌，美玉出乎丑璞。"刘熙载在《艺概·书概》中说过："怪石以丑为美。丑到极处，便是美到极处。"这里面充满了辩证法。丑到极处，便有了独特性、新鲜感，独特和新鲜正是美的一个因素。丑到极处，必定或凶狠、或狡狯、或愚鲁，而凶狠、狡狯、愚鲁却和勇敢、机智、质朴一纸之隔，有时只要稍加改造，丑便迸出美的火花来。

总之，情况虽然复杂，但归根到底美是离不开生活的肯定性的。车尔尼雪夫斯基有一句名言："美是生活"——"应当如此的生活，那就是美的"。"应当如此的生活"，可以理解为值得肯定的生活，也就是能够促进事物发展的，有助于社会前进的，有利于民族和人民的生活。

形式的愉悦性

我们说，凡是美的，都具有生活的肯定性。但我们并不能反过来说，凡是具有生活肯定性的，就必然是美的。大肥猪、乌龟、甲鱼、冬虫夏草等是人所钟爱的美食和补品，它们对于维系人类的生命，促发人类的创造当然都是有贡献的，但却谈不上美，这是为什么呢？因为它们虽然具备了美的一个条件——生活的肯定性，却不具备美的另一个条件——形式的愉悦性，或者说形态的诱惑性。从形态上看，它们不但称不上美，甚至可以说是丑陋的。从这里可以看出，形式的愉悦性、诱惑性是构成美的必要条件，是美的一个重要特征。生活的肯定性和形式的愉悦性之间的关系，是一种辩证统一的关系。

这种关系有以下几种呈现形式：一种情况是，生活的肯定性和形式的愉悦性高度和谐地体现于美的事物中。例如服装模特儿，从形态上看，他们是美的。修长的身材，姣好的容貌，配以色彩协调、样式新颖的服装，具有充分的愉悦感和诱惑感。模特儿这个职业是美化人类生活的职业，他们对促进人们通过衣着之美来实现、肯定自身之美、生活之美，具有积极的作用，具有充分的生活肯定性。又如老山前线的战斗英雄史光柱，他的爱国主义精神和英勇顽强的斗志，把历史的进步性和生活的肯定性都表现到了极致。他双目失明，但又不失对生活的积极信念，用诗歌讴歌时代人生，谱写了壮美的乐章。在这里，生活的肯定性和形象的愉悦性呈现出高度统一的状态。

又一种情况是，生活的肯定性不很明确或呈中性，但形式的愉悦性很强烈的美的事物。二者之间虽不平衡，却也不表现为矛盾状态，大体是一致的。例如山川自然之美，平畴沃野这类生活肯定性明确的风景是美的，高山峻岭甚至险山恶水这类生活肯定性不是直接、明确表现出来的风景，常常因为强烈的形态美和形式美而令人神往陶醉。有的因为色彩的组合，有的因为构图，有的因为线条，更多的是因为各方面的形式因素共同作用，构成了美的意境和神韵，产生出一种美的愉悦和诱惑，令人赏心悦目，激发美感。

还有一种情况就更为复杂，有些事物，有时甚至表现出生活的否定趋向，却也可能被强烈的形式愉悦感和诱惑性所掩映，表现出美来。如"枯藤、老树、昏鸦"，本是一种衰败景象，却因为作者抓住了几种事物的内在对应点，又以工整的对仗表达出来，构成了一种意境而吸引了我们。有位画家用抽象派的笔法表现过被旋风刮倒的麦田,以具有形式美的,带装饰趣味的倒伏的麦浪,来表现无形的风的形象,令人似乎看到了造化的脚步,感受到一种天籁。于是,本来是不具生活肯定性的自然灾害(风灾),被强大的形式美的力量所掩盖、冲刷而呈现出美来。

虽有这种种复杂情况,我们还是应该看到,作为美的两个特性,生活的肯定性和形式的愉悦性在根本上还是统一的。在客观事物身上,生活的肯定性的显示程度是千差万别的。有的事物,肯定性表现得很确定,如英雄史光柱、时装模特儿以及苍松翠柏,海棠腊梅,等等,他们对人类的功利目的不是大有益处,就是毫无妨碍,在形式上又能使人赏心悦目;有的事物,肯定性表现得较隐晦、较复杂,比如画遭到风灾的麦田或对人类有危害性的某种蝴蝶,我们欣赏它们构图、色彩、舞姿之美时,实际上已经淘汰了它们危害人的功利的一面,肯定了它们陶冶人的审美情操、提高人的精神境界的一面。这一面其实是符合人类功利目的的,也是生活肯定性的一种表现。从这个意义上说,形式愉悦感和生活肯定性是深刻统一着的。

关系的和谐性

美不是凝固僵死的,它充满了空间的差异和时间的变异,美不是孤立片面的,它充满从内到外的多维组合。因而列夫·托尔斯泰说:"永恒的概念是智慧的疾病。"红色美吗?它同红旗、红日、红花的形象结合起来当然美。但将狂躁性神精神病人的居室油成红色,或像十年"文化大革命"中那样在我们的生存环境中搞清一色的红海洋,红色就与美无缘了。狐狸美吗?对于被偷了鸡的农民来说它是可憎的,然而它一旦脱离了"偷鸡"的具体环境(即关系),它的灵巧和狡黠可以益智,它漂亮的皮毛可以御寒、可以悦目,又可能是美的。这种美的诱惑性致使列宁在一次围猎中有意放跑了一只狐狸。音乐美吗?"管急弦繁拍渐稠,绿腰宛转曲终头。诚知乐世声声乐,老病人听未免愁。"(白居易:《乐世》)它虽可以乐世,却不能愉悦老病之人。美是一个处在各种关系中的活的精灵,和谐美一直是历代美学家论述的热点。古希腊的毕达哥拉斯学派提出了美在于和谐与比例的学说,是一切和谐论的滥觞。柏拉图高度赞扬过美在和谐的学说。

什么是和谐呢?黑格尔说,"和谐是从质上见出的差异面的一种关系","各因素之中的这种协调一致就是和谐"。也就是说,和谐是事物各因素间的协调一致。这里有两点很关键，一是差异，即多样性、多维性、对立性，是和谐美的前提；二是消除差异，使多样、多维、对立按一定的关系组合、联结起来，构成新质，是和谐美产生的原因。也就是中国人所说的，相辅相成，相反相成，和谐有关。没有差异和对立，没有和谐；单纯的差异和对立，也没有和谐。

事物的差异可以从三方面去理解。每个事物内部都是由不同侧面、不同阶段组成的。比如，人物性格常常是一定基础上的二重或多重的组合体。在某个具体性格基本色调的基础上，常常可以看到悲剧和喜剧因素，崇高和滑稽因素，现实和浪漫因素，阳刚和灵秀因素，有时甚至可以看到善和恶这两种因素的多重交织；而这种多重因素的性格复合体又不是凝固不变的，随着时间的推移和事物的发展，复合体内部各因素之间此消彼长，复合体的总色调也随之变异。有的人由幼稚变得成熟，有的人由血气方刚变得思前虑后，有的人甚至由英雄变为叛徒。同时，每一事物又总是处在外部的多重关系之中，这外部关系常常制约着美，改变着美的色调和程度。安娜·卡列尼娜的拖地长裙和有羽饰的宽边大帽子，在她所生活的特定时代（19世纪）和社会环境（俄国上层社会）、家庭环境（贵族家庭）中是美的。因为，她的服装本是那个时代、那个阶层和特定人物关系审美氛围的产物，服装、人物、环境的协调产生了特定的美。如果20世纪80年代的中国妇女也如此着装，美就变为怪诞。服装和今天的生活节奏、生存环境、审美情趣处在不协调之中，统一的关系被破坏，美也就不复存在。有趣的是，今天中国的观众如果在银幕或舞台（甚至短暂的舞会）上看到安娜的服装，却又会感到是美的，这是为什么呢？因为这服装又被置放到原来特定的环境中，她和各方面的关系又协调了，尽管在舞台上这种环境只是假定的、短暂的。只要演员一离开影剧特定的环境，穿着戏装走到大街上来，人与环境的关系不协调了，美又荡然无存。

和谐也是多种多样的。有的是比较单纯的二重组合，有的则是多维多重组合。有的是形式上的和谐，有的则是从形式到内容的和谐。有的是相向差异型的统一，有的则是逆向对立型的统一。每一种对立的统一，在其特定意义下都能产生和谐之美，我们很难横向比较这多样的和谐哪种更美。比如，我们显然不能说单纯的和谐美就一定不如复杂的和谐美——林黛玉和薛宝钗哪个更具美学意义呢？"大漠孤烟直、长河落日圆"和"东边日出西边雨，道是无情却有情"，又哪个更美呢？但是我们却可以说，内在的和谐美比表层的和谐美更难创造、也更感染人。古希腊哲学家赫拉克利特有一句名言,"看不见的和谐比看得见的和谐更好",也许就是这个意思。而柏拉图在《柏拉图文艺对话集》中通过苏格拉底之口说的"最美的境界"是"心灵的优美与身体的优美和谐一致",就更完整全面了。的确,从表层到内在,从形式到内容的和谐一致,乃是和谐美的佳境。

第四封信:感触良多终有源
——美感的特征要义

美感

美感是人的一种心理状态,它是由客观对象的审美属性引起的,在人的大脑皮层上所产生的富于情感向心力的脑电波活动。这种心理活动是感受、知觉、想象、情感、思维等心理功能交织形成的。

美感和快感常常交织出现,但二者又是不同的。康德在《判断力批判》中说:"在感觉里面使诸官能满意,这就是快适。"②又说:"对于一种由于香料和其他作料而提高了口味的菜肴,人们毫不踌躇地说,它是令人快适的……因为它直接地能使官能享受"。③我们可以说,快感是感觉器官的快适之感,它是生理上的享受,因而它是具有生物性的。还是康德说的,"快适也适用于无理性的动物,美只适用于人类"。④这是因为动物只具有眼、耳、鼻、舌、身各种感觉器官,而万物之灵的人类,除了感觉器官外,还具有感受、知觉、想象、情感、思维等心理功能。一头渴极了的小鹿来到清泉边,这里有瀑布,有怪石,有疏林,但对它来说,只能感觉到清泉解渴的快适之感,这种快感是泉水使肌体的焦渴得到解除的结果,是一种生理的满足,一种官能的享受。但是,如果是一个旅游者来到同一道清泉边,情况就发生了变化。泉水也能为他解渴,而他因此而得到生理的满足和官能的享受,却远不止此。旅游者会在沁人心脾的泉水的触发下,进一步感到情绪的畅怡,并引起种种想象和联想(清潭如碧澄的宝石,瀑布如生命的运动,怪石如巨兽,疏林似亭亭玉立的仕女,等等)还可能将山、水、树、石联系到一起,在心灵中布置成一个画面,构成一种意境,获得种种感受和思索(如从喧闹、紧张的城市生活回到怡我情怀、闲适自如的大自然中,有了一种解脱感,现代工业文明造成的情绪焦虑和心理倾斜得到了某种补偿和平衡；甚至进一步思索人与自然的关系或延展深化为出世还是入世、道家还是儒家等人生的、人类的基本问题）。如果这位旅游者是一位艺术家或艺术爱好者，还可能细致地观察这个景观，评价它的色彩组合、构图布局，思索如何用线条色彩、用镜头、用文字、用音符来再现这幅画面。在这种思索中，对不能尽如人意的地方加以调整、改造，对令人满意的地方加以突出、强化。这便由快感进入了美感，由生理反应进入了心理活动，由官能享受进入了心灵享受，进入了审美判断和艺术创造的境界。

这个例子告诉我们，快感是第一信号系统的产物，美感是第二信号系统的产物。前者是动物和人共有的，后者是人类专有的。苏联生理学家巴甫洛夫解释过，信号系统是指客观世界的刺激物作用于有机体的感受器官而在大脑皮层上所留下的刺激痕迹的联系。如果这种刺激痕迹只刻在形象的表象范围内，而没有思维和语言的参与，那只能形成第一信号系统；如果有思维和语言的参与，便会形成第二信号系统。第一信号系统以感觉、表象为信号，偏重于生物的自然性；第二信号系统以感受、思维、语言为信号，偏重于人的社会性。所以，快感是富于自然性的，美感则富于社会性。快感常常是美感的基础，人的审美活动往往依赖于听觉和视觉等生理器官的，但对人来说，美感却是更高级的满足。孔子认为听《韶》乐，是最美的享受，以致"三月不知肉味"，完全压倒了口腹的欲求。

美感的特征

美感的特征和美的特征有着密切的联系。美的特征构成了美感特征主要的客观基础。我们不妨从下述三方面来看：

直觉性——直觉就是直接感觉，美感的直觉性是指美的事物引起我们直觉上的美感。它是美感的感性阶段。由于这种美感还处于直觉状态，还未能深入到美的深处，难于感受到"弦外之音""象外之旨""味外之味"，往往更注重到美的形式和表象，而来不及探究美的内容和实质，有人将其戏称为"一见倾心"的美感。

直觉性美感在自然美的欣赏中最为常见。山水花鸟之美、人体之美都最能引起主体的美感直觉，我们只需做感性判断便可以领略到。这是因为自然美偏重于形式，而直觉性的落脚点常常在形式上。直觉性美感表现在社会美的欣赏中，常常止于感性阶段，虽然它并不排斥理性。比如，人们对中国女排的直觉性美感，主要是从力量、速度、机智、配合、坚毅、执着、刻苦和运动员的生命力及人体美中获得的，对她们的奉献精神、夺魁意识、爱国胸怀以及女排精神给中华民族灵魂的烛照和社会主义建设事业的促进，在直观性审美中一般还不涉及。直觉性美感在艺术美的欣赏中，最容易在造型艺术和影剧艺术的活动中表现出来。这些艺术本身就是直观的视觉艺术，容易引起欣赏者直觉的审美反应。符号艺术（文学）、时间艺术（音乐）虽然缺乏这种直观性，却也能在心灵屏幕上引发直观画面，因而在欣赏中也时时具有直觉性美感，只是较为间接就是了。

需要注意的是，虽然大多数审美活动都具有直觉性，却不能止于直觉性，要向更高更深的层次发展。而我们所说的审美直觉性，也不是完全排斥理性的纯直观审美活动，更不是如有些唯心主义美学家那样，把直觉性降低到下意识活动的水平。如果这样理解审美的直觉性，是荒谬的，会将审美和欣赏活动、将艺术创作导入歧途。

愉悦性——愉悦性是美感的主要特征。它是指，在审美活动中，审美主体受到客体（美的事物）触发、刺激产生的愉快、喜悦、舒畅、陶醉之感。它是人的全部心理机能通力协作构成的整体性心理活动和情绪效应。

美感的愉悦性有积累功能和选择功能，有纵向间歇需求和横向平衡要求。一些简单的线条、色彩组合，简单的旋律、节奏和和声，单纯而明朗的人物形象和生活形象，是能使大多数人感到愉悦的；但一些复杂的审美对象（如书法中的狂草，艺术中的变形，叙事文艺中的复杂性格和复杂社会现象），却只能使有审美经验积累（艺术素养是审美经验积累的一种）的主体赏心悦目。有时，同一审美对象，由于欣赏者的审美经验积累不同，引起愉悦的性质、程度是有很大差异的。积累丰厚者，在审美活动中愉悦感渗透的幅度就更深广。一个京戏迷在欣赏梅兰芳演出时所获得的审美愉悦和满足，比第一次看京剧的青年观众不知要高出多少倍。所谓"不会看的看热闹，会看的看门道"，"热闹"固然有时也是一种愉悦，一种吸引，但比之"门道"自然有天壤之别。更有那种在京戏方面没有任何审美经验积累的人，干脆就看不下去，中途退场。所谓"咱们欣赏不了那个"，其实就是欣赏者得不到任何审美愉悦。京剧对于"非京剧"的"耳朵"的审美主体，不是美。但是，这"非京剧"的审美主体，一旦进入了他所爱好，并有所积累的审美领域，却灵敏异常，能够获得大量的审美信息。比如，一位不爱京剧的青年在摇滚乐和霹雳舞的欣赏（也可以是自娱性欣赏，即自己唱和跳）中，却能驰骋自如，获得极大的愉悦和满足；相反，那位京戏迷这时却可能变为"非现代乐舞"的审美主体，得不到任何愉悦。这就涉及审美的选择性。由于审美主体的民族文化底色和社会文化背景不同，由于个人的文化教养、个性气质、艺术爱好以及进入审美活动时具体的心境不同，审美活动中的个体和群体的选择性是非常强的。对同一个审美对象、同一件艺术作品，仁者见仁、智者见智，众说纷纭甚至水火不容的情况，在生活中也常常能够碰到。前几年，文学界关于"朦胧诗"的争论，音乐界关于通俗唱法的争论，到了"大动肝火"的程度，那原因就是群体和个体不同选择性在强烈地对峙和碰撞。这种审美选择性决定了愉悦的多样性。因此，在美和艺术的领域，应该是有广阔的选择余地的，是"百花齐放、百家争鸣"的，包容性、含纳度是很大的。

美感的愉悦性，从纵向上看有一种间歇需求。微观地看，某项具体的审美活动不能持续过久。人的神经系统，有兴奋也有抑制，需要张弛结合。如果审美者脑神经的兴奋愉悦状态持续的时间超过了时限，大脑神经就会疲劳，对美的感受就会迟钝，甚至走向反面，产生厌烦心理，这时就需要在适当间歇和调整之后再进入审美状态，才可能产生新的愉悦。客观地看，群体审美活动不能总是在一个兴奋点上停留过久。再好的歌曲，如果天天播、天天唱，再好的电影，如果天天放、天天看，群体审美也会产生疲劳，由愉悦兴奋到耳熟能详，再到熟视无睹，最后产生逆反心理。因此，无论个体还是社会，对美的需求是多元的，是在间歇和起伏中得到平衡的。美没有永恒的热点，美在变幻莫测中维系着社会对自己的永恒关注。横向平衡需求是指在同一时空平面上，社会不可能只有一个审美愉悦热点。在审美活动中，追新逐浪的现象是经常出现的，畅销作品和各种新潮美，在一个时期可以达到极大的社会普及面，甚至家喻户晓的程度，但这种倾斜不可能长久。人们在追新逐浪之后便进入了喜新厌旧阶段——这也是审美愉悦的一个规律，是对倾斜的平衡。社会的审美活动正是在这种"持续—间歇、持续—间歇和倾斜—平衡、倾斜—平衡"中向前推移。随着社会生活节奏的加快，审美活动内部纵向和横向的这种调节日益加快，以致文坛艺坛出现了"各领风骚三五天"的"走马灯"局面。对社会审美的这种局面，我们不能做简单的褒贬。它是内在规律的反映。

功利性——美感有没有功利性？辩证唯物主义的回答是：有。但功利性的表现形态却是多样、复杂的。从审美主体看，美感都是特定审美者的个人感受，特定审美者在审美活动中不可能不受到构成自身生存环境和文化气氛的，特定的经济、政治、军事、文化、传统、风俗等各方面的影响，这些影响都具有不同程度的功利性。从审美客体的构成来看，美的内容——生活形象、思想倾向和情绪色彩，往往同生活的肯定性和思想的进步性联系在一起，都带有功利性。美的形式，虽然和特定的生活、思想、情绪有较大的距离，具有更大的跨越性、继承性，但任何美的形式都是在表现某种特定的内容时诞生和发展的，并经过长期的积淀，逐渐取得了相对的独立性。以后的社会美、科技美和艺术美，在选择表现形式时，又无不受着特定内容的制约。从各种流行色和新潮服装中，我们是那么明显地感到了一种社会思潮和艺术思潮的搏动（当然还有审美周期性间歇和平衡的原因）；从现实主义和现代主义创作方法的嬗递中，从"朦胧诗""意识流""抽象派"各种形式技巧的变换中，我们也能听到社会生活的脚步和时代情绪的流动。甚至对建筑、技术（如工艺装潢、包装）外观形态和色彩的选择，也总是曲折地反映着一种时代的兴趣。马克思说，每输进一种商品，就输进了一种观念，商品形式（也是一种实用美的形式）中其实是渗透着观念（内容）的。

当然，功利性十分微弱的美，也是有的，如自然美中的山水花鸟，艺术美中的山水花鸟画和无标题音乐，以及盆景、假山、微雕和某些舞蹈、杂技、工艺品。即便是这一类美，也总是寄托着美的创造者和欣赏者一定的情绪、情趣倾向，其中绝大部分是健康的、积极向上的，有利于提高整个社会的精神文明水平。从更广泛的意义上，这其实就是一种功利性。另外，也有的情趣不健康，寄托着某种畸形的、变态的情绪和心理，这种寄托本身，不也是一种审美功利吗？

第五封信：心迹浩茫漫诗情

——审美心理过程追踪

请看这样一段描绘："遵四时以叹逝，瞻万物而思纷；悲落叶于劲秋，喜柔条于芳春。"（陆机《文赋》）它表述了四时万物之美，劲秋落叶之美，芳春柔条之美，是如何触动了审美者的悲喜之情，产生了美感。这种人对生活美和艺术美的品鉴、欣赏活动，就是审美活动。人被美的事物所吸引，于是主动积极地、情不自禁地去品味和鉴赏事物的美，并做出形象的、情感的反映、判断，这就是审美过程。审美过程是一种复杂的、特殊的心理活动。欣赏者对美的品鉴，以感知为基础和起点，由浅入深，产生种种联想和想象活动，并有不同程度的理解乃至思维活动渗透其间。伴随着审美活动的深化，主观反应方面的感受、情绪和情感活动也由低向高升华。认识过程和情感过程互相作用、互相促进，推动着美感变得越来越深刻、强烈，从而形成一个完整统一的审美心理过程。这个心理过程大致有以下几个方面：

感知和感受

审美活动是从审美主体对美的事物的感知开始的。感觉是客观事物直接作用于人的感觉器官后在人脑中对这些事物个别属性的反映。人对客观事物的认识是从感觉开始的，对美的认识也是这样，例如首先要看到月季花瓣的颜色和形状，闻到花的香味（这是感觉），审美活动才能够开始。这当然远远不够，美不可能在事物某种片断的、孤立的属性中产生，美存在于完整统一的事物中，存在于处于各个环节和各种关系的完整事物中。月季花美的形象，是在由艳红色泽的搭配、花瓣的美妙组合以及花朵和茎叶同背景的关系中，才能显示出来的。对审美对象这种完整的把握中，若感觉不能胜任了，则需要靠知觉。知觉不是对外界事物个别属性的反映，而是对事物的各种属性、各个部分及其相互关系的综合反映。用知觉来反映月季花，才能产生审美感受。

社会美、自然美、技术美和造型艺术、影剧艺术，都具有直观可感的形态，感觉和知觉是在常态下完成的。文学形象是用不直接诉诸感官的文字符号来塑造形象的，不能直接作用于欣赏者的感官。欣赏者对符号艺术的感知是在符号的间接传统中以异态的方式完成的，但仍然要从形象的感知开始。比如白居易的《暮江吟》："一道残阳铺水中，半江瑟瑟半江红。可怜九月初三夜，露似珍珠月似弓。"读者通过诗句形象的描绘，能够"瞻君而见貌"，在脑子里形成了一幅秋日暮江图，继而在对这幅图画的感知中开始了审美活动。

在审美活动中，欣赏者要善于准确、敏锐地感知对象在感性形式和形象上的特点，在脑中形成鲜明、独特的印象。欣赏达·芬奇的《蒙娜·丽莎》时，若你只简略地看看，没有充分地、细致地去感知对象的形象和形式特征，所得美感是有限的。如果你集中注意力，细察人物面部和双手柔和而美丽的光线，几乎难以用肉眼分辨觉察的色阶变化，由眼神和嘴角所流露的温柔、深情、微妙的微笑，丰润、细致、纤丽的手，脑海中就会活脱脱呈现出一个美丽、典雅的女性形象，产生较强的美感。深入而细致的感知过程，是审美主客体消除陌生、互相渗透的过程。唐代的阎立本看张僧繇的画，初看觉得虚有其名，再看感到不愧高手，第三天则赞叹名不虚传，坐卧于画下十几天不离去。巴尔扎克读司汤达的《巴马修道院》，初读感到累赘，再看觉得恰当，最后认为其中似乎啰唆的细节也不可少了，被折服了。所以，培养准确、敏锐、细致地感知对象形象特征的能力，是进行审美活动的必要条件，也是一个人审美感受力的重要标志。

联想和想象

欣赏者在感知审美对象时，常常会浮想联翩，"联类不穷"，产生种种联想和想象。联想和想象在审美活动中联系着感知和理解，是由感性阶段向理性阶段的深入。

联想，是回忆的一种形式。人对美的事物的感知，引起了另外一些事物和现象的再现，使事物在大脑中形成的暂时联系在感知的基础上复活了。联想在审美活动中一般有三种形式：

第一，接近联想。李白的《宣城见杜鹃花》："蜀国曾闻子规鸟，宣城还见杜鹃花。一叫一回肠一断，三春三月忆三巴。"诗人由子规鸟联想到和子规啼鸣同时开放的杜鹃，又由杜鹃花开季节，忆起了春日三月的蜀中故地。这种由一个事物联想到在时空上与之接近的另一事物的心理活动，就是接近联想。

第二，相似联想。在审美活动中，审美对象引起了审美主体对和审美对象在性质或形态上相类似的事物的联想。一般的比喻大都注重相似联想，中国古诗中的"比、兴"也是相似联想。这在审美活动中都相当普遍："余霞散成绮，澄江静如练"，谢朓把彩霞比作罗绮锦缎，江水比作白色的丝绸；"江作青罗带，山如碧玉簪"，韩愈把漓江比作青色绸带，江边的山比作美女的玉簪。这些都是由事物的形态、颜色的相似引起的联想。

第三，对比联想。在感知对象时，审美主体对和感知对象具有相反特点的事物产生联想、回忆。元好问的《颍亭留别》："寒波淡淡起，白鸟悠悠下。怀归人自急，物态本闲暇。"诗人由闲暇的物态，逆向联想到归途之人的急切心情，以对比联想达到了反衬、对照的目的。

想象，是主体在头脑中改造记忆中的表象而创造新形象的过程，以过去经验中已经形成的那些暂时联系进行创造性新组合的过程。一些心理学家认为，"想象，或想象力，也像思维一样，属于高级认识过程"，是审美过程中极为重要的心理活动。在审美活动中，人的感性认识和理性认识之所以能够互相渗透而达到高度统一，之所以能够通过对象的感性形式直接达到对理性内容的深刻理解，主要就是通过审美的想象活动来实现的。想象可分两类：

第一，再造想象。欣赏者根据对美的事物的文字叙述和条件描绘，在头脑中形成这一事物的形象。欣赏文学作品，欣赏者就要运用再造想象的能力，根据作品中的语言描绘，想象出各种人物、情节、环境，设身处地地体验人物的处境和思想感情，以及内心活动。如果没有这种再造想象的能力，不能复活艺术形象，艺术欣赏也就无从谈起。

第二，创造想象，是审美主体在欣赏中对审美对象进行延展、补充、丰富、加工改造的创造性心理活动。这种想象活动天地十分广阔，陆机说是"精骛八极，心游万仞"，刘勰也说那是"寂然凝虑，思接千载；悄然动容，视通万里"。杨万里在感知自然美的基础上，通过创造想象和月亮玩得多么开心："老夫渴急月更急，酒落杯中月先入。领取青天并入来，和月和天都蘸湿。天既爱酒自古传，月不解饮真浪言。举杯将月一口吞，举头见月犹在天！老夫大笑问客道：月是一团还两团？……"（《重九后二日同徐克章登万花川谷月下传觞》）这位酒仙插上想象的翅膀恣意翱翔，浅说深说，直说曲说，正说反说，简直把月亮之美表现得淋漓尽致。如果离开了想象，月是月，酒是酒，我是我，那就索然寡味、黯然失色了。审美想象活动的重要特点，是带有浓厚的感情色彩。欣赏者的想象活动和感情活动互相结合、渗透、推进，在美感中浑然一体。想象和联想活动能够唤起审美主体的情感记忆，并使它与当前对审美对象的情感反应连接和统一起来，推动情感的扩展。同时，情感活动又能够激发、活跃审美主体的想象和联想活动，促使想象深化。这就是刘勰在《文心雕龙·神思》中说的："神用象通，情变所孕。"

理解和思维

理解是审美欣赏中不可缺少的一种心理活动。理解是通过揭露事物间的联系而认识新事物的过程。理解可以揭示事物间的外部联系，也可以揭示事物间的内部联系，不同水平的理解在欣赏中都有重要的作用。理解是渗透在知觉、联想和想象活动过程中的。对审美对象的感知要借助于过去的知识和经验，去理解美的事物内部、美的事物之间和美与环境之间的联系。审美主体已经形成的美好的观念也在审美感知中起重要作用。在审美的联想和想象活动中，理解的作用更为显著。没有对事物关系的基础理解，任何联想都不能形成。巴甫洛夫说过，联想是对事物关系的认识，"当你下一次利用它们时，这就叫作'理解'"，"利用获得的联系就是理解"。想象更具有深刻的理性因素，比起联想来，它还需要对事物内部关系的理解。

最高水平的理解表现在思维过程中。思维是对客观现实的概括的间接的反映。它所反映的不是个别事物、个别特征，而是一类事物的共同本质特征；不是事物的外部联系，而是事物的内部联系。思维使人的认识由感性进入理性，达到深刻认识。美的认识既然包含有理性认识，就不能排斥思维的作用。感性认识使我们直观地感受到美，但要更深的认识美，产生感情的愉悦和感动，则需要有深入的理性认识活动。

苏轼的词《水调歌头》，上阕是对自然美的感知、联想、想象："明月几时有？把酒问青天。不知天上宫阙，今夕是何年。我欲乘风归去，又恐琼楼玉宇，高处不胜寒。起舞弄清影，何似在人间！"到了下阕，由想象引导到人间，便开始有了明显的理性思维活动："转朱阁，低绮户，照无眠。不应有恨，何事长向别时圆？人有悲欢离合，月有阴晴圆缺，此事古难全。但愿人长久，千里共婵娟。"这无限的感慨中，有着词人对人生、社会的深刻理解和复杂的思想活动。这种理性认识和思想活动最终和形象、感情融合在一起。可见，自然美的欣赏虽然偏重于感官快适和感性认识，但也离不开思维和理性。

在社会美的欣赏中，就要更多地借助理性认识和思维活动。社会美主要是人在社会关系中的美，它在人的性格美中得到了最完满、最全面的表现。人的性格美固然也表现于外在的语言、行为、态度、作风中，但是内在的心灵美、精神美，不是单凭感性印象能够认识的，还必须依靠对人的思想、品质、情操的深入了解，依靠理性认识和思维活动。马克思说："我们从那些由于劳动而变得粗黑的脸上看到全部人类的美。"这是为什么呢？因为这种外部特征体现了人类艰苦奋斗、改造自然的美好品质。欣赏者由审美对象的个体特征中感受到"全部""人类"的美，即感受到整体的、内在的美。这不是单纯的感性印象所能解释的。这方面最典型的例证是作家对社会美、性格美的把握过程。许多作家都谈到，他们在生活中发现、认识人物性格美，虽然是由于某些突出的感性印象而被吸引，但还要经过深入的接触和理解，反复的思考和分析，才能透过人物的个性认识它所充分体现的社会关系的普遍性，在个性与共性的统一上真正把握人物性格之美。

同样的，在艺术美的欣赏中，由于艺术品是艺术家在生活美的基础上创造的结晶，它不但对客观世界中最精华的部分做了典型化的再现，着重表现了人类生活中最复杂精微的领域——人的内心世界和社会的精神生活，而且熔铸了艺术家对生活的理解、感知，以及他的个性气质和艺术爱好，这使得艺术美的欣赏过程变得更为内在、更为复杂，不是凭感性印象一下子就能把握的，往往要通过反复地琢磨和思考才能认识它。也只有经过理性思考之后，美的感受才更强烈、更深刻。比如，我们品读鲁迅的小说《药》所产生的肤浅的感性印象是这篇小说给我们讲述了一个吃人血馒头治肺病的愚昧故事。若我们的审美活动停止在这个层次上，可以说我们基本没有感受到这篇作品的内在美，是谈不上什么审美收获的。我们只有对小说构思中的一个最基本的内在联结进行思考之后，才能逐步地理解它。这个内在的联结就是：革命者"夏瑜"们为了老百姓"华老栓"们的幸福、解放而牺牲了，"华老栓"们却丝毫不理解，反而用馒头蘸着烈士的血让孩子吃了治病。对这个基本构思进行深入思考之后，你会发现表层故事中完全没有的一个天地。原来，鲁迅要说的是：愚昧如何使我们民族病入膏肓，那不是"人血馒头"可以治好的，需要"德先生"和"赛先生"在民间的普及，需要首先疗救精神上的痼疾。革命的先驱如果不在更大范围内联系群众、发动群众，不但不可能获取胜利，甚至得不到群众起码的理解。这是"夏瑜"们的无谓牺牲和"华老栓"们的精神窒息双重悲剧的协奏曲。"哀莫大于心死"，作者通过人之死，写出心之死，何等深刻。对小说理解到这一步，读者会获得一种新的发现，那既是美的发现，也是思的发现；会感到一种新的满足，那既是审美的满足，也是思考的满足。反过来，夏瑜和华老栓的形象便以更新的面貌出现在我们脑海，以更强劲的力量震撼着我们的心灵。

审美欣赏中的理性活动和思维活动，也要经过由此及彼、由表及里的把握的综合过程，达到对审美对象本质和规律的理解，但这种理解不是用抽象的概念和逻辑推理，而是通过具体感性的形象直接达到对于对象本质的把握。理性不脱离感性，思维不脱离形象，逻辑思维和形象思维相结合，一切都融化在对具体形象的品鉴、咀嚼之中，不着痕迹地起作用。这是审美欣赏理性思维的特点。

情绪和情感

情绪和情感是审美过程中最明显、最突出的一种心理活动。美感以美的认识为内容，却以主观体验的形式——感情表现出来。同时作为感情这种复杂的心理现象的表现，情绪和情感有所区别。心理学家曹日昌认为，"情感这一概念较多地用于表达感情的内容，它一般具有较大的稳定性和深刻性。而情绪则常用于感情的表现形式方面，它具有较大的情景性"。⑤

触景生情、情以物迁，是欣赏自然美时常见的现象。《文心雕龙·物色》篇说："春秋代序，阴阳惨舒；物色之动，心亦摇焉……是以献岁发春，悦豫之情畅；滔滔孟夏，郁陶之心凝；天高气清，阴沉之志远；霰雪无垠，矜肃之虑深。岁有其物，物有其容；情以物迁，辞以情发。"⑥讲的是季节的推移、景观的变化，怎样引起了人的不同感触和情绪。同样，一定的情绪也能反过来影响对自然景物的感受。李白诗《劳劳亭》："天下伤心处，劳劳送客亭。春风知别苦，不遣柳条青。"其中，长亭、春风、柳条唤起了诗人的离情别绪，激起了一种痛苦悲伤的感情。故而王夫之说："情景虽有在心在物之分，而景生情，情生景，哀乐之触，荣悴之迎，互藏其宅。"

在艺术欣赏中，欣赏者的情绪活动更为丰富、更为强烈、更为复杂。艺术作品比较注意反映生活中更具感情色彩的部分，而且总是浸透着作家的感情评价；作品中塑造的人物也都是具有活生生的思想感情的人。在欣赏活动中，我们会随着作者爱其所爱，憎其所憎，哀其所哀，乐其所乐，与作者产生各类情绪共鸣。梁启超认为小说有一种"刺"（刺激）的作用："刺也者，能入于一刹那顷忽起异感而不能自制者也。我本蔼然和也，乃读林冲雪天三限、武松构云浦厄，何以忽然发指？我本愉然乐也，乃读晴雯出大观园，黛玉死潇湘馆，何以忽然泪流？我本肃然庄也，乃读实甫之《琴心》《酬简》，东塘之《眠香》《访翠》，何以忽然情动？若是者，皆所谓刺激也。"⑦所谓"忽起异感而不能自制"，就是艺术欣赏中的情绪活动。

审美情感是对事物的美的认识而引起的总的感情体验。它和审美中的感知、联想、想象、理解乃至情绪活动都有密切关系，是欣赏者由审美对象所引起的各种心理活动和心理功能互相配伍、结合的结果。它和上述审美对象的具体内容所引起的各种不同的情绪体验既有联系又有区别。欣赏中的情绪体验，随着审美对象中所蕴藏的情绪变化起伏，可能时而快乐，时而愤怒，时而悲哀，时而恐惧……但一段审美过程结束之后（如看完一部电影），得到的仍然是一种肯定性的满意的情感，愉快的情感。人在审美中越是被打动，情绪体验越是强烈（包括愤怒、悲伤等类型的情绪体验），审美情感越能得到满足，得到丰富，得到深化。

由于具体审美对象的性质、形态不同，所形成的美感也不尽一致。对秀美事物欣赏所产生的情感，始终是愉快的、喜悦的；对崇高事物的欣赏所产生的情感，既是愉快的、喜悦的，却又夹有惊惧、崇敬之感。欣赏悲剧，既使人感到愉快、喜悦，却又伴随着悲哀、沉痛。悲哀和愉快虽然在形式上相反，在悲剧的欣赏中却能统一为强烈的美感。如看古典戏曲《梁山伯与祝英台》和《窦娥冤》，剧情的变化发展，激起了我们悲哀的情绪，但舞台大幕一拉上，所有具体的悲哀情绪，都转化为审美性的满足感和喜悦感。

第六封信：情理通贯作神驰
——审美特点意絮

审美的特点可以概括为三点：一是感性与理性的统一，二是感情和认识的统一，三是受动与能动的统一。

感性与理性的统一

在美的欣赏中，我们都有这样的经验：无论游山玩水还是听乐观画，并不需要先经过一段理性的分析、思考，才能感受到自然美和艺术美。见到九寨沟澄澈碧秀的高山湖泊，见到苏杭的小桥流水人家，我们常常情不自禁地感慨：真美！沉浸在小提琴曲《梁祝》中，我们会感到某种审美愉悦和某种情绪满足，一时却说不清这种愉悦、满足的具体内容和性质特点。美与思的不同之处在于美具有直观性，是一种感情认识。但是，把婴儿带到风景区或画廊中，虽然他们也对美的形态有直觉，却不会产生美感，也谈不上什么审美活动。因而文化素养和理性思维处在不同水平的人，面对同一审美对象，所接受到的美的信息、美的启示，所获得的美的愉悦、美的满足是不同的。没有理性思维的人，会认为薛宝钗贤淑端庄，而有分析思考能力的人，则从这贤淑端庄中感觉到深深的伪善。可见，审美活动不是克罗齐等西方非理性主义理论者所认为的，只是一种直觉，一种混沌不清的形象，一种动物本能式的低级感觉。没有起码的思维能力不能感知美，没有较高的思维能力不能深刻地认识美。审美活动是一种形象思维活动，它的感性因素是非常重要的。审美活动始终离不开对具体形象的感受，但它不是感性认识，也不只是形象的感受。美的对象既是感性的、个别的、形象的，又表现着一定的本质、规律和关系。审美活动是感性认识和理性认识的结合。不论是观赏哪一种美，我们所感受到的既是活生生的感性形象，又是饱含着理性内容的形象。当然，在面临不同审美对象时，理性与感性结合的情况是不一样的。观赏自然美，感性因素比较突出；而在社会美及艺术美的欣赏中，则需要较深入的想象和思考，理性因素更强。

感情与认识的统一

感性和理性的统一，是从人对客观美的认识的角度来谈的。人们在认识美的过程中，还会产生主观的感受、感动等一系列主观情感反应活动。这样，对客观美的认识和与之伴随的主观情感活动也呈现为一种统一整体状态，构成审美的另一个特点：感情与认识的统一。这是审美活动和科学认识活动明显区别之处。陈子昂的名作《登幽州台歌》："前不见古人，后不见来者。念天地之悠悠，独怆然而涕下。"是自然美引发艺术家感情最典型的例证。诗人登上古老的幽州台，苍茫、寥廓的宇宙和壮丽、广阔的河山，触发了他内心种种积郁的感情——遇不到可以同心勠力建立功业的知音，感到孤立无援的悲愤；宇宙的悠远无穷和人生的短促有限，难以实现雄伟壮志的慨叹；感情愤发到极点，竟"独怆然而涕下"。这就是朗吉弩斯说的，"诗的形象以使人惊心动魄为目的……有影响人们情感的企图""和谐的乐调不仅对于人是一种很自然的工具，能说服人、使人愉快，而且还有一种惊人的力量，能表达强烈的感情。例如笛音就能把情感传给听众，使他们如醉如狂地欢欣鼓舞"，也就是中国《荀子·乐论》中说的："夫乐者乐也，人情之所必不免也。"音乐能使人产生愉快激动的情感，这是满足人的感情需要所不可缺少的东西。但审美活动中的感情愉悦不能和生理的快感混为一谈。生理快感大约可分两类，一类如饮料、新鲜空气等生理需要的满足所得到的快感，这是纯物质的快感，和审美愉悦没有必然联系；一类是由感觉到对象的个别属性而引起的感官的快适，如颜色、声音、形体，带有一定认识的成分，但也不是感情的愉悦。审美快感是赏心怡神，是一种精神的愉悦。这种精神愉悦，主要是通过对美的认识而得到理智的满足，而不是生理欲望满足后引起的身心快适，它是以美的认识为基础，随着理智而产生发展的。达·芬奇说："爱好者受到所爱好的对象的吸引，正如感官受到所感觉的对象的吸引，两者结合，就变成一体……这种对象是凭我们的智力认识出来的。"总之，美的欣赏虽然开始于感觉，但却有着深刻的理智活动，欣赏者通过审美对象的感性形象认识了某种真理内容，得到理智的启发和满足，才能随之产生感情的感动、愉悦。故而，在主体对美的欣赏中，主体的感情和认识有着内在的联系，情与理是辩证统一的。

受动与能动的统一

审美活动不仅是由客观的审美对象所引起的，而且始终要受到审美对象的客观制约，这是它的受动性；但审美主体又不是对审美对象刻板的摹写和简单的接受，不是被动的、机械的反映，而是能动的反映。实际上，审美活动是一种审美主体对审美对象进行再创造的活动，是受动与能动统一的认识、感受活动。高尔基说："作家的作品要能够相当强烈地打动读者的心胸，只有作家所描写的一切——情景、形象、状貌、性格，等等，能历历地浮现在读者眼前。使读者也能够各式各样地去'想象'它们，而以读者自己的经验、印象及知识的积蓄去补充和增补。作家经验和读者的经验之结合和一致，能够产生艺术的真实——语言艺术的特殊说服力。"⑧

审美活动中的再创造，就其心理活动形式来说，主要是想象。欣赏者总是根据客观审美对象进行相应的想象，才会产生强烈的美感。海南岛的天涯海角，无锡的鼋头渚，特别是昆明附近的石林奇观——或像阿诗玛，或像唐僧师徒取经，无一不是观赏者根据审美对象的特点，经过想象加以再创造的结果。艺术欣赏也如此。艺术作品把无限广阔的内容凝练地熔铸在有限的具体形象之中，艺术欣赏就是要通过作品中直接呈现的有限形象去领会它所表现的更广阔、更深远的内容，从而获得美感享受和思想启迪。人们看齐白石画的花草虫鱼，感受到的不仅仅是花草虫鱼，还有画中清新活泼的春天般的生活气息；听柴可夫斯基的音乐，感受到的也不只是旋律的优美，而是听到了从俄罗斯苦难的生活中发出的悲怆。毛泽东的词《忆秦娥·娄山关》中的"苍山如海，残阳如血"一句，不仅使人感受到那色彩鲜明的壮丽景色，而且使人想象到娄山关的血战和红军战士的英勇壮烈、雄强豪迈。这种从有限到无限、从实到虚、从形到神的过渡，必须以欣赏者的想象活动作为桥梁，才能实现。文艺作品为欣赏者的想象提供了必要的基础和触点，欣赏者的想象却为艺术形象做了无形的扩大和延伸。这就是受动和能动的统一。

艺术中许多表现手法和艺术技巧的运用，都是以欣赏者在想象中对艺术形象的丰富、补充作为条件的。比如，电影中的蒙太奇技巧需要借助欣赏者的想象，才能产生连贯、呼应、悬念、对比、暗示、联想等画面组合的效果；文学中对人物的侧面描写，也要通过读者的想象，才能真正展现人物的美；戏曲中的虚拟动作，绘画中寓实于虚、寓显于隐的笔法，如果脱离了欣赏者的想象，也不能达到所追求的艺术效果。莱辛在《拉奥孔》中说："最能产生效果的只能是可以让想象自由活动的那一顷刻。"

第七封信：思接外化造心源
——审美规律归纳

审美客体是指审美对象，美（或美的属性）是其核心，故而我们也可以将审美客体称之为美。审美主体是指审美者的审美意识，其核心是审美感受，故而也有人将审美意识称为美感。审美的规律，主要是探讨审美主体和审美客体的对立统一，以及审美的差异性和共同性这两种规律性现象。

美和美感的对立统一

中国自古有"情人眼里出西施"的说法，外国也有类似的理论。黑格尔说，"假如不能说每个丈夫都觉得他的妻子美，至少可以说每个未婚夫都觉得他的未婚妻美，而且世上只有她美"，但不须多加解释的是，世上并不是所有的未婚妻都像西施那么美。当审美客体（未婚妻）真的很美，"情人眼里出西施"就表现为审美主体和审美客体的一致和统一。当审美客体（未婚妻）并不很美甚至很不美，"情人眼里"虽然仍旧会"出西施"，这时则表现为审美主体和审美客体的差异和矛盾。

美和美感的统一状态——美和美感的统一性，从根本上说是从美决定美感、美感反映美这方面提出问题的。一般说，美的内容、性质、程度、形状（种类、姿态、存在方式）决定美感的内容、程度、形状。有什么样的美，就有什么样的美感。但实际并不这么简单。美和美感的统一起码有以下几种情况：有时，审美对象从内（灵魂、品格）到外（形貌、风度）都是很美的（如林黛玉），因而能激起情人（贾宝玉）强烈的美感，这是一种审美主客体高度统一的状态。有时，审美对象外美而内丑、形美而质丑，但当"内丑""质丑"没有得到充分的暴露时，审美主体对那"外美"和"形美"也能产生美感，这是一种审美主客体相对的统一。如我们只要不吸鸦片而仅仅欣赏罂粟花之形美时，美与美感是一致的。有时，审美对象外丑而内美、形丑而质美。当"内美""质美"已经突破"外丑""形丑"充分显示出来时，审美主体对"内美""质美"产生的美感，也是一种审美主客体相对的统一。如英国小说《牛虻》的主人公"牛虻"（亚瑟），脸上有一条长长的刀痕，加上岁月的折磨，容貌是不美的，性格也有怪僻之处。他原来的恋人琼玛不但认不出他，而且开始时对他有点厌恶。但随着情节的进展，亚瑟在为进步事业的斗争中逐步显示出他过人的见解和坚定、勇毅、机智、执着的品格，琼玛深深地感受到他的"内美"和"质美"，情不自禁地再度爱上了他。这也是一种差异中的统一，一种相对状态下的统一。有时，当某个审美对象孤立地、静止地存在时，也许是丑的，但一进入某种关系（环境）和某种运动状态，却显示出美来。这时，审美主体对处在关系和运动状态中的审美客体所产生的美感也是一种相对状态的审美主客体的统一。如中国画中的嶙峋怪石形态不美，但被艺术家组合到特定的构图中，特别是暗示着一定的社会情绪和人物性格（如不事权贵的傲骨），它就显示出特殊的美来。反映着这种美的美感和嶙峋怪石之美这二者间，当然是统一的。

美和美感的矛盾状态——美和美感也有不一致的一面，其表现也是多样而复杂的。上面谈到的几种美和美感的相对统一状态，在一致中其实也就包含了不一致的、矛盾的一面。此外还表现在：有时，有些美的事物、人物，在某些人心目中、在某种情况下，被不同程度地缩小了。比如，由于误解，你对你本来感到很美的朋友产生了成见，这时你会感到她不像原来那么美了。有时候在一种特定心情下，对象的美又被明显夸大，"偏爱"便在这种情况下产生。偏爱者也，偏激之爱也，那原因便是对美夸大的结果。有时，有些美丑互见的人物和事物，给人的美感也是复杂的。当审美者见美不见丑，或多见美少见丑时，人的美感就增强；当审美者见丑不见美，或多见丑少见美时，人的美感就减弱甚至消失；当审美者美丑互见时，人就感觉到有美有丑、忽美忽丑。最后这种情况，是人物和事物品格二重组合导致的一种美和美感的复杂状态。英国作家哈代的著名小说《德伯家的苔丝》，写单纯美丽的姑娘苔丝执着地爱着克莱，但却遭到社会的恶势力及其代表人物亚雷一再的玷污和迫害，被逼进绝望的境地，最后选择了一条罪恶的道路——杀死亚雷追赶上了克莱，最后被捕处以死刑。她用恶的手段来维护爱，用丑的方式实现美。丑中含蕴着美，美又表现为丑。苔丝这个形象给我们以极大的审美满足，但这种审美满足是在美与丑的矛盾统一中，在审美主客体的矛盾统一中获得的。

美和美感，既有对立又有统一。其原因要从主客观两方面去寻找。作为客观的美是具有稳定性的，而作为主观的美感，在如实地反映了客观的美时，它就也具有稳定性，这就产生了美和美感的一致、统一、相符。但正是美感的主观性，决定了它在表现客观的美时，不可能在任何时间、任何地点都显得十分确定，甚至有时表现出较强的任意性、游动性，这就容易夸大或缩小固有的美，形成美感的不确定性同美的确定性之间的矛盾。

审美的差异性和共同性

审美的差异性表现为不同的人面对同一审美对象所产生的审美感受常常不完全一样。有时同一个人面对同一审美对象，在不同的时候，不同的条件下，也可能会产生不同的审美感受。这就是美的欣赏的个人差异性。这种差异，是由欣赏者的主观条件造成的。

不同审美能力和文化艺术素养对审美感受个性差异的影响。人欣赏美是以视、听两种感官为主的，与审美对象相适应的听觉和视觉的感受能力，是人的审美能力的重要方面。马克思说："对于不辨音律的耳朵说来，最美的音乐也毫无意义，音乐对它说来不是对象……因为对我说来任何一个对象的意义都以我的感觉所能感知的程度为限。"而各种审美对象的性质不同，它所要求的与它相适应的感觉的性质也不同。"眼睛的对象的感受与耳朵不同，而眼睛的对象不同于耳朵的对象"。欣赏绘画的美，需要有"感受形式美的眼睛"，需要有对于色彩、线条、明暗、形体各方面视觉的敏感。这种审美感觉能力的形成，就整个人类来说，是"以往全部世界史的产物"，是人类历史长期发展的结果。特别是其中参加艺术创作和欣赏的活动，对审美能力的培养和提高，起着十分重要的作用。

不同的思想感情和生活经验对审美感受个性的差异有一定的影响。欣赏者往往是根据自己的生活经验和思想感情来选择审美的角度和关注点，进行感知、感受、联想、想象、理解的。生活经验和思想感情即审美共鸣腔不同，审美对象所引起的感应、共鸣也有所不同，这便形成了美的欣赏个性的差异。这一点在艺术欣赏中表现得更为突出。因为艺术欣赏是在艺术作品所提供形象的基础上的再创造，欣赏者往往是根据自己的生活经验、情绪记忆和思想感情来感受、理解和想象作品中的形象，"各以其情而自得"，这就使艺术美的欣赏表现出相当大的差异性。

　　个人特定的心境等心理因素不同，也对美的欣赏的个性差异有一定影响。所谓心境，是指使人的一切其他体验和活动都感染上情绪色彩的和比较持久的情绪状态。心境是可以弥散、覆盖的。当一个人处于某种心境中，他往往以这种心境去看待各种事物。马克思说，"忧心忡忡的穷人甚至对最美丽的景色都无动于衷"，《淮南子》书中也谈到"心有忧者，筐床衽席，弗能安也；菰饭犓牛，弗能甘也；琴瑟鸣竽，弗能乐也"。心境不好，吃饭睡觉不安，欣赏音乐也高兴不起来。而一个人处在欢乐的心境下，则容易对事物产生肯定的、愉快的情绪体验。基于这个缘故，同是欣赏春景，既有"红杏枝头春意闹"的感受，也有"桃花为春憔悴"的感受，既有"杨柳岸晓风残月"的感受，也有"春风杨柳万千条"的感受。审美感受的差异，除了审美对象的丰富性、多样性之外，也与审美主体的心境有关。

　　上述种种由个人主观条件不同而形成的审美感受的差异，不仅存在于不同个人之间，在同一个人身上，也会因为主观条件的变化和差异而导致审美感受的变化和差异。郭沫若谈道："同是一部《离骚》，在童稚时我们不曾感到什么，然到目前我们能称道屈原是我国文学史上第一个有天才的作者。"海涅在儿童时很喜欢《堂·吉诃德》，但当他成为青年以后，因为生活经验和思想的变化，关心和梦想的已不再是侠义行为，而是光荣和爱情，所以当他再读《堂·吉诃德》便感到扫兴乏味了。这都和一个人随着年龄和生活环境的变化，在生活经验、思想感情、审美能力、文化修养、个人心境等方面的变化有关。

　　而这些审美欣赏中的差异性，不仅表现在不同个人之间，而且总是不同程度地反映出时代的阶级的差异来。一个人对某个对象感到美，产生美的愉悦，不仅仅是个人情趣的产物，归根到底要受他所处时代、阶级、民族的社会生活条件的制约，因而也就不能不具有一定时代、一定阶级、一定民族的客观的功利的内容。普列汉诺夫曾经通过对某些原始部落民族审美意识的分析，科学地阐明了人们对美的欣赏是如何受到客观社会生活条件制约的。他说："为什么一定社会的人正好有着这些而非其他的趣味，为什么他正好喜欢这些而非其他的对象，这就取决于周围的条件。"⑨这些条件说明了一定的社会的人（即一定的社会、一定的民族、一定的阶级）正是有着这些而非其他的审美的趣味和概念。"车尔尼雪夫斯基在他的美学论著《生活与美学》中曾经指出普通农民和上流社会的人对于人体美的两种截然不同的审美观点和感受。他说，辛勤劳动却又不精疲力竭的生活的结果，是使青年农民或农家少女都有非常鲜嫩红润的面色——这些普通人民的理解，就是美的第一个条件。上流社会弱不禁风的美人在乡下人看来是不漂亮的，他们认为那不是疾病就是苦命的结果。上流社会的审美观点就完全不同了，他们不知有物质的缺乏，也不知有肉体的疲劳，反而因为无所事事和没有物质的忧虑而常常百无聊赖，寻找强烈的感觉、激动、热情。但强烈的感觉和炽烈的热情很快就会使人憔悴，他怎能不为美人的慵倦和苍白所迷惑呢？因此，和劳动者相反，"病态、柔弱、委顿、慵倦，在他们心目中也有美的价值，只要那是奢侈的无所事事的生活的结果"⑩。

审美的共同性——不同阶级、不同时代的人对同一审美对象往往会产生不同的审美感受，这是一种审美现象。但另一方面，不同阶级、不同时代的人，在一定条件下，对同一审美对象又可能产生大致相同的审美感受和审美评价，这又是一种审美现象。例如，就自然美而言，对于妩媚多姿的杭州西湖，清奇秀丽的桂林山水，飞流直下的庐山瀑布，变幻无穷的黄山云海等，不同阶级、时代、国家、民族的人都会感到美，就社会美而言，一类是人类劳动和智慧的结晶，如北京万里长城、埃及金字塔、秦始皇兵马俑，一类是人类精神文明的闪光，如岳飞、文天祥、郑成功所表现出来的爱国精神和民族气节，这些也都受到不同阶级和时代的人们的赞美，就艺术美而言，如古希腊神话和史诗，马克思称赞其"至今仍然能够给我们以艺术享受，而且就某方面说还是一种规范和高不可及的基本"。贝多芬的乐曲，既为列宁所喜爱，又为罗曼·罗兰所喜爱，现在仍然拨动着世界各国欣赏者的心弦。齐白石的画、关汉卿的戏、唐代的歌舞、汉代的石雕，也受到中外人士的喜爱。在美的欣赏中，既存在着阶级、时代的差异，又存在着某些共同性。正如毛泽东指出的："各个阶级有各个阶级的美。各个阶级也有共同的美。"

产生这种"共同美"现象，原因很多。我们不妨从审美对象和审美主体两方面来看。

从审美对象来看，有以下三种情况。第一，有些审美对象本身没有阶级性或者阶级性表现得比较淡薄、隐晦，常常对各个阶级和时代的人都具有共同的审美价值。自然美就是不依存于人的社会关系和思想感情而存在的美，它本身是没有阶级性的。草原白云、高山流水、平湖秋月，各阶级的人都喜爱，"单是有教养者所喜爱而普通人却认为不好的风景,是没有的"(车尔尼雪夫斯基)。虽然人们喜好的角度、内容也许不一样,但大家都会从中感受到美的愉悦。有些描绘自然美的艺术作品,虽然寄寓着一定的思想感情,但因为没有直接表现作者的政治观点、道德观点,而只是着重描绘了自然景物的典型形象,抒发了作者对自然景物的热爱之情,阶级性显得非常淡薄和隐晦。描绘西北大草原景色的北朝乐府民歌《敕勒歌》("敕勒川,阴山下,天似穹庐,笼盖四野。天苍苍,野茫茫,风吹草低见牛羊。"),描绘西湖风景的苏轼的《饮湖上初晴后雨》("水光潋滟晴方好,山色空蒙雨亦奇。欲把西湖比西子,淡妆浓抹总相宜。"),以及列维坦描绘俄罗斯风景的油画都是此类艺术作品。由于作者热爱自然的情感是人类共有的,阶级、时代的色彩比较淡,渗透进作品构成艺术美之后也就易于为人类所共有。

第二,还有些作品只是以生动的形象高度概括了某种生活经验和人生哲理,这些经验和哲理是客观永存的,有些甚至是人类共有的,因而也就能够为不同时代、阶级的人所欣赏。"白日依山尽,黄河入海流。欲穷千里目,更上一层楼。"写了风景,更由风景生发出"欲穷千里目,更上一层楼"的哲理,"大江东去,浪淘尽千古风流人物",由景致引出一种人生的慨叹,对不同阶级、不同时代的人都有启发,便能激发出一种共同美来。

第三,形式美作为艺术美的一种相对独立因素,特别当它从所依附的内容中剥离出来之后,一般是没有阶级性的,时代的包容性也更大,它往往成为人类共同欣赏的对象。马克思在论及金、银的美学属性和它们如何引起的美感时,就主要从现象美和形式美着眼的。金银饰品和青铜器、陶器以及其他工艺美术品一样,都以形式美取胜,所以各个阶级、各个时代的人都欣赏它。当然,在一般情况下,形式总是被一定内容所决定并为它服务的,但它自己也有相对独立性。各种美的形态和艺术的形式,本身都有自身美的规律,如文学的文体与语言之美,绘画的色彩和线条之美,音乐中的节奏和旋律之美,舞蹈中的形体和运动之美,都有不依赖于作品内容的独立规律,如平衡、对称、比例、和谐、变化整齐、多样统一,等等。高尔基说:"我所理解的'美',是各种材料——也就是声调、色彩和语言的一种结合体,它赋予艺人的创作——制造品——以一种能影响情感和理智的形式,而这种形式就是一种力量,能唤起人对自己的创造才能感到惊奇、骄傲和快乐。"(高尔基《论社会主义现实主义》)鲁迅在论述中国语言文字时说,它是按照"形美""音美""意美"的规律来创造的。我国古典诗歌讲究句式、平仄、押韵、对仗,从而形成了诗歌语言的声律、音韵、节奏之美和变化整齐的均衡之美。"细雨鱼儿出,微风燕子斜""大漠孤烟直,长河落日圆""无边落木萧萧下,不尽长江滚滚来""日出江花红胜火,春来江水绿如蓝"——我们除了从这些诗句的内容上得到审美享受外,从它语言的节奏鲜明、抑扬顿挫的音律美以及字句整齐而又变化错落的形式美中,不也能获得一种美感吗?许多诗歌能世世代代脍炙人口,为不同阶级、不同时代的人借读,这是一个重要原因。

从审美主体方面来看,不同阶级、不同时代的人何以能在一定条件下具有基本一致的审美观点、审美理想和审美趣味呢?第一,在阶级社会中,人们都是属于一定民族的,不同阶级的人受到共同的民族生活条件和民族文化传统的影响,可能具有某些民族共同性,其中也包括审美的共同性。这正如伏尔泰所说:"每个民族的风俗习惯仍然在每个国家也造成了一种特殊的审美趣味。"比如对于人体美,同一民族由于生活乃至肤色关系就形成了某些一致的审美观点和审美习惯。普列汉诺夫说:"原始部落通常十分引以为自豪的,就是自己种族的身体的一切特点。白色皮肤在黑色皮肤民族看来是非常难看的。因此,他们在日常生活中总是尽力设法,如我们已经看到的,加深和加强自己皮肤的黑色。"⑪在烹饪美、服饰美方面,民族的共同性也十分显著。

第二,在阶级社会中,不同阶级的人在一定条件下可能具有某些共同一致的利益、要求和思想感情,因此在某些方面也可以表现出大致相同的审美观点和审美要求。例如,在历史上处于相似地位的阶级,在其利益、思想感情中就有某些共同因素。不同时代的被剥削阶级(奴隶、农民、工人阶级)都有反抗残暴统治、向往平等自由的要求,反映这一类生活和这一类精神的作品,便能引起他们共同的美感。同时,处在上升时期的统治阶级和被统治阶级之间,在利益和精神要求上也可能有某些一致性,反映在审美上也会出现某些一致性。进行革命的阶级,在推翻旧的统治阶级这一点来说,代表的是全社会的利益和要求。资产阶级在进行反对封建统治的革命时期,它和被剥削的劳动群众就有着某种共同利益,审美上也就有某种一致性。还有,当民族矛盾上升为主要矛盾时,同一民族内部不同的和对立的阶级之间的矛盾下降为次要矛盾,甚至出现某种联合,这时,审美的一致也就随之出现了。如我国抗日战争时期《放下你的鞭子》《义勇军进行曲》等文艺作品，在全民族各阶层中引起轰动。法国人民反抗普鲁士侵略时期出现的都德的小说《最后一课》也激励了法国各阶层的人民。

第三，在阶级社会中，社会意识形态既具有阶级性，又具有历史的继承性，特别是审美活动和艺术欣赏活动，作为一种文化心态，历史的传承更显著。自然美、社会美、艺术美，作为人类文化宝库的财富，是一代一代积累下来的，我们不能轻易地抛弃。列宁说，无产阶级思想体系所以赢得了世界历史性的意义，"是因为它并没有抛弃资产阶级时代最宝贵的成就，相反都吸收和改造了两千多年来人类思想和文化发展中一切有价值的东西"。

归结起来看，审美的同一性所以产生，有着许多具体的，历史的、社会的原因，而不是由于什么抽象的共同的人性。

1990 年 4 月—6 月，西安

注释

① 〔法〕狄德曼．美之根源及性质的哲学研究，载《文艺理论译丛》，1958（1）.
② 〔德〕康德．判断力批判：上卷 审美判断力批判［M］．宗白华，译．北京：商务印书馆，2011：36.
③ 〔德〕康德．判断力批判：上卷 审美判断力批判［M］．宗白华，译．北京：商务印书馆，2011：39.
④ 〔德〕康德．判断力批判：上卷 审美判断力批判［M］．宗白华，译．北京：商务印书馆，2011：41.
⑤ 曹日昌．普通心理学：下册［M］．北京：人民教育出版社，1980：44.
⑥ 〔南朝梁〕刘勰，著．文心雕龙译注［M］．王运熙，周锋，译注．上海：上海古籍出版社，2010：22.
⑦ 梁启超．少年中国说［M］．北京：中国言实出版社，2017：95-96.
⑧ 〔苏〕高尔基，著．给青年作家［M］．以群，等译．北京：中国青年出版社，1955：71.
⑨ 〔俄〕普列汉诺夫．论艺术：没有地址的信［M］．曹葆华，译．北京：生活·读书·新知三联书店，1964.
⑩ 〔俄〕车尔尼雪夫斯基．生活与美学［M］．北京：人民文学出版社，1957.
⑪ 〔俄〕普列汉诺夫．论艺术：没有地址的信［M］．曹葆华，译．北京：生活·读书·新知三联书店，1964：111.

下 编

两极震荡中的多维互渗

——论新时期文学的总动势

人们在描述新时期文学丰富多彩的景象时，常常说，这是文学多样态并存的时代，文学多维度互渗的时代，有人甚至用"乱花迷眼"来形容这一现象。其实多样多维的并存并不是杂乱陈列，而是规律性呈示，不是静态显现，而是动态的生成。多维的现象中，又总有主流、主体，有矛盾的主要方面。总的来说，这种现象是生活和艺术之间以及艺术内部各种矛盾对立面两极震荡的结果。这种两极震荡表现为矛盾双方在对立、斗争、竞赛、选择、互渗、同一、转化中不断运动的过程。

新时期文学现代化的进程，呈现出二律背反、波浪起伏、荣衰互换等态势，表现为一系列悖论。而新时期文学的成果，常常在截然相反的两极对撞中得到实现。从力在运动中消长转化的角度看，这类似于钟摆的运动，当钟摆在运动中达到最大角度时，动能逐渐趋于零，重力势能积累到高峰，使钟摆能朝反方向做新的运动。这使得新时期文学的发展，在历时态上表现为波形曲线，当一种艺术现象超前或过度发展，艺术生态失调时，总会有另一种艺术现象起来平衡生态；在共时态上则表现为许多个处在两极的文学现象，构成一个个对子，并存着、互渗着。

综合时空因素，新时期文学在发展进程中，各种艺术现象起码构成了以下这样一些对子：

从艺术思潮上看，现实主义和现代主义既对立又互渗；

从题材风格上看，行业题材的淡化引起的创作社会化趋势，和地域文学兴起引起的创作社区化趋势并存；

从审美趋势上看，纪实美潮和抽象美潮齐头并进；

从文学使命上看，功利的社会效应和非功利的审美价值在分离中同受重视；

从价值标准看，历史判断和伦理判断既矛盾又统一；

理想的英雄意识和真性的平民意识在竞争中选择；

理性的日神精神和野性的酒神精神，即文化的追寻和反文化的追寻同步发展；

悲剧忧患意识和喜剧欢乐意识在对撞中升华；

文学的成熟精致和文学的简陋粗俗分道扬镳。

限于篇幅，本文不能对上述所有的对子做详尽分析，有些问题也写有文章专论在此仅涉猎其中四五个方面，以论证新时期文学通过两极震荡、多维互渗而不断前进的总动势。

一

新时期文学在十多年的发展中，对文学功利的社会效应和非功利的审美效应的追求开始发生分离，在分离中自成群体，并且同时受到重视。

在创作活动中，作家总扮演着双重角色，他既是社会的人，又是审美观照者。他有理由以"社会人"的态度进行艺术思考，也有理由以审美观照者的眼光把握自我与他我，主体与客体，更多的情况下，是将两个坐标交叉融合起来把握和反映社会现实。当然具体到每个作家又各有侧重。但这毕竟是两种观察世界、感受生活的方式，这两种方式所获得的感性、知性和理性的经验不尽相同，有时甚至完全不同，两者间既有互补互渗的一面，也存在着深刻的、内在的矛盾。文学的社会观照态度，常常催生积极反映并介入现实的作品，这是时代所需要的。但这种观照角度往往在不同程度上影响作品审美价值的实现，这也是事实。像俄国诗人涅克拉索夫写下的痛苦的诗句："斗争妨碍我成为诗人，歌曲妨碍我成为战士。"（《给齐娜》）于是，在为社会和为艺术的不同向的选择和不同度的掌握中，功利的社会效应和非功利的审美价值既结合又分离，不同追求的文学群体也由此逐渐形成。

蒋子龙、张洁、刘心武、张贤亮、谌容、古华、梁晓声、路遥、陈忠实、邹志安、金河、张一弓，等等，只要举出这些名字，他们的共同性就浮现在我们的脑海中。他们都是"为社会"的文学家,侧重以社会的坐标来反映和把握生活。他们都有较强的社会责任感,以文学为参与社会改造的手段,注重功利的社会效应。他们习惯于把注意力放在国家前途和民族命运上,放在一个个重大的社会问题上。在表现和评价社会问题时,他们大都尊重群体认同的价值标准,其中包括我们民族历史形成的传统标准去弘扬真善美,鞭笞假恶丑,而不一味强调与群体相矛盾的个体自足。这构成了他们作品中明显的倾向性。在观照社会问题时,他们不像 20 世纪五六十年代的作家那样单纯取政治社会学的坐标,而是力求从政治、历史、哲学、文化,多坐标、多角度地开掘社会问题的丰富内蕴。这就由文以载道进入了文以铸心的新境界。"为社会"的文学,其哲学基础是反映论。"为社会"的作家群,大多是思想家气质和社会实践者气质。

另一类作家,如莫言、刘索拉、残雪、马原、王朔、刘西鸿、陈村、徐星等,他们各自虽有不同的风格特色,但都可以划入"为艺术"的作家群中。他们从中国古代性灵派文学和道家哲学中汲取营养,特别是从西方现代主义思潮中取得哲学和艺术营养,探索如何从新的艺术途径来表现当代中国人丰富复杂的内心世界。象征、寓意、意识流、结构效应、魔幻现实主义、黑色幽默等创作手法在他们的作品中极为常见。而这一切,主要又都是为了尝试着更真、更好、更有效地表现出现代人层次繁多的、潜在的,甚至变态的内宇宙。他们一般不太注意捕捉社会问题,而是更注重捕捉主体的心绪、情绪和意绪,透过心态的呈示来折射社会状况。因而他们常以主体论为哲学基础,在作品中重视非功利审美价值,对功利的社会价值不以为然;重视思想艺术上的个体自足,对群体认同不以为然。这个作家群大多主张个性主义、灵性主义,富有艺术家气质。

两种功能分离,两类作家作品同时存在,各有自己的成就和影响,各有自己的读者群。而对文学效应追求的两极愈益分离,两极间的竞争和选择就愈益强烈。这本身就是一种促进,迫使两极的追求者强健自己、精进自己、完善自己,以取得生存的权利和发展的优势。在竞争、选择中,他们自然而然地根据艺术生产的需要,在文学观念和艺术技巧上互相汲取营养,取长补短。"为社会"的作家群中现实主义当代化趋势和"为艺术"的作家群中现代主义东方化趋势同时出现,就是两种文学在两极震荡中趋同互渗的明证。而对社会欣赏群、对艺术接受市场来说,这两类作家、两种文学恰恰在审美活动的丰富性中,在艺术地认识人和社会中,在欣赏心理的调节中,构成反差性互补。它们满足了日益复杂多样的社会欣赏需求和个人审美需求。这是两极震荡对文学发展的积极促进。

在两极互渗的基础上，出现了第三类作家群体。他们不走把文学的一种功能强调到极端的路子，力图综合文艺两种功能写出自成一家的作品来。汪曾祺、贾平凹、阿城、张承志、王蒙、林斤澜、邓刚、王安忆属于这一类。其中有的，如汪曾祺、林斤澜、阿城，一贯坚持以我为主融合各家的路子，或以中国古典美学的主情为文心，融入乡土风情文化，对下层社会面貌和人生苦趣做清淡真切的描绘，体现出一种平和的风度（汪曾祺）；或以带有现代幽默色彩的眼光，对社会现实做奇巧怪异的艺术凝聚，在反讽中传达出深深的忧患感（林斤澜）；或以道家哲学为触媒，文化追寻为溶剂，将现代和传统，西方与东方融为一体，在淡然冷漠的深处透出几许人生的热度，达到"寂热"的境界（阿城）。有的作家，如贾平凹、邓刚、王安忆，则在两极的选择中不断变异，在不断地变异中趋于成熟。他们或从现实地反映自身经历和所接触的社会人生起步，随后逐步与社会功利拉开距离，进入对普遍人性、人情和潜意识的开掘、探讨，如王安忆，由《本次列车的终点》到《荒山之恋》《小城之恋》，就是这样一个过程；或相反，从描写自我对生活独特的感受转到对社会改革、现实变迁的宏观整体的把握，贾平凹由《满月儿》和早期散文创作转到《商州》系列和《浮躁》，则属于这个过程。还有的作家，如王蒙，两极优势的发挥和两极的中和与变迁，却是同时进行的。他以好几套笔墨几乎同时在写"为社会""为艺术"或两极交融的作品。《在伊犁》系列和《春之声》《海之歌》系列，《蝴蝶》《杂色》和《相见时难》，《来劲》和《活动变人形》这样处在两极的作品同时发表，表明王蒙在创作中能娴熟地运用好几套观照坐标。

我们不要求每一位作家都在各种文学效应的两极寻找中和、综合。相反，按自己的气质、阅历和艺术追求进行创作，倒可以在两极震荡和反向竞争中加速文艺的繁荣发展。但从一个时代的文学发展的宏观层面来看，恐怕还是应该在两极震荡中找到最佳轨道，以功利的社会效应为主，兼顾别样。这样，社会主义文艺的现实主义主流才能得到保障。

作家的历史判断和伦理判断的矛盾统一，构成新时期文学社会内容和社会评价的一个重要现象，在两者中不同的侧重点所构成的两极震荡，是促进文学对新时期生活深层掘进的重要力源。

社会发展可以按以生产力水平为标准的历史尺度和以道德水平为标准的伦理尺度来衡量。从长时期的总趋势看，二者是一致的，但在历史发展的具体阶段上，特别在历史转折时期，历史判断和伦理判断常常会发生位置转换和均衡失调，表现为这样那样的矛盾、错位。道德起源于历史，又以历史为归宿，但在具体发展过程中，它们的地位并不是始终均衡的，而是此消彼长的。"仓廪实则知礼节，衣食足则知荣辱。"（《管子·牧民》）这个古训朴素地揭示了人类道德对物质基础的依赖关系。当道德的发展尚不具备历史基础，即相应的生产力发展基础时，生产力的发展就成为首要任务，历史的尺度就应跃居至上地位。若以道德为代价，来获得历史进步的动力，那么这种代价也就显得必要且合理了。马克思说："恶是历史发展的动力借以表现出来的形式。这里有双重的意思，一方面，每一种新的进步都必然表现为对某一种神圣事物的亵渎，表现为对陈旧的、日渐衰亡的、但为习惯所崇奉的程序的叛逆。另一方面，自从阶级对立产生以来，正是人的恶劣的情欲——贪欲和权势欲成了历史发展的杠杆。"（《马克思恩格斯选集》第四卷，第233页）历史的发展积累了一定的物质基础之后，就需要道德来加以补偿，这时道德尺度就应置于至上地位。可见，历史和道德是互为中介的，历史通过道德来获得完善，道德由历史来提供内在基础。表现在时间的延展线上，便是两者地位在运动中的转化。

以党的十一届三中全会为起点，我国进入了一个重要的历史转折时期。这个历史转折时期在政治上以科学的马克思主义思想政治路线替代了假马克思主义思想政治路线，即极"左"路线，并逐步肃清其流毒，廓清其迷雾。在经济上，活跃的现代商品经济在越来越阔大的范围内改变着自然经济结构。在伦理文化上，以科学的马克思主义体系和现代商品经济观念为基础的新道德体系，正以强大的力量冲决着以传统自然经济为基础并被极"左"思潮恶性膨胀了的道德理想主义。一个以商品经济为基础的社会，其总体系的和谐与稳定，虽然仍需要道德发挥其凝聚作用，但不再一味诉诸道德手段，而是通过物质利益关系（如以市场为主的交换）和法律契约关系来维持。这样，在我们这个以伦理为中心的古国，伦理的地位出现了弱化趋势，伦理和历史的地位开始发生转换。

因此，在当前的历史转折时期，我们不可避免地要承担各种各样的矛盾。比如道德尺度的转换和道德地位的弱化，使我们不再把一切社会关系统统归结为道德关系，而是根据它们的多维特点，按不同尺度去评价和调节，把是否有利于生产力的发展，是否有利于历史的进步作为考虑一切问题（也包括道德问题）的根本标准。这就需要我们这个千百年来以伦理为中心的民族不仅改变道德伦理观，而且要有意识地去调节原先的集体无意识，民族心理因此承受着前所未有的倾斜和压力。又比如，在商品经济大潮中，道德和历史发生位置转换之后，在传统道德尺度弱化而新道德尺度崛起之时，每个人的社会经济地位也面临着沉浮荣辱的变化，面临着在经济与精神两个领域的新秩序，这必然会引起新的人际纠葛和内心波澜。在商品经济中失去竞争力，而对新的历史走向又不很理解的这部分人中，有人会不自觉地倾向于过去的道德尺度，造成社会上道德滞后的现象。也有的人会借着道德理想主义地位的弱化，"将水和孩子一道泼掉"，把商品社会的价值尺度歪曲为一切向钱看，从而滋生、传播各种非道德的丑恶现象，造成社会道德虚假的、畸形的超前。更多的情况，表现为现实生活中人的双重人格苦恼。因为自然经济基础的道德理想主义已经积淀为人们的日常观念和习惯，在这种历史和文化的惰性影响下，许多人常常出现双重人格的苦恼。一方面是传统道德理想主义的无意识文化和意识文化塑造的自我，这种自我对大多数人来说，微观地看有着具体的真诚，宏观地看却有着历史的虚假；对少数人来说，则连自我意识也是虚假的。另一方面，则是商品经济这一现实力量在实践中塑造的自我，这个自我面对商品时代的实践，面对经济利益，是真实的自我。两重人格的苦恼是转折时期一种典型的社会情绪。

以上历史尺度与伦理尺度移位、转换所构成的种种心态和世态，是转折时期社会冲突和人的内心冲突的主要内容。文学能否开掘这方面的内容，表现的准确度和深刻度如何，常常是作品成败优劣的关键，也是创作主体的思想和艺术状态的重要呈示。

近十年来，文坛中有大量作品涉及这个问题，许多引起争论的作家、作品和文学问题，也都与此有关。关于《人生》中高加林和德顺爷爷形象的争论，《鲁班的子孙》中老少两代木匠形象的争论，以及如何评价《美的结构》中主人公婚外爱情的争论，实际上都是在谈历史判断和伦理判断的矛盾统一这个问题的。比如有人认为《人生》以赞赏的态度设置了德顺爷对高加林的道德训诫，其实是败笔，客观上冲淡、掩盖了小说蕴含的新一代农民向往商品经济、离开土地的进步的历史要求，而使故事掉进"痴心女子负心汉"的道德老套路，并认为这反映了作者的原乡意识和土地文化局限。但也有人，包括路遥本人对此不以为然，他们觉得形象的离开土地要求与人物的道德操守不是一个问题，不可一概而论。又比如有人认为《鲁班的子孙》将有现代商品观念的小木匠设计为在道德上有缺陷之人（即所谓"半是天使半是魔鬼"），而将固守人伦中心主义却缺乏竞争意识的老木匠设计成道德楷模，这种半是赞颂半是挽歌的态度，流露出作者内心对道德理想主义的深深眷恋。王润滋本人不同意这个看法，亲自撰文解释，认为老木匠的道德感是中华民族精神传统中的精粹，他愿意永远为之弘扬，并认为应该对改革中出现的道德畸变进行批判。

我们不想在这里对论争双方的观点进行评论，我们只想指出，无论在这个二极对立中站在哪一边，都具有相当的深度。在争论过程中，各方观点呈现出一定的片面性，都显得深刻、犀利而偏激。作品在这个问题上的不同倾向，以及争论双方的交锋，都是两极震荡的过程。正是在这个过程中，文学对历史转折时期生活和心理的把握进入了更为深刻的层次。

二

对纪实性、新闻性和抽象化、虚拟化两极的追求，在 20 世纪 80 年代初期文学界对传统的写法感到不满足之后，同时成为热点。纪实美和抽象美，既作为一种审美追求，还作为体裁、题材、结构和表现技巧以及语言追求，各自集聚了一大批热心的探索者，产生了一大批有影响力的作品。应该说，纪实美和抽象美本来就存在于传统的现实主义和浪漫主义写法之中，现在作为一种独立的审美追求从原有和谐的整体中提出来，明显地拉开了距离，构成了在审美热点上对立的两极。它们反向而行，竞相发展，但在文化观念、审美意识的深处，却又相互勾连。正是这种"干戈"其外、"和亲"其内的奇特关系，不仅促进了它们本身的长足发展，也为整个文学创作提供了重要的内动力。

就近几年的创作情况来看，文学界对纪实美的追求，主要表现在三个方面。

一是报告文学浪潮的兴起。主要体现为：热心参与组织和出版的单位数量之多前所未有，特别是广大企事业单位和党政群单位积极而有深度的参与，成为新鲜事物；作品数量和探索的热潮前所未有；作者队伍之众前所未有，除了原来专门写报告文学的作家，许多写小说散文和诗的作者、新闻记者也参加进来；题材范围之广、之深前所未有，整个社会生活构成的主要方面，以及人民大众所普遍关注的许多重要问题几乎都被囊括；发表位置之显著前所未有，不少期刊以此作为头条，作为吸引市场的"主菜"，还推出了许多专刊、专号、专辑、丛书；社会反响之强烈前所未有，许多作品被争相宣传、多家转载，甚至被盗版印刷，不少作品家喻户晓，所提问题引发舆论，成为社会的热门话题；结构框架之大前所未有，许多作品采用"全景式""集束型"的结构方式，动辄三五万乃至十几万字，"大""潮""热""录"等字在标题中频频出现；艺术创新之多前所未有，作品从立意、结构到表现手法、语言文字，都开一代之新风，进入了一个新层次。（也应该指出，有些报告文学，特别是一些反映党的历史和党的领导人生活的报告文学，由于缺乏历史的真实性和正确的评价，产生了不好的社会效果。）

二是纪实小说探索的滥觞。这种以纪实功能为主导、混合新闻、调查、历史文学、报告文学、小说多种文学样式的边缘交叉体文学样式，体现出新时期文学的独创之美。它以真实的历史为背景、真实的事件为蓝本，发挥文学可以被多方位开掘、描绘之优长，将事、情、理三者合一，产生出别的体裁所未有的逼真的生活实感，让读者获得一种切近感和认同感。纪实小说使我们对文学的真实性和社会参与功能有了更新、更深的理解，为文学反映社会生活、推动社会发展找到了新的艺术样式和途径。自从《五·一九长镜头》等纪实小说摆脱了单纯的体育、政治、道德题材模式，横跨政治、经济、文化、道德伦理、社会心理诸领域，描绘了错杂纷纭的社会原生态，从而成为社会问题纪实作品的发轫之作后，至今已很难找到未被作家们涉猎的社会问题。纪实小说的笔触深入到每一个社会"细胞"之中，包裹在家庭、婚姻、爱情之外的道德伦理被揭开了；纪实小说的笔触波及各行各业，各类人群的酸甜苦辣得以倾吐，党政军要员、知识分子、大中学生、个体工商户、"倒爷""大亨"、妓女、乞丐、保姆、罪犯、精神病患者的人生悲欢得以宣泄；纪实小说的笔又敲响了多少社会问题警钟，住房、环保、人口、资源、人物、消费者利益、高层建筑病等各类现代社会的公害和社会积弊得到揭示……这些作品把过去封闭着的或者在改革大潮中次第出现的新的世界、新的冲突一一展开，尽管有的作品对思想道德的评价有失偏颇，但读者还是能从中获得认知欲望的自足，获得激扬情感、寻求理解、平衡心理机制的愉悦和快感。

三是小说散文创作（也包括电影、戏剧创作）的纪实化追求。现代文学作者和读者对虚伪的不可容忍，对真实的过度苛求，使虚构作品也尽力追求纪实效果，以各种艺术手段制造真实幻觉，掩饰假定空间，有时甚至达到以假乱真的程度。在马原的作品中，作者本人常作为缀连人物或转接故事的剧中人、主持人出现，使读者在他的叙述圈套中产生纪实幻觉。随着对艺术典型化理论的宽泛理解和深层商榷，随着对个性、偶然性、独特性在呈示事物本质和推动事物发展中作用的重新认识，愈来愈多的作家意识到，生活并不是在任何情况下都需要经过虚构和加工才能够被写进小说，事实的链条也不总是需要以想象来镶嵌、缀补达到完莫连贯才是好的。有时原生态的生活，不经艺术打磨的"毛边"生活，由于其包含着真人、真性、真情、真理，有独特性和不可重复性，反而具有罕见的艺术感染力和思想推动力。在这种特定艺术环境中，职业化的文学技巧常常成为一种奢侈和束缚。小说纪实性的要求就这样自然而然地被提出来了。"千百万群众在创造生活的劳动中，看似偶然爆发的事件，却代表了一种历史的必然，社会的必然，往往比作家费尽心机加工提炼出来的情节更可信、更集中、更概括，许多生活中的平常人或不平常的平常人，往往比作家呕心沥血塑造出来的人物更真实更感人更典型。"（蒋子龙）也许正是基于这样的美学信念，王蒙在《淡灰色的眼珠——在伊犁里》，"着意追求一种非小说的纪实感"。蒋子龙放下他的长篇，以质朴的纪实手法再现了"大赵庄"四年变革、四年受压的历史。张辛欣在着意追求了一段纪实美之后，甚至觉得自己好像没有必要再写那种"把一个干枣核硬泡成海参"式的小说了（张辛欣、桑晔《关于〈北京人〉》）。

将追求纪实美的三种表现缀连起来看，大体上呈现为一个双向逆反交叉运动的轨迹，即："新闻、历史文学、报告文学—小说—新闻、历史文学、报告文学"。

近年来，文学创作对抽象美、意向美的追求也成为一股热潮。不少作家汲取现代主义的艺术思维和艺术手法，在用现实主义手法创造典型环境中的典型性格这个方法之外，还尝试着创造各种心理形象、感情形象、哲理思辨形象和象征形象。这类形象当然也写的是生活，却不是实写或写实，而是意写或写意，不是再现，而是表现，不是生活的直观反映，而是生活内在情、意、理的感应。如果说纪实美实际上是在作品中创造一种生活幻觉之美，那么意向美则相反，它在作品中破坏生活幻觉，创造出一种艺术假定之美。

从总体上走向象征，是新时期小说创作的鲜明趋势。这种新象征主义思潮和新纪实主义思潮一样，是当前值得认真研究的文学现象，这里对此暂不评论。从王蒙的《布礼》《夜的眼》《风筝飘带》《蝴蝶》《春之声》《海的梦》《杂色》等中短篇小说起步，到张抗抗的《北极光》、张洁的《爱，是不能忘记的》、孔捷生的《南方的岸》《大林莽》、邓刚的《迷人的海》、张承志的《北方的河》、莫言的《透明的红萝卜》、刘索拉的《你别无选择》、残雪的《苍老的浮云》《黄泥街》等，大致画出了新象征主义思潮在当代小说创作中的发展轨迹。这个发展轨迹当然不能说一直都是非常健康的。

当前创作中象征的主要表现形式，有以下四类：

物象。《花园街五号》中一座俄罗斯风格的建筑物，掌管着临江市几代人的命运，它是权力的象征；《透明的红萝卜》中有欢乐与痛苦、希望与失望相交替的象征。而遗留下来的"墙基"，古老的"银杏树"，毛呈"杂色"的老马等，都被人格化、精神化。它们是形象的纪实，又是观念的象征，是形象与观念的复合，是意和义远大于形的物。

景象。张承志笔下五条"北方的河"和"大坂""黑骏马""老桥"，充注着灵性，召唤启示着人生的奋击和追求，它是力量源泉的象征。而叶蔚林笔下的"一条没有航标的河流"，则象征着老百姓心间纯朴、洁静、渴望舒展而略带野性的情怀。

事象。即用作品中人物做的事（情节、细节）去象征一个意蕴。《迷人的海》中的老小海碰子的搏斗、竞争、关切和传承，这些行动本身具有结构化的辐射力，让我们想到社会生活中几代人之间现存的关系。

人象。这些作品中有些人物，尽管有性格特征，但他们的价值主要不是性格力量，而是象征力量，比如《蝴蝶》中的老干部，《杂色》中的曹千里以及《大坂》中多次出现的那个"精光赤裸"的小男孩。

这些作品有的侧重于整体形象的象征，有的则关注细节性象征，有的又弥散在环境氛围的象征中。还有些作品则将这几方面综合起来，使全篇处处闪烁着象征的光彩，具有综合象征的效应。但不论何种情况，象征是依靠抽象的类比来传达其象征意义的，它的魅力主要在于穿透表象的非纪实的意向效果；在于"离形得似"，即抽象之后的意神传输；在于陌生化、含蓄化、模糊化和哲理化；在于结构效应。这样，新象征主义思潮所追求的意向美、抽象美、假定美，便和纪实美、具象美、真切美构成反差。

这种二元对立也在两极震荡中相反相成，在拉开距离中相向沟通。一方面，纪实性作品越来越由对人物、事件的微观纪实趋向于对社会的宏观把握，同时对人性、人情、人的心理世界甚至变态世界（如对精神病人梦幻的纪实再现）辐射力、穿透力愈来愈强。在这一点上，纪实性作品和意向美、象征美作品趋近。与此同时，象征美、意向美作品在后现代主义思潮的影响下，开始在抽象中求真切，求世俗化的平易，除了将生活形象进行变形、幻化处理来取得象征效果外，也力图通过对日常生活随意、淡化的描写，来寄托象征之深义。这又和纪实美有所趋近。

同时，从深层来透视象征美、意向美追求中的淡化趋势，即淡化情节、淡化主题、淡化性格，不主张矫情和故作艺术的雕琢，正是新纪实主义的要求。纪实主义认为，艺术应该像常态的生活一样冲淡、自然，而不应该用浓缩和强化主题、情节、结构、性格的办法，将常态的生活浓妆艳抹成异态的生活，以此来打动人。艺术家的本领恰恰是在貌不惊人的常态生活后面，发现历史和人的真正意蕴。这种看法，不也正是新象征主义文学家的看法吗？

三

理想的英雄意识和真性的平民意识分别在不同作家的创作中得到体现，并作为另一个二元对立现象存在于新时期文学的发展中。

当代文学中的理想主义和英雄意识，在十年浩劫中被歪曲成"假大空""高大全"的伪理想主义、伪现实主义之后，遭到了社会的唾弃，也因此一度影响了读者对文学中理想主义和英雄意识的看法。作为对"高大全"的惩罚，文学一度冷淡了粗犷和阳刚的风格，而沉溺于文弱化、精致化的"奶油小生"格调中。但一个民族终究不能没有理想主义和英雄意识铸建它的精神脊梁。近几年，作为对阴盛阳衰的反拨，理想英雄意识在文学创作中又以新的势头发展起来。这主要表现为四类阳刚人物形象的涌现：

一是社会实践型，如乔光朴、武耕新、梁三喜、李向南、龙种、陈抱帖等等。他们是各条战线的中坚力量，既是社会实践的先行者和务实者，又是社会改革的思考者和决策者。

二是事业开拓型,如科技知识界的苦斗者和拓路者,刚从土地文化闯进商品经济大潮的个体工商户、企业家,去海外开辟新天地的"新大陆人",他们投入人生的惊涛骇浪之中,几度春秋,几度沉浮。也许这些人最后并不都是胜利者,但他们的精神品格是强悍的。

三是理想人格型。张承志常常通过自然意象的熔铸将现象升华,把个体特征和类的特征结合起来,将笔下的男主人公塑造成"大写的人"。为了突出笔下这个大写的人的涵盖面,他甚至经常用"我"和"他"这类代词而不给人物起姓名,以此来强调形象的符号性。《绿叶》中的抒情主人公"他",一直处在对新的精神高度的不断追寻中。当知青纷纷离乡返城,并把插队当成一场噩梦时,"他"却带着对小奥云娜(那是绿草地的意象)梦幻般的可爱的留恋回到城里;而当一部分返城知青由于在城市找不到自己的生活位置,又重新怀恋起那个被自己浪漫的幻觉所粉饰了的农村时,"他"却在回草原"寻梦"时完成了旧梦的破灭,让被浪漫光环笼罩的奥云娜回归为一个平凡而坚实地生活在草原上的女性,也促使"他"自己脚踏实地在人生的土地上前行。张贤亮笔下的张永磷也是这种不断追索新境界的形象。他的品格也许不是完美的,但其不息的追索精神不就是一种理想人格吗?如果说这类形象多是作者理性思考和激情参与的产物,他们的理想人格是阳光,那么张贤亮笔下的劳动妇女形象也多具有理想人格,她们的理想人格是草地。李秀芝、马缨花是作者梦中的洛神,在某种意义上是引导知识分子前行的圣火,是启发他们矫正自己精神坐标的罗盘。

四是野性硬汉型。这类形象多在原始"寻根"文学和西部文学中出现,有时也在少数民族文学作品中出现。他们在艰难、甚至荒蛮的社会背景和自然环境中生活,身上的每一股筋肉和每一根神经都经过了大自然的锻打,在冷漠的外表下储蓄着深沉的情感,在孤独的岁月中热切地与大自然交流对话。他们魁伟的体形,强健的臂力和坚忍的意志三位一体地浇铸在草原、雪山、戈壁的底座上。作者通过这类形象赞颂了生命的伟大、人的伟大、民族种属的伟大。有的作品也存在着将人物从社会历史环境中抽象出来的弊病。

以上四类强者形象的涌现,表明20世纪80年代的中国文学,虽然阴柔之美有了长足的发展,阳刚之美却成为主要的美学倾向。

但是我们又看到另外一种几乎是截然相反的趋势,这便是文学的世俗化倾向。在世俗化的热浪中,平民的真性意识在许多作品和作家的艺术思想中有着全方位渗透。

新时期文学在经历了"伤痕""反思""寻根"这三个阶段之后，对历史的回视与沉淀愈益深刻入微，但同时反映现实的作品却相形见绌，踟蹰于表现社会问题的解决、表现城乡改革的实绩或表现改革者的思想性格上。这类作品有时能产生轰动效应，却少了一点人性与审美的浸润效果。这时，由一批青年作家创作的表现城市平民日常生活为主的作品出现了，如1986年底的《橡皮人》《风景》《烦恼人生》以及接着出现的《白涡》《我走近你》《寻根儿》《逐鹿中街》《纸床》《都市人》等一大批作品，基于这些作品，电影界掀起了一股改编热。它们大都把改革推到背景上去，将注意力集中在写凡夫俗子、世相琐事之上，作家不但不再说教，也不再无病呻吟或煽情，开始用一种超然不恭的平淡的心态和语调去再现那些在生活旋涡中沉浮的芸芸众生。《雨花》杂志最早开辟了"新世说"的栏目，李国文的《没意思的故事》、张辛欣的《北京人》、李庆西的《人间笔记》、叶兆言的《夜泊秦淮》、吴滨的《城市独白》都写成了序列。关鸿的《都市人》、王祥夫的《沙棠院旧事》、姜滇的《濂溪笔记》，更发展出一种以短篇为连缀来写中篇的笔记体小说。这就和写城市改革的《乔厂长上任记》《祸起萧墙》《沉重的翅膀》等作品拉开了距离。

与此同时，农村小说也开始改变过去那种展示愚昧落后的兴趣，着力于表现农村世俗生活的波动和变化，剖析国民性格的积弊和铸造新的民族素质。所以，从题材看，写小镇、小人物、小事件的作品增多，清明恬静的心态和画面增多，像《腊月》《流动的人格》《急告温州，今晨抵达》等一批农村题材作品，与《人生》《老井》等强调城市与农村对立的作品已经风格迥异。

文化"寻根"的作品也从学者化、哲理化中跳出来，像《三寸金莲》《阴阳八卦》《瀚海》等，都更注意编排世俗故事，表现世俗人情。

所有这些，都意味着平民化的真性意识对文学的渗透。世俗小说对现实生活显然抱有一种更入世的态度。它既不像"反思"小说和"寻根"小说那样充满政治、历史和文化的抽象思考，也不像"改革"小说那样富于理想色彩，对现实充满忧患，又充满激情。它是一种带有实用主义色彩和非理性主义色彩的文学，它不把希望寄托于未来，寄托于精神境界，而更重视现世的需求，物质的需求。作者和读者大起大落的情感体验减少了，他们感受到的只是一种平静、温柔和淡淡的苦涩。作者和读者都从那些过于抽象、过于宏观、过于富有追求意识的思考中解脱出来，以更亲近、更入世的目光去观察现实生活。在世俗小说中，小市民取代农民、知识青年和改革家，成为最常见的主人公。商品经济的活跃，使市民阶层在社会生活中有了更重要的地位。这些社会角色谈不上光鲜，但他们的日常生活却因为依傍着生存这个头等大事而显出人情、人性的本色，令人怦然心动。新时期小说中常见的那种挣脱禁锢的生命冲动，如今被更为冷静和沉重的生存意识所取代，生活苦乐参半，艰辛和苦涩升华为精神，使人生的苦趣和烦恼成为市民阶层的一种典型情绪，成为当代生活中一种十分生动的精神现象。历史文化开始走向世俗人生。这也反映了在商品经济影响下的实用主义社会思潮。

与此相联系的是，世俗小说从艺术上有一种向传统现实主义的回归倾向，人物个性、故事情节重新受到重视，内心生活的描写有了大幅度压缩。不少作品还大量借用了中国古典小说的语言要素和各类结构的表现技巧。

英雄意识和平民意识的演化都是当今社会的文化现象，对立的两极便在现实生活中勾连起来。这种对立与互渗，会体现在创作中。比如，英雄意识在经过否定之否定的重新复现之后，产生了一个与之前不同的重要特点，即走下神坛，具有了普通人的性格、情趣。它们在思想言行上的先进和在日常生活中的平凡得到了较好的统一，而它们的理想也被重铸，洗涤了原来一些空泛的东西，更贴近中国老百姓的实际生活。这使我们感觉到，英雄意识的非神化趋向，本来就是一种平民化趋向。另一方面，当作品将老百姓具体的世俗生活作为人类生存的基本状态，作为人性人情的主要载体，将老百姓日常生活中的坚韧、机智、执着、豁达的品质以及他们的烦恼，作为一种存在本领和生命品质来表现时，这本身又使世俗带上了英雄的色彩，使平凡获得了伟大的骨脊。它叫我们感受到人类的伟大，普通人的伟大，自身的伟大，从而克服了以前一味以自然主义笔墨写儿女情、家务事时的猥琐宵小之感，这又是英雄意识对平民意识的渗透。这两极在震荡中的互渗使双方克服了各自的片面性和弱点，以一种前所未有的、当代的面貌表现出来，走向成熟和深化。

四

理性的日神精神和野性的酒神精神同时得到张扬，文化的追寻和"反文化"

的追寻同步进展，是新时期文学又一个重要的两极震荡现象。

文化，我们在这里是指既在的意识形态，即理性；指现代技术文化及其物质成果；指传统的风俗文化；以及所有这些因素构建起来的民族文化心理。"反文化"，是指对既在的意识文化、无意识文化和物质技术文化的精神反思与行为反拨。在"反文化"的出产地美国，"反文化"具体是指当地年轻的一代对父辈信守的技术统治论以及认为技术过程可以满足人类几乎所有需要的那种信念的背叛，并具体体现在现实和虚拟的生活方式和价值观的革命上。反传统、反规范，从愤世、疑世到玩世、乐世，以及审父意识，都是"反文化"的具体表现。所以，有这样一种说法：资产阶级在餐桌旁发现自己的敌人原来就是自己溺爱的子女。

在这种全球性思潮的大背景下，新时期文学的"寻根"热是从十年浩劫的反思开始的。但随着反思的深入，全球意识、文化意识的增强，作家们开始超越政治和现实的局限，从更大的历史时空去思考人类和人生的问题，开始在与其他民族文化的横向比较中来认识自己民族文化的历史演变，以衡量并确定它在整个人类文化中的恰当位置。作为一个类族的群体，人们开始反思、盘诘自己："我是谁？我从哪里来？我到哪里去？"文学创作的文化追寻热，就是这种非个人的、大时空思考的美学结晶。

文化寻根热从汪曾祺、邓友梅的乡镇风俗小说和市井风情小说起步，很快发展为对文化的自觉追寻。它又可以分为两大类。一类是对传统文化的（也包括对传统美学观念的）追寻。比如邓友梅、冯骥才、陈建功对京津文化的追寻，阿城对超凡脱俗的道家哲学的追寻，韩少功对浪漫的楚狂精神的追寻，贾平凹在秦头楚尾之地对秦汉文化的汲取，陆文夫、李杭育对吴越文化的追寻，等等。禅、道、巫、鬼作为文化现象，屡屡在作品中出现，并且成为一些作者观世的立足点和创作思路、创作语态。

另一类是对原始生命的追寻，即对"前文化"生态、心态和体态的追寻。这几年部分文学创作中流露出原始主义倾向，写原始、荒蛮的生活成为一些作家的嗜好。这种倾向，或者表现为作家对古老的渔猎、游牧、村社生活的浓厚兴趣，他们从令人目眩的现代社会出走，溯时间之河而上，寻找昨天的部落和村落，他们离开闹市，走进大山原野去寻找一片至今还未经文明熏染的土地；或者表现为作家对大自然的崇拜，他们在作品中发掘和重建人与自然新的关系，将改造与征服的对立变为互相营养、陶冶的和谐,表现出前所未有地对自然的爱慕。这样,人类不但在对大自然的征服中显示出自己的强韧力量和博大精神,也在这爱慕中显示出自己美好的情怀,或者在现代生活的描绘中,在新潮与传统、文明与原始之间表现出极为复杂矛盾的感情。而人类对现代文明的厌倦也可能导致在传统与原始的生活中找寄托,比如对"最后现象"(即将逝去的人物和现象)从眼前的消失表示出深深的依恋。

在原始"寻根"的作品中,普遍表现出一种崭新的人格理想,表现出一种同生活的进步相谐调的审美意向。原始寻根作品中的许多人物在同严酷的大自然及社会强暴的搏斗中,铸造了无畏的、不屈的气概。他们的人生是奔放的、豪迈的、活跃的。对这种人生的肯定,就是对生命原力的颂扬,对我们民族古老文明的审视。在中国传统文化中,无论是儒家用禁欲、纲常和礼教为人们构造的心狱,还是道家以超脱、淡泊、无为为人们展示的虚幻的幸福境界,都在一定程度上摧残并限制了人的力量,使人变得软弱、卑微、病态,人生变得苍白、暗淡、阴郁。今天,在振兴民族精神的时代,呼唤原始生命的强力来挣脱这种文弱化的文化束缚,给人以崇高的美感。当然这只是在寻找两种文化追求的同构关系。同时我们不能忽视确有为了猎奇,纯客观地展示原始的、落后的、蛮荒的、怪异的文化形态的不良倾向。但也要承认,不少人是为了找出其中深藏的强者精神,找出振奋当下生活和精神的内在的同构点和对应点,以给民族精神"输氧""补钙"。从深层次看,这已经和"反文化"倾向衔接、沟通了。(反文化在这里的含义,实际上是指反传统文化中的消极因素。)

"反文化"思潮是文化现代化的产物。当代物质文明和精神文明愈发展,社会和人愈趋向理性化。理性化提高了人类认识和改造客观世界的能力,使人的社会本性得到充分自觉的发展,同时也压抑了人类的自然本性,或多或少掩盖了人的感情和真性。这样,人的非理性化欲求,便更需要找到宣泄的渠道。文艺以自己形象性、感情性的特征,更多地承担平衡这一精神倾斜的任务。随着当代社会文明的发展,特别是现代商品经济、政治思维对社会综合交流的需要以及现代通信手段给这种综合交流提供的可能,使当代人生活在一体化、有序化之中。也是作为对这种倾斜的平衡,现代人在艺术欣赏中对个性和无序的要求就愈发强烈。人类创造的现代文明,使人的视野有了无限的宽广度和深度,但这种视野又逐渐由直接转向间接。人类以前更多通过自己的感同身受来认识世界,现在则主要依靠文化传播的媒介来感知社会,人类正在隔着文化的毛玻璃看世界。人类愈被自己所创造的现代文明膜所包裹、所抑制,就愈希望在精神上突破这层文明的膜,去前文明的、更浑然天成的生活氛围中做舒畅的深呼吸。当代生活这种"反文化"价值取向的兴起,是新时期文艺"反文化"追寻重要的社会原因。

思想艺术中的"反文化"追寻其实也是古已有之,并且在历史上形成了一条断断续续的虚线。在春秋时期中国进入文化的灿烂发展期,中国的老子超前地体察到与文化发展伴生的文化困惑,提出了他的"反文化"主张。他反对一切人为之事,包括文艺,说:"五色令人目盲,五音令人耳聋。"他反对当时的伦理观念("绝仁弃义"),反对传统的理性法则("绝圣弃智"),认为人的一切痛苦都是文化造成的,只有抛弃了学问文化,才能免于忧患("绝学无忧")。庄子走得更远,他将老子的"反文化"主张推向极端,明确提出"灭文章,散五采",主张取消文化。他们是人类思想史上较早触及人被物化环境异化的哲学家,提出了反物化的哲学命题:"物物而不物于物。"但他认为这一切无济于事,人的物化命运无法扭转。得救之途只有"堕肢体,黜聪明,离形弃知,谓之'坐忘'"。这是彻底的洒脱。这种文化悖论,在外国思想家、文艺家的言论中也时有体现。马克思论述过"劳动的异化,人失去他的本质而变成物",尼采说过"道德对生命本能压抑",海德格尔感慨过"存在的冥暗",别林斯基喟叹过"智慧即痛苦",弗洛伊德提出过"超我对本我的压抑",萨特对现代西方社会也有过"他人就是地狱"的名句。这些理论的立足点虽属于不同体系,却都从不同侧面触及"反文化"思潮这一问题。

新时期文学从20世纪80年代初,以诗歌为前导,"反文化"思潮之风起于青苹之末,到20世纪80年代中后期,被文化舆论称之为"反文化"小说的作品逐步增多。这类小说大都写的是年轻一代,他们有共同的心理背景,比如反传统,对既在的生活方式不满,有强烈的审父意识,等等。但在共同的心理背景下,他们却又有着明显的差异。有人将他们分为五类:

在《无主题变奏》(徐星)、《少男少女,一共七个》(陈村)《鬈毛》(陈建功)、《我们青春的纪念册》(梁迈)里,我们看到的是一些愤世者。他们或是不同意父辈的价值观念而愤懑,或对父辈的世故虚伪而愤慨,或崇尚个体道德而对外在戒律愤恨。他们常常偏激、片面、走极端,由审视走向敌视,结果造成了判断和认识的失误。这种偏激袒露出他们的真诚，也表现出他们的不成熟。

在《你不可改变我》《黑森林》（刘西鸿）《半分钟的人生》（翔宇）中，我们看到的是一些乐世者。他们一味追求人生的快乐，怎样活得舒服便怎样活，对社会的责任，对百姓的义务，对自身的终极关切，都遭到鄙视。爱之忠贞、谊之诚笃，在他们看来不可理解，罗密欧与朱丽叶是患了青春期痴呆症的傻瓜，而"如果做男人意味着重负，我宁愿不做男人"。小说《还能说什么》的女主人公吴小迎的这句话，更可以视为这群乐世者的人生宣言："我不需要任何人向我负责，我对别人也不想承担任何责任！"他们不去分辨什么是人生真正的快乐，这快乐又由谁、从哪里创造出来。他们实际上是目光短浅的，是对真人生持回避态度。"今日有酒今日醉"的结果是理想的沉落，这是一种自我麻醉，谈不上真正的快乐。

待到酒醒之后，生活会给他们提出许多更为严峻的问题，这就造就了一批疑世者。愤世已经没有热情，乐世却又不甘堕落，徘徊在二者之间，留下的是满脑子疑窦，像《你不可改变我》中的老姑娘，《还能说什么》中的大龄青年"我"。

当上述三种人在各自的追求都不可得之后，便极容易堕为玩世者。在《白梦》《白雾》和《继续操练》里，我们看到的是真正的玩世不恭，是有意识的下流。他们的善恶是非观念已经泯灭，"无所谓对，无所谓不对"，为了追求一己私利，"朝廷无人便只好把人格脸皮自尊都称了去卖"。他们的言行已经和先前憎恶的生活方式合而为一。原先对父辈的嘲弄变成了无可奈何的自嘲。也许在这自嘲中你能感到玩世者内心的痛苦，但在这痛苦中你又能看到他们心灵中还留存着一方净土。

在玩世的不恭和玩世的痛苦交相作用中，厌世者诞生了。在《无为在歧路》《殉道者》（徐星）和《苍老的浮云》（残雪）、《奔丧》（洪峰）等一系列作品里，我们看到了他们的形象。《无为在歧路》里的"我"希望"用最快的速度算出哪一天是世界末日"。《殉道者》里的男主人公认为"沮丧"才是"永恒"的，他对一切都失去了希望，只是在做爱时才粗暴而又疯狂。做爱成了逃避人生痛苦的方式。在《苍老的浮云》里，作者对日常生活的空虚阴暗以及人们的怯懦猥琐极尽渲染。在《奔丧》中，洪峰写儿子对父亲之死冷漠之极。在《讲几个关于生命创造者的故事》里，他又写父亲对亲生儿子嫌厌之极。厌世到了这个程度，真是触目惊心。这类作品对人生充盈着丑恶的描写，甚至连西方现代派文学的主体精神——人道主义理想（哪怕是以否定的形式出现）也看不到。这就由"反文化"走向对人的价值采取彻底的虚无主义态度，走向了艺术的非人道化。而"艺术的非人道化——这是艺术的自我毁灭"。（列·斯托洛维奇：《审美价值的本质》，279页）

  以上从人物形象塑造的角度，讨论了从愤世到厌世这一心理历程，主要是从"反文化"社会思潮在作品内容上的表现来谈的。"反文化"思潮在艺术思想中还有其他方面的表现。其极端者，如先锋诗派中的非非主义。他们反语言，反对和语音相联系的整个现存的文化形式、文化定值心理、文化定值情态，认为现今世界——世之界限，是被语言划开的。这就把世界变成一座语言的海市蜃楼，一座语言文化之膜包裹的伪现实。他们认为这是个错误。世界不只是可以被形容（因而有价值），可动可静（因而有生机），可数可比（因而有维度，有层次、有秩序），可有称谓（因而有姓有名）的，因为还是有无法用语言来表述、却又确实有形式有内容存在着的事物。造化之于人，隐含着无限神奇的、全方位的多种可能，而用语言符号表述这个世界，只是一种可能。人类不能一旦误陷于这种可能之中便永世不能自拔，不去积极寻求其他可能性。他们诱导人类退出现有的语言文化世界、现有的语言文化自我，将现代社会做前文化还原，然后大力发展人类被文化窒息了的文化外的开发、认知和创造潜力，探索建立非语言的新的文化世界和文化自我。应该说他们的思考敏锐地指出了语言文化的局限性，有不少有启示性和开拓性的观点，但其对现有全部语言文化采取虚无主义态度，以致否定语言在人类文化建设中的积极作用，否定语言文化已经取得的现实成果，是笔者所不能苟同的。加之由于他们也只能以语言形态来反语言，所以没有或无法明晰地展示非语言世界的其他符号系统和传输系统，对能不能维系和如何维系现有的人类文化世界等问题无法解答。整个论述充满否定，在建树上则显得十分空泛。

  创作在文化和"反文化"两极的追寻如何互补互渗？从上面的分析中可以归纳出以下几点：

  一、文化的繁盛同时带来了文化的困境，因而创作的文化追寻到达某个临界点，就同时引发"反文化"追寻。其实对"反文化"的渴求，也就是对文化的渴求，是对负形态文化的渴求。而当"反文化"追求到一个临界点，又可能引发"负负效应",引发新的文化追求。

二、"反文化"追寻实际上是对文化追寻中偏颇、局限、不足的补充、校正和整合,是对因文化追寻所造成的各种倾斜的平衡,各种失调的整合。

三、文化追寻和"反文化"追寻发展到当代,已经开始由勾连互补到交叉重叠互渗。文化追寻中对传统的禅、道,巫、鬼文化以及其他原生态民间亚文化、潜文化的追寻,对大自然原始生命的追寻,实际上也属于"反文化"追寻的内容。

五

每一个事物都包含着对立因素。"对立是存在物的始基"(毕达哥拉斯语,《中外哲学家名言》,广东人民出版社 1986 年版,第 5 页),自然是"从对立的东西产生和谐,而不是从相同的东西产生和谐"(赫拉克利特语,见上书第 4 页。)"一阴一阳之谓道",中国古代哲学中的阴阳说,也说的是任何事物内部都含有矛盾的两极。两极中包含的各种因素,在震荡(运动)过程中相感、相摩、相荡、相斥,又和谐共存。"雷风相薄",却又"雷风不相悖"。这是世界得以存在和运转的动力,也是新时期文学发展的内力。"互渗"这个概念出自列维-布留尔的《原始思维》,指原始人思维中物我不分、主客体相混的混沌状态。本文借用这一概念,来表述新时期文学发展的总动势,即多种二元对立的观念在发展中相互渗透、相互融合,使文学创作不断获得发展的活力这样一种状况。这当然印证了矛盾的对立面既斗争又统一的辩证唯物主义思想。

两极震荡和多维互渗,即便表现在上述某一个问题的二元对立中,也不是机械的叠加和线性的延长,因而我们没有在论述中采用单维的二值判断(即非好即坏的黑白逻辑)。一种文学现象由于处在两极震荡,即对立面的交相运动中,且在两极的轴心上有着多维的渗透,便呈现出一种很难分析和梳理的多因素的互相扭抱、互相包含、互相作用的复杂状况。各维度、各因素之间互抗、互补、互渗,交混为一个复杂的运动体,以致很难像剥竹笋一样,做层次明晰的归纳。

而新时期文学发展的实际情况是,除了每一个二元对立内部构成多维互渗复杂运动之外,我们在文中举出的这 10 个(其实远不止 10 个)对子之间,又互抗、互补、互渗,交混为一个层次更多、更错综复杂的运动系统。这个系统呈示出新时期文学在发展中全部的复杂性、曲折性和多样性。当各个对子之间异步交叉、历时叠加，文学创作常常呈现"正—反—合"的波形发展曲线。当各个对子之间同步交叉、共时叠加时，文学创作在各种因素的制约下，出现多维相持相触的相对稳定局面。在这种情况下，文学的发展看不出主潮明晰的动向，而是维持着繁花似锦、乱花迷眼的恒定局面。相对恒定的局面正孕育着新的大幅度运动。要描述这种复杂相持的恒定，当然更为困难。

丰富复杂是成熟的标志。新时期文学正是在这种两极震荡、多维互渗的总动势中逐步走向成熟。

1989 年 12 月 10 日，西安岚楼

关于"真正自由的文学"

社会主义文学艺术是旷古以来最自由的文艺！创建这种最自由的文艺是我们的历史责任！

写下上述两行文字，笔者是百感交集的。社会主义文艺是最自由的文艺，这本是马克思主义文艺思想的一个重要观点，然而我们在无产阶级专政条件下建设社会主义文艺的时候，却不得不经历二三十年的曲折坎坷，付出许多文学艺术家的血和泪，才重新获得讨论这个问题的权利。

一

100多年以前，马克思、恩格斯就满怀着迎接春天的激情提出了这个问题。恩格斯在1872年写就的《论住宅问题》中指出，当旧的社会制度和统治者的存在，日益成为阻碍工业生产力发展的愈来愈大的障碍，同时也成为阻碍科学和艺术的发展，特别是阻碍文明交际方式发展的愈来愈大的障碍时，"新的社会制度"在"人类历史上破天荒第一次创造了这样的可能性：在所有的人实行合理分工的条件下，不仅进行大规模生产以充分满足全体社会成员丰裕的消费和造成充实的储备，而且使每个人都有充分的闲暇时间从历史上遗留下来的文化——科学、艺术、交际方式等等——中间承受一切真正有价值的东西，并且不仅是承受，而且还要把这一切从统治阶级的独占品变成全社会的共同财富和促使它进一步发展。"（《马克思恩格斯选集》卷二，479页）

接着，在 1877 年至 1878 年写就的《反杜林论》中，恩格斯又谈到，当社会成为全部生产资料的主人，可以按照社会计划来利用这些生产资料的时候，社会就消灭了人直到现在受他们自己的生产资料奴役的状况。旧的分工被消灭了，旧的生产方式彻底改革，在新的生产劳动组织中，"生产劳动给每一个人提供全面发展和表现自己全部的即体力的和脑力的能力的机会，这样，生产劳动就不再是奴役人的手段，而成了解放人的手段，因此，生产劳动就从一种负担变成一种快乐。"

这里，恩格斯从历史发展的角度阐述了最自由的文艺产生的社会的政治的经济的条件。100 多年来，当千百万人民群众和他们的优秀战士在为社会主义、共产主义这个美好理想浴血奋斗的时候，其中不也就包含着为砸烂旧制度加于文学艺术的枷锁，创建最自由、最解放的社会主义文艺这一重要内容吗？

如果说，马克思、恩格斯关于社会主义文艺是最自由的文艺的观点，还只是一个预言的话，那么，列宁则是在社会主义革命胜利的前夜，提出相同思想的人。1905 年，他在著名的《党的组织和党的文学》一文中，一方面指出文学事业应当成为整个无产阶级革命事业的一部分，成为社会民主主义机器的"齿轮和螺丝钉"，另一方面，又以相当大的篇幅谈到这个比喻的缺陷——明确指出，文艺进入了社会主义时代，在挣脱了资产阶级、封建主义的束缚之后，就可以从"伊索寓言式的笔调，文学上的卑躬屈膝，奴隶的语言，思想上的农奴制""这种使俄国一切生动和新鲜的事物都感到窒息的丑恶现象"中解放出来，成为"真正自由的文学"（《马恩列斯论文艺》，64 页）。他在这篇著作中又具体阐述了两点：一、文艺需要更大自由的原因，是由文艺的特殊性决定的——"文学事业最不能机械地平均、标准化，少数服从多数"，也不能用什么"清一色的制度或用几个决定来解决任务。不，在这个领域中是最不能谈公式主义的"。因此，"无产阶级党的事业的文学部分，不能同无产阶级党的事业的其他部分刻板地等同起来。"（列宁：《党的组织和党的文学》）二、无产阶级文艺真正自由的主要含义是"两个广阔天地"——"在这个事业上绝对必须保证个人创造性、个人爱好的广阔天地，思想和幻想、形式和内容的广阔天地。"（同上，65 页）

很明显，在列宁看来，党的文学和自由的文学是统一的，是一个问题的两方面。正是这两方面，共同构成了无产阶级文学党性原则的不可或缺的内容。忽略前者，则不能公开地、自觉地将自己的文艺工作与党和阶级利益联系起来，就容易忽视作家的革命责任，在方向、路线和基调上出问题；忽略后者，把文艺和别的革命工作刻板地等同，对"两个广阔天地"横加干涉，就会把革命文艺的路子越搞越窄，和群众的距离越拉越远，以至削弱革命文艺的战斗作用。

毛泽东同志在理论上继承和发展了列宁的这一思想。他倡导的"百花齐放，百家争鸣"（以下简称为"双百"）方针，就是将这一思想和我国文艺发展的实践相结合的一个结晶。"双百"方针既是关于社会主义文学是真正自由的文学的一种理论观点，又是实践这种观点的工作方针。这在社会主义国家思想文化工作中，堪称创举。毛泽东同志在解释这一方针时，明确指出："艺术上不同形式和风格可以自由发展，科学上不同的学派可以自由争论。利用行政力量，强行推行一种风格，一种学派，禁止另一种风格，一种学派，我们认为会有害于艺术和科学的发展。"（《毛泽东选集》卷五，388页）也就是说，"双百"方针就是要给作家、艺术家、科学家以真正的创作和研究自由。

二

要使我们的文艺成为真正自由的文学，应该在文艺创作的描写对象、思想内容、艺术形式等方面注意什么呢？

应该保证艺术家有选择自己的描写对象和从各个角度表现生活和描写人生的自由。

扩大题材范围、在创作题材上给艺术家以更大的自由，这个问题谈得不少了。但是应该看到，文艺的描写对象问题远不是题材问题，甚至主要不是题材问题。有观点认为只要提出并且逐步实践"题材无禁区"，艺术家在选择描写对象上就可以获得真正的自由。这种观点虽不能说是对自由的文艺的误解，但起码是肤浅的看法。诚然，在题材问题上，我们还不能说有了充分的自由，这方面还需要呐喊。但是，文艺创作在描写对象上的广阔天地，应该说并不仅限于是否描写了士、农、工、商、科、教、艺等多种多样的生活面上，反映、研究这些方面的情况，是别的社会科学也可以担负的任务（虽然反映的途径不一样）。文艺有自己独特的广阔天地，这就在于将人及人的方方面面、里里外外的生活作为自己的对象，去表现人形形色色的思想，纷纭复杂的性格，丰富多彩的感情，变幻无穷的心理，悲欢离合的命运。高尔基称文学为人学。巴尔扎克在这之前就把自己的作品不仅称为"风俗史",而且称为"人心史"。对于这一点,我国清代的刘熙载阐述得最早也最明确,他说:"文,心学也。"这都说明,文艺的广阔天地需要在人身上,特别在人的内心世界来开拓。关于人,马克思说:"在其现实性上,它是一切社会关系的总和"。在人身上交织着阶级关系,也交织着国家、地域、民族和宗族关系,还交织着家庭,亲友以及在工作和劳动中产生的人与自然,人与生产工具、劳动对象之间的关系。这些错综复杂的关系渗透、融合在一起,形成混合光源,在人的内心世界投下斑驳的影像,造成了无比丰富复杂的性格和感情的画面。人,又是一切感情的总和。人不但有着阶级的、民族的、乡土的感情,也有着两性之爱、孝悌亲情,朋友同志之谊,七情六欲,无所不具。这里是文艺家可以纵笔驰骋的无限天宇,可以潜游探求的深奥海洋。

毋庸说明的是,文艺自然不能抽象地,而必须通过人的行动和社会生活环境去表现人,表现人的内心。也就是马克思说的:"个人是社会的存在物。因此,他的生活表现——即使它不直接采取集体的、同其他人共同完成的生活表现这种形式——是社会生活的表现和确证。"(《1844年经济学—哲学手稿》,76页)反过来说,社会生活也是人的命运和内心历程的表现和确证。从文艺的立场看,社会生活的种种表现,只有当它从各个方面表现和确证了,或者能够表现和确证人的命运和内心历程的时候,才成为文学描写的对象,构成文学的内容。也只有不离开人的立足点来谈论题材的多样性,才对文学的自由发展具有意义。如果不允许文学自由地去探索和表现人生的各个领域,各个阶段,人心的各个角落,各种奥妙,并且理直气壮地、明确地把这一点作为文艺的任务,题材再多样,再广阔,又有什么用呢?这样我们就看到,当前文学艺术描写对象谈不上广阔,需要发现的新天地简直太多了。由于长期以来信奉把革命文艺作品的内容归结为革命的政治内容的观点,写人,只是写政治化的人,而不是写生活着的多面的人。人的生活环境,只能看见政治斗争或带着政治色彩的一些活动;人的行动,只是政治行动或带着政治色彩的生产、工作、打仗;人的感情只是阶级的、政治的感情,思考也只看见对政治问题的思考,或"从政治高度"对工作、学习、劳动的思考;人的语言也多是一种政治表态,或对政治、生产活动进程的表述。这样的人物,不管作家花多大的功夫、有多大的本领、贴上多少"生活细节"和令人啼笑皆非的噱头,也不会是有血有肉的,也只是徒有人形的政治概念的图解。这就是将文艺作品的内容简单地归结为革命的政治内容的恶果。

若仅从题材着眼揭露林彪、江青十年为害的作品，在近几年几乎涉猎到各个方面，对那些只在生活题材上找广阔天地的作者来说，"冷门"已经所剩不多，于是新的公式化与雷同化作品便时有露头，它们猎奇取宠，去写恩格斯所反对的"恶劣的个性化"倾向的作品。但如果不光从题材，不光从十年动乱史着眼，而主要从十年人心史着眼来选择描写对象，立刻会有一个新的天地出现在你眼前。王蒙的中篇小说《蝴蝶》和李国文的短篇小说《月蚀》等一批作品就给我们开拓了这样的新天地。同样揭露、控诉林彪、"四人帮"危害人民群众的罪恶，他们着力描写和表现的，却是十年动乱之中，无产阶级、劳动人民人性和人情的异化，精神世界的分裂，感情生活的伤痕，以及十年动乱之后，人们对失去的劳动人民人性、人情的寻找，对自我的再发现。在这种寻找和再发现中，异化的人性复归，分裂的精神世界愈合，划上伤痕的感情生活重新升华。这些作品就题材论是步人后尘的，读来却有夺人先声、耳目一新的感觉，这是因为作者用自己的笔尖挑开了心灵的帷幕，给读者蓦然展现了一个新的广阔天地。

战争题材自有无产阶级革命文艺以来就大量进入作品，几十年来，攻坚打围，生死胜败，大战役，小接火，写过不计其数。如果仅从题材着眼，写军事题材的作家艺术家只好做"江郎才尽"之叹。但我们读罢徐怀中的《西线轶事》却好像走进了一个新的领域，看到了在以前战争题材作品中十分鲜见的人物和生活。这又是为什么呢？这也在于他没有去写战争史或战役纪事，而是写了几个普通的男女战士的人心史。

三

应该保证艺术家有通过作品显示和宣叙自己从生活中获得的思想和哲理的自由。

我们常常把文艺作品的思想内容归结为一两句简单的政治、哲学或道德的判断，并从给中小学生讲课文开始，就习惯于这样做，认为作品的思想是通过人物形象和生活画面来显示，而政治、哲学或道德的思想则是通过抽象的说理来论证而已。我们对"诗人要通过形象来表现思想"，艺术是把真理形象化，文艺是政治和经济在观念形态上的产物，文艺作品的倾向性就是作家的政治观点、政治态度等袭用多年的观点，是很少怀疑的。但是这种种说法，实质上都是把文艺的思想内容，看成是一种社会观念的形象表现，未见得不可以商榷。"诗要通过形象来表现思想"（见《文艺研究》1979 年第 1 期，郑季翘文）这种看法，和辩证唯物主义及艺术的本质特征相抵牾。黑格尔曾经说过类似的话："艺术的内容就是理念，艺术的形式就是诉诸感官的形象。"（《美学》第一卷，8 页）他把艺术、宗教、哲学的区别，都归结为表现形式的区别，而在思想内容上，所有的意识形态都不过是他那客观存在的绝对理念的外化。因而他更明确地说："美就是理念的感性显现。"艺术到底是客观社会生活的反映，还是某些观念形态的形象外化？作品的思想内容到底是融化在作品所描绘的人物形象和生活画面之中的，还是仅仅给政治、哲学、道德观念穿上一袭形象的外衣就可以了？这里面恐怕存在着唯物主义和唯心主义的分歧。

文艺要在思想内容的表现上获得充分自由，就必须从要求文艺作品形象地说明既定的政治主题或社会观念的禁锢中解放出来，并明确以下三点：

第一，允许并提倡作家在作品中表现从自身感受中获得的"诗情观念"和"生活哲理"，反对并制止作品成为某种理性思想的传声筒。

19 世纪 40 年代，俄国曾经有过一种庸俗理解艺术创作的观点。这种观点认为艺术创作是艺术家在闲暇的时候转转念头，想出一个优美的思想，然后把它塞进一个杜撰的形式中去，就像把钻石镶到金子上那样。别林斯基不同意这种观点，他反驳说："不，绝不是这种思想，它也不能就这样主宰诗人而成为他的活的作品的活的胚胎的！艺术并不容纳抽象的哲学思想，更不要容纳理性的思想：它只容纳诗的思想，而这诗的思想——不是三段论法，不是教条，不是格言，而是活的激情，是热情……"（《别林斯基论文学》，新文艺出版社，1958，52 页）这里，别林斯基提出了两个相区别的概念，一个是"诗情观念"，一个是"理性观念"。如果要求作品去表现一种既定的理性观念，哪怕这种观念是正确的、革命的，因为它已经从生活中抽象出来了，并不是美学意义下的思想内容。艺术作品的思想内容只能孕育、含纳在艺术形象内部，这就是诗情观念或生活哲理。这种诗情观念或生活哲理的诞生、发展、升华，离不开形象，就像血液一样流贯在形象的机体中。只有坚持在作品中表现诗情观念，才能从根本上避免主题先行、形象图解等公式化、概念化的现象，纠正用政治分析代替艺术分析的简单粗暴的评论风气。

第二，和上文相关的是，应该允许一部作品表现多义的思想内容。我们的文艺批评、文艺教学，在陈旧观念的笼罩下，谈到一部作品主题思想时，集中、明确、单纯即为好；分散、含糊、或者"多中心"即为不好。这样，就容易对那些因为较好地表现了人物和生活的复杂性，而在内容上显示丰富多义的思想的作品，采取排斥态度，不但不符合"双百"精神，也是不符合艺术规律的。

一般的理论思维和理性观念，只是从一个特定的方面（如政治的、道德的、法律的方面）来概括和抽象社会生活的本质和规律。文学艺术和理论思维不同，它将社会生活当作一个整体加以形象地再现。当社会生活以自己的本来面目出现在文艺作品中的时候，它像水中同时溶解了碘、钠、盐多种物质那样，将社会的政治、法律、道德等多方面的思想溶解在自己的生活画面之中了。因而，文艺作品的思想内容不是政治、法律某一方面观点的单一显现，而是生活整体的结晶。

所以，别林斯基和普列汉诺夫又把诗情观念称为具体思想或具体观念。普列汉诺夫在分析别林斯基的文学观时，说："艺术作品所表现的观念应当是具体的。具体的观念是从各方面十分完全地把握事物。这就是具体观念不同于不具体观念的地方。因为不具体的观念只表现真理的一个部分，只表现事物的一个方面。不具体的观念不能体现在真正的艺术作品中，因为表现片面的观念形象，其本身必然要丧失艺术的充实性和完整性，也就是丧失生命。"（《古典文艺理论译丛》十一辑，125 页）别林斯基也说："只有具体观念才能够体现在具体的、艺术性的形式中。在一部艺术作品中，思想必须和形式融合在一起，就是说，必须和它构成一体，消逝、消失在它里面，整个儿渗透在它里面。"（《别林斯基选集》第二卷，16 页）正因为如此，列夫·托尔斯泰对要求用几句话概括他的作品的思想内容的人，这样回答："……要是我想用语言来说出我打算通过小说来表现的一切，那我应该写我先前写过的那个小说了。"

一些古典名著，像我国的《红楼梦》、英国的《哈姆雷特》，围绕它们的思想内容，之所以能够探讨、争论上百年而不衰，就是因为这些作品表现出来的思想十分丰富而又复杂，是多义而不是单义的。从社会传播的角度看，一些典型人物如堂·吉诃德、奥勃洛莫夫和阿 Q，好像都只是某一种典型性格、典型精神状态的"共名"，其实那只是这些形象最突出、最成功之处在社会上流传的结果。全面地分析这些艺术形象，可以看到，他们所蕴含的思想仍然是丰富多义的。王蒙在最近一段艺术探索中,对这个问题有很深的体会。他认为作品"思想应该深刻、丰富、崇高,但不应要求一定多么集中、单一。形象大于思想,生活之树常绿,而文学是用形象来反映生活的,作品思想意义的完成,从理论上说,应该是没有止境的,应该有待于文学评论、阅读和欣赏,应该给读者留下更多的思考余地(《红楼梦》便是如此)。而浅露,正是我们文学创作中的一个毛病。我们的作品应该更耐咀嚼一些。包含的思想可以更含蓄,更立体化,更具有多义性一些。"(《文艺报》1980年9期)如果只允许具有单义的思想或意蕴的人物形象存在,艺术生命就被戕害了,离用形象去充当思想的号筒也就不远了。

第三,更为重要的一点是,还应该允许作家通过自己的作品,提出和探讨新的社会问题。新的社会问题不一定只在政治或其他社会科学之后才让文艺去接触、探索。文艺家在自己作品里显示出来的对这些新的社会问题的看法,也不一定只能和政治或其他社会科学的看法相一致,其作品也不会因与他人观点不同而被认为是异端邪说甚至毒草。

在相当长的时期里,文艺必须从属于政治。1957年,一批青年作家在自己的作品中以敏锐的艺术触觉和深刻的艺术表现力,提出了进入社会主义建设时期之后,要注意反对现实生活中的官僚主义这个问题。本来,这些作品是响应党开展整风运动的号召,在"双百"方针的鼓励下创作的,其目的是帮助社会主义洗涤官僚主义的污垢,表现文学艺术作为上层建筑,对社会发展所起的积极的促进作用。起初,因为和政治、政策的调子基本相符,这些作品还是被认可的。时过不久,政治的调门突然改变,这些作品马上被视为异端。作品中所显示的思想,一夜之间由正确变成谬误。最后随着反右斗争的扩大化,这些作品和作者终于没有一个能以幸免。20多年来,当我们的政治、政策在一个时期内发生错误和偏差时,像这样闪烁着真知灼见的好作品被扼杀的情况,实在是不少。

其实,对许多社会问题、社会现象,文艺常常较之其他意识形态更敏感。"春江水暖鸭先知",对一些社会问题感知快,"讲"得早,恐怕正是文艺优于别的上层建筑的地方。这正是鲁迅说的:"文学是感觉灵敏了一点,许多观念,文学家感到了,社会还没有感到。"(《文艺与政治的歧途》)

考虑时机,是指涉及一些国际国内的具体政策方针问题,文艺不要抢在政治之前随便发言。从实际情况看,文艺作品一般很少在这些政策问题上发言。作品的思想内容如果是阐明一项具体的政策方针，而不是一个诗情观念、一个生活哲理，便绝不会是好作品。如果有的作品在这方面抢先发了言，的确应该注意，但实际上文学对任何人都没有什么约束力，一般产生不了多少实际后果。至于作者通过自己对生活的体察，在作品中显示了社会发展的新趋势、矛盾斗争的新动向，我觉得不应存在什么时机问题。只有生活中已经存在的问题，作家才能提出来。越是能够深入生活和群众的作家，对新的社会问题才越能发现得早，抓得准，挖得深。像《班主任》提出的"文化大革命"给人民群众带来内伤的问题，《重逢》提出的如何对待在"文革"中犯了错误甚至罪行的青年的问题，《人到中年》提出的重视和关怀中年知识分子——"价廉物美、经久耐用"的一代人等问题，都不是"从琐屑的个人欲望里，而是从那把他们浮在上面的历史潮流里汲取来的"。文艺同政治一样，都在生活之中，而不在生活之外。文艺家同政治家一样，都需要清醒的头脑和敏锐、深刻的思想。文艺家在认识生活和反映生活的过程中，完全可以通过形象思维和逻辑思维的交替运用，达到对事物的本质认识，产生自己独到的见解。而且由于创作需要深入生活，"解剖麻雀"，文艺家往往更有条件深入生活底层、感受群众的心声，发现那些高高在上的官僚主义者无法注意到的新问题，然后通过艺术渠道，向党传达现实生活的新动向，群众心理的新信息。文艺不这样做，是失职，不让文艺这样做，是对精神的能动作用的禁锢。

四

应该保证艺术家有采用自己喜爱的艺术形式和艺术手段，探索新的艺术途径，形成风格流派的自由。

在这个问题上，要克服长期形成的三种倾向：

一种是忽略艺术观的相对独立性，将作家的世界观，特别是政治观和艺术观简单等同的倾向。似乎作家的艺术观不过是作家的政治观在艺术领域开设的"分店"，它们只有绝对的一致，而没有矛盾的统一。

一种是无视艺术手段、艺术技巧的相对独立性，将某些艺术手段、艺术技巧生硬地和作家的思想情调联系起来的倾向。似乎艺术技巧、艺术手段也是有阶级性的，只能或不能为某个阶级的作家使用。

一种是把艺术创作中的个性、个人风格和自我表现简单混同，把艺术流派和文人宗派，甚至政治帮派简单混同的倾向。似乎艺术家发展自己的艺术个性，或者几位艺术个性、艺术风格相近的艺术家共同探索一条艺术路子，就是政治思想上的非组织活动。

这些倾向，都是禁锢文学发展的极"左"思潮和形而上学的表现。

有这么一种不成文的看法：社会主义时代的文学艺术家，只能采用社会主义现实主义（1958年以后，在我国又成了革命的现实主义和革命的浪漫主义相结合）这一种创作方法，许多在创作方法和艺术手段上多种多样的探索和尝试，常会引起外界对作家世界观的非议。艺术观是作家世界观的一部分，但又有其相对的独立性。政治观点和艺术观点是矛盾的统一体，它们之间不一致的现象不乏其例。正因如此，才出现了世界观和创作方法的矛盾这个论题。世界观和创作方法的矛盾，仔细分析，主要是作家的政治观点和艺术观点的不一致造成的。政治上持保皇党观点的巴尔扎克，可以纯熟地运用资产阶级的批判现实主义的创作方法。在他的作品中，现实主义超越了保皇党的政治偏见而显示出光辉，政治观和艺术观对立统一的复杂关系可见一斑。

19世纪的欧洲，同是资产阶级的文学，呈现出多种多样的创作方法和风格流派。拜伦、雪莱、济慈、雨果的浪漫主义，巴尔扎克、福楼拜、狄更斯、海涅的现实主义，出现了争奇斗艳的瑰丽景象。为什么无产阶级要把自己文艺发展的路子搞得那么狭窄、单一呢？为了肃清林彪、"四人帮"鼓吹的"瞒和骗"文艺的流毒，近年来我们大力提倡恢复现实主义传统，这完全是有必要的。但也应该看到，林彪、"四人帮"的文化专制主义不但破坏了文学的现实主义传统，也破坏了我国文艺从屈原、李白到郭沫若的浪漫主义传统。新中国成立以来，除了1958年受到浮夸风严重影响的新民歌运动之外，我国文艺的浪漫主义传统式微，几乎断流。因而，提倡现实主义的同时，也应该鼓励对浪漫主义的尝试和探索，促进浪漫主义在社会主义时代能有长足的发展。还应该欢迎在实践和理论中对现实主义、浪漫主义到底如何结合进行有益的探讨。

艺术观、艺术形式、艺术手段都不是一成不变的。创作者的思想、生活、艺术状况在变，欣赏者对思想、生活、艺术的要求也在变，因而这些东西也要随着时代的发展变化而发展变化，并且和同一时代的其他艺术思潮、流派相互影响、渗透。在这个过程中，一些原来的看法必然会得到修正、完善、更新。例如，电影艺术的本质是戏剧的还是散文的，历来有争论。近几年，我国电影在实践中有了明显的变化，原来只重视戏剧性，将戏剧性渗透到电影的人物塑造、情节结构和表演对话中，使得虚假像影子一样追随着年轻的中国电影。近两年来，《小花》《苦恼人的笑》等影片，大胆突破这一陈旧的电影美学观念，借鉴当代外国电影的经验，将意识性流进电影领域，尝试着把作者和人物的意识渗透到影片的情节组织和人物塑造中去，通过具体的可见的影像，直接表现人物的内心世界，显示出巨大的生命力。电影美学观念的这一变化，不是削弱了，而是大大加强了电影的现实主义精神。戏剧艺术中，按部就班，起承转合地结构故事，以时间顺序划分场次，按照生活的原始节奏开展情节等等观念，也不是不可动摇的了。至于小说艺术中关于必须塑造人物性格的观念，必须有故事情节，通过故事情节来表现人物的性格和命运的观念，关于主题思想必须提炼得集中明确，生活必须净化得单纯清楚等观念，不也在新的创作实践中被突破了，发展了吗？而所谓朦胧诗的出现和受到注意，又表明诗歌艺术的一些传统观念，也正在受到冲击。

我们并不是要对这一切新的动向都必须全盘肯定，而是说，对文学艺术领域里新出现的东西，一定要取慎重态度。要把前进、探索、借鉴和倒退、歧路、背叛，实事求是地区别开来；把前进中必然有的不足，探索中必然有的曲折、徘徊，和倒退区别开来；把学习、借鉴伊始难免出现的生搬硬套和仿效时髦、拾人牙慧、背弃民族传统区别开来。还要考虑到，一代人有一代人的爱好，一群人有一群人的爱好，不能用领导者或评论家在自己的时代、年龄、职业等等环境下长期养成的艺术爱好，去规范所有的艺术作品；也不能要求一部作品成为"代代红""人人爱"放之四海而皆准的艺术样板。以"小生产者的艺术趣味"揶揄一部分在农村广为传颂的作品，或以"农村群众不爱看"为由贬斥另一部分受到城市青年欢迎的作品，或者嘲弄一些作品是"民主革命时的老大娘文艺""业余华侨的喇叭裤文艺"，都不能认为是公正的、正常的。

至于艺术手法，虽然总是为表现一定的内容服务，它本身却可以为各种文艺主张和不同风格的作家作品所运用。我们不能把西方小说中按人的意识结构作品的手法，和这些意识流作品所表现的存在主义哲学思想混同；也不能把歌曲演唱中的"以情带声""气声"等唱法，和淫秽、颓废的歌曲内容相混同。经过改造，这些手法完全可以为表现革命的健康的内容服务。

文艺的风格流派问题，由于极"左"思潮的长期泛滥，文艺界对之总是噤若寒蝉，一度简直谈"派"色变。形成风格，汇合流派，往往是一个时代文艺创作趋于成熟的标志。古往今来许多文学艺术大师，就是在多种多样风格流派的聚散离合的竞争过程中涌现的。如果说，新中国成立30年来我们没有涌现出自己的大师，风格流派得不到自由的发展，恐怕是原因之一。

尽管政治上、理论上存在着束缚和禁锢，革命现实主义在中国文艺发展30多年的实践中，事实上仍然逐步形成了各种不同的风格和流派。正如有的同志所说，新中国成立以来我国现实主义的道路是艰难的、曲折的、探求的。但艺术实践的洪流遏止不住，现实主义文艺在多年实践中，的确搏杀出了一条宽广的道路。仅拿小说创作来说，现实主义呈现在我们眼前的就有多种风格。比较有影响的，例如柳青、杜鹏程被强烈理想之光照射着的现实主义；赵树理、周立波可以闻见香洌泥土气息的现实主义；孙犁浸渍着感情的现实主义；王蒙、刘宾雁解剖刀式的现实主义；以及在十年浩劫之后异军突起的带着批判锋芒、被称为"伤痕文学"的现实主义和探索着表现人的内心生活、描写意识、情绪流程的被谥为"现代派"的现实主义。这些现实主义虽然风格迥异，却都在为人民服务、为社会主义服务的革命文艺中做出了自己的贡献。它们虽不能说"各领风骚五百年"，却都在一个时代、一个地区产生了较广泛、较深远的影响，各自团结了一批作家，产生了一批作品。不管承认与否，已经形成了事实上的文学流派。可惜的是，在极"左"思潮的包围中，这些作家不能理直气壮、公开自觉地在实践中发展自己的风格流派，使之更为成熟。评论界对这种影响深远的文学现象，也很少进行认真深入的综合分析和比较研究，做出严密的科学论述。近两年，学界开始了对赵树理、孙犁、王蒙的艺术风格的探讨。开始了对"伤痕文学"朦胧诗的研究，为这方面的工作开了一个好头。笔者对这个问题拟作专文论述，恕不赘言了。

打倒林彪、江青的文化专制主义，摧毁文字狱，肃清极"左"思想，为我国文艺风格流派的竞相发展提供了政治前提。以上所说三种倾向在理论是非上也已澄清。虽然实践过程中还不免出现这样的那样的偏差，但大方向是不可逆转的。在进一步响应"双百"方针的过程中，我们应该鼓励、提倡一切有出息的文学艺术家，勇敢地、执着地发展自己的艺术个性，形成自己的艺术风格，并且在条件成熟的时候，水到渠成地发展出各自的艺术流派，公开地树起自己的艺术旗帜。在自由竞争中，更有组织的、更自觉地为社会主义文艺突破性的发展贡献力量。新时代的鲁迅、茅盾、巴金、老舍，将会在这种突破性的发展中应运而生。

总之，我们要相信马克思主义的力量，相信社会主义的力量，相信人民群众的力量，"双百"方针和"真正自由的文学"的提出，就是建立在这种信心之上的。

"海阔凭鱼跃，天高任鸟飞"，在社会主义发展新的历史阶段，一个无比广阔，充分自由的新天地展现在我们面前，文学艺术家们，勇敢地翱翔，辛勤地耕耘吧！

1980年7月—9月，西安西楼

艺术家主体、生活客体和审美反映
——反映论与当代文艺

一个老问题：创作与生活的关系、艺术家与群众的关系问题，或者说，艺术思想中的反映论问题，一次又一次地被当代文艺思潮和当代文艺实践提出来。尽管有的论者感到反映论的武器已经"锈迹斑斑"，不能解决 20 世纪 80 年代大幅度深刻化和复杂化了的艺术问题，但反映论问题还是如影随形地在我们的稿纸上、在我们的色彩和音符中，显现出来。执拗，是生命力的一种表现形态。

一

近年来，随着文艺界对极"左"思潮和机械唯物论、庸俗社会学的批判，随着采撷各种学科的成果来营养、丰富反映论，我们对艺术创作这种精神劳动的特殊性和复杂性有了更深刻、细致的把握。一度匍匐于生活土地上的文艺创作，插上了双翅，有了更大的自由度。新时期文艺创作的丰硕果实，是背弃反映论的结果，还是反映论在新的生活实践和艺术实践中得到丰富和发展的结果，学界对这个问题的看法并不一致。下面举出的一些观点和现象，本文无意对其做作全面的分析，只是想从忽视反映论的角度做一些归纳，以便于后面论述的开展。

从创作方面看，在有些作家艺术家的探索中，出现了这样的现象，即重视对艺术表现的探索，忽视对生活内容的开掘；重视纯形式的追求，忽视从新的生活、从作品内容出发来创造相适应的新形式；在对形式的探索中，重视外来艺术形式的横移，忽视在我国已有的民族民间艺术形式基础上创新，忽视参照新时期我国群众的欣赏水平和接受能力，去探索、创造大多数读者喜闻乐见的艺术形式。在一些作家艺术家交流创作体会、发表创作谈时，认真、切实地探讨对生活的理解和感受，探讨新的生活内容对形式提出了哪些要求，又为形式提供了哪些天地，新时期艺术的接受主体发生了哪些变化，在欣赏中对创作提出了哪些新的期待的人比较少；从生活和艺术的关系中，从内容对形式的影响来探讨形式的革新的人比较少。就形式谈形式、为新而新的观点和情绪，却时有所见。

从艺术评论方面看，在更多的文章弥补了过去忽视对作品进行美学评价的同时，也有部分评论者对社会历史的评论，对以生活为标尺的评论，一律持排斥态度。在注意到从创作主体的角度来分析作品的同时，也常常忽视从生活客体的角度检验作品，忽视作品的客观效果。他们更注重从艺术家圈子出发来评论作品的同时，而往往忽略广大读者群的反应，或者对这些反应不屑一顾。具体到文学领域，他们在谈到作家的素养时，更关注作家文化和艺术水平的提高，较少从思想和生活的角度来论述作家艺术家的成长和成熟，对于生活如何在根本上造就了作家，新时期以来，作家艺术家深入生活、反映生活、影响生活，在方法和途径上有了哪些创造性的发展等，也较少切实地论及。

这些现象带给我们的信息是多方面的，不能简单地对其进行褒贬。从不同的层次和侧面看，它既反映了文艺创作和评论的深化和提高，又显示出在提高和深化过程中的某些偏向和亏缺。应该说，这两方面的同时显现、相互交叉，是文艺发展过程中常见的现象。

我们可以认为这种现象是对过去单一地强调生活对创作的重要性，而忽视文化素质、艺术修养对作家作品举足轻重作用的一种延期补偿。特别在党的第十一届三中全会之后，当作品的内容由于生活的开放而有了大幅度地更新之后，作品的形式问题，作者的学者化问题随之突出了，而对这些问题的强调无疑是必要的。

我们可以认为这种现象是文艺界乃至整个社会对长期弥漫的"左"的文艺路线、庸俗社会学的一种逆反。它实际上提出了一个严峻的问题，即反映论的文艺观在新的情况下如何丰富发展，并以反映艺术实践的新成果，解释生活实践的新现象。例如，近年来，人们对创作主体和欣赏主体在反映生活的二度创造中的能动性的艺术实践和哲学论述，就远远超出了原来的范围。

我们还可以认为，上述现象反映出人们对形式和内容关系的理解深了一步。形式之于内容不再是可以随意剥离的外壳，形式和内容是对立的统一体，它们在整个生成过程中是粘连一体的。形式不仅反映着内容，为内容提供了容器，其本身也积淀着一定的社会内容，构成内容的一部分——它结晶着特定生活的存在和运行方式，也结晶着作者对生活的观察、感悟、思考，结晶着复制生活画面的特定精神图式。在这种意义下，对形式的探索，自然能够促进对内容的开掘。一种来自生活的新的形式因素，常常帮助作者和读者开启一扇反映生活的新的镜面，映射出原来镜面上看不到的生活内容。

因此，如果我们能够在正确理解生活和艺术的背景上，在反映论艺术观的基础上来探讨和实践上述问题，从各个新的侧面入手，投入对生活的多层次审美开掘中去，不失为在新形势下丰富发展艺术反映论的一条路子。不过，这个目的只有在确认反映论的前提下，剔除一些确实存在的弊端，才能达到。

遗憾的是，近年来，从根本上对反映论的艺术观提出理论质疑，以致在创作和评论的实践中走极端的现象，也是有的。

在讨论创作方法问题的时候，有同志提出："我们的文艺理论中的现实主义都是建立在'文艺是现实生活的反映'这一认识论和本体命题之上的。"笔者认为这个命题是不正确的。其所以不正确，在于它忽视乃至抹杀了文艺活动自身存在意义。

"'文艺是社会生活的反映'这一命题，从认识论讲，是以反映的普遍性来取代文艺活动本身的特殊认识形态，从而又是在本体的意义上取消文艺活动的自身存在。这两方面，是现在讲的现实主义在理论基础上的失当。"

"音乐、舞蹈，还有建筑，都是超反映的，在反映之外的。在现代绘画和文学戏剧等领域，非反映因素在增长……'艺术即反映'的要义，是主体人对客体的依赖，是观念情绪对世界的绝对嵌合，它崇尚发现而轻视发明，它为了常识而驱逐了特殊经验，它强令人顺于物而不惜削弱人主宰地位的确立；它是九九归一而不是从一中演化出万物；它限制了想象、幻觉、梦境和变形。一句话，它剪除了精神之鸟自由翱翔的翅膀。它无异于在宣布：世界本体是至上的'我囊括了一切，匍匐在我脚下来反映我吧！'"

"情感和幻想这类非逻辑概念的意识活动，并不是对生活做出'反映'的结果，而是一种介乎无意识和有意识之间，无法控制或很难控制的情绪状态与意识活动之间的'反应'。"

"艺术也不是对生活的反映，而是艺术家对生活起反应的一种方式。"

这里实际上提出了一个很根本的问题，即艺术源于生活，还是源于心灵？艺术是社会生活的反映，还是个体心灵的外射，抑或是绝对观念的体现？

对这个问题，我们先从基本理论及其在历史过程中的发展来回答。接着，还需要从基本理论出发，阐述一些症结问题。其中怎样理解作为审美对象的生活，怎样理解艺术的反映，又怎样理解创作主体和生活客体的关系，大约是三个最主要的症结问题。在对这几个问题进行阐述的过程中，我们力图结合当前文艺创作实际情况，回答反映论是否抹杀了文艺自身存在的意义，音乐、舞蹈、建筑等艺术如何反映社会现实，反映和反应的关系如何，等等问题。

二

文艺是客观外物的反映，还是主观心灵的自我表现？什么是客观外物，什么是主观心灵？怎么去反映，如何去表现？表现与反映之间又有什么关系？人们对这些有关文艺的本质问题的争论持续了两千多年，却依然难以得到一致的意见。马克思主义者不同意将艺术变成神秘的主观心理的外射，而主张："意识总是反映存在的，这是整个唯物主义的一般原理。"这个观点尽管不能被所有人接受，却已经得到了心理学最新研究成果的实实在在地证明。

这里，问题的关键在于人的主观心理活动是不是生活现实的反映，不论这反映的途径多么隐蔽和曲折，形态和方式又多么不同。现代心理科学的理论和实验证明，人的高级神经活动都是以反射弧的形式进行的。来自客观外界的刺激引起人体的神经脉冲，沿着两个途径传导：一是由感受器官经传入神经直达大脑皮层的相应区域，称为特殊传入系统，类似于专线电话；一是由感受器官经网络结构弥散到大脑皮层的各个区域，称为非特殊传入系统，类似于无线电波的扩散。然后，中枢神经系统通过高级神经活动做出反应或发出指令，这反应或指令传出的神经通路，拥有"专线"和"网络"双重结构。人必须在特殊和非特殊传入系统协同活动的情况下，才会产生心理现象。人的这种双线联系渠道的反应机制被称为条件反射。经巴甫洛夫的科学试验，它并非先天的，而是形成于后天特定的生活条件之下。条件反射的可能性来自无限的，直接或间接、显豁或隐晦、直观反映或同构感应,甚至变形、梦幻、无所由来的潜意识或性冲动等。但任何一种形式的条件反射的建立,必须以来自主体之外的,即客体的信号刺激物为前提、为原力、为火种、为引信、为触媒。因此,人的任何心理活动(当然包括艺术思维活动),总是以对客观事物的反映为起始,为发端。这客观事物,从文学艺术特定的反映对象看,就是历史的或现实的社会生活。换句话说,也就是任何心理活动都是现实生活的两种反映。文学艺术无论写实还是写心、写情、写意,无论是实写还是意写,抑或进行变调、变格、变形地表现,归根结底都是在以审美的方式传达生活的某种图像,某种信息,某种启示,都是在反映(直射或折射)生活。否定艺术思维的反映性质,不符合科学实验的结果,这是一方面。

另一方面,中枢神经的效应过程(包括思维过程),无论从共时态还是从历时态看,都不是孤立的。它总会同大脑已经储存的前期经验联系起来,互为因果或互相渗化。每当一个新的外界信号引起大脑皮层兴奋,同时也就激活了大脑中的前期经验负荷体,并与其他相应、相关的负荷体建立起暂时的联系,组成一个能够回应这个信息的临时性思维网络。新的信号被组织进这个网络,并受到一定程度的整合,同时它对这个网络中其他的信息结点发生反作用,并积累下来,转化为前期经验。前期经验,包括本能的无条件反射和各种学习来的知识、经验,也就是现在常说的人的心理的"主体性"。它们不可避免地参与其中,并在这一过程中表现出一定程度的主观表现性。这构成了艺术思维能动性的心理根源。

综合两个方面,我们可以说,艺术思维的本质,既是客观外物的反映,也是客观外物转换为主观意识的表现。这种主观的表现即创作主体能动性的实际存在,我们肯定、重视文艺创作的主体性,但同时也要强调,这种主体性本身又莫不来源于反映外界事物的客观性,是由对客体的反映转化为主体经验的,绝不是超反映、逆反映或非反映的。

三

人的思维反映客观存在的事实,早已被古往今来的思想家和文艺家所感知,这种感知不断升华为理性思维,这种理性思维又被不断地完善、深化。直至马克思主义诞生之后，人们才将艺术思维反映客观存在，以及将这种反映转换为主体心理，因而具有能动作用的辩证过程论述清楚。

在中国和外国，古典现实主义者，特别是近代批判现实主义的作家、艺术家，以及同时代的哲学家、美学家，都就此有过论述，并在实践上结出果实。由这种观念体系产生的艺术结晶，在人类艺术发展的长廊中耀熠着夺目的光彩。

孔子认为诗可以"兴、观、群、怨"，其中"观"的要旨，就是读者从文学作品中可以"考见得失""观风俗之盛衰"，即认识社会。这实际上是从艺术接受的角度提出了文学反映社会生活真实的主张。墨子说"言有三表"，"有本之者，有原之者，有用之者"，比较系统地提出了文章应"上本圣王之事，下察百姓耳目之实"，即要反映生活，以圣王、百姓的言行为实据，再去提出对生活实际、政治实际发生作用的主张。

钟嵘在《诗品·序》中，一开头就说："气之动物，物之感人，故摇荡性情，形诸舞咏。"他把舞蹈歌咏看成气物感人的结果。刘勰的文学史观的主要内容之一是：社会现实影响、决定文学的发展；时代的政治，必然要反映在文学创作之中。所谓"歌谣文理，与世推移"，"文变染乎世情，兴击乎时序"，（见《文心雕龙·时序》）这一观点贯穿全文。

中国古代文史不分家，叙事性的作品大都和纪实性的文章相融合、相交叉，这表明古人对艺术反映生活的重视程度。《史记》揭露和抨击现实弊端，同情被压迫的人民，进步的历史观点和批判现实的文学精神得到了结合。

在西方，两千多年前亚理士多德的《诗学》，开宗明义就说文学是生活的模仿；近代革命民主主义者车尔尼雪夫斯基也一再强调，"艺术是现实的再现"；近代批判现实主义大师巴尔扎克以社会的书记为作家的己任，即以记录反映社会为文学的第一要义，他的《人间喜剧》以恢宏的结构、精细的画面和典型的形象，对其所处的时代进行全景式地反映，具有巨大的思想艺术价值和历史民俗价值。

到了19世纪中叶，欧洲正式出现文艺社会学的各种理论，这些理论基本也是从反映论的角度来观察文艺现象。1847年比利时的米盖尔思考察弗朗特尔派绘画和"政治的、产业的和社会的发达"的密切关系；1880年法国的丹纳在《艺术哲学》中，从实证主义和进化论出发，研究意大利文艺复兴时期的绘画、尼德兰绘画和希腊雕刻，提出了艺术发展决定于种族、环境、时代的观点。

但是，我们要看到这些反映论文艺观的不足之处。一方面，在马克思主义诞生以前，占统治地位的机械唯物主义离开人的社会实践来探讨精神和物质的关系；把精神对物质的反映简单化。对此，马克思在《关于费尔巴哈的提纲》中概括到："从前的一切唯物主义——包括费尔巴哈的唯物主义——的主要缺点是：对事物、现实、感性，只是从客体的或者直观的形式去理解，而不是把它们当作人的感性活动，去做实践的理解，不是从主观方面去理解。所以结果竟是这样，和唯物主义相反，唯心主义却发展了能动的方面。"（《马克思恩格斯选集》第1卷第16页）

另一方面，在马克思主义诞生之后，西方许多从反映论社会学出发研究文艺的学派，虽然在各自的领域内，掘进到了新的深度，却不能在事物多层面的联系和相互影响中去论述问题，并在剖析事物内部多种矛盾的过程中，抓住最主要的矛盾和本质的矛盾侧面；也往往不能将自己从一个独特角度去论述的问题，放在事物的矛盾网络中的一定位置上去阐述，因而常常以偏概全，以次代主，将基于某一角度的理论立足点强调至不恰当的程度。丹纳关于艺术发展决定于发达民族的种族、环境、时代的观点，以及20世纪初神话仪式学派和文化人类学派，从原始部族的风俗、仪式、信仰来解释艺术现象的观点，应该说，在各自的理论范围内，都有相当的科学性，而且对扩展、深化反映论和社会学的艺术论具有价值。但倘若将这些理论视为对文艺现象全面的、基本的阐述，是不行的。因为它们无法揭示文艺起源和文艺发展的最根本的社会生活，特别是社会经济生活的动因，也无法揭示文艺这一精神劳动多重关系的矛盾组合的复杂性。若硬要这么办，只能走向谬误。

四

我感到，建立在辩证唯物主义基础上的马克思主义反映论，正是在这两个主要方面（当然还有其他方面）使唯物主义的艺术反映论有了质的飞跃。恩格斯一方面明确指出"一切观念都来自经验，都是现实的反映——正确的或歪曲的反映"的同时，又强调了两点：

一是在社会存在中起决定作用的是物质生活方式，是经济制度，它决定精神生活，还决定着整个社会生活、政治生活，这就抓住了整个社会存在中起决定作用的因素。列宁指出:"人的认识反映不但依赖于它而存在的自然界,也就是反映发展着的物质;同样,人的社会认识(就是哲学、宗教、政治等各种不同的观点和学说)也反映社会的经济制度。"这就避免了把自然环境、人类古代历史、社会民俗等从它们所处的物质生活方式和经济制度中抽象出来的弊病。

二是社会意识对社会存在不是消极的受动,而是具有极大的能动性。恩格斯指出:"当一种历史因素一旦被其他的、归根到底是经济原因造成的时候,它也影响着周围的环境,甚至能够对产生它的原因发生反作用。"列宁说,"人的意识不仅反映客观世界,并且创造客观世界。"这就克服了机械唯物论将文艺反映生活理解为客观纪录和消极照搬的被动过程,为在创作中发挥作家的主观能动性,为文艺作品积极地参与生活打下了理论基础。

马克思主义反映论的文艺观,自诞生之日起,就是在和唯心论文艺观以及机械唯物论文艺观的论争中发展的。到了 20 世纪 20 年代,更受到了庸俗社会学的冲击。苏联的文艺理论家凯尔雅拉、彼列威尔泽、弗里契在和 20 世纪初各种唯心主义文艺学派对峙时,继承了普列汉诺夫的唯物主义传统,却得出庸俗社会学的论点。普列汉诺夫、梅林的个别形而上学论点在庸俗社会学拥护者们的著作中被深化,并被提升至方法论的高度。他们用实证主义的"阶级等同物"的描绘,偷换哲学和美学评价,用概念化的"阶级存在"和彼此脱节的"阶级心理"取代丰富、复杂、生动的现实生活和社会心理。他们主张文艺创作直接地、不经中介地依赖于经济关系和作家的阶级属性;用经济因素解释词语、比喻、韵律等的构造特点;企求通过文学形象直接揭示普遍的政治经济范畴和抽象的阶级特点;把文学和社会科学混为一谈,将文学变成社会学概念的"形象化的插图"。到 20 世纪 30 年代中期,作为体系的庸俗艺术社会学在苏联基本被克服,但它的影响一直绵延到 20 世纪四五十年代。

正是基于这样一个背景,在 20 世纪 40 年代初的《在延安文艺座谈会上的讲话》中,毛泽东对反映论的文艺观做了革命性的丰富、发展。这一发展的意义是:第一、他是在 20 世纪二三十年代苏联庸俗社会学盛行,直接间接否定文艺能动性的背景下,将艺术认识论中的诸问题,重新放置在革命的能动反映论的基础上来阐述,抑制了庸俗社会学的扩散,坚持了马克思列宁主义文艺反映论的纯洁性和辩证内容。第二、他进一步从实践论出发,对马克思主义经典作家提出的基本原理,结合中国现代文艺发展的实际,做了具体、辩证的阐发,并结合中国现代文艺发展的实际，提出了一整套体现能动反映论的文艺创作的实践方向、方针、方法。

毛泽东对反映论的文艺观的发展主要表现在：

一、明确提出了社会生活是"一切文学艺术的取之不尽、用之不竭的唯一的源泉"，而且强调"这是唯一的源泉，因为只能有这样的源泉，此外不能有第二个源泉"。"一切种类的文学艺术"概莫能外。

二、具体阐述了文艺对生活的能动性的两个层次。第一个层次是艺术家反映生活时的能动性，即自然形态的、粗糙的社会生活，经过文艺家的创造性劳动，经过他们能动地、审美地反映，"把其中的矛盾和斗争典型化"，使得"文艺作品中反映出来的生活可以而且应该比普通的实际生活更高，更强烈，更有集中性，更典型，更理想，因此就更带普遍性"。第二个层次是艺术作品在进入社会之后，影响和改造生活的能动性。在毛泽东之前，马克思主义经典作家多次指出过，革命反映论的能动性，不仅表现在认识过程中，而且表现在实践过程中，表现在思想观点、意识形态一旦形成之后，又回到实践中去，施积极的影响于现实生活。马克思主义的任务不但在于能动地认识世界，更在于积极地改造世界。毛泽东这个精神具体地贯穿于他的文艺思想中。他提出，文艺应该作为团结人民、教育人民、打击敌人、消灭敌人的有力武器，帮助人民同心同德地和敌人做斗争。如果说这个表述还受着《讲话》发表具体历史条件和战争环境特殊要求的制约，两年之后，在1944年4月2日的一封信中，他更明确、更富有文艺思维地谈到了这个问题。他在解释列宁"艺术应该将群众的感情、思想、意志联合起来"这句话时，认为这包括两层意思，即不但是指创作中要将群众的感情、思想、意志集中起来，而且还指将这些创作推广到群众中去，使群众的感情、思想、意志借文艺的传播"联合起来"。他认为这才是列宁的主要思想，即强调文艺的普及工作。毛泽东强调的艺术家来自群众又回到群众中去的观点，可以说是结合中国的实际，从中国革命文艺思想和中国革命路线的深切关系上理解、应用和发挥列宁关于文艺问题观点的范例。

三、指出文艺作品要真实、能动地反映生活，用审美的方式达到对生活的深切把握，不能忽视作家的主观能动作用，并最终取决于作家的立场和世界观。从这一点出发，毛泽东提出革命文艺工作者为了更好地认识和改造客观世界，必须改造自己的主观世界——"改造自己的认识能力，改造主观世界同客观世界的关系",从而科学地将改造世界观这个马克思主义命题,引进了现实主义领域,使得现实主义因为有了无产阶级的马克思主义世界观作基础,而发生了质的飞跃,从根本上和旧现实主义的机械唯物论,即被动的生活决定论区别开来。新的现实主义,即革命的现实主义,由于把马克思主义的辩证唯物主义和历史唯物主义作为自己的世界观的方法论,便有可能在表现现实生活的真实程度和深刻程度上,在解释历史进程、反映历史的总趋势、发掘符合历史发展方向的新生事物上,在把握社会生活和人们内心生活的复杂性上,在批判继承人类文化的遗产和吸取新艺术经验方面,达到前所未有的高度。这是崭新的社会观和美学观的产物。

四、从革命文艺要为人民大众服务这个立足点来谈论文艺要反映生活这个老问题。毛泽东认为,对无产阶级作家来说,只懂得文艺作品是社会生活的能动反映还是不够的,还应该懂得"革命的文艺,则是人民生活在革命作家头脑中反映的产物"。因此,仅仅提出作家熟悉生活是不够的,而且首先应该要求艺术家深入广大人民群众的斗争生活。这样,毛泽东就从文艺要反映生活这个旧的命题中,提出了"深入生活,和群众相结合"这样一条改造旧文艺、建设新文艺的根本道路。

在《讲话》发表的当时,以鲁迅为英勇旗手的革命文艺运动虽然取得了很好的成绩,如《新民主主义论》指出的,"'五四'以来的文化战线上,文学和艺术是一个重要的有成绩的部门",革命文艺队伍已经成为我们党的文化生力军的一个重要组成部分。但是它也有缺点,其中有一条是,革命文艺运动虽然在总方向上和革命战争是一致的,但由于几次机会主义对全党的统治给左翼文化运动所造成的影响,由于左翼作家还大都是由生活在城市的知识分子所组成,造成了文艺队伍的描写对象、服务对象的隔离。加之他们对五四运动消极因素的继承,不顾中国老百姓是否喜闻乐见,追求内容、形式和语言上不同程度的欧化,等等,可以说,为什么人的问题,更多的是在政治上、理智上被解决了,但在思想感情上和艺术上并没有得到根本解决。要根本改造旧文艺,改造旧的文艺队伍,还没有一条明确的,已经在实践中卓有成效的道路。《在延安文艺座谈会上的讲话》指出的深入火热的斗争生活,和广大人民群众相结合的道路,从文艺的源泉,从文艺工作者的思想艺术建设这些根本方面,保证了文艺为人民大众服务的方向得以在文艺实践中被贯彻到底。从那时起,我们党就从政策上、思想上、组织上、生活上推动和保证这条道路得以畅通，而且越走越宽阔，越多样。可以说，这不仅在世界文艺史上，而且在无产阶级文艺史上，还没有一个国家、一个党，像我们这样始终坚定不移地强调和推动文艺同前进的历史运动，同最广大的人民群众建立如此密切的联系。

毛泽东反映论的文艺观不但为当时和其后的中国革命文艺实践所验证，极大地促进了革命文艺事业的发展，而且在经受实践检验的过程中，不断丰富发展了自己，在反映论文艺观的发展过程中有举足轻重的地位，这是为现代和当代文学史所公认的，此处不再赘言。由于毛泽东论述文艺问题的特定角度（无产阶级政治家）和特殊环境（战争年代，夺取政权和巩固政权成为压倒一切的中心任务），他在关于文艺反映论的阐述中，多从政治家的角度，从完成革命任务的角度出发，在有的方面具有历史局限性。在以后的实践过程中，由于对这一点缺乏足够的认识，不加分析地照搬到社会主义建设时期新的时代环境中来。在新中国成立以来受"左"的思潮影响严重的时期，有些局限性被形而上学地扩展、绝对化，给文艺实践造成了相当的损失，这也是事实。至于十年浩劫中，林彪、"四人帮"推行极"左"的文艺路线，策划阴谋文艺，虽然处处打着毛泽东文艺思想的招牌，但鼓吹的却是文艺创作从路线出发、主题先行，实际上搞的是主观唯心论、庸俗社会学，和辩证唯物论的反映论背道而驰，形成了20世纪自苏联庸俗社会学以来对马克思主义文艺反映论的第二次大干扰。这次干扰的特点是：一、机械唯物论的反映论和主观唯心论的唯意志论的混乱相杂；二、文艺上的干扰和政治权力紧密结合，这不但使创作和理论走上歧路，而且在文艺界造成一场浩劫。

从以上历史过程的评述中，可以归纳出几点认识：

第一、反映论的文艺观是被近代科学和历代文艺实践所检验、所证明了的正确理论。马克思、恩格斯、列宁、斯大林和毛泽东对此做了革命性的发展，使之更能容纳这个命题所含纳的不断丰富的内容，因而具有更大的真理性。这是我们坚持和发展反映论的基础。

第二、反映论的文艺观的具体含义，不是凝固不变的，它处在一个发展变化的过程之中。它汲取人类生活实践、艺术实践、艺术理论的认识思维的最新成果，不断丰富发展自己。

第三、反映论的文艺观又是一个包容性很大的、具有张力和弹性的理论体系。它不是狭隘的、排他的。它和一定社会阶级、阶层的基本意识形态相联系，但由于人类认识发展史和艺术思维、艺术实践活动的发展过程既受制约于社会政治、经济发展史，又具有相对的独立性，因而反映论的文艺观既包容各个时代、各个阶级的认识成果，又常常超越各个时代、各个阶级而呈现出一条自身发展的线索。

第四、反映论的文艺观在自己的发展过程中，不是孤立的，它常常要和别的观念、思潮相冲击。这种冲击对双方都有好处——在一定程度上汲取对方的合理因素，以克服自己的弱点。冲击也是交流，但也有副作用，从主观方面看，冲击的后坐力往往把反映论推向偏激和极端。譬如，为了驳难唯心论，反映论常常踏上庸俗社会学的滑坡；为了克服庸俗社会学，又不自觉地将能动性和唯心论混为一谈。在这种情况下，人们往往会忽视或不能更细致地区分反映论和庸俗社会学、唯意志论的文艺观的界限，以致那些要求重视文艺能动作用和创作主体精神的正确声音，那些要求终止庸俗社会学和唯意志论继续残害文艺的正确的声音，误伤了革命的能动的反映论。

我们将从这几点认识出发，进一步探讨能动反映论在新时期的坚持、发展，它在新时期文学实践中所起的作用，以及它和各种新文艺学科、新思潮的关系，等等问题。

五

我想用这样一句话来表述反映论的文艺观：文学艺术是作为艺术家的主体对生活客体的审美反映。这里涉及三个概念：艺术家主体，生活客体，审美反映。正确理解这三个概念，是廓清某些非议，把握反映论的文艺观丰富内涵的关键，也是我们坚持它的立足点，发展它的出发点。

理解艺术家主体这个概念，要注意两个方面：一是主体和客体、个体和群众的关系；二是艺术家主体相对于一般主体的特殊性。

主体，不论是群体的主体还是个体的主体，归根到底都是在反映客体的过程中逐渐形成的。主体，并不是从人的生理存在，而是从人在认识和实践中的主动地位、从人的社会能动性来定义的。作为主体的人，是一种有生命、有意识、有感情的社会存在物。人的物质和精神的活动，人的生存、发展，都绝对地需要外部世界，因而具有受动性；然而人在同外部世界打交道时，总是通过积极的活动以达到自己的目的，因而又总使自己处在主动地位，具有能动性。

主体既包括物质方面，又包括精神方面，既有通过自然遗传进化而来的天赋能力，又有通过社会发展变化而来的后天获得性能力。主体先天和后天的能力，都是在生存的实践中，在解决生活中的各种矛盾，调整人类和自然、人类自身各种关系，适应和征服客体，反映和解释客体的过程中诞生、形成的。尽管这种反映和解释，解决和调整有正误之分，深浅之别，有的直接，有的间接，有的变形，有的经过了时间、空间和人的思想感情的多重沉淀或多级升华，但归根到底，主体是从客体中孕育、诞生，而又借助客体的营养而生长、成熟的。因此我们说，人作为主体的存在，是一种社会性、实践性、对象性的存在。人以主体地位进行的活动，是一种社会性、实践性、对象性的活动。这是从宏观上看，讲的是群体的主体。

从微观上看，个体的主体精神，是个体前期经验的积累和升华，同时要受到群体主体精神的制约。个体的前期经验，是主体和客体在精神劳动和物质劳动中的结合，这种结合尽管可能有正确与谬误之分，但构成了一种事实上存在的客观联系，积以时日，便形成了特定的文化心理。任何个体的生活实践，归根到底是某个社会群体（指阶级、阶层、政治派别、经济集团、教育体系、职业行当、地域和社区生活、家族和亲缘网络等的交织体）实践的一个有个性的组成部分；因而，任何个体的主体精神，归根到底是某一群体的主体精神的共生的分支。群体主体对个体主体的这种制约，实际上仍然是生活客体对精神个体制约的间接反映。

人类是群居于社会的。人的本性之一，是有传播和接受物质和精神信息的欲望。通过传播交流以维持整个社会生活的协调进行，使人与人在心理情感上取得联系，形成特定的社会关系和心理联系，是社会得以进展的不可或缺的因素。若缺少这一因素，则人类无法作为一个整体生存，社会无法作为一个整体运转。传播是寻求认同的开始，通过传播、反馈或修正自身以适应群体、客体，或张扬自身以征服群体、客体，都是不同意义上的认同。艺术家在孕育构思作品时，不但总是首先考虑如何将一定的社会存在以丰富多彩的审美形态表现出来，而且总是不自觉地会以作品的接受者——读者与观众，即作为审美主体的某一社会群体，为自己构思作品的参照物。尽管这种接受者的社会群体范围有大小之分层次有高低之别，对文艺创作或隐或显的制约和影响则是无疑的。这种制约和影响贯穿在整个创作准备和创作实践的过程中。作品完成之后，艺术家又有一种强烈的愿望，希望自己的作品能以某种形式在社会上流传。发表、出版、展览、演出、摄制、发行、播放，是主要的传播方式。几乎没有一个作者不希望自己的作品，以及包含在作品中的思想倾向、艺术倾向能够征服更多的人，并引起社会的兴趣和反响，即取得某种程度、某种形式上的认同。这一切都证明了主体来源于客体和群体，最后又归属、认同于客体和群体，证明了主体对于客体、群体既具有独立性、能动性，又具有根本上的依附性，反映性。

艺术家的主体，较之社会一般主体是特殊的。艺术劳动是以个体为主的劳动，是主体性更强的劳动。艺术创作更重视从个体和主体的角度来反映客观生活，它在反映生活时把焦点放在人身上，放在人的生长环境、性格命运、思想道德、人情人性和各种情绪及意识上。这使得艺术家主体需要个体精神上更广阔的自由，需要更强调、更重视主体精神的发挥，也使得艺术家主体和生活客体的关系变得复杂而微妙。这是马克思主义经典作家多次指出过的。但是艺术创作的最终目的，不论作者是否意识到，总是为了更好地表现（写实或写意，实写或意写）客观生活的形象和深层的历史、社会、人生、心理及感情的信息。在创作过程中，艺术家个体的主体精神的发挥，也总躲不开来自客体的各种制约，比如表现对象（生活素材、人物形象、社会情绪等）的制约；社会接受层（不同读者、观众层次）的制约；创作主体所处的，并不同程度被其接受的文化环境和文化传统的制约；所采用的特定艺术样式、艺术体裁、艺术手段和技巧、语言的制约。在这四方面制约中，前两种直接来自生活客体，证明了主体精神的自由飞翔，从终极意义上看，这只是对生活现实的带自由色彩的反映而已。后两种来自意识形态领域内部的制约，说到底，还是生活客体的制约。因为文化环境，文化传统，艺术形式体系，都是在前人和别人思考、反映生活的精神劳动实践中形成的，又在生活实践的进程中逐步积淀下来的。它们一旦形成，本身也成为客观社会存在的一个组成部分。因而，文艺创作受到这两方面的制约，实际上是在更宽泛的意义上对生活实际的一种反映。

这样，我们可以认为，艺术主体归根结底是生活客体的反映、积淀、升华；主体精神在客观实践中诞生，又要回到客体中去，确认自身的位置。艺术家主体有许多特殊性，但也不能不受到各种客观存在的制约，并在自己的作品中将这种制约反映出来。从这个意义上来说，艺术主体精神的发挥和艺术反映客观现实并不构成二者必居其一的矛盾。主体精神的发挥总是促进或妨碍着作品对客观现实的反映，这种"妨碍"在作品中留下某些阴影时，也是作品对社会存在的一种特定反映。

六

艺术认识论意义上的客体，不能简单等同于物质世界和客观实在。物质世界和客观实在是不依赖任何主体而独立存在的，生活客体却同主体具有相关性，它总是同主体作为一个对子同在。它是指作为人们认识和实践对象的那一部分客观世界。在艺术范畴内，这常常表现为作者和题材的相互选择和作用。我们不是自然主义地从纯直观的形式上去理解客体，而是从主体的能动活动方面去把握客体，这就可以避免陷于机械唯物论和庸俗社会学。物质世界、客观实在的第一性的优先地位，为主体确定生活题材（客体）提供了可供选择的客观基础。一旦离开这个客观基础，主体也就成为虚妄的主观外现，势必要误入唯心主义的泥淖。

还应该看到，任何客观事物本身都是一个复杂的系统，它包含着许多因素、层次、属性，给人们提供了各种选择的客观基础。同样的生活题材（客体）对不同的艺术家（主体）而言往往有不同的意义。不同的作家可以从不同的层次、方面，用不同的方式把握它们，写出不同意蕴、不同风格的作品。由此可见，在认识论的意义上，同主体是客体孕育、培养的主体的一样，客体又是确证和实现主体本质力量的客体。

生活客体包含着两个大的部分。一是它的实践部分——人类的各类实践活动及其产生的成果。实践活动包括人类在经济生活、政治生活、日常生活和意识形态领域的言与行，它的成果一般是可见的。即便是脑力劳动的成果，譬如一项研究活动，一本书，一部电影，等等，也是可见的。一是它的意识部分——人类心灵的各类活动，如思考、回忆、想象、感情波澜、审美感受以及梦幻、意绪、潜意识，等等。按传统的反映论文艺观，人的内心生活，也是作品表现的对象，但一般是作为人的实践生活的补充和附着物被表现出来。文艺作品对人的心理活动和情绪波澜的描写，常常是由实践生活引起，或反过来解释、印证、烘托、补充人的实践活动。人的喜怒哀乐也都有比较具体的外在原因，总和某个实践因素较为直接地关联着。这就形成了我们通常说的以外为主、内外结合、由外写到内的现实主义创作方法。

但这也造成了一种误解，似乎反映论的文艺观，只承认实践生活（最多再加上那部分附着在实践生活上的内心生活）是生活客体，只有反映这方面生活的作品才符合反映论的要求；而人的内心生活，特别是那部分和人的具体实践行动没有直接、显见联系、具有相当独立性而又比较难于捉摸的内心生活，诸如未经提纯的复杂心态，朦胧的或瞬间的意绪，潜意识或变态心理，荒诞的梦幻，等等，则不能作为文艺作品反映的重要的对象。这种误解，在坚持和非议反映论的文艺观的双方都不同程度地存在着。有些坚持反映论的同志，从一种好意出发，对那些由内写到外，甚至只写内不写外而显得空灵、玄虚的作品，以及对此加以肯定的评论，总是怀着某种戒备，在正确地指出其不足之处的同时，常常以凝固的、狭隘的眼光，在理论上将其推出反映论的范围，将写自我、写内心和反映生活对立起来，而不能更细致地思考这些新的创作现象对丰富、发展反映论的文艺观是否有一些启示；一部分强调写主体、写内心的作者和论者，也常常以凝固、狭隘的眼光看待反映论的文艺观，力图在反映论之外去寻找、建立各种新的体系。

其实，包括梦境在内的各种心理、感情现象，归根到底都是现实存在的某种形式的反映。就拿和生活相比变形得最厉害的梦境来说，连弗洛伊德也认为，它是现实愿望遭到了抑制而被推进无意识之中，而以一种很歪曲的形式表现出来的结果。因此，我认为这类以写心理活动为主的创作的出现，并未推翻，且反而是丰富了我们对反映论的文艺观的理解。争论的双方，如果都能注意到主体的客体性和主体源于客观实在的事实，从而更宽泛地理解生活客体，将这类作品看成是一种反映生活的特殊形态，并以反映论的文艺观对其进行阐释，既有利于克服对反映论的偏狭理解，又有利于克服在创作探索中将人的内心活动从一定历史环境和现实关系中完全抽象出来，做纯符号的象征表现的弊端，于创作于理论都有积极的作用。需要说明的是，宽泛并不是无边。宽泛地理解生活客体，不能模糊了客体与主体之间的界限，也不能模糊了生活客体是以人民群众的生活实践为主体的马克思主义的论断。

基于这种理解，艺术家在深入生活、积累生活时，不但要注意积累如人物命运、生活冲突、情节细节、肖像景物等可见的形象素材，而且要注意积累表现人的深层内心生活的素材，即感情素材、意绪素材以及思维观念方面的素材。同时还要从宏观上研究整个社会的感情态势，以及它内部的各种漩流和外部总的流向。在这方面更自觉的努力，既可以使那些以反映实践生活为主的作品，对人的内心状态的揭示更充分，对内心形象的塑造更丰满，也可以使那些以反映精神生活为主的作品，显得更切实、更富有生活气息。

七

审美反映是审美活动的一部分，是人类从精神上把握现实的一种特殊方式，它和人类其他认识实践活动有共同性，又有自己的特殊性。它始终不能离开对具体个别感性形象的感受，因而倚重艺术家的各种感情活动和心理功能的综合作用，以形象思维为主，理性认识和逻辑思维常常渗透在形象和感情中起作用。理解审美反映的关键是抓住从生活到艺术这个认识链中的各种中介物，以及这些中介物对反映的各种能动作用。

主体和客体作为认识结构的两极，不是一种简单的、直接的二项式关系。在它们之间，存在一个将它们连接起来的中介系统，包括物质工具和操作物质工具的方法，思维工具和操作思维工具的方法。艺术家对生活的感知，主要依靠后者。在主体和客体的相互作用中，艺术家运用反映器官接收来自客体的信息，获得感情材料。然后在形象思维和逻辑思维活动中，对生活素材加工处理，经过主体对客体形象和观念的分解组合，形成独特的形象、感情和意蕴体系。这样，就在艺术家的脑海中达到了对生活素材的个性的、审美的深层再现。审美反映过程中的中介物及它们对反映发生的能动作用，具体表现在下述方面。这几个方面在具体的艺术实践中是交融在一起而起作用的，只是为了说明问题，才在这里分开表述。

首先，艺术家作为一般认识主体，在存在和意识之间构成一种中介。认识主体的文化素养、思想观念、思维方法、表现形式的表达水平，以及生理、心理、气质上的各种因素，不可避免地会在反映过程中发挥作用。现实生活通过这种能动作用的筛选，经历了第一次变形。

其次，艺术家作为审美反映的主体，在生活和作品之间，又构成一种中介，创作主体即艺术家个人各方面的特殊条件和审美思维的特殊性质，会在反映的过程中发挥能动作用。艺术家审美思维的一些特性，譬如以人心为焦点把握世界，譬如形象性和感情性使得艺术家在反映生活时，倚重一些方面，忽视一些方面，强调一些方面，弱化一些方面，对生活的某些部分进行浓缩提炼，对另一些部分则稀释删节，等等，构成了审美的能动作用。现实生活通过这种能动作用的筛选，又要经历再次的变形（譬如突出典型性格和典型情绪在社会生活多种关系中的地位，再加上根据作品意蕴的需要，形象性和感情性的需要，以及作家主观条件的可能，重组生活画面，重组人物关系）。这就是生活被审美能动性筛选的结果。

同时，艺术反映对象也不是完全消极的。文学作品描写的人物有自己的生命和性格逻辑；空间艺术的素材也按照一种不以艺术家随意性外力为转移的位置关系联结着；时间艺术被作品既定的情绪曲线所暗中主宰。艺术家只有尊重反映对象自身存在的规律，进行有限度的自由创作，不然就会受到艺术规律的惩罚。这里又构成了一种中介——对象的能动作用。

在艺术反映生活的过程中，还有一种中介，这就是具体的艺术形式和艺术语言。形式中，又包含着艺术部类、样式、体裁，篇幅、角度、结构，以至风格追求等多种因素，它们和各种艺术语言一道，发挥着自己的能动性，制约着也促进着艺术对生活的反映。形式的能动性，使不同部类、不同体裁样式的作品，从不同的角度，不同的渠道，以不同的艺术语言去反映生活。反映生活的方式不同，使得同一生活在特定艺术样式中以不同的面貌呈现出来。我们不能忽略形式的能动作用，笼统地、不加区别地要求所有的艺术形式都以一种方式呈现，比如以再现的方式来反映生活，而把其他的方式都一股脑儿推到反映论圈子之外去。叙事艺术，如小说、戏剧、电影、电视剧、叙事诗和大多数美术作品，一般是以再现为主，结合表现（如中国古典戏、某些中国画）来反映生活；音乐、抒情诗、建筑艺术和一部分美术作品，则是以情绪感应或其他同构效应的方式来反映生活内在的律动，也就是说，是以反应的方式来反映生活的。舞蹈，从以演员为表演材料看，带有再现性；但从非再现的动作语言看，带有表现性；从以传达情绪为主要任务看，则具有强烈的感应性。书法，从所书内容看，是对特定生活的记载、再现或表现（如所书为诗词，则常带有表现的色彩）；从艺术形式看，则是通过线的飞动写意传情，即以同构效应来反映生活，打动欣赏者。在这里，再现、表现、感应，我以为都是艺术对生活作审美反映的不同方式，而不是对反映论的否定。就连建筑这种特殊的艺术样式，由于具有使用价值和审美价值相结合的特点，在反映生活方面虽然显示出更多的复杂性，却也不是羚羊挂角，无迹可求——封建社会的集权制和等级制，资本主义的自由竞争，鲜明地在同时代的城市整体布局和建筑结构、色彩上表现出来。

总之，我们如果恢复"艺术家主体""生活客体""审美反映"三个概念原本就包含的宽阔的外延和多层次内涵，实事求是地承认它们，我们如果注意到，主体、客体处在运动之中，无时无刻不在内部和外部力量的影响下发生这样的那样的变化，而连接主体、客体的认识中介——审美反映，它的每个环节也都处在运动之中，从而在艺术创作和评论的实践中，将凝固、狭隘的眼光换之以发展的、宽阔的眼光，那么，我们就会承认，迄今为止文艺实践中所出现的各种新的现象都还没有超出反映论文艺观——文艺是艺术家主体对生活客体的审美反映。文艺实践和理论的发展，证明了马克思主义反映论文艺观的生命力。

1987 年 11 月，西安椒园

文艺创作反映当代生活中的封建主义潜流问题

反映当代生活的作品要进一步深化，有一个十分重要的问题需要引起足够的重视，这就是注意挖掘和表现封建主义思想意识对社会主义生活的侵害问题。对此，"文化大革命"前17年的文学创作是不够重视的。林彪、"四人帮"在中国社会主义的政治舞台上，做了一次封建法西斯主义的大表演，使我们的人民，包括社会科学工作者和文艺家，透过社会斗争的聚光镜，对中国当代生活中的封建主义潜流有了触目惊心的认识。粉碎"四人帮"几年来的作品，开始从不同侧面接触这个问题，其中部分作品取得了可喜的成绩。

这就为我们从理论上深入讨论这个问题，提供了一个良好的开端。

一

封建主义在我国当代政治生活和社会生活中仍有很大影响。我们亲眼所见、亲耳所闻的无数生活事实表明，封建主义及其变种，对我们时代的经济基础、政治制度、社会关系、思想意识、习惯势力、风俗礼仪，都有不同程度的侵蚀，是当代生活中各种歪风邪气的一个重要"风源"。深入思考和认识这个问题，对作家更深一步理解、感受许多社会斗争和生活现象、性格感情因素和精神状态无疑提供了一把钥匙。能够有利于促进文艺创作更深一步地用形象来揭示当代生活本质的各个侧面。

封建主义的经济制度造成了现代迷信的社会土壤。几千年中国封建社会所形成的个体农民经济与家庭手工业紧密结合的自然经济，以及反映这种经济的，在这种经济消失之后很长时间仍不会消失的，带有封建性的小生产意识，比如马克思所指出的因为缺乏交往造成的互相隔离；因为小块土地生产不需要分工和应用科学造成的不需要才能，不需要多种多样的发展以及丰富的社会关系等。闭塞、僵化、保守心理，以及封建家长制的传统习惯，就是这种社会土壤。正是这种潜藏在每个人心中的小生产意识，使得"他们不能代表自己，一定要别人来代表他们。他们的代表一定同时是他们的主宰，是高高站在他们上面的权威，是不受限制的政府权力，这种权力保护他们不受其他阶级侵犯，并从上面赐给他们雨水和阳光。所以，归根结底，小农的政治影响表现为行政权力支配社会"。（马克思《路易·波拿巴的雾月十八日》）社会主义革命的胜利，使情况有了根本的改变。但是应该承认，我国农业生产基本上还使用手工劳动，产品大部分被自行消费，在以畜力和手工工具为主的生产力水平上，是不可能巩固地建立起社会主义生产关系和根本改造小生产所形成的那一整套旧的心理与习惯的。从这个角度看，描写现代迷信的作品，如果光停留在写前几年政治压力下那些狂热的闹剧上，就很不够了，应该进一步深挖产生这种政治狂热的历史的社会的原因，即中国社会生活中的封建主义潜流，写出一方面由于林彪、"四人帮"反革命两面手法的欺骗，另一方面也由于相当多的人内心残留着封建意识，这样双重力量的作用下，我们对现代迷信的本质由认识不清到宽容忍耐，再到随波逐流、斗争不力。这样写就更为真实和深刻。

封建主义和社会主义从两个相反的方向来反对资本主义，在"反资"这一点上，常常能给人造成某种相似的假象。"要给基督教禁欲主义涂上一层社会主义的色彩，是再容易不过了。基督教不是也激烈反对私有制，反对婚姻，反对国家吗？"（《马恩选集》第1卷，275页）特别在形而上学受到推崇的前几年，认为社会主义时期只有"资""无"两家的斗争，因此，头脑简单的同志常常认为，只要不是"资"便必然是"无"；只要主张"灭资"，便自然要"兴无"了。林彪、"四人帮"一伙充分利用了这种形而上学来为他们的反革命目的服务。他们常常在反对、批判资本主义和资产阶级思想的名义下，推行封建主义。比如在意识形态领域，社会主义用公有观念和集体主义批判资本主义的私有观念和个人主义，用人的全面的自由的发展批判抹杀人的个性的"资本的个性"，取代资产阶级的人道主义。封建主义也激烈地反对资产阶级的意识形态，但它是用

"使人不成其为人"（马克思语）的专制原则和泯灭个人价值、个人尊严的偶像崇拜，对抗资产阶级的以人为中心的人本主义和个人主义；用尊卑分明的纲常伦理观念，对抗资产阶级的自由平等观念；用专制的兽性对抗资产阶级的个性解放。多年来，林彪、"四人帮"正是站在封建主义的立场上批判了关于"人"的一切，以致把人们正常的家庭生活、亲友之情也当作资产阶级思想批判。甚至他们用来"灭资"的一些具体做法，都沿用的是封建老谱。那几年流行的所谓"鬼剃头"（"阴阳头"），本源于封建社会的"髡刑"；"画鬼脸""抹黑脸"，是变相的"墨刑"；"挂牌游街"即古之所谓"辱于朝市"，"示之众而弃之"……我们的作品在描写这些社会现象时，如果能够透过一些对狂热言行和精神状态的描写，剥掉其反对资本主义、资产阶级的外衣，显露出外衣下面的封建本质来；在描写受极"左"思潮影响的人物时，不仅展现出他们容易受骗、简单幼稚，或者少数人的心怀私利的特点，而且也揭示出几千年封建思想对这些人的熏陶侵蚀，使他们或失去鉴别力、斗争性，或习惯成自然地接受一切。这样一来作品自会有深浅高下之分的。

封建主义和官僚主义更是孪生兄弟。列宁在《论粮食税》中曾经有过这样明确的提法："和中世纪制、和小生产、和小生产者散漫性联系着的官僚主义。"（《列宁选集》第4卷，55页）毛泽东指出，中国是一个以农民为主体的小资产阶级成分极其广大的国家，我们党是处在这个广大阶级的包围之中，我们有很大数量的党员出身于这个阶级，因而，封建思想常常会通过落后的农民意识折射到我们党内来。这种分析是极其深刻的。比如说，新中国是中国共产党领导人民群众在几十年血与火的斗争中建立起来的，但是，有极少数参加过这一斗争的同志却常常以人民的恩人自居。在这些人权力所及的范围内，家长作风、脱离群众、特殊化等等，便会如影随形地出现，并且将其视为理所当然。而由于这种"打江山坐江山"的思想不仅在于一部分干部的意识当中，而且在相当多的群众心里也存在着，他们也就能够对这种论功行赏的社会现象宽容、忍耐甚至"理解"。于是，这种违背无产阶级革命性质的现象便有了生存的条件。如果我们的作品在反映这一类题材时，不只是局限于揭露和罗列一些官僚主义、特殊化的生活现象，甚或耸人听闻地渲染、夸示这些现象，而是从封建主义对革命队伍的渗透这个角度去提炼和深化主题，挖掘并描写出人物言行的心理依据和历史依据，使读者通过形象感受到，这是一种类似封建社会中部分旧式农民起义的悲剧在工人阶级革命队伍中的暂时的重现，使他们认识到，无产阶级政权在防止资本主义复辟的同时，更有一个防止封建主义复辟的严重任务。这无疑可以起到更大的警策作用。

此外，像在封建自然经济基础之上形成的小生产的管理方法，封建帮会式的宗派情绪，封建等级观念及其变种——唯成分论和血统论；用封建伦理道德的语言来表述今天政治的、社会的和家庭的生活现象（如"三忠于""四无限"），造成了各种社会的畸形和裂痕，演绎出各种历史的悲喜剧；在批判资本主义和资产阶级民主的幌子下，连篇累牍地大肆歌颂"旧的顽固的封建主义的思想武器"中的法家学说（毛泽东：《唯心历史观的破产》）；别有用心地把封建社会农民落后的一面说成是革命的。如此种种封建残余现象，不是比比皆是吗？这些都说明，由于林彪、"四人帮"在十年浩劫中企图用强权使一切封建的思想和伦理道德在革命的外衣下席卷整个社会，以达到复辟封建法西斯主义的目的，这些年来，我国封建主义的思想、意识、心理在一定程度上有所泛滥。

二

从这个角度来回顾新中国建立30年来的当代文学史，就不能不感到十分遗憾。在政治和理论经常名正言顺地干预甚至取代文艺的情况下，我们看到，对当代生活中封建主义的认识，政治生活中的曲折、反复，和在思想理论上的模糊、颠倒，是多么严重地伤害了文艺创作。

1956年以前，因为我们党还要完成民主革命遗留下来的任务，要在新解放区进行土地改革，对企业进行民主改革，并且同时在全国范围内，特别是农村，开展大规模的扫盲识字运动和婚姻法宣传，这些政治、经济和文化方面的群众运动，对于改变人民群众的封建习惯心理，改变落后蒙昧的中世纪状态，以及改变一些封建伦理道德、风俗习惯，都起到了一定的作用。现实生活中的这些新现象，或多或少地在我们的文艺创作中得到了反映。从这一时期出现的，或者以后创作所反映这一时期生活的作品中，我们看到了一幅幅生动的画面。比如，革命战士由感恩报仇到自觉革命的思想转变；在土地改革运动中通过"谁养活谁"教育而终于砸烂封建枷锁，和地主做斗争的心灵历程；对单家独户个体劳动的历史局限的揭示，以及逐步采用集体经营方法来组织变工队、互助组、合作社的生产的初步尝试；对封建家长制以及其他封建思想、道德和习俗的抨击；对自由恋爱、婚姻自主和妇女在政治经济方面的翻身解放、投入社会生活之后在精神上的升华等新事物的歌颂；以及对我们的同志在进城以后面临种种新事物时，一方面用老区带来的革命传统去改造非无产阶级思想，在改造客观世界的同时改造主观世界，扔掉自己身上一些僵化保守的东西，等等。这些都使人感受到一股扑面而来的清新之气。当然，这一时期对现代生活中封建主义潜流的揭示应该说还不够深刻，局限于就事论事，缺乏历史感，但总得看，却是健康的、正确的。如果按照这个现实主义的路子走下去，当代生活中封建主义潜流问题也许会成为我们文艺创作的一个重要思想主题，得到越来越深刻的挖掘，并在帮助整个社会防止封建主义泛滥方面起到积极的作用。

但是，事情并没有朝我们所希望的方向去发展。当创作在描写现代生活中的封建主义潜流方面还处于不很自觉的境地时，我们的评论没有很好地扶植、引导文艺思想，使创作对这个问题的认识提高一步，而是以主要的、绝大部分的精力忙于搞文艺思想批判（这种批判固然是必要的，却终究只是文艺评论的一个任务而不是全部任务）。在这些批判中，已经流露出文艺评论者对封建主义残余的模糊认识了。比如，在对肖也牧某些作品的批判中，就表现出一种把劳动人民艰苦朴素的本质和封建的保守僵化混在一起，笼统地加以肯定，而把适应新情况、学习新知识所带来的生活方式、思想方式的某些变化，和资产阶级思想混在一起，笼统地加以否定的倾向。1956年社会主义改造胜利完成以后，特别是1957年以后，那种认为中国现在只存在无产阶级与资产阶级两家斗争的观点，像一层浓厚的迷雾阻隔在作家的眼睛和现实生活之间，使他们对现实生活中本来确实存在而且某种程度上还在蔓延的封建主义，无法看见或视而不见了。除了少数作家的少数作品从侧面涉及这个问题，其他人大都热衷于去写"资无矛盾"的题材。记得杜鹏程在1956年出版的中篇小说《在和平的日子里》，就通过革命意志衰退的梁建的形象，明确提出了革命成功之后，无产阶级将会面临历史上农民革命所遇到的问题，并用阎兴和梁建两个对比的形象，从侧面显示出无产阶级革命和封建社会农民起义的本质区别。（工程局张孔曾对梁建意味深长地说道："我觉着，那些农民革命的英雄，一刀一枪打天下当中遇到的危险，还比不上他们取得相当胜利后遇到的危险大。我们和他们处的时代不同，但有一点是相同的：胜利对许多革命者都是更严重的考验！不信，你就去看，书上用血和泪写下了他们悲惨的下场！"）本来这在反映社会主义建设的文学长廊中有着与众不同的思想意义，却在当时不但没有得到充分的肯定，反而和其他一些有深度的作品一样，遭到訾议。

毫无疑义，"资无矛盾"的确是整个社会主义历史阶段的主要矛盾，描写这方面的题材，反映这个主要矛盾，塑造这场斗争中的各类人物，应该是社会主义文艺的重要任务之一。但是，如果脱离中国历史和现状的实际，把这个命题绝对化，似乎过渡时期丰富复杂的一切生活现象都可以用"资无矛盾"的公式去套，那么很多生活现象就解释不通了。人类社会，像一切存在于实际而不是存在于理论中的事物那样，是无比复杂的。作家笔下的人物，作为社会关系的总和，在今天的中国，不能只是赤裸裸地、单一地反映"资无矛盾"这种关系。他们可能既反映这种主要的社会矛盾，也反映其他的社会矛盾，如封建主义与社会主义的矛盾，小资产阶级与无产阶级的矛盾，还反映这些矛盾互相交织的复杂关系。而在所有这些社会矛盾中，矛盾双方又不是只采取"斗争"这唯一的运动形式，还可能有互相制约、相互影响、相互渗透，甚至在一定条件下相互转化等多种运动形式。而文学艺术要表现出上述多种社会矛盾的斗争、制约、影响、渗透、转化在"这一个"人的精神世界中的独特反映，就更为丰富复杂了。作品中人物的精神世界，只有在不同位置、不同色彩的多种光源的照耀下得到展现，才是真实的、活生生的。如果任由流行的政治理论观点随意切断现实生活中丰富的光源，前些年那些政治理论上的简单化思潮，必然要在艺术形象上投下阴影。

事实上，在中国现代史上，一方面是无产阶级对资产阶级、封建主义不停歇地斗争，另一方面，资产阶级、封建主义又无时无刻不在精神上、政治思想上进行反击。在这种反击中，封建势力显得更为顽固。在实际生活中，我国的无产阶级和资产阶级都受到封建主义的严重挤压，在这两个阶级的许多人物身上，或多或少都能看到封建主义的折光和反光。这种挤压和反光，在社会意识形态、伦理道德和人的感情操守方面，表现得尤为明显。我们描写中国近代和现代生活，不写出阶级关系的这种复杂性来，一味按"资无矛盾"的框框去套，虽然方便，却会失真，在作品的思想道德评价上，也很容易出现混乱。我们或是对封建势力、封建思想的残余视而不见、执意回避，或是从"非资即无"的公式出发，把生活中实际属于封建范畴的人物、思想、事件，当作社会主义、无产阶级的东西肯定下来。比如，在"文化大革命"前的现实生活中就存在严重的"官商"和以行政命令干预市场规律的现象，由于这类模式不讲经济核算，确乎不是资本主义，而且可以和资本主义的自由竞争相抗衡，一些作者就被这种带有封建色彩的社会生活现象所迷惑，不敢大胆深刻地在作品中对其加以鞭笞。或者，一些作者又把资本主义复辟的危险无限夸大，使反对资本主义的斗争带有盲目性，有时把一些不属于资本主义的东西当作资本主义乱反一通，打错了板子。一些作品中常常将勤劳、朴实、淳厚的劳动人民本色和安于现状、不讲效能、不思进取的小生产思想混淆，歌颂了不该歌颂的东西。有的作品又往往不自觉地将多思好学、创造进取、聪慧活跃这一类性格视为异端，好像那都是典型的小资产阶级情调。

到了十年浩劫，那就不只是混乱了。在林彪、"四人帮"阴谋策动下，出现了封建主义和社会主义空前的大颠倒。在这一时期的许多作品中，特别是在帮派文艺中，普遍的禁欲主义和粗陋的平均主义成为社会主义、共产主义的代名词；在经济上，"官商"的国家意志和不计成本的个人意志，成了能算"政治账"、觉悟高的表现；自给自足、闭关保守成为天经地义，封建的忠君传统是最激昂的阶级感情；封建专制的法西斯手段成为革命彻底性的标志。自此封建法西斯主义披上社会主义的彩衣，作为生活舞台和艺术舞台上的第一号人物，表演了整整十年，流毒至今。

回顾30年来的创作历史，我们不能不为当代文学反映封建主义的潜流和危害方面的缺失感到遗憾。

三

近三年来，通过对林彪、"四人帮"带着浓厚封建色彩的社会法西斯主义这一"速成社会化石"的研究，通过对"文化大革命"这一"社会科学粒子加速器"所提供的许多高度浓缩的社会现象的剖析，我们党和人民对封建主义在中国复辟的危险有了切身的感受和透辟的认识，开始在理论上冲破禁区，对这个问题进行研究探讨。文学艺术也从另一条战线触及这个陈旧而又崭新的社会问题。反映社会生活中封建流毒和贻害的作品不断增多，某些领域不断被探索，为中国当代文学开辟了新的视角、新的领域。这方面的成就主要表现在：

一、从不同侧面表现了封建意识对我们干部和群众的侵蚀。短篇小说《班主任》最早揭示了"四人帮"给人们造成的内伤,从谢惠敏僵化不堪的脑子里,我们可以明显感觉出中世纪的禁欲主义和带着愚昧色彩的盲从等封建主义的阴影。

在《枫》和《重逢》中,我们看到了与封建的愚忠愚孝相差无几的现代迷信,是怎样戕害了青年一代。《西线轶事》中的种慢性毒药,正是中国人逆来顺受的封建传统中的旧意识。毛妹感觉到,中华民族是一个有着优秀历史遗产的民族,但这些美德既是古老历史的光照雨露,它和两千年封建主义传统思想的影响也就不会绝缘。"在我看来,两者不过是相隔着一道细细的田埂,这边是温顺,迈一步过去,就是屈辱。"

在《报春花》《伤痕》中,我们看到森严的门阀等级观念、血统论和唯成分论是怎样浸透在一些干部和群众的心灵中,使"人分几等""出身不好就是贱民"这些封建时代的纲常伦理观念,成为一代人的文化心理和感情认同。(可悲之处就在于,连白洁自己也一度成为这种精神状态的俘虏。)

在《爱,是不能忘记的》《这里有黄金》《被爱情遗忘的角落》等作品中,又可以看到种种封建道德观念给我们的人民加上了多么沉重的精神镣铐,使得这些在道德领域里比较有勇气的人,无不步履踉跄!

二、初步揭示了封建的官僚主义的思想作风对社会主义政治生活的影响。《未来在召唤》中的于冠群,《报春花》中的吴一萍这类形象,揭示了我们干部队伍中的苟全偷安、养尊处优、门阀等级、因循守旧、遇事推诿、以人代法、缺乏效率等各种官僚主义的表现,折射出几千年的封建官僚政治给我们留下的后遗症。封建统治者为了保持官僚机构的稳定,对下属的要求于往往是忠而非廉,是昏而非才。这种观点至今还严重地影响着我们一些同志对人的看法和对干部的选用。有时候,还常常把忠与昏当作一种历史的产物,一种"朴素的阶级感情"的"本色"而原谅、开脱。上述作品深刻地揭示出这些人在感情深处的自私。(于冠群的女儿说:"我爸爸除了爱我和妈妈,谁也不爱。"这是一种带着浓厚封建色彩的个人主义感情。)

在《大墙下的红玉兰》《神圣的使命》《权与法》等许多作品中,我们看到了林彪、"四人帮"是怎样给行政长官任意掠夺人民生命财产的封建专制的"人治",披上社会主义外衣,粗暴地践踏民主和法制;以及在"有权便有一切"的状态下产生的人身依附和封建行帮关系。更多的作品中反映的十年浩劫中"文字狱""思想犯"和种种"祸从口出"的现象，不也正是封建专制统治手段中最具特色的标志吗？

无产阶级革命，粉碎了地主、官僚资产阶级的国家机构，但是，封建官场那一套腐朽作风，仍然可能对无产阶级专政的国家机构进行侵袭。特别是在那些缺少民主与法制的角落里，无可避免地会悄悄滋长起重忠不重廉、可昏不可才的"霉菌"。于是《丹心谱》里的庄济生、《于无声处》中的何是非、《乔厂长上任记》中的冀申一类人物便应运而生。这些人在生活中虽是少数，但正是他们构成了林彪、"四人帮"封建法西斯主义的社会基础。

三、开始接触了带有封建性的小生产的经营管理思想对社会主义经济生活的渗透。《乔厂长上任记》从摈弃封建家长制和用行政手段管理企业的角度提出了问题，用光彩夺目的乔光朴这个社会主义事业家的形象，回答了如何采用真正的社会主义的方法经营好现代化企业这一极富现实意义的问题。《领导的人》则用赵忠厚这个社会主义农民事业家的形象，从改变农村小生产方式的角度触碰了同一问题。

应该说，近年来的文艺作品从各个侧面，将封建主义思想对我们干部和群众，对我们制度和精神的侵蚀，粗略地勾画出了一个轮廓。更令人高兴的是，许多作品根据真实的生活，在不同程度上塑造了一批与当代封建意识做斗争的先进形象，如乔光朴、李健、梁言明、李丽、葛翎、王公伯、张俊石等。这些艺术形象给我们文坛带来了新的气象，给无产阶级先进人物画廊增添了新的色彩。他们除了具有社会主义时代无产阶级先进人物那些常见的高贵品质之外，还具有对当代生活中封建主义残余敏锐的识别能力、斗争勇气和斗争艺术。他们身上很少带有同时代人身上常见的那些封建的、小生产者思想的反光，如谨小慎微的"稳重"，缺乏创造热情的"成熟"，靠圆滑、平衡得来的"威信"，"无才便是德"的偏见，等等。他们一个个具有现代产业工人身上那种生龙活虎的旺盛的生命力，感情丰富，精力充沛，个性鲜明，在政治上有理想，在事业上有追求，在业务上有专长。他们既是无产阶级革命家，又是在各自领域中的无产阶级事业家，是集胆、识、才于一体的人物群像。乔光朴以大刀阔斧的革命气魄和"彻底解决"的严细管理，摧毁冀申搞的那一套封建"官工"制；梁言明将实践第一的旗帜"插"进以愚忠为荣的老战友于冠群脑子里；李健甘冒风险，下了"将这把老骨头扔到新长征路上"的决心,冲破"血统论""唯成分论"的樊篱,撤下自己女儿李红,竖起白洁这面旗帜;葛翎和王公伯不惜以鲜血、生命同粗暴践踏民主法制的林彪、"四人帮"封建法西斯主义做殊死斗争,以身护法;张俊石在刚刚打倒"四人帮"的时候,就开始严肃地思考这些丑类给人民群众带来的蒙昧、迷信等封建主义内伤;等等。这些都使我们十分舒心、振奋!这些崭新的人物,好像给读者心灵上开启了新的窗扉,有如徐徐的春风沁人心脾。这些生动的形象,有着当代生活巨大的现实容量和叫人意识到的历史深度,这是过去一些作品望尘莫及的。他们使人看到了中国社会将要甩掉这个封建包袱的光明未来。

四

但这只是开端。在反映当代生活的封建主义潜流方面,还有许多不足之处,需要我们通过创作实践去进一步提高。

在中国革命历程中,工人阶级对农民、对其他小资产阶级进行领导和教育,而农民和其他小资产阶级意识,以及通过他们传播、折射的封建意识对工人阶级及其政党产生影响和侵蚀;农民群众在物质和精神上支援、营养了革命,而农民意识与封建意识又影响着、涣散着革命。对前者,我们的文艺多少有所反映;对后者,则反映得很不够。至于封建意识和小生产者思想,在工作着重点转移到社会主义现代化建设上之后有什么特点?有哪些表现形式?它们是以怎样的方式从政治、经济、文化,特别是精神上和感情上阻碍着"四化"建设?这些问题,对文学创作来说,是大有可为的新课题,并有待于我们花大力气去钻探。

在创作此类题材的作品时,要特别注意思想道德评价上的准确性,防止一种倾向掩盖着另一种倾向的情况。比如有几个引起广泛关注的作品,在揭露社会弊病时是勇敢的,对有些地方也处理得较为深刻、机智,让艺术形象敏锐地反映了我们社会的一个侧面,这就是封建特权思想对当代生活的影响以及党和人民对这种影响所做的不懈斗争。从这方面看,应该说作家们已经对此做出了可贵的探索。笔者不愿责难年轻的作者在这方面的努力。但问题在于,上述作品在揭露、批判官僚主义特殊化的时候,常常将其夸大为绝症,似乎难有治愈的可能,或者在某种程度上同情甚至美化无政府主义思想和绝对平均主义观念。

还有一种情况是，有的作品在反对封建礼教和禁欲主义的束缚时，走向另一个极端——赤裸裸地展示惨不忍睹的事件和各种堕落、颓废、野蛮、行骗、色情的秽行，或是宣扬享乐第一、爱情至上等不健康的情调，仿佛越是这样就越"大胆"，越"解放"，越是"现实主义"。这实际上是用资产阶级的道德观念和享乐主义来反对封建礼教和禁欲主义。在社会主义取得胜利并不断前进的今天，资产阶级思想和封建思想一样，早已成为一堆精神垃圾。把这些垃圾当时髦来取代封建残余，无异于"以黑易黑"。在意识形态领域里不能搞"以毒攻毒"，只有用马克思列宁主义及社会主义原则才能克服官僚主义、特权主义、禁欲主义等封建残余思想，只有用共产主义的道德情操才能批判林彪、"四人帮"遗留下来的污秽和邪恶。

在创作此类题材时，要注意把笔力集中到写人的精神状态、性格心理上去，坚持用形象、画面来显示思想，而不能图解思想，或用思想代替形象。在这方面，鲁迅表现辛亥革命之后封建主义复辟的许多作品，值得我们学习。他很少从正面去表现辛亥革命期间或之后的政治斗争和其他重大题材，而是从普通农民的命运、农村的生活在革命前后毫无变化，群众的精神仍然笼罩在浓重的封建势力阴影之下这样一个角度来表现主题，笔锋直指封建势力的根基，因而显得深刻。对辛亥革命没有触动封建势力的根基这一问题，鲁迅在自己作品中从未直说一字，全都是通过形象具体的生活场景，尤其是通过人物的性格和命运将其显示出来的。比如不准阿Q戴"革命党"的银桃子，愚昧的华老栓用革命者夏瑜的血蘸馒头给儿子治病，等等。而封建势力的复辟也是从夏瑜的被杀，赵太爷的再度神气，九斤老太发现辫子终究不可剪等人物思想和命运的变化中来显示的。就当前创作看，谈到要揭示封建残余，许多人常常将其理解为单刀直入，正面写林彪、"四人帮"的封建法西斯主义。这当然也可以，但问题在于写这类题材时，有的作品常常局限在政治斗争的敷衍中而忽视了对人物精神状态的挖掘和性格、命运的描绘。结果很容易将作品写成问题小说、谴责小说甚至历史演义式的作品。

希望作家在反映社会主义时期封建意识的残余方面，倾注更多注意力。期待我们的文艺在这方面有新的突破。

1980年2月，西安西楼

现实主义是否出现了多向发展的趋势

近60年，来中国现实主义文学运动的发展的宏观轨迹是，由多向的现实主义，聚合为比较单一的革命现实主义，又在革命现实主义的基础和范围内，出现了多向发展的趋势。大致上呈现出一个否定之否定的过程。前后两个"多向"，有性质和水平上的根本区别。后面这个"多向"的"向"，自然不是指文艺的根本方向、政治方向，而是在四项基本原则基础上，在"为人民服务，为社会主义服务"这个大方向下，艺术方法、风格流派方面的"多向"。

中华民族文化发展的历史，是不断吸收各种外来文化，又消化它们、改造它们来营养自己的历史。古代的"胡为汉用"，现代的"洋为中用"，成为我国文艺发展的规律性现象之一。"五四"以来，中国现实主义文学的发展也带有这个特点。20世纪二三十年代是现实主义、浪漫主义以及其他各种风格流派竞相开放的时期，而鲁迅是第一个在中国古典小说现实主义基础上，广泛吸收西方现实主义以及某些非现实主义的营养，在新文学运动中熔铸现实主义创作方法的大师。鲁迅中前期小说的现实主义和后来革命小说的现实主义，从艺术方法上看，都不是单一的、狭隘的，而是丰富的、宽泛的。他在自己的现实主义作品中，有的运用了象征手法，有的重感受印象，有的重省察反思，有的呈现浓郁的乡土色彩，有的则集中地去展现人物的意识心态。他驾轻就熟地采用这些艺术方法来为反映中国现代生活，为显示他对生活的进步的、革命的看法服务。以鲁迅为旗手的左翼文艺之所以能够战胜当时中国文坛上形形色色的反现实主义潮流，并且，在相当程度上将纷繁杂呈的现实主义文学流派逐步纳入进步的文学潮流，发展为当时中国文学毋庸置疑的主潮，固然主要是政治的、思想的力量，即作为左翼文化后盾和核心的中国无产阶级革命运动和马克思主义的发展在起作用，却也和鲁迅现实主义在艺术上巨大的包容和凝聚力量不无关系。

1942年，毛泽东的《在延安文艺座谈会上的讲话》，在左翼文艺运动发展（其中包括革命现实主义的发展）的基础上，用马克思主义的立场、观点和方法解决了革命文艺的方向道路问题，《在延安文艺座谈会上的讲话》提出的"文艺要为人民大众服务，首先为工农兵服务"，"深入生活和群众相结合"，在深入生活的过程中转移作家的立场、观点、感情等，第一次从哲学、美学和政治学的角度明确系统地阐明了革命现实主义的基本理论，并将其凝结成为革命的文艺政策方针。革命现实主义的实践从此由这个方向，借助人民政权所提供的优越条件，进入自由发展的天地。20世纪40年代至20世纪60年代，中国文学现实主义在创作实践和创作理论上取得了大面积丰收。尽管后来受"左"的思想的干扰和十年浩劫的摧残，现实主义的发展走入了狭窄的胡同。但整体而言，这个丰收是可喜的。这个由多向到单向的发展，是现实主义文学在思想艺术上的历史性进步，它反映了那一时期社会的发展、生活的变化和人民群众对文学的要求，也反映了现实主义文艺发展本身的要求。从整体来看是功大于过。如果现实主义文学在这一时期没有这样一个根本性的变化发展，它就无法很好地反映变化发展了的社会生活，又还谈什么现实主义呢？崭新的时代寻找着最能表现自己的崭新的艺术方法，社会的、政治的外因结晶、积淀为文学艺术的内因，推动着现实主义的发展。如若将这种多向到单向的聚合看作是外力干预，延缓了现实主义的步子，恐怕不符合实际。

新时期革命现实主义多向发展的趋势，是在几十年来深扎于中国文坛的革命现实主义的根系上开出的斑斓花朵。林彪、"四人帮"想一斧头砍倒革命现实主义的大树，但他们无法挖掉这深深的根系，春天一来，这棵大树便又枝条勃发。现在我们在文坛上可以看到理想色彩较浓的革命现实主义作家，比如发扬了柳青、杜鹏程、王汶石风格的陕西作家群，以及蒋子龙为代表的一部分描写当代工业题材的作家。正面描写重大题材，反映社会生活中的重大斗争和主要矛盾冲突，讴歌时代先进人物的英雄形象，在高昂的格调、浓烈的色彩之中闪现出理想之光，是这类现实主义文学作品的主要特色。这类作品过去在文苑中

为数最多,其间一度减少,目前正在激增。这一时期的革命现实主义主要有以下几类:

反思色彩较浓的革命现实主义。20世纪50年代王蒙、刘宾雁、高晓声等人的作品,力图思考一些社会问题及其根源,当前又有了新的进展;"伤痕文学"近两年产生了分化,除少数堕入自然主义的甚至色情的描写之中,一批有思想见解和艺术才能的中青年作家由揭露"伤痕"进入反思社会的境界,力图在作品中严肃地思考社会生活和精神领域的各类问题,如张弦、张洁、韩少功、陈建功。这些思考未必都是正确的,作家的社会责任和作品的思辨色彩却在艺术构思和人物形象的深处闪光。

乡土色彩较浓的革命现实主义。以赵树理为代表的"山药蛋"派和以周立波为代表的"茶籽花"派,以及"荷花淀"派中的一些作家。描绘风俗画时,注重作品生活描写的民俗意义,在"风俗画"的铺展中,透露社会发展的消息。这是这类作品的一个重要的美学追求。乡土色彩这个概念相对稳定又时有变化。一个时代有一个时代的乡土色彩,一个时代有一个时代的乡土文学观念。我是从宽泛的意义上用这个词。在某种意义上,《茶馆》和《寻访画儿韩》不也属于一类乡土文学吗?

感受色彩较浓的革命现实主义。孙犁为代表的一部分作家和类似于汪曾祺某些篇什的那类作品,重点表现作家对生活最深切的感受,用酝酿已久的感情去贯穿这些生活印象和感受,用淡雅的文字去表达,常常以流贯在作品中的感情去诱导读者的感受,使之和作者共鸣。这类作品在结构上强调感情的自然流动和感受的层次、印象内在的逻辑关系。

描写心态为主的革命现实主义。一部分中青年作家(如王蒙)正对这方面进行尝试和探索。他们将心灵的画面放在焦点上,将生活的画面推到背景中;较多写心中的世界,较少写眼中的世界;以意识、心绪的自然流动,或辐射,或交叉,或与进行中的生活画面相穿插来结构作品;不见得写人物形象,却总塑造心态形象;不见得有一个主题,却总包含着这样那样的,或者多义的意向;不见得用一段生活故事作为情节,却总记录着一段心灵的历程;如此等等。

这些是我即兴归纳的印象,信"口"拈来的概念,分类和表述都极不准确、不科学。而且,这些印象和概念是就每一类作品的主要特色和美学追求说的,各种形态之间常常有这样那样的重叠交叉。我的目的只是想说明我国的革命现实主义文学发展到今天，确实出现了丰富多彩又比较复杂的情况。不过，目前似乎确实还没有越出革命现实主义质的规定性，独立地构成一种非现实主义的创作方法，所以仍名之为"革命现实主义的多向发展趋势"。

（1982年6月，在衡山中国当代文学研究会上的发言）

社会主义文艺的审美理想

文艺作为美的结晶,对散在的现实生活之美聚光,又来照耀人心,使美好的灵魂更加美好,为稍许的晦暗透进亮色,引导人们在精神上,也在实践中进入一个更高境界。由此,文艺被谓为文明,谓为人类和现实的审美关系。由此,在有些国家,美与理想是两个相通的概念,柏拉图甚至认为美的理想就是美本身,是精神的最高层次。文艺当然还要表现丑,那是以作者心中美的标准进行衡量之后来表现的,这就从另一面显示出作者的审美理想来。

社会主义文艺,是社会主义精神文明建设的重要组成部分。邓小平《在中国文学艺术工作者第四次代表大会上的祝词》中指出:"不论是对于满足人民精神生活多方面的需要,对于培养社会主义新人,对于提高整个社会的思想、文化、道德水平,文艺工作都负有其他部门所不能代替的重要责任。"要求我们的文艺"为建设高度发展的社会主义精神文明做出积极的贡献"。可以说,表现社会主义审美理想是文艺完成这一使命的核心问题。

一

在近几年的文艺创作中,审美理想的沉落甚至丧失,成为一种不可忽视的现象。这种沉落不止发生在一个艺术门类,且出现在不少作品中,这一现象格外令人担忧。美的理想,美的形象,美的言行,美的感情,美的境界,美的形式,美的语言,归根到底,有赖于正确的审美判断,但这些在一些作品中几乎荡然无存。

有位外国美学家对形形色色的西方现代派做过这样简明的归纳：表现派：充满敌意的世界和孤独惊惶的人；超现实主义：奇异陌生的世界与惊惶不安的人；存在主义：荒谬的世界与孤独的人；抽象派：个性对平庸无奇的虚幻现实的厌避；通俗艺术：获取者——"'群众消费'社会中没有灵魂的人。"（见〔苏〕鲍列夫著《美学》第7章第3节"现代派"的小标题。鲍列夫在苏联是对美的本质持"社会说"的代表人物，美学思想上继承了普列汉诺夫。）而近年来，我们的一些作品中也出现了类似的现象：

从生活内容上看，或遗世独立，或玩世不恭，或纸醉金迷，或高扬野性。审美理想被颓废主义、个性主义、享乐主义、原始主义和市侩习气所淹没。

从哲学思想上看，或崇尚非理想、反价值，或将人理解为社会生物，或将人抽象为非社会的生命，或以性为一切人类成就的源泉、一切审美文化的土壤。审美理想被表现主义的直觉论、心理学主义的泛性潜意识、形式主义的符号象征、以及道家的无为思想和禅宗的神秘思想所冲击，被"萨特热""弗洛伊德热""马洛斯热""尼采热"等西方思潮所烧灼。

从艺术上看，审美理想则沉落于贬斥、嘲弄先进人物形象的"非英雄化"，热衷偶然性和神秘感的"非典型化"，彰扬现代冷漠的"非感情表现"，紊乱情节结构、破坏语言规范的"非和谐"等反艺术的新潮。

总之，由于社会主义审美理想沉落于西方现代主义文艺的时兴和庸俗文艺的泛滥，我们看到了一些不参与任何社会生活的孤独者的命运；看到了不承担任何社会责任却可以恣意享乐、恣意指责的骄子；看到了一些面孔各异而心灵一样，不知所云又确有所云的自呓和对呓；看到了一些抽象的生命蠕动、符号对位、结构组合；看到了一些亵渎祖国、亵渎民族、亵渎文化、亵渎群众的画面。这样的作品和社会主义文艺的"二为"方向，和人类文明的建设实在不能说是一致的。

自然我们不能说文艺创作中审美理想的沉落一无由来，一无是处。一定的精神现象总反映着某种社会存在，这便有了认识价值。现代主义思潮在我国的流布，激发了对传统人格理想和传统艺术规范的怀疑精神和思想艺术上的探索精神，在创作实践中也做出了一定的实绩，给我们在艺术思维和艺术技巧上提供了更好的参照系。其中有些东西经过改造和融会，完全可能成为社会主义文艺创作的有机成分，在促进文艺更好地反映现代生活，更好地适应现代读者欣赏心理方面，是有积极意义的。我认为，具体作家或作品在这方面的借鉴和探索，作为一种创作现象，只要它不构成对社会主义文艺主体的冲击，应该按照"双百"方针的精神，对文艺评论和创作实践不断加以引导；如果从宏观上构成对社会主义文艺主体的冲击，则需要在整体方向上加以调整。

现在有一点大家都承认，无论审美理想的沉落表现得如何乱花迷眼，主导倾向却是清楚的，这便是正在现实中演进的社会主义生活在一些作品中的隐退，生机勃勃的群众实践活动和精神面貌在一些作品中的隐退，特别是共产主义思想体系、道德体系和人生理想在一些作品中的隐退。作为一种创作倾向，这是事关重大的。

二

社会实践是激活社会理想的力量源泉。人类对生活总是有信心、有信念、有憧憬、有希望的。这种对更高生活境界的追求，又总在人民群众创造历史的实践活动中萌动、开花。是群众的社会实践而不是别的，蒸腾起一片属于那个时代的理想云霓。这种由历史实践中产生并不断从历史实践中获得营养和补偿的理想，使人民群众充满着历史乐观主义精神，而和历史悲观主义、虚无主义无缘。进步的、革命的政治家、思想家、艺术家，将弥散于群众心间的对新生活的希望凝聚成阳光，勾勒成政治的、思想的、艺术的图画，引导、激励群众自觉地为之奋斗。

审美理想不过是社会理想的艺术表达；和时代、人民不同程度的疏远，和进步的社会理想不同程度的脱离，是作家艺术家丧失审美理想的重要原因。离开历史实践活动和实践者，有如离开阳光。精神的阴湿一旦在艺术家心中出现，苍白、脆弱、孤寂、怪僻、变态、冷漠、偏执、悲观、狂傲、虚无、颓丧等"微生物"便竞相滋生。各种不健康的，甚至是反动的西方思潮便容易乘虚而入。病态的精神和孱弱的心理，无法承受现代社会各种矛盾的夹击。什么是理想的社会？什么是理想的人生？世界向何处去？人类向何处去？这些问题对尚未在群众实践中确立唯物史观的艺术家，特别是其中执拗的精神独行者，是一个历史之谜，是一个跳不出来的人生怪圈。

正是这些东西构成了一些作品的基调。它们也许反映了现代社会一部分人的真实，只是，当作家对一种真实缺乏正确、深刻的感受和评价时，真实的表述并不就是美的再现。法国诗人波德莱尔给自己的诗集取名为《恶之花》，主张把社会和人性之恶作为艺术美的对象来表现。这当然也是一种文艺观念。这类观点作为艺术家个人的尝试和爱好，不好被硬性禁止却可以被批评引导；但作为我们时代社会主义文艺的总体追求，是不被历史生活和它的主人——人民群众所认可的，因为它不符合宏观的社会真实，不符合人类文明的总体要求，不符合社会主义精神文明的性质。

邓小平同志下面这段话应该成为我们的共识："要教育人民，必须自己先受教育。要给人民以营养，必须自己先吸收营养。由谁来教育文艺工作者，给他们以营养呢？马克思主义的回答只能是：人民。人民是文艺工作者的母亲。一切进步文艺工作者的艺术生命，就在于他们同人民之间的血肉联系。忘记、忽略或是割断这种联系，艺术生命就会枯竭。人民需要艺术，艺术更需要人民。自觉地在人民的生活中汲取题材、主题、情节、语言、诗情和画意，用人民创造历史的奋发精神来哺育自己，这就是我们社会主义文艺事业兴旺发达的根本道路。"

三

一定的审美理想构成一个时代文艺的内在特质。社会主义审美理想是社会主义时代精华的美学凝结。它规定着社会主义文艺的内质。新中国成立以来，从《暴风骤雨》《创业史》《红旗谱》《红岩》《青春之歌》到《人到中年》《东方》《沉重的翅膀》《冬天里的春天》《高山下的花环》《浮躁》，都可以感受到一种不同于以前时代的社会主义审美理想的光华。这种光华，主要体现在社会理想美、生活现实美、思想道德美以及相应的艺术形式美和语言美这五方面。

共产主义理想美和社会主义现实美是社会主义审美理想的核心，是社会主义文艺和以前文艺的根本区别所在，是社会主义文艺对人类艺术宝库独有的贡献。爱国主义精神和中华民族各种优良的道德操守，以及相应于内容的艺术美，则含纳着更广阔的时空，有更多的包容性、继承性，不过一经组合到社会主义文艺系统中来，又都有了新的改造、调整、发展和创造，也不同程度体现出社会主义审美理想的新质。

　　当然，实际上社会主义审美理想在作品中的体现远不能被这样条分缕析。上述几点不但如网络般交叠着，而且都浑然一体地溶解在对现实生活的艺术展现中，十分丰富多彩。拿社会理想美来说，它既可以从红军教导员李有国牺牲前"让革命骑着马前进"这样豪迈的呼唤（话剧《万水千山》）中得到强烈的喷射，也可以在蒙受不白之冤的丁玲在狱中思恋她那北大荒风雪中温暖的小泥屋（散文集《风雪人间》）中汩汩流淌。而在刘巧珍对高加林柔情地许诺"我将来也要叫你像城里人一样过星期天"（中篇小说《人生》）中，人们又分明听到了一个农村少女对即将来临的社会变革和新的人生境界神往的呢喃。

　　现实生活之美、优良思想道德之美，就更丰富了。雷锋、李四光，矗立在地平线上的上海宝山钢铁工业公司、破冰前进的中国第一艘南极考察船等体现出社会主义的现实之美，同时预示、象征着未来更美好的生活境界。描绘在新中国安居乐业的老百姓日常生活，以及蕴藉于其中的亲情、友情，及其他健康的情爱、性爱，不也可以寄寓高尚的审美理想吗？就是表现前社会主义生活的作品，如果能以辩证唯物论和历史唯物论把握、开掘题材，表现出历史的进步趋势，也是可以传达出作家心中的社会主义审美理想的。正如一部分人指出的，突破极"左"的狭隘眼界，关注社会主义现实广阔的、多层面的发展；对现实变革的历史内容和深层意蕴做自觉美学深思；重视共同的审美理想与独特多样的艺术个性的统一，这几点是新时期文艺追求和发展社会主义审美理想所取得的突破性成绩。

四

　　贯穿在社会主义审美理想中的，是通过人物形象、人物关系、情节发展趋势和整体艺术意境表现出来的对历史主动性的美学展示。这构成了社会主义审美理想的最强音。

　　历史主动性在作品中最重要的表现，是作品通过其整体形象呈示出对生活走向正确的历史判断和审美判断。作家对自己作品所展示的世态和心态，是革命的还是反动的，是进步的还是落后的，是文明的还是愚昧的，是真善美还是假恶丑，都要做出正确的判断。如果判断错误或失度，即倾向性不符合历史发展要求，如果以一种客观主义的态度回避判断，即无倾向或倾向模糊，作品便从根本上丧失了历史主动性。

文学作品对历史主动性的美学展示，主要通过人物形象，尤其是新人形象传达出来。所谓新人，就是处在历史主动地位、以自觉的实践活动创造历史的人，在今天的中国，就是党领导下的各行各业的社会主义建设者和保卫者。文艺实践提供的经验教训使我们认识到，社会主义新人形象既要和"高、大、全"那类人格神区别开来，又要和浑浑噩噩，只有生物本能的群氓区别开来。新人是普通人，在精神上又新于一般人，他们在历史进程中是自觉的、主动的，不是非理性的。

从作品所描写的特定社会矛盾和人物关系，也可以看出作者对历史主动性的把握程度。这是作品审美理想的又一个重要表征。新时期文学的发展给予我们的经验教训是：一方面，不应限定作品只能直接反映社会主义时代的主要矛盾，人物关系也不一定非要和主要社会矛盾做镜子般的映照；另一方面，作品所展示的生活图景和人物关系，归根结底又不能脱离特定社会主要矛盾的制约和影响，作者对这种制约和影响揭示或暗示的程度，是测定作品审美理想的一个重要指数。我们既提倡作家更多地从正面去表现社会主义时代的矛盾斗争和建设实践，近几年，这种提倡显得更为重要；又允许作家多层面、多角度，以更独特的艺术形态去涉及、感应这种矛盾，而不限定艺术只能"正面强攻"地去表现现实。比如，既可以着重在社会主要矛盾基础上结构人物关系，铺陈典型环境；又可以着重去铺陈一种典型心境、典型情境或典型意境，而非典型的世态心态、情节性格也可以被描绘。

和社会主义新的人生境界相应的艺术形式、艺术语言，也表现着作者的审美理想。这种相应性，在整体上表现出一种和谐之美。当然这是辩证的和谐，是充满矛盾运动的美的统一体，是社会和人心各种相向、相异、相悖的力的艺术合成。艺术上的和谐美，显示出作家心理处在健康向上的状态，也表明作家在思想和艺术上有能力消化充满矛盾的复杂人生，并将其熔铸成完整的艺术品。艺术上的不协调或反和谐，透露出作者的心灵无法从现实矛盾中解脱。这一类苦闷惶惑的作家，在中外文学史上都不乏其例，他们以自己社会的和艺术的认识价值而留存于文学史。这是他们的贡献。这贡献恰恰反映和折射了过去时代的矛盾和不和谐。这类作家的作品在今天依然有所流传，但如果要使之成为社会主义文艺的主体和主角却是相当困难的。

在作品中表现社会主义审美理想，对作家艺术家来说，不是给自己加上一种政治的、社会的观念就可以奏效的，而是需要人格、文格乃至整个精神境界的全面修炼和锻打，也许还得经过多次淬火才能得以实现。这当然不能一蹴而就，更不是在书斋里可以完成的。让我们坚韧、执着地潜沉到社会实践和艺术实践中去，对健康的审美理想进行不息地追求。

1989 年 12 月 31 日，西安岚楼

本质真实三题

在关于文艺的真实性的讨论中,大家对现实主义作品,特别是革命现实主义作品,不仅要达到细节的真实,而且要达到典型环境中的典型人物的真实,不仅要做到现象的真实,而且要达到本质的真实的观点,认识是比较一致的。事实上,分歧的根源不在于要不要反映本质真实,而在于如何理解本质真实,以及怎样达到本质真实。

在这个问题上,我以为有三点需要讨论清楚:第一,事物的本质是指事物的内在矛盾,还是仅仅指内在矛盾的主要方面;第二,事物的本质是多面的还是单一的,是发展变化的还是凝固静止的;第三,"本质真实"作为文艺学的专用名词,仅仅是指某种哲学的、政治学的概念,还是有其特定的审美的和感情的内容。

本质真实是反映了社会发展矛盾和规律的生活现象

计永佑在《要注重写我们的光明》(载于《人民日报》1980年10月8日)一文中提出:"现在有一种流行的观点:矛盾就是本质……我不同意这种看法,辩证唯物主义认为,本质并不是简单地由事物的矛盾决定的,而是由事物的主要矛盾的主要方面决定的。"并由此得出了文艺创作如要真实地再现社会主义社会的本质,就必须在篇幅上侧重写光明的结论。我对此说略表怀疑。

列宁在黑格尔《哲学史讲演录》一书的摘要中指出:"就本来的意义说,辩证法就是研究对象的本质自身中的矛盾。(《哲学笔记》256页)明确指出事物的本质是矛盾的统一体。

毛泽东也说过:"任何运动形式,其内部都包含着本身特殊的矛盾。这种特殊的矛盾,就构成一事物区别于他事物的特殊的本质。"(《矛盾论》也明确指出事物的内在矛盾构成了事物的本质。我以为这些论断都是科学的。

自然,毛泽东还说过这样的话:"事物的性质,主要地是由取得支配地位的主要的矛盾方面所规定的。"(《矛盾论》)我猜测,计永佑的观点恐怕是从这句话里脱胎出来的。但毛泽东说的是事物的性质,计永佑在重述这句话时,却将"性质"改成了"本质"。毛泽东的意思本来很全面,即先说事物内部的特殊矛盾构成事物的本质,再说主要矛盾的主要方面在规定事物性上起主要作用。经计永佑这么一改动,毛泽东的话就前后矛盾,反而说不清楚了。而计永佑要求作品的也就不是写出"本质的真实",而是去表现事物"性质的真实"了。

不要以为这是文辞之争,许多分歧正是从这里开始的。在日常生活中,"本质"和"性质"往往通用,但在哲学上,这两个概念却既有联系又有所区别。本质和规律性是同等程度的概念,是指事物内部的特殊矛盾和运动规律。性质则和质的规定性是同等程度的概念,是指事物相对静止和相对稳定时区别于其他事物的特殊规定性。事物的本质决定事物的性质,本质是比性质更为深刻的范畴。"光明"与"黑暗"既不包含社会生活发展的规律性的内容,简单地用这两个词来说明一个历史阶段的本质,也就不十分确切了。"光明"和"黑暗"是生活表象中可见的东西,属于现象的范畴。把文艺反映新旧社会的本质真实,归结为写出"光明"或写出"黑暗"来,是肤浅的。

一部作品是否通过艺术描写反映出社会生活的本质,主要并不看它是否写了矛盾的主要方面,即主要不是题材问题;而应该看它是否写出了社会生活内部带规律性、必然性的东西,即主要是深度问题。在文艺批评的实践中,这几乎是不言而喻的。阿Q在自己的时代里并不处在主要矛盾的主要方面,他在自己的阶级中也不处在中坚和核心的地位,但为什么大家都承认《阿Q正传》反映了当时社会生活的本质呢?这就是因为我们通过鲁迅笔下的阿Q形象及未庄的生活现象,看到了处于半封建半殖民地的中国的国民性(精神胜利法),看到了辛亥革命的不彻底性等,隐藏在社会深处的政治、精神生活发展的规律性现象。

在实际生活中,社会的本质不可能仅仅只集中地、鲜明地通过哪一对矛盾或哪一个矛盾方面显示出来,它总是隐藏在复杂多面的社会的各种矛盾冲突和各个生活领域之中。文艺要反映社会生活的内在规律,仅仅去描写主要矛盾的主要方面,恐怕难以奏效。应该提倡艺术家放开眼界、放开思想、放开笔墨地去观察、感受社会生活的各种矛盾冲突和各个矛盾侧面,以及社会各阶层人物的命运、个性、感情,从生活现象的多种多样的联系去把握生活的本质真实,并且通过过滤、选择、提炼、夸张、想象和重组,将那些能够充分地、鲜明地、深入地反映本质的生活现象,那些远离本质的生活现象,以及那些歪曲地反映本质的假象等各种类型生活现象中所包含的本质的颗粒发掘出来,集中起来,结构进自己的艺术作品,使之发出真善美的熠熠光华。

可见,本质真实应该提出的要求,不是写光明或写黑暗的问题,而是通过对光明与黑暗,真善美与假恶丑的斗争过程的深刻描写,解答社会生活为什么是光明的,为什么是黑暗的,光明和黑暗产生、发展(或消亡)的过程是怎样的,光明和黑暗之间,光明、黑暗和其他不同亮度的世界之间又是怎样联系、交错的,等等疑问。柳青的《创业史》当然是写光明的,但他自己在表述这个问题时却说:"我的《创业史》是写一个制度的诞生的。"这表明这位作家对本质真实的理解是从事物的矛盾运动的规律性着眼的。

什么是社会主义的本质真实呢?就是指在文艺作品中,通过美学途径,或隐或显、或多或少地反映出社会主义在发展进程中带规律性的生活现象。这样一种艺术真实对群众可以起到认识作用和教育作用。社会主义是资本主义向共产主义的过渡阶段,它将人类引向共产主义的美好前景,同时又会夹带着资本主义和封建主义的历史投影和精神惰力。它处在一个由不完善到比较完善的发展过程之中。社会主义在实践中必然要表现出来的巨大优越性和必然要出现的不足和问题,都是社会主义社会本质问题中的应有之义。我们的作品要反映现实生活的本质真实,就应该通过形象,既反映出社会主义的历史进步性,又反映出社会主义的历史局限性。所谓社会主义生活中"阴暗面"的现象,有许多原本就是资本主义、封建主义残余(外因)通过这种历史局限性(内因)在现实中的反映。官僚主义从根本上讲,不是社会主义制度本身固有的东西,但官僚主义在现实生活中的存在,却和社会主义制度本身的不够完善有着这样那样的关系。这后一方面,在"文化大革命"以前(更不要说十年浩劫中了)的作品中反映得不够全面,彻底,甚至被有意掩盖了。这不能不影响,甚至已经影响了广大读者,特别是青年读者对社会主义本质的全面认识。将社会主义描写成可以解答一切"历史谜语"的终极真理和理想王国,这种在文艺和宣传中长期、广泛存在的偏向,难道不是造成十年浩劫之后,一部分青年出现"信仰动摇"的重要原因之一吗?

将本质理解为矛盾的主要方面,把文艺反映生活的本质真实理解为以写主要矛盾的主要方面为主,对创作实践也弊多利少。它容易导致在创作题材上设置条条框框,使我们文艺的路子变得狭窄起来。在一定的政治气候下,例如前几年极"左"路线和形而上学猖獗的气候下,它更会被人利用,简单粗暴地得出只能写先进人物或一个时代、一个阶级只有一个典型的结论。当然,计永佑并没有直接说不能写阴暗面的话,相反,他说:"阴暗面不是不可以写,但是要少些。因为它是支流,我们作家的关心和激情主要不该放在支流上。"这个意见尽管表述得不准确,却不能认为它在当前创作实践中没有现实意义。不过,计永佑在这段话之前还有一段话,却让我们看出了真谛:"文艺创作的主流与代表这主流的大量作品,应当与社会主义的光明本质相适应,文艺应当去讴歌规定了这本质的人民的英勇斗争和光辉业绩。"这段话明显包含了一个意思,即只有写光明面的,歌颂光辉业绩的作品才能和我们社会的本质相适应。若不写光明,不唱颂歌也可以,但那是注定反映不了我们时代本质真实的。将题材问题与作品的深度问题如此混淆,将"写什么"作为是否反映本质真实的唯一尺度,那么,还有哪一位严肃的作家愿意去从事这种与"时代本质不相适应"的创作劳动呢?而近年来,我国文艺画廊中新出现的许多深刻的形象,如谢惠敏(《班主任》)、李顺大(《李顺大造屋》)、田中玉(《内奸》)、陆文婷(《人到中年》)、宋薇(《天云山传奇》)、何是非(《于无声处》)等,似乎就需要被另行评价了。

用这种观点来看待社会主义的文艺,许多现象便更无法解释。在封建社会和资本主义社会(特别是它们的前期)中,矛盾的主要方面当然是统治阶级,难道说,历史上许多描写劳动人民生活和形象的作品,必然不如描写帝王将相、地主资本家的作品更能反映历史的本质真实吗?

这种看法,由于过分强调写主要矛盾的主要方面,忽视从矛盾对立面的斗争和多种矛盾的交织中去反映现实和刻画人物,也容易使作品的生活天地变得狭小、人物形象单薄。文艺作品所表现的生活内容,不论是横断面还是纵剖面,都应该是一个有血有肉的生活组织的切片。切片虽小,但将其放进作者的艺术显微镜之后，我们却照样可以看到像生活机体本身一样丰富复杂而又结构恰当的骨骼、血液、肌肉、淋巴管、韧带，等等。在这么多关系的交叉点上站立着的人物形象，因为被来自现实生活各方面的光源（其中有一道主要光源）照射着，才可能是立体的，有生命的，也才能进一步去谈深刻的问题。如果我们的作品只描写一个矛盾方面，把生活净化得纯而又纯，艺术天地与人物生命从何谈起？一个水分子是由两个氢原子与一个氧原子组成，如果我们的作品只去写氢或只去写氧，纯则纯矣，但它不是水。如此一来，起码的真实都难于做到，本质真实更不知为何物了。

本质真实在作品中的显现是多面的、多层次的、多阶段的

我们在讨论中，常常脱离具体作品的典型环境，去笼统、抽象地谈一个时代的本质。拿反映当代生活的作品来说，哪里找得到一部作品是以"整个"社会主义时代为描写对象的呢？文艺作品的典型环境是具体的、生动的生活画面，从来只表现具体的社会真实。《将军吟》表现的是浩劫时期的社会主义真实，《乔厂长上任记》和《乡场上》表现的是"四化"时期的社会主义真实，《铁木前传》从农村这一面来表现社会主义真实，《百炼成钢》从工矿这一面来表现社会主义真实，《西线轶事》从部队这一面来表现社会主义真实，《人到中年》从知识分子的角度来表现社会主义真实，等等。这些还是从题材的角度笼统而言。每部作品展示的典型环境都是具体的、独特的，都是从各自具体的、个性化的角度和整个时代的背景相通。"每一种社会形式和思想形式都有它的特殊的矛盾和特殊的本质。"（《矛盾论》）我们谈文艺的本质真实，也就不能用一个社会，一个时代整体的本质，不加区别地来要求每一部作品，而要具体研究作品的典型环境所包含的特殊本质的真实，以及这种本质和整体本质的联系。

世界上没有不可分的事物，"本质真实"这个概念也不例外。从事物的无限可分性的意义上来理解列宁说托尔斯泰的作品"至少反映出革命的某些本质方面"的论断，我们可以说，这"某些本质方面"，也是由特殊的矛盾构成的，也具有特殊的本质属性。一部作品，如果既正确地写出了作品题材所包含的特殊本质，又正确地反映了这个特殊本质在社会生活和时代进程中的地位，就是反映了本质真实的作品。这也就是恩格斯在给哈格奈斯的信中所说的，现实主义

作品，仅仅做到"人物就他们本身而言，是够典型的"还不够，还要使"环绕着这些人物并促使他们行动的环境"也十分典型，即"除细节的真实外，还要真实地再现典型环境中的典型人物"。以写当代生活的阴暗面为主的作品，如果首先真实地写出了这种阴暗的特殊本质（而不是将阴暗写成光明或别的什么色调）又能真实反映阴暗面，在典型环境中的真实地位和发展规律，是完全可以显示出社会主义革命的某些本质方面的。相反，写光明面的作品，如果既不能写出真实的光明（比如歌颂那些并非光明的东西，或将光明的亮度夸大到绝对化的程度，反而显得虚假），又不能恰当地反映光明面在典型环境中的真实地位和发展规律（比如搞无冲突论，或将党的领导、先进人物都神化），这种写"光明"的作品不但反映不了时代的本质真实，反而会将这种真实掩盖。对十年浩劫暂且不提，大跃进时期许多歌颂光明的作品，在读者心中造成的假象还不足以为训吗？

本质不但可以分为不同侧面，而且可以分为不同层次。事物本质的显示需要一个过程，人们对事物本质的认识也是一个逐步深化的过程。列宁指出："人对事物、现象、过程等等的认识从现象到本质，从不甚深刻的本质到更深刻的本质的深化的无限过程"。（《辩证法的要素》，《列宁选集》第2卷，608页）又说："人的思想由现象到本质，由所谓初级的本质到二级的本质，这样不断地加深下去；以至于无穷。"（《哲学笔记》，256页）这里，"不甚深刻的本质"和"更深刻的本质""初级的本质"和"二级的本质"，就是指本质在认识过程中显示出来的层次。我们不能无视认识过程中新显示出来的更深刻的本质，总停留在一个事物早已被认识的本质层次上讨论问题，也不能因为对事物本质的认识深化了，便轻易地、简单地否定原来的认识。认识在本质不同层次上的深化过程是一个扬弃过程，其中包含着继承、发扬和提高。

现在，我们对中国无产阶级特殊本质的认识，和四五十年前比，就深化了。毛泽东在1926年的《中国社会各阶级的分析》和1939年的《中国革命和中国共产党》中，除谈到中国无产阶级具有一般无产阶级的基本优点外，还对它的许多突出的优点做了深刻的分析。其中的一个观点就是："由于从破产农民出身的成分占多数，中国无产阶级和广大农民有一种天然的联系，便利于他们和农民结成亲密的联盟。"（《毛泽东选集》607页）这个特点反映了中国无产阶级本质的一个重要侧面。但是经过几十年的革命实践，特别是在社会主义建设时期十年浩劫期间的实践，我们对这个问题的认识更深化了，并看到了这一问题的另一侧面，即这其中也包含着中国无产阶级局限性的一面。正由于中国无产阶级主要来源于破产农民，使得小生产思想、封建思想易于渗透其中，加上它本身存在时间短，成员文化水平低，又因为中国资产阶级天性软弱，致使它一登上政治舞台就肩负了领导全国革命的繁重任务，而未能更多地顾及如何肃清自身封建的、小生产的遗毒这一问题。认识到中国无产阶级特殊本质的这另一个侧面，就可以对我国在社会主义革命时期发生的许多现象，例如现代迷信、封建特权思想，特别是十年浩劫这一历史现象，加深认识。如果我们的作品能够通过有个性的人物形象和独特的生活画面反映出中国无产阶级这样两个侧面，则会比过去只表现一个侧面的作品，更全面、更真实、更深刻地表现出中国无产阶级的本质。

也许有人会说，无产阶级内部的封建思想和小农思想，并不属于无产阶级本身，而属于封建阶级和农民阶级的本质对无产阶级的影响。这样说也似无不可。但必须看到，内因和外因也是一对矛盾，它们在一定条件下，也会互相转化。原本外在的东西，在人们还不认识，没有采取有效措施加以防范的情况下，经过长期的历史沉淀，不是不可能转化为内在的东西，否则就很难解释，仅仅外在的原因，怎么会酿成十年浩劫那样巨大的灾难。应该说，十年浩劫也以一种极端的形式从一个方面反映了中国社会内部的矛盾运动，以一种极端的形式反映了我们社会本质的一个侧面——中国的社会主义和无产阶级的历史局限性。

本质虽然是事物的比较稳定的方面，但由于本质自身总是被规约为一定的矛盾运动，由于社会生活是不断发展变化的，所以，"不但现象是短暂的、运动的、流逝的、只是被假定的界限所划分的，而且事物的本质也是如此"（《列宁·哲学笔记》，265页）。我们对一个时代社会生活的本质真实的认识也"并不是不动，而是永恒运动的，相互转化的，往返流动的；否则，它们就不能反映活生生的生活"（同上）。恩格斯正是这样分析文艺作品的。他在给哈克奈斯的信里这样说："在《城市姑娘》里，工人阶级是以消极群众的形象出现的，他们不能自助，甚至没有表现出（做出）任何企图自助的努力。想使这样的工人阶级摆脱其贫困而麻木的环境的一切企图都来自外面，来自上面。如果这处是1800或1810年，即圣西门和罗伯特·欧文的时代的正确描写，那么，在1887年，在一个有幸参加了战斗无产阶级的大部分斗争差不多50年之久的人看来，这就不可能是正确的了。"这里，恩格斯不是说《城市姑娘》完全没有真实性。他在这封信中指出过，小说的人物"就他们本身而言，是够典型的；只是环绕着这些人物并促使他们行动的环境不典型。"很明显，恩格斯指的是作品没有反映出生活的本质真实。

我们常常引用这封信中的话来说明文学作品要写社会生活的本质真实，却往往忽略了在恩格斯的论述中，包含了一个十分重要的思想方法，这便是，同是描写资本主义社会的工人阶级的作品，19世纪初期和19世纪后期，在本质真实上的要求是不一样的，即事物的本质在自身发展的不同阶段是变化的。我们常常不自觉地用另外一种和恩格斯不尽相同的方法来要求文艺——笼统地用一个大时代的本质，以真实来评价描写这个时代不同阶段社会生活的作品。被《时代的报告》编者誉为"头脑是很清醒的"那篇文章，就是这样一种观点。这篇文章指出：那个时期（指"文化大革命"）的社会和这个时期（指新时期）的社会没有本质上的区别，社会制度没有变，人们的政治思想、文化、道德等标准也没有变，由那个时期的社会负责和这个时期的社会负责是一码事。

这篇文章的意思十分清楚，就是主张用整个社会主义历史阶段的本质，来笼统地评价反映社会主义不同发展时期的作品。哪个文艺作品如果揭露、批判了社会主义的阴暗面，"其斗争的矛头都是真正地指向了今天我们整个的社会制度"。我们暂且不从政治上对这种看法作更多的分析，至少可以看到，那种把社会生活的本质真实看成是不可分的、不变化的一块铁板，在理论和实践上都是行不通的，是有害于文艺创作的。

本质真实的美学内涵就是人自身的本质、人的内心精神和人与人的关系

以上可以说都还是就本质真实这个概念的理解来谈的。"本质真实"，作为文艺学的专用名词，有其特定的美学内容。

文艺表现的中心和服务的对象都是人。车尔尼雪夫斯基说过："在整个感性世界里，人是最高级的存在物；所以人的性格是我们所感觉到的世界上最高的美。至于世界上其他各级存在物，只有按照它们暗示到人或令人想到人的程度，

才或多或少地获得美的价值。"事实上，作品要表现社会生活的本质真实，总是通过作者和人物形象的折射来进行的，因此，恩格斯在谈到文学的现实主义需要反映社会生活的本质真实这方面的意思时，才从人的角度提出问题。这就是那句名言："据我看来，现实主义的意思是，除细节的真实外，还要真实地再现典型环境中的典型人物。"也就是说，本质真实的美学内涵，主要就是指人的本质。

而人的本质又是什么呢？当马克思主义的创始人开始建立自己的革命理论时，就庄严宣告："理论只要说服人，就能掌握群众；而理论只要彻底，就能说服人。所谓彻底，就是抓住事物的根本。但人的根本就是人本身。"（《马克思恩格斯选集》第1卷，9页）马克思还指出，对旧社会的批判要"提高到真正的人的问题"，而归根到底，"德国唯一实际可能的解放是从宣布人本身是人的最高本质这一理论出发的解放"（同上，15页）。

马克思主义经典作家对资本主义社会的批判所以能抓住本质，其中有一个原因，就是他们并不局限于揭露和谴责这种制度的某些弊端和罪恶，而是从"真正的人的问题"出发，科学地论证资本主义如何在肉体和精神上摧残人——"劳动者生产愈多，供他消耗的就愈少；他创造的价值愈多，他自己就愈无价值，愈下贱；他的产品造得愈美好，他自己就变得愈残废丑陋；他的对象愈文明，他自己就变得愈野蛮；劳动愈有威力，劳动者就愈无权；劳动愈精巧，劳动者就愈呆笨，愈变成自然的奴隶。"（马克思《1884年经济学—哲学手稿》，转引自《美学丛刊》，第2卷第3页）劳动者在劳动中不断地丧失自己，失去作为人的价值感，异化为"精神上和肉体上非人化的存在物"（《马恩全集》第42卷，105页）。同样的异化过程也在资本家身上发生。劳动者异化为活机器，剥削者异化为活资本，都在一定程度上丧失了人性和人情。因而，资本主义的罪恶不仅仅在于一个阶级对另一个阶级的压迫和剥削，更在于它导致了整个人类的变态和沦丧。这才是资本主义"最黑暗的"本质。更深一层看，无产阶级革命和无产阶级专政的目的，并不仅限于从政治上、经济上砸烂劳动者身上的镣铐，更在于经过社会主义和共产主义的历史阶段，逐步清除整个人类在漫长的阶级社会中所受到的污染，使异化的人性得到复归。所以马克思说："共产主义是和有财产即人的自我异化的积极的扬弃，因而是通过人并且为了人而对人的本质的真正占有；因此，它是人向自身，向社会的（即人的）人的复归，这种复归是完全的、自觉的而且保存了以往发展的全部财富的。"(同上，120页)社会主义是人类在这个光辉的复归旅途中的重要一段，这才是它真正的光明之处。

可见，马克思主义经典作家超越了以前人道主义所无法超越的局限性，不是把人的本质视为抽象的东西，而是第一次把人的本质理解为凝聚着社会生活的现实内容的焦点，理解为"一切社会关系的总和"。马克思主义为我们的创作提供了通过对各类人物形象的描写来概括、反映社会生活本质的最有利的条件。我们的叙事文学，只要牢牢抓住人物，写出不同时代的各类人物在不同的社会关系中，人性人情所发生的不同性质、不同程度、不同形式的异化或复归，将这种千变万化的异化和复归结晶成丰富多彩的人物性格，就可以像聚光镜那样反映出社会生活在不同阶段的本质来。

刘心武写出了谢惠敏被极"左"思潮扭曲了的灵魂，那又偏激又僵化的情绪、感情、语言，以及思想和行为方式，处处折射出十年浩劫时期林彪、江青一伙对我们阶级、我们民族，特别是青年一代带来的伤害，折射出那个时期人与人之间畸形的现实关系。而也由于作者从张俊石老师帮助谢惠敏医治内伤，寻找失去的人性、人情美，便从更深的程度上折射出粉碎"四人帮"在我们民族的"人心史"上的伟大意义，折射出新的人与人之间关系的出现。

何士光《乡场上》也是这样。他不是着眼于写调整生产关系之后，农村政治、经济和农民生活上的变化，而是着力去写生产关系的调整，如何影响了整个社会中人与人的关系(比如冯幺爸和罗二娘各自所代表的那些人之间的关系)，影响了不同人之间内心力量的对比，比如新的政策使冯幺爸的内心力量大大增强了，弯曲着的腰杆挺起来了；相反，原来有恃无恐的罗二娘突然发现自己一贯所恃之物已被新的农村政策动摇，她虽然还在跳脚，却已经是秋后的蚂蚱了。小说表现出冯幺爸在极"左"路线干扰下，一度由生活的、时代的主人被颠倒为生活的奴隶；而在新的农村政策贯彻之后，在精神上重新复归于原来生活主人的地位。作品从人的内心精神状态的变化和人与人关系的变化入手来把握现实矛盾的运动，在反映新时期生活本质方面，就比一般作品更深了一层。

更能典型说明这个问题的是电影《巴山夜雨》。整个影片就是讲在那个小小的船舱中，八位旅客在十年浩劫期间不同层次的变态心理和不同程度地与变态所做的斗争。我们是从秋石父女变态的生活中，从刘文英被冻僵的青春，农村少女被出售的青春和老演员扭曲了的人格中，深深感受到林彪、"四人帮"的罪恶和凶残本质，又是从秋石、女教师、老大娘、船长、政委和水上公安员等大多数人，在那个年代敢于抵制污染的行为，以及三个青年（刘文英、青工、农村少女）在这个被浓缩了的社会中，由于受到那股被压抑着的内在精神的感召，先后在精神上归队的过程中，深深感受到了人民的力量、社会主义光明的力量。这里，作者将正反两方面社会力量的本质，结晶为人的本质，归结为人的本质在不同环境和经历中所形成的不同个性。自然，这不是别的，正是"典型环境中的典型人物"。

可见，作家从人自身的本质在不同历史时期（文艺中则是具体的典型环境）中的发展变化着眼和落笔，借用巴尔扎克的话来说，即通过"风俗史"去写"人心史"，通过写"人心史"去完成"社会书记"的任务，才是文艺反映社会生活本质的正道。这远比直接写政治运动和政策变化，直接图解、传达某种本质概念，更深刻，且更能从美学途径达到本质真实。

如果说，能从某个侧面反映社会本质真实的人物，就是"典型环境中的典型人物"，我们也就可以将人的本质的美学内涵大致表达为两点：反映了时代精神某个侧面的人的内心生活，和反映了现实社会各种基本关系的某个侧面的人与人的关系。需要说明的是，这里的人，是指美学意义上的人，即个性的人。正是这种反映了时代精神的思想感情和精神状态，以及反映了社会关系的人物关系，使得一部作品有可能通过美学途径达到对生活本质的反映。

关于艺术典型和时代精神的关系，别林斯基在评论莱蒙托夫的著名小说《当代英雄》时曾说，典型应当体现时代精神。马克思在致拉萨尔的信中说，不能把典型人物"变成时代精神的单纯的传声筒"，实际上是要求典型人物艺术地体现时代精神。恩格斯在致拉萨尔的信中也说："主要人物是一定的阶级和倾向的代表，因而也是他们时代的一定思想的代表。他们行动的动机不是从琐碎的个人欲望里，而是从那把他们浮在上面的历史潮流里汲取来的。"这里说的"时代的一定思想"，也是就时代精神而言的。从这些论述中，我们可以推论出：作品归根结底总是应该反映一定的时代精神。所谓时代精神，不是指那些琐碎的个人欲望，而是指历史潮流和它的总趋势，即社会生活本质在人的精神领域的折光。以人为表现对象的文艺，要反映社会生活本质，必须通过时代精神这个中介来达到目的。但是，文学不能当"传声筒"，要形象地表现。时代精神既不能被简单地归总为一个时代进步的、革命的思想精神，也不能被简单地归结为一个时代所有思想精神的混合。时代精神是广泛流行于整个社会的思想意识，它可以通过社会上不同阶级、阶层、社会集团的具体人物表现出来，只要这个人在事实上代表了一定的阶级和思想倾向（而不只是进步阶级和革命思想倾向），只要他的行为动机不是产生于个人欲望，而是产生于历史潮流（不一定只是进步和革命的历史潮流）之中，都可以反映时代精神。但是，由一个时代各种思想汇流而成的时代精神却应当，也一定会构成一个总的历史趋势，这个总的历史趋势则是进步的、革命的。我们完全可以自由地描写社会上各类人的各类精神状态，并以此来反映时代精神。只是在描写任何一个具体形象的精神状态时，却必须从自己所在的这一个侧面，反映出历史潮流向前发展的总流向、总趋势来，否则，你笔下的艺术形象就不能准确地表现时代精神，反映社会本质。

拿《天云山传奇》来说，无论是电影还是小说，几个主要人物不同的精神状态都映现出在近二十年中时代精神变迁和发展的轨迹。只不过罗群和冯晴岚的思想感情是直接放射出时代精神的耀眼光芒；而宋薇则是以自己在极"左"思潮蒙蔽和污染之下精神的异化，以及在党的十一届三中全会方针指引下的精神复归和解放这样一个曲折的历程，来折射时代精神的胜利；吴遥却是以自己在人生旅途上的步步得志到预感不祥再到在精神战场上节节败退直至崩溃，来反射出时代精神潮流不可阻遏的前进趋势的。正因为如此，电影和小说中的各类人物都通过自己思想感情和精神状态的变化，以及互相之间关系的变化，反映了天云山区这个具体的典型环境中社会生活的本质真实。很明显，这里主要不是写什么的问题，不是题材问题，而是如何写且写出深度问题。

应该说，文艺界在讨论真实性问题时，结合创作实际探讨本质真实的美学内涵是不够的。我们的作家和评论家常常花很多精力去理解、领会政治生活中路线、政策的变化或某些观念和提法的变化，也能够重视观察这些变化给现实生活带来的影响。这当然是必要的。但是，进一步认真而具体地研究和感受当代社会各个阶级、阶层的人的内心世界和人与人的关系在具体的典型环境中的表现和演变，却显得不够了。鲁迅在当时的社会生活中认真深刻地研究了国民性问题，感受并发现了"精神胜利法"这样一种具有普遍社会意义的精神状态，并通过阿Q这个典型表现出来，从而深刻地反映了社会生活的本质真实。在我们的时代，社会生活中具有普遍意义的、广泛流行的精神状态有哪些？粉碎"四人帮"之后，整个民族精神上的解放感，改变现状的迫切感，以及党的十一届三中全会后生产关系的调整给人民群众带来的自信心和活跃情绪，具体内容及其形象表现都有哪些？十年浩劫给我们许多人心理上造成的压抑感、剥夺感、不安定感和自卫心理，部分人身上的空虚感或观望心理、盲从心理，还有极少数人心中恶性膨胀的掠夺心理和报复心理，等等，这些精神状态有哪些具体内容及形象表现？它们如何影响着新的人与人的关系的形成，或旧有关系的改变？它们和当代社会政治经济关系的内在联系如何？所有这些，都是需要我们的作家和评论家去着力研究的问题。从近年来的创作实践看，那些能够比较深刻地从人的精神状态和人与人的关系落笔，从某个侧面反映时代本质的作品，莫不是因为作家对社会心理、群众情绪的理解和感受比较深、比较自觉而被创作出来的。近年来文坛中可以被视为典型的那一长串闪耀着艺术光彩的艺术形象，又莫不是通过艺术个性概括某种普遍的社会精神状态的艺术结晶。

当我国进入新的历史时期，阶级斗争虽然存在，却已经不再是国内主要矛盾的时候，我国人民群众的人性美和人情美，是否发生了某些本质性的历史变化，就更值得人们认真研究。有同志认为在这个新时期，中国人的人性、人情中，阶级性的因素将逐渐削弱、减少，非阶级性的因素将日见增强、扩大，因而文艺作品在塑造人物时，应该逐渐使超阶级的，主要是民族的因素，上升到突出地位，成为支配性因素。只有逐步实现这一转化，我们的文艺才称得上确实把重点转移了，才不至于被时代抛弃（见上海《社会科学》1980年第一期《人·人性·人情》）。我不这么认为。前些年在现实生活和文艺作品把人的阶级性夸大到绝对化的程度，这并不是生活本质真实的反映，而是极"左"思潮"哈哈镜"的歪曲反映。现在主要是在现实生活和作品中，按照科学的马克思主义的人性观拨乱反正，恢复社会主义时代人的本来面目的问题。在整个社会主义阶段这个相当长的历史时期，阶级性仍然会对人性人情起不同程度的作用。认真探讨这些问题，得出比较科学的结论，不但能加深我们对本质真实的美学内涵的理解，对于新时期文艺创作在实践中的健康发展，无疑也是具有重要意义的。

1980年12月，写于庐山
1981年5月，改于西安

美以铸魂
——谈文艺创作的爱国主义精神

世代相传的爱国主义精神,是中华民族最宝贵的精神财富和精神优势之一。一部中国历史告诉我们,爱国主义精神是国家的统一,民族的独立,人民的团结,精神的凝聚,社会的发展进步和文明水平的不断提高的重要的力量源泉。

爱国主义是渗透在社会生活各方面的一种民众的精神力量和情感力量,贯穿于历史各阶段的民众的实践活动中。爱国主义只有深深浸入到人民群众的日常生活、特别是精神生活中去,才能产生普遍的社会效应,凝聚为民族精神的标高,并转化为现实的实践活动。文艺是最具群众性、形象性和感情性的精神现象。从这个意义上来说,反映爱国主义活动,熔铸爱国主义精神,激励爱国主义热情,发掘爱国主义内涵,启发爱国主义思考,文艺最具感染力和穿透力,有自己独特的优势。

文艺是弘扬爱国主义的有力武器。爱国主义是世界各国文学艺术中最普遍的主题之一。中国文学史的每个篇章都高扬着爱国主义激越亮丽的旋律。从新民主主义革命到社会主义建设,从屈原到鲁迅,每个历史时期的杰出的艺术家,无不是伟大的爱国者。他们血荐轩辕,心为社稷,笔颂祖国,在人生实践和艺术实践中,表现出高尚的爱国主义情怀。他们以自己的作品,以自己笔下的人物,以熔铸在艺术形象和意象中的感情和哲思,将人民群众的爱国感情和爱国行动凝聚起来、扬播出来,在对艺术审美的再创造和再感受中,使大家认识到"国家兴亡,匹夫有责"的朴素道理,激励人民群众投身于保卫祖国、振兴中华的伟大实践中去。凝聚爱国主义光彩的文艺作品,是真正"引导国民精神前进的灯火"。

一

近年来,集中表现爱国主义精神的文艺作品,从整体上看,数量质量有所上升,题材样式更为宽广,视角和手法更为新颖。其中特别引人注目的是,对历史上,特别是鸦片战争以来的近现代史上的重大题材和杰出人物的艺术再现,成为影视和文学的热点,持久不衰;在当代史上一大批建国、立国、护国、强国的革命者和仁人志士的艺术形象光彩夺目,一批对新中国的诞生有着重要意义的重大战役更是被有组织、有计划地以史诗规模表现出来;在改革开放的新历史进程中,一大批为建设祖国、振兴中华而勇于改革、勤于实践、甘于奉献的艺术形象联袂而出,群星熠耀;对现实生活中体现了我们民族优秀精神的各类优秀人物的描写,构成纪实性文艺热的一个重要表征;此外,表现港澳回归,两岸统一,海外华侨、华人和国际劳务人员、留学生题材的作品,以及表现其他各类涉外活动的作品,也日渐增多。这些都构成了文艺表现爱国主义的新景观。

应该说,近年来弘扬爱国主义的文艺创作,以自己宏大而新颖的声音,构成了我国社会主义文艺主旋律一个强有力的声部。这是艺术家们辛勤的、创造性的艺术劳动结晶,也与中国共产党和中国政府的引导、扶植、支持分不开。在社会主义精神文明建设中,中国共产党和中国政府从开展全民爱国主义教育的整体要求出发,积极倡导文艺弘扬爱国主义精神,提出了许多重要的指导思想和方针、政策、办法。邓小平同志指出:"必须发扬爱国主义精神,提高民族自尊心和民族自信心。否则我们就不可能建设社会主义,就会被种种资本主义势力所侵蚀腐化。"这两句话阐明了社会主义的爱国主义既是建设社会主义的精神动力,是社会主义精神文明的一个重要内容,又是一种和资本主义思想截然不同的人生价值观;为我们在文艺创作中将爱国主义、社会主义、集体主义贯穿一体提供了思想指导。革命的社会理想,优秀的民族精神和高尚的人生追求融为一体,使文艺表现爱国主义有了新的思想内涵,新的审美标高和新的社会意义。江泽民同志要求思想宣传战线"以科学的理论武装人,以正确的思想引导人,以高尚的情操陶冶人,以优秀的作品鼓舞人",明确了文艺家对社会、对民众的责任,将文艺纳入建设社会主义精神文明的总格局,为文艺表现爱国主义鼓了劲，开了路。李瑞环同志提倡大力弘扬优秀的民族文化，使文艺创作重视爱国主义题材，深化爱国主义的精神内涵，坚持内容和形式的民族审美特色，正确汲取外来文化的营养。这一观点具有重要指导意义。中国共产党中央委员会宣传部主持的"五个一工程"和围绕"文华奖""茅盾奖""金鸡奖""飞天奖"等文艺奖项所做的倡导、规划、组织工作，为表现爱国主义精神的作品的脱颖而出和广泛传播，提供了良好的社会条件和艺术氛围。"百部爱国主义电影展播"等活动，为实现文艺作品在全民爱国主义教育中引导人、陶冶人、鼓舞人的作用，做了富启发性的尝试。

二

文艺表现爱国主义，不仅仅是一个题材问题。爱国主义作为一种民族感情，一种自强精神，一种价值标准，一种人生信念和人格力量，包含于社会生活的各个层面，构成各类题材和样式的作品的重要精神内涵。文艺弘扬爱国主义精神，从更深的层次来说，是要求艺术家以自己的艺术劳动担负起传承、发展、建构优秀民族精神的征途。这是一项"铸魂"的工作——以艺术美熔铸民族魂。

从创作实际看，文艺作品表现爱国主义精神内涵，在以下几个方面给人以深刻印象：

以身许国的奉献精神。许多作品表现了我们民族精神中关心社稷、以天下为己任的责任感和使命感。从身为丞相的诸葛亮"鞠躬尽瘁、死而后已"（电视剧《三国演义》）到普通士兵梁三喜"位卑未敢忘忧国"（小说、电影《高山下的花环》），从邓世昌（电影《甲午风云》）、董存瑞（同名报告文学、电影《董存瑞》）的为国捐躯到焦裕禄、雷锋（分别见同名报告文学、电影《焦裕禄》《雷锋》）的无私奉献，无不激发着我们献身祖国的豪情壮志。

艰苦奋斗的创业精神。从《李时珍》《李四光》《蒋筑英》到《创业》《血总是热的》《京九情》等为人熟知的影视作品和其他各种形式的文艺作品中，我们看到了中华儿女为创建精神文明和物质文明，世世代代艰苦奋斗、建功立业的无尽的艺术长卷。

自强不息的革新精神。从先秦的商鞅变法（电视剧《大秦帝国》）到谭嗣同、秋瑾的革命事迹再到清代的戊戌变法（同名电影小说《戊戌变法》），从反映党的十一届三中全会之后改革起步时的小说《沉重的翅膀》到反映改革大潮席卷中华大地的电视剧《大潮汐》《情满珠江》我们看到了中华民族历史上一以贯之的革故鼎新、自强不息的精神红线。这种革新的最高形态就是导致历史大转折的改革和革命。文艺创作对近一个世纪以来的旧民主主义、新民主主义和社会主义革命运动,对在百年奋斗史中跃动的坚韧不拔的开创革新精神,有着集中的、系列性的表现,出现了许多思想艺术上的成功之作。

厚德载物的凝聚精神。这是一种以深厚的中国文化和民族感情为基础的凝聚融会精神,包括了民族精神的广纳百川,历史文化的多维构成,学术文艺的百家争鸣,以及人格精神的宽厚仁和。这是多民族大家庭的中华民族和祖国版图能以几千年来维系发展的重要原因。这种精神在许多描写历史变迁和现实生活的作品中得到了充分的体现。团结、和谐,融会多维文化,发挥各方面的积极性,通过群体合力建功立业,构成我们文艺作品的一个主旨。这种精神也在乡土的、"寻根"的各类作品中得到展现,中华儿女对中华大地和母亲般的本土文化的依恋,成为流淌在这些作品中最美好的情愫。近年来,描绘两岸相通、港澳回归和海外赤子的作品日渐增多,这些作品不但动人地表现了祖国在所有中华儿女中的凝聚力和向心力,也集中地表现了海外华侨在异质文化的新格局中,发扬群体精神,同心协力为当地经济文化发展做贡献的中华精神。

尊尚崇高的人格精神。中华文化讲求"修身、齐家、治国、平天下",将爱国家、爱社稷和个人的人格修养融为一体。孔子说"匹夫不可夺志",孟子主张"浩然正气",志、气、修养,种种人格精神,最后都要在治国平天下的社会实践中得到体现,结出果实。这是世代中华儿女追求、崇尚的精神境界。许多文艺作品将这种精神境界熔铸为艺术形象,为艺术长廊增添了光彩。其中,既有张骞、文天祥、江姐、方志敏等英雄形象,也有屈原、苏轼、鲁迅这样忧国忧民的先行者形象,还有像王昭君、陆文婷(小说《人到中年》)、赵雪芳(电视剧《一个医生的故事》)这样美善的心灵。他们不但构成了我们文艺的强音和旋律,而且成为所有中华儿女尊尚崇敬的楷模。

以上各类爱国主义的精神内涵,在具体作品中的表现形式是千姿百态的,有时豪放,有时婉约,有时激越高扬,有时低吟浅唱,体现出主旋律和多样化的交融。但从总体审美精神上看,弘扬爱国主义精神的作品,大多贯穿着重义轻利、大公无私的价值观,大多更注重塑造英雄人物、先行者和启蒙者的形象,大多追求崇高、阳刚之美；而从艺术精神上看，又大多以现实主义为基础，同时广泛吸收了各种新的艺术营养。

三

爱国主义是个历史性的概念。它包含着一些贯通古今的基本精神，但在不同历史时期又有不同的内涵。

在反映民主主义革命时期爱国主义精神要表现的是维护民族尊严、抗击外侮的抗争精神，以及变法维新、自立自强的进取性格和忧国忧民的责任和良知。先贤志士的铁血呼号凝聚成直冲霄汉的正气歌。在反映新民主主义革命时期的爱国主义精神时，文艺作品主要表现为捍卫民族独立和人民解放而奋斗的精神。"中国人民站起来了"（毛泽东）可以说是这一历史阶段弘扬爱国主义作品的总体形象。由于有了无产阶级和其政党的领导，这个时期的爱国主义有了先进阶级的新风采，并且成为社会主义的先声。

在社会主义建设时期，爱国主义则主要表现在为了新中国的繁荣富强而勇于拼搏、勇于改革的精神中。这种精神是社会主义思想和实践的结合。中华要振兴，"中国人民要振作起来"（邓小平），可以说是这一历史阶段弘扬爱国主义作品的总体形象。在邓小平中国特色社会主义理论的指导下，我国进入改革开放的新时期。勇于和善于改革开放，在市场经济中游泳，成为当前爱国主义精神的重要内涵。

改革开放极大地解放了中国人的思想，开阔了中国人的视野，市场经济使中国经济社会飞速发展，思想文化空前活跃，也出现了一些复杂情况。艺术家们正在对如何反映改革开放时期的爱国主义精神，进行新的探索，而且初显成效。这些新探索大致表现在：

对爱国主义的理解更为宽泛，艺术视野更为开阔。过去，在一些汉民族的戏剧、文学作品中，由于历史的局限，或多或少流露出汉族中心主义的倾向，对其他兄弟民族的爱国热情表现不足，甚至表现有误。新中国建立以后，在中国共产党的民族政策指导下，艺术家们在整理改编传统剧目时，已经注意到这个问题，同时，还创作了像《蔡文姬》《王昭君》《文成公主》这样宣扬民族团结交流、互助互进的优秀作品，大力扶植、奖励、宣传了一批兄弟民族爱国爱乡的佳作。近年来,这种"中华民族大家庭"的意识在有关作品中有了更自觉更深刻的艺术表现。这些作品在反映历史上的民族纷争时,大都从"兄弟阋于墙"的角度,淡化其中的是非曲直,而体现个体历史环境中人物的精神品质和思想境界。歌剧《张骞》就是一个成功的例子。受到各民族观众欢迎的电影《东归英雄传》,更是正面展示流徙异国的土尔扈特族兄弟依恋中华故土,历尽千辛万苦回归祖国的动人故事,引燃起多少人的爱国之情。

在剔除狭隘民族主义影响的同时,艺术家们也逐渐克服了"左"的思想影响,走出了狭隘政治爱国意识的笼罩。不少作品能正确处理爱国主义与打开国门、走向世界的关系,与开展国际经济文化交流的关系,以及与学习世界各国先进科技文化和管理经验关系,从对改革开放以来各种新的生活现象、社会情绪和心理状态的艺术描绘中,高扬爱国主义的强音。这种描绘有时需要对生活的多义性和心理的复杂性进行恰到火候的把握,难度较大。在这方面,电视剧《北京人在纽约》和《情满珠江》都表现得既丰满又明晰,难能可贵。

弘扬爱国主义精神的作品在继续重视塑造英雄人物,描写重大历史题材的同时,开始更多地关注平凡生活和平凡人物中蕴藏的中华精神和爱国热忱。如果说前者是为时代树起了审美形态的爱国主义旗帜,后者则展现了爱国主义在现实生活中深厚的土壤。这类作品形象地表现了全民族爱国主义精神整体水平的提高,又反过来从一个更贴近、更亲切的角度促进着爱国主义教育的普及和深入。

一些描写乡土风情、表现地域文化和追寻精神家园的优秀作品,也在这方面给我们带来不同的审美感受。流淌在这些作品中那种对祖国山川大地,对乡情和亲情,对民俗和民艺,对城乡社区文化深深的依恋和追寻,感染和打动着欣赏者。这些作品常常形成一种情感的氛围,平衡着在现代生活中焦虑的心灵,使他们在为祖国建功立业的繁忙生活中,有一个安谧宁静的精神后院。

这几年,文艺创作在继续从正面颂扬讴歌爱国主义的同时,也出现了一批批判社会弊病和揭示国民性痼疾的作品。特别是新近出现的针砭社会道德滑坡、精神生活商品化和其他市场经济诱发的负面效应的作品,虽然从批判和反思的角度出发,有时不免过于锐利、偏激,但整体却激荡着一种对国家和民族的挚爱,有时表现出相当的深度。作品中那种"海涸水枯事可悲,忧来常抱杞人思"的忧患思考,常常让我们想起古代的纯信之士和骨鲠之臣。国家的振兴,最重要的是民族精神的振兴,社会文明水平的提高,并最终取决于人的素质的改善。

这就要"破""立"结合,就要有点"鲁迅风"。我们要审慎地对待那些带有批判反思色彩的作品,要透过生活画面去感知和鉴别作品深藏着的感情倾向。

近年来,文艺创作一方面继续重视从社会历史、文化精神和道义责任的领域来表现爱国主义精神,另一方面和改革开放、振兴中华的现时代生活同步,更多地表现了在经济科技战线等物质生产领域和经济社会各项改革中体现出来的爱国主义精神。"落后就要挨打"(邓小平),贫穷则国力不强。国富民强不但显示着一个国家的经济实力,而且会转化为一种社会精神状态,增强民族自信心和自豪感。这类作品虽然写的是经济、科技和社会改革生活,但一般都能突出人物自立自强自尊和勇于进取、艰苦奋斗的性格力量,能够正确处理物质变精神、精神变物质的关系,从而给人以感情的震撼和思想的启迪。

此外,从艺术精神上看,近年来弘扬爱国主义精神的作品,在现实主义的基础上,更多地汲取了多方面的艺术营养;从艺术样式上看,也较之前的作品更为丰富。特别是影视创作在表现爱国主义方面创作出了一大批有社会会影响的好作品,成绩较为突出。某种程度上,电视剧、电影、文艺晚会,成为文艺表现爱国主义的主力军。

四

从近十多年文艺思潮的发展来看,西方思潮的负面效应和商品大潮的负面效应,对作家艺术家准确深刻地表现爱国主义,也有着种种影响和干扰。20世纪80年代中后期,西方的各种现代思潮,包括西方现代艺术思潮,对整个文艺界呈席卷之势,文艺评论和创作也随之掀起了一波一波的新浪潮。文化精神上的民族虚无主义和艺术文学上的民族虚无主义在此时有所抬头。以西方思潮为坐标,对中华文化、民族精神不屑一顾甚至歪曲否定的声音时有所闻。部分作品,从西方的立足点或西方人的兴趣关注选择题材,再现和阐释我们的历史生活和现实生活,使其产生失真和偏差。因此,如何在创作中既跳出狭隘民族主义的局限,又避免民族虚无主义的影响,既走向世界,又独立自主,是需要在艺术实践中被认真探讨的一个重要课题。

商品大潮的负面影响,使以利为先、金钱至上的观念在某些人中成为时尚,价值标准出现混乱,人文精神受到冲击。部分艺术家的社会责任感和使命感有所减弱，敬业精神和职业道德有所滑坡。有的人心态浮躁，弃文从商；有的人开始"玩文学""侃艺术"，或将文艺创作转化为一种商业行径，以生产庸俗读物为牟利手段，搞所谓的"书斋下海"。有的作品以欣赏的态度塑造玩世者、弃世者形象，宣扬享乐主义、颓废情绪；有的作品倾向于表现中国文化中的一些糟粕；有的作品热衷于宣泄一己的悲欢，对展现国家命运和历史图景缺乏兴趣。如此等等，都对文艺创作弘扬优秀民族文化和爱国主义精神产生了负面影响。文学艺术对祖国、对民族是否负有使命，对社会的精神文明建设、对民众真善美的陶冶是否负有使命，是每一个作家艺术家需要用自己的创作实践认真回答的问题。

在反映当代生活的作品中，如何将爱国主义、社会主义和集体主义融合并渗透在艺术形象和感情世界的深处，也是需要进一步探索的问题。这个问题，在反映革命战争和社会主义建设、描写社会主义新人的作品中，处理得比较好。也有些作品出现了这样那样的混乱。经过几代人的探索，我们才寻找到了救国的真理，即"只有社会主义能够救中国"，也"只有社会主义才能发展中国"。社会主义和爱国主义是中华腾飞的双翼。爱国主义所追求的民族独立和人民民主两个历史课题，所提出的民族统一和国强民富两个历史重任，只有在社会主义运动中才能完成；而社会主义最广泛的社会历史基础，政治思想基础和文化精神基础，又是爱国主义。从价值观的角度看，社会主义、爱国主义都是以集体主义和群体精神为基础的。因此，要深刻地表现当代爱国主义精神，必然要在历史和价值的坐标上，形象地表现出社会主义和集体主义的光彩，而与各种不符合社会主义的思想观念相对立，与各种把个人利益、个人命运放在国家利益和民族命运之上的思想、感情、行为相对立。如果我们的创作能将这些统一在艺术表现之中，作品在审美理想上就占据了制高点。

同时，也仍然要防止在创作中将爱国主义表现为一种简单而空洞的政治口号。既要克服对爱国主义的理解流于偏颇和肤浅，也要克服艺术处理上的简单化和表面化。特别是反映建设中国特色社会主义实践生活的作品，如何写出当代爱国主义者的典型形象，写出新时代生活的典型环境和典型情绪，都还需要我们的文艺家做更深刻的思考和更艰苦的艺术探索。

1994年夏，北京、西安

时代的聚光镜
——中篇小说的社会主义新人塑造

春色明丽之时，我有机会在中篇小说的长廊中做了一次匆匆的游览。世相人情，湖光山色，自是美不胜收，时有新人形象扑面走来，或在春光中回眸相顾，更叫人惊喜相加。

新人形象原来并不少

我平素涉猎甚少，却不知为什么有个依稀的印象：这几年，中篇小说写伤残者恐怕过多，写抗争者、创业者为数甚少。这个印象不无根据，却显偏颇。我们的中篇小说，尤其是其中的优秀者，其实倒很注意对社会主义新人的描绘，很注意对生活中真善美的提炼。我的浏览，虽然浅尝辄止，却已经目不暇接了。

近几年文坛出现了相当一批塑造社会主义新人的力作。有的歌颂了新时期信风扬帆奋进的创业者，如《人到中年》《家务清官》《开拓者》《公仆》《彩色的夜》；有的为社会主义各个历史阶段的无产阶级、劳动人民的新人物画了像，如《布礼》《永远是春天》《白雪》《大墙下的红玉兰》《甜甜的刺莓》《洁白的山茶花》《惊心动魄的一幕》《犯人李铜钟的故事》《天云山传奇》《泥泞》《土壤》《飞雪》《在没有航标的河流上》《二生石》。

出现了相当一批在思想艺术上都很不弱的新人形象。他们是用扎实辛勤的劳动创建我们时代的实干家——陆文婷（《人到中年》）、迟新芳（《家务清官》）、毕兰大婶、秋文、孙惟慈、辛启明（《土壤》）；是以罕见的勇毅和魄力在新时期厉行改革和创新的开拓者——车篷宽(《开拓者》)、黎白、梁羽(《家务清官》);是在任何危难和困苦中不动摇对革命的信仰,为美好理想奋斗的追求者——冯晴岚(《天云山传奇》)、罗群(《天云山传奇》)、钟亦成(《布礼》)、葛翎、石凤妮;他们中间甚至出现了在特殊历史环境中,为维护共产党人的信仰而献身的殉道者——李铜钟(《犯人李铜钟的故事》)、马延雄(《惊心动魄的一幕》);还有在思考中觉悟、在实践中成长的一代新青年的形象——周瑜贞(《天云山传奇》)、竹妹、三牛、凤兆丽、孟甜女和李华。其中的佼佼者陆文婷、冯晴岚、李铜钟,已经达到一定程度的典型化,完全可以跻身于当代文学史的长廊之中。

还出现了几位在中篇小说创作中致力于描绘社会主义新人的作家。谌容、张笑天、从维熙、蒋子龙的全部或大部分中篇小说,都是为新人造影的。

怎样理解社会主义新人的含义,理论界还有争论。现在作家用实践的成果发言了:还是让新人的观念更宽阔些吧。为什么要给新人形象定阶层、定阶段、定道路、定性格,甚至定外貌呢?多彩的时代应该有多姿的新人。他们可以是叱咤风云的英雄,闪电般击发读者心中的雷与火;也可以是静静坐在读者对面的"陆文婷",像一滴水珠那样普通,当阳光透过它而聚成光束时,同样能在读者心中点燃火焰。放弃狭隘的观念,新人就站到了面前。

我忍不住重新阅读和思考了一些优秀的中篇小说。我感到这些新人形象为创作提供了一些新东西。我试着从创作思想上谈谈体会。

敢用最新的光源

如何抓住不断发展变化的现实,在崭新的时代生活,崭新的社会矛盾,崭新的思想峰峦上塑造社会主义新人?

小说艺术通过人物形象的塑造来反映现实生活,其感受、理解、构思、表现的过程比较复杂,和生活自然有一段距离。我们不能再以实用主义的观点要求作家配合政治任务,表现中心工作,但是,指责作家及时反映当前生活,认为"快"和"好"是矛盾的,快的一定速朽,一定不深不美;认为创作离现实生活、离当前政治越远就越好,却也未见得正确。作品的好坏并不取决于它和现实生活的距离是远是近,而取决于它对现实生活反映得是否深刻和是否艺术。这正是我们大家都喜欢说的:关键不在写什么,而在怎样写。

任何作家，都是首先为自己时代的生活和读者写作的。一部作品，如果能够通过对当前生活的描写，在现实中引起强烈反响，起到促进作用，甚至是所谓"爆炸性效果"，这便从一个方面完成了自己的使命，表现出作者的水平和贡献，中短篇小说，尤其如此。若对此滥施非议，是不够公正的。相反，因为这类作品在艺术创作上难度大，在现实中受到的阻力多，我们更应该对其进行保护、鼓励和提倡，并不断思考在实践和理论中探索怎样将快与好、近与深结合得更完美。

正是在这一点上，《人到中年》《家务清官》《开拓者》等中篇小说的作者，表现出可贵的胆、识、艺。这几部作品的主人公都是新时期的脊梁。作者没有让他们重复过去先进人物的行为思想，而是赋予他们的言行和精神状态以新时期的特点。作者敢于用新时期的生活素材来渲染主人公的活动环境；敢于将主人公投放到当前各类社会矛盾的交叉点上来塑造；敢于将思想解放的各项成果、我们时代精神中最强烈的闪光集中到主人公的精神世界中来。这些，在社会主义新人的塑造中都是难能可贵的。

陆文婷双肩瘦削，却偏要挺身担起工作和家务两副重担，默默地为祖国做超负荷运转。她有志于在业务上深造，即使生活条件是那般窘迫。她对丈夫、孩子充满柔情，羞于表达。她忙碌、能干、混乱、执着、困顿、安贫乐道。读者在身临其境的艺术体验中，便同她一道感受着愉快和抒发着感慨。

呈现于车篷宽和梁羽身上的各种矛盾冲突，也是读者在生活中正在遇到或者还没有完全解决的矛盾冲突。调整改革和循规守旧，思想解放和"两个凡是"思想的僵化，原则和感情，权力和利害，干部的正常更迭以及显露于其中的不正常的社会、家庭纠葛，两代人客观上的距离和主观上了解的愿望，等矛盾冲突，使读者不由得和小说人物一道思索、寻找，一道经受现实矛盾引起的，前所未有的心灵震颤和情感升华（如在《开拓者》中感受到决策者在搞好"四化"中举足轻重的地位），便在和这些艺术形象的共鸣中提高自己。

在新的生活场景和社会矛盾中，作者笔力集中地去实现主人公身上体现的时代精神。陆文婷、迟新芳的特点是实干，不尚空谈，不喜埋怨，扎扎实实为克服当前困难、创建新的生活贡献自己的心血；顾星辰（《公仆》）、辛启明的特点是"唯实"，即坚持实践第一的标准，从"唯书""唯上"的框框里跳出来，或勇敢地承认自己犯过的"左"倾错误，或纠正哗众取宠的生产计划；车篷宽敢闯，坚决贯彻党的十一届三中全会提出的方针，做出高屋建瓴的决策，进行大刀阔斧的改革；梁羽则勇退，从新时期工作的大局出发，破除权力终身和世袭的封建遗毒，主动后撤扶贤，让更有水平和精力的同志挑起担子。这些人物的思想品格各有特色，却又都体现了思想解放的成果，贯流着新时期的献身精神。他们不在枪林弹雨中出生入死，却随时准备用自己的生命去成就事业。

当今天的读者对身边发生的种种生活现象感到迷茫不解而进行理解思索，却只获得碎光片羽的心得时，作家就已经通过作品做出了形象的、较为深刻的解释。他们通过正面形象的塑造，艺术地提倡对待现实生活的正确态度和美好情操，使读者加深对现实的理解，引导他们在生活中采取积极的行动，这便是贡献。这类作品使读者获得的特有的新鲜感、真实感和亲切感，以及由此唤起的对现实生活多方面的联想、思考和激励，都是其他类型的作品未必能比得上的。虽不能说这便是作品艺术水平的标志，却要承认它是产生较高艺术感受的重要途径。如果这是一种爆炸性的效果，就上述思想和艺术结合得比较好的作品来说（这点后面要谈到），它不是别的，正是艺术欣赏过程中审美力量的一种爆发，是作品思想性和艺术性在读者心中综合作用的结果。

也不妨用"逆光"

如何在社会主义的历史曲折所造成的悲剧环境中塑造好社会主义新人形象？

如果说上文谈的是要用社会主义时代的最新光源正面照射新人，这里谈的就是，也可以运用社会主义历史的逆光来塑造新人。

社会主义新人的革命意志和高尚情操，往往是在严峻的现实、困难的环境中磨砺出来的，这已经被生活和艺术的实践反复证明。"文化大革命"以前的文学作品创造的社会主义新人中，有的从战争年代走过来，经历了旧社会的悲惨生活，遭受过地主、资本家或反革命者的迫害；还有的在社会主义建设时期毙命于各种自然灾害。这些，都不是真正意义的社会主义悲剧。1956—1957年，虽有少量作品触及到了社会主义时代的悲剧问题，却也没有着力创造出社会主义时代的悲剧英雄形象。因此，新中国建立以来的社会主义新人形象，主要是在社会主义的发展和前进中"站立"起来的。近年来，在社会主义时代悲剧环境中成长的新人陆续出现。历史背景主要是十年浩劫,也波及反右扩大化、浮夸风这样一些特殊的历史阶段。在中篇小说中,出现了像李铜钟、马延雄和冯晴岚这样比较成功的艺术形象。此类社会主义新人的思想性格,主要不是在社会主义的发展与前进,而是在社会主义的坎坷与曲折中表现出来的。真理在谬误的镣铐中闪光,正义在不正义的牢笼中高唱。这种前所未有的特点,使他们成为社会主义新人一个新的类别。

1958年的浮夸风和共产风把李家寨群众的口粮刮了个干净。在人命关天的紧急时刻,党支部书记李铜钟挺身而出,一方面对公社见死不救的情况强自隐忍,以维护党的威信,一方面见机行事,借公粮拯救群众,然后自首投案,去做阶下之囚。坚强的党性和坚强的人民性,正确的原则和同样正确的感情,在特殊的情况下出现了对立,却又在李铜钟特殊的英雄行为中得到了统一。他是一块站立在英雄和犯人分界线上的碑石。他虽然成了犯人,但也以自己的实际行动证明看自己,证明了真正的共产党员是何等伟大坚强。小说情节环环相扣,节奏逐渐加快,作者的艺术螺丝刀毫不留情地将读者的心绪越旋越紧。巨大的艺术震撼力令人叹服。有人将李铜钟这个形象喻为窃火被缚的普罗米修斯,而他也确是马克思称赞的那种"最高尚的圣者和殉道者"。

冯晴岚和李铜钟这两个截然不容的人物在本质上是相似的。李铜钟牺牲自身利益来为自己的信念殉道。冯晴岚则以中国女性的坚韧,在对真善美整整20年的追求中,完成了这个殉道过程。她衣着萧索如冬,内心却有春的绚丽。冯晴岚抛弃常人理解的坦途,冒雪拉车跫进了常人不理解的"牛棚"。其中表现出来的坚定信念和勇敢坚毅的品质,粉碎自己以维护真善美的决心,都不在李铜钟借粮一举之下。刚强者的壮烈,柔韧者的执着,同样都在当时不算明朗的天幕上迸发出灼目的电花。他们在天火中涅槃。

这两位在思想艺术上都很成功的人物,为我们在新时期塑造纷繁多姿的社会主义新人,建立了功绩,启示我们,要在悲剧舞台上运用逆光写好社会主义新人,首先,必须对悲剧环境中的新人形象做准确的思想道德评价。"悲剧是人的伟大的痛苦或伟大人物的灭亡"(车尔尼雪夫斯基)。人物思想品德、行为动机的革命性和正义性,即所谓的伟大,必须经得起历史的检验,具有时代的高度。只有使真正伟大的人遭受磨难和生命的毁灭,才能引起读者崇高的感情,才能使读者因悲而愤,而壮,而迸发力量。有的作品为了追赶潮流,在写"平反"

"改正"一类题材时，或满足于在政治结论上"翻烧饼"，或停留在人物个人品德的表现上。作家思索的钻头并没有伸向人物灵魂的深处，对人物革命的、正义的素质揭示得不充分，对新人的歌颂缺乏力量，悲剧内在的积极意义也因此受到削弱，有时甚至出现褒贬失度的情况。李铜钟、冯晴岚虽然是一二十年前的闪光人物，在生活和艺术中却一直被历史颠倒着。只是在党的十一届三中全会之后，这些被颠倒的人物形象才被颠倒回来，焕发出光彩。故而这些人物那历史的行动，标志着的却是当前思想解放的高海拔。这是他们在现实生活中产生强烈反响，当之无愧成为社会主义新人中的一员的重要原因。

其次，要写出悲剧色彩的社会主义新人产生的特殊社会条件。作为过渡时期，社会主义虽然还带着旧社会的"胎记"，有着这样那样的缺陷和弊病，但从全局看，从总的发展趋势看，是光明的，前进的。社会主义新人理所当然是社会主义的中坚力量，他们在自己的社会环境中，一般不会、也不应该有悲剧命运。一些革命者在现实生活中所以遭到迫害和冤屈，其根本原因，并不在于社会主义本身，而在于一些非社会主义的力量或思想通过社会主义制度的某些缺陷和弊病起了作用。其实，只有社会主义的发展和胜利，才能帮助他们将命运中不愉快的几页翻过去。上面说到的优秀中篇，用真切的生活画面显示出这一点。在《犯人李铜钟的故事》中，是由于联系党和群众的"电话线"被刮断了，那些和社会主义精神不相容的小资产阶级狂热的，欺上压下，好大喜功的剥削阶级不正之风才膨胀起来，使得群众断了粮。在《天云山传奇》中，背离社会主义精神的极"左""迷雾"遮蔽了新社会明净的天空，而使冯晴岚、罗群不得不在人生旅途上逆风而行。这些不健康的力量和思潮，不但损害了人民，也伤害了党。李铜钟、冯晴岚和社会主义一道受难，他们虽然和被扭曲的具体生活环境相对立，却和社会主义时代总的发展方向在根本上是一致的。在作品中，这些人物实际上是在一种特殊的历史条件下，用特殊的方式，代表社会主义和无产阶级，来和与真正的社会主义、无产阶级，鱼目混珠的封建主义、资产阶级、小资产阶级做斗争。因此，作品揭露、批判得越尖锐、越深刻，就越令人感到真正的社会主义精神的高扬和假社会主义的丑恶。这些作品能于控诉中渗透着义愤，于暴露中显出伟力，于歧路的彷徨中看到蓬生的转机，秘密正在这里。有的作品则处理得不够好，或是把造成社会主义悲剧的特殊历史环境写成了普遍的社会条件；或是将正面人物和局部的、暂时的阴暗环境的对立，写成了和整个社会主义时代的对立。这样的作品自然容易使人感到压抑、颓丧。

再次，还要写出新人所代表的正义的、革命的力量在社会主义悲剧冲突中的胜利，或预示出这种胜利。李铜钟是在被戴上手铐的一刻大获全胜的。这不光指他借到了粮食，使群众可以暂时免于死亡，更是指在错误思潮压过来时，这位装着一条木腿的农村党员，以难于置信的精神力量，终于维护了党的实事求是原则，暂时接通了党和群众之间被浮夸风刮断的"电话线"。他是幸福的。在审讯室里，"像是完成了一件神圣的使命，李铜钟甜甜地入睡了"。冯晴岚的胜利，自然也并不是在听见罗群将要平反后才来临的。早在她冒雪拉车结婚时，便已经成为一个真正的胜利者——"我们迎着寒冷的风雪，在古城堡的路上前进着。许多人都用惊异的眼光望着我，我挺起胸，骄傲地往前走着，不时回过头来和他交换一个会心的微笑，我感到真正的幸福是属于我们的！"在罗群崎岖的人生路上，冯晴岚像依依垂柳，为之平添诗意。悲惨的处境和乐观的情绪，个人命运上的挫折和时代精神的胜利，就这样奇妙地统一在李铜钟和冯晴岚身上。这对于那些将悲剧误视作悲惨，以破碎的心灵去含纳破碎的生活的作品，实在值得借鉴。

此外，这些优秀作品在悲剧中塑造新人时，还注意到将历史生活的曲折演化为人物命运的坎坷，用坎坷的命运去铸造人物的高贵品格，并着力写好它。这一点也值得我们重视。

对于社会主义悲剧中的新人形象，是有人摇头的。摇头者中，有的是讳言英雄。在那神经被通上电的年月，他们满眼的真实只是血污和黑暗，总觉得那些形象"太理想化，太虚假"。生活中真的猛士和强者难于被脆弱的心灵容纳，他们遂竟以展示黑暗为能事，甚而有不自觉地为蠹虫护法，如《调动》。其实，"叫苦，鸣不平"（鲁迅），并无力量，蕴有力量的民族，它的文学是要"由哀音而变成怒吼"（鲁迅）的。而革命作家"即使在最困难的条件下，也要挖掘矿石，提炼生铁，铸造马克思主义世界观以及与这世界观相适应的上层建筑的纯钢"（列宁语）。有的则讳言黑暗，不愿让文艺翻动那几页敏感的历史。觉得写这种题材必然消沉凄绝，不利于向前看，搞"四化"。这两种看法分属两极，却有耐人寻味的一致性——都不自觉地把现实生活中的光明和黑暗看成是不能并存的，也就都不自觉地把逝去的动乱年代看成只有黑暗，这自然是绝对、片面，不符合当时生活真实的。这类观点，也容易夸大当前生活中的消极面，使人们生出一些失望或是过激的想法来。一些优秀中篇小说，能够顶住来自两极的"风"，踩着泥泞，耕耘希望，忍住饥渴，聚集力量，哀中有愤，怨而不馁，用成功的艺术形象回答了社会主义在发展中的坎坷境遇如何锻炼了一代新人的问题，将一股豪气注入了"伤痕文学"，也就分外可贵。

在我们中间，又属于未来

如何进一步肃清英雄史观对创作的影响，把社会主义新人形象塑造得既鲜明又丰富？

社会主义新人应该"反映人们在各种社会关系中的本质，表现时代前进的要求和历史发展的趋势"（邓小平），却又首先必须是一个活生生的有鲜明性格和丰富感情的艺术形象。由于英雄史观作祟，在有的新人形象身上至今还或多或少残存着"高大全""假大空"的阴影。优秀的中篇小说在这方面取得了不同程度的成就。

比如我们看到，有的作品能够在现实的各种社会关系中，多角度、多境界地表现新人。蒋子龙笔下的车篷宽，虽然还可以写得更好，但在多角度描写方面，有了进展。他不像以前某些党的干部形象那样，在言行和思想方面，除了政治就是生产、工作。他精神世界的核心诚然是在新时期开拓创业之路，但这个核心是在作为一个普通人的各个生活侧面的基础上得到广阔的展示的。作者从领导机关、基层工厂、家庭、舞会等众多的生活场面中取景；从他的工作、学习、愉悦与烦恼、苦思与深算、卧室的陈设、遒劲的笔体和端庄的舞姿等众多的角度摄像；从他和上级领导、司机、老战友、青年工人、老伴和孩子的多重关系中来显影。作者让人物在更为开阔的舞台上活动，向读者展示出了这类形象以前不多见的生活和思想侧面，也使人物与时代环境更为贴近了。

王蒙写《布礼》中的钟亦成，则由人物的生活境界突进到心理境界，感情境界，在将笔墨的焦点对准他的心理感情画面时，又不像以前处理同类人物形象那样。所谓心理活动，常常只是对情节进展中具体问题的思考；所谓感情，也仅仅是对政治活动和具体工作的情绪反映。作者在纵深的历史幅度上挥洒笔墨，表现钟亦成在坚守赤诚的革命信仰和不幸的政治遭遇之间苦斗的精神历程，以及在这个历程中，一个具体的、活生生的人所应有的丰富思维和感情。深情的眷恋，激情的呼号，心灵的渴念，精神的剧痛，各种各样的感情的和心理感受的交织，概括了人物二三十年间的命运，又映现出历史曲线的轨迹。和以前同类形象相比，钟亦成这一形象像一个全息摄影的作品，为我们显示出新境界中罕见的影像。人物与历史年轮胶着得更紧了。

在多角度、多境界中对新人展开描写，对克服那种把正面人物从生活环境中硬拔出来，或按照既定理念的需要，把人物身后硬换上一些假景片的"英雄形象拍摄法"；对克服那种喜欢将复杂、丰富的人提纯为"单晶硅""蒸馏水"的"洁癖"，都是很有裨益的。

有的善于在日常生活中捕捉诗意，在率真的真实中将平凡与非凡统于一身。《人到中年》的作者谌容有着玉雕工人的"手艺"，似乎只需在日常生活的素材上稍加琢磨，便能创造艺术奇迹，使平凡变成了非凡。谌容不喜欢用浓墨重彩的渲染和曲折剧烈的冲突来塑造陆文婷。她只是用人所习见的，极普通的生活细节和恬淡清丽、明白如话的文笔，便把生活中的诗意凝聚到女主人公身上。全篇情节平淡无奇，却充满真实、成功的细节描写。这些生活细节大体可分两大类：一类集中在环境对人物的态度上，主要表现出她工作的繁重，家境的窘迫和所受到的冷遇、隔膜；一类集中在人物对待环境的态度上，主要表现出她的安贫乐道。作者用这两类细节的交叉对比，显示出人物和环境之间并非对等的关系，提炼出我们这个时代中年人实际肩负的重任同他们的智力、精力、体力的矛盾，捕捉住陆文婷在平凡的生活中闪射出来的非凡的光彩。这是逼人的平凡，汹涌澎湃的平凡。于是，作品在陆文婷于日常生活中将生命一点一滴如数献给人民的旋律中，升腾起诗情和哲理的主题——"中年颂"。平凡与高大融于一体。

高尔基主张现实主义要"对于人和人的生活环境做真实的、不加粉饰的描写"，契诃夫认为现实主义应该是"按生活的本来面目描写生活。它的任务是无条件的、直率的真实"。在创作中，有的作者习惯于用理念的手术刀，对生活的组织做恣意的肢解、切除。在这类作品里可以看到肌肉、骨骼、血管、韧带等各类生活标本，缺少的却是跃动的生命。《人到中年》运用直率的真实和不加粉饰的描写来表现社会主义新人，为之提供了一剂切中肯綮的艺术良方。

还有的，则力图处理好理想和现实的关系，注意到在历史的可能范围内，在现实生活的制约中，去表现新人的理想光辉。近年来，出于对"四人帮"强加于艺术舞台上的"样板英雄"的厌恶,文艺界对这点谈得较少了。其实,现实主义创作原则何尝与理想不相容?在西欧批判现实主义作家暴露社会黑暗的作品中,也并不乏体现他们理想的英雄。革命现实主义作家笔下的社会主义新人,自然更应该融入无产阶级的理想。这是应该被作家奉为圭臬的。问题只是如何在人物身上将理想和现实更好地融为一体。

车篷宽、梁羽的形象中都含有某种理想成分,但他们所处的典型环境,是按照生活本来的样子描写的,他们的言行、思想都受到历史和现实的制约。这方面,冯晴岚这一形象则显得更丰满。冯晴岚带有明显的理想色彩,却又严格地按照当时历史环境提供的可能与她自己思想性格的必然来行动、思考。她不可能像以后的张志新那样,挺身而出,直言真理。她也没有力量拨转逆动的潮流,拯救罗群于水火。在罗群挨批斗而受屈时,她只能用沉默来抵制;在冒雨求助于宋薇而遭到拒绝后,她只能用一个女人最宝贵的财富——坚贞和柔情去扶持他、温暖他,以致自己也跳进水火之中,为所爱的人分担苦难。直到粉碎"四人帮"之后,她也不可能越级上访或面斥吴遥,只能给宋薇写信,陈情却不哀告。她的理想色彩,完全是环境和人物结合而成的特殊产物。

另外,作者也没有将这些具有理想色彩的新人,写成各方面全优的完人或是个性消弭于原则的"人干"。他们都有独特的个性,有比较丰富的感情,有环境和道路给自己带来的优点和不足,有的还有一定的弱点和缺点。他们的理想色彩,是在艺术形象最主要的思想意义和性格特征上,得到充分的强调而突现出来的(比如陆文婷的实干,车篷宽的胆识,李铜钟的"殉道",冯晴岚的坚韧等),而不是在一切方面都理想化。这样,新人形象在普通人意义上所具有的现实的可信性,就构成他在某一方面高于普通人的浓郁的理想色彩的坚实基础,并反过来加强了这种理想色彩的现实可信性。

优秀中篇小说在这方面的探索,促使我们在两方面增强了信心:文艺既要坚持塑造具有理想光芒的社会主义新人,以点燃人民心中的激情,烛照历史发展的趋势,又要坚决摒弃神化英雄的旧路,在现实和理想的完美结合中开辟新途。

从汇流看前景

迅速崛起而初显繁荣的中篇小说,在社会主义新人的塑造上才开始迈步。它们为创作提供了一些启发，也留下了一些问题。即使是优秀的作品和成功的形象，也存在需要讨论的地方。这是事物发展的正常现象，希望能看到认真、深入的研究促其进一步提高。本文不拟涉及了。

不过，在一些中篇小说设计新人形象时，相继出现了一种有趣的类似现象，却应该在这里提及。这便是社会主义各个时期、各个阶层、各种类型的新人形象，正在一些作品中汇流的趋向。

我们在《天云山传奇》里看到，20世纪70年代社会的活跃力量周瑜贞，竟然终于和20世纪50年代的社会脊梁罗群并肩迈步山头，遥望着新时期的建设大军开进天云山区。《家务清官》中，老一辈的革命者梁羽，中年事业家迟新芳，作为晚辈的学者梁晋，三颗赤诚的心在新时期的理想之光中叠印了。而《淡淡的晨雾》则更通过罗阡的家庭在20世纪50年代末和20世纪70年代末的两度分裂，反映了这种汇流趋势。甚至从《回声》中的路大为和《追求》中的于树桐这两个不谙世事而被林彪、"四人帮"利用的青年人身上，我们也可以看到他们在新时期的转机。他们已经在受伤后的昏迷中醒来，擦干净心上的血痕，朝着新路迈开了步子。他们终将汇进社会主义新人的行列。

我们不能把这种相似的人物关系，简单地看成是艺术上的雷同。它是作家们从不同角度对新时期生活发展趋向的一种发现和把握；是当前生活中，我们国家各方面的社会精英在新时期的宏伟目标下，团结到一起，组合成浩浩荡荡的创业大军这一生动图景的真实写照。这种汇流趋势在艺术上的表现固然还有待于深化，却预示着社会主义新人群像大量涌进文苑的前景。

"现在，就像一三〇〇年一样，新的历史时代正在到来，意大利会不会给我们一个新的但丁，把这无产阶级新时代的诞生描绘出来呢？"当欧洲无产阶级登上政治舞台时，恩格斯曾经这样热情地期待。今天，20世纪80年代的生活，又发出了新的召唤，我们明确地听见了文学艺术家们正在做出热情、坚定的回答。

（1981年3月，北京苏州胡同，第一届全国中篇小说评奖读书会）

时代风云和命运纠葛

——中篇小说对人物命运的描写

着力描写普通人的命运，或者将帝王将相、各类英雄当作普通人来描写，是19世纪批判现实主义文学跨出的一大步。1844年1月，当欧仁·苏的著名小说《巴黎的秘密》给舆论界留下强烈印象的同时，恩格斯在《大陆上的运动》一文中曾经引用德国《总汇报》的话指出："先前在这类著作中充当主人公的是国王和王子，现在却是穷人和受轻视的阶级了，而构成小说内容的，则是这些人的生活和命运、欢乐和痛苦。"并认为描写普通人的命运，这是"近十年来，在小说的性质方面发生了一个彻底的革命"（《马克思恩格斯全集》第1卷，第594页。）

当我们阅读着近年来的一些中篇小说，也会产生一个强烈的印象，那便是经过极"左"思潮的长期窒息，特别是林彪、江青文化专制主义的十年封冻，这种小说创作的革命，今天又在历史不同曲线的同位点，以新的形式和内容重现出来。着力于对普通人命运的描写，构成了当前中篇小说创作的一个重要而又鲜明的特点，并将新时期的文艺创作引向生活的深处。

一

作家写小说的具体原因虽然各不相同，但是，某些人物的令人难以忘怀的命运和性格，或者作家自己命运历程中有一段难以忘怀的经历，或者作家内心积蓄着一些对人生的体味和感受，迫切需要告诉别人，等等这些，却常常是产生创作冲动的重要原因。读者又为什么津津有味地看小说？其具体原因当然也不一样，但大多数人阅读小说，看戏看电影，主要就是为了看人生的画卷，看命运的变幻，感受渗透于其中的政治观点、生活哲理、伦理道德，欣赏文学作品中的精神美、艺术美。对叙事文学来说，人生和命运的画卷，乃是作品在读者中发挥教育作用、认识作用和美学作用的重要中介。

我们常说，小说的情节是"性格和典型成长的历史"，是众多人物之间关系发展变化的历史。在一定意义上，人物性格形成和发展的历史，不正是指人物命运的轨迹吗？人物关系发展变化的历史，不也可以理解为人物之间命运纠葛的总历程吗？事实上，并不是生活中的任何事件和冲突都可以构成小说的情节，只有那些构成或影响人物生活道路（即命运），同时又给人物性格提供了展现空间的生活事件和冲突，才构成文学情节。我们常说，生活环境是人物性格的土壤，这自然不错。但也要看到，对具体作品而言，在脱离人物主体的生活环境的土壤中，并不能直接开出性格的花朵。"土壤"一定要经过"根"和"茎"，经过人物在具体环境中的经历，即命运的中介，才能开出绚丽的性格之花。在具体作品中，时代生活、个人命运、人物性格之间，实际上是一个辩证的"三步曲"式的关系。

可以明显地看到，不论是否在作品里正面描写人物命运，在小说的创作过程中，人物命运是无处不在地弥漫于情节和性格、环境和性格之间的，渗透在由生活到艺术、由创作到欣赏的整个过程中的。如果像前些年那样，不敢大胆地写普通人的真实命运，不敢写人生的悲欢离合、喜怒哀乐，把描写人物命运当作"资产阶级人性论"和"资产阶级人情味"的东西加以否定，创作便容易出现就情节写情节，就性格写性格，或者由时代环境直接派生出人物性格等现象。作品中也常常会出现"政治品质加个性标签"的人物；或者陷入以背景代替人物，以见事不见人的政治斗争和生产过程作为"情节"，掩盖人物性格的描写；或者虽有性格，却只停留在肤浅的"鲜明""生动"上，没有较大的社会容量和历史深度。实践已经证明了，这不是典型化的正道。

因此，通过这几年一些中篇小说对人物命运的描写，探讨社会基本力量、人物命运、人物性格三者间的辩证关系，对促进文艺创作在这方面更自觉、更深刻的实践，是有益的。就我个人涉猎到的一些作品看，在处理命运和时代的关系上，有多种方式，这里剖析三种，以供借鉴。

在不少作品中，人物命运和时代生活是同步发展的——时代的发展决定了人物独特的遭遇，而人物独特的命运又从各自的角度鲜明地反映出时代发展的足迹，两者呈现出一种胶着状态。《天云山传奇》《淡淡的晨雾》《泥泞》，都是这方面的佳作。

《淡淡的晨雾》集中描写了罗阡一家六七口人在一二十年间的命运。他们的命运是怎么形成的？是这个家庭在 1957 年到 1978 年 20 年间两次破裂造成的。家庭的两次破裂又是怎样造成的？这些都是这个时期内时代的两次大的转折使然。在 1957 年反右斗争扩大化中，罗阡的前夫周子轩被错划成右派，罗阡承受不了政治上的压力，带着两个孩子离开了前夫，和商业局副局长郭自林组成了新的家庭。时代造成了罗阡家庭的第一次破裂和重新组合，使母子三人的命运发生了转机。从表面看，他们免去了当右派家属的困窘，享有了干部家属的优惠；而实际上，恰恰是命运的这种转机，使他们踏上了精神的岔道，走向了不同方向：

罗阡由于离婚再嫁，扼杀内心的爱情去迁就一个陌生的家庭，而陷入精神分裂，变成一个迟钝、病态的"软体动物"。老大郭立桎有幸继承了父亲的正直，却也不幸继承了母亲的软弱。正直的品质使他在精神上渴望追随父亲，拒不接受继父给予他的恩惠；软弱的性格却使他没有勇气和韧性去实现这个追求，战胜右派父亲投在他人生道路上的阴影，为爱情与升学问题上的挫折颓丧灰心、自暴自弃，被人讥为"无脊椎动物"。老二郭立枢离开父亲时年岁尚小，身上很少有生父所代表的正确社会思潮的精神因子，于是极"左"思潮和投机心理便长驱直入，占领了这个青年人的心田。家庭的重组带给他的是另一种命运——利用继父提供的政治优惠，在激烈的社会斗争中钻营投机，飞黄腾达。极端"革命"的言行和极端自私的心理结合在他身上，使他成为那个时代极有代表性的"两栖类"动物。

时代进入一个新时期，党的十一届三中全会的春风拂去了蒙在周子轩身上的历史尘埃，也点燃了他心中不灭的革命火焰。他又回到了与自己分别了 20 年的城市和乡亲们中间，僵化的郭自林则已悄然故去。时代的砝码使人与人之间以及每个人的内心力量的对比发生了变化，也使每个家庭的精神结构发生了变化。遭劫的紫丁香虽然又重新在罗阡的院子里开放，淡淡的晨雾却在朝阳的映照下迟迟不肯散去。新时期的社会矛盾，凝聚为罗阡家庭内部的矛盾，演变为不同的命运、性格之间的冲突。这个家庭的第二次分裂不可避免了：罗阡、郭立枢,以及并非罗阡亲生的郭立楠、梅玫,都以不同方式站到周子轩身边,只有郭立枢从投机心理出发,睁眼不认亲父亲,决心要为"左"殉葬。可以想见,他们的命运从此又将进入各自的新轨道。

这里,几个人物命运的变化取决于时代的变迁又鲜明地反映了时代的变迁,时代和命运是同步发展的,但这种同步发展并不是简单、机械地模拟和缩影,而是呈现出一种胶着状态。就《淡淡的晨雾》看,要达到这种胶着状态,有两点值得借鉴:

第一,在表现时代如何决定命运时,要用典型环境作为时代背景影响个人命运的中介,并将两者粘连、糅合为一体。《淡淡的晨雾》的作者没有直接用命运去图解时代,而是设置了家庭的两次破裂这样一个情节框架,在这个框架中一虚一实地铺展了两个家庭具体的生活环境,用这种生活环境来表现时代的发展对个人命运的影响力量。时代背景、社会力量通过家庭的两次破裂组合,演变为这部作品的典型环境和影响人物命运的力量,将普遍性的社会环境、社会力量,演变为"这一个"环境后,再作用于人物命运。家庭环境在这部作品中起到了一种将时代与人物粘连糅合起来的作用。这对用人物习见的日常生活来描写普通人的命运无疑是有好处的,也有助于加强读者对作品的共鸣。

第二,在表现命运如何反映时代时,要以各类人物的不同思想和独特的性格作为窗口,既表现出时代和命运之间互相影响和相互制约的关系,又表现出命运和性格之间互相影响和相互制约的关系。在《淡淡的晨雾》中我们可以看到,同样的时代力量作用在不同思想性格的人身上,形成了不同的命运轨迹。1957年反右斗争扩大化,通过周子轩作用到他的两个儿子身上后,由于他们的思想性格不同,对这同一社会力量的反映也就不同,在以后基本相似的新的生活环境下,便有着截然不同的生活遭遇和精神历程:哥哥选择了追随生父的曲径,弟弟则选择了追随继父的坦途。党的十一届三中全会之后,思想解放的浪潮同样作用于兄弟俩(由于在大学搞青年工作,又有妻子梅玫的影响,其实郭立枢还处于首当其冲的地位),可是,也由于他们思想性格的不同,对思想解放的理解、反映、汲取程度不同,他们在人生道路的第二次转折点上,又一次做了不同选择:哥哥选择了"晨",弟弟选择了"雾"。应该说,兄弟俩不同的命运都为相同的时代发展所决定,并且都从不同的角度反映出时代发展的变化。这说明,人物的思想、性格在人物特定的命运中形成之后,常常反过来影响着人物的命运,左右着人物对生活道路的选择。

二

在处理命运和时代的关系上,还有一种方式,便是作者有时并不集中笔力去写命运史,写人物在生活道路上的种种实际遭遇,而着力去描绘这些生活遭遇在人物精神上打下的烙印,从而折射出时代对命运的主宰和制约。或者说,它是通过对种种典型的精神状态的描写来折射时代和命运的变迁的。《在没有航标的河流上》《蝴蝶》《啊!》三部作品在这方面有可喜的探索。

《在没有航标的河流上》是近年来在描写人物命运方面的优秀作品。它的成功之处在于,虽然也通过主人公盘老五对自己两次不幸爱情的回忆来展现那个时代对人物命运的影响,却没有陷入具体生活遭遇的描绘,主要是通过对盘老五复杂性格和精神状态的精确把握,清晰地折射出时代给予老放排工命运的多方面影响,达到反映时代的目的。石牯、吴爱花、徐区长、魏老头,在这条航道上相遇了,这种相遇带有某种偶然性。但是,他们性格、职业、年龄、追求各不相同,却有着极其相似的悲惨遭遇,这就显示出某种必然性——那个动乱年代对每个人命运的必然性影响。作者将人物的实际生活遭遇的大部分留在小说的画面之外,而集中描绘命运留在人物外部和内部的果实和烙印,描绘命运给他们的性格带来的影响,描绘人物情绪的变幻,感情的起伏,以及理想(也是传统,由徐区长代表着)、爱情如何使他们感奋、团结起来,和命运做斗争的情景。这就深了一步。也表现出社会主义时代,人民终究是自己命运的主人这样的时代特点。

十年浩劫给中国知识分子带来了怎样的命运?小说《啊!》是用吴仲义、赵昌、张鼎臣、秦泉几个人物的形象来回答的。但在回答这个问题时,作者也没有追本溯源去写人物命运的通史,只是细致地去描绘这些人在一桩偶然事件、一场"掉信"的虚惊中的活动。这种描绘又不局限于具体的言行,而是着力展现他们各不相同的病态的精神状态,从而深刻地表明了,中国知识分子在十年浩劫中的苦难命运,并不是那一两件具体的事件造成的,而是人们多年来对知识分子的错误看法,以及那时整个社会动乱的结果。在这些病态心理的影响下,在那个病态的时期里,人们不论有罪无罪,有错无错,都动辄得咎。《啊!》以知识分子在极"左"政策下的命运遭遇，折射出那个特定时期的荒谬；以正常人的病态心理，折射出健康社会的病态阶段。

左拉在《论小说》中认为："人只是一个简单的结果，想观看真实而完整的人类戏剧，就得向所有一切存在的东西来索取。""近代文学中的人物不再是一种抽象心理的体现，而像一株植物一样，是空气和土壤的产物。"因此，他给描写下的定义是："描写是限定人、完成人的某一环境的情况。"避开左拉对人的自然主义和"非政治主义"所造成的偏颇，这些话对我们是有启发的。人是社会关系的总和，我们只要用辩证唯物主义的观点和方法，对人物的命运、性格和精神状态做精细入微的观察、感受和描写，完全可以折射出诞生和培育了人的时代。要使这种折射准确、清晰而强烈，从《啊！》来看，有三点值得借鉴：

一是要尽可能使人物命运和性格含纳更多的社会关系和历史内容。在《啊！》中，不论是主要人物还是次要人物，都是作为社会斗争某一个侧面的结果而存在的，并被描写着。吴仲义的性格，不像左拉笔下的某些人物那样，是受遗传因子或自然影响而形成的，而是时代的重锤砸出来的烙印。他也有过以天下为己任、热情洋溢的年华，但在反右斗争中受到了致命的挫伤，其后二十余年，亲人和他自己的坎坷命运终于在这位幸存者身上结晶成惊弓之鸟的性格。社会浇铸成的性格，经过漫长岁月的磨砺侵入骨髓，这位政治上的幸存者最终未能逃脱精神上的变态。在"文化大革命""掉信"这场虚惊中，他惊弓之鸟般的性格发展为精神上的病态，反映了十年动乱由"左"倾思潮到封建法西斯的"逐步升级"，反映了知识分子苦难命运的"逐步升级"。赵昌多疑、圆滑、自私的性格，也是社会结出的果实——"运动开始时我还挺冲动，干呀，斗呀"，可是对幕前幕后的整人行为看得多了，心理就生了茧子，同时也就受到污染；以整人来自卫，由误伤朋友到落井下石。他的性格是当时社会人与人之间病态关系的反映。贾大真性格的社会内容也是丰富的，每当要整人，他便像抽大烟那样兴奋振作，正是"非正常的生活造就了这么一批人，这批人又反转过来把生活搞得更加反常"。由于上述人物性格浓缩着历史和时代的内容，当作者致力于描写这些性格的发展变化和互相撞击时，即致力于描写人物命运时，由人的交往所组成的整个社会，就清晰地呈现在读者眼前。

二是要注意精选那些打着时代和人物命运双重印痕的生活细节，加以描写。平素比较注意穿着的张鼎臣，每次运动一来，或者气氛一变，便立即换上"运动服"——一件破旧得发白的蓝布褂。这个细节，既带着此人命运的鲜明印痕——因为开过一片小书店，得过一份微薄的股息，被当作资本家游斗，所以一来运动先换衣服，免得别人将衣着和他的资本家身份联系起来；也带着那个时代的鲜明的印记——极"左"思潮、形而上学总是把"富"和"美"字跟"资"字连在一起。秦泉呢？每当来了运动，便主动、认真地写欢迎批判自己的大字报，这个细节，既表现了他在1957年被错划为右派以后，多次挨整挨斗的遭遇，又折射出那个时代每逢运动便把右派当作祭旗的牺牲的极"左"政策。经过精选的细节，由于打上了时代和人物命运的双重印痕，便能很好地发挥艺术的反映生活作用。

三是要善于结构一个能够强烈地说明时代和命运关系的故事情节。在《啊！》中，便是"掉信"这场虚惊。本来，在正常的社会生活环境中，一封兄弟私信，即便真丢了，对一个人的生活道路来说，也不过是件偶然的、无足轻重的小事。但是在十年动乱特定的社会背景下，情况就不一样了——一个如此微不足道的、偶然到有些荒诞的事件，就足以使吴仲义产生毁灭感，而且最后真的失去一切；就足以使赵昌感到自危而"被迫"卖友以自卫；就足以使贾大真从中看到高升、立功的金子般的闪光，迅速进入鹰犬的战斗岗位。这就有力地说明了那是一个无事生非的时代，在那个特定的时代里，人的价值等于零，尊严更谈不上。不论遇到什么，或者根本不遇到什么事情，吴仲义们、赵昌们、贾大真们在人生道路上的转折和变化都是必然的。作者看到了这个情节所包含的荒诞的社会内容，便毫不犹豫地选择了它作为全篇的骨架。这体现出作者在思想、艺术上的造诣。

三

在处理时代和命运的关系时，还有一种方式，作者既不用曲折的情节着力去描写人物命运戏剧性的变化，或在X光镜下对人物内心世界做精细的解剖，也不浓墨重彩去涂抹时代风云的变幻，而只是一味铺展一幅幅有景有情，情深味浓的生活画面，造成一种艺术氛围和生活天地，让时代的发展，命运的变幻，都溶解到作品的生活溶液中。当读者全身心地浸润在这醇酒般的生活溶液中，便自然和人物命运同沉浮，和时代脉搏共感应了。

这是一种还原法——将作者从生活中提炼出来的关于时代和人物命运的哲理，在作品中又还原为生活本身的方法，是通过溶解生活进而提炼生活，通过对时代政治风云的"稀释"进而对人物命运和作品思想进行浓缩的方法。一些被称为乡土文学的中篇小说经常采用这种方法。孙犁的《铁木前传》和刘绍棠的《蒲柳人家》堪称这类小说代表之作。别林斯基说的创作要"从生活的散文中，抽出生活的诗，用对生活的忠实描写来震撼灵魂"，实际包含着深入生活和反映生活这样一个还原过程——从生活的散文中抽出生活的诗，又将生活的诗忠实地还原为生活的散文。自然，这艺术的生活"散文"和原始的生活"散文"在实质上已经有了质的区别，但在形态上，却应该越相似才越好。孙犁说的"用谈笑从容的态度来描摹时代风云变幻"，"谈笑从容"，不是散文之法吗？"风云变幻"，不是生活里包含的诗意吗？他是主张用散文之笔来写生活之诗的。师承孙犁的刘绍棠，更明确地宣称："我是一个土著"，倡议发展"乡土文学"，主张艺术创作中的"还原说"。林斤澜在评论《蒲柳人家》时，将这种观点解释为，"'还原说'说的是文艺来源于生活，经过提炼等等还要还原到生活那样；'那样'什么呀？真实吧"（《文艺报》1980年第10期，第55页），也是主张在作品中用被稀释的生活溶液（"散文"）来表现作家提炼出来的浓缩的生活哲理（"诗"），实现从生活到艺术过程中的辩证的二度还原。

孙犁、刘绍棠是怎样将时代风云和命运纠葛溶解于生活溶液之中的呢？

其一，将时代和命运溶解在"风俗画"的展开之中。乍读《铁木前传》，孙犁何尝正面写了什么政治事件呢？又何尝着意去表现某个时代的基本精神和生活前进的方向呢？他好像只是用自己那支轻柔洁净的笔，朴素而又传神地去记录生活中遇到的那些真切实在的人物，命运没有大起大落的变化，感情也没有大爱大憎的跌宕，事件多属平凡而又平常，结构也好似不那么完整和精巧。这类作品给人的感觉，淡化的是艺术，强调的是生活，有着那种归真返璞的美。若读者对此稍加咀嚼品味，便会遽尔发现，血肉丰满的生活画面中，隐藏着社会的基本矛盾和重大政治斗争的骨架。血液的流向，看似为造化赐予，浑然天成，实则无一不受着这个骨架的支配。

拿《蒲柳人家》来说，在一幅幅纵横交错的"风俗画"中，掩映着抗日的千里伏脉，构成了全篇内在的脊梁。小说中，将所有人物的命运扭结在一起的，以及影响、改变他们之间关系的决定力量，是抗日民族解放运动。作者通过周檎、周文彬这两个衔接城乡与党群,衔接小说的小舞台和时代的大舞台的人物,以周檎带满子为成立京东抗日救国会通州分会而走访蒲柳各家为情节线索,把个人命运和时代风云融为一体。而作为溶液的,便是刘绍棠笔下一幅幅蒲柳"风俗画"。在何满子七月七偷听望日莲、周檎月夜定情的"风俗画"中,一方面展现了如月光般皎洁明净的爱情,一方面展现了汉奸董太师要买她去做小的阴影。他们的命运会将怎样发展,自然不是月下穿针的古风可以决定的。如周檎所说,只有参加抗日救国运动,才能把望日莲从汉奸手中救出来,也才能使他们的爱情在共同斗争中更为成熟。其后,果然是蒲柳人以解决望日莲的婚事为由,打响了抗日锄奸的第一个回合,成为此后更大规模抗日活动的一次演习。在这幅"风俗画"中,命运和时代溶解得何其好!他们的婚礼现场又是一幅"风俗画"。洞房花烛夜,恰逢金榜题名时,周檎被燕京大学录取的通知到了,新娘望日莲亦喜亦悲,这是以她的柔情蜜意无法挽留的离别。这时,一个更大的社会力量出现了。由于何梅协定的签订,亡国之恨烧灼着周檎,他接过燕大通知书,"看也不看一眼,就塞进裤兜里,说:'华北之大,已经安放不下一只书桌了';我是不是上学,还不一定。"抗日的力量就这样改变了周檎在人生道路上的去向,又一次给他俩的命运带来了转折。

就连七岁的小满子的一次偶然性的遭遇——被爷爷拴在葡萄架下这幅"风俗画"中,也有着内在的时代光彩。他的被拴不只是因为不好好念书吗,还是因为爷爷心情不好。爷爷被日伪蒙疆军扣住,没收了马,吊打了一顿,目睹身受了当亡国奴的滋味,"一进家门就丧门神似的,眉毛子挽成个鸡蛋大的疙瘩"。原来"拴贼扣儿"这幅风俗画后面,蕴涵着的仍然是一场浩大的民族斗争。

孙犁在《文学短论》中的一段话,道出了用"风俗画"去溶解命运和时代的秘密:"单单是日常生活的了解,那就只能限于风景画,只有在一次政治事件里了解他们,那才能形成风俗画,才能从政治上再现生活。"也就是说,要在时代的、政治的投影下,描写好普通老百姓的命运在日常生活中,即乡土风情中的变化发展。这样写,不是什么远离政治的问题,而是要求深入理解日常生活和普通人命运中的政治,要求选择好表现生活中政治的艺术角度的问题。

其二,将时代和命运溶解在人情和人性美的抒发之中。《铁木前传》和《蒲柳人家》,不仅展开了一幅幅可见的乡土风情画,而且通篇流动着、弥漫着浓郁的感情,这里有作者对生活的爱,有人物对生活的爱,有人物心灵之间的感情交流。《蒲柳人家》中那一幅幅"风俗画"中，白沙绿荫中的幽会，软硬兼施促成的婚事，逃学凫水，鱼叉铁拳，都是充满人情味的。画面中流动着的我们传统的忠贞、义气、高洁、豪侠、含蓄、机智等民族性格、民族感情，是何等美好，它诱发了读者心中美好的感情，激励他们去爱人民，爱生活，爱自己的家乡和祖国。人与人之间这种美好的关系和感情一旦被邪恶的东西破坏，奋起捍卫劳动人民人性美和人情美的斗争，也就必然要把大家进一步团结到一起。这种美好和邪恶的斗争，从来不是什么抽象的感情和品德的冲突，而总是直接或间接地表现为特定时代的社会斗争。望日莲的婚事和地下抗日活动这两个斗争不是就交织在二而一的生活故事中吗？铁、木两家老一代的友谊和少一代的爱情的变化，也是和农业合作化运动中的贫富差距（包括心理差距），结合在作品的生活故事中的。这样，劳动人民维护人情美、人性美的斗争，也就和争取个人美好命运的斗争，争取整个国家和民族美好命运的斗争，三位一体地溶解在人情美、人性美的描绘之中了。同时，为个人命运的奋斗和社会斗争，也就给传统的人情美、人性美，加入了时代的新因素。乡亲们为望日莲的命运而斗争时，早已超越了燕赵慷慨之士的古道热肠，而具有在民族斗争中革命战士的宽阔胸怀。黎老东和傅老刚这一对多年挚友最后在十字路口的分手，九儿和四儿这两个儿时的恋人终于惆怅而又平静地离散，又何止是为了维护个人对友谊和爱情的不同理解呢？他们是被时代安排的两条道路上，选择了各自不同的命运，不同的生活道路。

四

近年来的中篇小说，描写人物在近二十年或十多年中命运历程中的"马鞍形"的，很不少。这些人，大体都受到过极"左"思潮的影响或迫害，遭到坎坷，走入了人生的曲径，而在党的十一届三中全会精神的照耀下，落实了政策，得到了解放，重新步入人生的坦途。在我国当代生活中，一次政治运动，一项政策方针，常常左右着千万人的命运，使得我们回忆起来，觉得大家都有相类似的经历，但实际上在同一条河道里流动的水并没有一滴是相同的。我们每个人的遭遇，都受到自己的出身、环境、个性、气质，甚至许多偶然因素的影响，而形成了个人命运的独特色彩。如果不去努力发掘由社会发展轨迹所决定的大体相似的个人命运的独特性，并用独特的生活场面、情节、细节、语言来着意表现它，就很容易使不同人物的命运都成为时代发展轨迹的机械缩写，从而显得雷同且概念化。一些反映当代生活的作品或多或少在这方面表现出不足。这里有两点值得注意：

第一，人物命运虽然归根到底取决于社会基本矛盾的发展变化，却又不能仅仅归结为社会基本矛盾这一种力量的直接作用。即便是那些处于社会斗争旋涡中的人物，他的命运虽然更多地、更直接地受制于社会基本矛盾，但也并不是在单光源的照射下发展的。至于社会基本矛盾的力量，最后作用到处于日常生活中的普通人身上，则总是要经过许多中间层次的传递、扩散。在这个多层次的传递、扩散过程中，盘结在具体人物环境中的，或隐或显，或必然或偶然的斑斓驳杂的生活力量，会不同程度地增强、减弱、甚至抵消一部分社会基本矛盾的力量。这些生活力量，虽然归根到底仍然取决于、受制于社会基本矛盾的力量，但在具体作品的小环境中，却常常是作为与社会基本矛盾不同的力量（动力、助力或阻力）出现。因而，社会基本矛盾对人物命运的影响，实际上便表现为基本力量和各种非基本的、偶然的生活力量的合力的影响，即多光源或混合光源的照射。用马克思主义经典作家的话来说，作为社会关系总和的人，是站在无数个社会的力的平行四边形的对角线（即合力）的交叉点上，他的命运不是在裸露的、直线的、概念的社会力量的作用下形成的，而是在综合的、具体复杂的生活力量的不同形态的组合之中形成的。在多大程度上如实地写出了这种组合的复杂性，人物命运便在多大程度上有了独特性和可信性。

第二，经济、政治和精神生活的关系，是既相适应又不平衡的辩证关系，作家如果不能从自己所描写的生活题材中，现实地、具体地看到物质生产和精神生产、政治运动和个人命运的发展，既相互适应又具有某种不平衡性，而是把个人命运的变化简单地写成或是某种政治环境、具体政策或是物质生活变化直接的、立竿见影的结果，就容易变成图解。

有些平反冤假错案的作品，常常是"政策一落实，错案一平反"，人物的遭遇，如职务、处境、个人精神状态，以及和周围环境的关系等，立即恢复到十几年前的状况，命运的轨迹成为一个封闭的圆圈，看不到多年来时代的发展，环境的变化，客观上仍然存在的各种阻力，主观精神上必然有的各种创伤，等等，所加于人物命运的影响；有些反映新时期经济政策的作品，又常常由以前的"穷必革""富必修"走向另一个极端——"富必革""穷无志"。好像人只要变得富有,就立即可以主宰自己的命运,叱咤风云。看不到在我们社会里,经济状况的变化虽然是改变命运的主要原因之一,却远不是全部的或唯一的原因。而由经济状况的变化到人物命运的转变也不是一蹴而就的,需要通过在特定的典型环境中的经济、政治、思想、道德环境,以及个人气质、品格,个人与环境之间多面的、复杂的矛盾运动,才能实现。这样简单化的描写,因为不符合现实生活的复杂性,真实感也就被削弱了。

不少优秀的中篇小说在这两个问题上则处理得较好。小说《蝴蝶》中,张思远作为一名领导干部,他的命运的变化,十分明显地和党和国家政治生活的变迁联系在一起。在他生活中先后出现的三个女性:纯真正直的海云被解放初期的革命春潮卷进他的生活,又终于不得不在极"左"思潮造成的感情隔阂和反右斗争扩大化的鸿沟中,离开他的生活;随后美兰像滑腻的鱼,缠住了他的权力和地位,当"文化大革命"的狂飙袭来,她也便像夏日的浮云被刮走;接着是在张思远的下放时,饱经沧桑的秋文和山区老百姓一道闯进了他的生活,在他复职之后,又洞息一切地离去,只留给他秋天般深远的期待和眺望。张思远的人生之路,和解放、反右斗争、"文化大革命"、党的十一届三中全会等重大政治斗争联系得这样紧密,但这种联系又不是直接的。海云和张思远离异,不仅是因为自己被划为右派,而是早在这之前,她就逐渐发现了渗透进生活的极"左"思潮,已经造成了夫妻之间的思想感情上的差距。作者没有把他们的离异看成是某一次政治活动的猝然打击,所以小说描写了双方在离婚中不符合常理的独特表现:"市委书记的张思远倒不愿意离(他没有觉察出夫妻间更深的裂痕),右派的海云却为这种离开感到轻松,并且毫不避嫌地和自己选择的情人结合了。这样处理,比之把他俩命运的变化,简单地归结为一场政治风暴,更显得独特而深刻。同样,在粉碎"四人帮"之后,秋文拒绝了张思远的表示,这也是独特而深远的。以秋文的成熟,不会简单、轻易地为生活表面色彩的变幻所左右。政治风云的变幻,只有通过山村具体的生活环境以及她自己的思想、气质、性格,才能影响她对人生道路的选择。

《蝴蝶》更深沉之处,在于作者不仅展现了人物可见的生活遭遇(这是一般都能做到的),而且着力展现了人物在实际的生活遭遇中的思想历程(这是人所难见的内在的命运历程)。作者在内外两条线的交叉描写中,既表现出个人命运和时代既变化又矛盾又统一的关系，又表现出人物命运中具体的生活遭遇和思想历程这内外两条线的发展在大致同一中的不平衡性。一方面，我们看到，张思远的具体的生活遭遇和他的精神变异是一致的。生活遭遇了坎坷，思想上也经历着坎坷——在革职下放中，他思想有着相应的变化："这是我吗？""这个弯着的腰，是张思远书记——就是我的腰吗？这个灌满了稀浆糊的棉衣是穿在我身上吗？这个像疟疾病人的呻吟一样发声的喉咙，就是那个清亮的、威风凛凛的书记的发声器官吗？他一次又一次向自己提出这样的问题，百思不得其解。"另一方面，我们也看到张思远的具体的生活遭遇和精神变异又是不平衡的，有时甚至出现反向的运动。当他的生活遭遇进一步恶化，党籍被"挂起来"，下放劳改之后，他的精神不但没有垮掉，反而经历了一个返璞归真的完善、升华过程。在农村爬山，使他发现了自己的腿；帮农民扬场，使他发现了自己的双臂；挑水时他发现了肩；以普通劳动者的身份和劳动人民相处，使他重新发现了自己原先被异化了的一切，寻找到了一个真正的人的智慧、觉悟和人生，甚至连同那早已消失了的男性魅力也被找到了。后来，他的境遇改变了，被上调，进京，但顺利的生活道路反映到精神历程上，不仅是昂奋和愉悦，还有沉重和感伤。这也正是他请假离京返村，要求和秋文共同生活的原因。秋文这一形象也体现出命运历程中这种具体遭遇和精神历程的不平衡性。她如同一株异地移植的树，既善于适应水土，又保留着和新环境中植物群落全然不同的本色。随和后面是清高，饶舌后面是沉思，嬉笑乐天后面是对十字架的背负。她的思想精神，正是在移植到恶劣的环境中来之后，变得更有生命力。

可以说，《蝴蝶》能在近年来常见的生活题材中，发掘出人物独特的生活遭遇和更深一层的精神画面，是和作者能够坚持从生活出发，精确地把握时代生活和个人命运之间的复杂关系有很大关系的。

（1981年6月—7月，北京苏州胡同，第一届全国中篇小说评奖会）

史诗的追求和史诗的消解

——从陕西小说历史观的变迁说起

对史诗的追求可以说是陕西长篇小说创作的一个重要特色。40年来，陕西小说家的史诗追求，由单一到多维，呈现出纷繁的色彩，近期的一些作品，更显露出消解史诗的苗头，从中可以感觉到陕西作家历史观的变化。

在对史诗的追求中，陕西作家历史观的多样发展，虽然并不清晰地体现为几个阶段，也不清晰地体现为几个方面，并一直呈现为一个交叉杂陈的生动过程，但如果从作品的主要追求上进行大体分类，却也不是羚羊挂角，无迹可求的。就个人几十年间的阅读体会，我想这样来表述这个交叉杂陈的进程：主要立足于社会文化、政治文化意识，描绘社会政治的历史生活，构成一种审美形态的社会史。

这类作品主要以社会、政治生活中的重大历史事件构成生活故事为主线，主要以现实的社会和政治的坐标解读历史生活和历史人物，主要从社会和政治的层面去展开历史生活，描绘历史人物，结构人物关系，并以此为基础展现社会心理和人物感情。柳青、杜鹏程的长篇小说是此类作品中的典型例证。

柳青在谈到《创业史》的创作时，曾明确地认可了毛泽东在《〈中国农村的社会主义高潮〉的按语》中对合作化初期农村阶级状况的分析，对小说人物关系设置的指导性作用，即"社会主义革命时期，特别是合作化运动初期，阶级斗争的历史内容主要的是社会主义思想和农民的资本主义自发思想两条道路的斗争，地主和富农等反动阶级站在富裕中农背后"（柳青《提出几个问题来讨论》），同时，他在出版说明中又明确地指出，《创业史》着重表现的是"中国农村社会主义革命中社会的、思想的、心理的变化过程"。在这种变化过程中，留下了鲜明的政治烙印。这是那个时代人物心理感情的真实反映，也和作者的历史观、审美视角，以及作品特定题材的要求相吻合。正因为作者重视了这场革命中"社会的、思想的、心理的变化的过程"的展示，使作品由真实达到深刻。

杜鹏程的《保卫延安》和《在和平的日子里》，都以革命战争和革命建设中重大的历史事件为依托，在人物命运的交织和性格的冲突中，铺陈着作品所描写的时代的主要矛盾。这两部作品都用时代精神衡量、评价人物和事件，因而政治是非和道德善恶常常是合一的。加之，作者又以历史感和哲理感很强的笔调描绘社会心理和人物感情，使作品更体现出一种崇高之美。

我认为路遥的作品体现出来的历史观，大体可以归入此类。只是由于社会生活的发展变化和时代总体认识水平的提高，使他更侧重于从社会文化、社会心理历史的大背景上去把握生活，因而视野更开阔，视角更多样。《惊心动魄的一幕》对强烈的政治意识的投射和对政治生活、政治心理的展示，是生活真实的要求，作品题材的要求。从创作主体意识发展历程来说，这部作品是一个过渡时期的起点。到了《人生》和《平凡的世界》，急风暴雨的阶级斗争、路线斗争时代转入相对稳定的社会改革和历史转型时代，作者而向主要以社会意识观照历史生活的视角，使政治生活、政治心理由全面涵盖社会生活、社会心理的突出地位，回落到社会生活、社会心理的有机整体中来。

立足于历史文化意识，主要描绘经过文化心理沉淀的历史生活，构成一种审美形态的文化史

这类作品当然同时也是社会生活史，但它们观照社会生活的主要视角是文化心理，即弥散于生活中的无意识文化，而不是意识文化。这些作品也宏观地展示社会生活和政治军事斗争，也写家族史、村社史，也写生产活动和经济生活，也写人情人性，但是在一定程度上超越了贴近现实的立足点，与其大幅度拉开距离，在历史全景中做远望和遥感。这类作品将文化作为社会生活各类实践活动的最后归宿和溶液（即汤因比所说的"文化汤"），总是待现实生活转化为一种文化积累和心理沉淀之后，再行表述。因而这类作品在反映历史生活时，

视角既多又以文化汤融会贯通,显得更生活化、平民化,更具象外之旨、象外之味、象外之气,从而获得了一种史诗气魄。

陈忠实的《白鹿原》在这方面有成功的探索。在《白鹿原》中,作品所表现的中国近代社会的政治运动,社会的、家族的、村庄的生活和道德精神面貌,无不浸淫在中国历史千百年酿成的文化汤中。具体的社会生活和精神面貌是在不断变迁之中发生变化的,读者也就难于与其相通并产生共鸣,唯有这文化汤具有相当的恒定性,处在不同时期不同地域的读者们通常生活在相同或相近的文化汤中。这样,文化汤便成为一种沟通作品和读者的良导体。现实社会具体而细微的生活,通过文化汤的传导,可以辐射至更久远、更广阔的接受时空。因而,《白鹿原》突破了此前许多长篇小说反映现代中国社会以革命历史为主,描绘人物主要着眼于政治斗争生活和与此相关的内心生活的局限,以文化感涵蕴社会政治、道德、人性,展开了宏大而细致的全景史。作品从复合的、多维的坐标出发,写了现代农村生活中精神领袖、政治领袖、家族领袖、世俗领袖的适度分离和分离中的交缠,表现了中国现代国家政治、村社政治、家族政治和传统精神文化生活若即若离的关系。在这白鹿原上,不参政的闲云野鹤式的精神文化领袖(如白嘉轩和朱先生)和掌握了村社行政权力却不能真正左右村社生活的世俗领袖、民间政治领袖(如鹿子霖),和国家政治生活的主角国共两党的活动分子(如田福贤和鹿兆鹏)分立而并存,彼此冲突而相互渗透。而国家政治局势和村社政治生活,虽大体同步又常常错位。作品着力表现的是源远流长、无处不在而又根深蒂固的村社儒教文化对现代社会各方面的渗透和在现代社会进程中举足轻重的作用;是它对现代政治经济生活致命的影响和无法抗拒的改造,并时时用真善美来制衡倾斜的现代生活。

立足于人性文化意识,主要描绘历史主体的发展进程,构成具有审美形态的人性史、心灵史

其实更确切地说,《白鹿原》所追求的历史感,即作者书前引用巴尔扎克的话所表白的"民族秘史",是民族文化史与人性史、心灵史的交融。从这个角度看,全书人物谱系的两个相斥的极点——白嘉轩和田小娥,正是传统道德文化

的卫道者和传统道德文化的颠覆者的代表，或者说，是扼杀人性者和张扬人性者的代表。白嘉轩通过"灵"，即传统道德精神和行为规范，凝聚社会力量，加固精神堤坝，最后成为圣人；田小娥则通过"肉"，唤醒人们心中人性和生命解放的欲求，最后成为魔鬼，死了也要被镇在塔下。文化史和人性史的斗争既神圣又残酷。

高建群的《最后一个匈奴》，也是一部社会政治史、文化史和人性史多维交汇的长篇。作家没有摒弃围绕革命历史重大事件来展开政治斗争和社会生活画卷这一革命题材常见的写法，却更致力于对这一段历史做文化人类学的开掘。故而他的视线由导引历史活动的领袖人物身上，更多地转移到参与历史活动的老百姓身上，由关注社会的"分子"到更多地关注社会的"分母"。小说致力于从大量平凡百姓的生存状态中去探寻一场革命的缘由，由主要关注照耀着历史事件的政党形态意识，转而关注社区人生的集体无意识，即种种保存于民间的获得性的社会文化遗传，从而展示了陕北社区中不同的生存意识，呈示出沉积的地表下那雄强抗争的精魄。作家甚至还同时关注到先天的非获得性遗传，从陕北有的民族沿革和血统基因中去追求一种骚动的生命力原。小说的楔子一章，可以视为这一思考的艺术宣言；上半部力图从人类文化学和地域文化学的角度解释第一代人的陕北革命斗争生活；下半部又力图将第二代人在极"左"思潮和路线斗争中遭受迫害表述为人性的压抑、挫伤在人民滋养下的康复过程。作品展现了遗落在黄土地上最后一代匈奴——陕北人——命运的坎坷和精神的复杂及其所造成的悲壮和悲切。

程海的《热爱命运》可以说是主要表现人性发展历程的一个段落，是着眼于人性史的。人性文化意识是这部长篇的立足点。小说通过主人公和几个女性的关系，写了他人性和感情生活中的三个分裂的层次，即欲爱、情爱和婚爱，以及这种分裂造成的心灵痛苦。小说有意将故事的时代背景和人物活动的社会环境虚化，也淡化了与人性历程关系不密切的人物的其他活动。与此相应，还在艺术上追求主观色彩相当浓郁的心理经验、感觉描绘，这就从多方面突出了人性史的追求。

注重表现社会史和文化史的作品，虽然展示的是独特的个体人的命运，却总是力图通过个体人的命运去触发对群体命运的普遍性关注，或者力图通过独特的人物关系去辐射社会层、文化层中不同群体的活动。写人性史的作品则由更多地关心群体人的命运转而更多地关心个体人的命运，虽然它也终究要展示人性发展史的某一个段落，并引起普遍性的思考，但这种辐射却埋藏得比前类作品更深，加之这种辐射又常常被个性化的生活材料、感情色彩和艺术追求所掩盖，便使读者感觉到原来拥有的那种史诗意识实际上已经变得十分淡漠，从而出现了不同程度的消解史诗的情况。

立足于非史文化意识，主要描绘正史圈外的原生态野史，构成一种审美形态的"非史"之史

贾平凹的一些中长篇小说和杨争光的一些中短篇小说比较明显地带有这种倾向。贾平凹在谈到自己的创作时表示，"文学哪里有什么史诗"，并明确提出过"不追求史诗"的观点。他认为古往今来的典籍历史（正史）都或多或少经过史家的筛选、过滤、提升、伪饰。这种由生活到典籍史的文字化、逻辑化过程又或多或少反映着史家的局限与偏见，折射着统治者与当时时代的局限与偏见，使正史难有真史。真实的、鲜活的历史反而存在于民间，存在于老百姓的生活中。贾平凹的许多小说作品从视点、视角到取材、选材，都体现出这种"非史"观念，体现出对史诗追求较为自觉的消解。在《鸡窝洼人家》《腊月·正月》和《浮躁》之后，贾平凹的许多中篇小说可以用他自己一个中篇小说的题目来概括，这便是《远山野情》，"远山"指地域空间远离中心社区，"野情"指精神空间远离主流文化。这些作品的人物，大多是历史典籍不予记载或很少记载的山民百姓，是失去土地、离开村社（这是中国传统文化的根基）的农民、山野兵匪或山林游侠。这些"化外"之民一直处在社会潮流、历史事件的圈外，自在地用自己的远山野情敷衍着自己的人生故事。因此，此类作品喜欢写逸出主体文化，特别是主体政治文化之外的人生过程、人生意识，以及与此相关的人的性格、命运、心态、情态，民俗、风习和感应着这种人生意识的自然景观。

强盛的主体文化常常是一个民族的精神支柱，但主体文化中的糟粕，也常常构成对人的真情真性浓重的文化荫盖，压抑着人们的心灵。而生活于主体文化与次生文化中的心灵，由于相对地处在主体文化的"边地""圈外""化外"，反倒能够得到更自然、更自由地发展，更多地将真情、真性保存下来。贾平凹

的这类作品多写女子，因为在男权社会，女子介入社会主体文化的深度与广度远不如男子，但她们却比男子更真、更美；这类作品也多写夜月和静水，月和水不但和女子阴柔的特质相对应，而且和象征着世界主体的太阳形成反差，应和着一种"圈外"的生命形式和生命价值；他的这类作品还爱写游侠和兵匪，这是因为商洛地处在几省交界地区，旧时代区域割据的政治、军事、文化力量比较薄弱，对"圈外"鞭长莫及，游侠和兵匪就在这种情况下应运而生，成为一种社会现象（这也是边地文化的一个特色）。无论是兵是匪还是侠，其实都是离开了土地的农民及底层知识分子。生产者一旦和生产资料剥离开来，便从原有的政治、经济、文化的社区结构中脱离出来，成为不同形态的游荡者。游动使他们不断地从一个社区到另一个社区，从一种文化环境到另一种文化环境，底层劳动者的游动又使他们只可能在"边地"和"圈外"逡巡，而难进入社会的核心和主体文化的中心。于是，这些多种文化因子的携带者，便在极不自觉的状态下，在命运不断的拨弄中，传播着、缀连着、融合着形形色色的"圈外"文化，甚至形成了遍布乡里的亚文化网络。

这样的生活感情内容，和作家自在无为的思想倾向，节制虚静的艺术描写以及冷月秀水的审美气质结合到一起，使贾平凹的作品与其他陕西小说所具有的主流色彩始终保持着距离和差异从而更具独特性。这些作品当然也蕴涵着社会的、文化的、人性的历史内容，却已经不再追求我们通常所说的"意识到的历史内容"，而是一种感悟到的历史内容。史诗追求被"非史"追求替代。

到了《废都》，虽然人物生活的空间已经进入中心城市、文化古都，但小说的主角"四大文化闲人"和配角"四大社会闲人"以及几位女性，却大都生长于非主流文化地域。他们进入中心城市后，也"人在曹营心在汉"，精神世界仍然徘徊游弋于古都的主流文化圈外（此谓之"闲人"之闲）。他们执拗地也超脱地与主流文化圈保持着距离，甚至在用自在的生存方式和生命方式"批判"着主流文化（正史）。庄之蝶在性态生命中的"自虐"正是以自己的生命所进行的一种反证式批判。在这里，"都"即社区中心，文化主流。"废"作为状语，"废都"则可被解读为"废之都"，表示着主流文化正在衰落和变态；而作为动词，"废都"则又可被解读为"废其都"，表示着主人公正以一种魏晋方式对古都文化做批判。两不同意义的"废都"，此之谓也。

在简约回溯了陕西小说创作历史观的一些阶段性变化和史诗追求的几种交

叉类型之后，还不妨再从几个方面进一步来看陕西小说创作在历史意识上的多维格局，来看它的变化与差异。

历史舞台主角的选择

文学作品选择什么社会力量作为历史舞台的主角，主要取决于作品所反映的时代生活。在大多数情况下，特别在正面反映历史生活的长篇小说中，常见的情况是，历史生活的主角便是长篇小说的主人公。但作者的历史观所构成的特定的社会关注视角、审美关注视角和与二者相关的关注兴趣，也常常左右着、影响着历史主角的选择。从各种不同的选择中，我们便可以反观作家的历史意识。

同样反映20世纪三四十年代生活的小说，《保卫延安》和《最后一个匈奴》都选择了革命者作为历史舞台的主角。但他们是在不同的舞台上展现风姿的，前者主要是在国共两党战略决战的枪林弹雨之中，后者则主要在共产党内部路线斗争的风云变幻之中。很明显，这主要是两部作品选择不同题材的结果。《白鹿原》选择代表了中国传统村社文化的白嘉轩作为全书的第一号人物。这固然与作品主要不是写革命队伍的生活而是全景地反映中国现代农业社会生活有关，却明显地反映出作家独特的历史意识。事实上，陈忠实通过《白鹿原》对中国现代农村社会舞台的历史主角做了新的确认。白嘉轩丰满的艺术形象提出一个命题：白嘉轩这类世俗儒教领袖、村社道德文明成熟的代表人物，是中国历史的重要主角。他们与他们所代表的文明，以极为强大的力量统摄了中国社会各方面的斗争，调和着各方面的关系，稳定着浮躁的现代生活，力图维持着现实社会缓慢而又匀速演进的状态。就个人有限的阅读范围来说，我是首次看到如此成熟的凝结为艺术形象的中国村社文明的生态，首次看到一系列如此成熟的中国传统农民形象。只是，无论作者如何陶醉于这些形象，都只能无奈地写出了这种文明解体的先兆。小说当然是一曲中国村社文明的赞歌，也是挽歌。它呈示出的历史趋势，是中国古典农业社会的终结，是中国传统农民形象的终结。他塑造了最后一个好族长，最后一个好长工，最后一个好先生——这是中国农业文明最后的光环。这光环当然会延续很长时间，甚至会延续到今天，延续到未来，但它不是朝霞而是夕阳，这是可以肯定的。作者严峻的历史主义和现实主义精神，以及独特的历史观，尽在其中了。

同样是反映20世纪五六十年代生活的小说,《创业史》《在和平的日子里》和《风雪之夜》都选择了生产者——工农业生产第一线先进的干部、农民、工人作为小说的主角。很明显,这也和几部小说题材的侧重点有关。但是,《在和平的日子里》以相当大的篇幅较细腻地描绘老工程师张松如和技术员韦珍这两代知识分子,并将他们作为作品的主要人物,和闫兴、梁建、刘青山等一道组合进社会主义建设者的群像之中。这固然是当时社会生活真实的反映,却在一定程度上与作家的历史观有关。在当时普遍轻视或有意轻视知识分子在历史进程中的作用,并且许多作品有意无意将知识分子(特别是张松如这样的老知识分子)写成落后人物甚至反面人物的大背景下,杜鹏程能够冲破偏狭的认识、世俗的观点,将知识分子作为推动历史前进的重要力量,置于作品主角的位置,是有胆识的。这不仅需要作者有甘冒风险的勇气,而且需要有深刻的历史唯物主义见解作为这种艺术勇气的坚实后盾。张松如这个形象成为"十七年"文学长廊中不可多得的独特形象,是作家独特的历史观以及与这种历史相称的艺术表现能力的结晶。

同样是反映20世纪80年代初中国农村历史转型期的生活,路遥在《人生》和《平凡的世界》中执拗地将自己主要的关注中心和审美激情放在高加林、孙少安、孙少平、田晓霞这样的农村知识青年身上,将他们作为"乡里伟人",作为农村改革、进步最重要的社会力量。《人生》中的高家村,本来有两个能人,一个是代表权力的高明楼,一个是代表财富的刘立本,但在作者眼里,后来冒出来的无权无钱却代表着新文化和新人格力量的高加林,才是真正的"乡里伟人",才是新农村未来历史发展的真正主角。这一历史主角的选择,鲜明地反映了作家的历史意识,即文明是中国农村摆脱贫困和愚昧强大的推动力,中国农村的历史主体——农民自身的文明程度、人格力量和精神境界是中国农村发展程度的最终标志,也是农民解放的最终标志。

小说家程海也是一位诗人,有一颗自由自在的心。在人性、人情领域,他似乎来不及等待时代的解放便早已暗中解放了自己。他最关注的是人性的解放,最痛恨的是人性的压抑。这种感情经过诗心的放大,经过以主体感受见长的文笔的再现,是那么令人震撼。在纷纭的社会问题中,程海特别选择南或作为生活故事的主人公,选择人性的复归、人情的释放作为小说的主旨,是必然的。这反映了他历史观的一个侧重点:人性的解放程度是历史发展的一个重要标尺,人性发展史是历史进程不可或缺的层面。

在贾平凹近期的小说和杨争光的作品中,我们感受到的信息是,历史其实是无主流、无主角的,历史的足迹,不是或不只是那些大事件、大人物、大思想留下的大脚印,倒主要是小民百姓、芸芸众生不经意留下的小脚印。这些脚印可能没有明确的目的,没有鲜明的界限,没有深刻的理性,也缺乏应有的力度,自在而自为,杂沓而混乱,沉缓而凝滞,游移而颓丧,很难呈现出各种线性规律,但是生活就是这样,历史就是这样。在他们的一些小说中,历史理性、历史规律和艺术史诗追求,随着历史主角的消解而消解。历史在"非史"中存在,规律在无律中发展。对这种"非史"之史、无律之律的生活作艺术表现,正是作者的追求。

历史动因的揭示

历史的前进,生活的发展,是在多种交织的力量推动下实现的,作为以生活原有的形象状态反映生活的小说艺术,当然或多或少要反映出这种历史动因、生活动因的复杂性来。但是,以什么力量作为历史发展的第一位动力,或者,在这多重动力中,具体的作品应关注什么,忽略什么,强化什么,淡化什么,却是因作家而异,因作品不同的题材和视角而异,因作家不同的生活积累和艺术趣味而异,也或隐或显地反映了作家不同的历史观。

在陕西近几十年的小说创作中,反映革命战争的《保卫延安》和反映社会主义革命的《创业史》,都明确将阶级斗争(或是夺取政权、改变旧的社会政治制度的革命战争,或是在新政权领导下,改变旧的生产资料所有制的土地改革、农业合作化运动),作为第一位的历史动因来表现。《创业史》在揭示阶级斗争这一历史动因时,以严谨的唯物史观,全面地再现了在新政治制度下生产关系的变革,再现了在经济基础变化的基础上,蛤蟆滩这个小社区上层建筑和社会心理深刻而微妙的变化。柳青对社会发展新阶段的阶级斗争的本质特点、表现形态有着自觉的把握。但是作家没有将梁生宝一味置于互助组和各种落后的社会力量面对面的斗争中,反而常常让他的助手高增福承担这个角色。梁生宝的主要活动是为互助组买稻种,带领群众进山割竹子和学习办社,也就是说,主要是在新制度下组织群众发展集体生产。这就透露出作家实际上是将生产力的发展作为历史发展的第一位动力。新的生产关系为生产力的发展提供了广阔的天地，生产力的发展反过来巩固发展了的新的生产关系，而新的人际关系、新的精神层次、新的心理因素，又得以在新制度下的生产实践活动中逐步形成和建立。小说所描绘的这一切，都还是在以阶级斗争为纲的大前提下展开的，这虽然有一定的局限性，却是当时社会认识和社会实践真实状况的反映。可贵的是，《创业史》能够在清晰表现这一历史唯物主义社会发展构架的同时，细腻地展示社会生活的丰富性和复杂性，深刻地揭示各类社会心理，在表现历史发展主要动因的同时，表现了社会发展动因的多维性。这又是作家的过人之处，不同凡响之处。

从揭示历史发展经济动因的角度看，杜鹏程的《在和平的日子里》有着特别的意义。这部作品在更自觉、更明晰的意义上，将影响历史进程的各方面因素，诸如社会制度、经济管理、时代风尚、理想追求、工作作风、道德人格、文化影响等，自然地融汇在社会主义经济建设的生产实践中，全面准确地揭示了社会生产力发展作为主要历史动因和其他历史动因之间的关系。

在我的印象中，新时期以来，陕西的长篇小说对历史动因的揭示虽然依旧关照着阶级斗争、路线斗争、生产斗争，写经济、政治力量在历史进程中不可忽视的作用，但从总体上看，则更多地转向了精神领域，更重视精神力量对历史的影响。这些作品中有的更强调人格力量的作用，如《人生》；有的更强调人性力量的作用，如《热爱命运》《八里情仇》；有的更重视现代文明、先进知识文化的作用，如《平凡的世界》；有的更注意优秀传统精神的作用，如《白鹿原》；有的则描写了文化知识界的某些人在声色犬马中颓丧溃败，以致出现精神失语，如《废都》，或着意描写黄土地上的劳动者那种化外之民般懵懂愚滞的状态，从精神和实践两方面显示着历史动因的消解……

应该说，这些作品不同程度地从正面或反面强调了精神力量在社会发展中的作用，纠正了20世纪80年代以前文学对民族整体精神素质的重要性表现不力、认识不足的偏向，也对极"左"思潮影响下文学热衷于表现历史生活中的唯政治意志和唯政治精神进行了拨反。

需要特别在这里提出的是：

一、这些着重揭示历史的精神动力的作品的创作者，大都出身农村，对"土地—母亲""人民—实践"有着"恋母情结"，这一点在包括了路遥、陈忠实、邹志安、京夫的这个广有影响的小说家群体中表现得最突出。因而，他们在表现历史的精神动因时，内在的感情倾向又是倒向社会实践和社会实践者一面的。其实正是因为对人民和土地的深深爱恋，才使他们深切感受到农村、农民需要新的文化知识和理想的精神境界，才使他们从自己的审美理想出发将笔下的农民主人公描绘成乡里的仁人志士或智者哲人，描绘成精神的高尚者。在他们的作品中，劳动和劳动者，一直处在神圣的地位。这种农家子弟的感情倾向和艺术家审美理想的结合，使这些作品能较好地处理历史的精神动力和实践动力的关系，能较好地处理作为主人公的乡里伟人和他们赖以生存的大地母亲的关系，和整个劳动者群体的关系。

路遥喜欢写精神的强勇者，但这些人物具有的并不是一种孤立的个体人格力量。他在自己的作品中反复表现过土地、人民对这些强勇者的哺育，用许多鲜活的生活画面、生活意象和哲理性议论，反复叙述着一个真理：不是旧有的村社经济和村社文化造就了乡里伟人，而是新的历史实践、新的经济因素、新的文化结构和人格力量使这些人从乡间走出来，和村社经济、村社文明拉开了距离，才开始了自己崭新的新人的生涯，开始了中国农村新的道路。由于有坚实的唯物史观作基石，在上述小说家群体的作品中，我们难以觉察到眼下有些作品中流露出来的由于重视历史的精神动力便藐视劳动者和他们切实的历史实践活动的流弊。

二、这些侧重揭示历史的精神动因的作品，不但反映了当代社会对历史精神动因的最新理解，极大地拓展了我们对进步的、美善的精神在历史进程中的作用的认识，有的作品在这方面还达到了相当的深度，甚至可以说具有了某种科学发现的性质。《白鹿原》在历史动因的揭示上，在深刻开掘社会运动、政治军事斗争生活的同时，提出了：对民族精神和文化传统的维护和扬弃；固守和更替往往是历史演化；社会进步更重要、更强大的杠杆，往往有着更长远的生命力。这些观点是确有见地的。

历史哲学的升华

从 20 世纪五六十年代起，陕西几部重要的长篇作品，如《保卫延安》《创业史》，由于重视史诗的追求，就以浓重的哲理色彩和流贯的哲理氛围耀目于文坛。这和作家的哲学素养分不开。在《创业史》中，生活向历史升华，历史向哲学升华。这是它深刻性的极重要的因素。作家的哲学素养沉入作品的最底部，通过结构、情节、主题、人物、语言散射出智光。读者似乎不能具体地捕捉住它，却能处处感受到它富的生命力。这种哲理不是对生活某一局部的解释，而是作者对世界的整体把握。它支撑着整个作品，使之获得了巨大的张力和诱人思索的魅力。全书因为有了它而变得沉甸甸。这已远不是一般的哲理性了，它升华为一种历史哲学境界。

这种境界也出现在《白鹿原》《人生》《平凡的世界》等长篇小说中。这些作品不只描写孤立的存在，还着力表现关系的存在；不只描写静止的生活，还着力表现过程的生活；不只描写生活表层的瓜葛，还去揭示生活深处的构架，具有诱人的欣赏张力和思考魅力。作品当然也对生活的某一个局都做了自己的哲学解释，但主要是对人生与世界一整体进行了的哲学把握。

这个特色在陕西的中长篇小说中一直贯穿下来，不断有所发展。这个发展，是不是可以说表现为"生活哲学—人生哲学—生命哲学"的升华过程。

对人生哲学和生命哲学的思考，可以归结为对人的关注，对人的解放的关注，对精神个体解放的关注。历史的进步和人的解放同步，而历史的进步最终归结为，特别在文学艺术中最终表现为人心的解放和人格的重铸，这是我们从路遥历史意识中谛听到的最强音。

1995 年 10 月，西安谷斋

革命历史题材随想录

一

在中国这样一个经过长期革命斗争而步入历史新境界的国家,在陕西这样一个南北两头都有革命根据地的省份,在陕北这样一个被称为中国革命圣地的地方,革命历史题材毫无疑问是一个优势,却似乎并没有形成优势;是一个文化富矿,却有待开发;是一个"烫手"的创作领域,却显得热度不高。

这种观点大体上是实事求是的,细一想却并不确切。这几年,反映革命历史生活的作品,一方面备受冷落,一方面又很受青睐,不能说繁荣,但可称热闹。这些作品对中国革命各个历史阶段以及它的领导者们,或做重新估价,或做翻案文章。大量对个人历史、生活、秘闻大曝光的作品被"抛"出来,在精神市场上、也在社会心理上引起轰动。这类作品各种题材都有涉及,以纪实性作品为主,其中好作品很多,但离信、达、雅则相去甚远,粗劣伪制之作品也不在少数。基于某种意图而故意混其真伪、倒其美丑者,竟也被争相传阅,街谈巷议,引为佳作。

为了文学健康的发展,也为文学发展的健康,我们实在有必要认真议论一下革命历史题材的创作。四年前的 1986 年的夏天,我们相聚在长城线上的榆林,半百学子,三天切磋,参与了陕西第一次陕北题材创作研讨会。其中一个重要的内容,就是革命历史题材的创作。四年后的 1990 年的夏天,我们相聚在凤凰山麓的延安,研讨的题目变成了革命历史题材创作欣赏,讨论的空间范围比上次小了,时间范围却比上次长了。时空有了变化,既差别又包容。从包容的角度来讲,无妨说这也是第二次陕北题材讨论会。

二

史与识,史与今,史与美,史与实,史与人,史与心,都是在革命历史题材创作的研讨中需要谈及的。

革命历史题材作品,不是革命历史教材。它不是历史,而是艺术。这样说并不矛盾,只是这并不意味着,革命历史题材作品因此就不负有帮助读者、帮助社会正确地认识历史和认识真实的责任,更不能说历史题材作品在再现历史、传播历史方面失了真,产生了这样那样的副作用时,作家本人可以不为此负责。艺术作品引起的历史方面的问题、政治方面的问题,和艺术家本人并非没有关系的。革命历史题材创作中史与识的关系,是每个作者首先应该注意的。作品要真实地反映历史,正确地评价历史,通过历史生活和历史人物形象,为读者提供正确的历史认识。这是对革命历史题材作品最起码的要求。历史的认识价值,是作品思想、艺术价值的基础。

三

革命历史题材作品,除了一些由当年的当事者执笔写作的外,大多是由今天的人写,写给今天的人看;由后代所写,写给后代看。和现实题材作品不同,革命历史题材作品从创作主体到欣赏主体都是在历史与时代、过去与现在的双重坐标中来与作品发生关系。他们既要让身心进入到历史生活中去,进入到历史人物的内心世界中去,按照历史生活的逻辑、人物心理的逻辑去展开自己创造和再创造的思维活动,并在感情上与之应和共鸣,在相当程度上认同历史;又必然会不由地回到现实的、时代的坐标上来,以自己所生活的现实为坐标,在理智和感情上审视历史。史与今的对立统一和矛盾互渗,几乎贯穿在革命历史题材作品的创作、传播等各个环节中。

从创作看,作者从现实生活进入历史题材的创作,又回到现实生活中来,他总是不自觉地根据今天时代的需要,起码是受到今天时代需要的影响去选择题材和生活素材；而时代精神或时代对某种精神的渴望，以及作者对时代精神、现实生活的某种评价，又总会在历史生活画面中留下自己的痕迹，影响着作者朝某个方向去浓缩提炼作品的意蕴。一般来说，只根据采访资料来写人物性格和心理活动，是写不活的，这其中还必须借用、移植大量的作者自己在现实生活中储存的人生经验和心理经验。从这个意义上说，作品中出现在历史人物的心理活动，都是今人对古人的一种揣度（这种揣度既是艺术的也是科学的）。今人让古人还魂，同时也借古人以还魂。艺术形式和语言在更大程度上凝结着新时代的艺术成果，今天读者的审美趣味则容易受形式和语言阈限的制约。在革命历史题材作品中，语言和形式都是为了表现历史生活服务的，但无不积淀着当代生活的文化密码。这还只是革命历史生活在创作过程中所经受的第一次现实生活和时代心理的覆盖。

从艺术接受的角度看，所有读者也都是从动态的现实生活中临时性地蹈入历史题材作品的欣赏，然后又再度回到现实生活中来。这种蹈入，从时空上看，远比作者的进入要短暂和肤浅。因此，他们在这种蹈入时，心理上保留的时代现实生活的各种印痕（甚至包括许多个人日常生活中偶然性的印痕）就更多。他们是从现实的需要（包括社会群体和欣赏个体的需要）来接受历史题材作品，并从这个现实的角度对作品进行生活信息和审美信息的筛选和覆盖。革命历史生活在进入作品时受到现实生活第一次筛选和覆盖后，在进入个体欣赏者审美心理结构时又受到现实生活的第二次筛选和覆盖。这种覆盖因为无须群体认同，只需个体自足，所以常常有不确定性。现实感强的读者，对历史题材作品的现实覆盖层更感兴趣，处在政治职业和全局性职业岗位上的读者对作品的现实覆盖层也更感兴趣。但总体上看，这种现实的筛选和覆盖带有较强的个人生活烙印。

然后还有第三次筛选和覆盖。这便是革命历史题材作品由欣赏者个体审美心理结构进而通过各种传播渠道最终被全社会所接受，进入社会群体审美心理结构时，它不可避免地还要经受一次现实生活和时代心理的筛选和覆盖。社会对革命历史题材的宣传和评论，从来总是以现实为坐标的。这种以现实为坐标的宣传和评论，作为一种审度过程，除了筛选、强调，也包括阐释，即对作家在革命历史题材作品中用形象解释历史，再做一次现实的阐释，最后得到社会的认同。

也许还有这样那样的筛选，每一次筛选，实质上都是现实生活以各种形态对革命历史生活所做的筛选。虽然这种筛选是以作品为依托的，却不仅仅是一种审美活动，而是在现实与历史交融中演进的社会实践活动和精神活动的一部分。

脱离今天的时代、纯历史的历史题材创作，几近空话。既然如此，我们的作家何不在深入历史素材的同时，自觉地了解现实生活，自觉地在历史与现实、昨天与今天的双坐标中，创作革命历史题材作品，让历史和时代通过你的作品进行对话呢？

四

历史和时代，除了在创作、欣赏、传播过程中的交融，作为生活长河的上游和下游，它们本身也是交融衔接的。温故而知新，描写革命历史生活，不仅在于革命经验、传统作风、社会风气等对我们有启发作用，还在于那时候人们昂扬的精神状态，也都既以一种长者的睿智给我们以启示，并以一种少年的热情激励着我们。对革命历史生活的展示，使我们在看到了今天许多生活现象、文化现象的根系和源头的同时，得到反思之悟和对应之乐。

除此而外，我希望创作者特别注意精神上的隔代遗传现象。人的美貌和缺陷，有时不完全来自父辈而是来自祖辈，并遗传到孙子辈。事物的发展按列宁的说法，是一个不封闭的圆圈，历史的发展只是一个个螺旋。每个螺旋的相似段，并不是相邻的弧，而是相隔360°的弧。上升的弧，总是相隔360°之后，才和下一个螺旋上升的弧相对应。下降的弧，也总是相隔360°之后，才再度出现下降的趋势。历史常常也是在隔代之后出现同位点和相似弧。这就是否定之否定。从这个意义上看，写相隔一代或两代的历史生活，相比于写相邻一代的历史生活，常常能更贴近当代生活。历史要走过360°才能出现新阶段的相似性重复，而历史老人要做到360°的转体，很难在短时间内完成，这也许就是隔代精神遗传出现的原因。

隔代观察也有优势。从事物的"正—反—合"的发展过程看，在正题经历第一次否定而进入反题时，认识常常处在两极对立状态。事物发展的第一个否定期，是灼热期的否定，有激情、有义愤，锐利而明快，却常常因为后坐力过大而把自己推出原位，以致走向不同程度的偏颇。在这个阶段，两级之间共鸣、共融的程度不深。到了第二次否定期，合题出现，事物的发展便进入了一种冲和境界，并对第一次否定中的偏颇有了不同程度的匡正，对事物的观察、理解更清醒、公允、冷静，能够从对立双方具体的功利立场超脱出来，从更大的时空背景中对历史事件和历史人物所做的判断、评价，常常更为深刻、准确。这就是我们通常说的"让下一代去评说""让历史作结论吧"。半个世纪以来，苏联的卫国战争，一直为文艺界久写不衰，而尤以第三代作家（即隔代作家）写得最好，他们能够从历史和人生甚至人类生存的大景深中来展现这场战争，其原因大概在这里。

五

历史和时代在作品中交融、对话，可以通过各种途径和渠道，主要是人的渠道。这个"人"有两个指向：一是写作品的人——作家；一是作品中的人——形象。

写历史题材和写现实题材，从作家和生活的关系看，最大的不同，便是作家常常不能对当时的革命生活直接地感同身受，大都要通过书面的或口头的文化传递间接接受。也就是说，写革命历史题材的作家，是透过文化的毛玻璃来看历史生活的。作家可以通过深入的调查采访，把历史事件的过程、历史人物的面目梳理得非常清晰，但这总是第二手材料，而不是作者自己命运的轨迹和人生的烙印。它不是立体的、鲜活的。它是别人眼中的历史，而不是作家自己眼中直观的历史，自己心灵直感的历史。这时候，历史和时代要在作者心中对话当然也不无可能，却比较困难。作者要尽可能地从隔开现实和历史的文化毛玻璃背后挣脱出来，找到一个突破口，使自己和历史生活发生某种直接的联系。这可以是用童年回忆，使过去的事实变成现在的事，使别人的事变成自己的事，比如刘绍棠的《蒲柳人家》；这可以是以旧地重游的方式，使故事和意蕴在过去与现在、客观的革命历史和主观的心灵感受两个时空中交叉、演进，比如长篇小说《悬岩百合》和据此改编的电视剧；还可以径直将革命历史放在今天的时空中展开，写一段已经过去了的历史在现实生活中留下的精神痕迹和生活残片，即写现实生活中历史的散落物。正如《默默的小理河》的作者张子良谈到过的，他喜欢从经历过战争的一片山坡、一座废墟、一个老人或一个有着上一代战争创伤遗传的当代青年身上，来写战争。这样写，战争和他的童年生活衔接了，和他祖祖辈辈赖以生存的乡村、土地交融了，并浸润到人们的日常生活之中。这样写战争，写得更细腻、更深沉、更别致、更耐人寻味，也更有感情色彩。

所有这些都是在说，要找到历史和个人、昨天和今天、客观历史生活和作者心灵感受的相通之处，就要把历史书上的、民间故事中的革命，化为我眼中、我心中、我命运中的革命。

疾风骤雨的、战争形态的革命作为历史事件已经过去了。但人们在革命运动和历史事件中的心理经验和感情波澜却不会过去。社会史翻过了一页，心灵史却会在岁月的流逝中向美、向永恒转化。感性的、具体的社会内容随着岁月的流逝有了变化，但种种悲欢离合，生死爱恨，喜怒哀乐，愠恼颦嗔，作为人类主要的感情形态，则是长存的，和今天的创作者欣赏者是极容易沟通的。不仅创作者在写作时可以移植、改造、发展今人的许多心理经验和感情经验以刻画历史人物，读者在阅读时也能从历史人物的感情经验和心理经验中领悟到当前正在经历的许多人生哲理和心灵奥秘。作品一旦将人的内心世界的揭示放到第一位之后，人的感情、性格、心理的相通，使得特定时代、特定社会、特定地域和特定历史事件的局限和制约被冲淡了，变得次要了。《悬岩百合》的导演王苏源说得很深刻，延安精神固然是革命者精神的凝聚，却也反映了人类共同的美德，是人类一种向上的学习的精神。这种美德和精神，有时连政治上的敌对力量也不能不认可。在日本，有人为与日本帝国主义做抗争的鲁迅、郭沫若树碑立传，却没有人为降日的汪精卫树碑撰诔，这不是极好的证明吗？从这个意义上看，历史人物艺术形象的心灵、感情，正是溶解昨天、今天和明天的触媒。人的内心世界是人心与历史对话、时代与历史对话的广阔空间。

看来，革命历史题材的作品虽然不可不写事，但还是要将重点放在写人，捕捉古往今来的人生联结点上。而一旦把握住了特定时期人的状况，把握住了人与人、人与社会、人与历史的基本关系，其实也就沟通了昨天、今天和明天——生活固然千变万化、丰富多彩，其实都大致是在一定的结构中演进的，这正是历史的发展之所以有规律可循的原因。

六

革命历史题材创作在艺术上和别类题材的创作大致是相同的，但也有自己的优势。比如革命历史题材创作可以将时空拉得很开，可以更客观冷静地沉淀生活，沉淀人生，沉淀历史。这是这类作品产生历史人生感，呈现出大格局的重要条件。又比如，革命历史题材创作可以比现实题材创作更自由地将纪实和浪漫手法相结合，更灵活地采用各种和现实拉开距离的艺术手法，如象征的、结构主义的艺术手法。艺术的空间无疑比现实题材要阔大得多，诗化的可能性也就大得多。再比如，革命历史题材创作可以更自由地对生活事件进行简化，用历史作为载体，进行精神和理想的再造，利用时空距离对历史进行理性扫描，从而也对现实进行理性的反思，等等。

总而言之，革命历史题材创作是艺术创作，它除了可以发挥艺术创作的全部优势，还可以发挥时空距离为创作带来的许多特殊优势。而从总的方面来看，距离对美的创造总是有利的。

七

我们的艺术创作在新时期似乎是依循一种"阶论"的规律在发展着。革命历史题材创作可以从这个大势中受到启发。

新时期文艺发展的阶论，经过许多人的研究，可以归纳为这样一个呈阶梯形的图表：

革命历史题材创作在几个主要发展阶段上都与这个阶段发展图式相类似。

在粉碎"四人帮"之初，许多革命题材作品，如《曙光》等，都是在政治上反对极"左"思潮的。作者为了阐明这种反"左"的政治态度，有意无意地将内容偏斜到表现政治斗争，宣教政道方面，对人之道、心之道的挖掘和表现也颇为不足。在此之后，《陈毅出山》《陈毅市长》，更加注重人物的刻画，注重表现历史人物在历史活动中的心理、感情、性格；《西安事变》拨开极"左"的迷雾，真实地展现历史事件的原貌，展现历史人物，包括像蒋介石这样政治上敌对人物的真实面貌，揭示了政治的载人之道和载心之道。在这方面，纪实文学《西路军蒙难记》是一个成功的范例。

但应该说这仍然属于历史主义的载道的创作。再往后开始出现了一种审美主义的非载道的创作尝试，如电影《黑谷喋血》，力图以解剖特殊历史事件中人物和事件的结构美为己任。在这类作品中，历史依然是一种真与善的内容，又似乎主要是一种社会和心理的结构之美，形式之美。读这样的作品，除了能受到真善美的社会内容和人物性格的感染，还能感受到结构、形式之美所带来的愉悦。而其实结构、形式自身也沉淀着许多历史内容，同时，还使我们联想起在现实中和鲜活的生活粘连在一起的许多事件和人心的结构，许多承担着真与善的美的形式。但总体而言，无论是载道的历史主义还是非载道的审美主义，都属于严肃文学的范畴。它们都是非世俗的。在艺术思想和作者心态上，是仪态万方、正襟危坐的。

美学思潮平民化、世俗化趋势的出现，也影响到革命历史题材的创作。有的作品不再挤在正面反映重大革命历史事件这一条道上，而另辟蹊径，从平民的、个体的、偶发性或日常性事件的视角中去窥视革命历史，在艺术构思和创作心态上开始追求一种不经意和洒脱。这类作品在内容、形式上都呈现出新意，打破了人们对革命历史题材创作习见的印象，并在《默默的小理河》中已经初见端倪，到了《黑森林》以及莫言的一些作品中，则形成了一股气候，又与严肃的非世俗化的创作趋势区别了开来。

不是说新时期的创作，革命历史题材的创作都必须顺这个阶梯朝前走，也不是说，这个发展阶梯是一道纯历时态的单向直线。它有时表现为共时态，各种写法并存，在并存中竞争共荣；有时还可以在超前发展过度的情况下，做迂回运动，这既是对发展过速的一种制动，又是对创作和欣赏自身平衡的调节。这些作为探索，我们都是应该欢迎的。

八

对革命事件和人物的把握，其实有好几个层次。比如，一个层次是可见的具体的事件和人物活动，这需要将相关资料收集得愈细愈真才好；一个层次是贯穿历史人物和事件中的基本精神。如果说前一点是形，后一点就是神。由形入神，以神贯形，才能将历史事件和人物既写得真切细腻，又表现得气韵生动，入木三分。当创作完全陷入细部的表现而无法拉开距离时，则需要用长焦镜头从历史发展的长河中来把握所描写的这一段生活。当微观真实和宏观真实，表象真实和深层真实不一致时，作品往往难以做到由表及里，去伪存真，反而会以表象掩盖了历史事件的实质，影响了作品的深度。

还有一个层次是革命历史事件和人物命运在演进中呈现出来的结构和方法。表现好这个层次，常常使革命历史作品超越题材的限制，呈现出某种结构上的意义而和今天、未来以及更古远的历史发生共鸣。当作者把握了事件的内在结构，并且成功地对其进行了艺术表现时，结构本身常常从具体的历史内容中剥离出来，形成一种具有久远意义的事态框架或心态框架，形成一种象征，一种暗示。这个层次常可以使革命历史题材作品产生意想不到的深层次效果。

如前所述，由于我们所知的革命历史事件和人物，大多是由文字的或口头的转叙人转叙的，它实际上已经在史实之上敷上了一层或数层转叙人的色彩，因而，对把握历史生活起着微妙的耐人寻味的作用。转叙人转叙了历史，同时也就参与了历史，他自己也就构成一种历史的现象。当转叙人自己还不能完全明白他所转叙的革命历史中所含纳的文化密码而将其输进的历史故事之中时，成为他所转叙的历史事件上转叙者的主体附着物剥离开来。转变一下叙述者的身份，同一历史事件会顿生新辉，顿生罕有的陌生感。如果将当时的转叙人变为当代的转叙人，历史和当代的两种心态、两种观念、两种情绪，便被装订在一个故事中，形成奇妙的反差和交汇。这是当前许多青年作者创作革命题材作品时追求的一种现代构思和现代写法。

我不想对这几个次层进行褒贬抑扬，也不是想要求所有的作家都从某一个层次上去把握革命历史生活、构思革命历史作品。我虽然希望却不能企求一个作家在一部作品中同时从几个层次去表现生活历史。我们只想提供多层次、多方面表现革命历史生活的可能。如果幸运遇上一个文化内涵丰富的题材，也许可以同时从几个层次去表现，写出历史文化和审美信息量都较大的作品来。

九

中国的革命历史，或大而言之，中国的历史，或小而言之，陕西的历史，有一种贯穿其中的内在精神，这就是一种和封闭性共始终的开放性。既开放又封闭，开放与封闭交替出现。当时代发展了，生活与审美需求变化了，中国历史常常出现开放性的运动，在旧文化的基础上，打破旧文化的桎梏，形成新的且相对稳定的文化结构。在这之后，历史可能出现一个相对的封闭期。但新生活内力的积聚，特别是新文化因子的输入，总在酝酿着一场新的革新，俟时机成熟，又会以一种开放性的运动打破封闭，将民族文化推上一个新的台阶。

中华民族文化史的发展过程，就是不断吸收新文化因子，经过原有文化结构的整合，不断建构，最后形成新质的过程。从古代看，华夏文化和夷狄文化相互冲撞、融合而形成了新质——统一的中华文化；这之后，中华文化出现了一个长期的稳定期。在这个稳定期中，中华文化并不总是处在凝静沉滞之中，而是在相对稳定中，时有活力充沛的运动周期性出现。到了先秦，中华文化内部发展为秦蜀、邹鲁、三晋、燕齐、荆楚、吴越等区域文化；在区域文化基础上又出现了阴阳、儒、道、法、墨、名、兵、农各家学派。汉以后，在百家争鸣基础上形成了儒为主、法为辅的文化构成。魏晋以来，佛教从域外输入，道教继而出现，经过改造、整合，最后形成儒、道、佛互补的文化格局。这种吸收、开放，促成了汉唐文化高峰的出现。至宋明理学，基本完成了对佛教的入世改造，使佛教这种外来文化成为中华文化的有机组成部分。

"五四"以后，西方文化的输入和整合，对新文化运动的促进作用众所周知。20 世纪 40 年代的延安时期，中华文化又一次突破原有的构架，以中国无产阶级革命运动所开创的新的生活实践和时代精神为基础，一手伸向民间，一手伸向苏俄，使革命的中国民族文艺走向成熟。

其实岂止文化艺术是在开放性运动中发展的呢？如果没有这种开放性运动，整个历史恐怕也难以前进。革命，就其文化本质而言，不就是以一种新的生产力和生产关系的因素冲击上层建筑和意识形态，促发经济、政治、文化等领域的开放性运动，以完成历史发展中的质变吗？

革命历史本身是开放的、开拓的、进取的，反映革命历史的文艺创作也应该是开放的、开拓的、进取的。极目天地无垠，只待我们扬帆。

（根据在陕西革命历史题材座谈会上的发言改写）

1990 年 6 月初，延安、西安

追求历史感

——谈反映民主革命时期题材长篇小说创作

描写民主革命时期斗争生活的题材,在近几年的长篇小说中几乎占了一半。这些作品大都写了党领导下的人民革命斗争,写了革命传统和我们民族的优良传统,写了人民对革命理想的追求。在历史生再现中,透出一股凛然正气。追求历史感,是这些作品正在努力解决的问题。许多文学创作上的得失,常常直接或间接与此有关。构成作品历史感的因素,主要有以下五点:

第一,作家要有深邃的历史眼光。同样的生活素材,对不同的眼睛,呈现出的色彩,体现出的分量是不一样的。有深邃历史眼光的作家,能够在众所周知,甚至司空见惯的生活现象中看到一般人看不到的历史内容,摸到一般人摸不到的历史脉搏,这是因为,在他的脑海中有一个历史的共鸣箱。任何生活现象在他的头脑里都不过是整个社会生活机体上的一个表征,整个历史进程中的一个结果。因而在偶然事件中他能寻找到所包含的历史动因,在普通细节中他能捕捉到。

第二,作家具有将历史生活和现实生活贯通一体,使作品具有感受历史的能力。李国文在《冬天里的春天》中,就表现出这种能力。作品讲述了1937年至1947年间,在石湖地区的一支游击队中,坚贞的革命者于而龙、芦花和暗藏的阶级异己分子王纬宇之间发生的一场殊死斗争。由于芦花的被害,斗争的真相始终没有被揭开。新中国建立后,王纬宇和于而龙又在一起工作。到了1966年至1967年,这场斗争在新的历史条件下又以新的方式重演了。作者敏锐而深刻地抓住了民主革命时期和社会主义革命时期这两个十年某种程度的连续性和共同点，将它们作为历史发展曲线上的两个同位点来解剖，前者是后者的历史动因，后者又是前者的历史延续。在作品中，相隔二十年的两个时期，便作为一个有机的历史进程在读者面前展开了。

更不容易的是，作者对两个十年的这种历史性感受，不但通过正反面主人公几十年的生涯，形象地贯穿起来，而且采用了一种长篇小说写作中不多见的紧凑的结构，把这几十年的生涯压缩于于而龙回乡的三天的经历、见闻、联想、回忆之中。交叉展现。两个历史时代的生活，经过这样凝聚、集中、对比，在读者心中引起的感染和震撼便分外强烈。在这种感染和震撼中，作者对新民主主义革命和社会主义革命两个时期的历史性认识，便经由形象和感情的渠道流进了读者心中。芦花，于而龙，老村嫂，还有王纬宇等人物形象，读者感受到了比具体形象的思想性格更为深长宽广的东西。

这里绝不是说，只有像《冬天里的春天》这样今昔交叉贯通的结构方式，才能使作品具有历史感。关键是作家是否在选材和构思中，善于发现历史生活和现代生活的内在联系，发现历史发展在不同阶段的相似性和共同点。一个作家，有能力通过生动的生活描绘来展示历史唯物主义的规律性现象，就可能找到历史生活和各个时代读者之间社会学与美学的联系，引起共鸣。

第三，要用丰富的色彩表现出人物形象身上的历史烙印。人物形象的复杂性，源于生活中人物的历史性。每个人都生活在一定历史阶段的矛盾冲突之中，除了表现出自己质的规定性的种种思想、感情、性格之外，还常常带有社会生活各方面的反光，表现出丰富复杂的状态。这种复杂性，甚至包括社会斗争对立面的思想以及习惯对自己的影响，因为他和对立面共居一个矛盾体中，除了斗争的一面，也有衔接、同一、相互影响转化的一面。

杨佩瑾的《旋风》在这方面做得比较好。几个主要人物，如赵泉生、凤妹子、胡大化，甚至赵望春，都带有历史形成的复杂性。在凤妹子身上，被压迫被剥削的作坊女工地位赋予她基本的思想品格，这是人物质的规定性。但封建家族观念的偏见和帮会势力的制约，又给她朴素的阶级感情投上了驳杂的光斑。父亲在宗族械斗中的死亡，更使这种光斑显得更加刺目。这是人物在一定历史阶段上所受到的对立阶级的思想渗透和影响。两种因素的糅合，使凤妹子的性格显得十分复杂。她一方面倾向反抗、倾向革命，富于正义感和阶级情谊，另一方面宗族偏见使她有时认敌为友（比如在西塔反动的八仙会中任大师妹），有时认友为敌（比如对东塔的阶级弟兄不加区别地当作杀父仇人来痛恨）。这种复杂性也使她在爱情生活中举步迟疑、苦乐参半。这类形象带有鲜明的历史烙印，对历史生活的复杂性有一定的概括，使作品有了相当的深度；形象因为凝聚了作家的历史感受而显得更加深沉。

人物形象除了自身的历史烙印，还会受到各种历史传统因素的影响，这就使得在一定的历史阶段，即便是在革命者和进步者身上，也不可避免地会出现历史进步性与历史局限性并存的现象。在《冬天里的春天》中，石湖游击队对王纬宇的轻信，不只反映了年轻的游击队长于而龙成长、成熟的过程，也反映了石湖支队以及整个革命队伍在早期的历史局限——民族矛盾和阶级矛盾交错的复杂环境，为王纬宇钻进革命队伍带来可能性，游击队在政治上的不成熟，在敌我营垒分明的情况下对乔装打扮的敌人缺乏分辨能力，则使王纬宇的潜入和隐藏由可能变为现实。革命者的先进，不表现为他们有哪些超越历史条件的"超人"的思想，他们只不过是在历史允许的范围内，走在同代人前头而已。无论是于而龙在 30 年前对王纬宇的不了解，还是 30 年后对王纬宇的了解，都反映了历史发展的必然性和进步性。正是这样的描写，使人物具有了历史感。

第四，要以辩证的笔触描绘出生活发展的历史曲线。历史是永远发展的，而这种发展又是曲折的，即便是长篇历史小说，也只能反映这永无尽头的历史曲线的一小段。这一小段，可能是历史曲线的峰巅，也可能是历史曲线的谷底，两者都是历史向前发展的一个过程，一个段落。如果我们从历史的总进程的角度来构思自己作品反映的这一段生活，就会看到，写历史曲线的高峰时，也应该写矛盾和问题，正是这些矛盾和问题，孕育着新的革命任务，提出了新的奋斗目标，不敢写、或没有写出这一点，作品就难以显示历史发展的必然趋势；写历史曲线的低谷时，也应该写反抗力量，因为生活不会只有黑暗和悲戚，正是这黑暗，促进了地火的运行，激励了反抗力量的凝聚，不愿写或没有写出这一点，作品就会缺乏历史的真实性和深刻性。马克思说过："革命向前进展并为自己开拓道路不是由于它获得了直接的悲喜剧式的胜利，而是相反，由于它产生了一个团结而坚强的反革命，产生了一个敌人，而主张变革的政党只是在和这个敌人的斗争中才发展成为真正革命的政党。"（《马克思恩格斯选集》第 1 卷，第 393 页）

第五，要找到一个足以展开宏大的历史生活画面的艺术构架。艺术构架，我以为不完全是结构问题，或者说，虽然表现为结构问题，实际上却包括了题材容量、构思立意等更深广的含义。选取和开掘有容量的题材，设置有辐射力的人物关系、故事情节、生活场景，等等，给作品宏大的艺术构架，从内容上提供了坚实的基础。

李准的《黄河东流去》在这方面颇具匠心。小说通过七户农民的逃亡、失散、流浪，地遍东西南北，从三教九流的人物入手，将笔触伸向广阔的空间，伸向中国社会的各个层次，各个侧面，拼接成气魄恢宏的历史屏风，作为连贯的社会长卷展现在读者眼前。从具体的章节看，作者的描写集中在展现普通老百姓的悲欢离合上，但由于，一、这里每村、每户、每个人的命运和感情变化，都和花园口这一历史事件以及抗日时期中国社会各种矛盾的演变紧密胶着在一起。它们是作为一定历史运动的具体结果出现的。二、人物命运的变幻莫测和行踪的不断流动，造成背景与环境的变化和流动，使小说较之一般相对静止的环境，可以容纳更为广阔的社会相，形成更真切的历史运动感。三、小说中每个人都来自赤杨岗，沾亲带故，因此，一方面是失落、离散带来的对生活的多角度多层面的反映，另一方面是思念、寻觅带来的多角度多层面的黏合，使七户十多路人所经历的社会生活被拼接成一道气度恢宏的历史屏风，作为整体展现在读者眼前。这样的艺术构架，将巨大的历史变迁和普通人的感情、性格、命运熔铸到一起，使作品的历史感和形象性、感情性得到较好的统一。不像有的作品，因为要追求历史感而常常显得空泛、概念化或过分的政治化。

《漩流》（鄢国培著）的历史感，在很大程度上也得力于它以两条情节线交叉组成的历史构架。两个轮船公司由相互倾轧到联合和党领导下的川江革命火种由点燃到蔓延这两条情节线，在整个阶级斗争、民族矛盾的大背景下交织起来。海员、群众、资本家、大小军阀、袍哥头子、蒋帮特务、日本间谍等，各种人物、各类生活被组织进这个大构架之中。他们按照自己的思想性格逻辑行动，显示出社会生活的复杂性与丰富性。他们的命运和精神状态无不受历史运动的主宰，又折射出历史发展的总趋势。

长篇小说人物多，事件多，线索复杂，规模宏大，在体现历史感方面，比之别的文学体裁，有更多的有利条件，也就应该有更高的要求。在艺术构思和作为这种构思的实体结构上，如何使自己的作品既"化入"历史和社会，又不是简单地"缩印"历史运动和社会斗争，是一个很值得在创作实践和理论上探讨的问题。从描写新民主主义革命的优秀长篇小说来看，不把历史感理解为对历史的形象改编，而是透过有个性的人物形象和有特色的生活画面，特别是透过典型的心态和世态及其变化、演进，来显示出深刻的历史内容。这需要作家在对作品进行构思时既对现实生活中的历史内容进行艺术提炼，又将这历史内容艺术地含纳、包容在作品生动、丰富的形象生活画面之中。

衡量一部作品是否显示了社会生活的本质，是否揭示了社会生活的发展方向，是否具有典型意义，历史感是一个重要的尺度。我想，反映民主革命时期生活的优秀长篇小说在这方面的探索，对于长篇小说以及整个文学创作的提高，都会是有益处的。

1984年11月，西安寄斋

"最后"的景观
——关于一种文学现象的思考

一

近年来,文学创作,特别是小说创作出现了一个现象,很值得我们关注——不少作家、作品表现了社会的、文化的、心灵的"最后"景观,塑造"最后"类型的性格,描绘一定历史阶段的"最后"情绪。记得前几年有小说《最后一个渔佬》,电影有《最后的贵族》,这两年又有长篇小说《最后一个匈奴》《最后那个父亲》。这些都只是以"最后"为题的作品,而更多的具有"最后"景观的作品都比较集中地触及到了社会、文化、心灵的"最后"现象,有的作家甚至在一段时期内集中地探索、再现这种"最后"景观。

记得在1993年《白鹿原》讨论会的发言和后来写的文章中,我就谈到陈忠实"塑造了最后一个好族长,最后一个好长工,最后一个好先生",我指的是白嘉轩、鹿三、朱先生。作者通过白嘉轩这"最后"的族长(也是村社文化和民俗儒教"最后"的代表和领袖),对中国传统农村社会舞台的历史主角做了新的确认。也就是说,除了基于经济地位和政治色彩而存在的农民和地主之外,世俗儒教的领袖、村社文明成熟的代表人物,也应该是中国传统农业社会乃至中国历史的重要主角。他们和他们所代表的文明,以极为强大的实践力量、精神力量,统摄了中国底层社会各方面的冲突,调和着传统农业社区各方面的关系,触及多层面的时空,维持着传统社会缓慢而又匀和的演进,也在精神上平衡着浮躁的现代社会。但是,小说又用丰富而沉郁的"最后"景观显示出,所有这些，不过是中国农业文明最后的光环。记得我当时借用恩格斯《费尔巴哈和德国古典哲学的终结》说，《白鹿原》展示的是中国古典农业社会的终结，中国古典农民的终结。不过，小说也告诉我们"最后"的另一种读法也就是"最先""最新"。白、鹿两家的后代，在父辈最后的足迹上，以不同方式开始了自己的新路。后辈的新路，是对父辈"最后"的消解，又是对自身乃至自己的后辈"最先"的建构。这一点，小说没有着力去展现，但那新时代的潮音，我们是明确无误地感觉到了。新的开端已经不只是先兆，而且露出了清晰的轮廓。

《最后一个匈奴》是写一种雄强的野性精神在闪射出最后的光彩之后，由于纳入了现代社会斗争和政治文化，如何逐渐走向衰微、委顿。雄强精神崩塌，野性的英雄死去了，留下来的是被特定文化弱化了的生命，在变幻莫测的现代社会斗争中挣扎。作者没有忘记要不断表现对真生命的向往、对雄强精神的怀恋，甚至也表现了雄强精神在特定文化的浸泡中，由真性向理性，由自发向自为的转型，但在此过程中，他们更多感受到的还是无奈和尴尬。其实《废都》也从另一个时空、另一个角度触及到了我们今天的话题。贾平凹曾宣称他要在《废都》中表现一种"世纪末"情绪，其实这不是别的，就是社会由传统自然经济和计划经济向现代市场经济过渡的历史转型时期和反映着这种社会历史转型的两种文化世纪之交，一些文化人在别旧和惧新的剧烈冲突中出现的精神断层和心理分裂。这是社会和文化"更年期"的精神综合征，是"世纪末"的焦灼和苦闷。"末"者，"最后"也。所不同的是，在这部长篇小说中几乎看不到"最新"和"最先"的踪影。前面谈到的几部长篇小说中那种悲壮、悲怆在这里变为悲凉、悲哀。这是又一种"最后"了。

蒋金彦的长篇小说《最后那个父亲》是我读到的集中表现"最后"景观的一本新作。父亲当然不会有"最后"，人类的繁衍总要产生一代一代新的父亲。小说中祖父和父亲两个形象的"最后"性，不在于他们个体生命的终结，而在于他们身上所承载的农业文明和家族文化的没落。作品在表现这种"最后"色彩时，一方面突出描绘了祖父和父亲的创业精神和家族责任感，表现了中国农业劳动者的美善品质和中国父辈身上强韧的生命感，是赞歌、壮歌。另一方面，也描绘了父辈这种男性的雄强生命力又是如何被纳入传统农业文化体系之中，被用于维系一个难以维系的内闭性的家庭社会和家族文化，而不断被弱化、不断被损耗，乃至两代父亲怀着无限的遗憾死去。深刻的悖论中蕴涵着复杂的悲剧美。

二

"最后"的另一种读法是"最先""最新"。历史的过程、社会生活的发展、个人命运的伸延是连续的，又是分段落的。它们一环一环衔接着，接续成一个长链。这一环的"最后"连接着下一环的"最先"，两环相衔之处，承上启下，新旧交织，是社会、文化和心灵信息量的密集之处。这也许是古往今来许多作家都喜欢抓住历史、文化转捩点进行艺术再现的原因吧。社会发展和文化流变作为一个完整的有生命的进程，是不可能分解为单纯的先与后、旧与新的，作品在表现转型时期生活时，总是全力开掘和描绘出新旧交织的复杂过程。但具体到每部作品，在再现新旧交织的基础上，常常又有不同的侧重点。有的侧重于写"最后"，写弃旧过程；有的侧重于写"最先"，写图新过程。

从近半个世纪的文学史看，着眼于"最先"和着眼于"最后"，构成了两种文学景观。20世纪40年代到五六十年代的文学，写"最先"的作品，即写革命、建设先行者，写新生事物和新生思想感情的作品构成了创作的主旋律。到了20世纪八九十年代，在这类主旋律创作继续发展的同时，表现各种"最后"景观的作品日渐增多。尽管具体作品千姿百态，但从整体上看，着力写"最先"的作品，大都立足于社会、历史坐标，大都带有相当的理想色彩，持主流意识形态的价值观，大都追求一种崇高美，呈"正剧—喜剧"的调子；而着力写"最后"的作品，则大都立足于文化、生命坐标，大都带有相当的反思色彩，持文化、生命终极关怀的价值观，艺术上呈"正剧—悲剧"的调子。

三

当前表现历史、文化、生命转型期"最后"景观的作品，从哲学观、历史观和艺术观上看，大致有两类。一类倾向于历史主义和现实主义，一类倾向于现代主义和后现代主义。我们今天谈到的作家、作品，如张炜、陈忠实、张承志，等等，大都属于第一类，我们的分析也大都针对他们。其实，王朔、莫言、格非这一代更年轻的作家，也十分关注"最后"现象。当然他们更多是正面去写现代青年的生活与心态，不少作品中却也交叉地、有时甚至正面地、集中地写了"最后"的父亲和母亲,而体现出来的哲学观、历史观和艺术观却和前一类迥然不同。

从创作主体的理性和感性特征看,前一类作家的人生经历和他们笔下的"最后"景观、"最后"人物有较多的交叉叠印,他们对父辈有着更多的理解和沟通。他们在审视父辈时,常常自觉不自觉把自己摆进去,既和父辈身上的"最后"现象告别,也和自己人生历程和精神情绪中某些"最后"的影子告别。他们对父辈的批判是有知有爱,甚至是深知深爱的。他们笔下的"最后"景观沉郁凝重,流贯着赞与叹,爱与恨,哀其不幸与怒其不争等纠缠不清的感情,有时还带着一种自我剥离和撕裂的痛苦。他们对父辈的审视,不完全是现代主义特指的那种"审父意识",而是一种辩证的扬弃,一种历史传承中的否定,一种历史主义的批判。其相关作品在审视、否定的同时有分析、有肯定,并且常常和"最后"之后的发展、建构结合起来,带着中国文化的中和以及中年人的敦厚,在艺术上也便常常相应地表现出现实主义精神,表现出一种史诗品格和史传写法。

持现代或后现代思潮观的作家,笔下的"最后"景观则积蓄着更多理性的偏执和感情的决绝。严厉的剖析,激烈的嫉愤,充溢于作品讽喻嘲弄、嬉笑怒骂的文字之中。读者处处可以体会到隔代的陌生和旁观的清醒。他们不承担对过去世界的科学评价,也不承担对未来世界的精神建构,只想以痛快淋漓的否定,确认自身在历史长链中的地位,也给社会发展以情绪性的激励——带着西方文化的直言不讳和青年人的血气方刚。他们的作品呈现出一种现代幽默感,在俏皮机智的幽默深处,是那种欲速则不达的失落和无以对话的孤寂,是带着深刻悲剧感的心灵撕裂和历史痛苦。

四

写"最后"景观的作品,大都蕴涵着一种悲剧美。其中许多作品都超出了表层悲剧故事的呈示和浅薄的哀怜悲悯,超出了由一般的心理痛苦转化的审美快感,具有相当的审美深度。不少作品能够从历史的、文化的和生命的层次上开掘"最后"景观的悲剧内涵,从历史的、文化的和生命的局限中探究悲剧的内因,感染和启迪读者,使读者产生具有理性内容的高级感情。拿我们谈到的作品来说,生命的死亡,精神的委顿,价值观的过时,都能溶解在具体情节和性格之中，淡化具体故事和个体性格命运的形而下因素，从形而上的必然性的高度来开掘展示悲剧性内容。

特别应该提到的是，这些作品展示了以前创作中较少展示的悲剧形态。恩格斯说，悲剧在于反映历史的必然要求和这个要求实际上不可能实现之间的冲突。鲁迅说，悲剧是将人生有价值的东西毁灭给人看。20世纪五六十年代我们写悲剧、解释悲剧大体是基于这种思路。其实悲剧的类型更多样，思路更广阔。近几年写"最后"景观的作品大都没有沿袭上述的思路，而是另辟新径来展示悲剧内涵：

第一，展示生命永恒和人生短暂之间不可解决的悲剧性冲突。群体生命的永恒，使人类和社会的创造发展永无止境，永无"最后"，但个体生命、一代代人生命的有限，又造成了这样那样的"戛然而止"，这样那样的"最后"。这使人生、事业和文化精神出现了许多残篇断简，许多遗憾。这是一种悲剧，是生命内部的悖论造成的悲剧。

第二，展示生命无限的活力和有局限的社会历史阶段，有局限的文化心理、有局限的人格精神之间的悲剧性冲突。人类生活总的趋势是发展、进步、创造、更新，社会运动形成的每个具体的历史阶段和文化阶段，在它的上升时期，是促励这种发展更新的，但到了它的衰落时期，它的"最后"阶段，却常常阻碍、抑制着社会发展和文化进步，浪费着、销蚀着人类的创造力。这些因素造成了各种各样悲剧性冲突。这种悲剧冲突既表现在不同阶级阶层、不同文化精神的人与人之间，也常常沉淀为每个人的生命动力和历史惰力，生命突围和文化包围的矛盾，复杂深刻、变幻莫测而又瑰丽无比。像《白鹿原》《最后那个父亲》所表现的在一段历史、一种文化的最后阶段，父亲身上所有的生命光彩、人格力量和实践智慧，几乎都是为了去维持和复苏一个毫无活力、毫无光彩的"最后"的体制和"最后"的文化。奋争过程的美善雄强和奋争目的的晦暗阴弱，构成无法挽回的悲剧，是此类悲剧的典型例证。

这类悲剧，大致可以归入马克思从社会斗争角度指出过的"当旧制度本身还相信自己的合理性，并与新生的世界进行斗争的时候，它的历史，它的灭亡，都是悲剧性的这个类型范围"（《〈黑格尔法哲学批判〉导言》）。只是我们需要将"制度"一词扩展为文化精神、价值观念和人格力量来理解。

五

　　"最后"由于和陈旧、衰落联系着,作为生活现象是不美的,但经过艺术创造的审美转化,人们对"不美"的认知、揭示和征服过程,却结晶为美的感受,引发昂扬向上的生命感。这是文学作品中"最后"景观的魅力所在。这是一种夕阳之美。夕阳之美是一种复调的、浓郁的悲剧美。"最后"的英雄是崇高的,"最后"的奋斗是壮丽的,"最后"的失败是凄婉的,"最后"的痛苦是余音袅袅的。"最后"的回眸有一种怀旧之美,"最后"的憧憬有一种涅槃之美,"最后"的反思有一种哲理之美。甚至,"最后"的陈旧、老化也有一种岁月积淀的苍凉之美、距离之美;甚至"最后"的畸变,由于它所储存的复杂、精微、隐秘、极端的心灵信息和社会信息,在经过艺术提升之后,也有一种变态之美。

1995年11月,西安谷斋

要写作家熟悉的

要恢复文学的现实主义传统,就要允许并且提倡作家写自己熟悉的生活题材,这是一个很重要的问题。林彪、"四人帮"不准作家描写自己熟悉的生活,他们明令作品的题材和主题思想得由领导定,生活得由"群众"出(实际上是御用"群众"或被"强奸"了意志的"群众"),而作家只能在技巧上下功夫。这样的"三结合"创举,实际上只是把文艺当作任其驱遣的"笔杆子",使其和"枪杆子"一道,为他们篡党夺权的反革命阴谋服务。打倒林彪、"四人帮"之后,我们批判了这种摧残创作、违背艺术规律的谬论,纠正了这种错误做法,但想要将理论和实践中的流毒彻底肃清,仍需时日。去年春天,有人严肃地提出:强调"写作家熟悉的",其实是反对文艺为工农兵服务的方向,仍然把写熟悉的生活看成和文艺工农兵方向大相径庭的异端。

看来,我们很需要进一步将这个问题讨论清楚。

一

现实主义文学发展史上的优秀作家,都是坚持描写自己熟悉的生活的。曹雪芹的《红楼梦》就写的是自己亲身经历、深有所感的生活。脂砚斋在评《红楼梦》时,时常不由得感慨:"真有其事""曾历其境""个中人""过来人""经过者方才说得出"。鲁迅评《红楼梦》时也说:"叙述皆存本真,闻见悉所亲历,正因写实,转成新鲜。"鲁迅自己就主张不能看到一点就写,要"烂熟于心"尔后提笔。他说过:"阿Q的影像,在我心目中似乎确已有了好几年。"当然,这还只是指阿Q这个艺术典型在他心中孕育的时间,至于有关阿Q和阿Q生长环境的生活素材,那是鲁迅从童年起就熟悉并深有所感的。

外国文学史中现实主义发展的各个阶段中,也出现了许多事例可以证明这一点。在欧洲古典现实主义作家中,即使像莎士比亚这样,不得不"从远处来表演"(培根)他的同时代人而主要写历史题材的作家,也像别林斯基所指出的那样,"他的每一个剧本都是对一个在真实的世界中真正发生的事件最忠实而最精确的描绘。可是这件事只有莎士比亚一个人知道,好像他目睹它的发展过程似的"。(《外国文学参考资料》第一集,271页)俄国批判现实主义作家冈察洛夫明确指出:"在我本人心中没有成长和没有成熟的东西,我没有看见,没有观察到,没有深切关怀的东西,我的笔是写不了的啊!"

离开熟悉的生活去写,常常会离开了现实主义。浩然以他从童年时代起一直生活了19年的农村生活为题材创作时,给我们贡献了像《艳阳天》这样受到群众欢迎的长篇小说和其他短篇小说作品;但是当他为了某种政治需要抛弃自己熟悉的生活,借助于闪电式的采访而去描写完全不熟悉的海岛渔民生活时,现实主义也就离开了他。《西沙儿女》成为我们探索文艺与生活、文艺与政治关系过程中的一个教训而留在当代文学史上。早期苏联作家、教育家马卡连柯在1915年从生活中"选择了一桩有趣的事情"而不是自己熟悉的事情,写了一部短篇小说《愚蠢的一天》,高尔基看后不满意,含蓄地要他"再试写些别的东西吧"。

当时马卡连柯没有领会,高尔基是要他去写自己熟悉的东西,因而,虽然他从此刻苦地记生活笔记,但"在我的笔记本中,恰恰就没有记下这种我所最熟悉的生活",而是记下了一些他认为最重要的题材——"伟大的革命事件"。结果,整整13年后,他的描写能力虽有提高,却没有写出一篇作品。1928年,高尔基来到他们工学团做客,当马卡连柯以教育家的身份向他介绍他的工作以及自己的幸福与苦恼时,高尔基十分感兴趣,要他将这一切写出来。结果,他两个月就写出了优秀小说《教育诗》的第一部。高尔基一天之内看完了这本书,立刻送去付印。

这些文学艺术创作的实践告诉我们:能不能坚持写自己熟悉的生活,是能不能坚持现实主义的起码条件。

这里需要说明的是,从创作实践看,所谓描写"熟悉的生活",不能仅仅理解为描写作者个人的亲身经历。像高尔基的《童年三部曲》和《高玉宝》那类作品，作为艺术创作来说，是一种比较少见的情况。因为即使作家阅历再多，也不可能亲身经历所有的社会生活。作家既可以描写从亲身经历中获得的直接的生活素材，也可以描写从别人经历中获得的许多间接的生活素材。因此，描写熟悉的生活，还应包括：描写基于自己生活道路，自己熟悉并且比较深知的人的生活；基于自己的工作岗位和生活基地，自己熟悉和了解的生活；以及通过对历史和现实生活细致入微地调查了解所掌握的间接生活。在这里，不论是直接或间接的生活素材，都必须是作家熟悉且深知的。由于现实生活的变化和人的精神世界的活动，是按照一定规律发展运动的，作家切身的生活经验就成为他熟悉和理解间接生活的钥匙。作家切身的生活经验越深刻、越广博，他对间接生活的理解与联想就越丰富、越准确。因而尽管作家间接获得的创作素材一般比直接获得的要多，但这些东西唯有通过作家直接的生活感受的渠道，才能融会贯通为他自己的创作素材的有机部分。王愿坚没有参加过第二次国内革命战争，为什么能写出《党费》《七根火柴》这样优秀的作品呢？一条很重要的原因，是"这时期的斗争，虽然和以后的抗日战争、解放战争有区别，但斗争形式、生活情景、人的精神状态等主要方面，还是有相通之处的"，因而可以"从自己的生活经历中去找寻些相似的生活感受来作为通向当时生活的桥梁，去理解听来的故事"。（《作家谈创作经验》第113—114页）从这个意义上我们可以说，作家不管写哪一类生活素材，都是在写自己所熟悉的生活，在抒发自己对生活的理解和评价。

二

现实主义对创作的各项要求，都必须以作者对所描写的生活十分熟悉为基础。

现实主义要求作家敢于通过对社会生活的真实的摹写，深刻地揭示社会生活的矛盾冲突。社会的本质是通过社会现象表现出来的。每一种社会现象，都从不同方面、不同角度，在不同程度上反映出社会本质的某些方面。个性中体现着共性，偶然里包含着必然。作家的任务，正是通过个别的、具体的社会生活场景和人物命运的描绘，来达到揭示社会生活本质冲突的目的。作家对自己笔下的"这一个"了解得越细致入微，思考得越透辟入理，在形象思维过程中就越有可能对各种芜杂的生活素材，做好由表及里、由此及彼、去伪存真的工作——艺术典型化的工作。（当然，最后是否能真实地再现好典型环境中的典型性格，还有艺术表现能力等其他方面的因素。）如果对自己所描写的生活所知甚少、若明若暗，甚至不熟不懂，怎么可能对生活素材去糟取精、去伪存真呢？用一堆精糟混杂、真伪不辨的生活现象怎么可能去正确地揭示社会生活的本质呢？

文学史上一些伟大的现实主义作家，在遇到自己主观观念和他所认识的客观现实相矛盾的情况时，常常放弃自己的主观偏见而服从于社会生活的真实，我们将其称为现实主义的胜利。在论述这种文学现象时，大家常常谈论的是作家世界观中的唯物主义思想如何战胜其政治观点，有时却忽略了这种胜利有一个基本的前提，就是这些作家对自己笔下所描写的社会生活的熟悉和深知。很难想象，巴尔扎克如果不是对他所描写的1816—1848年这一时期法国的资产阶级和封建贵族生活以及它们之间的冲突了如指掌、烂熟于心，而是隔雾观花、睇水赏月，怎么可能越过自己保皇党的政治偏见看到并且承认资产阶级上升时期的朝气和封建贵族的没落？前些年，除去那些名噪一时的帮派文人不说，在一些作家的创作实践中，出现了和巴尔扎克相反的情况：不是现实主义战胜了政治偏见，而是现实主义被林彪、"四人帮"的反动政治观点肆意践踏，结果有意无意地写出了一些"瞒和骗"的远离现实的作品。这种现象的产生，除了有政治压力和作家的胆识等原因外，作家不能写自己熟悉的生活，对所写的生活又很不了解，无法辨别真伪，也是很重要的原因。

现实主义要求作家通过对生活场景和情节的细节进行真实、精确的描绘来塑造人物，显示主题，而不是将作家个人的倾向直接说出来。现实主义作家要表达他的主题、材料的唯一来源，就是生活。不写熟悉的生活，现实主义作家在自己的作品中就无"话"可说，就无权说"话"。不熟悉生活，却硬要在作品里"唠叨"，那只能像前几年出现的文学畸形儿《虹南作战史》那样，用抽象枯燥的说教代替形象的描绘，用强制性的灌输代替艺术的感染。结果是为了某种错误的政治主张和文艺主张，歪曲了生活，牺牲了艺术。

优秀的现实主义作家常常把自己隐藏起来，从幕后操纵着、调节着、布置着作品中的社会生活的进展。在对人物、情世、细节、背景的精确描写之中，通过读者的审美活动（即在被感染被征服的同时，激发起对生活的联想和再创造）、作者的倾向、作品所反映的生活的倾向和现实生活本身的倾向（即生活中矛盾运动发展的趋向），三者叠印在一起，传达给读者，达到教育的作用。作家要达到这个水平，其基础和前提，仍然是熟悉自己的描写对象，并且不是一般的熟悉，而是对自己用来表现主题和人物的生活故事和细节，性格的社会成因和意义，外部和内部的行动方式、语言、肖像、背景以及人与人之间的关系，等等，都有充足、精确的认识。这方面的任何一点欠缺，就会损坏作品中生活图景的真实性。失真的作品必然失信于读者，感染教育作用也就无从谈起。

三

作家对自己的描写对象是否熟悉，熟悉到什么程度，常常或隐或显地影响着艺术构思和艺术创作的整个过程。

从生活到艺术，大体包含着两个相联系的"化"的过程。在这两个"化"中，交织着作家对生活的两次熟悉和体验。作家的整个生活实践，是第一个"化"的过程，也是第一次熟悉体验生活的过程。在这个过程中，作家通过对直接、间接的生活实践的反复熟悉、体验，逐渐将客观存在的社会生活化为文艺创作素材而储存进自己的脑海之中。在这个"化"的过程中，如果作家对现实生活不熟、不懂，没有对现实生活进行体验和消化，共性的、带有社会普遍特征的现实生活，就无法"化"为个性的、带有作者特殊印记的文学创作素材。

作家整个的文学创作过程，是第二个"化"的过程，也是第二次熟悉和体验生活的过程。在这个过程中，作家通过对生活的提炼、加工、改造、制作等一系列艺术典型化的工作，将生活素材"化"为艺术作品。这第二次熟悉和体验的生活，是即将写进文艺作品中的生活。在创作过程中，作家在自己所设置的艺术天地之中，进一步熟悉、思考那些正在成型、即将诞生的人物形象和生活故事，和主人公成为"知交"，共喜怒哀乐，同呼吸命运，像爱自己亲生的孩子一样来爱这些新的艺术生命。只有经过这样"二度熟悉"的生活，化为艺术之后，才能起感染读者的作用。

这里所谓的"二度熟悉"，只是为了方便说明问题。其实在具体创作过程之中，两个"化"和两个熟悉是交织在一起的，是一个不断反复的过程。大型作品的创作尤其是这样。梁斌写《红旗谱》，从写反映他自己参加过的二师学潮的短篇小说《夜之交流》，到写他一位同学的父亲的短篇小说《三个布尔什维克的爸爸》，五幕剧本《千里堤》，中篇小说《父亲》，再到长篇巨著《红旗谱》，前后经历了五次重新创作的反复。从 1933 年到现在近五十年，作家生活在《红旗谱》所反映的现实生活和所描写的艺术天地之中。物与我的长期交融，生活与艺术的长期交融，使小说的人物、故事逐步完善起来。因此，梁斌深有体会地表示，一部长篇小说，不长期地、反复地做好这两个"化"的工作，是写不成的。

成功的现实主义作品，就其艺术概括的结果看，总是跳出了真人真事的局限，不同程度地再现出典型环境中的典型性格；但从艺术构思的起点看，却常常是从作者所熟悉的真人真事开始的。许多作家也许都有这样的体会：我们常常是从回忆自己所熟悉的人物、故事和场景构思一篇作品的。通过回忆，作家在现实生活中的感受、印象、感情、形象、性格特征、生活细节和情节以及其他生活知识，逐渐聚集起来，翻腾着、奔涌着，突然，生活与思想接火了，明亮的主题从熟知的生活回忆中升腾而起。于是，根据这样的立意重新安排未来艺术天地中的山河、人物；在搭起骨架之后，又把许多零碎、散乱的回忆一点一点引到这个新的艺术天地之中，给骨架敷上血肉，涂上色泽，赋予生命……没有这样一个对自己熟悉的生活的回忆、消化过程，艺术构思常常不能起步或起步得很不顺利。

艺术构思作为形象思维，虚构和想象它最主要的特征，就是不离开生活画面和人物形象。但是，虚构与想象不是空想胡捏，必须有现实基础。这个基础就是作家熟悉的生活。周立波谈过，熟悉自己所描写的人物的言行、习惯、生活规律、生活细节和心理动态的素材，"才能在现实的坚实的基础上驰骋自己的幻想，补充和发展没有看到，或是没有可能看到的部分"（《作家谈创作经验》第 34—35 页）。这也就是说，作家对自己描写的题材所包含的生活素材越熟悉，越理解，想象、虚构的天地就越广阔，提炼、选择的原料就越丰富，作家通过重新安排生活画面、结构故事、塑造人物等来表露自己对生活的美学评价的艺术追求，就越有可能实现。

表现同一主题，不同作家只能从自己熟悉的生活这一特定的角度去表现。为了表现党对中国革命的领导作用，杨沫选择了写林道静这样一个小资产阶级知识分子怎样在党的教育下改造成为无产阶级革命战士。为什么？因为"我只能从我自己比较熟悉的生活，用我自己感受最深的东西来表现。"杨沫说（《作家谈创作经验》第 100 页）而梁斌，则选择了主人公朱老忠参与的中国农民革命运动在党的领导下蓬勃发展的题材，来表现上述主题。这又是为什么？"这是由于生活的限制，我熟悉农民的生活，我爱农民，对农民有一种特殊的亲切之感。"梁斌说（《作家谈创作经验》第 64 页）如果我们强迫杨沫去写朱老忠（请注意，不是没有人提出这种性质的要求），梁斌去写林道静，等待着他们的会是什么呢？

　　在他们笔下由于不同作家所熟悉的生活和人物不同，也就呈现出不同的风采。同样是前进在社会主义道路上的新型农民，柳青笔下的梁生宝和周立波笔下的刘雨生的所做、所想、所说是那么不同。为什么呢？因为柳青、周立波所熟悉的生活是不同的，这些不同，使梁生宝和刘雨生各自成为"这一个"——一个带着关中平原的敦厚，一个显露出翠竹山乡的清丽。如果强迫柳青和周立波弃其所长而写其所短，像当年"四人帮"强迫浩然写《西沙儿女》那样，无异于把他们从丰厚的生活土壤里连根拔起，那时连这两棵中国当代文学史上浓荫覆盖的大树，也免不了要枯萎的。所以，作家写自己熟悉的生活，实在是绚丽的文艺之花得以开放的生命之泉。

　　反过来，如果一个作家对自己将要描写的题材不熟、不懂而又要勉为其难地去进行创作，将会出现怎样的情况呢？约略尝试过文学创作的人可能都有这样的体会：在艺术构思与创作时，每逢涉及自己不熟悉的生活，作家便总是无法将作品想象得足够具体，虚构得足够真实，人物和故事也因此活不起来。作家也常常在很快构思出一个情节框架、人物设想之后，苦于拿不出生活细节和性格化的语言，无法做具体的描写，不得不就此却步。有时，作家按照原来的艺术构思，主题和人物还需要、也有可能再更深层出发展一步，可是却再也拿不出具体的生活形象来表达这个构思；有时，在某个地方只要再加一段人物心理活动，或一段对话、一个什么行动，就可以画龙点睛，为全篇增色，结果却无法想象出自己的人物在这一特定情景下应该怎样想、怎样说、怎样做。在这种无米之炊的情况之下，一个严肃的作家，会因力不从心而搁笔，绕道越过路障，从而造成艺术创作中的莫大遗憾；对另一些作者来说，这种情况，还常常使他们面临离开现实主义的危险。于是，我们创作中一些常见的现象就发生了，比如，用人人皆知的框架、时髦的手法代替新鲜、独特的构思和描写；用广泛的"思想斗争""表态发言"，或力竭声嘶的独白，代替对人物内部思想和外部动作的精确描绘；用以直白的方式点明主题，代替在生活场景和情节的发展中显示倾向；等等。在这种情况下，逻辑思维代替了形象思维，观念的演绎代替了生活的自然发展，提炼成了拔高，虚构成了虚饰，想象成了臆测，艺术典型化的广阔道路被本质化、概念化而成为穷途末路。

在作家的创作过程中，不熟悉描写对象而要勉强为之，是在怎样一点一点地蚕食着艺术作品的生命啊。

四

林彪、"四人帮"为了搞阴谋文艺，违反现实主义原则，不准作家写自己熟悉的生活，不准作家真实地反映现实，直面人生的行为，是好理解的。问题是，为什么直到今天还有人出来反对作家写自己熟悉的生活呢？这些人将这个问题和文艺的工农兵方向联系到一起，至少可以说明，这里面，有"题材决定论"和"根本任务论"的流毒在作怪；也说明，人们对我国文艺工作者是否已经成为工人阶级的一部分，我国文艺服务的对象——以工农兵为主体的最广大的劳动人民，是否也随着时代的发展而发生了变化这样一些根本问题上，认识并非完全一致。

在这些人眼里，当前我国文艺工作者的思想、生活和艺术状况，和解放初期甚至和延安文艺座谈会时期仍然差不多。因而总觉得，提倡写熟悉的生活，无异于放手让他们去描写资产阶级、小资产阶级的生活题材。他们不了解或者不愿了解，几十年来，我们绝大部分文艺工作者在毛主席《在延安文艺座谈会上的讲话》指出的道路上，已经在深入工农兵群众、深入实际斗争的过程中，在学习马克思主义和学习社会的过程中，逐步地将立足点转移到工农兵方面来，逐步地熟悉了他们过去不甚熟悉的工农兵和其他劳动人民的生活。对这样一支文艺队伍来说，提倡、鼓励写自己熟悉的生活题材，就其大体来说，正是意味着提倡、鼓励反映工农兵生活，为劳动人民服务。而随着时代的发展，知识分子已经成为工人阶级的一部分。一些作家致力于描写自己所熟悉的知识分子的生活，是文艺为劳动人民服务的一项内容，是文艺在新的历史时期坚持工农兵方向的一个表现。怎么能认为这是"知识分子的自我表现"，是脱离劳动人民的"舞会""盛宴""红地毯"和高踞工农之上的"绿纱明镜中的珍珠呢"？至于有些人要写自己熟悉的其他方面的生活，只要不带着"题材决定论"和"根本任务论"的有色眼镜，谁都会理解，这是文艺为最广大劳动人民服务的一个有机内容，也是不可缺少的。

还要看到，随着时代的发展，我们这一代劳动人民的生产方式、生活方式、思想方式和审美趣味以及人与人之间的关系，已经发生了，并且还要发生极大的变化。劳动人民对精神生活的需求越来越丰富。特别是新一代年轻人，他们对生活和艺术有了许多新的追求。因此，我们相当多的中青年作家所熟悉的工农兵生活，已经不完全是过去那种"挥舞镢头闹革命""抡起大锤和时间赛跑"以及"小米加步枪"等内容了。当他们的作品中出现了使某些人感到陌生的工农兵生活、工农兵形象，出现了使某些人感到陌生的道德情操和艺术趣味，我们也不应该简单地用自己的道德观、艺术观强加于人，轻率地责难他们离开了工农兵方向或缺乏劳动人民"气质"。如果广大群众欢迎，我们就应该认真检查一下，也许恰恰正是自己和当代劳动人民的生活和思想感情有了隔膜，对他们不够熟悉和了解。如此一来，所谓的责难，似乎是表现了对劳动人民的忠诚，实际上却是脱离了工农兵群众，终将为工农兵群众所鄙弃。

反对作家写自己熟悉的生活的观点以及其他一些极"左"的文艺观点，和社会上那股否定党的十一届三中全会精神的思潮的关系，和林彪勾结江青炮制的《部队文艺工作座谈会纪要》在思想甚至语言上的相似，都早已为人所熟知，毋需在此多言。令人深思的是，提出和宣扬这些观点的人，大都身受林彪、"四人帮"之害，身受《部队文艺工作座谈会纪要》之害。这就再一次证明，政治上受到"左"倾路线的迫害，并不等于思想上对极"左"思潮有天然的免疫力。十年浩劫，大部分人在反面教员耳提面命的教育之下，由蒙昧到觉醒，由迷信到解放。但是，只触及皮肉而没有触及灵魂的人，由于皮肉之苦灵魂变得更加脆弱的人，以及被反面教员教育成了"优等生"的人，也的确时有所闻见。所以我们应该在进一步肃清流毒、批判《部队文艺工作座谈会纪要》中，认真梳理自己的文艺思想。

坚定不移地写自己熟悉的作品，满腔热忱地去熟悉我们应该熟悉的生活！

1979 年 11 月，西楼

该有怎样一双眼睛

——兼答读者问

编辑：

　　我是一个文学爱好者，业余时间写点小说，总达不到发表水平。去年夏天我去青岛出差，和一位女作家住隔壁，常在一起闲聊，感到她在生活中总能看到许多新鲜而有意义的东西，看到我看不到的东西。今年秋天，我在一本杂志上读到她的一篇小说，写的竟是我们在青岛的那一段邂逅。我根本没有想到这些东西可以写成小说。我给她写了一封信，谈读后的感受："在青岛的时候，不是我少戴了一副眼镜，就是你有一双特殊的眼睛。"她在回信中竟高兴地说："你一语道破了文学创作的一个重要问题。的确，写小说的人，得要有一双与众不同的眼睛……"

　　这是怎样的一双眼睛？又应该如何去获得这样的眼睛？

令娴

令娴：

　　《小说评论》编辑部将你的信转到我这里了。你提出了一个很有意思又很不好回答的问题。中短篇小说大师莫泊桑在刚步入文坛时，有次去拜望前辈福楼拜，给他讲了几个自己准备写小说的故事。福楼拜告诉莫泊桑，先别急于写出这些故事送去发表，先应该骑马到外面去蹓一圈，把路上看见的一切记在心里，回来把它们写在纸上。莫泊桑在这样的练习中，发现自己还不善于用眼睛去观察生活、观察人。那以后，一年左右的时间里，莫泊桑天天到外面锻炼观察、感受，然后尽量用简明生动的语言写出来。这为他以后的成就奠定了一个好基础。

看来，锻炼观察力，对写小说来说是一门基本功，实在很重要。

小说家的"眼睛"不同于常人的地方在哪里？

第一，小说家不光用眼睛，而且用自己全部的感觉器官——眼、耳、鼻、舌即全身心地去"看"生活。生活形象是通过人的全部感觉器官在我们的脑海里复原的。人的性格、景的特征，既通过可见之形，也通过可听之声、可闻之气、可尝之味、可触之体传达出来。《人生》中刘巧珍身上不会散发出和黄亚萍一样的香脂味，正像《人到中年》里的陆文婷决不会用马克思列宁主义老太太的腔调说话一样。这都要我们用全部感觉器官去"观察"。

但这还只能看到描写对象可见的部分。要观察到对象的内质，把握对象的神韵和格调，还要在综合这些感觉的基础上用"心"去看，去感知、感受、应和。不然，过分局限于琐屑的局部的形的了解，有时反倒会淹没了对神的把握。

第二，小说家的眼睛既关注生活的各个侧面和细部，又是将生活作为一个完整的、有生命的机体来看待的。科学家在观察他的研究对象时，常常从本学科特定的角度对对象进行抽象和肢解。哲学家只研究存在于万事万物中的矛盾运动，并不注意法律与道德问题；对法学家来说，合法或非法是观察、处理各类问题的基本点，虽然也考虑心理与感情的因素，却常常不能以此作为观察问题的准绳；在政治学家眼里，社会发展则是民族的、阶级的、集团的大板块矛盾运动的结果，个人命运是无足轻重的。唯有在文学艺术家，特别是小说这一类叙事艺术的作者眼里，社会与自然是以其本来的完整丰富的形象呈现出来的。因此，小说家的眼睛应该装有广角镜头，应该有超乎常人的覆盖面。列夫·托尔斯泰的视角有多大呢？从贵族地主到农奴妓女，从统帅到士兵，从旧营垒的浪子到已觉醒的革命者；京城边塞，战场农庄，法庭沙龙，国外的休养胜地和西伯利亚流放途中的小店。这些无不被他认真地注视过。他的视角如此宽阔，观察又何等细致：他深入研究过旧俄士兵的性格，认为当时士兵共有三种性格，一种是恭顺，其中又分为两类，一类表情沉静，一类态度慌张；一种是跋扈，其中有一类具有外交手腕，有一类容貌可畏；还有一种是吊儿郎当，其中有一类有趣，一类是邪恶的。这样，他才能写出概括整个时代的巨著。

第三，小说家的眼睛有一个焦点，这个焦点就是人，就是人生，就是人心。人，人与人的交往，人的内心活动，是小说家关注的焦点。小说家有时甚至几十年中对一个人、一个地区的人生做间断或不间断的跟摄；或者在一个时期内集中观察几个人。因此不少小说家干脆在自己的笔记本上给重点人物立传，更多的则在自己心中为之建立一个"档案袋"。

小说家正是以具有这种超乎常人聚焦能力的眼睛，使自己在生活中看得比别人更真、更细、更深，使自己能看到别人看不到或者熟视无睹的东西。契诃夫曾向高尔基谈到《福玛·高尔杰耶夫》中的美敦斯卡雅，"我的老兄，你瞧，她有三只耳朵，一只耳朵长在下巴上！"原来，作品把这个面向灯光的女人写错了。这说明，对人和人生观察时的细致、准确，是如何一分一分地增添着艺术的真实性，增添着人物形象的真切感。无数毫厘不差的细描真摹，可以使读者"不禁想伸出手去抚摸所描写的人和物，就像我们常常想去抚摸托尔斯泰《战争与和平》中的人物那样。"（高尔基《论文学》）

第四，小说家的眼睛具有极强的捕捉生活形象（特别是细节）的能力，而且能够"看"到人的内心世界。刘真构思《我和小荣》的契机，就是一个小姑娘的形象叫她久久不能忘怀。1943年，刘真在一个雨夜送五个县委干部过京汉铁路，迷了路。天快亮时，他们找到了那个村庄，可是交通站的门上又贴了封条。这里离敌占区只有四公里路，十分危险。就在这时候，从一棵空了心的槐树里钻出来一个小姑娘，说："我在这儿等着你们哩，跟我走吧。"小姑娘把他们领到了新交通站。刘真想拉那孩子吃点热饭，可她连水也没喝一口就走了。这个形象，放在社会科学家脑子里，可能被沉淀为一个结论性感受：老区的群众，老区的孩子，真有觉悟啊！而在小说家脑子里，这样一个感受是永远和孩子的形象、言行、神态以及当时的环境、气氛黏合在一起，储存于脑海中的。刘真说："后来，我总想写她，给她一个故事，把她的形象刻画出来。"在观察形象时，不少小说家谈到要注意这四点：一是不能静止地观察形象，要将形象放在行动中，放在整个矛盾和情节的展开中来观察；二是不能孤立地观察形象，要将形象放在特定的背景中，放在各种人与人、人与社会、人与自然的关系中，放在这种关系的变化发展中来观察；三是要特别注意能表现性格、思想，以及新颖而有特点的细节；四是在观察的同时，就要尝试着把形象翻译成文学语言，因为在当时当地的环境中，作家寻找和创造语言的能力容易被激发，一般比事后的穷思苦索要来得真切，来得有感情，也来得方便。

小说家的眼睛还有一种能力，就是能够看到没有实体形象的那一部分生活——感情生活，心理活动，情绪、幻觉甚至潜意识。丁玲在危难中得到了同志的关心,她这样把自己的感受变成了实景:"我心上好像敷上了一块温润的小手帕。"屠格涅夫、王蒙对歌声所传达的感情的描写,张贤亮在《绿化树》中表现饥饿的一幅幅画面,也都是有力的例证。

第五,小说家的眼睛,还要能够在日常生活中看到史的运行和诗的搏动。这样的眼睛,应该是去伪存真、由表及里、剔芜存精的眼睛,具有 X 光般的穿透力;同时又有特殊的艺术敏感,能从琐屑的生活中发掘出诗,发掘出和诗的方向、善的传统联系着的美的内容来。这样一双眼睛,是小说家具有诗心和史笔的重要标志。梁晓声《这里有一片神奇的土地》那独到而深刻的生活哲理是这样触发的:有次,一位没有下过乡的青年作者告诉他要写一个反映北大荒知识青年生活的剧本。他问:"为什么要去写自己没有经历过的生活呢?"那青年鄙夷地答道:"我要把他们那种荒唐的幼稚的热情,用历史的眼光加以否定和嘲弄。"当时,梁晓声心中产生了一种难以抑制的冲动:当年一千多万青年被"红流"席卷到农村,到边疆去的时候,这个人避开了,自以为侥幸,而今他却要对这一千多万青年走过的艰辛而又严峻的道路加以嘲讽,这叫什么话?他"看"到了在这个否定者的情绪和被他否定的那一段生活中所包含的新的历史信息,决心自己写一个作品,公正地评价知青生活,把一代青年身上这两种反向交叉的历史情绪挖掘出来。这就是艺术家眼睛非同寻常之处。他能从十分细微的地方看到历史的信号,并且通过艺术构思将这种信号放大,写进作品中,成为振聋发聩的历史钟声。这种眼力当然不仅取决于思想艺术修养,更主要的,是要对生活有强烈的热爱和同情。只有拥有了这种眼力才能够窥探到人们的感情和内心世界。

第六,小说家的眼睛还要能在生活中看到形式美。许多大师都谈到,小说技巧的极致是无技巧。什么是无技巧?就是艺术技巧和它所要表现的生活内容,在极大程度上是一致的,生活在作品中被描绘出来时是浑然天成的。这样的技巧,不在别处,就埋藏在你所要表现的社会生活之中,只不过等待着你艺术的慧眼去发掘就是了。生活事件在演进时,也是有起伏跌宕、隐显徐疾的。有草蛇灰线,伏脉千里;有花开两朵,各显一枝;也有全方位推进,构成立体的结构。有些事件紧锣密鼓、严丝合缝,有的事件则如一潭秋水、云影布石。而我们从一个特定的视角观察、感受、认识一件事,一个人,又常常由淡而浓,由虚而实,由疑而信(这中间当然还会有波澜起伏),其中又有多少诱人的悬念。

在一定的阶段和一定的范围内，一个矛盾引起另一个矛盾，许多矛盾最后又归结为一个矛盾，分分合合、合合分分，那又有多少对比和呼应，含着多少线形的、圈形的、螺旋的结构呢？一个生活事件在各种力量的聚合离散，各种情绪的交叉合成中逐步走向高潮，走向解决，那又有多少铺垫、多少蓄势？对一般的眼睛来说，生活是自在无为地流动着，对小说家的眼睛来说，生活却总是在一定的、各不相同的结构模式中发展。美的内容和美的形式总是在生活中融为一体。

总之，可以说小说家的观察生活是一个系统工程，既要在生活中捕捉形象素材、感情素材、思想素材，又要捕捉、积累创作技巧的素材。小说家的眼睛，是多功能的全息摄影机。

要练就这样一双眼睛自非易事，需要长期不懈的锻炼，需要将这种锻炼和创作过程结合在一起，边看边写，边写边看，使自己的眼睛逐步适应小说创作各方面的要求。我想，你既然提出了这个问题，想必是有志于此道的。愿早日读到你的小说作品。

1985 年 1 月 15 日，西安岚楼

善于发现和描写"交界"处的题材和人物

在文学史上,我们可以看到一个很有趣的现象:比较有分量的作品,特别是史诗性的作品,常常是从两个历史时代或两个生活领域的交界处下笔的,是社会转折时期的精神结晶。

拿我国现代文学史上一些写农村生活和农民命运的名著看,都是在几个重要的历史转折时期立下自己的艺术碑石的。

辛亥革命使中国农民由封建社会晦暗的长廊,进入旧民主主义革命时期短暂的穿堂,《阿Q正传》就反映了这两个时代交界处农民的生活。鲁迅通过阿Q的精神创伤和悲剧命运,表现出对历史和现实非凡、精准的认识。梁斌在大气磅礴的《红旗谱》中,通过朱老忠家上下三代的不屈斗争,概括了由旧民主主义革命向新民主主义革命的转折时期,在党的领导下,农民革命斗争由自发变为自觉,由失败走向胜利的历程。柳青的《创业史》则是反映由新民主主义革命向社会主义革命转变时期的代表作。它通过精心结构的矛盾冲突和人物关系,通过对众多形象的成功描写,从整体上深刻地反映了这一时期农村生活的历史动向、农民命运的转变和心灵变化的轨迹。柳青曾明确地说过,《创业史》不写人民公社、"四清"运动、"文化大革命",只写社会主义制度是如何诞生的,即只是写两个历史阶段的转折点、衔接处,只写有能力的人失败了,无能的人胜利了这种在历史变革时期人物的易位,只写由于这个转折所引起的人物思想感情的变化。这个转折时期、变化过程写完了,小说的任务就完成了。《创业史》丰富复杂的生活,正是事物发展边界处两个时代生活交错、叠印、渗透、斗争的表现。梁三老汉、郭振山、郭世富、姚世杰、王二直扛、白占魁等人物形象，正是这种复杂生活的思想性格结晶。梁生宝、高增福等人，则是促成旧事物向新事物转化的主要动力。

为什么历史的转折处，常常开出文学的奇葩？因为在历史的转折时期，生活的旋律中常常有过去和未来的音符在和鸣；历史的转折时期，处于急剧运动中的社会矛盾，必然要使整个生活河流加速奔腾，许多潜藏的生活冲突因此而明朗化，社会本质通过日常生活得到多方面的显现；历史的转折时期，人与人之间的关系和人的自身命运的变化，荣辱毁誉、成败利钝，常常感应着深潜的历史潮流，在人的内心发生深远的影响。人生况味的历史的经验被熔铸为一体，在新的生活实践中锻炼出一批新人；波诡云谲的生活、兔起鹘落的矛盾，形成蓬勃的思潮和激情；在对过去精神遗产的重新审视和对新的理想的不断追求中，作家常常能够获得先进思想的指导和美好感情的营养……这一切，都为转折时期酝酿、产生优秀的作家和作品提供了良好条件。因而生逢历史的转折和时代的变动的时期，对有思想艺术见地的作家来说，是三生有幸的事。他们总是像暴风雨中的海燕，箭一般地飞向生活的浪涛。这是从纵向上看。

从横向上看，柳青善于抓住同一时期各个生活领域和精神光彩交界处的题材、人物来描写。描写这种"边缘题材"和"边缘人物"，常能像作物栽培那样发挥"边行优势"，概括多种社会力量的冲突，多种思想感情的叠印，作品内容的社会容量无疑会扩大一些。梁三老汉是一个处在交界处的人物，贫农的经济政治地位、党的启发教育和合作化的优越性，使他趋向社会主义，感到还是姓"共"的亲。但旧社会的精神阴影又像脖子上的瘤子一样，拖得他步履蹒跚，以至于他要不时讽刺"梁伟人"几句。郭振山也是叠印着两个时代思想精神的人物。他身份是党员，思想却是非党的，职务是全村的代表主任，走的却是自发的路。王二直扛早已坐在新中国的农舍前晒太阳，留小辫的脑袋却还停留在封建主义的阴影下。李芳走在解放了的村道上，精神上并没有得到解放。徐改霞、梁秀兰站在另一个意义下的交界处：改霞的形象，将蛤蟆滩和城市、社会主义农业合作化和社会主义工业化缀连起来；秀兰的形象则将下堡乡和朝鲜战场贯通起来，使《创业史》有了恢弘博大的背景和史诗气魄。这对新时期文学创作很有意义。

仍拿农村题材来说。新时期农村，由于经济和文化的发展，农业生产条件的改善，群众文化知识水平的提高，交通、通讯的便利，思想眼界的开阔，特别是党的十一届三中全会以来，联产计酬制的实施，多种经营的发展，集市贸易的繁荣和农民群众对物质文化生活的新需求，等等，都使农村和整个社会更紧密地连成一个整体，使工农、城乡关系进入了一个新阶段。陈奂生这个形象的"上城"和"转业"，就反映了高晓声对生活这一变化的认识。他说："《陈奂生上城》也不仅是把生活扩展到城市以后的产物，而且也是把生活扩展到城市以后对农民有了进一层认识的产物。""城市和农村，本来千丝万缕联系着的，一旦割裂，你对农村的了解也就深入不下去。生活只有比较着、联系着研究才能步步深入。"也就是说，写历史的转折时期，写几个生活领域的交叉地带，不只是广度问题，也涉及深度问题。生活背景越窄，越单薄，越不容易写得深入。作家不断扩大自己的生活视野，把握各个历史时期和各个生活领域之间的内在联系，从历史来看现实，从整体来看局部，就容易创作出新颖且有深度的作品。

要写好转折时期的生活和几种思想交界处的人物，从《创业史》的创作看，要做到：（1）作品的艺术冲突，要准确地反映出转折时期社会矛盾在内容、形式和发展规律上的特征。《创业史》不像有的反映合作化的作品那样，写工作组进驻、阶级敌人破坏、急风暴雨的冲突，而是写两条道路的"和平"竞赛，写梁生宝买稻种、进山割扫帚，靠合作化的优越性来取胜。这就反映出这个时期社会斗争的新特点。（2）作品的艺术天地，要交融在转折时期农村生活纵深的历史背景和广阔的时代画面中展开。《创业史》是通过"题叙"和"结局"这种新颖的结构改霞、秀兰一类的边缘形象来完成这一任务的。"题叙"从历史的深处叙述了生活的源头，为斗争提供了背景；"结局"里显示了生活的去向，在两部之间起到了承前启后的作用。（3）要着重表现转折时期各种现实关系的变化，在实际生活和人的精神世界中激起的新的因素。《创业史》中，曾经被惊吓得不人不鬼的郭世富现在敢于公然在活跃借贷会上貌视代表主任而谋划自己新房的蓝图了；土改时斗地主如此积极的郭振山，现在却对姚士杰转移粮食一事不想追问了；梁三老汉在人群中受到孙水嘴的嘲弄了；白占魁由狂热感到空虚了；姚士杰病好了，吐痰像子弹出膛那样有力……这一切，都多么细微、准确、深刻地反映了正式宣布土改结束，历史步入新时期之后，各阶层人物内心状况的微妙变化。作者将精神世界中的这些新因素放大给读者看，历史的年轮是那么清晰地印烙在人的身上。

1983年2月，西安岚楼

行业题材走向社会化

按行业划分文学题材，也许并不那么科学，并不能反映出作品题材的美学内涵，但这种分类法从一个方面对创作题材做了归纳，多年沿用下来，对创作、评论和文学研究所起的作用已是既成事实。我们也不一定要否定这些分类。不过，的确要看到，当作家不能正确理解什么是按行业划分题材时，就很容易使自己的眼光和笔触受到局限，使作品的生活背景变得狭小，或者忽略掉具体生活场景、人物形象的社会联系、社会意义。

近几年，正如有人谈到的，工业题材作品正由"车间文学"拓展为社会文学。许多作品跳出了写生产过程或技术改造过程，写方案之争，写工厂好人好事的圈子。蒋子龙在这方面可以说是一位开拓者。他认为："按我们的习惯，题材可以分为工业题材和农业题材等。但作家要表现的是'社会的人'。""要把大工业当作舞台，把整个社会作为背景……这就要求作家必须感受社会的运动，感受时代的变化，感受生活的千差万别。"他笔下的各种人物，虽然大多是工厂的干部、工人，他们所面临的问题，不只局限在工业战线，而是整个社会在当时所面临的问题；形形色色的人物在这些问题的旋涡中表现出来的思想、见解，对整个社会都有典型意义。

他笔下人物的感情和精神状态，不再是对工厂某个具体问题的反映，而是对社会问题的思索和反映，是社会某种典型情绪的概括、凝聚。

他作品的主要情节都是工厂发生的事情，却又是在远远超出工厂的广大领域中得到展开的。这使他的人物在多种社会光源的照射下，有了立体感。

他写人，不满足于单纯歌颂工人们的劳动英雄主义，通过一般的先进与落后的矛盾来表现工人阶级的优秀品质，而是把工人形象作为社会的主人，作为推动历史前进和社会改革的力量来描写，作为社会思潮、社会情绪的体现者来描写。透过作品展开的经济活动、劳动生活，我们看到和感受到的是当代政治生活的变化，当代群众的思想和心灵。

几乎在这同时，农村题材、军事题材、学校和青年题材也出现了类似的社会化趋势。

李顺大虽然是一位地道的老实农民，可他的造屋史，已经是中国农村以至整个中国社会在这一阶段的发展史。他所经历的喜怒哀乐，无不和社会斗争的起伏紧紧胶着在一起。并且，他也以他的方式思考和评论起社会的根本问题来了（请想想那"古怪歌"）。陈奂生，一个"漏斗户主"，在新的历史时期，迈向了广阔的社会。他先是进城卖油绳，而后又走州过县，把农村、工厂、机关各个生活侧面和各类人物连成一个整体，展现在了读者面前。

《高山下的花环》《西线轶事》《天山上的大兵》等军事题材作品，将部队生活作为社会生活在军营里的延续来描写，这些作品将军内矛盾置于广阔的社会环境和深远的历史背景中展开，或者干脆和社会矛盾交叉在一起。作品中的主要人物都是带着各种社会的折光和强音来到战场、军营的。而这种社会的折光和强音，一直与战火、枪声共始终，组成了一支音色浑厚凝重的交响乐。作家不仅写了20世纪80年代的指战员，更写出了20世纪80年代一代新人的人生道路；不仅仅写出了新时期部队的变化，更写出了新时期整个社会生活的变化。在这些作家笔下，指战员不过是穿着军服的社会的主人。透过作品所展开的激烈战斗，我们看到的同样是当代生活变化的印迹和群众心灵的显影。

写学校和青年生活的题材，比之以前的"校园文学"来，社会化的趋向就更明显。这类作品，很少局限在校内一般生活的描写中了。在校或不在校的青年形象——无论是作为受伤者、思考者或实践者，都远离了校园，摆脱了学生的圈子，带有更广泛的社会性。《淡淡的晨雾》中，人物命运和时代变迁同步发展，家庭矛盾成为社会矛盾的交汇点；《北极光》中，女主人公的感情寄托由空想的理论家转到比较扎实的行动者身上……这些不正是当前社会一整代青年精神历程的反映吗？更耐人寻味的是，北京作家群中的部分作家，如邓友梅（《寻访画儿韩》《那五》）、刘心武（《立体交叉桥》）、苏叔阳（《夕阳街》），以及陈建功（"谈天说地"中的某些篇章），近年来都不约而同地转向对城市乡土"风情画"的描绘。还有汪曾祺和叶文玲的家乡小镇"风情画"，也颇引人注目。从描写内容看，这些原先也许可以算作是市民题材的作品，现在以其能够从社会各行业、各阶层的交叉点上摄像，而取得了优势。

行业题材社会化的原因是多方面的。最主要的原因是生活本身变了。当代经济生活的活跃，企业自主权的扩大和体制的改革，城市、农村集体工业、副业的大量涌现，要求城乡、工农和各行业之间有更为密切的交往；随着物质和精神文明水平的提高，人更进一步从职业和生存重压下解放出来，有了更多的社会性活动；转折时期各种思潮的活跃和交流，对社会的影响有了极大的扩展；拨乱反正、体制改革等社会改革运动，不同于具体的生产技术和工作问题，它牵动着社会的各阶层各方面，席卷社会心理程度是空前的；客观存在深化为主观意识，当代人对社会整体的感受加强了，对当代社会复杂性在精神上的凝聚力也加强了。而现代的交通和通信手段，又给社会各部分的密切联系提供了技术上的可能性。天下变小了，人心扩大了，人与人靠近了，人与环境贴紧了。

文艺创作作为一个历史过程，对世界的把握是逐步深刻而日益完整的。在这个过程中，常常呈现出"合—分—合—分"两个相联系的发展趋向。一方面，随着作家对生活对象各个部分、各个层次的把握更加精微和细致，艺术上，各种形式的文艺创作逐渐摆脱原始的混合状态而被区分开来；内容上，则是较为集中地研究、表现社会某一行业或层次生活的作家作品日渐增多。另一方面，随着作家对生活对象整体性和内部复杂性把握的深刻成熟，艺术上，各种艺术样式又突破自己的局限性呈现出互相结合、融化的趋势；内容上，作家则追求对更宽阔的生活场景和各种社会关系做恢宏描写和综合表现，即便描写生活的某一局部，也力图从社会关系的整体中、从纵深的历史背景中去落笔。作为一个发展过程，应该说这两方面都是文学在一定历史阶段的进步。因而，行业题材社会化的趋势，只是文学在表现当代生活时深化的途径之一，而不是唯一的途径。

1983 年 10 月，西安岚楼

文学要积极反映市场经济对现代人格的建构

近年来,表现现代市场经济这一新生存环境中人的精神世界的文学作品日渐增多,仅长篇小说就有《人气》《分享艰难》《大厂》《太阳雪》《银楼》《汽车城》《金辉阴影》《原址》《二十一个半》《绿色的太阳》等几十部。这些作品的总体水平虽然差强人意,但也有不少优秀之作受到广大读者的青睐,构成了当代文学一道新的风景。

在这些作品中,相当多的作家把关注的焦点放在现代市场经济引发的历史理性(经济评价)和人文理性(道德评价)的矛盾上,揭示了市场经济在日益强化对人的物质关怀的同时,淡化、漠视对人的人文关怀。他们对于物欲给予心灵的污染、扭曲,苦恼而又无奈,对市场经济给予现代人格建构的负面影响流露出深深的忧虑。此类作品,围绕经济社会和人文素质在价值取向上的矛盾,伸延出不少有意思的话题,引起了评论界普遍的兴趣。

一种新的经济因素或体制出现后,必然要求精神层面进行相应的更新,建构相应的人生追求和价值观念,从而和原有某些人文坐标剥离甚至产生冲突。同时,在现代市场经济的初始阶段,由于市场机制不够完善,发育不够成熟,也会引发一些矛盾,比如不按"游戏规则"运作出现的假冒伪劣、暴利暴富、权钱交易等社会弊病,引起相应的心理失衡和社会震荡。这些冲突既构成社会转型期最具审美价值和思考深度的景观,也是促进社会转型的一种精神动力。作家对这些问题的关切,其实是新时代中的一种人文责任,是对老百姓的人文关怀。他们充分发挥了文学的反思和批判功能,在焦虑和忧患中倾注了对新生活的挚爱，也显示出作家在历史、人文、审美多维层面上把握、开掘新的社会矛盾、新的命运纠葛和新的心理冲突的能力。其实在这些作品中，不只有对精神滑坡的苦恼和忧虑，还有在更深处的对建构新的现代人格的强烈呼唤。无疑，这类作品中的优秀者，是世纪之交文学的重要收获。

但总体看来，在描绘市场经济时代生活的时候，很难见到致力于从正面表现市场经济如何提升民族精神、建构现代人格的文学作品，给人以深刻印象的佳作更是凤毛麟角。评论界就这个问题议论研讨得也很不够，可以说，多少有些冷落。

创作方面，以笔者有限的阅读范围，虽然无法提供精确的数据，但下述的间接材料，也多少能说明一些问题：在上海百名评论家评选的20世纪最有影响力的10部文学作品中，没有此类作品；在中国小说学会组织20多名评论家追踪阅读评议，最近于天津公布的2000年小说排行榜的5部长篇小说中，也没有此类作品；笔者大致翻阅了近两年的人民大学复印报刊资料"中国现代""当代文学研究"卷，除了"印象点击"一类的新作短评栏目提到几部此类作品，但也不见有专门的、有分量的评论或话题，可以说这类作品基本没有进入文学舆论的视野。比起影视、戏剧等叙事艺术在这个领域卓有成效的耕耘来，这不能不说是当前文学创作的一个缺失。

对于市场经济培育新的人格精神问题，在文学的冷漠中，也时时能听到一些似是而非的看法。比如认为不谈物质关系和它的一个重要表现——性关系，即不谈物欲和性欲，就无法进入20世纪90年代文学，这就忽略了新经济体制对人格建构确实存在的积极作用和它在文学作品中的反映。比如有人认为市场经济是天然违背人性、人情和人文关怀的，是政治家、经济家的事，文学家守住人文理性、人文关怀就行了。他们看不到人文价值坐标在历史进程中是不断发展更新的，看不到新经济体制一方面在不断生成着新的人文理性，一方面又在将传统人文关怀的内容吸纳、整合到新的人文系统中来。

社会主义市场经济从萌生、发育到制度确立的整个进程，对中国这样一个自然经济绵延了几千年的国家，是了不得的大事。它不仅是传统中国走向现代中国、中国走向世界的经济杠杆和制度保证，而且会引起社会政治文化生活在改革中的一系列深刻的变化。利益的调整，关系的调整，管理机制和思维方式的调整，等等，都会内化为国民精神、群体心理在冲突中的吐纳、整合、更新，也会在每个家庭的日常生活，每个人的命运、性格、意识和情感世界，留下难以磨灭的印迹。后者对文学有着尤其重要的意义。文学是关注个体生命，关注情感意绪，关注偶然和意外的，不过，这并不意味着作家笔下的个体生命和内心活动可以从人物生存的大环境或者小境遇中孤立、隔离出来。现代中国人和现代中国一样，都无法躲开市场经济和它在各个领域、各个层面无孔不入的聚光、折光、反光、逆光。所有这一切，甚至它的弊端，都会或多或少包含原有生活领域和精神领域所没有或少有的新信息。有时，越是偶见的性格命运，越是意外的心理感觉，越是个别的生活现象，越可能是新生活的某种先兆和症候，有着更为密集的信息量。这样，文学创作关注个体和内心世界、关注特殊性和偶发性的要求，不但不和作家关注市场经济生活和群体心理经验相抵牾，若是从生命个体、人物个性和心理意绪上下工夫掘井，也许反而能更快捷、更深刻地切入社会的肌理和时代脉搏。

由于市场经济通行的是物质利益、等价交换、自由竞争和优胜劣汰原则，总体上给发挥个体潜能、张扬个体生命提供了前所未有的空间，这使得市场经济同以集体主义原则为核心的社会主义思想道德体系能否和谐共融，成为人们常常争论，而且容易引起误解的一个问题。其实，通观世界文明进步的历史，市场经济不仅把人类社会的生产力从自然经济中解放出来，也大大推动了人类精神文化的变革。像一切先进的体制一样，市场经济从物质和精神两方面提升了人的生活质量，推动着人类的全面进步和人格的全面完善。在几千年中华优秀文化传统和几十年社会主义精神文明陶冶的基础上，市场经济的内在属性和运行机制，已经或正在孕育、催生许多新的思想观念、人文品格和道德价值。它们不断成为社会主义文明新的生长点，无可阻遏地朝每个人的内心世界渗透，浇铸、锻打着新时代的新人格，为文学提供了崭新的描写对象。

市场经济生活给现代新人格的建构提供的条件和可能性，表现在许多方面。比如市场经济的公平竞争原则，要求在经济运作和社会实践中反对垄断和不正当竞争，反映到制度和意识层面，则是不承认任何超经济的特权，以民主平等为第一要义。这便在精神上肯定了每个个体生命的自主性，激励他们自立自强，发展自身，在实践中养成新的现代人文品格，从而实现自身的权力和利益。同时，公平竞争中的优胜劣汰机制，不但敦促着生产者和经营者树立质量第一、顾客至上、诚实守信、文明服务的职业道德，而且有助于养成全社会尊重人、信赖人的人文素质和文明风尚。尤其是市场赋予每一位顾客自由选择商品的权力，其实是在一次次的选择中演练对自我的确证，个体生命的主体人格和主体意识便在这个过程中得到培植。

市场经济的等价交换原则，也开创了一种新思路，即要实现自己的利益，必须首先考虑他人（顾客）和社会（市场）的要求。只有你的商品符合社会的需求，受到他人的欢迎，才能被出售，才能在市场交换中实现自己的价值。利己与利他，个体与群体，便这样在日常生活的思考方式和行为方式中融为一体。

市场经济是一种开放经济，"商品无祖国"（马克思），交换无阈限。经济发展的内在要求，冲决着地域的阻隔和国家的封闭，促进统一的大市场的出现。市场经济的具体实践，以及它所形成的生活氛围和心理磁场，对于破除自给自足、内闭内省的小农经济思想，破除血缘、族缘、地缘意识，在全社会育化开放心态和开拓精神，是极为有利的。

市场经济是一种效益经济，"时间就是金钱"，效益来自效率，效率又来自人才素质和科技水平。市场就这样使我们对时间、效率、人才和科学技术的看法由传统进入了现代，也就这样使我们的行为方式、思维方式、感情方式和人生价值追求由传统进入了现代。

市场经济又是一种法制经济，它提倡个体生命的自主、主体潜能的发挥、思想心志的自由，但几乎在同时，又将这些自主自由纳入了法制轨道，纳入了各种社会的、群体的游戏规则。个体愈自由，群体法则愈规范，反过来个体的自由愈有保障，愈能持久。近几年，人们对"打假""打非""打黑"和规范股市管理的热切呼唤，不正反映了全社会要求通过法治来保障个人利益、个人权利、个人自由的强烈愿望吗？我们看到，社会的群体规范和个体的心灵自由这对矛盾，这个理论上长期争论不休的悖论，正在实际生活中由对立艰难地走向和谐。一种能够正确而又自如地处理民主与法制、自由与纪律的人文理性，正在实践过程中转化为人格操守和社会风尚。法治和德治，于是在生活之河中汇流。

现代市场经济的基础是高度的社会分工和高度的社会组合。生产的社会化，以及流通对阈限的忽略，信息对空间的忽略，使世界步入了一体化进程。个人既为群体所需要又无法离开群体，地域既为社会所需要又无法离开社会。处理个体和市场的关系，很大程度上就是处理个体和人群（顾客）、社会、国家的关系。互联网更是将每个个体变成了整个社会和世界的终端，这更为现代人在一种超大格局中重新确认自身、审视自身，调整利与义、欲与灵、个人与历史、个人与世界的关系提供了新的空间和新的高度。"我为大家，大家为我""取之于民，用之于民""爱国、爱乡、爱家、爱人"等传统道德伦理和人文品格，逐步建构起现代经济、现代科学的基座。

当然，塑造市场经济的现代新人格、新形象，在具体的创作实践中，并不那么简单。在这里，我结合当前的实际情况，对这类作品的创作实践提出几点看法供大家思考。当文学探索一个新领域时，这些情况的出现可以说有一定的必然性，它们既反映了文学对新时代、新人格的陌生，也反映了市场经济社会本身的不成熟。

第一，塑造现代新人格要避免理念先行。上面谈到的市场经济对人格建构的作用，不能作为一种固定的模式直接套入作品。作品一定要从鲜冽的生活和具体的人物出发，一定要将人物的外世界和内世界转化为作家自身的命运烙印和人生体验，转化为作家独有的审美对象。这时候，写时代、写人物和写自我，才能相互渗化，现代新人的形象才会在笔下活起来。如果理念先行，便难免停留在"十七年"文学描写社会主义英雄人物的那个平台上，甚至不自觉地采用"高大全"的招数。避免理念先行不是在创作中排斥一切理性的引导和渗透。作家对生活历史的和道德的评价，和他的世界观、价值观以致整个理性思维都是分不开的，只是在作品中，这一切都融入到对形象的展现中，并自然地流露出来。避免理念先行，同时也要防止西方反理性主义思潮对创作的侵袭。

和这个问题相关的是，还要在此类创作中注意过虚、过实两种偏向。那种一味用抽象的哲理议论、玄虚的结构象征来掩饰生活的贫乏和感受的苍白的作品，是不足取的。有的作品脱离国情，照搬西方的一些理念，肢解中国的现代生活和现代人，便更显得有点不伦不类了。也有的作家从贴近现实的良好愿望出发，热衷于事件化、新闻化的写作，往往对那些能够引起社会轰动和舆论炒作的题材，做急功近利、与时俱进的追逐反映。这类创作在相当程度上被大众趣味和市场策划牵着鼻子走（这也是一种外在于创作的理念先行），模式化和媚俗就很难避免。对事件过程浅白的、搔首弄姿的实录，常常冲淡了对新人形象深层的心灵开掘和艺术展示，视距的消失又使历史意识被放逐至远方。消弭了与时空的分离，极易造成健忘的叙事。

第二，要强化市场经济现代人格的新质地，着力表现这种新质地的丰富内涵。搏击在市场经济中的新人，除了在新的平台上承袭和宏扬了中华民族优秀精神，还具有根本上不同于以前各个历史时期优秀者和先进者的新的精神质地（我认为，在一定程度上也包括市场经济确立前的社会主义新人形象）。新人格的这种新质地，如前所述，最主要的就是现代市场经济带给他们的主体意识、竞争意识、开放意识、科学意识、效益意识、法制意识以及一体化意识。表现新的现代人格，要集中笔力强化这些精神新质，并将传统优秀精神由社会伦理体系的坐标，调整、更新、整合到社会伦理和经济伦理、科学伦理相交融的意义体系中来。要浓墨重彩地描绘新经济如何造就新人格、新人格又如何引领新经济的动态过程，并在这种人与环境的互动过程中探寻新的艺术手段和艺术语言，使作品拥有极为丰富的内涵和色彩斑斓的画面。作家绝不能像有些作品那样，给现代新人敷上一些表层的青春气息和时尚色调，出入于高级宾馆、红粉群中，用"白领文学"、甚至准"消费文学"取代对现代人精神新质的深邃开掘。

第三，要写出市场经济新人格的复杂性。现代市场经济是一个复杂的存在，它既有我们上面举出的那些有利于人类精神文明发展的方面，也有自身的缺陷和局限性，并对现代人格产生着这样那样的负面影响。市场经济的趋利性极易诱发私欲和物欲的膨胀；商品交换追求最大利润的基本动机，容易诱发拜金主义。这些一旦侵入社会政治生活和精神生活，便会导致腐败。市场经济时代的新人在极其复杂的环境中成长、搏击，市场和新人自身在初期的不够成熟，以及新人命运和性格导致的各种弱点，更加剧了这种复杂性。他们一路坎坷，步履艰难，内心充满了苦恼、焦虑、忧患，也会有孤独、畏惧、怨怼，甚至妥协、退让、犯错误，永远不改的则是对目标的执著。如果在作品中把他们处理成纯一的先进形象，那么，新人形象就很难显得真实、鲜活，也难以凝聚市场经济时代各种深层的社会关系和复杂的心理信息，最终走向肤浅。

市场经济不仅是千百年来中国最有意义的历史产物，也成为现实生活最重要最宏大的存在，成为现代人最新颖、最鲜冽的真实。尽可能发现并表现实践生活进程和精神生活进程中新的因素，发现并表现人格建构和心灵世界中新的因素，着力写出现代人的新人格，给人类精神史、审美史提供新的素材，为社会人格建构提供新的亮点，是历史赋予这一代文学家的任务。这是历史对这一代文学家的青睐。让我们紧紧抓住这个千载难逢的机遇。

2001 年 4 月 19—22 日，西安谷斋

在创新中弘扬 在融汇中发展
——谈文化艺术的创新思维

和经济相比,文化艺术有自己的特点。它具有不同的社会制度意识形态的独特性、不同国别民族文化精神的独特性及个体创造性精神活动的不可规范性。因而同处世界格局的各族文化,除了许多共同性,也必然存在许多差异,尤其是在价值层面。经济全球化并不一定能消除不同国家之间的冲突,在一定情况下还可能加剧不同文化传统的国家、民族之间的冲突。也许正因为看到了这一点,国人在谈论文化艺术全球化问题时,常常更多地从抵御和反对新形势下的文化霸权主义、维护民族精神和保存民族文化传统的角度着眼,这显然是十分必要的。对于民族文化艺术如何走出去,如何在创造、开放中弘扬发展,则议论较少。仅有的一些议论,大多集中在工具理性和市场运作层面,即民族文化如何通过现代市场操作进入世界格局。但是,不要忘了文化艺术全球化问题还有更重要的一面,那就是换一种眼光,以全球眼光对民族文化艺术进行定位;换一个坐标,以开放、融汇、更新、创造的坐标思考民族文化艺术如何加快走向世界的步伐,以在全球文化格局中占得更大份额,发挥更大作用。在这个层面上,民族文化艺术的保存、维护和民族文化艺术的走向世界、走向现代,实际上是弘扬民族文化问题互促互动的两方面。

以积极、进取、开放的精神弘扬民族文化,首先要发扬中华文化固有的兼容并包、开放融汇的创新品格。

前些年,有人认为中华文化是一种僵滞封闭的超稳态结构,这显然是偏见。中华文化的内在结构应该说是稳态和动态两种机制的统一。千百年来形成的许多民族传统，譬如团结凝聚、自强自信、奋发进取的精神品格，天人合一、家国同构、伦理中心的文化结构，以及种种政治、法律、伦理、科学、艺术的形态意识和非形态意识，虽然都构成了我们民族相对稳定的精神传统，但其实它们的具体内容无不随时代的变迁而不断变化发展着。

另一方面，往往被忽略的是，中华文化具有多维动态融汇的机制。其实，一部中华文化发展史就是不断融汇各种异质文化因子，从而更新壮大的历史。遍布黄河、长江流域和华南、东北、青藏地区上百个文化遗址，不断证明中华文化是多源发端、多流生成的；中华文化是56个民族共同创造的多民族文化，而汉文化内部自古以来又是多地域、多流脉，在漫长的交汇融合中形成了以"儒"为核心、"儒释道"为主干，各种文化成分枝繁叶茂的多维文化复合体。中华文化发展的几次高峰都和文化的开放交汇有着深刻的内在联系。也不会有秦汉之际董仲舒等思想家对先秦诸子百家学说的创造性综合，就没有秦汉文化，没有后来成为民族文化重要基石、对世界文化产生重要影响的儒文化。没有汉唐乃至宋明时期中华文化对印度佛教文化上千年的吸收、改造，没有近于《中庸》的天台宗，近于《周易》的华严宗，近于《孟子》的禅宗等中国化佛教的先后创立，也就没有融汇了佛学内容的新儒学——宋明理学的壮大，更没有中华文化儒释道文化系统的形成和直至今天其对世界文化的平衡、启迪作用。

耐人寻味的是，不注意在交汇中创新，过分拘泥"原版性"的佛教流派。如唐玄奘及其弟子窥基创立的一味追逐"天竺化"的法相唯识宗，由于忽视中国的实际，忽视和本土文化在整合中的创新，最终逐渐衰败了。近百年来，几次西方文艺的引进高潮，如"五四"时期和改革开放初期，也都是从对域外文艺生吞活剥的单项模仿开始，走向与本土精神、民族生活相融相洽，走向描绘作家、艺术家在民众生存中的体验，而逐渐完成整合和更新的。"和实生物，同则不继。以他平他谓之和，故能丰长而物归之。若以同裨同，尽乃弃矣。"（《国语·郑语》）和而不同，有容乃大，适时地、多维地、创造性地将异质文化转化为自身发展的营养，这是中华文化几千年生生不息的根本原因，在创新中弘扬，在融汇中发展，才是弘扬发展中华民族精神的要义。

在当代文化格局中对民族文化作再认识，最重要的是以世界眼光和现代科学体系对民族文化精髓、民族美学体系和民族文艺现象重新进行梳理，发掘更深更新的内涵，做出科学而有力度的再肯定。只有在当代的、全球的大时空里，才能判断、识别民族文化的先进因素——这是我们应该大力弘扬并能丰富世界文化的瑰宝;也才能发掘民族文化中那些适应全人类、被全人类普遍认同的精神资源——这是民族文化和世界文化的衔接点,是民族文化进入世界格局的绿色通道。同时,对民族文化中落后、过时的东西,也要从当代世界文化的坐标上做出更具科学、理性的再批判。如果我们立足于过时的或脱离中国实际的文化立场和方法,立足于有着自然经济、计划经济或全盘西化浓重投影的文化立场和方法,对民族精神无论是扬弃还是发展,都可能误入歧途。

在全球化日渐趋于综合的大背景下,东西方文化艺术的关系正在更新,一方面不断以新的形态冲突着,另一方面又走向对话和互补。随着人对主客体世界复杂性愈来愈深刻的认识,工业社会的许多文化观念和审美观念已经失去了它们的自治性。西方文化正在重新建构。在这种重构中,东方的中华文化,以儒家的"天人合一"和道家的"顺其自然",谐和着人与自然的关系,协调着人与社会,平衡着人的内部世界,以中国式认知的模糊色彩和感悟色彩,拓展着人类对世界、对心灵、对艺术的把握,这些都将成为现代文化和现代思维极有价值的资源。

现代世界对中华文化的青睐将中华文化和相关的艺术精神现代化、科学化、体系化的任务极为迫切地提了出来。要建立自己特有的民族文化科学话语体系,中华文化艺术在当代仍然有着鲜活的生命力,如灵象触发特色、意象传输特色、整体感悟特色和模糊表述特色等等,融化到现代世界通用的话语体系、传播渠道和运作方式中去。建立民族文化艺术的智性体系,一不能"言必称希腊";二不能把立足点放在国外流行的现代概念上;三不能完全沿着中华文化已经形成的老路走。要从世界文化坐标系出发,尽量返回民族生活的源头和民族文化的原生点去解读中国文化密码,经过切实的发掘、化育,创造出一种能对民族文艺作新的整体表述,能和当代世界对话的话语体系。这是在现代世界的语境中,大力弘扬民族文化的有效途径。

质疑"传媒文艺评论"

文艺评论自20世纪90年代以来逐步陷入困境，成了尴尬的角色。原因很复杂，主、客观两方面都有。就评论界自身来说，面对文艺创作和社会出现的新情况、新问题，了解和体验不够，理论准备不足，常常处于失语和言不及义状态；对西方文化思潮和文艺观点丧失消化能力，脱离社会现实状况、民族审美心理和文艺创作实际，生吞活剥地在评论中套用，使近年一些重要的作品和文艺现象得不到科学的中肯的解释；有的评论家心态浮躁，急于构架自己的体系，不惜肢解作品，或玩弄概念游戏，故弄玄虚，或时发惊人之语，制造热点；社会的冷遇和经济的困窘使科学的理论批评阵地日渐萎缩；文艺评论队伍流失严重、后继乏人等等，都是迫切需要解决的问题。

从客观方面来说，市场经济时代急功近利的价值坐标、娱乐消闲的欣赏需求，使大众在一定程度上疏离了雅文艺而贴近俗文艺。在消闲的欣赏中，人们只求自适、自足、自娱，难得有理性沉淀的要求，这自然就更疏远了论理的、有深度的评论。评论在这种场合失去了自己的"座位"，成为多余人，还要"饶舌"就是很不知趣了。从主观方面来说，现代人的感觉因超载而麻木，需要的是强度刺激，实事求是、公允、细致和辩证的评论自然因为"没劲""不生猛"而备受冷落，于是传媒炒作和种种商业化手段乘虚而入，以惊艳奇诡、哗众取宠、瞬息万变的新闻冲击力投其所好，评论作为科学的生存时时受到威胁。

需要着重说明的是，传媒评论不能一概而论，许多主流传媒做得是好的。对他们来说，恐怕倒是还存在如何使自己的评论栏目更贴近大众、更贴近现代、更贴近创作、更有力度、更可看的问题。我在这里说的"传媒评论"现象，实际上主要说的是"娱记评论"或"小报评论"现象。作为一种文化现象，虽然它不可能不对整个传媒界产生影响，但主要还是表现在通俗报刊和电视广播的某些文艺节目中。

传媒评论对科学评论的挤压、蚕食，对民族文化心理和社会审美心理的冲击、侵害，我认为主要表现在四个方面：

一、转换批评主体，窃取评论话语权

有的记者常常以"某某评论家说"或"此间评论界认为"等不负责任的报道，替代评论者本人经过思考和推敲的文章或者负责任的言论。在这种替代转换中，记者或"自由撰稿人"可以从自己的观点和某种目的出发，恣意夸大、歪曲、篡改、捏造被访人的看法，更有哄抬、贬低、封杀评论者观点的现象。有时通过精心的策划、组合、综述，将微观的真实转化为宏观的失真，请君入瓮，不知不觉进入他的圈套，以致引发各种事端。

此类评论报道挂的是评论家的"羊头"，卖的是记者的"狗肉"，责任、后果、一切骂名皆由评论家承担，利益、名分和感情回报却自有记者领受。

二、转换价值标准，用评论制造新闻热点

评论和新闻的价值标准从根本上看，是有相通之处的，譬如要实事求是、要符合人民利益、要有利社会发展和精神建构，等等，不过具体的价值角度不同。评论强调的是作品的认知价值、人文价值、审美价值，强调的是一要公正评断，符合作品和作者的实际；二要深刻开掘，对作品的内在意蕴有所发现、有所开掘；三要辩证分析，要具体地、历史地分析作品的优劣长短以及各种复杂情况、复杂关系、复杂原因。

而传媒强调的是作家作品的新闻价值，喜欢将具有眼前新闻效应的东西（这时候就很少顾及意蕴认知和人文情怀了）、大众最喜欢的东西（这时候就很少顾及理性思考了），从作品和作者完整的生命中肢解出来，经过孵化、强化、异端化（有时则完全空穴来风），加以表达。为了抓住时效，抢滩市场，哄抬舆论效

应，这种表述常常快速而肤浅、片面而极端、大惊小怪和哗众取宠。于是"哥们""戏说""棒喝""枪挑"直至"灭了他"的语言文字也在评论界流行开来。

这时的娱记和小报，常常情不自禁有那种市场叫卖者的心态，好事之徒的心态。而读者和观众也将阅读评论时应该有的欣赏、体认、理解、思索的健康心理抛到九霄云外，剩下的只是了解一个又一个文艺界事态或事端、故事或是非的欲望，扮演着精神围观者和看客的角色。他们关注的已经不是评论的公正和见解的深刻，而是评论作为一个街谈巷议的素材的趣味性。也就是说，他们进入评论本体理性内涵的要求早已退居次要地位，而热切希望窥探或参与的却是评论作为社会新闻事件的过程和内幕，使自己和读者从中得到满足。这已经不是审美、求知或思考的满足，而是新闻欲引发的快感。在这种快感中，读者的胃口越吊越高，读者被吊高了胃口，又逼着传媒去找下一个猎物。他们煞费苦心地在常态的文艺中寻觅异态事端，或将常态转化为异态，制造一个个热点，以满足市场需求。于是评论官司频频出镜，辱骂和恐吓成了战斗。

粉墨登场于媒体的评论早已丧失了科学品质，地地道道成为新闻商品了。

三、转换评论的目的，理性阐释成为文化消费的广告

这些年，消费意识大面积、大踏步地由物质领域进入精神领域，先是消费故事，消费悬念，消费凶杀，消费爱情，消费苦难和愚钝，消费富裕和闲适；接着，消费女性的美丽（这叫靓），消费男子汉的雄强（这叫酷），消费花季的清纯（这叫蔻），一浪高一浪，热闹的无以复加。清纯作了消费的作料，何谈清纯？拍卖别人的苦难和愚钝，则近乎残酷。

往后更来劲了，商业主意往深里打去，开始消费历史。按照当下文化市场心理的需求，以"历史神话"或"戏说"，在深浅两个层次上曲意迎合，过去的岁月便如此这般成了现代童话和市井热销货。一个在游戏历史的氛围中长大的孩子，会不会游戏人生呢？还敢睁大眼看严峻的现实吗？同时商业主意开始消费理论和观念。将哲学、经济学、教育学、文化学、美学机巧地操作化、趣味化、卡通化的书籍，如《格调》和《学习的革命》一类，被大量引进。国内出版界争相效颦，诱发了书市一个个新卖点。悲哀的是，竟有那么多人相信精神素养可以速成，更悲哀的是，这"那么多人"中竟有那么多文化人。

覆巢之下焉有完卵，文艺评论被用于消费是势在必然了。当我们煞有介事地评论《廊桥遗梦》和《泰坦尼克号》时，哪里知道传媒和市场看重的其实并不是它们浓郁的怀旧情调或经典艺术风格本身，而是怀旧情调经典风格对处在喧嚣浮躁时代的当下观众（注意，这些人一出门便是市场当下的消费者）的吸聚力和这种吸聚带来的效益。相反，当我们出于责任指出那些渲染"白领时尚"的影视和杂志，有可能以温情和闲适的梦幻冲淡和遮蔽严峻的现实问题时，传媒和市场才不管呢，它们要的正是以此吸引观众，让观众来银幕前做梦，用银屏中超前享受的梦幻，来刺激消费欲望、膨胀购买力，使观众由潜在的消费群体迅即转化为现实的消费群体。这时候的传媒和市场，并不关注评论的"质"，即见解的正误深浅；其关注的是宣传评论"量"——字号、篇幅、绵延时间和视觉效果等等。只要能大量见报和出镜，就能吸引社会的关注。说什么并不重要，重要的是无论正说反说，都有广告效应。

四、转换心理认同，诱使评论和社会欣赏失足

现代传媒的覆盖率高，几乎可以忽略空间距离的共时性，其与现实生活如影随形的同步感，使传媒评论拥有无数倍于其他评论的读者。他们可以吹捧明星，使自己成为明星，用频繁的曝光在人造舆论的天幕上留下星星般以假乱真的光亮。现代舆论的认同通过传媒的覆盖，很容易转换为读者的认同。这种认同虽然是一种模糊印象，在无数次的重复中却会层层叠加、沉积，最后转化为社会普遍的认同。社会一旦普遍认同文化注意力并聚光于某些人，荣誉、地位、待遇和其他显在隐在的利益，便会在马太效应的作用下纷至沓来。传媒评论成了寂寞而清贫的评论界攫取名利的捷径。

传媒评论的诱惑使评论界产生一种莫可名状的浮躁，免不了有一些人落水，也干起迎合文化消费、迎合低俗趣味的营生，把学理思考、人文情怀和社会责任扔在了一边。评论的失足反过来纵容和助长着创作的堕落，而它们共同营造的审美舆论环境，又会反过去培育低俗的社会欣赏群体，这个群体在自己膨胀的过程中，还会不断呼唤更多的评论者来做他们欣赏趣味的代言人。传媒评论便这样日益"繁荣昌盛"……这便是传媒给评论制造的怪圈和魔方，让我们眼花缭乱。

利益一旦成为理性的替代品,也就成了文化的新顾主,现代社会和市场的中介或桥梁——现代传媒,也就成了包括评论在内的现代文化的监工或管家。英国的汤林森在《文化帝国主义》一书中指出:"在西方资本主义国家,媒介被当作其文化的核心",并提出了"媒介帝国主义"的概念。这不是说我们,我们确实应该警惕,应该防范,应该深思。

2000年12月7日

反思文艺评论的三个平台

我以为,健康的文艺评论应该由以下三个平台组成,并构成一种良性循环机制。

一个是批评理性的原创平台,主要由大学和研究所的专家组成,被称为"学院派"。他们以哲学、美学、文化学及各类新学科成果的宏阔视界来阐释文艺创作,为文艺评论提供原创思维和基本方法。

一个是批评理性的应用平台,主要由活跃在社会上的各类文艺社团以及书刊编辑中的评论家组成。他们关注的大致是创作实践中的理性问题,应用原创理论去解读具体作家作品,将原创理性渗透到文艺创作过程和文艺现象中去。

一个是批评理性的大众传播平台,主要由各类大众传媒的文艺编辑、记者和自由撰稿人,即通常被称为"娱记"和"写手"的群体组成。他们以文化市场的需求和广大读者的好恶为主要坐标,常常运用前卫理性,也参照传统理性,来报道、综述、评价文艺作品和创作。他们又常常从文艺的专业领域中突围出来,使文艺现象与社会现象和民众普遍的心理情绪接轨,营造大众文艺舆论和社会文化气氛。

从文艺理性传播的角度看,文艺评论的这三个平台,是以原创层为基座,使文艺理性和社会理性向文艺创作、文艺舆论乃至社会舆论逐层扩散、延展的一个过程。而从文艺理性生成的角度看,又可以看作是一个逆过程,即理性传播平台在传播文艺理性的同时,收纳、反馈社会和民众对文艺的关注倾向和审美意向,以及他们对作家作品的具体意见、建议和隐匿其中的价值坐标,向文理性的应用平台和原创平台逐级提供鲜活的思维素材和理论资源，不断以新的因子去诱发文艺理论的创新。

我们若以这样三个平台的良性循环格局来看待当下的文艺评论，总的来说虽然差强人意，但每个平台其实都存在一些问题。

在批评理性的原创平台上，我认为最突出的问题有两点：一是在汲取现代各类人文科学成果的同时，理论上有明显的西方化趋势。受文化普遍主义思潮的影响，不少学院派的批评家利用掌握西方文艺理论较早、较多的信息优势，大打"信息差"，以转叙西方文化艺术理论或以西方理论来解读中国作品为"创新"。在这种转叙和解读中，理论上当然也会有所发展和创造，但这种具体的延展性的创造，终究改变不了总体上的照搬，也无法真正进入原创层面。改革开放以来，我们在批判"左"的文艺思潮、反思影响文艺发展的庸俗社会学和形而上学方面，成效有目共睹；在建构现代中国文艺理论批评体系上也做了有益的探索，但黄钟大吕的成果不是很多。那种根植于几千年来中国文学艺术和欣赏土壤，根植于中华民族美学，却又广泛深刻融汇了现代人文科学各方面成果的文化学、文艺学、批评学、创作论、传播论、鉴赏论，以及相应的现代中华美学、文艺学的概念体系，还远没有构成一道亮丽的风景线，更谈不上渗溶于文艺评论的实践之中了。

二是学院派批评家自身的生活空间和精神世界，与当代中国社会实践和广大民众存在的某种"隔膜"。这种"隔膜"尤其表现在两方面：一是与底层民众、特别是社会弱势群体生存状态和情绪心理状态的隔膜；一是与新的社区生活和新的社会群体，比如高新开发区和不断涌现的各种"酷一族"的隔膜。这种生活和精神上的隔膜，常常会演化为理论上的"隔靴搔痒"。

在批评理性的传播平台上，最突出的问题有：一是紧跟当下市场消费需求走的倾向，二是无节制地迎合大众消极趣味的倾向。某些传媒的文艺报道和评论，不是从文化审美坐标出发，也不是从思想性、艺术性出发，而是在作品中发掘"卖点"，即市场价值。娱记和写手们通过猎奇、猎艳、猎私，通过作秀、作假、作"案"，千方百计将作品的文化审美元素最大限度置换为娱乐消费元素。这时候，文艺常常由精神的营养品变成了精神的消费品，甚至成了欲望的消费品。

这个平台的策划者和操作者们，还轮番炒作各种精神和物质的时尚新潮，推出一批批娱乐偶像，掀起一次次追星热潮。他们通过娱乐偶像制造精神模板，推销前卫的、另类的价值观念；也通过娱乐偶像制造消费模板，推销时尚、拉动消费，并且用偶像给物质主义、消费主义披上某种情调和品位的纱裙。偶像的价位在这种炒作中直线上涨。所有这些都助长了文艺狭隘地去为民众中那些先富起来的人服务，而使最广大的老百姓少有能力为文艺超市中的高价商品买单。文艺的底层意识日益匮乏。

处于第二层面，即批评理论性应用平台上的社会文艺评论家们，夹在上述两个平台之间，真是"两间余一卒，荷戟独彷徨"。他们中间，等而上之者大汗淋漓地要跟上第一层面，即学院派，只因在新潮学理上的功力稍逊风骚，或因对新时代、新创作现象的不甚熟悉，免不了会用过时的老话解释新的审美现象，而不被今天的读者、观众接纳。对变动不居的社会生活逐渐失去深度把握的能力，使他们面临失语。等而下之者，则趋时地去跟进第三层面，即跟进大众传媒平台的时尚话语。他们也想让自己的评论在市场上分一杯羹，却一时很难"变脸"，很难跟得上，也有点违心，这便不能不稍许显出尴尬来。再有，他们的话语阵地是日渐缩小了。学院派占据了专著、学报和海内外高级文艺论坛，紧紧将精英话语权拿在手里。娱记、写手霸住纸媒、屏媒寸步不让。新锐的一代在网媒上另辟新天地，神聊海侃，无论是见解、思维还是输入技术，都很少有他们插嘴的份儿。这也使他们面临失语的境地。

评论话语权的分配，一旦由"国家供给"和"计划划拨"转向"受者选择"和"市场竞争"，中间这一平台的论者所受的挤压恐怕是最大的了。而这一部分评论力量，正是主流话语联系广大社会欣赏群体和广阔文艺市场至关重要的桥梁纽带。他们的失语，极容易导致主流话语在文坛艺苑的失声，这一点很值得重视。

"乡土新族"和"乡裔城族"
——写好新历史阶段的新农村新农民

文艺为"三农"（农民、农村、农业）服务，远不只是为他们创作农村题材作品，文艺应该做的是，通过我们的作品给农民输送更多、更好、具有包容性与开放性的艺术文化和思想观念信息，以促进农村和农民更快地融入现代世界。

当然，文艺要做到这一点，只能从创作本身谈起。

一、文艺塑造中国农民形象、反映中国农村生活的几个阶段

（1）在贫困与愚昧中挣扎并走向觉醒的历史进程中呈现出来的中国农村。

譬如长篇小说《白鹿原》的史诗感、文化感，话剧《生死场》又加上了象征感。创作者对当时中国农村的认识与体悟经历了时间的沉淀与认识感受上的间离效果，因而能够在一个更大的历史、社会和文化时空中看当时的农村和农民，在大俯瞰、大全景的宏阔中，又有着长焦镜头将远景拉近的清晰度和精密度。

（2）在乡土风情和怀乡感情的融合中呈现出来的中国农村。

譬如沈从文、汪曾祺，虽然久居城市，却在怀乡情怀的浸淫下，常常以一种童年记忆的眼光，农业文明中的自然美、人性美的眼光，来看取他们心中的农村。他们的作品常以静谧淡远之美与作者所处的都市人生的繁杂喧嚣相对照，成为一种悬浮在都市弊病上空的彼岸境界。

这和另一类作品如《李双双》《朝阳沟》中以百姓眼光看待农村形成了反差，

由于特定时代的强制效果，李准、杨春兰的百姓目光中虽然无法不掺杂进当时社会的一些政治思潮色彩，总的看，后者构成了大众性极强的民间乡土风情戏剧。

（3）在社会政治斗争和历史变迁中呈现出来的中国农村。

小说《艳阳天》、戏剧《白毛女》《槐树庄》，在阶级斗争和传统社会主义道路的历史变迁中，呈现农村、农民的生存相，以政治观、社会观和意识到的理念看取农村。透过种种时代曲光，我们依然能够捕捉到那个时代的农村生活、社会情绪和农民精神世界中蕴含的许多珍贵信息。

（4）在现代化、市场化、都市化大背景中呈现出来的新时期和新世纪的中国农村。

如长篇小说《秦腔》《湖光山色》、电视剧《刘老根》和话剧《黄土谣》《郭双印连他乡党》等，或正面或侧面表现了现代化、市场化、都市化进程中的当代农村面貌，塑造了旧农民向新农民过渡的种种形象。但是致力于真正的新农民形象塑造的作品还不多，探索的空间还很大。

二、从生存状态和人物命运的角度看，目前新型农民形象主要有三类

（1）在本乡本土通过土地致富发展。立足于农业，进入现代市场、现代科技领域，然后走出自然经济和传统农业文明。农业产品试行以销定产、以需定供，如订单农业、市场加工农业。陕西的果农果业，内蒙古的牧民奶品，珠三角、长三角、京津唐郊区的菜农，都已经或正在被逐步纳入市场化、都市化、生态化的现代农业体系。

（2）在本乡本土依托农业综合发展。从农业出发，又远远超出狭隘的农业经济，把乡村办成农工商、牧工商，乃至旅工商、企工商的综合立体现代农业体系。如张家港华西村，吴仁宝带领乡亲，立足本土，在发展现代农业的同时，以农业为基础，在本村发展第二、第三产业，使村庄进入现代化、都市化轨道。

（3）离开本乡本土，改变身份进城发展。改革开放30年来几亿农民进城打工，形成历史上最为壮观的民工潮。其中相当多的人，由短期打工到长期打工

再到扎根落户，由第一代新农民转型为第一代新市民。这是一个由农民到市民、由乡村到都市的过渡性人群，是从生存状态到心理状态的一个城乡交叉群体，有着巨大的历史社会信息量，也有着丰富的性格、心理、命运的信息量。

总而言之，新历史阶段造就了两个中国历史上旷古未有的新族类："乡土新族"（新农民）和"乡裔城族"（新市民）。

三、时代给我们提出了表现原创性新生活、新人物的历史任务

（1）要十分重视原创，不能再继续满足于用艺术技巧、舞台呈现和各种技术性制作掩盖文艺原创的贫弱了（如小说进入所谓文体时代，写法就是文学的内容；如戏剧、影视脱离内容要求和市场条件的大制作）。

大力提倡原创作品，创作者要特别关注中国农村在走向现代化、市场化、法制化进程中的社会变化，关注新农民的命运变化、情绪心理变化。当戏剧纷纷热衷于改编文学名著时，在反映新农村题材方面，文学与电视剧创作远远走到了戏剧前面，如《湖光山色》《刘老根》《吴仁宝》。

（2）要原创，作者就要建立与农村生活的精神联系。作家艺术家应该和农村原生生活建立深层的联系，真正参与到当下农村历史转型和新农村建设的各项活动中去，走进农村生活和农民内心世界，由熟悉到贴近，由不隔到融入，再到深度打开，真正建立作家艺术家与农村的精神联系。

陕西作家多出自基层，路遥、陈忠实、贾平凹、邹志安、陈彦无不如此，加之多年坚持文艺家挂职制度，对农村生活比较了解。有了原生生活体验，才可能写出具有原创价值的作品，才能不仅在作品中描摹农村的风土人情，而且能刻画出农民在市场经济时代的生存轨迹和精神变迁，并且在宏大的历史背景下展示农村未来的发展态势。

（3）要原创，作品就要提供社会的、心理的、艺术的新经验。创作要有逼人的真实、感人的象征、撼人的美，更要从这逼人、感人、撼人的美中，提供了解当下农村历史、社会、文化、人性可靠的、新颖的认知经验和情感经验，提供聚集在这些题材、这些人物身上的命运冲突、心灵冲突、性格冲突。

要走出过去农村题材作品的陈旧视点、习惯思维，努力发现既在的社会、文化话语之外的新识见、新尝试、新亮点，让人在惊喜和错愕中发现中国农村新的真实面貌。这真实不全是舒服的"痒点"，极可能是令人不快的"痛点"。而对时代"痛点"的悲剧性拷问，往往正是历史喜剧性的暗传和引领。现实命运的"痛点"往往正是历史发展的"笑点"。

四、写"三农"，要重点写好历史变革时期的"乡土新族"（新农民）和"乡裔城族"（新市民）

这两个族类的出现，尤其是几亿"乡裔城族"的出现，可能是继早期资本主义原始积累，工业侵占土地，农民由土地的奴隶沦为机器的奴隶以来，最为壮观宏大的一次"进城潮"，是作家极为难得的历史机遇。前者，即"乡土新族"（新农民）的命运可能更多表现为历史喜剧；后者，即"乡裔城族"（新市民）的命运则更为复杂，更为坎坷。我想着重谈谈。

（1）他们身上命运的悲剧与历史的喜剧相互交织，他们为了生存，为了活得更好，自觉、更多是不自觉地置身于，甚或被裹挟进城市现代化历史进程的大框架中。他们走出了农村，但并不能很快成为城市价值主体，很难在城市化进程中实现自我价值。

一方面，他们在城里从事的是清洁工、杂工、小工、小买卖、"女性"行业，在教育、居住、医疗上都被另眼看待。处在都市生活的底层，受到都市人的歧视，是既被都市生活利用又被都市生活边沿化的"他者"。因而他们中的许多人，特别是第一代，具有马克思说的历史悲剧性，为城市现代化耗尽了生命，却并不被现代化都市接纳。都市现代化的逻辑和他们实现生命价值的逻辑相矛盾，都市现代化实际上可能是以牺牲他们生命价值为代价的。这构成了他们身上的悖论。这是一方面，即现实命运在巨大历史时空穿越中的某种悲剧性。

另一方面，"乡裔城族"的形成，归根结底又使他们命运的主观追求和现代化大趋势保持了一致的关系。他们进城发展的人生轨迹不能不打上现代化的精神文化烙印，这本身就是一种历史的进步。

他们不仅要经历与土地剥离的痛苦，在城乡两种文明的夹击下，精神上也面临痛苦的选择、整合、重建。因为土地融进了世代的血液，这种剥离是生产资料的剥离，也是文化精神的剥离和记忆、感情的剥离，有着多重痛苦。

但是，他们将会在这种整合、重建过程中，融接城乡，促进城乡互惠共进。譬如道德上能以淳厚、质朴、勤劳济补城市，经济上、观念上又能以科学意识、商品意识和初步的市场实践经验来济补乡村。他们双向平衡着城乡，也双向营养着城乡，不但在经济上，而且在文明上为城乡建设做贡献，为城乡新人的破茧而出做贡献。这样，他们的命运在悲剧的深处展现出了一种历史喜剧的光彩。这二者都会内化为各种个别性的性格、命运、心理。

（2）从"传统农民的终结"，到"乡土新族""乡裔城族"的出现，再到"新市民"的诞生，这一现象是未来几年、十几年、几十年中国社会最有意义的问题之一。一段历史的"最后现象"其实就是另一段历史的"最初现象"。最近三年，我都参与了西安青少年宫组织的"小小新市民春节联欢会"活动，农民工的孩子在父母的陪伴下在城里过春节，吃饺子，演节目，交友。春节回乡回家，这是我们民族挥之不去的文化心理和寻根感情。农民工合家在城里过年，逐渐在城里寻找友谊和亲情，营构社会关系，象征着他们把"根"由乡里移栽到城里，是他们从新农民迈向新市民的关键一步。

我们的创作既要写出这一群体在巨大时空穿越中付出的生命代价和感情、精神代价，呼吁社会公平，捍卫道德良知，防止在城市化进程中过度牺牲他们的幸福与尊严；又要表现出"乡裔城族"的命运与现阶段大历史、大时代走向的相关性。这是历史的进步，人的进步，农村和农民的进步。而且第一代付出的代价，纵向看，会在他们的子女身上得到回报；横向看，又必定会在整个社会的进步中收获馈赠。

我们的创作既要从道德评断的坐标上，对"乡裔城族"的命运施以人道的关怀，特别是精神世界的人本关怀；又不能只停留在道德坐标上，还要从历史的坐标上，也是群体命运的坐标上，写出这个都市的"弱族"，其实是历史的"强者"和先行者。因为他们正在尝试着将新农民和新市民的优秀精神基因作最早的融汇，孕育着城乡结合新人的诞生，开启城乡社会发展的新篇章。

（3）这一类的创作要防止只展示苦难，只看到悲剧，要用理想的追求与发展的眼光，去观照和叙述乡村。写乡村历史的曲折和社会的不公，要暗传历史社会在蜕变之前缓慢但清晰的"胎动"。写农民命运的坎坷多变，要突显人的内心搏斗和在苦难中对"人生意义"执著的追寻。写各种苦难和冲突，要浸润一点人间的温情。写农村的贫瘠落后，不要忘了展现生活的诗意。

要做到这一切，需将知识分子那种优越的、俯视的"悲悯情怀"和"底层关怀"，那种站在树梢上却偏要以草根代言人自居的"草根秀"，转化为历史唯物主义的真正的民间立场和民间情怀，这才能写好历史新阶段的新农民形象和新农村图景。相信农民群众能够在新的历史实践中自己解放自己、自己更新自己、自己提升自己，真正表现出农民群众是历史主角的地位。

贾平凹的几部长篇小说一直在有意识地追踪大时代背景下农民命运和农村社会情绪的发展变化，而且以出入城乡、跨越城乡的大文化视野和笔墨，作了正面的表现。他的过人之处是，力图不使这种表现停留在生活变迁的层面，而着重去开掘大时代变化背景下，社会情绪和文化心理的轨迹。《浮躁》写改革开放初期改革行为和社会心态的浮躁之气，《高老庄》写农村文人进城后的失落与重返农村追寻的惆怅，《秦腔》写现代都市化、工业化进程中传统农业文明衰败的悲音，《高兴》却又表达了农民终究会在都市站住脚跟，那种艰难中的喜悦……显然，捕捉每一个历史阶段的社会情绪，这是贾平凹更为关注并致力表现的。由改革开放初期的"浮躁"，到后来的"颓废"（《废都》），再到"秦腔"苦音慢板式的悲凉，再到"高兴"，实际上是30年来中国农村改革开放的一部心灵史和情绪史。

周大新的《湖光山色》更写出了农民走向市场经济的历程，以及资本介入农村带来的新机遇和新挑战，也开掘了新的资本和权力的结合如何引发了农村新的社会矛盾和心灵折光。

2008年11月27日，长春
12月6日，西安改定

关于散文散在的话

想起了《跳蚤之歌》

记得俄罗斯经典作曲家莫索尔斯基曾经给德国大诗人歌德的一首叫《跳蚤之歌》的诗谱过曲,后来成为流传各国的世界名曲。40年前即20世纪60年代初,我曾在北京音乐厅每周一次的星期音乐会上听过上海音乐学院温可铮教授演唱这首名曲。温可铮是我国首屈一指的男低音歌唱家,直至今天,他那低沉的带着嘲弄的声音和浑厚的闪着调笑的目光,仍然深深地烙在我的心底。《跳蚤之歌》的意思和《皇帝的新衣》有些相近,说的是国王宠养了一只跳蚤,让裁缝给它做了一件大龙袍,还被封了宰相,挂了勋章,很是得意了一阵子,最后被人捏死了。

《美文》杂志从梳理散文写作历史的角度出发,约我就"形散神不散"写点文字,顺便也对当前散文创作谈点看法,却之既然不恭,不如应命。正琢磨着如何开头,不知怎地就想起了这首《跳蚤之歌》。

真相及本意

44年前的5月,我还是名大四的学生,斗胆投稿《人民日报》副刊"笔谈散文"专栏,写了那篇500字短文《形散神不散》,接着别人的意思说了几句即兴的话。在名家林立、百鸟啁啾的散文界,这几句话是连"灰姑娘"和"丑小鸭"也够不上的,不过就是一只跳蚤吧,不想渐渐在文坛、课堂和社会上流布开来。

60年代后期和整个70年代,处在"文革"运动中的我下放到农村、工厂,辗转于县以下的基层单位,离文坛何止十万八千里。对于这句话广为流传,并作为散文的"特征"上了各种教材,还选为1982年高考试题,我一概浑然不知。后虽有所耳闻,也只是微风过耳,并不在意。直至1982年6月四川大学中文系曾绍义老师从《文艺报》上看到了我的地址,专门就这件事给我来信,我才知道了较为确切的情况。接着便开始有了争议,陆续读到了一些文章和报道,也应邀参与了一点讨论。在1982年7月给曾绍义老师的回信和1987年10月发表在《河北学刊》的文章中,大致可以看出自己当时的态度,归纳起来主要是这么三点:

一、自己对于这点小感想能引起如此长久的反响和不大不小的风波,实在始料未及,而且"担待不起"。也就是文章开头说的"跳蚤"心情、灰姑娘心情吧。

二、那篇小文并无给散文写作提要求、定规矩之意,只是在参与《人民日报》"笔谈散文"讨论时,从一个侧面提供一点感想而已。在中国,散文的水太深了,各种类别、写法太丰富多彩了,谁吃了豹子胆,敢用三五百字来给它总结特征?比如那种记叙一人一事的散文,就可以采用形神都不散、都聚焦的写法,用"形散神不散"怎么能概括散文的百态千姿呢?我的本意,主要是针对"形散"一类的散文来说的,提醒一下作者,"形散"可以,但神不能"散"。

三、澄清那篇小文的重点并不是后来有人说的,是主张散文不能写散,要写得集中。恰恰相反,我是接着老作家师陀说散文"忌散",开宗明义提出散文"贵散",主要谈散文"贵散"的。文章开始,关于神不散,只用"不赘述"一笔带过,后面便以鲁迅的文章为例,谈形要散,又如何散法。

四、但我仍然坚守"形可散,神不可散"。如何对待"神不散",这是我在《河北学刊》文中与林非先生讨论的焦点。我们的分歧主要是:1. 如何理解"神"?林非先生是立足于60年代对散文之"神"的狭隘理解(即主题和中心思想,这也是我当时的理解)来批评"神不散"的,我则觉得随着时代的变化,应对散文之"神"作更宽泛的解释(如意蕴、情绪,甚至一种心理场),从这个意义上,"神"是不能散的。2. 如何理解"散"?林非先生说:"为什么'神'只能'不散'呢？事实上一篇散文之中的"神"，既可以明确地表现出来，也可以意在不言之中。"也就是说，他认为"神散"属于表述范畴，即可以用多种不同的方式来表现"神"，因而"神散"可以成立。而我则认为，"神散"是散文精神层面的问题，是文章的神韵已经消散，实质是"有神"还是"无神"的问题，而不是如何表现"神"的问题。消解"神"是不可以的。恕我在这里不再详说。

争议是必然的

"形散神不散"在20世纪80年代引发争议是必然的。

首先是80年代初社会思想解放和文艺思想解放的必然，是散文观和散文写作实践在新的春天萌动、苏醒、要求自由空间的必然。任何一种解放，都有一个前提要求，便是明确要挣脱的束缚是什么，"形散神不散"便历史地成为了那个时代散文写作要挣脱的一个词语。为什么它会成为60年代束缚散文写作的标志词语呢？

一、因为它的确没有跳出特定时代"左"的和形而上学文艺思想的阴影。比如，开始我把"神不散"形而上学地理解为"中心明确，紧凑集中"，从举的几个鲁迅的例子也能看出我对散文形、神理解的肤浅和简单。这都有着那个时代的烙印。

二、因为它的明快的表述和广泛的传播，使它事实上成为那个时代关于散文写作极具代表性，因而可以作为靶子的一句话。当然又正因为它只是一句话、一篇几百字短文，作为科学论断远不充分，先天地为批判留下了空间，留下了便捷。

三、因为那个很强调社会功利、政治功利的时代给它增加了一些负面的附加值，赋予了它一些原文没有的内涵，而这些内涵正是改革开放后散文写作要冲破的一些东西。比如原文主张"散文贵散"误传为主张"散文不能散"，又将"神就是主题"强加于那篇短文。而原文强调"神不能散"又误传为要为政治服务，要直奔主题、图解政治、配合中心等等。这还不应该批判吗？

四、还因为这个说法在当时已经客观地和一些当局提倡地成为当时样板的散文作家群体，如杨朔、刘白羽们连在了一起，成为一种理论和创作互相印证的散文现象。杨朔那种特定的创作现象补充了也又一次朝"左"的方位上引申了这个简单的论断。

跳蚤一旦被人强制穿上龙袍，戴上勋章，"形散神不散"的命运便开始发生变化，被人认为是散文写作旧秩序的反映，是束缚新时期散文写作的框框，也就十分必然而且合理了。

从那以后，西方种种新的文化哲学、美学、文学、散文的思潮和创作长驱直入，极大地改变了我们的散文观和散文写作面貌。前卫思维和新锐写作，更是以它们私人话语的情致、特立独行的反思和放任不羁的写法，大幅度突破了原有的精神秩序和散文方式。市场经济时代物质主义、消费主义对群体人文素质和个体精神追求的冲击，散文的消闲化、娱乐化和某些领域的功能化、趋利化（如广告散文）都导致了单一的"形散神不散"时代的终结。到了网络散文，写作的那种私密性、互动性、随机性和青春感，那种和最新的日常口语丝毫不隔的"说话文体"，不但早已冲决了"形散神不散"，也几乎冲决了所有的传统散文的章法和写法。

所有这些来自新的生活和创作实践的冲击，无疑都是散文顺应时代的新尝试、新探求，都给中华散文增添了新的营养，是一种时代进步。但也要看到，所有这些新的实践，又无疑都只是散文写作多元格局中新的一种，它们不可能取消甚至取代中华散文文化丰厚的传统和多彩的积累。散文告别了一统江山，进入了多元共存的时代。在这个时代，每一种散文方式都会有自己的市场，因而都会有作者去耕耘，也都会有各自感到满意的收获。

恐怕正因为如此，近20年来虽然不断质疑、排拒"形散神不散"这个说法，直至今日，采用"形散神不散"老写法的散文（当然只是指写法，而不包括"左"的时代加于它的那些内容）仍然不衰，相当一批"形散神不散"年代的作家作品至今也还有读者，一版再版，在散文发展史上依然有着应有的地位。各种写作方式都拥有自己的读者，散文也才会拥有最大多数的民众，才会满足广大民众对散文之美多方面的需求。其实，这也是"大散文"的一个含义，在这个全局性的、接受学的维度上，散文也的确有大小之别。

因而，我总觉得问题主要不在写法上，而在思想意蕴方面；不在"神要不要散上"，而在你那文章里泛漫的是什么样的"神"，这"神"又是怎么个表达法。

极有意义，也有坚守

上面谈了一些关于"形散神不散"的背景和研讨情况，也谈了它受到质疑的必然性。要特别指出的是，我虽然澄清了一些具体情况，但从宏观上看，新时期的这场讨论无疑具有十分积极的意义。它的意义主要表现在：

通过研讨，廓清了附着在这个论断身上的60年代文艺思潮对散文写作的影响，颠覆了杨朔式的用政治矫情替代生命实感，用人物、事件、场景、抒情来图解主题的写作路子，整体上把散文写作从千人一面、定于一尊、为政治服务的阴盖下拉了出来，中国的散文进入一个开阔而自由的天地，艺术家的创造生命得到了极大的解放。

有人说，这场关于"形散神不散"的讨论，是"文革"后散文创作拨乱反正、更新观念的重要事件之一，是中国当代散文创作由传统向现代转型的重要标志之一。的确有一定道理。

在散文写作蓬勃发展的今天，这一切都过去了，"形散神不散"说完成了它的历史任务，应该让它进入历史了，还是让它沉淀到历史的尘埃之中去吧。

但就这五个字本身而言，我还有一些东西要坚守。

当洗尽涂在它身上的"60年代色彩"，一切时过境迁之后，其实，散文的"神能不能散"的问题，正像一位散文家说的，"是一句寡话"，是说了差不多等于没有说的话。王祥夫是这样说的："形散神不散是句寡话，小说难道能令其神散？什么文章能令其神散？""神非主题也——起码对散文而言，神不单指主题。"说得真好！

在当下的散文家中，有不少人都表述了散文得有"神"，"神"不能散的意思，这里我随手从河北大学出版社2001年出版的《散文研究》中摘出几段：

贾平凹："智慧是人生阅历多了，能从生活里的一些小事上觉悟出一些道理来。这些体会虽小，慢慢积累，就能透彻人生，贯通世事。而将这些觉悟大量地用到作品中去，作品的质感就有了。""这种散文看似胡乱说来，但骨子里尽有道数。我觉得这才算好散文。"

南帆表示同意贾平凹的这种看法。他还说："大散文似乎又要回到文史哲浑然一体的时代。"说"罗兰·巴特的卓越之处在于，深刻的理性与日常景象天衣无缝交汇在他的笔下。中国当代散文思想含量的增加与这些大师的作品有关。"

林贤治:"散文是人类精神生命的最直接的语言文字形式。……失却精神,所谓散文,不过是一堆文字基础,或者一个收拾干净的空房子而已。"他还谈到了形与神的关系:"形式的革新,原本便是精神鼓动下的文字哗变。"不但形式会积淀为精神,而且首先是精神引发形式与文字的革新。

高建群:"散文家要从这一堆素材中,寻找的是立意,是命意,是新鲜的意境和道理。"

杨文丰:"欲写散文,必先学会思索。散文之境界,全赖深刻的思考出之。"

刘谦:"散文在很大程度上就是这样,发乎心止乎神。"

当然,今天这些认为散文得有"神"、不能散"神"的看法,是建立在对散文之"神"更宽泛、更深湛的理解基础上的。"神"不完全是主题,是文章的意、蕴、情、气、韵、场,也包括哲理和潜感觉。时代的进步开拓了我们对散文之"神"的理解,这种认识的提升,反映了中国人精神生活日渐开阔和丰富的历史进程。

如若以对"神"这样的理解,我们来说散文不能散神,可不真是一句众所公认、无须说的话——一句寡话!

一句寡话,一个不成问题的问题,竟然引发了整整40年的议论!原因在我们前面说的,争论这个议题,其实争论的不是议题本身,而是附着在这个议题中的时代思潮,时代散文风尚和散文观念、欣赏观念。从这个角度来说,讨论它、反思它、抛弃它都是应当的,有意义的。一切为了散文的前行,为了散文的自由和提升。

散文的发展繁盛使它苍白

看看新时期以来的散文发展步伐吧,从政治思想上的拨乱反正,到人文、人道、人性的宣泄;从人人都用那种本质化的群体人称来写作,到具有生命真实的个体人称的写作,即由"我们"到"我"的转变;从精致华丽的唯美唯情的小资写作,到简洁明快、即时随心的网络写作、短讯写作;从玄示思考、卖弄文化、狂欢语言的写作到说话散文、对话散文、视听散文的流行……

看看今天的散文创作实践吧,不但语言——在校园散文和网络散文中,新语汇、新句式是那样地层出不穷，像"风俗得一塌糊涂"，"沉思的气味有一点淡淡的苦"这样的句子，对语言的意蕴、张力、弹性、通感和文化心理内涵的发掘和发现是那样的深广。

不但写法——如吴亮那篇几乎在每句话后都用括号添加内容的《咖啡馆》，如洁尘和穆涛们那种以一支极为散漫的笔去写散漫的城市生活，只是不经意地置放到一定的关系中，平淡中就有了一点寻味，有了一点心不在焉的经心，有了一点捉摸不定的感觉的妙文。

还有贾平凹那永无穷尽的、饶有深意的比喻，还有前卫散文中那些把事物推向极致、推向异态、推向负数、推向不可能，然后烙在你心里的各种恶喻，像"女人的鞋跟在安静的小巷里踩出勃朗宁手枪的射击声"之类。

还有，你觉得那些和散文根本无缘的东西，现在都成了绝好的原材料，写出了绝好的文章。"炒股智慧""符号逻辑"等题材且不去说它，连《入厕阅读》（方方）和《美臀》（方希）都写得叫你拍案叫绝。除了题材还有情趣——煞有介事、正襟危坐的文章愈来愈少了，现在的人活得有滋味，文章也便有了滋味。特别有几种情趣，像幽默和狡黠，像玩世不恭，像傲骨嶙峋，还有另类玩的各种酷。创造的闸门一旦打开，那真是汪洋恣肆！

各种新的散文类型和样式也都涌现出来：社会批判散文表现出来的叛逆勇气和否定精神；文化散文由社会批判转向沉静的民族文化追寻和本土文化反思；生命状态散文将人回归到生存坐标上来审视，同时将环境由客体转化为主体，在宇宙生命体系中展示人生。

潜意识、潜情绪散文在不屈不挠地捕捉自己的影子。将无形却有影的精神世界用文字符号精细地、艺术地表述出来，将以前文字符号没有表述和无法表述的许多生命状态，甚至一些目前还处在生命晦暗地带的精神状态和感情状态，艺术地记载下来，给人类提供了认识生命的新素材，空前地激活了散文艺术潜在的创造力，拓展了散文话语全新的可能性。

在大众散文、市民散文和小资散文中，平民精神、精英情结、后现代情结通过不同渠道得到展示，"酷"与"俗"在发展中合流。而消闲娱乐散文，又使散文由不可承受之轻变成无孔不入之轻。

这一切，绝不只是形式。所有的语言方式和写作方式背后，是价值标准，是人生和艺术的追求，是精神状态，是"神"！

20多年的散文写作，随时代生活的变迁，随一代一代作者观念的变化，早已远远超出了"形散神不散"那个时代的话语场和欣赏场。在鲜活的、日新又新的叫人讶异的散文写作实践面前，关于这个问题的争论显得是那么苍白。

没有一种以不变可以涵盖万变的说法或主张，总是在蓬蓬勃勃、万千变化的创作实践中不断产生新的说法或主张。

大散文和大众散文

大散文把"大"和"散"两个字组合到一起，很有意思。大即有散，散亦有大。回归社会，回归大众，不是清理门户，而是开门揖友；不是孤芳自赏，而是平民情怀，尤其是重视行动着的生活、底层的生活、弱势群体的生活，像《美文》这几年致力的那样。在这个层面，大散文和大众散文有交叉之处。但大散文绝不只指题材之广，视角、写法之大，更是指思想之博大精深。这思想之博大精深不是说一味去宏观思考，而是说要提升思考的质量，是说思考所依托的理念坐标的广大，精神格局的宏大。这其实也就把社会的、精神的大承当作为自己的题中之义了。这当然是一种宏观要求。

从这个意义上，大散文和大众散文，虽一字之差，所指特别是能指，其实完全不同，有时甚至相互抵牾。

前者提倡、重视散文之神，后者不自觉地消解散文之神。前者提倡关注最大多数平民日常的生存状态，关注社会最广大的底层生活疾苦，在"神"的层面，流贯着一种平民精神、平等精神、人道精神和社会实践精神。也可以说，前者所提倡的是世俗化与人文化在散文中的两极活跃，并构成了生气勃勃的两极震荡效应，后者则往往只关注平民生活的浅薄情趣和物质表象。

近年一批平民散文家脱颖而出，他们将平民身份、平民心态、平民口气、平民话语进行提炼、强化，发展为一种新的散文艺术风格，这种风格捅破了多少年来隔离百姓和文人、隔离说话和文章的那层窗户纸，使长期限于文化人专利的散文有了新意，有了生气。但他们的内心，他们的旨归，我以为仍是人文化的。关注、促动平民生活的人文提升，是他们基本的精神朝向。

常常可以看到这样的写法：用理性辐射生活，让文章以一种精神境界在文化层广有知音；又用生活熔冶理性，让文章以可读性在现代大众中拥有读者。沉潜着理性的生活流追求并没有耗散了个性，在这里，个性常常不表现为生活细节或语言特征，而是表现为大而化之的眼界、身份、口气、致思方式和感情熔冶方式。

"五四"散文的"高门槛"和今天的缺失

有人感到，"五四"散文是我们今天仍然没有迈过的高门槛。我深有同感（要作为一种论断当然有待论证和完善）。起码从散文和当时时代的关系看不无道理——"五四"散文对那个时代社会精神和文化精神的凝聚和激扬，至今令人怦然心动。叫我们怦然心动的东西，最为强烈的恐怕是字里行间表现出来的那种自由精神的喷薄和作者自由的精神状态。忽中，忽西，忽史，忽今，忽民众，忽神贤，忽社会，忽人文，忽德先生，忽赛先生，窒息千年的民族精神借着他们的笔端大解放、大奔涌、大驰骋。那种气吞万里的气派、博古通今的知识、通达睿智的心态、幽默犀利的笔触，写尽了历史转轨时期中华民族的情怀、中国文人的情怀，那是何等的酣畅淋漓。直至今天，还对当前散文构成一种俯瞰之势。

再有便是"五四"散文中的人文精神。对人的关注、对人的个性关怀总体上进入现代层次。有对人生遭遇和命运纠葛层面的关注，不但关注民族的、大众的共同命运，也关注个人的甚至是异态命运、异态人性。既关注"大写的人"，关注那个神圣者、崇高者、先进者、成功者系列，也在那个时代允许的范围内，尽可能关注"小写的人"，关注平民百姓。有时更超出了状写人性美和人性恶的层面，即观察和展示的层面，而着重以一种深虑思维洞烛幽微、深入腠理地对民族文化人格进行反思和建构。这些散文在人性的美丑面前褒贬鲜明，充满扬善抑恶的激情，又有着文化积淀带来的宽容。宽容背后是冷静到冷峻的思索和剖析，节制出于素养而入于境界。

在激扬自由精神和对人性、对生命的体察和思考上，"五四"散文可以说是和"五四"时代交相辉映，同步辉煌。

这是"五四"散文之所以门槛高的原因，从中我们多少可以看到当下散文的缺失。缺失提示着希望。

兴起的都市情怀和变异的乡村情怀

乡村情怀仍旧是当下散文的一道精神景观，而都市情怀的大量出现和向乡村情怀的渗透，也许更值得重视，更有感情和思考的信息量。

写童年和老人，写小路和小路尽头的远村和土地，依然那么富有魅力。但这种魅力已经远不同于五六十年代的乡村情怀。那时散文的乡村情怀主要来自作者个人命运与乡村生活的纠缠，主要表现为村社文化对第一、二代农裔城籍者残余而又执拗的影响。我们从中能够看出现代中国人在精神上是怎样一步一回头地、趔趄着由农村走向城市，由传统走向现代的。

当下散文的乡村情怀依然包含这些内容，但主要意蕴已经发生变化。农村生活、乡村情绪对农裔城籍的第三代、第四代人来说，已经十分遥远，和他们命运的具体关联也已日渐依稀。土地于是在相当程度上泛化为大地，乡村更多地升华为一种精神和感情的彼岸，而和他们的都市生存现实的此岸相对应。乡村多少被理想化、象征化了。

这一代散文作者的乡村情怀表现出两个特点：一是作为当代都市生活超速节奏、超量信息、超重压力、超载心理的一种缓冲、淡化和消解因素。对应着现代城市生活的各种弊端，作者给已经进入历史记忆的乡村赋予了各种幻影幻觉，现实的乡村被审美化之后，像海市蜃楼留存在日益浮躁的现代人的心头，起着清凉油的作用。二是用现代都市意识和都市情怀重新诠释乡村。这类散文中的"乡村"和"乡村情怀"，已经被文化为传统、经典、精神家园、生命归宿的词语代码，进而又生命化为阳光、空气、水质等象征着恬淡、冲和、出世人文观念的词语代码。

当下散文更重要的特点，也许是都市情怀这道景观。大都市是现代文化的产婆，都市情怀也就是现代情怀。中国进入了现代大都市集群性出现、现代都市文化逐渐走向成熟的年代。从来没有这么多的新都市景观、新都市社区进入过我们的散文；也从来没有这么多各阶层市民生存状态、人际关系和心理意绪进入过我们的散文。所有这些，都是过去散文中很少见到的。不论质量如何，这本身就具有原创价值。

都市情怀散文，有下面几点尤其应该引起我们重视：

对现代市场经济中人的活动、人的价值观、人的感情和意绪的表现。市场经济的生活世相和现代人的"活相",集聚了大量人类生存和社会发展的新信息,使都市情怀散文有了沉甸甸的分量。

在世代血统市民日益成为城市主体,都市文化积淀开始形成风格,并且初成传统的时候,散文中的都市景观已经上升为一种都市"乡村"情怀。第一、二代市民在城里生活的那种"无家""无根"的感觉正在消逝,人和他周围的水泥森林一样,开始在城市扎根,找到了一度失落的精神家园。城市已经转化为新一代人的"乡村"和"土地"。他们对自己居住的城市产生了一种"乡情",这种乡情如他们的父辈对村庄的感情一样,有着一种与生俱来的归属感。

都市乡情散文对白领生活和白领情趣的抒写,是当下散文的一个新领域。"白领"作为人群的界定是模糊的,但作为生活方式、生活情趣的界定却较为明晰。这是一群不为物质生活所苦,因而看重精神追求的人,是一群不用为生计奔忙,因而可以讲究生活情趣的人。他们在城市霓虹灯下或靓,或蔻,或爽,或酷,生活得舒适而有格调。现代市场,尤其是跨国资本颐养着他们,他们的格调和情趣天然地带着洋酒"XO"的色香味。当代散文所传达的"白领"情调,在城市和青年读者中极有市场,商家(包括出版商和报刊书商)尤为看好。因为"白领"情趣给正在步入小康的中国人一个可望而又可即的梦。这类散文以超前享受的梦幻,刺激消费欲,膨化购买力,使读者由潜在的消费群体迅即转化为现实的消费群体。

近年来兴起的大生态文化散文,比之乡村情怀和都市情怀,格局是更大了。这类散文,从人与环境的关系落笔,抒写原生态的自然景观和文化内涵,抒写人类的生存环境,已经超出了传统的人文范畴,而由人文文化进入了生文文化、地文文化、天文文化,当然最后又总是回到人文文化的大气层中来。我们从中感受到前所未有的生命空间和文化空间,感受到作者以一种生命脉冲逼入物象本质的精神力度。

要警惕"伪我",要"我"中有"们"

原生态散文近年有所发展,伪经验、伪情感、伪想象的问题比小说要好,生态散文、行走散文、底层状态散文以及一些私人话语的散文,都是散文界追求文学真态的表现。但也要警惕集体经验对个我精神的挪移和置换。时兴的小资散文、娱乐休闲散文、身体写作散文、私密散文常常出现这样或那样的雷同，其中便埋藏着集体经验在个人心理中复制的倾向。当下中国的许多时尚，不仅有这块土地上的集体经验，还大量隐藏着西方的集体经验。西方的集体经验通过"文化普遍主义"开路，蚕食我们的民族精神，甚至取代部分人的内心世界。本来是"我们"的、"他们"的，有人却误信为是自己的、"我"的。这个"我"其实是"伪我"。创作出现伪经验、伪感情、伪想象，其因概源于此。

这个问题至关重要。散文家一定要积累亲身体悟过的、原生的文化心态、感情意绪、理性意识，用来作为自己文章的"神"。这种"神"是只属于"我"的，但"我"中又必然溶解着"们"：或是优秀民族传统文化的结晶，或是时代发展和世界进步最优秀的精神成果，通过"我"的有个性的生命体验和艺术体验表现出来，使我们的散文具有精神和文化质地。我想，再怎么说这也比挪移和置换他国、他地、他人的理性和感性经验，以"伪神"为神，以"伪我"为我要有价值得多吧。

2005 年 4 月 9 日，西安不散居

形可散，神不可散
——关于《形散神不散》的一些话

25年前，1961年5月12日，我在《人民日报》副刊"笔谈散文"专栏内写了一篇500字短文《形散神不散》。文中提出的散文要形神兼备、形散神不散的观点，在散文舆论中流布开来。一些大、中学教材或参考资料多有采纳，有的还加了各种解释和阐发，引起了各种各样的讨论。

最近，林非同志对这篇短文提出了批评（《散文创作的昨日和明日》，载《文学评论》1987年第三期），他在文中结合对五六十年代散文创作的看法，提出"形散神不散"是散文创作中的框子和格套。作为一直没有发过言的"当事者"，读了林文，我觉得有提供一些情况，也顺便谈一点看法的必要。

一

我的观点是怎么提出来，又是怎么阐述的？当然还是要从那篇短文谈起。好在那篇短文只有五百字，不妨全引在下面：

> 师陀同志说"散文忌'散'"，很精辟。但另一方面，"散文贵散"。说得确切些，就是"形散神不散"。
>
> 神不"散"，中心明确，紧凑集中，不赘述。形"散"是什么意思呢？我以为是指散文的运笔如风、不拘成法，尤贵清淡自然、平易近人而言。"煞有介事"的散文不是好散文。会写散文的人总是在平素的

生活和日常的见闻中有所触动，于是随手拈来，生发开去，把深刻的道理寓于信笔所至的叙述上，笔尖饱蘸感情，时而勾勒描绘，时而倒叙联想，时而感情激发，时而侃侃议论。鲁迅先生的散文是这方面最好的典范。他的散文，有的"大题小做"，如《关于女人》《家庭为中国之基本》《战略关系》等等；有的"小题大做"，如《论雷峰塔的倒掉》《论"他妈的！"》《从胡须说到牙齿》等等；有的"借题发挥"，如《谈皇帝》《论照相之类》以及大部分的序跋；有的"无题有感"，如《随感录》《忽然想到》《马上日记》《无花的蔷薇》等等。看起来，没有一篇紧扣题目，就题论题，"散"得很；实际上，是用自己精深的思想红线把生活海洋中的贝壳珠粒，穿缀成闪光的项链。虽然色彩斑驳，但却粒粒如数；虽然运思落笔似不经心，但却字字珠玑，环扣主题；形似"散"，而神实不散。

我觉得这种"散"与不散相互统一，相映成趣的散文，方是形神兼备的佳作。

二十多年后重读这段旧文，虽感论述稍嫌简单，但这样两点还是清楚的：

第一、这篇短文并不想全面地来谈作者对散文创作的全部看法，当然更谈不上要给散文的特点做总的概括。它只是从一个角度为当时报纸的"笔谈散文"专栏提供一点小小的意见。短文是接着讨论中有人认为"散文忌散"的意见来谈的，通篇只是在"散"与"不散"这一点上，摆了一些看法。丝毫没有要给散文创作定规矩的意思。20世纪60年代初一度是"双百方针"贯彻得较好、文化界争鸣蔚成风气的时候，1961年又曾被称为"散文年"。作者完全是以一家之言来参与散文创作的争鸣的。1982年6月，四川大学中文系老师曾绍义来信问及我当时是将"形散神不散"当作写散文的一种要求，还是当作散文的基本象征？他同意前一种理解，并具体谈了自己的想法。我复信做了答复，现原文引在下面，作为一种见证吧。

曾绍义老师：

好！

大札敬悉之日，正是我起程去南方开会这时，复信拖到今日，想能见谅。

您对我二十年前的一点小感想，作如此周密的思考，许多老师和文艺评论界的同志至今在关注着"形散神不散"这个观点，都是我担待不起的。当时那篇几百字的小文，并没有想到要给散文的特点或要求定什么框框，只是从《人民日报》"笔谈散文"专栏的具体情况出发来落笔的。此文之前，在笔谈中有人说散文忌散，有人说散文贵散，都有一定的道理。我感到，要确当地表述"散文"与"散"的关系，似乎将形与神分开为好，便想到了"形散神不散"。现在想来，当时我只是想以此说明对某一类散文的要求，即那类"形散"的散文，那类用各方面生活和感情的素材，用写人写事写画面来表现一个意向、一个哲理、一个思想的散文。这类散文，素材之间因为似乎缺乏"形"的紧密联系，就必须格外重视它们之间"神"的联系，内在的联系。没有"神"的凝聚，"形"之散漫无边际，构不成感情或意向上的一个总的趋势，一堆散材料，能表达什么内容，打动什么人呢？有了"神"的凝聚，"形"之散围绕着一个哲理或感情的内核散开，有散有聚，形散实聚，散为了聚，这个"散"，便构成文章从多方面、多角度以丰富的材料表现主题的优点了。对这类散文来说，"形散"可以成为优点也可以成为缺点，全以有没有神之不散为转移。在这类散文的写作中，"形散神不散"可以如你所说的，"是着眼于散文的结构和笔法的灵活自由"，似乎也可以解释为某些同志说的"材料与主题的关系"。这是对此类散文写作的一个要求，如果达到了这个要求，不也就构成它在写作上的一个特点吗？

不过，不好对所有的散文作品都做这样的要求。散文本身是一个宽泛的概念，以记事为主，或以写人、状物、抒情、议论为主，都可以构成散文的一个品类。其中记一人一事、写一景一物的散文，一般似不宜以"形散神不散"来要求。对这类散文，用集中的材料，紧凑的结构，凝练的笔墨，未是写不出好文章来。从这个意义上，是不是也可以说,"形散神不散"或者形神均不散,都可以构成散文佳作。形和神的关系,在文章中表现为反向(散和不散)还是相向(都不散),取决于题材本身的特点和作家处理题材的特点。散文是个宽泛的概念,散文的手法自然不会是狭窄的。

隔行如隔山,因工作关系,对散文疏远多年。以上即兴的感想,恐怕要贻笑大方了。切望指教。

即问

教安

肖云儒

1982年7月2日

自然,以我现在的认识,这样的答复似乎也不是无懈可击,但至少证明我自己并不主张将这样一点意见绝对化,或"上纲上线"为整个散文创作的特征。

第二,这篇短文侧重要说的并不是"散文要不散",恰恰想着重强调"散文要散",要不拘成法。它是从师陀同志说"散文忌散"的"另一方面"落笔,开宗明义提出"散文贵散",然后综合两方面意见,提出"形散神不散"的。在短文的主体段,一笔撇过"神不散"不谈("不赘述"),而去说"形如何散"——不要"煞有介事",而要"不拘成法","清淡自然","平易近人"。要在日常生活中有所触动,"随手拈来,生发开去",叙述要"信笔所至"。所举鲁迅先生一些篇目的例子,虽有不准,但也都是要说明散文写作贵在以形之散来表达神之不散,以"没有一篇紧扣题目,就题论题",以"运思落笔似不经心"来表现神之不散。认真回忆起来,当时我是喜欢读那种自如松动、活泛随意的散文的,也希望散文写得散一点。因此,在别的文章中,从散的角度强调得比较多。比如我在1962年1月12日以"学步"的笔名为《陕西日报》文艺副刊的散文专页所写的一篇"编辑手记",题为《忍不住拿起笔》,又一次谈到散文要散的意思(这篇东西也被几个省的中学语文参考资料选入,离上文才半年)。现摘几句,以为证明:

> 顾名思义,散文者"散",是最没有成规拘束的一种文学样式,所以很多人只好通过种种比喻来说明它。比如,它可以是白刃战中的匕

首和投枪,也可以是发着乡土气息的风俗画或风景画,还可以是恬静轻妙的小夜曲……其实,说穿了只一句话:把你的所见、所闻、所感写出来!在生活中,你听到一点,看到一点,或者听到许多,看到许多,你有了感受,心里有话要告诉别人,你就大胆写吧!不管是写一个人,记一件事,还是论一点理,抒一曲情,描一幅画,也不管是欢呼、歌颂、论辩,还是漫谈、絮语、忆念,只要你的见闻反映了我们对时代的吉光片羽,只要你产生了由衷的激情,你就能写出散文来。

透过这些,大概可以看出我在当时实际上是偏重于"散文要散"的吧。如果将我的这些看法和林文中的一段话对照着读——"千万不要给散文这种文学样式设置任何框子和格套,让它在生活的长河里,用广阔的触角去自由地探索,让它用各种各样的艺术手法,表露出整个的宇宙客体和内心中的主观世界。哪一种写法能够更好地感动和启迪读者,能够给予读者更具魅力的审美感受,就去寻觅和保持它旺盛的生命力吧"。——可以说,在"散文要散"这一点上,我的看法一开始就和林非同志的看法没有多大的分歧。如果非要说有什么差异,主要是60年代和80年代认识水平和表述语言在深度和准确度上的差异。以此故,林文说短论《形散神不散》主要是具体地发挥了"神不散"的主张,表达了当时相当盛行的文艺思想:作品的主题必须集中和明确,而这又是一种"古典主义式"的艺术趣味,恐怕和实际不甚相符,是笔者不敢苟同的。

二

那么,有没有分歧?分歧又在哪里呢?我以为,真正的分歧在于如何看待散文写作的"神不散"。

林非同志在文中设问:"为什么'神'只能'不散'呢?事实上一篇散文之中的'神',既可以明确地表现出来,也可以意在不言之中,这有时甚至比直白地说出来,还要能强烈地震荡读者的心弦。为什么'形'只能'散'呢?形式上十分整齐的近似诗的散文,为什么就不能写呢?事实上这种佳篇是很多的。"后一问,如前述,没有多大分歧(见所引给曾绍义信倒数第二段)。至于前一问,窃以为实在很可讨论一番。我认为凡写文章,扩而大之,凡搞创造性的艺术劳动,那"神"都是不能散的。散文自不例外。人之为文,总是有感而发。这个"感",就是人对散在的生活的一种提炼,通过思考或通过感受的提炼。生活中的"感"就是后来文章中的"神"。写文章、搞创作既是有感而发,这"发",不论采用什么方式——形可散也,必然会不自已地围绕着"感"来展开——神不可散也。而当将自己心中之感以语言文字的符号"发"出来,也就是将感受纳入既定符号系统的过程,这不也是一种逻辑化和准逻辑化的过程吗?这种逻辑化,当然不只是指单层的线性逻辑,还包括人类心理、情绪、感情各种丰富的逻辑形态。有的作者在表达时有意打乱事件或心理的原有逻辑,或有意保留事件或心理逻辑的模糊性,甚至有意去表现事件或心理的非逻辑性。这种"打乱",这种"模糊",这种"非逻辑性",这种"有意",不正体现出作者在写作中的一种新的逻辑设想,表现出事物与心态的一种新的逻辑关系吗?只要写作是有目的的(这目的自然不光是政治的、思想的,也包括情绪心理的),只要写作不是呓语,不是扶乩,文章内在的"神"就存在着,就会对全文起着一种或隐或现的吸聚作用。

应该特意说明的是,语言并不总是和思考联系在一起,语言除了表达思维成果,还表达包括感情、思绪在内的人类各种精神成果。我想,我们说的文章的"神",自然包括思想主题,但并不就是简单地指思想主题,它至少包括情、理、意、绪,即作者在生活中产生的感情、理念、意会、心绪。我们说的"神不散",恐怕也不是简单地指写作时要"集中"、"明确"地表达某种理念,它也应该包括许多层次。譬如,从散文的内容看,文章的意神和文章的素材,一般意神更要求"不散",而素材更允许"散";从散文的内容与形式看,一般内容更要求"不散",而形式更允许"散";在内形式(如构思)和外形式(如语言)中,一般内形式更要求"不散",外形式更允许"散"。这当然都是相比较而言。但不论对"神"、对"不散"的理解多么丰富多样,那种"形散神也散"的作品却很难设想。就是那些现代主义的带有荒诞色彩的作品,即便不是人人都能读懂,即便作者强调写作中的下意识,也总能在文字的迷魂阵中感觉到某种特定的心态和意绪。在此类作品中,荒诞手法不是散化、淡化了这种意绪,恰恰是以荒诞的形态强化了、集聚了作者心中的感受。这种强化、集聚甚至到了需要离开常态生活,只有以异态和变态生活的画面才能表达的程度(如卡夫卡的《变形记》、宗璞的《我是谁》)。正因为荒诞、象征本身是一种集中、凝聚,才使这类作品有时产生比其他作品更大的艺术冲击力和思想启动力。

如果散文的"神"也可以散,文章没有了主旨,不围绕一定的感情、道理、意蕴、心绪来传达,那样的散文将是怎么个样子?以笔者有限的阅读范围,似乎还找不到具体的创作和理论的例证。

已有的散文和文章写作理论都说的是文章要有主旨。"主旨是构成文章必不可少的因素。古今中外的文章,不管是鸿篇巨著,还是数言小品,都是有主旨。没有主旨就是一堆杂乱的材料,就达不到写作的目的"(张寿康《文章学概论》第74页)。古代刘勰的《说赋》(可算作散文之一种)中,有"情以物兴,故义必明雅"的句子。现代的秦牧谈散文,也很明白:"哪怕是短短的一篇文章吧,一定得灌注崇高而健康的思想感情,才能够使它真正具有生命力。"并且将文章的思想(可宽泛地理解为"神")比成线,生活比成珍珠,"没有这根线,珍珠只能够弃散在地"。

假若嫌这些论述和体会都还陈旧,还只是"一面之词",那么,不妨看看当代青年散文家贾平凹的作品。他和林非同志一样,是不同意"形散神不散"的说法的。虽然他没有具体涉及"神"是否可以"散"的问题,但在前几年《文学报》的一篇文章中提出过这种说法太陈旧,无须再拿出来了这样的意思(一时找不到原文,恕不能引原话、注出处)。平凹是当代成绩卓然的青年散文家,我是他散文的热心读者。从我读过的他的大量(不是全部)散文中,有的形神都集中,大量的是"形散神不散",却没有遇到那种"形散神也散"的篇章。我倒是很同意一位论者对贾文这样的评价:"你跟随作者的眼光,平常、散乱、粗笨、浑浊的山,就会像一本禅机深藏的大书,让你读得出神入化:它有贯通流动的气势,只是内敛了;它有节奏,只是骤然凝固了;它无序,其实有团聚的精神。原来,浑浊是表现大智的,骚动寓于静寂,散乱正是天然自在,无规律正是规律"(《贾平凹的散文世界:情致与启悟》,《读书》1986年第四期)。很清楚,这里说的是贾文在天然自在、散乱无序中,凝聚着一种内敛的深藏的精神、意蕴、气势,即不散之神。贾文的特点之一,不正是以散之形达不散之神么?

还可以从林非自己的解释和他用以说明论点的那些名家之言来看。林文在问"为什么'神'只能'不散'呢"之后,紧接着说:"事实上一篇散文之中的'神',既可以明确地表现出来,也可以意在不言之中,这有时甚至比直白地说出来,还要能强烈地震荡读者的心弦。"这段话并没有回答上面的问题。散文之神，可以直白地传达，也可以隐蔽地暗示，"事实上"说的是如何表现"神"的问题，仍属于形之散的范围，而不是说"神"（意蕴、主旨）是否可以散或如何散法的问题。论题转移了。

下面，林文便顺着这个已经转移了的论题，用苏轼和鲁迅的话来论证散文要自由自在地抒写，从而似乎也就当然证明了散文不但可以散形，也可以散神。苏轼在《答谢民师书》中所说的作文"如行云流水，初无定质，但常行于所当行，常止于所不可不止"。照我的理解，恰恰说的是散与不散的辩证统一。"初无定质"，"行于所当行"，如林文所说，是指行文要自由自在和无拘无束，即形散。而"常止于所不可不止"，则是指对这种自由自在、无拘无束的一种控制——这控制来自多方面，或是理的论述，或是情的流泻，或是意的营造，或是绪的氤氲，或是理、情、意、绪综合的需要，而使文不可不止。这种"不可不止"中透露出来的对散文写作自由度的控制，不就是神对形的控制吗？当然，在具体创作过程中情况是很复杂的。有时，对这种控制的长期适应所产生的自为和自觉，常使这种控制在一些作者身上以不觉其控制的自由状态体现出来。这时的"不可不止"，虽然表现为"顺其自然而止"，骨子里仍是散之形对不散之神的适应。这种情况主要表现在那些对散文艺术驾轻就熟的作者身上。大概也就是我们常说的，作者对内容和形式及其关系吃得越透，在创作中的自由席就越大吧！

至于鲁迅在《怎么写》一文中"更为斩钉截铁"（林语）地说"散文的体裁，其实是大可以随便的，有破绽也不妨"也主要是从散文不要做作的角度提出来的。鲁迅的下文是："做作的写信和日记，恐怕也不免有破绽，而一有破绽，便破灭到不可收拾了。与其防破绽，不如忘破绽。"联系《怎么写》全文，我理解鲁迅的意思，既含有对胡适等人做日记给人传阅，板桥写家书却又刻出来给许多人看，因而不免有些装腔的讽刺，也含有提倡散文保持其"随便"之美、"毛边"之美，写散文时不妨"忘破绽"，放松自己，而不要因求精致、高超而拘谨做作，失去了天真。实在说明不了鲁迅也主张散文之神也可以散的。

形散神不散，可以；形神俱不散，也可以；形神俱散，已不成其为文，散神如散架，何谈艺术？是不是可以，是不是值得提倡，恐怕应该认真讨论。也许确有此类散文，如果能拿出例子作切实的分析，未始不是对散文创作的一个贡献。

三

对"散文创作的昨日和明日",林非同志提出了不少经过研究的看法,大都极有见地,给我以教益。我对散文的昨天和今天缺乏系统的了解和研究,对散文的明天也就没有、也不应有太多的发言权。只是有一点想法,既已信笔至此,不想欲说还休。

散文的解放,散文的出新,关键不在哪种提法,而在散文家自身的解放和更新,特别是他们内心世界的解放和更新。这又依赖于作家所处的时代的变化,以及作家吸取新时代生活信息和心灵信息的能力。散文在新时期十年中,如果说主要完成了从五六十年代的固有观念和习惯写法中走出来这样一个突破,而初步呈现了繁花似锦的景观,那么,我们要看到的是,这种突破大体上还是走出旧圈子,而不是全面走向新境界,这种繁花似锦也大多是旧品种的恢复,而不是新品种的培养。二三十年代的散文精华,古代和外国的散文传统,对多年闭锁的散文园地和它如饥似渴的观赏者来说,是新风,是美食,但作历史的纵观,这还不是真正的创新。其中的上品,可能做到了推陈出新,而平庸者,只是借助审美欣赏的中断所造成的陌生感、新奇感而风行一时罢了,精神气质并没有大变。从一个较封闭单调的散文时代,向全新的散文境界过渡,出现这么一个借助他力的阶段,符合事物发展的规律。但在这个阶段过长的滞留,则容易销蚀掉新时期到来之初那种创新的锐气,而满足于在过去的散文峰峦之下,支起自己小小的帐篷。如果我们不迅即开始第二次突破,即总体上从前人的散文精神中走出来,从书斋中走出来,从盆景中走出来,从小家子气中走出来,从一己悲欢的吟唱中走出来,散文创作很难打开新的局面,甚至可能引起新的窒息。因此我以为,目前至关重要的问题是散文要接受时代的输氧。这当然不是指又要提倡写中心或急功近利地反映现实生活。尽管对目前的散文创作来说,有从题材上加强对时代新生活的反映这样一个问题,但我的着眼点,却主要是指通过这种反映,通过散文家投身于时代大潮,通过更多的生活实践者进入散文创作领域,使散文的气质在整体上能有所变化。比方说,能不能在散文园地被文人气质长期鳌头独占的局面中,出现更粗犷、更雄浑、更世俗、更奇诡、更幽默、更忧患、更野趣、更哲学化、更情绪化、更历史宏观、更有人生感命运感文化感、更有密度和节奏、更能充分传达当代生活内在活力的各种各样散文风度？时代生活的活力是散文艺术不断向新境界突进的不竭的、最强大的原动力。这种活力要变成散文创新的动力，归根到底在于作者自身的时代气质，时代感悟，时代情绪和时代的心理结构、心理节奏。我们的散文，在描绘自然美、哲理美、生活风情美方面有了很高的造诣；相比之下，在捕捉、提炼和表达现代工业、现代城市美方面，就有了轩轾。我们的散文更多地表现了和自然经济联系在一起的生活形象、文化心态、观念意识和感情意绪，在这方面显得得心应手；而表现和商品经济联系在一起的各种生活形象、文化心态、观念意识和感情意绪的散文，却比较少，艺术上也还远不能说纯熟。最近读了台湾作家余光中的几篇写现代城市生活的散文：《登楼赋》《高速的联想》《尺素寸心》《记忆和铁轨一样长》《咦呵西部》，那恢宏的全球视角，崭新的城市意识，对工业社会景观之美的感受和提炼，对现代生活音响、节奏、力度和速度的捕捉和再现，中西文化心态的强烈对峙和衔接，中西艺术手法、艺术语言的交融和反差等等，使人鲜明地感觉到中国散文在气质上的变化。这是和30年代的朱自清、60年代的杨朔完全不同的气质和风度。这种气质和风度，不是作家在题材上简单地转变所能构成的，而是当代生活在作家文化心理、思想感情、审美和审美表达方式、艺术思维和语言等各方面长期积淀、结晶的结果。

　　这位台湾作者是不是给我们以这样的启发：散文不反映新时代是不行的，散文简单地反映新时代也是不行的。当代散文的突破性变化，最根本的，还是要从散文家内心世界的当代化中去寻求。

　　不妥处，切望方家有以教我。

1987年10月，西安岚楼

我喜欢什么样的散文（讲座）

从各地来的各位作者朋友们，为了文学你们真是不畏辛苦！盛夏这么大的太阳，从各地赶来秦岭山下蓝田桐花沟乡约民宿讲习所参加这个讲座，我想这表明大家心中文学的热度早已超过了三十七八度。我也是第一次来到这里，为了祝贺孙亚玲女士主编的那么厚一本《蓝田青年美文选》的出版。来到这儿是想讲散文，但朝周边一看，这山、这林子、这河川，还有这农舍田畴，不就是散文吗？一篇多么好的写秦岭的美文！

今天就在这种散文的环境下，来谈谈我对散文的一些感受和想法。

我在散文面前是"两个业余"。一，我是散文的业余作者，几十年中我没有间断过写散文，也出过散文集子，但都是业余的。大家都知道我的主业是搞文艺评论和文化研究的。二，我还是一个业余读者，近十多年来，我读散文、读小说都少，主要搞了丝路文化的研究。以"两个业余"的身份来给在座的一百多位散文作者讲散文，非常惶恐。所以我的题目不敢定为"怎么写散文"，而是以一个读者的身份，谈《我喜欢什么样的散文？》，这就有很大的余地，我不喜欢的散文不见得不是好散文，我喜欢的散文里面不见得没有不好的散文。给自己留点后路吧。

一、我喜欢有密码的散文

我喜欢有密码的散文。一篇散文，你读下来，显在的文字背后，如若没有潜在的内容，没有隐藏，没有密码，就比较索然寡味。我喜欢那些可以容你细细品味，可以深掘文字背后作者有意或无意埋藏的文化密码或社会密码的散文。

比方说鲁迅的《药》，虽是小说，作为一篇散文来读，它就有密码。它显在的文字告诉我们的是：一个革命党人被抓了以后要处死，有些愚昧的老百姓为了治病，拿着馒头去蘸革命者的血。就是这么个事。鲁迅并没有像他的杂文那样，对这显在的情节去展开深度的论述。但是在它的情节场面中埋藏着轻易感觉不到的密码，这就是当革命者没有发动底层群众，老百姓不觉醒的时候，革命是很难成功的。当老百姓还愚昧地认为革命者的血可以治肺结核病，革命的流产就几乎是必然的了。这就是密码。一篇文章里面一定要有作者自己对生活独到的思考和观察，然后以不同于别人的密码展示出来。这样的散文读起来耐人寻味，我比较喜欢。

二、我喜欢有个性的散文

这个话太普通了，谁都喜欢有个性的散文。我想说的是，作者的个性对散文写作的意义。你的个性决定了你的目光、角度，然后决定了你对材料的选取和取舍，决定了你展开这个故事时的构思，最后还决定了你的文字表达。就是说，这个个性是贯穿到观察生活，记忆生活，表述生活的全过程中去的。

我记得贾平凹30年前给我说的话，他说他的文章总是改好多遍，我说自己写的为什么还要改那么多遍？他说我看着看着就觉得那口气不像我。请注意这个词，"口气"！就是说，文章的个性不但在于素材的发现、组织、构思角度，最后一直到口气都要独特。口气可不只是文字风格，它是一种潜藏在作者笔墨中的一种语气、语态、心态、情态。

个性化的散文都是有新意的。为什么？因为每个人的个性都有着"胎里带"的不可重复的特色。因而，不要去学哪一位名家的个性来"定位"自己的个性；这种学习恰恰相反，其实是学习到了别人都在学的共同性。要尊重自我，尊重自己对生活的第一发现，第一感受。把这种非常个人化的东西写出来，才能给社会生活和精神世界提供新的资源。真正个人化的感受，是别人没有的、不可重复的。你写出来，别人读了就会增添一份对这个世界的新的认识，和对社会心理、个人心灵新的开掘。

每一个散文作者,哪怕只写一个千字文,都要对自我有极端的尊重。一个没有自尊的散文家极容易趋同。写到这儿,你想,朱自清怎么写的?写到那儿,又想,鲁迅怎么写的?不能这样!阅读过程可以这样,写作过程不能这样!总想着别人怎么写,其实是在扼杀自己的想法和写法。在写作过程中,应该只有你自己,你经历了什么,你怎么看的,你想怎么写,怎么表达。尽可能把个性化的东西鲜活地保存下来。像我这个年龄的人读你们年轻人的文章,如果是非常个性的,常常会让我对生活、对生命有新的发现,新的惊喜,最少也会有新的陌生,这也就是给读者提供了新的生活精神资源。所以我喜欢有个性的散文。

三、我喜欢有意外连接的散文

我喜欢能将看似关联不大的两个端点作意外连接的散文。别人发现不到连接的地方,你能发现连接点,并且用审美的方式把它联结起来。这样的散文常常会有发现和创造。电能和声能是两个东西,常人不知道它们有什么联结关系。但贝尔发现电能通过簧片的振动可以转化为声能,便将它们连接到了一起,发明了电话。常人感觉不到电能和光能有什么关联,怎么关联,但爱迪生用电阻丝把二者连接到一起,便发明了电灯泡。所以,一位作者如果能在别人发现不了连接的地方,发现事物之间的意外连接或深层联结,他就可能写出有新意的文章。

从社会生活的角度来说,社会不同端点的连接,也常常激发大的创新。鲁迅写出了阿Q这个不朽的典型,阿Q的原型是一个叫阿桂的赤贫农民。最早认识并且最熟悉阿桂的当然并不是鲁迅,而是阿桂的父母,还有土谷祠周边的乡亲。鲁迅是在许多人之后才认识阿桂的,为什么偏偏只有鲁迅创造了阿Q这个典型呢?那是因为鲁迅找到了一种连接,社会两极两个端点的连接。一个是赤贫的阿桂的精神胜利法,打得过你你叫我老子,打不过你我叫你老子。叫你老子了心理也很平衡,唱着"一马离了西凉界",在忘却中高高兴兴走了。

这种自我消解心理压力的精神胜利法,是当时中国人很普遍的一种"能力"。鲁迅在谈创作时,谈到一个非常值得我们注意的事情。他说:最上层的慈禧太后的精神状态不也是这样吗?英法联军打败了我们,她可以签订丧权辱国的条约,但外国使臣面见她时必须下跪。大清的面子,朝廷的面子很重要,比里子更重要。土地可以割让,白银可以送你,但是面子不可丢。这是什么?不就是阿Q吗?鲁迅发现了中国社会土谷祠边的阿Q跟故宫里的慈禧太后原来有那么相似的精神结构,因此创造出阿Q这个形象。阿Q写出来后,许多阶层的人都怀疑这是在写他们自己。因为我们心里都有一个阿Q这样的"鬼",这个叫做典型性格、典型精神状态的东西。

意外连接太重要了。大家要格外注意那些别人发现不了连接的地方,或者别人发现了连接、但没有写好、没有写充分的地方。如果你能抓得住,能把它连接起来,强化地,浓烈地,有审美意味地把它表达出来,这样的散文就有了创造性。它会叫你眼前一亮,就像爱迪生把电能和光能联结到一起,一下子电灯亮了一样。

作为一个读者,我喜欢看这样的东西。这样的散文使读者掩卷沉思,可以享受到审美惊喜,你就成功了。

四、我喜欢有求异思维的散文

我喜欢有异向思维的文章。一个有出息的作家、散文家,坚决不要跟着别人的路子走,坚决要走出别人没有走过的路子!哪怕在别人走出的路上,你撇出两个脚印,走到别人的脚印之外也好。这是写作者的一种尊严,也是写作者对于自身经历的一种尊重。

近40年来,散文是一阵风换一阵风,一会儿礼赞性、歌颂性散文,一会儿小男人、小女人散文,一会儿后现代散文。从众之风太盛。从众、盲从、跟风是写作的大敌。"语不惊人死不休",不仅是指语言;可以说,"思不惊人死不休","思"即思维;"文不惊人死不休","文"即文章。一定要有强烈的求异思维。

我举个我自己的例子,并不是说我的文章写得好,是我一时想不出别人的例子来了,大家姑妄听之吧。比如我跑丝路,到过中亚三个国家的华人——东干族的故乡,就是我们说的陕西村、甘肃村、宁夏村。140年前,左宗棠受清廷的指派,把关中、宁夏、甘肃地区的将近10万回民赶过天山,从黄河流域赶到了中亚的楚河流域。现在分居在乌兹别克斯坦、哈萨克斯坦、吉尔吉斯斯坦三个国家。其实三地很近，隔着楚河，相距就一二百公里吧！他们还会说中国话，而且说的是陕甘老话。饼干是"五四"以后的新词，他们依然叫"花馍"，还把开汽车叫"吆车"。他们中有一位学者告诉我，他住的东干村里还住着土耳其人，韩国人，但是不像中国来的人，坚持说自己的语言，都已改说当地话了。这时他突然说了一句让我震惊的话："没有语言，哪还有民族呢？"这是我们华人的尊严，文化的尊严！但是，你若深思，问题另一面就出来了。140年来，中国话他们已经忘掉了很多，一些很微妙的感情已经没有办法表达。这种忘却还将继续下去。我蓦然有一种悲从中来的感觉。预感东干人保存中华文化这样一个事实，不可能万代永续。再过300年，中国话恐怕也保存不下来了。这恐怕反而是一篇新颖而有深度的好文章，所以我写下了自己的深虑。这种历史文化的悲怆、悲壮、悲剧，可能比写现实的交流的喜悦更为深刻。这就是异向思维的力度和深度。

有多少作家作品称赞了水城威尼斯美丽的水韵。那里整个城市建筑在几百万根木桩上，游人如织，都是喜悦和陶醉的面孔，完全是一种欢悦感。开始我想写西安应该学习人家，把旅游搞得更大。后来我接触了一些资料，发现：不对啊！这几百万根木桩已经在水底下埋了几百年，它们每天都在锈蚀之中，寿命越来越短了。本地居民知道危机将至，纷纷逃离，原有的50万人只剩五六万人了，每天却要接待十多倍从世界各地来的旅游者。一个收获金钱，一个收获美丽，双方都高兴。岂不知，本地居民的逃离和外来游客无节制的消费，正在使这个城市加速沉入海底，而世人浑然不觉，依然沉醉于巨悲哀中的享乐。

这就是异向思维！这种思考激发了我创作的兴趣和创造力。我后来写了一篇长文叫《威尼斯回望西安》，能想到别人没有想到的问题，特别有成就感。

异态行踪，异态观察，异态发现，是非常重要的。大家一道去旅游，一定要走别人不去的地方，想别人想不到的问题。别人不去的地方，可能就有新发现。别人想不到的问题，可能就有深刻性，起码有新颖感。

五、寻找测不准的艺术表达

散文写作，精准、精细的描绘非常不容易，测不准的模糊的描绘可能更难。因为准确的描绘，只是寻找属于对象的句子，而测不准的模糊的描绘，既要不离开对象，又要像陈忠实老师说的"寻找属于你自己的句子"。准确地表达你要描绘的事物和你本身的性格，这个当然也不容易，但最难就是那个测不准的表达。在座的散文家孔明先生很懂这个，散文有时完全不用精确表达。精确表达是西方思维，中国思维是囫囵表达，测不准表达，模糊表达，悟觉表达。它用一种通感，用一种出其不意的比喻，把你要精确表达的东西说得更精确。

记得我在初中时期看高尔基的长篇《我的童年》，一个流浪孩子，有一张扁平的脸，脸上有雀斑，高尔基用了两个"感觉"形容他："当这个孩子从娘胎呱呱坠地的时候，上帝给他脸上撒了一把炸药。"——这一下就把雀斑写出来了。"然后上帝很亲昵地在他的头和下巴上压了压，说：'孩子，到人间去吧！'"——这句话又把扁脸写活了。多好呀！这是作家的感觉，而不是精细观察。它是高于观察的一种感觉。有过知青生涯的阿城怎么写饥饿呢？他说：我真切地感到我和我的祖祖辈辈都没有见过的那个叫馋虫的东西，它就在我肚子里，它啃噬着我的肠壁，然后一点点往上爬。当那盘饭端上来的时候，馋虫突然羞涩了。它想冲出来吃那个饭，却在喉咙里拐过来拐过去的羞涩着。它想，这是真的吗？这可能吗？竟然有香喷喷的白米饭吃？——你看这个描绘，没有非凡的悟觉思维行吗？

悟觉思维有时候是天生的，有些人天生能够会通悟觉。有一年，省上组织一些文艺界骨干重温马克思主义的文艺观和延安文艺座谈会讲话。请了北京的教授来讲，讲完之后座谈，报纸要登一整版，几个代表性人物必须发言，我也算一个。我们都是正常思维，就说我学到了什么，要为人民服务呀！要深入生活呀！但贾平凹老师与众不同，他用悟觉性思维表达，只用了一个比喻，说这个学习班太好了，信息量像壶口瀑布的水冲决而来，但是我水平差，只有一个小调羹去接大水，可惜留下的不多。这是不是一种智慧？悟觉思维是能力，是技巧，更是智慧。有时候是与生俱来的，虽然也不是不可以锻炼。

六、喜欢有情绪和意绪场域的散文

还有，我觉得好的散文有时候还需要一点感情的不明晰性。散文要有感情，当然有感情的散文是好散文。朱光潜先生有过"移情说"，你把你的感情移到山川万物，让树也有生命，天也有生命，这是好散文。

但是更好的散文,不仅仅是一味地加强感情浓度能够解决的问题的,得追求一点意绪和情绪。我给大家再举一个贾平凹的例子,我写过关于他的很多评论,比较熟悉他。贾平凹写的《废都》,大家知道当年受了一点批评,后来有一次陕西电视台要我跟平凹去做节目,我就是从情绪、意绪角度来谈的《废都》,说作品写情绪、意绪最有可能切入时代生活的腠理。后来还整理成文章发表了,文章叫《非史之史无律之律》,不是历史的历史,没有规律的规律,说《废都》写的是民间史,写一群文人的日常生活,却反映了历史很内在的动向。一切行动是即兴的、无规律的,但是其中有一个共同的规律,那就是苦闷,在那个时代的孤独和苦闷。《废都》里面有一个场景,后来被很多人引用,就是在城墙上吹埙。月夜的长安城头,有几个落寞文人在那里吹埙。大家知道,埙的声音类似于西方的木管乐,闷闷的、内敛的,带点悲凉。这场景说了什么?没说什么,就说有几个人在那儿吹埙。但它说了很多,说了文人们的精神状态,说了那个时代的环境,说了压抑,说了孤独,都说了。所以有情绪场域的文章,常常是好文章。

大家读过朱自清的《背影》,意蕴很清晰,是写父爱的。他还有一篇散文《谈抽烟》,就不那么清晰了,是写情绪的。由烟雾腾腾,写到"烟士披离纯",灵感。一个人那么孤独着,傍晚待房子里不停地抽烟,看着烟卷在那儿冒烟,百无聊赖的孤独。这个文章其实更值得我们咀嚼。

所以,不要总是要求散文作非常明晰的表达,这只是初学写作者努力的层面。而要考虑到三方面的复杂性:一是你所描绘的客观事物的复杂性,复杂得它不可能清晰表达。二是作者自己内心世界的复杂性,有时连你自己也不能说得很清楚。三是还要尊重读者内心世界的复杂性,他对生活复杂性的理解可能高于你,因而不见得喜欢读你用明晰文词规定的东西。他更需要作者对内部和外部世界进行提问,营造一个情境,好让他去思考、追寻,得出答案。这样读者便有了一个大的再创造空间,在咀嚼、品味、追问中去作审美再创造的空间。

七、在事件背后埋藏历史或时代的信息

我们的散文,不管你是写家务事还是儿女情,写风花雪月,都是可以的。但是如果你能够在非常细小的前景背后,透露出某些历史或时代的信息(注意,一

定是透露出来的，而不是分析、议论出来的），文章的分量会是不一样的！20多年前我曾经在《上海文学》上主持过一次研讨，谈中国当代文学的"最后现象"。那时候出现了一批作品：《最后的渔老》写最后一个按照传统道德卖鱼的人；《白鹿原》又写了鹿三，最后一个好长工；朱先生，最后一个好先生；甚至于白嘉轩，也是最后一个好族长。

我觉得这个里边透露出一种时代深处的东西。一个时代，当它的"最后现象"开始进入审美范畴的时候，表明另一个时代"最先现象"就开始露头了。"最后"成为一种现象，表明"最初"、新的太阳快出来了。《白鹿原》不是写了白灵吗！那便是革命的先行者。那个研讨的长篇纪要在《上海文学》理论头条发表了，《新华文摘》还转载了。这些作品，便有意无意透露了历史文化信息。

这个历史文化信息有时是作家自觉捕捉到的，有时候则是作家、评论家和读者共同营造的文学舆论创造的。俄罗斯有一部很著名的长篇小说《奥勃洛莫夫》，作者冈察洛夫写了一个破落地主的慢生活。没落了，没有什么钱了，只与一个奴隶查哈尔相依为命。虽然只有一主一仆，他还要摆农奴主的谱，每次他都会很隆重的宣布：查哈尔，上晚宴！还要摆餐巾，刀叉匙一样不少。小说细致地描绘了这个破落农奴主的生活状态，写他骨子里的慵懒、寄生，甚至懒得连爱情都坚持不下来。这本书一开始就写他在冥想中慢慢起床，写了好几十页，还有一只袜子没有穿上。就这么个慵懒，没救了的慵懒。

书出来以后并未轰动，是一个年轻的评论家杜勃罗留波夫发掘了这本书的意义。他认为作者入骨地写出了农奴制灭亡的必然性。正是那个制度使得它的寄生者如此不堪救药，它是非灭亡不可了。《奥勃洛莫夫》于是成为俄国文学史上一部著名的小说，列宁都提到过，说布尔什维克党内决不能有奥勃洛莫夫这种人。

散文要尽可能在风花雪月、百态人生的前景中，透露出历史深处的东西。比如说，韩愈的诗"云横秦岭家何在？雪拥蓝关马不前"，就是写他从咱们蓝田的蓝关过秦岭的，其中有浓郁的凄凉，因为反对礼佛，被唐宪宗贬到广东的潮州去当刺史。此刻离开长安，何日是归期？"云横秦岭家何在？"便寄寓着内心的感慨唏嘘。秦岭虽好，我却没有家园了！我觉得蓝田的作家就可以写这个题材，他可能有怨恨，有孤独，有凄凉，有失落，也有前路茫茫的无措。但从他到南方后的作为看，更有为民办事、报效朝廷的志气。这些历史信息，如果我们捕捉得好，就可以写出很深刻的东西。

八、探索新时代下的文明冲突

我们所处的这样一个时代，文明冲突已经表现出多种新的形态。我们的作家，特别是我们的乡土作家，千万不要仅仅陶醉在农耕文明、乡土、乡愁题材的汪洋大海中，要跳出来！

现在的变化太大了！高铁、高速、航空、网络，速度的提升，改变了我们所有人的时空观。有了今天的速度，才有可能构建幅员千里的大城市群。对于这种新的时空观给予人们心理的影响，我们能不能捕捉到它？城乡出现了多少新的生活群体？一方面，新进城的农村人将会成长为新市民；另一方面，留守的农民在新的扶贫机制和智能机制输入的情况下，又可能转化为新农民。再就是，愈来愈多的企业家和文化教育工作者离城还乡，在经济、文化上投资农村农业，保护营造绿水青山，使之变成金山银山。有的还长期进驻农村，演变为新农民阶层。

那么在这种新情况下，我们的文化心理已经有或应该有哪些变化？我们不能再一味地写上一代的乡愁了，还应该感应、捕捉当下新的社会动向和心理动向。

还有，人际关系也在变。原来我们是在一种纵向的关系中生活，就是行政和企业的纵向管理系统。现在不一样了，每一个人都同时处在纵向网络和横向网络的交织中。我们谁没有朋友圈？谁没有参与很多公众号？我们在原先纵向人际系统中，一下子打开了好多辐射四面八方的窗口。跑了丝路回来，我跟丝路各国的朋友有好些朋友圈，天天能知道布拉格、伦敦、德黑兰、莫斯科的朋友在干什么，同一个瞬间就能够知道。人处在纵横交错的文化信息网络中间，言行、感情、思维都在变化。捕捉、感知、研究这些变化，才可能得风气之先，写出又新又好的东西。

九、我喜欢有气场的散文

我喜欢有气场的散文，而不太喜欢看那种实打实，描绘得非常精致、奢华的那种散文。这个爱好可能跟年龄有关，我这个年龄，是生命的冬季了，对那些月季花呀，牡丹花呀，那些非常艳丽、奢华的色彩，不太感兴趣。我喜欢文章朴素、自然，里边却流动着一股气，形成似有若无的气场，让读者感知到。

说到气场，我们中华文化有一个非常大的气场，便跟蓝田有关。这就是玉，玉的气场。蓝田是中国古代名玉之乡，玉是中国和合文化的象征。自古以来，中国人便有一种崇玉精神。玉象征着和平、和合、和谐，还有心灵的和宁。珠圆玉润，玉洁冰清，君子如玉呀。蓝田籍的或者写蓝田的作家，一定要涵养自己心中的崇玉精神，崇玉气场。我们面对秦岭，秦岭的树千百年来就那样绿着，秦岭的水千百年来也就那样流着，这是多大的气场。

中国的崇玉精神是崇让精神，礼让；西方的骑士精神是崇争精神，竞争。所以奥林匹克运动会最早在古代西方的希腊发源、兴盛。通过不停地竞赛，示强，激发人的生命力。而中国人是通过示弱，水的，月亮的，女性的示弱来传输力量。我比较喜欢这样的气场，当然也不排斥西方的那个气场。

养玉于心，散对天下，散说天下，这就是散文。写散文要在意一切，又不要太在意一切。秦岭是中国的龙脉，不是人人都能当秦岭的。如果你硬要那样想，你就太痛苦了。满足于只当秦岭山上的一棵小草，一朵小花，那是多么惬意！所以文学氛围应该有玉气场，玉精神。

十、用三只眼看世界

我再说一点：用三只眼看世界。明代有一个哲学家叫方以智，从禅宗里得到启发，说：一个人一定要用三只眼看世界。前面一只眼看前边，后面一只眼看后边，这都叫"半提"，你看到的都是部分。前面那只眼看到一棵菩提树，你说有；后面那只眼看不到这棵树，你说无。都不全面，人还要开天眼，要有一个飞行器把你的眼睛带到天上，你就能看到，菩提树的确是在前面，后面的确没有，那叫亦有亦无，这就看全面了。这叫三只眼看世界。看事物要这样，写文章也应该这样。三只眼叫一目提，前眼半提，后眼半提，天眼一目提，这不就是三维视野嘛！

一个人该激愤的时候不激愤，那叫没有血性，社会又何以进步？一个人该超脱的时候不超脱，心灵又何以安妥？记住三只眼，一目提！换一个角度看世界、看人生，事物呈现的可能是新面貌，换一个角度看，你一下子就想通了！

十一、要儒、释、道并重

作为一个散文家，尤其是逐步走向成熟的散文家，我希望大家能够非常重视构建自己的精神世界。用大家熟知的比喻性说法，就是在精神世界，还是要儒、释、道并重。

文学是一个矛盾的东西。你写文章，某种程度就是一种入世的作为，没有入世有为的儒家精神你为什么写？又为什么希望自己的作品影响社会人生？路遥也好，陈忠实也好，很多作家都谈到过，写长篇就是跟自己做斗争，写不下去了，又激励自己一定要坚持下去。我为什么给自己找这么多麻烦，但我不能不干，一定要写下去。创作过程是要靠坚韧的入世有为精神支撑的，但是，文学艺术在整个社会生活和精神世界中的坐标，又常常是道文化。他帮助你消解，鼓励你超脱。它写切实的眼前生活，却引领你超越急功近利，走向诗和远方。国儒家精神来传递、涵养的常常是一种道家境界。这是文学创作的内在矛盾。

还有，释也是这样。佛教是管心的，处理人跟心的关系。

儒文化管人跟人的关系，人跟社会的关系，是精神的动力系统。道文化管人跟天的关系，人跟自然的关系，是精神的平抑系统。释文化呢？管人跟心的关系，是精神的救赎系统，救赎你的灵魂。所以，这三个文化坐标（不是指宗教），让中国人的精神状态有了安妥之地。我希望大家儒、释、道并重。儒重善，用道德来协调社会。道重真，用真相、真情、真行、真诚来协调生命。释重美，以缘，以一个彼岸世界的完善标尺来协调内心。儒文化追求理想人格，要你内圣外王，涵养仁义礼智信，温良恭俭让。道家文化追求理想生命，要活得真实、自在。佛教文化呢？追求理想境界：那最美的境界，这辈子达不到也会永远追求。中国的这个精神坐标，大家要好好琢磨。当然在这三个坐标中你可以倚重倚轻，可以更倾向于哪个坐标，以给自己的生命找到稳固的支点，对著文做人都大有好处。

我大概就讲到这里，非常感谢大家在这么一个大热天，大老远来听我这个不怎么精彩的报告。让我们共勉！

2018年6月15日，蓝田九间房镇桐花沟乡约民宿讲习所

20世纪90年代散文感觉

谈不上精读，甚至也谈不上概览，只是隔三岔五在这个园子里随意地造访，对90年代散文哪里敢言思考？——我向编辑朋友告饶。

你谈谈印象也是可以的。

谈印象也未免有点贼胆大吧。

感觉呢，总该零零星星有一点吧？

……

于是被逼到了墙角。

于是只好谈谈感觉，而且是"零零星星"的。

一

我感觉，对人的关注在我们的散文中进入了新的层次，越来越洞烛幽微，越来越深入腠理，已经远远走出了20世纪80年代对人在人生遭遇和命运纠葛层面一般性的关注，走出了对被颠倒的"人学"拨乱反正的阶段。在对人的展示和发现上，对生命的体察和思考上，散文朝前跨出了大步子。

譬如，由关注复数的人、群体的人，进而关注单数的人、个体的人；由从民族的、大众的共同命运的全景视角，将镜头推近、聚焦、放大为个别人的，尤其是异态命运的特写。对人的普遍关注常常是以忽略命运、性格、精神的个别性为代价的，近年散文更注重宽容和化育个性，古典的人道精神便在相当程度上转换为现代个性主义。

与此相关，近十年的散文在关注人时虽不能说冷淡了"大写的人"（我是指冷淡神圣者、崇高者、先进者、成功者这样一个系列），真正的兴趣却在平民百姓和"小写的人"（譬如小男人、小女人，刚刚住进小楼的现代小市民以及各类有小缺陷的人）身上。也许是因为"大写的人"常常使散文家们感到"伪"，感到理性和共性的色彩过重，虽为"我"，实是"们"，而平民百姓和有缺陷的人让他们感到真实和亲切吧，"平民化"趋势也进入了散文园地。

散文在20世纪90年代愈来愈意识到自己的诗性质地，穿透生活和命运的实际进程，更多地将笔墨集中到人的感情世界和精神领域。将无形却有影的精神世界用文字符号精细地、艺术地表述出来。这种追求，空前地激活了散文艺术许多潜在的创造力，拓展了散文话语全新的可能性。这还只是对散文艺术而言，更珍贵的是，散文以异于小说的自我写真优势，将以前文字符号没有表述和无法表述的许多生命状态，甚至一些目前还处在文学和生命晦暗地带的精神状态和感情状态，艺术地记载下来，给人类提供了认识生命的新的思维素材。

20世纪90年代的散文在关注人方面还有一个特点，这便是超出了状写人性美和人性恶的层面，即观察和展示的层面，而着重以一种深虑思维对人的美丑进行反思和建构。当然，这种反思和建构是经由艺术构思和艺术表现来实现的，也有的更多取理性思辨角度。即便这种写法，也使我感受到一种思辨之美、论理之美。这些散文在人性的美丑面前很少煽情，笔墨的节制表现出作者由于成熟带来的宽容，宽容背后是冷静到冷峻的思索、剖析。节制出于素养而入于境界。

在关于散文要不要坚守"真实"的问题上，越来越多的作者走出了褊狭的散文艺术真实观，不拘泥于人物和事件的真实，而重视和强调恪守人性的真实。要有真性，说真话，活成真人，为维护人性的真实批判一切伪饰、扭曲、戕害人性的东西。

二

我感觉，世俗化和文化化在20世纪90年代散文的两极活跃着，发展着，构成了生气勃勃的两极震荡效应。

世俗化散文这十年似可分为两个阶段，先是"百姓写"和"写百姓"的散文大量在传媒的文艺版块涌现，它们的思想艺术质地总体上不能说很高，却百无禁忌，在散文写作的各个环节除旧布新。我们看到，散文原有的"煞有介事"被打翻在地，生活中什么样的事情都可以入文，生活事件本有的结构就手拈来便可以做文章的结构，日常说话的口气和用语竟然让文章的口气和用语显得那么新鲜、那么独特。它们不让你正襟危坐，不逼着你感动，也不把你诱入领会什么、思考什么的圈套，但它们"亲近着"你、"温馨着"你、"热络着"你、"娱乐着"你。

散文的文化气、精英气消解了，不但谁都可以欣赏，甚至谁都可以写。不少报纸开辟了"未名作者专栏""我写我家""想说就写"一类的栏目，《我的至爱》《初为人父》《宝宝日记》一类的文章随处可见。散文回到了它起根发苗的地方。

很快读者就不满足了，作者、编者也不满足了。于是从平民作者中脱颖出一批平民散文家，他们将平民身份、平民心态、平民口气、平民话语提炼、强化，发展为一种新的散文艺术风格，这种风格捅破了多少年来隔离百姓和文人、隔离说话和文章的那层窗户纸，使长期囿于文化人专利的散文有了新意，有了生气。

几乎与此同时，理性化和知识化的追求，也在 20 世纪 90 年代散文大潮中成为注目的景观。那种气吞万里的气派、博古通今的知识、通达睿智的心态、幽默犀利的笔触，写尽了历史转轨时期中国文人的情怀，成为对五六十年代盛行的抒情散文的一种突破，也构成对当前抒情散文的一种挤压。

用理性熔冶历史，让自己的文章以一种精神境界在文化层广有知音；又用知识稀释理性，让自己的文章以可读性在现代大众中拥有读者。以致长达几万字、十几万字甚至几十万字的鸿篇巨制，仍然有相当的发行量，长篇散文成为近年散文创作的一道风景。而理性和知识的追求又没有耗散了个性，在这里，个性常常不表现为生活细节或语言特征，而是大而化之的表现为眼界、身份、口气、致思方式和感情熔冶方式。这是更深化了的、更散文化的个性，或曰文化个性。

三

乡村情怀仍旧是20世纪90年代散文的一道精神景观，而城市情怀的大量出现和向乡村情怀的渗透，也许更值得重视，更有感情和思考的信息量。

写童年的老人，写小路和小路尽头的远村和土地，依然那么富有魅力。但这种魅力已远不同于五六十年代的乡村情怀。那时散文的乡村情怀主要来自作者个人命运和乡村生活的纠缠，主要表现为村社文化对第一二代农裔城籍者残余而又执拗的影响。我们从中能够看出，现代中国人在精神上是怎样一步一回头地、趔趄着由农村走向城市，由传统走向现代的。

20世纪90年代散文的乡村情怀，依然包含着这种传统的内容，但主要的内涵已经发生变化。农村生活、乡村情绪对农裔城籍的第三代、第四代人来说，已经十分遥远，和他们个人命运的具体关联也已经日渐依稀。土地已经在相当程度上泛化为大地，乡村更多地升华为一种精神和感情的彼岸，而和他们的都市生活生存现实相对应。

这一代散文作者的乡村情怀表现出两个特点：一是作为当代城市生活的超速节奏、超量信息、超重压力、超载心理的一种缓冲、淡化和消解因素，对应着现代城市生活的各种弊端，作者给已经进入历史记忆的乡村赋予了各种幻影幻觉，现实的乡村被审美化之后，像海市蜃楼浮上现代人的心头，对日益浮躁的现代人起着清凉油和平衡器的作用。

二是用现代都市意识和都市情怀重新诠释乡村。这类散文中的"乡村"和"乡村情怀"，已经由形而下进入了形而上的层面。"乡村"，在20世纪90年代散文中，已经被文化化为传统、经典、精神家园、生命住宿的词语代码，进而又生命化为阳光、空气、水质等象征着恬淡、冲和、出世人文观念的词语代码。

20世纪90年代散文更主要的特点，也许是城市情怀这道景观。大都市是现代文化的产婆，城市情怀也就是现代情怀。

20世纪90年代是现代大都市在中国集群性地出现，现代都市文化逐渐走向成熟的这么一个年代。从来没有这么多的新都市景观、新都市社区进入我们的散文；也从来没有这么多各阶层市民生存状态、人际关系和心理意绪进入过我们的散文。所有这些，都是过去散文中很少见到的。不论质量如何，这些描绘本身就具有原创性的价值。

都市情怀散文，下面几点尤其应该引起我们重视……

对现代市场经济中人的活动、人的价值观、感情和意绪的表现。市场经济的生活世相和现代人"活相"，其中集聚了大量人类生存和社会发展的新信息，使都市情怀散文有了沉甸甸的分量。

在世代血统市民日益成为城市主体，城市文化积淀开始形成风格，并且初成传统的时候，散文中的都市景观已经上升为一种都市"乡村"情怀。第一二代市民在城里生活的那种"无家""无限"的感觉正在消逝，人和他周围的水泥森林一样，开始在城市扎根，找到了一度失落的精神家园。城市已经转化为这一群人的"乡村"和"土地"。他们对自己居住的城市产生了一种"乡情"，这种乡情如他们的父辈对村庄的感情一样，有了一种与生俱来的命运归属感。

城市乡情散文对白领生活和白领情趣的抒写，是中国当代散文一个新的领域。"白领"作为人群的界定是模糊的，但作为生活方式、生活情趣的界定却较为明晰。这是一群不为物质生活所苦，因而看重精神追求的人，是一群不用为生计奔忙因而可以讲究生活情趣的人。他们在城市霓虹灯下生活得舒适而有格调，或靓，或蔻，或爽，或酷。现代市场，尤其是跨国资本颐养着他们，他们的格调和情趣天然地带着洋酒"XO"的色香味。

20世纪90年代散文所传达的"白领"情调，在城市和青年读者中极有市场。商家（包括出版商和报刊书商）尤为看好。因为"白领"情趣给正在步入小康的中国人一个可望而又可即的梦。这类散文以超前享受的梦幻，刺激消费欲望，膨化购买力，使读者由潜在的消费群体迅即转化为现实的消费群体。

近年来兴起的大生态文化散文，比之乡村情怀和都市情怀，格局是更大了。这类散文，从人与环境的关系落笔，抒写原生态的自然景观和文化内涵，抒写人类的生存环境，已经超出了传统的人文范畴，而由人文文化进入了生文文化、地文文化、天文文化，当然最后又总是回归人文文化的大气层中来。我们从中感受到前所未有的生命空间和文化空间，感到作者以一种生命脉冲逼入物象本质的精神力度。

四

20世纪90年代的散文既读得不多,散文方面的评论当然更不敢涉足。有时翻翻手头的杂志,回想这些年散文评论给予我的感觉,大约是"三多三少"。

关于散文的主张和口号多,对主张和口号的争执、议论多;对具体创作提供的新现象、新动向归纳梳理得少,对创作中所含纳的新的理论素材思考、阐释得更少。对散文作家作品的宏观、系统的研究多(这主要是高校作者的劳绩);对优秀的作品,尤其是带有原创意义的作品进行切中肯綮的、细致入微的个案分析少。快餐评论、人情评论、炒作评论多,尤其在面向大众的传播媒体上,此类评论比比皆是;通过散文作品认真透视中国文化精神和审美精神,透析中国市井心态和文人心态的评论,在各类报刊上却少有所见。

散文评论和散文研究有联系,也有区别。散文评论主要面向现在进行时的创作现实,面向变动不居的散文世界,处在感性的欣赏和理性的思辨的交界处,特别需要评论者鲜活的生命投入和审美的创造性的表述。

散文评论的创造性追求,建立在深厚的理论素养和大量阅读作品的基础上。熟悉历史、现状,并在多重理论坐标上进行比较、分析,才可能在浩如烟海的作品中发现并推出具有原创意义的佳作,才可能对原有的作品产生新的带有发现性的见解;才可能对散文创作理论的创造性因素进行归纳、梳理、提升,反过去推动艺术创作深化;也才有可能对散文作品中潜藏的社会历史信息、文化心理信息、艺术审美信息做出创造性的发掘、延展、提升。

这应该是20世纪90年代散文评论的风姿。不然的话,散文评论将会老远落在散文创作的后面。

1999年11月,闻天大酒店

改革文艺 向典型冲刺

改革题材的创作，方兴未艾，在中长篇小说的园地和影视屏幕上，更是生机葱茏。成绩显著，也有不足。改革题材创作要深化，要突破，需要给自己树起一个新的标杆——写出典型来。生活中的步鑫生，艺术中的乔光朴，都在呼唤：改革文艺，向典型冲刺！

典型，就欣赏者的直感来说，首先是个性，是独特性，不可重复性。只是在这些个性中含纳着、堆藏着较之别的个性更丰富、更深沉的人生信息和历史信息。特定的时代精神和社会心理凝聚特定的个性。它有了生命，进入了社会又概括着社会，进入了人群又代表着人群。它是寓共性于个性的。

在改革文学中致力于典型的塑造，就当前创作的实际看，要注意哪些方面？

要力求在自己的人物身上凝聚时代的情绪和社会心理。乔光朴因为凝聚了在粉碎"四人帮"的最初几年里，整个中华民族要解放、要改革、要振兴的感情而成为典型。这时中国社会的心声是："中国再不能按老样子下去了，一定要变！"乔光朴形象清晰地传达出这种求变的声音。他身上有理想的光彩，作者对改革似乎也估计得过分乐观，这一定程度上影响了乔光朴形象的实感和厚度。但即便是这些地方，也反映了改革之初我们社会的认识水平，反映了胜利的欢乐、振兴的急切如何掩盖了人们对改革艰巨性的认识；而改革乍起，大家对往后的艰巨性也无法马上得到切身感受。因此，乔光朴形象的弱点在当时也是典型的，这些弱点构成了乔光朴形象的一个重要内涵。到了傅连山《祸起萧墙》时期，有所不同了。改革的推广和深入，搅起了中国社会深处的各种矛盾。各种因袭的力量和观念，自发或不自发地结成松散的网络，绊住了改革的步伐。生活中的改革正使尽浑身解数跳过绊马索前进。"难！难！难"，是这时期中国社会对于改革的回音。傅连山形象清晰地传达这种知难的回音，反映了我们民族对在中国这样一个有着漫长封建历史的国家进行改革的艰巨性开始有了体会，这是社会认识水平的提高。从乔光朴到傅连山，从求变到知难，我们看到了这种进步。像这样概括一个历史时期社会情绪、时代精神面貌的典型形象，这几年的改革题材创作中还有，毕竟不多。

改革精神不光凝聚为时代情绪和社会心理，在生活中也已经积淀为现实的人物性格。因此，我们还要注意写出当代人典型的精神特质来。拿农民形象来说，80年代的农民已不同于50年代的梁生宝，更不同于30年代的阿Q。当代农民由于有了一定的科学文化知识，叫干啥就干啥与逆来顺受的盲目性和盲从性减少了；由于懂得了科学种田，并且有了更多的生财门路，不肯在土地上"死受"了；由于要进行商品生产，开始讲究价值法则，注意市场信息，变得精明而狡黠了；由于生活水平的提高，对物质生活和精神生活的要求胃口更大而且更加迫切了。而青年农民则更是大胆进取，敢于创造。他们的父辈爱说"从前"，他们却喜欢讲"以后"，不再满足于父辈们追求的温饱，而是希望有更大的发展；他们不再自惭形秽，觉得低人一头，而尊严感、平等感变得十分强烈了。如果我们抓不住这些积淀着时代特色的性格，仍然用一些司空见惯的、陈旧的性格去概括新的历史内容和社会信息，人物的典型意义是会被削弱的。

联系广阔的社会背景和深厚的历史渊源，将改革生活中的矛盾冲突典型化，在典型的冲突构架中来写人物，是增强人物典型性的重要方面。改革时期的矛盾冲突深刻复杂而又表现得丰富多彩。但从历史的角度看，这个时期的矛盾冲突主要是从三方面展开的：一是改革和束缚生产力发展的现行经济体制、管理制度、过去的官僚主义的工作方法和作风，以及反映这种制度、作风的因循保守、求稳怕乱、闭锁僵化的精神状态之间的冲突。二是改革和"左"的思想残余的冲突。三是改革和几千年来建立在小生产的自然经济基础上的各种旧观念的冲突，如"以农为本""无商不奸"的观念；将保守、缺乏创造性看成老实，而将进取的、敢想敢闯作为异端；一动不如一静，交流不如封闭；你有千变万化，我有一定之规；不患寡而患不均；用抽象的道德原则非议历史的进步等等。改革精神和这三方面的矛盾，在实际生活中是交织在一起的。当"左"倾思想已经不能在政治上堂而皇之地出来反对变革，旧的经济体制和工作方法、作风也没有力量在经济上和改革作一番较量的时候，它们常常以传统道德和陈旧观念的形式出现，或借助于社会的习惯势力和守旧思想来发言。于是，改革的这三股阻力在新的情况下便会出现一种十分深刻意义上的应和和默契，表现在人与人的关系上，生活中的队形也出现了耐人寻味的新变化。原先从朴素的东方文明的角度受不了极"左"的燠热的一些人，或者在政治上反对"左"倾路线，而在思想上、经济改革上又比较保守的一些人，在新的变革面前很可能不自觉地和"左"的观点相呼应。捕捉这些新的矛盾和矛盾的新形态，无疑都能增加作品的历史分量，使我们的人物形象和人物关系具有独特性和典型性。

典型冲突不光要在人物关系中得到体现，而且要在人物内心，特别要在改革时期先进人物的内心世界展开。新人不是天上掉下来的，他们也是普通人。他们生活在社会之中，身上带着社会各种矛盾的烙印和折光。只不过在历史的长河中，他们"春江水暖鸭先知"而已。他们比一般人更早地感知到历史变革的春潮，一旦先知，随即先行，勇于抛弃旧的东西，探索、追求新的东西。因为是先行者，在没有路的地方开路，他们所遇到的困难和内心矛盾，一般比后继者更为激烈、更为深刻。毫不讳饰地写出先行者在改革行程中的内心冲突，可以更真切、典型地揭示社会矛盾，也可以使形象更丰满深沉，认识作用、审美作用、教育作用，都不是那种单义、单面的英雄人物可以比拟的。

增强人物的典型意义，还必须给人物找到具有鲜明时代印记、具有巨大辐射力的主要行动。董存瑞、雷锋、张志新、步鑫生，这四个不同历史时期的社会典型，他们的主要行动不但最突出地体现了各自的思想光彩，而且都是只有他们所在的时代才有的，才可能发生的。如果将雷锋的做好事和张志新的独立思考对调，不但没有了时代的典型性，英雄也就不成为英雄了。这方面，《不该发生的故事》和《血，总是热的》做得较好。主人公的遭遇和行动线都带着鲜明的改革印记和80年代的时代色彩，因而它所产生的艺术冲击力是强烈的。同样写改革，《我们的牛百岁》和《六斤县长》所选取的主要行动就稍显逊色。帮穷扶贫虽然纳进了责任制的时代背景，却是五六十年代也可以发生的事情。人物行为的不够典型，不能不影响到作品思想力量和艺术力量。

现实主义文艺要求典型性。说到底，这典型性都带有一定的职能意义。这种职能就是激励读者批判一切旧社会的残余，包括其意识形态，并转化为变革现实的要求和行动。对革命现实主义来说就更是如此。革命现实主义和文艺如若缺乏力图变革现实的参与意识，或者这种参与意识不体现为社会的先进思想，这一点，不仅是社会主义的文艺主张，外国一些优秀作家也认为，典型化就是集中生活中一切已经活动的力量去导向社会变革，因而典型的主人公就是作为在某一特定时期，把一切变化着的力量集中于自身的人物，他具有把社会变化付诸实践的某种决定性影响。有时，而且往往总是同时，他还采取一种预言社会发展方向的姿态。

毋需说，作为这些改革时期典型形象的塑造者，具有变革精神对作家艺术家来说是何等重要。伟大的作家常常产生在变革时代，一般都具有明确的变革现实的参与意识，本身是某种程度上的改革者，并与亿万人的变革实践不相远离。这样的一代新作者正在文艺队伍中大量涌现。

1984 年 4 月，西安岚楼

新闻文艺学应该自成一家
——从报纸综合性文艺副刊的特性谈起

现代报纸上的综合性文艺副刊（以下简称副刊，不包括科学、理论、青年等其他副刊）在我国由来已久。1872 年，《申报》在新闻之后附载诗词，未始不可以看作是副刊诞生的先声。到了 1906 年，日本人办的《同文沪报》开始每天附《同文消闲录》副刊一张，实际是附属于大报的一种游戏性小报。1911 年，《申报》出版《自由谈》，是第一张出版期较长，影响较广的副刊。自此以后，副刊几乎成了报纸必备的一栏，后来发展到一张报纸同时搞好几种副刊。1930 年底，在江西革命根据地创办的我国第一张无产阶级政权的报纸——工农民主政府机关报《红色中华》，在第四版左下角辟有《红角》一栏，登载各种文艺性的短文和识字课，是我党报纸副刊的雏形。从第 72 期起，增设了革命报刊第一个不定期的文艺副刊《赤焰》。长征到陕北后，继续编发《红中副刊》。

报纸文艺副刊在我国已经有 108 年的历史了，革命报纸的文艺副刊也有近 50 年的历史了。在如此漫长的实践过程中，我国报纸文艺副刊积累了许多编辑经验，形成了一些独有的传统，涌现了不少应该名垂报史的编辑和作者。可惜的是，对此总结、研究得很少。大学新闻系或文学系也一直没有开设有关报纸副刊的专门课程。我们看到的除阿英所著的资料性的《晚清文艺报刊略述》和零星的有关工作回忆外，这一方面的专著专文可以说是凤毛麟角。许多在当时现实生活中产生过巨大影响，像星辰一样闪过光的副刊和他们的编者、作者，随着时光的流逝而被人遗忘。报纸副刊的研究，像一条流量很小的内陆河，始终没有聚成自己的湖泊，更不要说汇进整个社会科学的海洋了。它分成两股纤细的溪流，较大的一股渗进了文学史研究中，较小的一股渗进了报学史研究中。于是出现了这样异常的现象：一种近百年来在社会上普遍存在、影响很大的精神现象，竟然成为理论研究两不管的中间地带！

缺乏专业理论思维的指导，是怎样苦了我们这些实践中盲目的行人，又是怎样影响了报纸副刊的繁荣发展啊！但愿这篇小文能够传达一位副刊编辑内心的呼唤：专家们、行家们，研究研究报纸副刊的理论性问题吧！

在两种偏向的摇摆中探求自己的道路

报纸的文艺副刊，顾名思义，它应该是报纸的，亦即新闻的，又应该是文艺的。新闻性与文艺性的结合，构成了副刊的根本特性。副刊在内容上、形式上和写作、编排上的所有特点，莫不和这个根本特性有关。这个道理明白而又浅显，但在实际工作中，却并不那么容易解决。

新中国成立以来，副刊的编辑常常出现两种偏向：一种偏向是自觉或不自觉地用文艺性抵制或疏远新闻性，把副刊当作专业的文艺期刊来办，好像它们之间除了篇幅和编排的不同，并没有性质上的区别。另一种偏向是用副刊的新闻性粗暴地吃掉文艺性，很少考虑副刊的特点，一视同仁地要求副刊和正页一样，直接宣传政策，配合中心工作，好像副刊与正页除了小说、诗歌、散文这些表现形式的不同，在内容性质上没有丝毫区别。

在前一种观念之下，报纸副刊的新闻性和引导舆论的作用常常被忽视，无形中把自己的任务缩小为发展和培养业余文艺作者，提供小型文艺作品和普及文艺知识。在文艺的圈子里跳不出来，必然会和报纸其他版面脱离，甚至变成文艺刊物寄生在报纸上的"小尾巴"。然而实践告诉我们，副刊抛弃自己的报纸特点去和文艺期刊竞赛，总是吃力不讨好的，那无异于抛弃自己的长处去完成本来不属于自己的任务。尾巴怎么能甩到身体前面去呢？弄不好便成了"狗尾续貂"。事实上，不少报纸副刊时时有降为二等文艺读物的危险。

也许会有人问，你如何解释《阿Q正传》的发表呢？这部中国现代文学史上思想艺术成就最高的作品，恰恰是连载在当时已经失去进步作用的改良派报纸《晨报》副刊，而不是发表在文艺期刊上的。这是不是说明，我们今天的副刊也可以从报纸中脱离出来，具有自己独立的思想色彩，也可以作为纯文艺的读物和文艺书刊较一短长呢？这个问题必须具体分析。

第一、《晨报》副刊在 1921 年 12 月以后，已经由报纸第七版上独立出来，成为四开四版的单张小报《晨报副镌》，在鲁迅的直接指导和支持之下，实际上带有革命和进步文艺工作者同人文艺小报的性质，和原来的政治性报纸《晨报》的第七版有了性质上的区别。《阿 Q 正传》就是在副刊正式独立出刊之时开始连载的。

第二、在旧中国，报纸和它的副刊之间可以有不同的政治思想和艺术倾向，这是在具体历史背景下我国报纸的一个传统特色。例如，左联时期虽然革命报刊几乎无法生存，但在上海滩，日本和美英矛盾重重，蒋介石和汪精卫又斗争又勾结，革命文化工作者可以利用这些错综复杂的矛盾，以隐晦曲折的笔墨和经常变换的笔名，大量向其他刊物和报纸副刊投稿。1933 年以后，鲁迅发表的杂文绝大多数就是"改些作法，换些笔名"，托人抄写了去投稿的。1933—1934 年两年中，他在资产阶级报纸《申报》副刊《自由谈》上变换过四十多个笔名，在国民党改组派报纸《中华日报》副刊《动向》上变换过十三个笔名，宣传了进步的革命思想。后来，著名革命作家茅盾还曾一度担任过武汉《中央日报》副刊编辑。

可见，旧社会的报纸和副刊可以分离，是进步的、革命的文艺工作者利用敌人内部矛盾，向反动精神堡垒进攻取得的一种胜利，它虽然是畸形的社会里出现的一种畸形的新闻现象，却带有积极意义，应该肯定。在革命的特别是党的报刊上，自然决不允许这种分离现象出现。复旦大学新闻系编写的《中国新闻事业史讲义》提到，在 40 年代的延安时期，《解放日报》等党报，通过整风运动和报纸改革，加之延安文艺座谈会对解放区文艺运动的深刻影响，"报纸副刊上的文艺材料也充分反映了大生产运动中的丰富内容，根本克服了副刊与各版脱离，变成一个独立的小天地这种畸形的，但在旧中国却是普遍的现象"（见该书第 325 页和第 342 页）。党报是党的耳目喉舌，它的整个版面只能为党所用，为人民说话，文艺副刊自不例外。副刊，从整体上看，和其他版面一样，负有宣传党的政策、引导社会舆论的重任，它应该以自己抒情的嗓音参加到整个报纸的大合唱中来。

但是，在副刊上用新闻性粗暴地排斥文艺性，也行不通。副刊之所以能够成为报纸上一个独立存在的部分，是因为读者不但愿意通过各种新闻体裁的途径，而且也喜欢通过文艺体裁的途径来了解生活面貌，感知时代脉搏，思考社会问题。副刊体裁和新闻体裁是以不同的生活内容，用不同的表现方式，从不同的角度来获取读者的，它往往可以起到报纸正页所起不到的潜移默化的宣传感染作用，对青年一代更是如此。副刊在报纸上存在的生命力，正在于它的这些特色。如果硬要求副刊像正页那样，要求小说、散文、杂文像新闻、通讯、评论那样来宣传党的政策，这和夸大副刊的文艺性一样，同样是要副刊抛弃自己的长处去完成不属于自己的任务。副刊舞台上，如果全是一些男子汉穿着花哨的艺术裙裳在板着脸跳舞的新闻，读者岂不是大倒胃口吗？

但是，由于极"左"思潮横行，这种畸形的现象在我们新中国成立后的副刊历史上，构成了一个相当长的时代。读者翻开这个时期的副刊，可以看到在许多小说、散文和报告文学中，不是通过对生活画面的描绘来显示一种生活哲理，而是用政治，甚至直接用政策的模子重新压铸生活，按简单的逻辑组接故事来印证某种说教。有时甚至直接让正面人物充当本报评论员，用大段说教式的对话来完成社论的任务。诗歌则成了形容词和政治口号的杂拌，或穿上民歌衣裳的封建祷词。那些年，我们不是辛苦地为编写这样的"作品"在耗费着所剩不多的年华吗？这不但使副刊步入绝境，也成为对文艺横加干涉，向文艺灌输各种公式化、概念化理论的一条热线。

无怪乎新中国成立以来，报纸副刊总是轮番地挨新闻界和文艺界的骂了！因为随着政治上的左右摇摆，副刊也总在自己的两个属性——新闻性和文艺性之间摇摆。当它偏向文艺性时，报界的同仁便敲打副刊不要搞"文艺特殊论"，发出"岔道危险"的信号，总觉得副刊在编辑部是自由化的带头羊；当它偏向新闻性时，文艺界的朋友则是埋怨它宣扬了艺术教条主义，是公式概念化的带头羊。稍为来了个运动，这个"带头羊"很自然就成为两边的"替罪羊"，承担着既是"左"倾又是右倾的双重责任。

两条路都走不通！再不能亦步亦趋地踏着文艺的脚印或新闻的脚印前行了。"两间余一卒，荷戟独彷徨"，副刊在摇摆和彷徨中寻找着、探求着属于自己的路子。这种子是存在的，只是需要用理论的利斧劈去荆棘，用实践的脚步一步一步把它踏开来。

一门边缘学科在实践中诞生

一个孩子，既像父亲，又像母亲，却又既不是父亲又不是母亲，他是他自己。他用父精母血熔铸自己的躯体，呱呱坠地后便有了独立的生命。你必须尊重他的个性，如果强迫他完全像父亲或母亲那样生活，孩子不是变态便是反抗。这虽然可能导致大家对他的生命价值的重视，却也可能导致夭折。这便是报纸副刊。

上面谈到的副刊在实践上经常出现的两种偏向，原因自然很多，主要是我国政治生活上的动荡摇摆造成的。此外也有一个很重要的原因，便是把新闻和文艺两种属性在报纸副刊中的结合，看成是一种形式上、数量上的混合，而认识不到这首先是一种内在的质的变化，是可以诞生新生命的那种结合。任何一种精神现象，都是人类对社会和自然界认识、感知的结果。人类对自然和社会认识得越充分、越深刻，为了准确、细致地把握客观世界的复杂性，各类科学的分科便越来越细，种类便越来越多。在一个学科和另一个学科的交界处不断出现了边缘科学，例如生物学与化学的交界处建立了生物化学，物理学与化学的交界处建立了物理化学，天文学与物理学、化学的交界处分别有了天体物理学与天体化学。科学幻想小说、历史演义和报告文学也是这类精神现象，它们是科学、历史、新闻与文艺结合而成的边缘文艺。边缘科学和边缘文艺出现伊始，的确处于边缘地区，偏僻而萧条。但随着边缘地区精神现象的发展，它们也会形成自己的闹市，构成新的精神中心和理论体系。这些边缘的精神现象，由于有可能吸收多方面的长处和优势，像边缘杂交品种一样，往往具有旺盛的生命力。报纸副刊当之无愧是这个家族的一个成员。

报纸和文艺各自的属性和禀赋都渗透到副刊中来，形成它独有的特点和优势。报纸总的特性自然是新闻性（广义的），具体讲，又可以分成社会性、新闻性（狭义的）和舆论性。这些特性是怎样渗透到副刊中来的呢？

（一）报纸的对象是整个社会，社会各阶层、各行业的人都是它的读者。报纸的社会性赋予了副刊内容的综合性和表现形式的多样性、表现手段的通俗性等特点。

内容的综合性就是通常说的副刊要杂。在有限的版面上，要创作、评论、知识、趣味以及面向社会的杂文、小品等各色佳肴搭配,切忌搞成纯文艺副刊,否则必将失去相当一部分读者。同时,副刊上各种体裁的文章在内容上领域要宽,要将触角伸向社会每个旮旯拐角,使社会各方面的生活和思想都能在副刊上反映出来。副刊稿件高质量重要标志,是让各种文化水平和趣味爱好的人都爱读,并能读懂。因此表现手法和语言一定要通俗易懂,雅俗共赏。副刊越综合,越多样,越通俗,读者就越多,影响就越大,这是为文学期刊所不及的。

(二)读者看报纸和读文艺刊物,目的是不一样的。读文艺书刊,主要是为了在艺术欣赏中得到真善美的熏陶、感染、教育。而读报纸,则主要是了解国际和国内的形势、外地和本地的新闻以及政治、经济、思想上的新动向。绝大多数读者(文艺工作者和爱好者只是其中的少数)翻看副刊时,都带着了解文艺和了解新闻这两重目的,这是和读文艺书刊不同的。因此,报纸的新闻性不能不对报纸的一角——副刊产生深刻的影响。

如果说新闻的定义是最新发生的为社会所关心的事件的报道,那么,"最新发生"就带来了副刊各类稿件的一个特点,即"新"。副刊的稿件要新,除了艺术价值之外,必须有一定的新闻价值。反映新的生活、采用新的艺术手法的作品,应该最先拜访副刊,并受到欢迎。即便反映过去生活的作品,也需要在当前有一定的新闻价值。副刊的"三评"主要评论新出现的作者和作品,新发生的文艺现象和文艺动向。副刊的杂文和小品,要触及最新的社会问题,反映最近的群众呼声。和"新"相联系的是"快",即发现问题和题材快,组稿写稿快,编辑见报快。对有新闻价值的稿件,应该一路开放绿灯,允许"提前进站",不在稿件安排上搞"论时排辈"。

"新"和"快"是报纸赋予副刊得天独厚的优势。发挥这个优势,副刊就能捷足先登,在整个文艺界起开路先锋的作用,受到社会的"另眼看待"。自然,先锋并不是主帅,在文艺上开创一个新的生活、思想、艺术或理论领域,主力军仍然是文艺界。这是无法越俎代庖的。

新闻是"对新事件的报道"的这一特性,又使得描写真实事件的作品和评述真实事件的杂感,在副刊中比在专业文艺刊物中有更为重要的地位。和文艺书刊不同,副刊常常不以是否塑造了人物作为它取舍作品的首要(有时甚至是唯一的)标准。副刊并不一概排斥写事不写人的稿件。对于纪实性的文艺稿件,如报告、通讯、特写、演义,副刊甚至首先要求把社会所关心的事件描写得清楚和细致入微，在这个基础上才进一步要求塑造人物。

（三）现代报纸是一定阶级的舆论工具，它的一个重要任务，就是反映并引导社会舆论，特别是政治舆论。这一点，我们姑且称为报纸的舆论性。报纸的舆论性也不能不赋予副刊以特有的禀赋，使得它比专业文艺期刊具有更浓烈的政治色彩、政策色彩、舆论色彩。

对副刊上的作品，首先要求的是能够按照本阶级的政治要求和政策原则去影响社会，引导舆论。在这个前提下，才进一步要求它的艺术性。副刊上的文艺评论亦然。虽然它和文艺期刊的评论一样，也负有推荐介绍作品，评价艺术家，帮助读者、作者提高欣赏和写作水平等任务，但它们的着眼点是不尽相同的。文艺期刊的评论，首先着眼于促进和推动文艺创作、繁荣和发展文艺事业（这也是报纸文艺评论的一个目的）。但报纸文艺评论的首要目的，却是正确引导文学舆论，使其走上和国家的整个政治舆论相一致的轨道。因而副刊的评论标准不光是看作品本身的思想和艺术水平如何，还要侧重考虑作品在当前的政治意义、社会效果等新闻价值方面的问题。正是从这个意义上，我们说开展报纸文艺评论是改善和加强党对文艺领导的一个重要方法。也正是从这个意义上，我们说副刊在活跃全国或一个地区的文学舆论中，在沟通文艺与党、文艺与群众、文艺与生活中，具有举足轻重的地位。

以上所谈报纸的社会性、新闻性、舆论性赋予副刊的若干特点，胡乔木同志有一段话做了很好的概括——那是在抗日战争结束之后，延安《解放日报》适应新形势改进工作时，胡乔木同志希望副刊"没有太多的可有可无的以各种名义出现的列宁所谓知识分子的议论，而是每天万把字的版面挤满各种作者读者，各种内容形式的几十篇稿件信件，切实紧凑地传达着生活和战斗的各个侧面，传达着群众的嘈杂，好比生意旺盛的花园一般"。当时的延安《解放日报》和重庆《新华日报》副刊，都力图体现这种社会性、新闻性、舆论性和文艺性的有机结合。

特有的编选标准、体裁样式和工作方法

在政治性报纸上编副刊和编专业文艺期刊比，编辑方法是同中有异的。这里想着重谈谈他们的不同之处。

（一）在编选稿件的标准上，编副刊不光要考虑稿件思想艺术上的质量，而且还要考虑稿件的新闻价值（这点上面已经涉及，不再赘述）。由于要考虑新闻价值，在副刊编辑心目中，许多文学艺术上的观念，便或多或少发生了变化。

拿小说创作来说，本来是切忌掉进事件过程的描写而忽视人物塑造的，但有些反映新闻事件的作品，尽管通篇只是关于某一事件的详细描绘，却正是报纸副刊上的好作品，因为全社会的读者欢迎它。《李宗仁归来》和《慈禧外传》在报纸连载后，风靡全国，就是明证。又如，文艺界对"问题小说""问题戏剧"是不感兴趣而且颇有訾议的。文艺家们认为文学是人学，应该通过塑造人物来反映现实生活，在形象中含纳着自己的思想观点，而不直接说出来。但有时恰恰是那些能够及时、尖锐、直接提出社会问题，在作品中形象地议政、议经、议文的作家，成为报纸读者最欢迎的作家，如刘宾雁同志。他写的《在桥梁工地上》《本报内部消息》《人妖之间》应该是典型的报纸文艺。

副刊的文艺评论，编选标准也和专业期刊的不一样。它最欢迎的是既评论作品的艺术价值又评论作品的新闻价值的稿件。一篇思想深邃、立论科学、论证充分、结构和文字都很好的文艺论文，可以在文艺研究刊物上发表，却未必是报纸的好评论。报纸"三评"固然应该立足于作品的艺术价值，但却必须着眼于作品的新闻价值，从"艺"字入手，评出"新"字来。如果一篇评论能够指出某些作家作品或文艺现象到底给社会（不光是给文艺）提供了什么新的东西，是新的思想和见解，新的艺术形象和艺术手法，还是新的生活画面和生活知识，那才是报纸副刊的好评论。

（二）在体裁样式上，报纸副刊已经产生了并将继续开辟自己独有的报纸文艺样式。杂文是在我国现代报纸副刊上诞生和发展起来，并且一直到现在仍然以报纸为主要阵地的、最成熟的报纸文艺样式。由于它短小精悍，形式自由，历史、现实、社会、自然都在可论之列，加上用文艺的形式和表现手法来写作，成为思想性、战斗性最强，联系各方面读者最有力的体裁。它在副刊一出现，便立即给副刊以革命性的改造。五四运动之前，大部分副刊都是消闲读物，刊登了不少低级趣味的作品。新文化运动开始后，各报副刊开始刊载李大钊、鲁迅、瞿秋白等先驱者的文艺性政论，面貌为之一新，特别是鲁迅先生为创建和发展杂文，费尽毕生心血，晚年为了斗争需要，甚至放下其他文学创作，专攻杂文，堪称中国独占鳌头的报纸文艺家。在他周围，团结了一批进步的、爱国的文化人士，组成了一支强劲的杂文作者队伍，形成了中国现代新闻史上第一支报纸文艺作者队伍。鲁迅去世之后，副刊杂文的革命战斗传统一直沿袭下来。抗日战争时期，在延安、重庆、桂林和其他一些地方的报纸副刊上，杂文像密集的霰弹射向日本侵略者和国民党反动派。重庆《新华日报》副刊刊载了大量"司马牛"的杂文（集体笔名，有时周恩来同志亲自执笔），是插在国统区心脏上的匕首。1938年"孤岛"时期的上海，《文汇报》副刊《世纪风》为捍卫"鲁迅风"而斗争，发表了有林淡秋等34人署名的提倡杂文、发扬鲁迅战斗精神的檄文，并且坚持每期都有一篇"花边文学"，迅速地针砭现实，后编为《边鼓集》出版。新中国成立后，虽然有1957年的一段厄运和"文化革命"的彻底取缔，但在读者心中扎下深根的杂文，却像过冬的小麦，打春以后又返青拔节，成为当前副刊不可缺少的一个体裁，被誉为副刊的灵魂和锋芒。

（三）作品方面，各种纪实文学，是我国报纸文艺的主要体裁样式。报告文学、散文、通讯以及各种演义都在此列。丁玲同志在陕北保安主编的《红色中华报》的《红中副刊》总共出了五期，就登载了四篇战地通讯和速写，全系真人真事。1938年，上海《文汇报》副刊《世纪风》，更是明确地把报告文学和战地通讯放在主角的地位。真实、及时地反映抗战生活，成为这个副刊最显著的特点。该刊创刊第一期就连载了国际著名的作家和记者史沫特莱的长篇报告《中国红军行进》，以后又连续发表了介绍广西、长沙、陕北等地的战时景象和群众活动的文艺通讯，和上海孤岛交流战报，在精神上将失陷的上海和全国抗战运动联系起来。革命作家郁达夫当时专门从南洋新加坡寄来了文艺通讯，并谈到了纪实文学的重大意义："上海孤岛的一般状况，我们是通过《世纪风》得知的，对文化人残留在上海的那一种奋斗精神，感到万分欣慰……" 1941年，在第二次反共高潮中，延安《新中华报》副刊为了配合正刊的宣传，揭露国民党反共投降的真相，长篇连载了《苏北事件真相》一文，用细致真切的描绘，向全国读者揭示了苏北国民党军队向新四军大举进攻的事实，使人们看到大规模内战爆发的严重危险性，其社会作用远不是一般虚构文学可以比拟的。

不避冗长举了这么些例子，是为了说明副刊作品是以登载纪实文学为主的，是发挥报纸副刊的优势，扩大副刊的社会影响和宣传作用的重要一环，也是我国报纸副刊的传统。遗憾的是，新中国成立以来，特别是1957年以后，由于政治上的摇摆，对重大社会事件和新闻人物或无限制地扩大保密范围，或在评价上莫衷一是，真人真事特别是重大的社会事件不好写，不让写，也不敢写，这就使得报纸副刊登载纪实文学的优良传统受到严重的影响。到了"四人帮"时期，则明令不准写活人，已经盖棺论定的人和事也重新翻腾，真正的纪实文学在副刊上几乎中断。最近几年，纪实文学在有的副刊上虽然有所振兴，整个说来，元气并未恢复。

以纪实文学为主，并不是要求副刊不登载小说之类的虚构文学了。但是，副刊登载小说，因为它要考虑作品的新闻价值和艺术价值两个方面，因此与文艺期刊有所不同。从近年来的实践看，主要侧重这几方面：一是对生活提出了新认识、新见解的作品，如短篇小说《班主任》最早提出十年浩劫给人民造成的内伤问题，这在当时本身就构成了"新闻"；二是反映了能够引起社会重视的新情况的作品，如《光明日报》刊登的小说《盼》，较早地反映了在极"左"潮泛滥中沉浮的中年知识分子，在事业、生活、感情上的各种问题，提出了夫妻两地长期得不到解决这一社会情况，能够引起社会舆论的反响；三是在思想、人物、艺术表现上有新的突破的作品，这个"突破"又反映了文艺发展新趋向，如《文汇报》的《笔会》副刊登载的小说《伤痕》，是粉碎"四人帮"之后第一篇不以英雄人物为主角的作品，在文艺思想上有较高的新闻价值。

除此而外，许多原有的文章体裁，在进入报纸副刊之后，经过社会性、新闻性、舆论性的改造，发生了脱胎换骨的变化，也成为报纸文艺体裁的一种。比如文艺述评、知识小品、历史小品、小小说和各种集锦，就是文艺评论、科学知识、历史文章以及小说等样式和报纸特性嫁接的结果。我国传统的文学体裁演义，以朴实传神的文笔铺叙真实的事件，社会性很强。将重大新闻事件和历史事件——历史演义和新闻演义，真实地、详尽地、艺术地写成演义连载，无疑会受到广大读者的欢迎。这类为群众所喜闻乐见的体裁，值得进一步提倡。

（四）对编辑和作者的要求，副刊和文艺期刊也不尽相同。副刊的作者队伍远比文艺期刊庞大。除了专业和业余的文艺工作外，它能更多地将社会各阶层的作者，各行业有一技之长的专家以及社会科学、自然科学方面的学问家，组织到自己的作者队伍中来。只有如此，副刊才可能做到贴近生活，又杂又快。

副刊的编者、作者不但需要具备足够的文艺理论和创作知识，形成较强烈的文学意识，而且需要具有新闻意识，要有在生活中、稿件中敏锐地抓住新闻，抓住社会问题和舆论动向的本领。这就必须熟悉党的路线、方针、政策，了解当前社会的政治思想动向，知道当前群众在想什么、议论什么、关心什么、希望什么。胸中有了这么一个音域较宽的社会共鸣箱，生活和稿件中那些有新闻价值的地方才会引起訇然共鸣，也才能克服就稿编稿、被自由来稿牵着鼻子走的被动局面。

为了发扬副刊社会性、舆论性的特色，密切副刊与社会、与群众的联系，还必须适当开展一些社会活动，比如搞读者座谈会、征文评选、问题讨论，组织报告会、演出、茶座、春游等各种形式的读者、作者、编者见面会。著名的新闻工作者邹韬奋在主编《生活周刊》和《生活日报》时期，设立了读者信箱，专门为读者提出的各种要求服务，每年还亲自处理信件，有时达两三万份之多。抗日时期，上海《文汇报》的《世纪风》副刊，设立通讯联络站，把自己作为全国各地文化人士的通讯联络据点；后来又成立"文艺工作者义卖团"，组织作家、出版家义卖书籍，捐献抗日经费。我们应该在新的历史时期继承发扬这个传统，使副刊真正成为文艺与社会联系的桥梁。

由此，副刊编辑就需要比专业文艺期刊编辑具有更强的社会活动能力和更灵活机动的作战本领。能够坐得住、跑得动，静如处子、动如脱兔。在编辑业务上也应更为全面，编、组、采、写样样拿得起来。如果说报人是杂家，副刊编辑更是如此。这样，副刊才能成为报纸上一个小小的社会聚光镜。

行文至此，笔者想冒昧地明确自己的看法，那就是：报纸副刊既然是一种独立的精神现象，有它自己存在和发展的规律，有它特有的编选标准、体裁样式和工作方法，报纸文艺学就应该是一个专门的研究领域。它和电视文艺学、广播文艺学一道，组成了文艺和新闻事业中自成一家的新学科——新闻文艺学。在未来的文艺史或报刊史中，必将专辟新闻文艺史的章节；在未来的文艺队伍和新闻队伍之间，必将行进着一支新闻文艺作者的队伍。

尽快地研究这门新的学问，搞出我国新闻文艺的史与论来吧！这也正是笔者不避偏颇和谬误，写作此文的目的。

1981年春，西安西楼

论"陕军东征"

一

初夏的五月,在西京骊山脚下,榴花掩映着秦陵唐泉。这时候,我们来到北京参加作家出版社召开的长篇小说《最后一个匈奴》座谈会,住在建国门外空军大雅宝饭店。这里每日供应温泉浴,浓浓的硫磺味儿,叫人恍然又回到了骊山的温泉汤边。就在这个座谈会上,京华一位热情的评论家说,去年下半年以来,陕西几位小说家先后在首都各家出版社推出了他们的长篇小说,像陈忠实的《白鹿原》(人民文学出版社),贾平凹的《废都》(《十月》出版社),高建群的《最后一个匈奴》(作家出版社),听说还有几部。大家便你一句我一句补充,有的说还有京夫的《八里情仇》(中国文联出版公司),程海的《热爱生命》(工人出版社)。有的说还应将早半年出版的赵熙的长篇《女儿河》(中国青年出版社),也归入这"东征"行列。这位评论家接着说,这些作品都有较重的分量,引起了读者和评论界的广泛关注,真是一次"陕军东征"呀!在场的记者,以他们敏锐的笔,将此说报道了出去。最先是《光明日报》,接着是《文艺报》,随后便点着了爆竹,很快引燃了陕西各级刊物的连锁性反响以及整版的评论、特写和创作体会。去年以来,我先后赴京参加了三场此类谈陕西长篇的研讨会,我感到这的确是一个令人振奋的现象,也是一种不容忽视的现象,给人以深刻启示。上述报道,大大鼓舞了"陕军"们,成了陕西作家协会第四次代表大会上的热门话题。

二

我想对这些作品先作点扫描性的评点。

《白鹿原》是一本大书，沉甸甸的书，一部中国现代的社会生活史、道德文化史和心灵史。我在阅读时，很少像这次这样，被激发起宏阔的又是深度的联想，激发起参与创造和参与议论的热情。和作家自己的创作比，陈忠实以全新的艺术面貌出现在《白鹿原》中；和过去写同一地域生活的作品相比，关中生活以全新的美学形态出现在《白鹿原》中；和过去追求同一创作精神、创作方法的长篇小说相比，现实主义以更新了的实践出现在《白鹿原》中。

从历史观点来看，这部书突破了新中国成立以来长篇小说所反映的现代中国社会似乎只有革命的历史，而革命者又似乎只有政治的斗争生活和与此相关的内心生活这样一个明显的局限，从道德、文化、人性多处着眼，多处落笔，在我们面前展开了一个宏大而细致的全景史。在历史动因的揭示上，深刻开掘社会运动、政治军事斗争的同时，提出了对民族精神和文化传统的维护和扬弃、固守和更替，往往是历史演化、社会进步更重要、更强大的杠杆，往往有着更久远的生命力。这样我们便看到，作者对中国现代农民运动乃至国共两党的政治运动，既有明朗的倾向，又有不少新的认识和评断，当然这两方面都是熔铸在艺术形象之中的。我们也看到，作品写了现代农村生活中，精神领袖和政治领袖、世俗领袖的适度分离，写了中国现代政治斗争和村社政治生活的若即若离。在这白鹿原上，不参政的闲云野鹤式的精神领袖（白嘉轩）和在朝却不能左右村社生活的世俗领袖、民间政治领袖，分立并存，而国家政治局势和村社政治生活虽大体同步又常常错位。作者着力要表现的，是源远流长而又根深蒂固的村社儒教文化在现代社会生活进程中的作用，是它对现代政治经济生活致命的影响和无法抗拒的改造，并时时用真善美来制衡倾斜的现代生活。

有鉴于此，这部作品对中国农村社会舞台的历史主角做了新的确认。白嘉轩丰满的艺术形象提出一个命题：世俗儒教领袖、村社道德文明成熟的代表人物，是中国历史的重要主角。他们与他们所代表的文明，以极为强大的力量统摄了中国社会各方面的斗争，和谐着各方面的关系，稳定着浮躁的现代社会，力图维持着现存社会缓慢而又匀和的演进。说真格的，就个人有限的阅读范围来说，我是首次看到如此成熟的凝结为艺术形象的中国村社文明，首次看到如此成熟的中国传统农民形象系列。只是，无论作者如何陶醉于这些形象，却又无奈地写出了这种文明解体的先兆。小说当然是一曲中国村社文明的赞歌，也无疑是挽歌。它呈示出的历史趋势，是中国古典农业社会的终结，是中国古典农民的终结。他塑造了最后一个好族长，最后一个好长工，最后一个好先生——这是中国农业文明最后的光环。这光环当然会亮很长很长的时间，甚至会延续到今天，今后，但它不是朝霞而是夕阳，这一点恐怕是肯定的。作者严峻的历史主义和现实主义精神，作者的大气，尽在其中了。

从形象观上看，作品也显示了新追求。比如由展示人的"两态两象"（形态、心态、形象、心象）到力图展示人的"五态五象"（形态、心态、性态、灵态和喻态，形象、心象、性象、灵象和喻象）。这里的性态、性象非指性格，乃指性别意识和性生活状态。艺术形象和生活中的人一样，都应该是形、心、性、灵、喻五态合一的载体。五态合一才是完备的生命，写出五态合一的人物形象，把握好五态之间的动态关系，才能全方位地写出活生生的人物，写出人的全部复杂性、生命的全部神秘感。又比如，在《白鹿原》中，人物关系的设置不再是社会政治经济关系简单而又必然的缩影或投影，也描绘了由于独特性格和独特命运，甚或"缘分"，所组合的人物关系。人物命运也不再是社会潮流、历史轨迹起伏的直接而又必然的对应性反应，也体现出各种偶然因素的影响和错位、背弃等复杂情况。

这部书也可能引起一些争议，比如对国共两党意识形态及其政治斗争的某些评析是否看法一致？某种程度的农本主义、原乡意识和道德至上思想是否存在？也谈到了我所感到的几点缺憾：对生活演进中的道德、政治、文化因素发掘充分，相形之下，经济因素对生活演进的作用展示不足；对大的历史事件的展示，不如对农村世俗生活的展示细腻、丰满、有特色；此外，人的生命价值与人的历史价值如何浑然天成地统一，都还可以琢磨得更珠圆玉润。

三

贾平凹的《废都》，虽最近才出版，却早已饮誉京华。此书责任编辑田颖珍说"这是一部奇书——它不能用好或不好的简单标准来衡量。"自有道理，它指出了这部小说的复杂性。

　　这部书当然是作家心灵的写照，但从写法上说，是一部状态小说，而不是体验小说。作者在创作中心态很是自如，你似乎感觉不到他在对人物性格作"塑造"，对全书各板块、各线条作"结构"，对场景作"布设"，对语言作"雕饰"，一切就那样顺流而下写过来，虽都是可见的生活状态，而生活情态毕现其中。对生活的理性指向和感情倾斜消融于日常生活状态的描绘之中。心理活动并不展开，描绘几无渲染，洗尽铅华，是那种简约素朴的白描。

　　虽是白描，由于观察得细，感受得细，显得很是精微细腻。有些地方，如在饭后、闲聊之中极写微妙的人际关系和微量的内心感情，那真是妙笔生花。作者下笔，有一种超脱的冷静，冷静到冷峻。并不是没有热情，而是热极而冣，是那种"冣热"。并不是没有哀伤，而是哀极而静，便有了现在的无声无泪。很有点中国的《世说新语》《聊斋》和海明威结合的味道。

　　作品显示出一种非史心态，流淌着非主流文化的默流。以平民百姓视角写平民百姓生活。写百姓生活、市井心态，避开正面展示生活主体和文化主流，着意地是于社会主体之边或之外的闲人生活——四大恶少组成的市井闲人群体和四大文化人组成的文化闲人群体；着意地是展示主文化之外的民谣民俗和市井生活场景，如道、巫、方术，玄的清谈和实的性欲。这似乎是贾平凹小说一贯显示出来的看法：文化的民俗野史，生活的远山野情，较之正史，较之主流生活，几千年来更少地受到中国正统文化的浸润与改造，因而也就更多地保存了人的真性真情和生活的真态。作者似乎想在社会理性认同的正史之外，用百姓的生态与真性展示另一条史的线索，求非史之史，无律之律。

　　废都——废宅——废道（畸变的文化）——废人（畸变的生命），构成贯穿作品的意蕴。这里既有过去时的"都"的辉煌，又有现在时"废"的破缺，全然是一种悲剧气氛。在这个意蕴的背景下，形象、心象、性象、灵象、喻象，作者对主要人物作了全景的展示，与《白鹿原》异曲同工。书中的文化闲人，忙碌其身多余其心，身入闹市的喧嚣，心逸尘世的静观，构成错位和反差，于是看到了这群文人那种魏晋名士沉迷酒与女人的无度生活。庄之蝶在现代生活和名利负累压抑下，失去远山（家乡）给予他的野情（真性），逐渐市民化的过程，是全书的主线。懦弱的个性、随意的心态，无法承受名作家的社会角色所要求于他的庄严感、责任感，他只好在女性身上寻找自信。性欲、性态对他既是一种自我肯定，又是一种自嘲自虐，也包含着渲染某种不被理解的苦闷和孤独。

小说中用两个形象，即承包破烂的老人和会思考的牛，作为主人公生活的两个参照系。承包破烂的老人是社会底层百姓的象征，他以世外之身，通过民谣对小说中展开的生活做社会哲学的评判，是庄之蝶社会生命的参照坐标。"牛"是庄之蝶的另一个自我，正在销蚀的真生命的自我，她孕育了稀世的牛黄之宝，却因此而熬成一张皮，献出了生命。她是庄之蝶和自然、真朴的生活、真朴的文化相通的最后渠道，也是自然生命对庄之蝶日渐远去的呼唤。她也以世外之身，对小说中展开的生活作自然哲学的评判，构成主人公自然生命的参照坐标。

在中国现代小说中，《废都》为中国式人文心态找到了中国式的表达方式。中国小说在"五四"之后的二三十年代，主体艺术思维转变为西方现代小说的写法，那是一个进步。到了三四十年代，在一个新的思想（马列主义、毛泽东思想）和新的社会实践（新民主主义革命）的基础上，现代小说在自觉的民族化、群众化中面目一新，这又是一个进步。近年来，在西方小说的各种文体试验不被中国读者普遍接受之后，有的作家汲取其中的长处，开始回忆中国民族小说的源流，用中国的方式反映现代生活和心态。《废都》可以视为这种探索的集大成者，它与"五四"以来的小说艺术思维大幅度拉开距离，使现代思潮、现代生活直接与中国古典小说美学接轨。它让我们看到了从魏晋志人小说、《世说新语》到唐代市人小说、明代世情小说和明末清初谴责小说的这一传统较完整、较和谐的恢复与发展，使古老的艺术思维、艺术形式和艺术语言获得了现代生命，意义不可低估。

我以为《废都》可能在以下几点上引起争议。一是建立在现代物质文明和精神文明基础上的现代城市意识、城市文化，如何和自然经济基础上的传统市民意识和市井文化相区别。二者既有联系又绝对不是一回事，如何处理好其间的关系？二是作品的妇女观。书中的女性无一不姣好，也无一不缺乏自主自立精神，加之性生活的描写，又无一不是从男性的角度来描绘，女性作为独立的生命主体和精神主体是否得到了真切的展现。三是性生活描写的适度问题，是否过实过滥，是否会产生负面的效果。议论议论是好事，有利于对作品的理解，有利于作者今后的创作，也有利于读者和作者的沟通。

四

《最后一个匈奴》是一部立意深刻，写法别致，自成一格的作品。历史与传奇在小说中暗自沟通、相予全息，作品力图以史诗的视野和文笔叙述这块土地上具有神秘色彩的传奇故事，将细致入微的形象、细节、场景，经意地和大历史文化背景熔接。而传奇的神秘感造成的模糊性，又营造了宏阔的气度，揭示了潜藏于历史深处的生命跃动，字里行间能感觉到作家的从容不迫。这种从容不迫和这块土地承受的历史苍凉相渗合，汇为一股高悬于动荡年代之上的钟磬之音。

环绕革命历史碑载性重大事件，展开政治斗争和社会生活的画卷，是革命历史题材常见的写法。高建群没有摒弃这个视角，却更致力于对这一段历史生活作文化人类学的开掘，故而他的视线由导引历史活动的领袖人物身上，更多地转移到参与历史活动的老百姓身上，由关注社会的"分子"到更多地关注社会的"分母"——我们看到，小说致力从大量平凡百姓的生存状态中去探寻一场革命的缘由。由主要关注照耀着历史事件的政党形态意识，转而更多地关注社区人生的集体无意识，即种种保存于民间的获得性的社会文化遗传——我们看到，小说丰富展示了陕北社区的生存意识，呈示出沉滞的地表下，那雄强抗争的精魄。他还甚至同时关注到先天的非获得性遗传，从陕北特有的民族沿革和血统基因中去追求一种骚动的生命力原。这几方面的熔铸，便是"陕北人"，一个文化人种艺术生命的诞生。揭开第一页，你读到的"楔子"一章，可以视为这一思考的艺术宣言。它以强大的思想启动力和形象感染力震撼了我。

接下来的上、下两卷，作家展现了遗落在黄土地上最后一代匈奴——陕北人命运的坎坷和精神的复杂。这种复杂性，打个比方，无妨说是陕北人心中"匈"与"奴"两面的多重组合。"匈"者，生态环境和历史传统乃至血统带来的雄强逼人、坚韧卓绝；"奴"者，被千百年缺氧缺钙的村社文化所窒息、软化造成的狭隘和荏弱。你从小说中可以看到这种精神多重组合所造成的悲壮和悲切，而不由得赞叹或哀叹。

此书也存在一些不足，最主要的一点是作者"最后一个匈奴"的立意，在落实到艺术形象，特别是主要人物身上时，还不够深刻，似乎有点"匈"性不足而"奴"性有余。当然也可以像现在这样来设置主人公的性格命运,那就需要着力去表现他们身上的原始生命力和社会革命性与各种文化限制之间激烈碰撞,而最终被窒息、软化的悲剧性的精神历程。现在这方面稍稍显得粗疏。

五

京夫的《八里情仇》是一部将人性、人情放在一个动荡年代去熔冶锻炼的长篇,是一部反映了具有浓郁政治色彩的生活,却又力图以恒久的人性、人情来超越和涵盖这段生活的长篇。这部长篇的新异之处在于,它着力反映的是特定时期社会斗争人生的、命运的原因和这段生活在人性、人情宇空中的弥散和回鸣。它的上部在写"文化大革命"时,依托的固然有宏观的政治坐标和宏观的历史坐标,但也许更有创新意味的是,它以人民大众的人情美和人性美作为主要的坐标来作审美判断,这样便能以避开反映这一历史阶段的许多难点,将其放到人类和历史的共同坐标上来审视,既写出了这一段生活的特异性,又具有了审美的普遍性和逻辑性。下部写的是新的历史时期的生活,并没有像许多作品那样去正面展开人物在这个时期新的实践活动,而仍然着力于表现命运埋下的种子和人性、人情的分野如何散落在两代人的生活和情感世界中,激起种种悲欢哀乐。

《八里情仇》有着编织得很精致的离奇命运故事,可读性强,人生感和命运感强。作者对于人生带有悲剧色彩的感受,很少直接议论出来,大都融进了人物命运的回纹形轨迹(这种轨迹甚至给人以宿命的感觉,像一个逃不掉的怪圈),穿插进几个主要人物在具体情境里对人生、命运的慨叹。几乎每位主要人物的命运都是悲剧性的。作者无力违背命运和性格的逻辑,恣意去改变他们的悲剧命运,却从中升腾起一种君临一切的圣洁的爱来。他用这种练达世事之后的深爱,在精神和历史的长河中褒扬、肯定了荷花、林生,平衡了他们的苦难;也在精神和历史的长河中宽宥了左青农。宽宥是更深的谴责,是更高的胜利。以柔炽之爱展示生命的力量,这是京夫创作一贯的长处。因此,当我们于满纸辛酸泪中被这圣洁的爱所震撼时,你由不得有一种宗教感。苦难的荷花绽开了圣母的微笑,命运加于她的荆冠幻化为读者心中的光环。

《八里情仇》上部略显枝蔓。"文革"斗争一段,在情节和人物叙述的展开上，似可更为节制。总的来看，结构匀称自如，在生活和感情的血肉之中，半若无骨，感觉不到作品内里结构的嶙峋支架。作者善于将对话、议论、背景的铺叙、故事的展开，很流畅自然地融进叙述语言之中，而很少有未被融尽的沉淀物。结构和叙事的功力可见一斑。

六

《女儿河》一书让你看到了另一种文笔，另一种风情，另一种人生。一个被遗忘而终未被遗忘的地方，一群被遗忘而不甘被遗忘的山民——在秦岭深处这个宁静的山乡，人声鼎沸的80年代中国和脚步杂沓的80年代文学，几乎无暇顾及它。天际的惊雷在这里只能听到隐约的回音，时代的裂变却总是飘来各种各样的散落物。生活依稀出现了新的机遇，在人生起跑线的几个女孩子感到了它的诱惑，拼力要抓住它。然而山乡的遥远、落后，女性在人生路上的诸多风险，使她们遭遇到常人遇不到的坎坷和折磨，也就熔铸出常人所没有的改变命运的执著。小说以山区的落后强化了变革的艰巨，又以时代终于不忘记落后的山区，来显示变革的深刻。于是我们看到了80年代中国生活的另一番风景。

四个少女的命运是小说的主线。几个重大的生活事件把她们和社会联结起来。在人物不断地追求和失落中，作者渐次织出一幅幅山村、猎乡、林场、小镇、城市的生活画面，以及生活于其中的一个个身份、性格、情操不同的人物，这些人物与生活画面又总和四个少女有着内在的关联。它的结构，教我们想起一张撒开而又缓缓收拢的网。秦岭山区的秀丽风光氤氲全书，充满生机、充满艰险的大自然和同样充满生机、充满艰辛的人生浑然一体，构成一种耐人寻味的对应。

四个少女的性格，在天然纯真的底色上，发生着各具特色的变化。在人生沉浮和婚爱变故中，张利由沉实初显成熟，葡萄由张扬而至幻灭，翠芹由懦弱渐趋坚强，彩娥因乖巧而获得实惠，反差相当鲜明。也许有人会挑剔性格的单面，无奈它是青春的真实。作者注意表现了青春的纯一和社会的复杂所构成的引人深思的对应。

不可忽视的是黑熊这个形象的设置。他忠厚、勤劳、执著，活得正气，爱得深挚，又能立足于土地去创业，终于在乡政府的支持下，试种黄连成功，为家乡的致富，也为自己的人生，闯开了一条路子。这个形象虽然并不是作者要着力塑造的，但他代表的那条人生之路不动声色地贯穿全书，几个姑娘在兜了一段圈子之后也都先后回到女儿河畔，和黑熊走到了一起。小说以此给山区年轻人的人生追求铺垫了一层浑厚的底色。

看来，作者崇尚地是土地和劳作基础上的变革和宽容前提下的褒贬。在小说的特定环境中，这是大体正确的。需要注意的是，要避免过分倾斜于人格评价或过多从人格角度把握当代农村生活的偏向，而忽视历史的（经济的）观照。千百年来建立在村社自然经济基础上的中国农村，尤其是落后的山区，不经历现代商品经济的根本改造，不在经济结构和人文心理上来一个更深刻的变革，是不行的。仅仅用土地观念和道德观念来扶正祛邪是难于治本的。当然不能要求作者这样去写，因为它已经超出了具体作品的题材范围。但它提示我们，在反映当代农村生活时，作家对历史运动把握得越宏阔、越根本，具体素材的处理方法才可能更准确、更深刻，道德的、人伦的评价才可能在经过矛盾的辩证运动之后，最终统一到历史的、经济的评价中来。

七

除了上面评述到的长篇小说，眼光再放远一点，放到路遥的《平凡的世界》和贾平凹的《浮躁》出版之后的这三两年中，陕西作家先后出版了近四十部长篇小说，其中像《情恨》《水葬》《文化层》《黄尘》三部曲、《爱河》《国魂》等等都有一定的影响。其实，岂止是文学，在其他艺术部类，这几年陕西也出了一批具有全国影响的大型作品，其中像歌剧《张骞》、电视剧《半边楼》、电影《黄河谣》《决战之后》《站直咯，别趴下》等等，都是公认的第一流佳作。一个省，在不长的时间里，如此集中地推出了一批水平如此整齐的优秀艺术品，的确是"陕军"群体力量的一次集中的显示。它表明在全国格局中，陕西创作力量作为一个"重要方面军"存在的无可争议的事实；表明在全国格局中，这支日益壮大的"陕军"实力和活力。

不过我理解，所谓"陕军东征"，也许主要并不体现为一种成果的"东征"，而体现为一种过程的"东征"。作为成果，"陕军"创作的实绩是全国创作实绩的一部分，是百花园里一方天地，作品的生活内容和艺术追求主要和各自特定的社区生活和各自独有的艺术气质相联系，很难说对其他地区、其他作家能产生一种"东征"的关系。但作为过程，作为在艺术劳动动态过程中种种体现了动势、动律的东西，则恐怕会以它的启示性，对本地和全国的文艺创作产生深刻而久远的影响。

就此而言，我想有以下几点值得重视：

第一，"陕军东征"展示了现实主义艺术固有的实力，更展示了现实主义在和新生活、新思潮的交融中，多向发展的新的潜力和活力。这几部作品总体上说，明显不能划入前几年流行过的前锋小说，也似乎不能划入这几年很时兴的新写实小说，他们是在现实主义精神的大范围内各展新姿的。

这种新姿，有的是对固有现实主义某方面潜力的发掘，更多的是吸收现代生活和现代思潮的营养之后，熔铸新艺术成果的结晶。比如《白鹿原》《废都》以开放的、散发的球状思维代替了原有的线性思维，用广角镜头和散点透视来把握生活，使整个作品显示出一种宏阔的全景感和全息感。比如《废都》不再追求局部的哲理感和具体人物场景的典型性，而是通过对市井生活和文化人心态冷静平和的精雕细刻，总体上去涵会史之理、世之理、生命之理，同时又取得了艺术对生活的"高保真"效果。比如《白鹿原》和《最后一个匈奴》某些地方对传奇色彩和神秘感的追求，以及后者在从容的笔墨中透出的浪漫气质和思辨色彩。比如《女儿河》所具有的清秀的散文笔法和随机的散文结构。比如《热爱生命》那迥异于常人的对客观现实生活的感受能力和传达能力等等。

这些探索和追求，既可以看出固有现实主义表现生活的潜力，如何在一种新的创作主客体关系中得到淋漓尽致的发挥，让你感觉到现实主义艺术在中国正趋于成熟；又可以看出，在新的生活、艺术、欣赏格局中，现实主义的高层次回归和多向度更新，有着何等宽阔的天地，现实主义和其他创作精神、创作方法的融会将会使艺术创作出现多少千变万化的可能性。"陕军"的这些艺术实践，应该说对现实主义的发展做出了贡献。

第二，从艺术与现实、作家与生活的关系看，这一批作品，不同程度地从过去近距离对既在生活进程的肯定中跳了出来，开始对既在生活拉开距离作历史反思。作品或多或少具有了思辨色彩，作家也或先或后具有了思考者品格。

作品对社会生活的观照，也大致从过去以政治文化和社会文化为主坐标，拓展为民族历史文化、伦理文化、人性文化以及生命奥秘的多坐标。

社会生活在艺术作品中呈现出从未有过的丰满和真切,它们几乎伸手即可触摸,却又是那么难于捉摸。

这些作品追溯各类历史事件和生活现象的根源,依然以社会的、政治的、文化的成因为主,却又渗进了民族的、社区的、血统的多种因素,使我们对历史生活动因有了更为丰富的感知。与此相反,这些作品在过去主要展示经验的、实践的人和展示社会的、时代的人的基础上,大幅度地拓展到从文化根性上来展示人,从真性血脉上来展示人。

第三,和上一代作家比,这些作品在处理历史和伦理的关系上,在处理灵与肉的关系上,更为辩证,也更为深刻。那种对贫困和愚昧伦理主义的、人道的认同较少看见了,我们看到的是对物质贫困的挑战和对精神愚昧的突围。原先着重描写政治革命改变人的命运(这是上一阶段的历史任务,也是当时生活的真实),也转为着重展示人的精神突围、人的精神解放(这是更高层次的历史演进和人性欲求)。有人说《女儿河》实际上是写了四个山区少女物质和精神的突围过程,确有见地。其实其他几部作品也都在不同程度上展示了突破环境、突破自身的曲折历程。

第四,从陕西文学的内在结构看,多部作品的集群性展示标志着一种新均衡的出现。从地域布局看,如果说陕西反映新中国成立以后和平时期生活的当代小说,"文革"前十七年主要集中在关中地区(像柳青的《创业史》和王汶石的《风雪之夜》,都是陕西文学的代表作,也构成当时陕西小说和全国小说的重要标高),那么,"文革"后的十五年,陕西当代小说的力作则是陕北、陕南题材(像路遥的《人生》《平凡的世界》、贾平凹的《浮躁》《商州》,堪称这一时期的代表作,构成了这一时期全省和全国小说创作的重要标高)。关中是陕西政治、经济、文化的中心地区,但"文革"后反映陕北、陕南社区生活较成熟的作品,却先于关中出现。从艺术质量和社会影响看,形成了南北夹击的形势,造成了新时期陕西小说创作的某种不均衡。这当然不是什么坏事,却诱发着浓浓的期待和淡淡的遗憾。《白鹿原》等长篇的联袂出现,使关中社区生活在新时期文学画廊中有了自己成熟的代表作。

从题材布局看,陕西当代小说创作一直比较偏重农村题材和军事题材,工业题材虽然也有,如杜鹏程的《在和平的日子里》,但总体上到底还是比较薄弱。全景式的城市文化、城市风情的大型作品几乎没有。《废都》在这方面有填补空白的意义。

现在我们终于可以说,在三秦大地南、北、中三个文化圈,在城市、乡村、工矿各个生活领域,陕西都有了成熟的作品和成熟的作家。

第五,"陕军"的实力和后劲,毫无疑问来源于陕西作家多年来锲而不舍地深入生活和多年来锲而不舍地埋头苦干。陕西小说作者,特别是这次"东征"的几员主将,几乎全是从某一条乡村小路、某一间农舍走出来,从生活的最底层走出来,得到了先进的思想文化、审美观念和艺术技巧的营养之后,再返身审视自己和自己的家乡来从事创作的。这其间,他们都几度去基层长期挂职蹲点,或在社会信息的密集点上八方游弋。他们虽然由"农裔"而"城籍",却永远离土不离乡。沉淀了亿万斯年的黄土地的分量,使他们有了分量。

在各种新潮万花筒般转将过来时,他们冷静地理解、汲取,而不去附庸风雅、哗众取宠。在许多人相聚于宾馆,旅游于胜地"玩文学""侃文学"、炒知名度时,陕西作家有那么点落落寡合。他们在乡间、矿区、密林或沙漠的深处,紧张地默默劳作。当文坛又有人热衷于下海经商时,他们则固守清贫,登山不懈。他们有的为此倒下,有的万分拮据,只是固执地不改初衷。

我们在这里称赞的不只是一种高水平高强度艺术劳动应有的、必然会有的从业精神,更是在精神市场的喧闹所造成的迷乱中重新强调一个人所周知的老话题——"从生活到艺术"的话题,这是文学创作最重要的内在规律。"陕军"的实际成果又一次验证了这个规律的科学性。这方面,自信的"陕军"应该继续自信下去。

八

有人说,《白鹿原》《废都》等长篇小说的问世,或者再加上《平凡的世界》和《浮躁》,使新时期陕西文学有了和世界对话的基础。此话不无道理。所谓和世界对话,首先是作品可能产生的世界性影响,还有就是作品的生活、心理和哲理内容能否给世界文化提供新的东西,并引起世界既在文化与其交流的兴趣,从而得到某种认同。

从这个意义上说,陕西文学在延安时期已经开始和世界对话。那次对话,一方面是马克思主义和俄苏文化在革命根据地的传播,并和那里的社会实践、艺术实践相结合；另一方面是国统区进步文艺工作者和广大投奔根据地的青年知识分子从上海、北京、广州等大城市，乃至海外，挟带进大量世界文化因子，对根据地的思想、文化、文艺产生不同程度的影响。同时，根据地革命的人民文艺，以其崭新的艺术形式和风格，给旧中国的社会生活吹进一股清新的风。赵树理、丁玲、欧阳山等人的反映根据地生活的小说，柯仲平、田间等人的诗歌，冼星海的《黄河大合唱》和鲁艺的《白毛女》，先后产生了世界影响，让海外华侨和国际社会对中国解放区有了初步的了解，成为东方社会主义运动——中国新民主主义运动一批最早的艺术结晶。从总体上看，这次对话主要以政治运动和社会改造坐标上人的觉醒为内容。在二战期间和战后的世界，在世界两大意识形态体系凝结为两大阵营的政治实体，在民族独立和民族解放运动蓬勃兴起的国际大环境下，这个内容不能不成为世界性话题。

我们现在面临的陕西文学和世界的对话，从上面的评述可以看出，内容已经有所变化，开始进入以民族文化、社会心理和人性本相为主要内容的层次。民族的、社区的问题，在更宽阔和更深刻的层次上，和人类的、人性的共同问题接轨——这本身就在相当程度上反映了当今世界精神潮流的走向。

也正是从和世界对话的意义上，我们应该看到问题的另一面，这便是"隔离机制"和"积淀机制"在"陕军东征"现象中不容忽视的作用。这次联袂产生的几部长篇，当然都涉及到当前最新的生活现实，也融会了各种最新的写法，但总的看，它们都还不是从正面去展开中国最新的生活图卷，比如向市场经济转变过程中的社会和人生，也不是以各种前锋的写作方法为主的。它们的成功，更多的得力于用一种已经成熟了的艺术方法去写一种已经成熟了的生活形态。生活现实和艺术方法本身的成熟，深深地沉淀到作品中，构成一种和谐、淳厚的成熟之美，富有个性且成熟，常常不是开放交汇的产物，而是隔离发展的结果。一种生活方式，一种文化方式总是在相对开放的、动态的结构中诞生、更新，而最后在相对封闭、相对静态的结构中形成个性，走向成熟。从这个意义上来说，沉淀和隔离机制与开放、交汇机制都有利于事物发展。

上述作品，无论是写已废之都，写亘古之源，写山外之山的小村，写北方之北的黄土地，都主要是在向世人展示一种因隔离而形成的，因积淀而厚实的民族社区生活和民族社区文化（固然也展示了对这种文化重围的突破和新文化对这种文化外壳的冲撞，展示了这种冲撞和突破的艰难和漫长），从而得以较为完整地向世界展示现世代愈来愈难得到看到的极可珍贵的传统文化和"昨日心态",极可珍贵的社区切片和艺术个案。这是他们重要的成功之处和成功之因。

只是一体化的世界市场终究要催生一体化的世界文化,任何民族的、地域的、意识形态的隔离终究要被人类的相互理解和地球村更通畅的往来所替代。历史生活的这种大势,呼唤着更新的文化、更新的人,呼唤着他们以更新的手法、更新的语言在作品中诞生。这样,我们便不能不苛刻一点说,陕西文学的步子在稳健中不是不可以迈得更大。在思想艺术各方面,特别在作家人文品格的形成上,开放的气度,变革的深度,汲纳的幅度,目前都还显得不足。达到成熟不能固守成熟。成熟一旦形成,便会成为一种定势,一种传统,背弃它要冒很大风险,甚至会因此而出现徘徊、困惑,经受一段因稚嫩造成的损失,出现创作的"下旋弧"。但是,这难于避免的"下旋弧",终归会演化为登上新境界的后坐力。——自然,这一切,我们都是从总体走向来谈的。

在"陕军东征"被舆论炒热时,陕军自身的冷静显出了从未有过的重要,我想我有责任提到这一点。

1993 年 7 月 11 日——20 日

延安文艺运动的创新品格
——重读毛泽东同志《在延安文艺座谈会上的讲话》

毛泽东同志《在延安文艺座谈会上的讲话》发表60年了。一位在延安文艺运动中成长起来的著名作家说过一句广有影响的话："文学创作应该60年为一个单元。"可不是，一个甲子过去，对这篇讲话，对延安文艺运动，对这篇讲话最早论及的建设先进文艺的许多问题，理解得都愈来愈科学了。最近我又重读了《讲话》以及延安时期文艺的一些资料，我感受最强烈的，依然是活跃在字里行间的那种生命气息和开拓创新精神。如果回溯到当时的社会背景和文艺发展格局中去，这个感觉就更为强烈。我甚至感到，革命的开拓精神构成了《讲话》和延安文艺运动的内在气质。

江泽民同志在党的十六大之前，于今年三月底又一次来到宝塔山下，从时代高度对延安精神作了新的表述和评价。其中说到，延安精神体现了我们党与时俱进的思想风范，体现了我们党与人民同呼吸共命运的优良作风，体现了中国共产党人一往无前的奋斗精神。《讲话》是毛泽东思想的一部分，延安文艺运动是延安时期党领导的革命运动的一部分，渗透着总书记概括的与时俱进的思想风范、与人民同呼吸共命运的优良作风、一往无前的奋斗精神的延安时代生活，这些也必然会通过那个时代的文艺传达出来。

《讲话》是中国现代革命史上继五四运动之后又一次思想解放运动开出的绚丽花朵。它以40年代初期席卷中国的民族解放运动和蓬勃兴起的思想解放热潮为沃土，又处在党的第一代领导致力于将马列主义和中国革命实践相结合的历史格局中，天然的和变革、探索、开拓联系在一起，而和禁锢、沉滞风马牛不相及，这是大背景。从"五四"以后的文艺运动史来看，从当时革命阵营内部的思想文化斗争背景来看，《讲话》所致力的是从封建和资产阶级文艺思想的覆盖下挣脱出来，开创革命文艺新局面。就这个文本的主体看，革命性的解放、开拓、创新、振兴，是《讲话》在中国文艺史画廊中真正的形象。

一个文化文本，一个历史事件或曰历史文本（事件一旦翻过一页而成为历史，也就转化为文本），给社会留下的是什么呢？首先是它直接表述或含纳的观念理性，例如《讲话》所阐述的各种观点，这是可读的，也是大家都注意到的。其实，《讲话》作为文化文本和历史文本，还给它的读者留下了一种精神品格和文化境界，留下了一种思维结构和表述方式，甚至还留下了当时的情绪状态和心理活动。由于这些都隐藏在文字深处，不可读，只可感，常常容易被忽略。

我们坚持《讲话》精神，一是要坚持那些经过实践检验是正确的基本原则，比如文艺必须为人民大众服务；生活是文学艺术唯一的源泉；文艺工作者必须到时代生活中去；文艺作品反映出来的生活应该比普通的实际生活更高、更强烈、更有集中性、更典型、更理想、更带普遍性等等。二是要坚持它的内在精神，即《讲话》的创新品格和开拓精神。《讲话》的一些基本理论观点是冲破各种传统规范对革命文艺的束缚提出来的，是开拓创新的结果。这些新的理论原则上又促进了新的开拓创新，使中国革命文艺运动出现了大的解放，大的繁荣。

探索《讲话》的创新品格和开拓精神，我以为可以从三方面展开思路。

第一，在思想路线上，《讲话》冲破了"左"倾教条主义的禁锢和陈旧的文艺思想的束缚，提出了一系列新论断。

1942年的延安整风，是一次以清算王明"左"倾机会主义路线为主要内容的马克思主义教育运动，人们的思想冲破了教条主义的束缚，得到空前解放。延安文艺座谈会就是文艺界开展整风的动员和总结。《讲话》的基本精神和其他整风文件一样，也主要是立足于清算"左"倾教条主义的思想影响，同时批评其他各种不良倾向的。

从当时文艺界的情况看，主要思想倾向也是"左"倾教条主义和知识分子的激进情绪，而这种激进情绪又正处在由"左"向右转化的途中。当时大批要求进步的知识分子和文艺工作者，从全国各地来到延安。他们热情地从事革命工作，做出了许多成绩，但缺乏群众斗争的锻炼和考验。他们把延安想象成世界上最革命、最圣洁的地方，这当然不错，但对根据地的困难和不足却缺乏思想准备，一旦发现生活中这样那样的问题，便容易走向另一个极端，夸大缺点，甚至分不清"延安"和"西安"的界线。因而在当时延安的文艺界，一方面存在着"左"倾教条主义的文艺观点，譬如主张超越革命发展的实际，排斥城市小资产阶级及其知识分子；主张利用普罗文艺去"教导大众"而不是"为大众"；为了政治宣传甚至可以不要艺术性等等。另一方面，又从这种唯我独"左"的思想情绪出发，产生了否定一切，把根据地生活看得很阴暗的右的思想倾向和创作倾向。这些东西从"左"的方面产生出来，在它们开始向右转化但还没有完成这个转化时，就被延安文艺整风阻止住了。

毛泽东在《讲话》中，以"敢为天下先"的理论勇气，对上述思想观点和创作现象进行了评析批判。他以全新的立足点、鲜明的感情、缜密的思维和犀利的语言，提出了不同于别人的看法，引出了一系列马克思主义的科学论断：

《讲话》强调现阶段的中国文化还不是无产阶级的社会主义性质，而是"无产阶级领导的人民大众的反帝反封建的文化"，即新民主主义文化。它首先是为工农兵的，同时也把城市小资产阶级劳动群众和知识分子包括在服务对象中。这就批判了当时在文艺问题上的"左"的和右的错误倾向。

《讲话》既批判了"宁要大众不要艺术"、强调政治忽略艺术的观点，又批评了强调艺术否定政治、主张"艺术至上"或"为艺术而艺术"的思想。它认为文艺为人民服务的方向和艺术创作的规律是一致的，因而重视文学艺术的美学意义，强调文艺的典型化原则，主张对中国和外国丰富的遗产和优良传统要继承、借鉴，为我所用。

在世界观和创作方法的关系方面，当时有人沿袭苏联拉普派的用辩证唯物主义世界观代替文艺创作方法的简单化主张，有人又反对世界观对创作的指导作用。《讲话》则抵制了这两种偏颇的倾向，明确指出革命文艺家要学习马克思主义，但"学习马克思主义是要我们用辩证唯物论和历史唯物论的观点去观察世界，观察社会，观察文学艺术，并不是要我们在文学艺术作品中写哲学讲义。马克思主义只能包括而不能代替文艺创作中的现实主义，正如它只能包括而不能代替物理科学中的原子论、电子论一样"。这里既强调了"包括"，又指出了"不能代替"。

在人性问题上，当时也有两种倾向：一是认为人性就是阶级性、党性，根本抹杀人性的存在；二是鼓吹抽象的人性，用资产阶级、小资产阶级的人性反对无产阶级或人民大众的人性。毛泽东同志针对这些错误观点，指出人性是存在的，却又不是抽象的存在，而是存在于具体的人们身上。因而在阶级社会，人性是"带着阶级性的人性"。这个概括，既否定了人性即阶级性的说法，又否定了人性是超阶级的说法。他接着正面阐述自己的观点："我们主张无产阶级的人性，人民大众的人性。"

第二，《讲话》开辟了一条发展中国革命文艺的新途，并为社会主义文艺奠定了基础。这条新的道路便是在马克思主义指导下，深入现实生活，从思想感情和艺术情趣上与人民群众真正打成一片，创造出为中国老百姓喜闻乐见的文艺。这是一条通过和人民结合，达到为人民服务的道路。

"五四"以来，党领导的文化生力军取得了很大成绩，也存在着一些问题。譬如《新民主主义论》指出的，革命的文武两支军队虽然在总的方向上是一致的，但由于反动派把这两支军队从中隔断了，革命中心在农村根据地，革命文艺运动的中心却在上海这样的大城市，这使得国统区左翼文化运动和革命根据地的群众生活难以得到真正的结合。像鲁迅曾经慨叹的那样，不少左翼文艺家的笔墨只能囿于暴露旧社会的坏处。成功地表现新的生活、新的人物、新的精神世界的作品十分鲜见，有些左翼作家在这方面热情的尝试，或多或少还存在着简单化、概念化的倾向。革命文艺大众化的道路还没有真正踏开。

文艺与人民的关系，是建设先进文化最根本的问题。这方面《讲话》发展了马克思主义经典作家的有关思想，总结了"五四"以来左翼文艺运动的经验教训，明确指出了文艺服务的对象在当时是以工农兵为主体的包括城市小资产阶级劳动群众和知识分子在内的人民大众；指出了文艺为人民服务的根本途径是深入群众生活，从思想感情上和他们打成一片，学习他们，描写他们，同时教育和提高他们。并且围绕这个核心论述了文艺科学各方面的问题，如革命文艺所反映的生活主要是群众的斗争生活，政治主要是群众的政治；革命文艺的普及必须是人民的普及，提高必须是人民的提高；革命文艺的功利主义是以人民利益为根本出发点的；革命文艺的批评标准是在符合人民大众根本利益基础上的思想性和艺术性的统一；处理好文艺歌颂与暴露的关系，也必须以人民的利益为准绳；革命文艺要描写人民大众的人性，并从群众的客观实践出发来表现人情和爱,等等。这样,为人民服务的思想便贯穿到了文艺的各个领域,形成了完整的科学体系。毛泽东还运用这些思想制定了一系列党的文艺方针政策,使科学的理论变成一整套操作办法,真正渗透到革命文艺的实践当中去。

由于《讲话》对文艺为人民服务的问题阐述得如此具体、明确、系统和可行,发表之后,立即在实践中产生了极大的反响。根据地的文艺工作者和人民大众相结合,进入了一个新的阶段,五四新文化运动的一些历史局限从根本上得到了克服。党所领导的文化生力军,终于冲破各种阻隔,将自己的活动中心由半殖民地的上海移到了革命根据地的延安。一大批与群众相结合的作家、艺术家出现了,一大批描写人民生活的作品诞生了。中国革命的文艺运动揭开了新的一页。

第三,《讲话》为中国特色的马克思主义文艺理论体系建造了宏伟的构架,是中国社会主义新文艺的理论原典。

在《讲话》开拓的新路上,毛泽东文艺思想在长期的实践中不断丰富、发展、完善,构成了整个毛泽东思想体系的一个重要组成部分,构成了独具特色的中国社会主义文艺理论。它从文艺为人民大众服务这个核心问题入手,阐述了先进文化的性质、方向、道路、任务、功能等一系列根本问题;对文艺学的许多重大理论问题,如文艺的社会本质、文艺的特征、文艺的创作和评论、文艺的发展规律等,都有深刻而独到的论述;对文艺学的内部规律,如生活美和艺术美、典型化、世界观和创作方法、内容和形式的辩证统一、创作过程等方面的理论表述,也有一定的科学性。

在论述上述问题时,毛泽东采用了许多中国老百姓喜闻乐见的提法,因而能够广泛流传,能够直接作用于创作实践和欣赏实践。有些提法,如"二为"方向、"双百"方针、"两结合"创作方法、源和流、古为今用、洋为中用、推陈出新,等等,经过几十年的文艺实践,已经深入人心,渗透到现代文艺发展的进程之中,形成了中国文艺特有的语言。

在这个马克思主义文本中,看不到前人脚印上的踟蹰,看不到对马克思主义现成结论的教条主义照搬,也看不到在开拓创新中的柔断寡决和小打小闹。迎面而来的是一股清新的风,是一派新的思想、新的思维、新的感情、新的辞章文采。它在创造新的理论体系时,在阐述对生活、对艺术新的见解时,舒展自如,勇往直前,同时又周到缜密。在论述文艺和现实、作家和人民、动机与效果、普及与提高、马列主义和创作方法、写实和典型化、借鉴与创造、继承与开拓等等有关文学艺术内部和外部各方面的关系时，充满了辩证法。

《讲话》还从方法论上给我们开拓文艺新局面的实践以深刻的启示。譬如，开拓创新要在马克思主义科学世界观的指导下进行，而不能靠趋时逐浪心理和见异思迁情绪。《讲话》的开拓，说到底，就是用马克思主义世界观、方法论，在新的高度上对新的文艺实践作出新的总结。这样的开拓，才是科学的，有生命力的。

又譬如，开拓创新要从实际出发。"实际"是什么？就是"与时俱进"的"时"。创新是什么？就是"与时俱进"的"进"。"时"是"进"的前提，"实际"构成一切创新的基础。在《讲话》的"结论"中，毛泽东明确地指出："我们讨论问题，应从实际出发，不是从定义出发。"《讲话》赖以立足的实际，不是狭隘的"当时当地"的实际，它包括四个方面：一是中国和世界的社会背景和历史环境（"中国已经进行了五年的抗日战争""全世界的反法西斯战争""中国大地主大资产阶级在抗日战争中的动摇和对于人民的高压政策"）；二是"五四"以来的革命文艺运动所提供的现实基础（"五四"以来的革命文艺运动——这个运动在23年中对于革命的伟大贡献以及它的许多缺点）；三是革命根据地文艺运动所显示出来的新的历史时期文艺的性质、任务、特色（"根据地的文艺工作者和国民党统治区的文艺工作者的环境和任务的区别"）；四是延安文艺界需要解决的问题（"目前在延安和各抗日根据地的文艺工作者已经发生的争论问题"）。从这样一个实际出发，便具有了时代的宏阔性和历史的纵深感。

毛泽东在《讲话》前，约了许多文艺家交谈，对延安和根据地的文艺运动作了各种调查研究，归纳、梳理出了建设新文艺要解决的主要问题。在理论准备上，毛泽东是在结合中国实际研究马列主义哲学，写出《矛盾论》《实践论》和其他整风文献的基础上，着手研究文艺问题的；他在长期革命实践中对中国知识分子作了考察，在《五四运动》《青年运动的方向》等著作中作了科学的结论；对中国的文化问题，他在占有大量材料的基础上写出了《新民主主义论》，为了在这篇文献中确定鲁迅在中国革命文化中的地位，曾仔细阅读了《鲁迅全集》。《讲话》的开拓和创新，是在如此认真周密的调查研究的基础上进行的。

再譬如，创新与开拓要抓住主要矛盾不放，这也是《讲话》给予我们的一个启发。毛泽东能够不受表面的、次要的因素影响，总是从繁杂纷纭的文艺现象中，直取主要矛盾，目不旁骛地从各个侧面去解决这个主要矛盾。先进文艺是拥有最广泛群众基础的真正意义上的人民文艺，因而与人民群众的血肉联系是它的命脉所系。《讲话》紧紧抓住这个本质，将为人民服务的问题作为解决整个文艺问题的出发点和归宿点。《讲话》明确指出："我们的问题基本上是一个为群众的问题和一个如何为群众的问题。"从这个核心出发，毛主席论述并解决了一个国家民族文化的传统应该既是开放的体系，又是稳定的体系这一问题。开放是文化发展的动力系统，稳定是文化发展的控制系统。两相结合，民族文化才能在历史的进步中与时俱进的稳步发展。

当历史又来到了一个新的转折时期，这一切都给我们以何等的启迪。

2002 年 5 月，西安

西部电影对于中国电影的意义
——在中国西部电影30年高峰论坛上的学术演讲

从钟惦棐"西部电影"理论的提出到今天,中国西部电影已经走过了20多年的风雨历程。近30年,中国西部电影不断地探索与改变,迸发出顽强的生命力,在经历了辉煌与低谷,起落与沉浮之后,终于成为中国影坛一道独特的风景。

一、20世纪80年代西部电影的发端

1. 最开始的讲话和报道。

1984年,著名电影评论家钟惦棐先生来西安,就西部片问题他集中谈过两次,两次我都在场。第一次是在西影的创作会议上,第二次是在陕西省电影公司的一个会上,下来又采访了他。主要谈了这么些意思:

(1)电影制片厂不是"打磨厂",应该有创造的光彩。每个电影厂都应该有自己的光彩,但这个光彩不是打磨出来的,电影厂的光彩应该是创造的光彩。那么,什么叫创造呢?他举了很多例子说明,比方一,斯诺到陕北,发现了红色中国,这种发现就是一种创造。创造的第一个要素就是能从生活现象中感知历史走向。斯诺就从延安的生活中感知到了历史走向。二,电影《乡音》通过一个农家故事,感知了生活深处的文化人格、文化差异和文化冲突,这也是创造,因为别人看不到的他看到了。三,《南征北战》在张灵甫这个人物身上,注意表现了一个国民党高级将领在战火中的人情人性,这在当时是极为与众不同的。战争片不能只有豪情斗志,没有人情爱情。他说这就叫创造。

（2）接着他就说，西影要创造，就要打自己的牌，这个牌就是西部牌，要拍自己的西部片，要拍我们身边的、现实的西部生活。讲到这里，他说了一句话，很有名的话，后来很多报纸都转载了。他说："陕北的老农，裹着白羊肚毛巾、扛着拦羊铲的老农，哪个威武不亚于拿破仑。陕北人的伟岸，陕北大地的雄阔，这样一种气质应该在我们西影的片子中出现。这才是当代西部生活，当代的西部人气质。"他提出来，西影的片子要多一点泥土气，少一点脂粉味，不要搞"杯水风波"，应该搞"大江东去"。"让我们用新时期的犁耙，来开垦西影的春天。太阳有的时候会从东部的对角线——西北升起来的。"我那时是记者，写的消息第二天在《陕西日报》头版发表了，《文汇报》《光明日报》等七八家报纸也很快转载，这样就成了当时电影界的一个热门话题。

2. 质疑和争论。

那时候思想解放刚起步，社会上和文艺界都还有一点"左"的阴影。所以钟老的说法马上引起一些质疑和争论。主要是两点：

一是有人说，美国有西部片，中国也搞西部片，是不是有崇洋媚外之嫌？我们难道不能搞个有民族特色的"社会主义"的名称吗？

二是有人问，在西影片子之外有没有西部片？西影的片子是不是都是西部片？因为钟老当时是把西影的片子跟西部片放到一起来说的，又是即兴谈话，不够精确，这质疑有一定的道理。

这以后我就有一个想法，给钟老打电话，说想再发一个报道，关于中国能不能提美国西部片这个问题，请他专谈中国西部片跟美国西部片的根本区别。他非常赞成，要我先写出来。我便写了《美国西部片和中国西部片》这篇文章，钟老不肯署名，说是我的劳动，后来作为一个专章放在我的《中国西部文学论》里。钟老为这部书写了序。

在当代电影史上，这次关于中国西部片的争论，是三结合的一次争论，它有几个特点：

（1）第一个特点是书、报、刊、会结合，在业内和社会全面铺开。

报纸：《陕西日报》《文汇报》《光明日报》《中国电影报》争相报道，后来《人民日报》《中国日报》也都有报道和讨论。

刊物：《电影新时代》为此改名《西部电影》，开专栏《西部电影笔谈》，讨论了两三年，大概发了三四十篇文章；《新疆文学》也为此改名为《中国西部文学》；《西安音乐学院院刊》也改名为《西部音乐》，都开始讨论西部文艺问题。

书：很快出了一本《中国西部电影论集》，后来又出版了由我主编的《中国西部文艺理论丛书》，涵盖西部电影、西部文学、西部音乐、西部民间艺术、西部幽默、当代西部诗潮六方面，共六部专著。我撰写的是《中国西部文学论》，获得了1988年的"中国图书奖"。

研讨会：三五年中，前后开了不下十次研讨会，在北京、西安、新疆、甘肃、青海都开过，这里只说其中较为重要的两次。一次是在新疆伊犁召开的第一次中国西部文艺讨论会。会上公推我做主题发言人，我先列出一个提纲就关于西部文艺的若干问题，谈了三个小时。从西部人文地理出发，谈到了西部生活精神、西部艺术意识、西部文艺的审美特点等几个大问题。第二次是1986年中国社会科学院文学研究所、中国作家协会联合召开的新时期文学十年理论讨论会。大会发言回顾、梳理了新时期文学十年的态势，之后专门拿出一天时间，对于新时期文学艺术几个非常特殊的、引起关注的问题进行专题讨论。当时定了三个专题，分了三个小会场。一个是当代诗潮讨论会，谈以舒婷、顾城、北岛作品为代表的朦胧诗、现代诗现象，当时认为这类诗标志着一个新的美学原则的崛起。一个是青年新潮评论家理论讨论会，像现在的陈平原、陈思和、陈晓明、李洁非、王干、丁帆，都是那时候开始冒出来的青年评论家。第三个就是西部文艺讨论会，由我主持，好多西部以外的学者、记者都去了。国外媒体最关注的就是西部文艺讨论会，因为这有对世界报道的价值。当代诗潮、新潮评论对西方来说已经不新了，它们是西方思潮在中国的引进。只有中国西部本土产生的西部艺术（包括西部电影），这个讨论会是世界没有的。我记得那时英文报纸《中国日报》刚创刊，采访我几个钟头，推出一整版报道。这是一个可能被世界关注的话题。

（2）第二个特点是姊妹艺术并行，不光在电影界，西部文学、西部音乐乃至于西部美术各个界别都议论纷纷，使西部电影由一种电影现象很快转化为西部文艺和西部文化现象。西部文学有周涛、杨牧、章益德等新疆的西部诗歌群体，有张贤亮《牧马人》《灵与肉》《绿化树》为代表的小说群体，路遥、陈忠实、贾平凹为核心的陕西小说群体。西北风音乐有程琳、田震、陕北摇滚，曾风行一时。1988年全国金曲排行榜，前两名都是西北风歌曲。西部美术有陈丹青的《西藏组画》和罗中立的《父亲》，在国内外引起轰动……几乎所有的艺门类里都涌现出了这样那样的西部现象。这种不约而同，本身就反映了一种必然性。不约而同必然隐藏着某种规律。

（3）第三个特点是理论讨论与创作实践同步结合。这种结合的标志性人物是钟惦棐和吴天明。因为1984年钟老提出这个问题的时候，《人生》完成片已经出来了，只是还没有公映，接着就是《黄土地》《老井》《野山》，之前还有《牧马人》。一大批精品群的涌现，使得西部电影的讨论变成理论、实践互相促进的艺术现象。这中间我的主要工作就是力争能给西部电影、西部文艺作一个文化的、审美的定位，力争对于西部电影的文化底蕴，它所表达的西部精神，以及它在艺术上的特点作面上的归纳和深度的阐述。

对西部精神我概括为六个"最"。比如"最封闭，又是最开放"。因为西部的文化结构是"四圈四线"的开放性结构，伊斯兰文化、印度次大陆文化跟中国东亚文化都在西部交汇，它最封闭又最开放。又比如"最具历史感却又与现代呼应"。西部历史悠久，是中华民族文化的发祥地，但它在动态生存中的剧烈竞争，又与现代社会对人的要求暗相呼应，我把它叫"西部的现代潜质"。再比如"最具有悲剧感，但是又最达观"。因为恰恰是在生存最艰难的西部，各民族、各地区都出现了阿凡提式的幽默……一共谈了六点西部精神的表现。

对西部艺术意识也谈了六七点。比方说，物象的土地系列和人物的母亲系列使人民母题、草根母题在西部作品中有集中呈现。再比方说，在生命感、人与自然的关系方面，都比内地的中东部的作品有更早的自觉，等等。今天在这里没时间展开讲了。

关于西部电影艺术上的一些特点。比如说，一方面是崇高的、悲剧的审美，一方面又是平民化对悲剧崇高的消解。再比如说，西部写实与西部象征、西部浪漫的结合，等等。我后来于1988年出版了学术专著《中国西部文艺论》，还写了若干篇论文，主要就是想给西部文艺进行文化的发掘和科学的定位，我想把它变成一种学科形态、理论形态推出来。

3. 西部片中的第四代和第五代电影人。

西部片创作中交叉着第四代和第五代两个编、导、演群体的艺术足迹。第四代导演是西部片的开拓者，但最终使西部片走向成熟并且现代化、多样化的，是第五代以至第六代导演。第四代导演在西部片领域里的主要功绩，就是把文化视觉、文化观念引进自己的电影创作思维，并对具体的艺术表现对象进行审视、剖析、表达。第五代导演在这个基础上前进了一步，是以生命观念、生命感觉、生命视觉来关照社会生活和人的命运。

第五代导演像张艺谋、陈凯歌、田壮壮、黄建新，包括编剧芦苇，后来转向导演，他们的特征大致有四点：

（1）有浓郁的生命意识。总是从所表现的题材、故事、结构中间发掘生命深处的激情，并且将这种生命激情张扬到极致。他们的作品总是从人要追求什么样的生存状态、生命状态这样一个根本问题出发来展开的。像《红高粱》，影片深处着重要表达的是：九儿要过什么样的日子、怎么过日子、怎么过好这个日子？《黄土地》着重要表达的是：翠巧这一生要怎样度过？要不要走出又怎样走出黄土地？走出黄土地并不完全是为了取得政治上的解放或者经济上的翻身，主要是为了实现一种新的生命追求。这是所有第五代导演首先追求的主题。

（2）有浓郁的文化意识。这和第四代导演的文化眼光有直接的传承关系。《秋菊打官司》，就是用文化眼光来开掘中国国民性深处的利与弊。乍看起来，秋菊表现了法治意识在农村的觉醒，实际上她告村长的动机是为了生儿子、传宗接代，是一种传统宗法思想的现代法治包装。这就有很深的文化意味供我们思索。

（3）有现实主义基础上的后现代坐标。像黄建新，在西部片的第五代导演中，他跟别人的审美坐标拉开了距离，他不再崇高而严峻地审视生活。张艺谋、陈凯歌是皱着眉头去看西部，黄建新则用后现代调侃的眼光来看待西部的严峻，有点儿消遣，有点儿宽容，还带点儿幽默。这种后现代眼光形成了他影片的重要特点。他的城市三部曲（《背靠背，脸对脸》《站直了，别趴下》《红灯停，绿灯行》）有几个明显的特征：一是用小人物来号大社会的脉，又用大社会、大生命的眼光来宽容小人物的过错。《背靠背，脸对脸》里表现了为了一个股长级岗位的争夺，所展开的人跟人之间的权力斗争，把中国整个社会的权力斗争都浓缩、诠释了。二是从乐观的带有喜剧性的城市青年生活中发现悲剧性的内容，发现笑声深处的眼泪，最后又以现代的调侃来化解悲剧。特别是《红灯停，绿灯行》，人有那么多困境，那么多苦恼，最后都一笑了之：得了，哥们，喝酒去。

（4）更有了一种前卫艺术意识。像张艺谋、黄建新，把色彩作为一种表现手段，又把色彩、构图等表现手段都转化成为表现内容。在《黑炮事件》中，色彩就是内容，烫人的红色就是那个荒诞年代本身，就是那群人命运的荒诞，那个时代文化的荒诞。《红高粱》的红色，就是酒，是生命，象征生命要像红色的酒那样燃烧。《大红灯笼高高挂》中那灰色院落中的红灯笼，这色彩也是内容，是生命冲决灰色阴霾窒息时的闪光。

这都是第五代导演给予西部片的新的营养。如果说西部片的第一个推动力是第四代导演，将原有的影片由反映生活的平台推向文化思考平台；那么，第五代导演则是西部片的第二推动力，它将文化思考平台再推升到生命平台、现代平台或前卫艺术平台。

4. 西部电影形成了一个成型的流派。

在中国电影史上，西部电影是很少几个具备了作为一个成型艺术流派标准的电影现象（如中国的"30年代电影"、文学的法国梅塘之友、中国竹林七贤）：

（1）它提出了明确的艺术主张：即以现代文化视角和电影语言解读西部生活和西部精神。

（2）它形成了成熟的艺术家群体：像吴天明、张艺谋、何平、顾长卫、颜学恕、芦苇、杨争光、滕文骥、田壮壮、冯小宁、许还山等，还有许多大腕演员如巩俐、姜文、宁静、戈治钧、岳红等等，纷纷从西部电影起步，崛起于中国影坛。

（3）它有社会认可的一大批优秀艺术成果：涌现出了《人生》《老井》《黄土地》《野山》《孩子王》《盗马贼》《黑炮事件》《活着》《黄河谣》《盲流》等一大批反映西部自然神韵、社会生活、民俗文化的优秀影片，在国内国际屡获大奖。

（4）它还有相应的较为深广的理论研究成果：如前所述，出版了五六部专著，好几个杂志以"西部"命名，并开展西部文艺研讨，召开研讨会五六次，等等。

正是这些要素，确立了西部电影这一电影流派。像西部电影这样样式化、风格化的电影流派，中国电影史上只有"30年代"电影和功夫片可比，它们构成了中国流派电影的"三驾马车"。

5. 不足与弱点。

总之，80年代的成功实践提供了业内接纳、市场容受、社会认可的前导性经验，当然也在时代的发展中显示出不足。这不足主要表现在：第一，文化姿态定位过高，总是从精英层面对西部生活作俯视性的关怀，造成冷峻过分而温馨不足。第二，题材风格比较狭窄，从地域上来说，总是古朴的农村、牧区，总是悲剧感很浓重的风格，总是文化的视觉，显得比较单调。第三，营运操作是一种传统的计划经济体制下的操作，我就是"好酒不怕巷子深"，我重艺术质量，有了好作品，你爱看不看。吴天明不是曾经提出过"要脸的"跟"要钱的"两种片子吗，要脸的片子不考虑经济价值，就靠艺术性、思想性、文化感来震撼人，来获奖，也获得市场。应该说在计划经济情况下他取得了成功。放到现在的市场经济新体制下，它就有了很多弱点。所以如何在文化姿态、文化胸襟层面将西部电影提到一个新的发展平台，题材如何进一步扩展，操作如何进一步现代化、市场化，都给我们西部片以后的路提出了新要求。

二、西部电影实践给中国电影创作的启示

1. 西部电影拥有动态的、开放的结构。

西部电影伴随着时代社会的发展，不断地吸纳、融合、扩散，逐渐由一种电影思潮、电影流派，不断分化演变，最终作为一种西部文化元素和艺术渗透扩散到各种影片类型中，迸发出顽强的生命力。

回顾20多年的发展历程，西部电影开放的、动态的发展，大致可分为四个阶段：

（1）创建期

涌现出了《人生》《老井》《黄土地》《孩子王》《盗马贼》等一大批反映西部自然风光、社会生活、民俗文化的优秀影片，确立了西部电影这一电影流派。这类影片具有以下特点：以西部地域为表征，反映西部地区人民生活状况和生存状态，具有强烈西部精神和深厚文化内涵。西部电影通过对西部生活的描摹，真实地展现了西部的自然生活状态，并将其上升到了对传统文化的反思上，深化了影片的内涵，对中国电影产生了深远的影响。

（2）演变分化期

西部电影并没有停滞于此，不久便开始了新的探索，并在探索中分化。在《老井》《人生》之后，到《美丽的大脚》以前，这漫长的十几年中，起码有六种西部片在探索：

A. 西部史诗片：如《东归英雄传》《嘎达梅林》《成吉思汗》。

B. 西部现实关怀片：如《秋菊打官司》《一个也不能少》。

C. 西部武打片：如《双旗镇刀客》，成功地将西部片的文化感与武侠片的好看融合在一起，开了文化意识输入武术片的新路。

D. 西部异域题材片：如冯小宁的《红河谷》《黄河绝恋》。我们可以苛求他还没有从更深的文化层面上将西部和世界融通起来，但是他起码已经开始从情节、结构与人物命运上，将西部人的命运跟世界眼光中的异域风情揉到了一起，给西部片打造了一个很大的平台。

E. 西部楷模片：如《孔繁森》《索南杰达》《一棵树》等。西部片由纯粹的文化片、精英片，进入了主旋律影片。

F. 西部魔幻片：如《大话西游》，用现代的、荒诞的、魔幻的色彩来重构《西游记》，所以里边很多对话都变成现代年轻人的口语，西部片能拍成这样，不但走出了西部，也走进了现代和青春一代。

G. 西部都市片：如前述黄建新在"都市三部曲"中的探索。

总之，西部片不满足于只在文化片的单行道上踯躅，大家都在努力地、急切地探索，在不减弱它的文化感的同时，力图在开放的、动态的思维中追求一种多向多维色彩。

这一时期，西部电影在探索中的转型，主要体现在四个方面：

一是，从早期西部电影《黄土地》沉重的文化反思，到新西部片《美丽的大脚》这样的把淡淡的悲凉和反思融进明丽的现代生活中。

二是，从创建西部片经典现实主义影视语言（《人生》）到浪漫主义、象征主义色彩（《红高粱》《黄土地》《大红灯笼高高挂》），又到现代主义与后现代色彩影视语言的尝试（《黑炮》中燥热的红色和墙上永远不走的时钟，《脸对脸，背靠背》中城隍庙那种重叠封闭阴冷的建筑，都是一种暗喻、反讽语言）。

三是，对小人物的命运的关注，从以宏大叙事和悲怆的神圣，从《黄土地》《红高粱》《人生》《老井》《双旗镇刀客》，到重视个人化、平凡化、日常化的草根意识，如《惊蛰》在日常化、个人化中显示新文化因子引发的心灵骚动；《大红灯笼高高挂》的婚外恋是那样压抑痛苦，结局又那么悲惨；到了《美丽的大脚》，已经从爱情是婚姻的基础这一新角度来表现婚外恋，有了不安中的幸福，理解中的赞许。

四是，从关注人文、关注艺术到逐步关注市场。冯小宁等的西部社会政治视角和西部传奇片结合,西部文化视角又和武打片结合。如《黄河绝恋》《红河谷》《大话西游》,在艺术追求的同时体现出市场追求。

(3)元素扩散期

这个阶段及以后,西部片的演变还在继续。如果说在上述各时期中的西部片还依然背负着西部电影文化和人性反思的责任,走着精英文化片或者艺术探索片的路子的话,到了90年代以后,在商业化语境之下,西部电影探索的脚步就更大了。一方面保持了经典西部电影独特的影像风格,如强化纪实、淡化感情倾向的镜头语言,浓郁的地域民俗风情等标志性的特征。另一方面,西部片的一些元素扩散到了各种类型的影片中,与各类风格影片融会结合,大大拓展了西部片对中国电影审美的影响。这表现在:

一方面向主流商业电影靠拢,走商业类型片的路子,推出了既有商业类型电影特点,同时又兼具西部电影的基本美学趣味的作品。例如《天地英雄》《英雄》等影响极大的"西部武侠片"。

另一方面,卸下了沉重的文化反思担子,回归到写实的路子上,真实展现当代西部底层民众的草根生活和精神状态,注重表现个体生命意识、现代意识的萌动和困惑这样一种具有人文关怀的"新西部电影"。这我放在下面来讲。

(4)新西部片时期

西部元素在扩散的同时,也在凝聚,凝聚为新的艺术成果,其代表作便是《美丽的大脚》。《美丽的大脚》通过张美丽这位普通山村女教师对自身命运与情感的追求,揭示出要彻底改变落后的生存状态,需要人们从愚昧和贫瘠中彻底觉悟,备受各方好评。

《美丽的大脚》是在西部片上述所有这些探索的基础上诞生的。它很幸运地出现在这些探索初见成效的时候,又比较完美地体现了一种品牌意义。所以我说它是西部片分化之后,一种新的西部片重新亮相的标志或者标志之一。跟第一代经典西部片和上面提到的六种探索片相比,《美丽的大脚》的不同之处、新颖之处是什么呢?

A. 文化姿态变了。原来的经典西部片,艺术家常常是居高临下的俯视性的审视和反思,有一种精英层面的优越感和悲悯情怀。现在文化姿态变了,完全是平等交流式的,我就是你们中间的一员。你可以明显地看到编导演的整个的视觉下移。

B. 调子变了。由一种冷调子变成了温馨的暖调子，包括《秋菊打官司》都有一种冷调子，因为它要审视，它要追求深刻；《美丽的大脚》也追求深刻，但是它是一种温馨的、温和的色调。这就发展了黄建新作品里面的一些东西。

C. 故事结构和情节也变了，变成一种开放性的结构，整个故事也是开放性的。它不再是单维进入，即说城市文化跟精英层面进入西部落后地区，然后改造西部，反思西部这种单维进入；而是双向进入。张美丽引导着夏雨，培养着夏雨，夏雨也支援着张美丽。夏雨跟张美丽双向进入，她们互相营养，这就比较真实、比较深刻地反映了西部与整个国家和时代的关系。西部不光需要支援，它也支援着别人。在物质上需要支援，在精神上却回馈着我们民族，这就比较深刻了。

D. 人物也变了。原来西部片的人物永远是那种悲剧色彩很浓重，笼罩在很窒息、愚昧的环境中，是闭塞、安贫乐道、不思进取的那种人物心态，现在变成张美丽这样奔向光明、奔向现代的心态。她关爱夏雨，不仅是她对具体人的关爱，实际上她是关爱科学，关爱下一代未来的命运。她同时也关爱一种新的生活方式，渴望奔向一种有知识、讲卫生、有电脑、有游泳池的生活。她跟王树两个人那种婚外恋，也没有原来一些作品里婚外恋的那种负罪感，觉得婚外恋有一种原罪式的痛苦。不，她很踏实。因为她觉得他们是真正有了感情，是一种爱情，而王树则是没有爱情的婚姻。这里控诉了没有爱情的婚姻，又将自己的步子止于法律，没有走入违法的境况。但是它肯定了爱情对于婚姻的作用，这实际上是一种人道关怀，所以比较现代。

西部片中从前常见的文化姿态、艺术色调，还有雄性的审美色彩，现在都转化成平民化、日常化的生活美和心灵美。较之过去的西部片，我们看到了崭新的面貌。当然它也有弱点，如果把煽情的那一部分拍得更纪实化一点，那么这个片子可能更耐看、耐咀嚼。

对这之后的西部片，我们要特别关注的是王全安的新西部片。《惊蛰》讲述了这样一个故事：农村女青年二妹为逃婚出外打工，由于不适应城市的生活，又回到家乡嫁人，但都市的生活经历已经使她的思想悄然发生变化，她沉睡的内心也被深深触动。影片以高度即兴的拍摄手法和对生活常态的细腻捕捉，展示了作者对于转型时期城市和乡村关系的新的、真诚的关注和探寻。《图雅的婚事》则讲述了一位女性带着她打井致残了的丈夫和一双儿女，在生活的重负下，寻夫再嫁的故事。它将民族传统美德和现代人道精神结合起来，揭示了西部真实的生存状态。

三、西部电影强烈的文化批判精神和生态反思意识

西部电影从诞生之日起就一直以批判和反思为己任。与这之前其他类型电影所热衷的社会政治层面的反思批判不同，西部电影将反思批判的矛头直指中国的传统文化。值得注意的是，在西部电影中，批判和反思是冷静而从容的，导演大多以一种客观审视者的角度，对传统文化进行理性而清醒的反思，有时作者将这种倾向隐藏很深，让人误以为是零度感情。

1. 社会人文反思。

吴天明：早期西部片大多选取乡村题材，主要阐述的是"文明与愚昧"的文化冲突，很有内涵。影片《人生》中高加林人生选择的悲剧性就反映了以农耕文化为本位的西部社会的城乡二元结构和人物在城乡剥离和交汇过程中的痛苦。

而在《老井》中，外部世界的现代化与西部乡村社会的封闭落后形成鲜明的对比，主人公孙旺泉的命运遭遇，深刻地揭示了新旧文化的冲突。影片以走与留的矛盾，在现代背景下重新解释了愚公与智叟这一对矛盾的传统文化原型，透出了现代社会正在临近的脚步声。

张艺谋：《秋菊打官司》的"讨说法"既反映了农民法制观念的觉醒，又揭示了更深层的精神局限：她并不是自觉地在为一种新的人生追求"讨说法"，而是在为生儿子传宗接代这个老掉牙的命题"讨说法"，但在"讨说法"的行动中又表现出某种觉醒。愚昧与觉醒便这样掺杂在一起，这正是历史正在转型的一种表征。

而以艺术电影先锋姿态出现的第五代导演，则不仅仅是揭示，更对传统文化进行了深度的反思与批判。《黄土地》通过主人公翠巧的命运对中国传统文化进行了深刻反思与批判，翠巧父亲的愚昧、怯懦展现传统文化影响下民众的麻木不仁与愚昧无知。而翠巧对古原外新的生活向往，又透出了历史和生命的亮色。

张艺谋还通过《红高粱》《大红灯笼高高挂》《菊豆》等影片将反思的矛头

指向封建意识和宗法思想，集中展现了在封建文化荫盖下人性的压抑。

黄建新：《黑炮事件》则将批判的触角从农村延伸到了城市，通过对赵书信和马列主义老太太这两个典型人物的塑造，对传统精英文化的缺陷和"左"倾政治文化的危害进行了反思与批判。

2. 生态人文反思。

西部电影较早关注了西部脆弱的自然生态环境，并逐步提升为自觉的生态文化意识。

双向进入。人与自然在此前影片中常常是单向进入，现在则双向进入，互为主体和主角。西部片通过大篇幅的对西部自然生态环境的再现，贫瘠的黄土高原、寸草不生的沙漠戈壁，引发对西部脆弱的生态触目惊心的关注。贫瘠恶劣的生态环境不仅提供了西部人的生存环境，而且造就了西部人的性格命运。西部的贫穷落后在某种程度上造就了民众的愚昧麻木，而这又反过来加剧了西部生态的脆弱恶劣。但是生存的贫穷和艰苦又在某种程度上造就了民众的坚韧执著，而这又会反过来促进西部人对西部脆弱生态的积极改造。

逃离。《黄土地》中人们世世代代生活在贫困中无法自拔，只能将希望寄托于向上苍求雨，翠巧为了改变这种命运只能逃离。《老井》中也有关于是否逃离的争论。这种逃离是对千百年来静态土地文化的一种叛逆，在道德层面可能受到审视，在历史层面却是一抹晨曦。

不屈。但面对恶劣生态环境，西部人不仅仅只是逃离，影片《一棵树》通过种树治沙的故事展现了西部人面对困境顽强不屈、积极面对的精神风貌。而在《可可西里》中通过对捕猎藏羚羊的描写，反映了导演对于生态破坏深沉的忧患。人不再只是享用自然，自然也养育人，养育人的生命也养育人的性情、精神，如旷达、内忍、韧强。

3. 西部电影热衷于对西部独特风貌、风情的展示，重视影像语言的运用，形成了自己独特的影像表达体系。

A. "影戏"变影像：在西部电影之前，中国电影受"影戏"传统的影响，更关注于影片的情节而忽视影像在影片中的作用。在西部电影中，西部独特的自然人文景观却成为影片表意体系中极为重要的一部分，不但成为了西部电影鲜明的外在标志，还起到了深化影片主题的作用。

《黄土地》给人印象最深的就是影片中对黄土高原与黄河的展现。导演将大量的镜头给了陕北的荒原，连绵的黄土高坡和蜿蜒流淌的黄河，透过这些静止的镜头隐喻了中国传统文化的厚重与陈旧和黄河边的人的生命喷薄激情被压抑的二重性矛盾。通过气势雄浑的黄土高原和底蕴深沉的黄河来实现银幕景观造型，暗传了编导对中国传统文化的批判与反思。《双旗镇刀客》中广阔荒凉的沙漠映衬了主人公孩哥独自一人面对强敌的孤独与悲壮，而沙漠中封闭孤立的小镇也象征着人与人之间的隔离和冷漠。

B. 民俗变语言：除了表现西部独特自然景观，在西部电影中，民俗民艺、饮食文化等人文景观也屡屡成为镜头表现的热点，这些镜头中都隐喻着深刻的文化信息和文化思考。

例如《黄土地》中表达生命奔放的"腰鼓阵"和表达思想愚昧的"祈雨仪式"，《人生》中巧珍出嫁和巧珍终于走不出土地的命运对应，《红高粱》里"颠轿""祭酒"几组镜头表现出来的真生命状态及其对九儿的诱惑和点燃。还有《黄河谣》里的"闹社火"、《盗马贼》及《可可西里》里的"天葬"场景、《炮打双灯》中的"比炮"场景、《秋菊打官司》中的关中城镇年俗、《活着》中的陕西皮影戏、《天地英雄》里的"西域舞"以及《菊豆》和《惊蛰》里的"出殡"场景等。这些民俗景观和西部独特的自然景观交织在一起，形成了西部电影独特的影像表达体系。从某种意义上来说，西部电影重视影像表达的探索和形成是影像表达体系的特点，促成了中国电影从发端时重视"影戏"逐渐向重视"影像"的转变，完成了扔掉戏剧拐杖向电影本体的回归。这一点对改革开放之后的中国电影产生了深远的影响。

西部电影作为中国电影一个重要的组成部分，20多年来始终保持着旺盛的生命力，并不断为中国电影的发展带来滋养和启示。我们为西部电影和西部电影艺术家而自豪，也预祝西部电影在今后的探索和发展中走出新的路子，日益走向成熟。

（为西部电影30周年纪念高峰论坛而作）

2008年10月12日，西安

电影文学创作随谈

一

电影文学创作按理说应该是一剧之本,但近年来现实的情况是,电影文学在整个电影创作中的地位一而再再而三地滑坡。开始是由于创作思想的转化,由过去更多地重视电影的文学因素,如性格、情节,到近年来更多地强调电影的画面语言和镜头的具象和抽象的传输作用,更重视影片的整体艺术氛围和综合艺术效果,甚至出现了非情节、非性格的主张。这样,由导演直接选择剧本成为常见的事,制片厂的文学部,作为主要从电影文学基础的坐标上来组织选择剧本的部门,其职能被大大削弱。

同时,由于市场经济体制的确立,电影的商品性大幅度增强,电影生产更深地被纳入商业运行机制,文学剧本的艺术价值常常受到影片市场价值的冲击。从更深刻、更长远的层次看,电影的艺术价值和市场价值本应是统一的,但在观众素质不够理想、文化市场又处于初级阶段的今天,二者常常得不到统一,常常是市场价值冲击了艺术价值。

到后来,由于制片厂体制改革中的急功近利,这种市场价值化为一种新体制,即有的制片厂取消文学部,由导演或制片人直接选择和决定剧本。有远见的导演和制片人当然十分重视影片的文学价值和剧本基础,却也有不少导演和制片人更多地从投入产出的利益范围来考虑问题。这样,电影文学创作就更是地位卑微了。

这几年电影创作给我这么几点印象：

（1）由过去在总体上具有较强思想和艺术上的震撼力的电影到温馨、婉约类的电影走俏走红。过去，不论是影片的社会历史的震撼力，还是人性人情的震撼力，亦或是现代哲理的震撼力，我们的影片在总体上是不缺钙的，是有质感的。现在这类影片当然还在不断出现，但却少了。软性的、造作的东西很少，不痛不痒、没有思考的东西在增多。社会风行的那种绮靡之风，正在浸淫电影创作。

（2）小人物在银幕上越来越多，凡人小事越来越多。写凡人小事、写小人物，不是不好，这是整个社会平民化的必然反映。也有许多写小人物、小事件的作品十分精彩，优秀，关键是创作者本身的精神境界不能"小"。以君子之心度小人之腹的作品是能写好的，以小人之腹度小人之心的作品就容易流于琐屑。关键是作者应该是"君子"，应该在思想和艺术上有大境界、大手笔。同时也应该承认，银幕上塑造的大性格的形象，能够承受大感情的形象（既能承受大苦难，又能承受大欢乐）是比较少了。我特别要说明，大性格、大感情当然包括英雄，但不就是英雄。凡人小事题材也能塑造大性格，表现大感情，这是指那种有大的辐射力和穿透力的性格和感情。《人到中年》中的陆文婷，《哦，香雪》中的香雪，《秋菊打官司》中的秋菊，都是小人物，但都具有大感情。她们可以在平凡的生活中，甚至在琐屑的生活中（如电视剧《一地鸡毛》），产生一种思想启动力和艺术震撼力。但这样的片子的确不多。

（3）从社会历史角度观照生活的作品也不少，但其中真人真事或准真人真事的多，真正大题材的虚伪作品很少。这不是缺陷，算是个情况吧。

二

与上一点有关的，是要防止"默片效应"，也就是精神失语现象。许多电影看过之后，观众脑子里留下了热闹的场景，曲折的情节，出众的功夫，新款的特技，或者几个好脸盘，几段好音乐，几个好镜头，却没有接收到精神、感情启示方面的信息。精神失语了，有声片迈入"默片"。

过分重视观众的自娱功能，使艺术家为社会立言、为社会代言的使命淡化或消解，导致一些电影和电影剧作家失语。

言不及利、一切形而上的时代固然过去，但言不及义、一切形而下也是弊病，是用一种倾向代替了另一种倾向。言不及义导致电影失语。当电影话语在精神上完全成为闲聊，我想说，影片话语状态的闲聊，很大程度上反映了作者内心状态的无聊。

有的电影倒是有精神上的声音，但却不是民族精神的声音。精神深处的朝西方倾斜，导致民族失语。在思想上、哲学上、文化心理上放弃了自己民族阐释生活的精神坐标和话语权利，电影怎能有自己的声音。

市场至上、利润至上，也导致一部电影剧作失语。电影艺术家想让观众视自己为上帝，视自己为高高在上的教诲者，固然不对，但艺术家放弃启蒙和教育的责任，把自己降低为观众自发性趣味的应合者，难道就对了？

当然，过时的、陈旧的、狭隘的社会观、艺术观、知识结构、生活积累、人生感受，也容易导致失语。这些语言是没有回音的语言。昨天的思想、知识、感受，无法阐释今天和今后的生活和精神讲程。

三

近年来许多电影创作有新的探求，这些探求从不同角度反映了最新的艺术发展趋势，比如许多影片从内容到艺术样式的纪实性探求，实质上反映了艺术和生活对立的消解。艺术不但要反映生活，而且要尽可能地逼真、逼近、逼入生活。

又比如，一些影片显示出来的"第二次综合"趋势，即在电影作为戏剧、文学、画面、音乐等等综合艺术（第一次综合）的基础上，不再追求用悲剧、喜剧、正剧、闹剧的样式来肢解生活，而是悲到极处显出荒诞、幽默，喜到极处又显出人生的悲凉，悲、喜、诞、闹的戏剧样式樊篱被拆除了，融为一体来表现亦悲亦喜亦正的现代生活和现代人的复杂与无奈。这实际上反映了艺术不同样式对立的消解，艺术不再在一种样式的桎梏中跳舞，而是从生活出发，自由地出入于各种样式之间。

又比如，在总体上具有深层哲理象征和哲学意味的电影也愈来愈多。在生活层面的第一自然和形象面的第二自然之外，在这两个层面的深处，常常闪现着哲思层面的第三自然。在秋菊告状这个生活故事下面，埋藏着中国农村妇女萌动起来的自立自强意识和朦胧的法治意识（也许这只是一种对法制的渴望），而在这个层面下面，其实还埋藏着秋菊潜意识中为传宗接代而讼诉的陈旧伦理，只是这陈旧的伦理在影片中借了"讼诉"这一具有进步性的法治行为暗中传达了出来而已。这是难以捉摸又确实存在的，正因为如此，才表现出了中国农村妇女在进步中的举步维艰，才表现出了历史转型期的复杂。艺术与哲理的对立，常常在这些电影中消解，融为耐人寻味的形象。此外，精美艺术与大众艺术的对立也在不少影片中消解。

《炮打双灯》作为通俗电影，观赏性何等"赢人"，何等"大众"。但女扮男装，克制含苞待放的青春和人性人情，去承担一个家庭财产守护者的责任，这种克制与反克制之间的丰富精神内含，又何等"精美"。

近年电影创作的这些艺术追求，表明中国电影正在以较深刻的程度和世界电影艺术作同步的对话。

四

说到和世界对话，从近几年的电影创作来看，和世界对话有多种不同方式。我印象比较深的有三种。

一是表层的趋近认同方式。或是从国外移植社会思潮、艺术思潮，灌进自己的作品，和作品的生活素材接轨；或是改变自己的适应一些世界性话题，为写生态、写生活意识。这种接轨，虽然有些急促，有些表层，却也产生了一些好作品，缺少大众性，却在精英层引起反响。

二是深层的趋近认同方式。这一类剧作者似乎用作品显示出这样一种认识：中西方文化的差异，主要不是"体"的差异，而是"用"的差异，是思维方式、审美方式、文化心理方式、表述方式即话语的差异。其实，越过这些社会文化云层，在云层之上，在精神的高空，人类，不分中西，有着共同的追求，那就是追求社会的发展和生命的张扬。在人类精神的高空，是一种"大同"境界，高悬着一个属于所有人的太阳。因而，这类影片并不在社会精神、审美精神的坐标上与西方靠拢，相反，倒总是力图以民族文化的表述方式，去表现人类的大同境界，不是同中求同，而是异中求同，异中相通。我以为这种理解是深刻的，但在具体的艺术实践中，虽有良好的雏形，却似乎还没有完美的精品。

三是两极震撼的认同方式。这一类电影创作者，常常在题材内容、艺术思维和价值坐标这三个方面，选择中西两极，产生震撼效应。比如，题材内容大都选择较强东方色彩和民族色彩的；但是，另一面，又总是选择有较强的西方色彩、世界色彩的艺术方式来表述，选择西方或世界性较强的价值坐标和理性观念来阐述自己影片中的东方生活、民族生活。不仅如此，其实在选择东方的、民族的题材内容时，选取的也是西方的、民族的视角和标准，即从世界的格局中来东方生活中取材。似乎可以将此归纳为以"彼岸视角"写"此岸世界"。

这三种与世界对话的方式，我感到都可以在艺术实践中再探索。但是，同时不要忘了五六十年代以来，中国电影在民族化方面的成功经验。这些经验在新的社会背景、审美背景中，应该怎样发展、更新，是一个十分需要重视又还没有得到充分重视的问题。这是中国电影创作最可能给世界电影宝库增加财富的领域。

1997 年 5 月，谷斋

第二个十年：中国电影的造山期

编者按：面对改革和开放的形势，为适应我国电影事业的繁荣与发展之需要，根据丁峤副部长最近对进一步办好《电影画刊》的要求，本刊决定在新的一年里，加强理论深度。这期发表的肖云儒同志的开篇文章，用作者自喻，就是一篇"投石引玉"之作。我们热切恳望支持和关注《电影画刊》的朋友们，能够协助我们，赐给我们以智慧与力量，让我们共同把这本受到越来越多读者喜爱的电影杂志办得更新更美。谢谢大家！

中国新时期电影的第一个十年过去了，这是多元探索的十年。

正在来临的第二个十年，将进入多元融合的十年，也许会出现中国电影的一个造山期。

十年电影探索的历时态，是由技巧突进到意蕴，由电影观念突进到文化观念，由表现突进到再现的过程。十年电影探索的共时态，是雅与俗，古与今，中与西，蒙太奇与长镜头，纪实与哲理，再现与表现，类戏剧与类诗歌、类散文、类音乐、类绘画影片等等各种尝试与追求的共存共荣。

十年探索使中国电影的地平线上出现了乱花迷眼的多元繁荣景象，而在中国电影的地平线下则涌动着冲决地层的、趋求突破的炽烈熔岩。这熔岩将借助艺术家们在第二个十年的劳作，訇然而出，形成中国电影的造山运动。

以多元探索为标志的时期，并不是常常产生史诗和巨片、大家和大手笔的时期。多元探索意味着激扬才气，触发聪明，标新立异，争奇斗艳。历史老人一百八十度的遽然转体，使大至民族小至个人的命运发生了喜剧性的反转，心灵承受着新向度和旧惯性的悖力挤压，感情翻腾起风骤浪急的海啸。百废待兴的国家，百废待兴的电影，内搞活外开放的空气，使每个艺术家被"左"雾窒息的创造力急速苏醒，迫切寻找着变为艺术实践的途径。他们站在一个新的起跑点上：世界电影新潮和民族原有传统提供了辐射状的参照坐标，民主与宽松的气氛默许他们在众多的方位上去一试才智。在第一个十年中，电影艺术家的情绪是兴奋的，心是热的，日程是紧张的，言行、思考以及感悟是高频的。原有的审美原则已被突破，新的艺术体系未见有众望所归的巨匠来建构。电影在艺术上成了频道繁杂的天空，每个从业者都希望发挥自己某一方面优长的艺术智慧，在这块天空上占有一个波段。这个波段越是与众不同，就越能引起接收者的兴趣。就某一位编导来说，由于具备了在观念、手法上多元选择的可能，而电影生产又较多地受到精神市场的制约，他们常常不由自主地根据观众兴趣或艺术舆论快节奏的变化，快节奏地调整和重选自己探索的方位，而忽视了在一个方位上探索的执著性，这常常会错过更大成功的机会。因此，在探索的十年中，在具体的艺术家身上，常常表现为创作个性的游移和创作水平的不稳定。创新的喜悦常和蜕变的痛苦、探索的迷误同时出现。

　　探索带来了繁荣。繁荣还不是成熟，成熟需要时间的积累，需要从生命的勃发疯长中冷却，需要对多元的探索作批判反思，需要在思想、生活、艺术和知识上作从容大度的涵养，需要在第一个十年多元探索的基础上实行多元融合。

　　多元的融合不排他。不以白诋青，不以新出现的突破否定已有成效的突破，也不要求谢晋变成滕文骥，或以田壮壮来衡量吴天明。它承认多元，汲取各家之长而不失去自己，在自己和他人之间寻找最佳轨道。

　　多元的融合不排斥传统。它认识到艺术传统之所以能够在时光悠长的审美中积淀下来，必有它的优越处，必有与它相应的社会欣赏需求。传统无法否定，传统需要改造。在改造传统中出新，即推陈出新，和在横向移植中出新，即引进出新，是我们的两个出发点。融合要求在创新与传统之间寻求最佳轨道。

　　多元融合不排斥观众。它决不以为观众愈少就愈见其深刻，愈见其艺术。任何艺术劳动都是为了传播。电影将艺术插上科学的翅膀，正是为了更广泛的传播，为了使自己成为最具群众性的艺术。一种新观念、新手法出现之初，曲高和寡是允许的，但不断追求更多观众的理解从来就是艺术劳动的内动力。作为群体的观众,也从来是优秀艺术成果的伯乐和知音。如果整个精神市场对某一创新长久保持礼貌的缄默,那是一种不言而喻的讯号。融合要求在自己的镜头和观众的眼睛之间寻找最佳轨道。

多元融合不一味迷恋影片的"爆满",甚至也不一味迷恋影片在当前社会的思想艺术冲击力。它认识到,电影既面向时代——那是历史的一个最新段落,也面向由过去向未来演进的整个历史进程;既有责任在现实中取得良好的社会效果,也有责任给人类文化宝库奉献一点恒久的积累。融合要求在当代的社会冲突力和后代的审美传世力之间寻找最佳轨道……

毋需说明,这一切都不是对某一部影片、某一位影人的要求,而是提出一种宏观的创作思想。

第一个十年,为多元融合创造了不少良好条件。社会的稳定、上升和开明,社会主义文艺管理的不断改革和完善,党的文艺方针在调整中趋向稳定,社会欣赏群体电影文化素养的起步和提高,都为巨片的诞生提供了客观条件。而近年来电影创作的种种发展趋势,诸如历史反思和现实改革在生活内容上的融合;人性人情描绘和历史运动展示在情节和形象中的熔铸;而且,作品在更开阔的境界上参与历史——影片民俗色彩的加强,自然力暗喻的被重视,文化意识的渐次显豁,等等;在大量、随意地引进西方电影观念和手法之后,开始注意到了从内容出发、注意到了艺术上的贴切和融洽;民族电影传统在短暂的无所措手足之后,经过自省、整饬、汲取,重又迈出大步,出了好片子;而且,这两方面在"寻根"的主张中开始衔接——"寻根"电影生活内容是向着本土的、传统的,艺术思想则是当代的、世界的。从这个意义来说,多元融合早在第一个十年中,静悄悄地和多元探索一道进行着,只是还处于不自觉状态而已。也许正因为这种不自觉,第一个十年的电影尽管在许多领域和层次都有了山峦和高地,尽管平均海拔有了大幅度升高,却应该说,还没有出现盖世气概的"莽昆仑"和足以仰止的"珠峰"。

现在,关键在电影艺术家自身的弱点。整体上看,影人对探索时期之后,电影向何处去还缺乏把握,对巨片、对大家风度的追求还不自觉、不急迫,往往留滞在多元探索中,满足于小打小闹。如果说作家存在非学者化问题,影界则更甚。对艺术技巧和审美意识的关注远胜于对社会意识,特别是哲学意识的培养。由技到艺,由艺匠到艺术家,由艺术家到思想家的过渡,大部分同志还不能说已经完成。在中外文化素养上，尤其是中国历史与哲学、美学素养上，和夏衍、阳翰笙一代还有较大落差。在多元融合阶段，艺术家文化素养不足，融合的幅度就很难开阔，融合的程度也容易夹生。

所喜者，我们从谢晋对史诗、对巨片的呼唤中，已经听到了一代电影艺术家内心强烈的造山搏动。高峰在望。从第二个十年回首，定然是一览众山小。这憧憬当然不会是海市蜃楼。因为，我们今天已经不是站在十年浩劫的文化沙漠之中，而是站在新时期第一个十年营造的绿色景观之中。

1986 年 11 月 3 日，西安椒园

多维背景中的特性研究
——关于电视剧的两点思考

一、关于建立电视剧艺术理论体系及其他

处在青春期的电视剧创作，这几年通过荧屏万花筒般在受众眼里掠过，有那么多的好作品在我们心头留下了自己风姿绰约的倩影。多样化的创作实践需要多样化的理论阐释，不同美学追求的作品需要不同审美坐标来观照。理论的概括和归纳永远无法避免对复杂、多变的创作现象的牺牲，但是我们要力求避免牺牲有生命力的艺术现象，力求反映创作实践的丰富和活跃。否则，只能导致理论自身的苍白。

创作的活力需要理论的能力。理论体系的建立是必要的，而且终将建立，但现在还不成熟。即便建立体系也应该是一个包容性很大的系统，应该是"宰相肚里能撑船"的那种天地。核心观点的清晰不排斥边缘的模糊，常常是这种模糊，这种"测不准"，维护了理论的坚定和准确，所谓水至清则无鱼。

谈电视剧无疑离不开它的大众化，而哲理的、美学的深层探索同样不能缺少，这个领域是艺术生产的试验田、研究所，它暂时的曲高和寡有利于带动整个电视剧的大面积丰收和平均亩产的提高。但又不能说深化才是电视剧发展的"华山一条路"。尤小刚同志在《电视剧》编辑部和视协陕西分会召开的电视剧艺术理论研讨会上谈到了电视剧发展的四个交汇趋势，对近年创作实践总体感受准确，表述精辟。我想他也只是对电视剧艺术实践从一个特定角度的观照，绝没有惟交汇才能创新和提高的意思。事实上，交汇是一条路子，不着眼于交

汇，只就传统叙事和现代叙事、宏观展示和微观刻画的某一方面有独到的继承，未必不能搞出好作品。

艺术反映生活的形态和层面是不同的，作品的生活形象和思想意蕴，即意和象，在不同的艺术样式中以不同的形态在不同的层面结合和感应，传输给受众。文学通过文字的符号引发读者心中画面的复现，从而引发意蕴的感悟；音乐通过音符引发读者情绪的感应和画面的联想，从而引发意蕴的感悟。这里是以间接的象（象的符号）引发意，是一种异态结合。而影视戏剧直接给观众提供生活画面，以直接的象去引发意，是意象的同态结合。在同态结合的艺术中，意象的结合常常又在不同时空、不同层面进行。有的作品，哲理情绪之意蕴含在作品可见的生活形象中，如《西游记》《凯旋在子夜》等实写、写实的作品，就是意象的同步同态结合。观众看了"象"同时理解了"意"。有的作品所要表现的哲理情绪常常在作品的象征暗喻甚至相似的结构中埋伏着，如《车站》《绝对信号》和一些写意、意写的作品，这是意与象的异步同态结合，即在看"象"的同时还不能完全了解深层的"意"，必须经过思考、再体会才能了解其中的"意"。还有的作品则同时存在着意象的同步同态和异步同态两种结合方式，观众从生活故事之"象"中感受到一层"意"，又从结构的和情绪的效应中感受到一层更深的意蕴，如《黄土地》《红高粱》《希波克拉底誓言》等等。

从欣赏的角度看，前者更俗，后者更雅，却都不排斥它们可以达到相当的深度。近年来，更多的作品是同步同态和异步同态相结合，产生了综合美的效果。综合美是近代以来艺术发展的一种世界性趋势。艺术创作在经历了样式的综合（如影视、戏剧融文学、绘画、音乐、表演为一体）、风格的综合（如由悲剧、喜剧、正剧、闹剧的风格规范到超越风格类型的规范，以悲、喜、正、闹的综合来反映生活的复杂）、性格的综合（如以性格的复调和多元组合再现复杂的人生与人心，而不简单地追求鲜明、统一；重视在社会关系和社会氛围中表现人物）之后，进入意象传输形态的综合的新阶段。因此，我以为在电视剧创作的意象表述传输上，应该鼓励多种形态，尤其应该注意提倡追求综合美的作品。

社会和受众对艺术作品的需求是多方面、多层次的，艺术作品的功能也是多方面、多层次的。既有我们通常说的认识作用、教育作用、审美作用，也有娱乐休息、陶冶情操的功能，还有宣泄人的各种内心欲求，在作品中模拟实现自我等功能。因此，衡量电视剧，深度并不是唯一的"尺子"。有深度的作品自然好，深度稍差，娱乐性、知识性强的作品，也不能说不好。两者能结合起来，也好。电视剧创作在适应各种需求时，不妨更注意大众性的作品，这和它作为大众传播媒介的特性分不开。

审美热点总是处在不断变化、不断转移之中的。审美热点持续到它的极限，便是审美疲劳的出现。"文革"时期，在"左"的风暴的磨砺下，社会感情和艺术感情的粗糙，使观众渴望细致的感情和艺术，于是写文化环境中的文化人的作品乍然增多。但过分的彬彬文质和纤弱细巧，却又引出对粗犷（而不是粗糙）的呼唤，于是生命寻根、土地寻根、原始寻根的作品（这些实际上是反文化趋向的）便大受青睐。直面现实的欣赏要求固然是对假大空的惩罚，但当一味揭露现实阴暗面（哪怕这阴暗是真实的）的作品将我们淹没得太久、太深的时候，欣赏心理的疲劳又带来新的逆反：希望从作品中看到更多的亮色，听到更振奋的音响，于是改革文艺大兴。浅露使人怀念哲理的思路，一窝蜂的、愈来愈深不可测的哲理片又使人视欣赏为畏途，激起了观众对娱乐片、通俗片的空前热情。这种审美生态的不断破坏、不断平衡，是审美需求呈波浪形发展的必然，并不完全是作品的高下优劣所致，因而不能简单地认为今是而昨非。

"不以成败论英雄"和"时世造英雄"这两句话在这里很有参考价值。当代创作的多变化、多转移，在年轻而可塑性很大的电视剧艺术中，表现得更为突出。从这个角度看，理论在注意艺术创作一定阶段质的规定性的总结基础上，要更多地鼓励变化，并将变化作为电视剧艺术发展的自然现象。

二、关于电视剧的特性

研究电视剧的特性，扬长避短，无疑对繁荣提高电视剧创作大有裨益，只是不能陷于对特性孤立的研究之中。促进艺术生产的发展，有着比样式和特性更为重要的各种因素，如作者的生活艺术素养、社会欣赏需要等等。

关于电视剧的特性，说法很多，在各自的论述环境中，都有道理，都有助于我们对这个问题更深刻、全面地把握。我想提供一个自己的思路，这只是众多思路之一，而且是在我国目前电视剧传播方式的背景中提出来的。

在我国，电视剧目前主要是由电视台将之编排进各类新闻、专题品种之中来向社会传播的。在某种意义上说，它是插进新闻电视荧屏中的一个艺术大板块，属于新闻文艺或大众传播文艺之列。这样特定的组合和传播方式，那就要影响到观众的欣赏心理并反映为对电视剧创作的特定要求。因此，在美学价值之外，新闻价值也构成目前我国电视剧的一个内在品格。这种双重的内在品格，是大家谈到的许多电视剧拥有具体特性的重要内在原因之一。它表现在：

第一，进入舆论的共时性。

通过电视台传播的电视剧，不但社会覆盖面达到了其他艺术无法比拟的广度，而且它是共时全面覆盖的。中央电视台播出一部电视剧，全国数亿受众在同一时间里欣赏，可以在最短的时间达到最大的空间。不像电影、戏剧和文学作品，常常是在不同时间里由这个局部到那个局部渐次传播开来，它们只能在较长的时间里达到较大的空间，姑称为异时局部传播。电视剧的共时全面传播方式，使它能够以最快的速度转化为覆盖面很大的社会舆论。回想一下《新星》和《凯旋在子夜》播出时的反响就可以看出它们的新闻舆论性还是很强的。电视剧进入舆论有着空前的速度、广度、深度，这是它的优势，同时也给它带来了更大的社会责任。一部电视剧可能得到空前的社会褒扬，也可能受到罕见的社会批评。

进入舆论的共时性使电视剧在描绘具有强烈现实感（在新闻学中亦称为时新性、时效性和新闻性）的题材方面，在反映社会面很宽的重大题材方面，具有别的艺术部类不可比拟的优势。长篇小说《新星》在出版后，未能引起多大的反响，电视剧放映后才家喻户晓，并反过来促进了小说的发行，原因就在这里。

进入舆论的共时性还使电视剧在创作欣赏过程中能够发挥参与性的优势，这就是马歇尔·麦克卢汉在《了解传播媒介》一书中讲的电视剧是一种"须由观众来完成某些过程"的艺术。在选材、构思以及表导演和画面中，都更重视观众的要求，重视和观众交流，也给观众参与欣赏中的再创造留有余地。西方有些电视剧甚至留下空白，现场将观众组合进剧情中（如让观众来设计悬念的不同解法或剧情的不同结尾）。这种让观众直接参与节目制作的特殊做法，很可能像冲突律之于戏剧、蒙太奇之于电影一样，会使电视剧艺术成为颇具特色的独立艺术门类。

第二，充分强化了的纪实性。

纪实性也是当代世界美学潮流的一个重要走向。随着文化传播渠道的增多，文化无孔不入地渗透进人类生活的各个领域，现代人直接接触自然和社会的机会正在一点一点被剥夺，他们愈来愈多地通过文化传播媒介（电视、广播、电影、报纸、书籍以及各种信息）间接地接触社会。文化传播不同程度的失真，正在人类与真实的社会、自然之间插上一块毛玻璃。我们所看到的世界，其实在相当程度上是映在这毛玻璃中的世界，即文化传播中半真实的世界。现代观众愈来愈希望突破各种文化传播新造成的第二自然对自己的包围，去拥抱全真的现实世界。在这种社会心理背景之下，再加上现代人文明水平和独立把握现实生活的能力大幅度提高，他们不喜欢在欣赏时吃别人嚼过的馍或由别人来喂馍，而更希望艺术能提供真实度很大的甚至是原始的材料，由自己作出独立的判断和感应。这一切，使观众对艺术真实性的要求愈来愈苛刻，以致过分的戏剧性情节，过分的表演化妆，过分讲究的蒙太奇组接，过分浓烈的色彩，过分旋律化的音乐，并不受他们欢迎。

这股纪实性的美学潮流在电视剧中得到了充分的强化。原因有三：一是因为电视剧是组合在以真实为生命的新闻和专题节目中的；二是因为电视剧家庭的、日常的欣赏环境，观众没有处在剧场和影院那种需要集中精力的艺术欣赏环境中，接受假定性的心理阻力较大，总是自觉或不自觉地要求剧中的生活和欣赏环境的日常性、随意性要基本相应；三是电视剧的小屏幕大量采用中近景和特写，而随着电子信息技术的提高，荧屏清晰度的提高，演员在观众面前纤毫毕露，表演中哪怕极细微的动作都清晰可见。空间距离的缩小，强化了真实性的要求。

第三，欣赏主客体的接近性。

新闻传播媒介和受众的关系，其接近性远远超出一般文艺作品和欣赏者之间的距离。接近性是新闻价值的一个要素，这个要素自然会在电视剧欣赏的主客体关系中体现出来。欣赏主客体在电视剧中的空前接近，表现为题材内容、艺术角度和表现手法在时空、功利、心理感情与受众的贴近。譬如，写新近发生的身边事，写日常生活中的凡人小事，写与大家的利益和心情相关的事，用通俗而不是深奥、流畅而不是艰涩的构思和手法来写，在内容和形式上体现面对面交流的特点——采用第一人称或准第一人称的引叙人方式。电视剧的整个创作和编辑过程所受到的欣赏者和社会欣赏趣味的制约，比文学、电影更大。文学家说，"我只对历史和人类负责"，而不愿屈从于特定社区和时代读者的需求，也许还可以。电视剧作者则必须说:"我对历史、人类负责,更要让当时当地观众欢迎。"

第四,选择的非市场性。

任何文学艺术都要接受观众的选择,这种选择主要是通过市场,在商品流通领域实现的。从宏观上看,它体现为上座率(电影和各类表演艺术)、销售量(文学、美术、摄影、书法印刷品)和价格指标(书画原作)。这就是有价选择。只有电视剧,在中国目前是惟一无价选择的艺术。有价选择,欣赏者的选择主要体现在欣赏之前,即买不买票,买票进场之后,固然也有退场的,总是少数。大多数经过慎重选择、付出了代价的观众,都会欣赏到底。如果要调换另一个电影或另一个节目,起码要受到双重的经济制约:浪费这一场的票钱,再付出另一场的票钱。这种经济制约对目前大多数中国观众来说,不可小视,会转化为心理制约。它在相当程度上维护了有价选择艺术在欣赏过程中的相对稳定性,也可以说,它是以欣赏前的有价选择相对地维护了欣赏中的非选择状况。电视剧观众则不用转换空间,一按键钮即可在瞬间实现新的选择。这种选择的无价和便捷,使它的收视率面临着更严酷的考验,处在更随意的不稳定状态。观众随时可以关机或转换频道。耐人寻味的是,电视剧在欣赏中缺乏经济制约的保障这种状态,却又处在整个电视艺术服从于更大的经济制约的背景之中——在无价选择中愈有竞争力的电视剧,广告的价格愈高,广告承载量愈大,经济收入愈多。这就逼迫着电视剧的制作者千方百计为争取更大更稳定的收视率而努力。这一点,正在对电视剧创作的各个环节起着深刻的影响。局部和暂时地看,它迫使电视剧更多地考虑迎合观众,不利于电视剧艺术质量的提高,这是艺术作品审美属性和商品属性的矛盾。全面和长远地看,它推动着电视剧思想艺术质量从根本上改观——因为说到底,高质量的作品总是具有最普遍、最长久的吸引力。这是艺术作品审美属性和商品属性的统一。

正像开头说的,特性的研究尽管非常必要,但促进电视剧的创新发展还有更重要的问题,例如创作者的思想、生活、艺术素养这样一个老问题。在当前,作者的生活氛围和创作心态问题尤其值得注意。当电视剧的编导、演员等主创人员,一部接一部或者几部交叉地拍戏,成年累月过着摄制组的生活(这是一种艺术创作人员独有的非常态的生活),而很少过常人常态的生活,久而久之,也就容易失去普通人的心态,而难于写出、演出普通人的生活和性格来。在创作者和群众与现实存在着巨大隔阂的情况下,在创作者的第一自我(本色的我)和第二自我(人物的我)之间距离越来越大的情况下,虚伪、讳饰、造作将会像白血病一样蔓延开来。不彻底改变自己的生活氛围和创作心态,这种病态的蔓延将难以遏止。

这才是提高电视剧的第一要素。

1987 年 6 月,咸阳秦都宾馆

戏剧当代性ABC

《当代戏剧》无疑要比较集中地议论戏剧的当代性，因为这个问题对戏剧、对社会已是那么需要议论，需要到不能再等待了。君不见有人窃窃私议：在声光化电、影视音像驰骋的马蹄声中，戏剧艺术是不是快要更名为"黄昏艺术"了？真是令人寒心、焦心。可是，夕阳和朝霞有时景致那么相似，不如换一颗热心，请有识者们快来做一番验证。

A

每一部具体的戏剧作品，都是作者思考社会生活的一份答卷。但戏剧在思考自身及其和社会的关系这点上，却做得不够。许多具体创作中的问题，根源其实都在这个"不够"上。不在这个层次上来解决创作中的问题，只能治标而不能治本。

当代戏剧要和当代生活同步。如果我们不只从题材，还从时代精神和审美关系的深度去理解这句话，那可以说，就是当代剧作家创作的历史题材作品也要体现出这种同步性来。这种同步性表现为：戏剧创作与现实生活的并驾齐驱，戏剧观念与社会意识形态的谐和相行，戏剧艺术和时代审美格调的应和默契。故而我们思考戏剧的当代性问题，需要从一个宽阔的领域展开思路，比如戏剧与现实关系的变化，戏剧与姊妹艺术关系的变化，戏剧本身各元素之间关系的变化以及这些变化所引起的戏剧艺术总体上的变化，等等。

现实生活在更新换代。党的十一届三中全会以来，对内搞活和对外开放的政策使我国的社会主义进入了一个新的历史阶段。物质生活和精神生活进程日日新，又日新。信息在生产中的新地位，标志着精神活动更深更广地进入物质生产过程；工具的现代化使达到文明目的的手段愈来愈多元，而不是单一；生活节奏加速，精神领域对传统的因袭正在减弱，对新观念的容受正在增加。价值观念，幸福观念，消费观念，对权力和金钱、权力和真理的观念，城乡观念，工农观念，脑力劳动和体力劳动的观念，爱情婚姻和家庭的观念，以及审美观念，都在变化之中，这些无一不在影响着戏剧观的变化。譬如，复杂的多维多向的生活，使各具个性的普通人形象成为舞台注意的中心，过分浓缩的、煽情的构思，以及建立在古典戏剧冲突律基础上的种种模式化的结构方法开始受到冷淡。

观众在更新换代。高台教化、耳提面命的灌输，已经不堪忍受；由作者替观众做出结论的办法开始不灵；当代观众喜欢从舞台画面的叠替中得出自己的感受和思考。演戏的是"疯子"，看戏的是"傻子"——而现在，"疯子"和"傻子"都由忘情转而有了更多的理智，他们需要相互间的更多交流，并且从不同角度感受适当的间离效果的必要性。填鸭式的唠叨叫人腻味，启发式的思考和感染受到欢迎。观众从戏剧编导那里要求更多的平等自由，更大程度的松绑放权，而欣赏中的强制已为人不屑一顾。在影视屏幕前成长起来的新一代观众，其视觉感受能力极其敏锐，些微的虚假已难以逃过他们审美目光的嘲弄。

戏剧和姊妹艺术的关系也发生了变化。文艺大家族中各成员之间在思想和艺术、内容和形式、表现方法和技巧上的相互影响和渗透千变万化。电影早期曾是戏剧的脱影，而现在直闹着要和戏剧"离婚"。一面"闹离婚"，一面又"献殷勤"，并以自己新兴的美学观念和蒙太奇结构"引诱"着戏剧，使稍显古板的舞台露出了现代人轻灵的笑容。现代美术对舞台的影响已经为人瞩目。当电视进入家庭，现代观众有了享受"房间包厢"的福分，戏剧也便出现了小剧场演出的成功尝试。通俗的音乐、歌舞、话剧的出现，促使乐舞不失时机地利用现代观众放松了的欣赏观，扩大自己在戏剧舞台的领地。而散文式的结构在剧界所引起的重视，安知不是文学对戏剧的又一次叩门……

当我们的思路在这条辐射状的轨道上疾行，真可谓是移步换景，眼前渐次出现的风景线是怎样的新鲜！

B

　　戏剧的当代性问题好比一座大厦，有许多层楼，许多房间，满够我们跑一阵子的。不妨先看看这么"几间房"吧：

　　戏剧所反映的生活内容的当代性。我们的戏剧要更多地反映当代生活，描绘改革时期的人物、人情和世相。这主要是指题材，但又不仅是指题材。比如，还涉及情节的选择：是不是找到了最富有当代生活特征的情节、细节？在话剧《昨天、今天、明天》中，城里的个体科技户张庆和乡里的个体养鸡户寡妇陈雪艳，在浓重的习惯势力和对改革的偏见中能公开地追求、结合，这种情形是只有在 80 年代才可能发生的。涉及到主题的提炼：《红白喜事》抓住农村实行责任制后，物质生活和精神生活的不平衡来做文章，写一个为民族民主革命奋斗过的妇女，几十年后又如何重新缩回到封建思想的阴影里。这是号准了当代生活之辣的。

　　戏剧所描写的人物性格气质和所含纳的内在精神情绪的当代性。近几年来，许多现代戏不约而同地出现了硬汉子形象，歌颂了昂奋坚韧的强者精神，就是一种当代精神的凝聚。身躲在生活的一隅，用眼泪洗濯极"左"思潮造成的伤痕的时期已经过去了，整个民族像绷紧了的弦，正向着现代化的目标引弓而发。弱者的呻吟，小家子气的诉说，已经不能传达时代的情绪。普列汉诺夫说："一个艺术家如果看不见当代最重要的社会思潮，那么他的作品中所表达的思想实质的内在价值就会大大地降低。这些作品也就必然因此而受到损害。"(《艺术与社会生活》) 话剧《天山深处》通过当年下乡知识青年在新时期人生态度的分化和聚合，概括了经过幻灭的那一代青年重建理想的精神历程；评剧《人生》则从现实生活中提炼出"高加林情绪"（要改变现实又暂时找不到正确方法时的躁动不安情绪）和"刘巧珍心理"（有对新生活的追求，却将这种追求完全寄托在别人的拯救上的被解放者心理）。这些作品因为将对具体人物和冲突的真切描写，升华为当代人命运和社会情绪的艺术概括，而具有了强烈的当代色彩。它们的作者都显示出对于蝉蜕时期的当代生活层次的艺术综合能力，而开了戏剧传达当代生活底蕴的先河。

　　戏剧创作和欣赏观念，以及与之相应的艺术方法、艺术语言的当代性。新时期以来，戏剧的现实主义观呈现出新变化。现实主义是惟一道路的思想已被在多样化中发展现实主义的思想所替代。现实主义本身也出现了多角、多向发展的趋势。这种文艺现象极像多弹头导弹。发射基地——生活；目标——建设社会主义精神文明。这是相同的。但弹道弧度和具体的弹着点可以是不同的。斯坦尼戏剧观、布莱希特戏剧观和梅兰芳戏剧观在新时期舞台上都找到了自己实践的园；京派海派、南腔北调以及西部之声，有的春动草萌，有的莺飞草长。在反映当代生活的现实主义戏剧中，有的理想色彩较浓（如《未来在呼唤》），有的乡土色彩较浓（如《红白喜事》《小井胡同》），有的思考色彩较浓（如《血，总是热的》《昨天、今天、明天》），有的哲理和象征色彩较浓（如《绝对信号》《车站》），感受与感情的成分也在与日俱增。归真返璞和标新立异两种追求，都赢得了观众的掌声。

  艺术手法方面，当代性现象更是联袂而生。一人一事一景的点式、线式或圈式的封闭结构四面八方被突破，开放的、多维的、分切的、散点透视的、实虚表里双层并行的、在全景上时空灵活交错的等的结构，则四面八方登上台来。随着当代人对象征性、纪实性虚实两极要求的愈来愈苛刻，抽象艺术对设计的影响和现代拟真技术在舞台上的运用，也在虚实两极得到长足的发展。继上海京剧院的尝试之后，陕西延安歌舞团演出的歌剧《任志贞》，采用实景摄影幻灯布景表现历史环境，揭示人物内心，使要求纪实性的眼睛得到了新的满足。

  艺术观和艺术手法的当代化，既百花齐放，又呈现出一个总的趋势，那就是：力图愈来愈接近生活本来的多层结构，力图愈来愈接近观众提高了的欣赏要求，力图愈来愈深阔地将当代技术运用于舞台，力图愈来愈和小说、电影等艺术样式自由地展示人的心理空间和外部世界巨大的能力相匹敌。

  戏剧艺术的各类创作人员在观念气质、审美思辨、知识结构和生活占有方面的当代化。不了解当代生活的特点，对当代社会思想和情绪的指向及吐纳方式若明若暗，对当代群众欣赏心理和审美方式的变旧和出新晦明不辨，或者虽有所了解却用旧感情去感受，用旧观念去认识，用旧方法去表现，这是不行的，无异于在当代生活之上布了一层隔夜的雾瘴。想到我们的戏剧艺术队伍思想老化、知识老化、技法老化、想象力老化的现象正随着岁月的流逝蔓延开来，大家是何等的忧心如焚。在马克思主义基本原则指导下，不断用时代最新鲜的客观存在影响自己，用人类最先进的精神成果营养自己，在头脑中坚定而及时地建立起现代化的社会观和艺术观，在作品中深刻而独到地表现出崭新的时代精神和时代感情，该是多么急切。人是最可宝贵的，对戏剧的当代性问题来说又何尝不是这样。

C

我们这里谈的戏剧当代性，和西方现代主义思潮不同。这不同的根本处在于二者的思想基础和理论实质都存在着深刻的障碍，这障碍使二者在基本方面难以沟通。现代派在艺术表现方面虽有其创造性的一面，某些方法技巧也能启发我们的思考，但现代派的美学原则不是表现时代，而是表现"自我"。他们创作的兴趣常常表现在离开人类群体社会活动的主体性去寻求抽象"本我"的存在。在一种茕茕孑立的孤独心理支撑点上，剧作家个人的意念和情绪固然也是社会的投影，但所能概括的时代精神毕竟是有限的，也未必准确。现代主义的哲学基础，决定了这种时代投影常常主客体倒置。这几年，我国文艺界也有尝试着用现代派手法来表现中国当代生活，有的人态度不谓不认真，而成功者却不多。理论的论证和实践的验证，都表明现代派缺乏全面实现我们戏剧当代性的可能。

我们这里所谈的戏剧当代性，也和那种趋时的功用性不同。在戏剧当代性的探索中，曾经风行的公式化、概念化，以及种种实用主义的功利观点，不是没有回潮的可能，事实上已经出现了这类现象：对反映当代生活直接性的片面追求，"跑马占荒"和"先啃一口"式地争夺某个新题材和某个新的社会问题而不惜粗制滥造；冤案加三角的公式刚刚过去，改革加三角的公式又嘤嘤破壳；而通过表态、争论来完成主题、拔高人物的现象，不论其自觉不自觉，也时有所见了。人们希望及时地通过戏剧这面镜子反照自己的生活状况和感受情绪，原是无可厚非，但愿望的良好并不等于理解的正确。如果以新闻价值代替艺术价值，以反映对象的实录代替在主体审美思辨基础上的塑造，从审美思维方式上看，这不是创造，而是一种简单的复制，和深刻地解决戏剧当代性问题不可以道里计。我们要求的是戏剧对当代生活的哲学概括，对当代精神的历史观照，对当代社会内容的美学提炼。

我们在这里谈戏剧的当代性，更不是想给当代戏剧的发展定什么规矩方圆、条条框框，而是想在审美观念和创作思想上引起大家对这个问题的重视，以便更充分地发掘戏剧艺术样式表现能力的潜力，发掘戏剧从业者创造能力的潜力，发掘观众审美能力的潜力。或者再等而下之，只要能起到一点活跃思想的作用，也便如愿以偿了。

题名 ABC，缘由在此。

1984 年 12 月，西安椒园

喜剧小品随谈录

一

小品热,或者说小品在这几年的兴盛,从社会学的角度看,是老百姓为自己参与生活、介入社会、表现自身、抒扬心情找到的一个渠道,一个手段。这个渠道是便捷的,不拘一格的,是民间的却又能直接通过传播和社会各阶层、各领域见面,省去了很多在别的情况下难于省去的中间环节。它说的是凡人小事大白话,却又暗藏机锋,嬉笑怒骂皆成文章。老百姓的喜怒哀乐,老百姓的见解和情怀,于是找到了一个新的表达方式,一个新的讲台——舞台,小舞台,小品舞台。

喜剧小品在小品中独秀一枝,尤受宠爱,说明我们的生活欢乐是愈来愈多了,却也说明老百姓还希望有更多的欢乐。喜剧小品有时礼赞一些人物和事情,那是希望生活中美的闪光点能够尽快地扩展为普遍的社会水平。喜剧小品有时针砭一些人和事,你难道感觉不到这针砭的背后是热切的期冀?喜剧小品有时对一些生活现象表现出失望和遗憾,那淡淡的慨叹中,我们看到的是群众淳明和宽厚的襟怀。

在报刊、广播电视、各种会议和各种组织渠道之外,老百姓发现他们还可以从小品的通道登上社会的舞台,在一种特殊的意义上,以一种特殊的形式,部分地实现一下自身。

二

从艺术的传播学本质来看，观众（在小品面前就是观众）对一切精神文化传播的信息密度要求愈来愈高。快节奏、高速度的现代生活要求相应的文化传播。当现代观众发现密集的信息传播可以使他们在有限的生命长度中占有几倍于前的生活，信息可以延长生命时，他们便像珍惜生命、珍惜生活一样珍惜信息，变得分外苛求起来。文化传播和艺术欣赏中的信息空白或信息稀释，已经是那么难于容忍了。这种社会传播心理以强大的引力场影响着文艺以及一切文化精神生产。于是我们看到了出版物中的应用书热、辞书热、文摘热，文学中的社会问题纪实热和电视中的专题片热。在戏剧中，便是小品热。

精粹、简约而浓度较大的戏剧小品，常常在十几分钟的时间里给你传递一两点生活信息、心态信息、感情信息、思考信息和艺术信息，繁忙的人们见缝插针地攫取了它，便又匆匆地投进到下一段生活实践中去。搂草打兔子，捎带拾来的收获，何乐不为？

三

社会审美心态的变化对戏剧小品也格外青睐。社会历史进程的平民化导致审美心态的世俗化。古典美学可以用四个字概括：仪态万方。它是经典的、恒常的、规范的、精微的。现代美也可以用四个字概括：放浪形骸。它是不拘一格的、不精雕细刻的、恒变的、放松的。四堵墙、三一律、开端——发展——高潮——结局、圈式的封闭情节框架、拟真的舞台设计、造成幻觉的艺术效果，虽然仍然有着生命力，这里那里仍在现代艺术中闪光，但作为体系性的艺术观念、内封的稳态的艺术思路，却已经像冬天的大氅，沉重地拖住了戏剧的步子，窒息着活跃的、轻灵的创作思路。

小品像惊蛰后的年轻人，毫不犹豫地甩掉了古典戏剧观念的大氅，兀地发现戏剧原来可以如此潇洒。身边的生活几乎无处不含戏剧因素，无处不可人戏。不去煞费苦心将常态的生活人物打磨成异态的生活人物，原来更像戏、更有戏。不拘格式的构思、毫无矫情的表演是那么新颖和真切。不要引导和蓄势的突然切入和无须延长余音的戛然结束,是那么痛快淋漓和干脆利索。甚至新闻的"倒金字塔"写法也在小品中获得了艺术生命。当海明威的"冰山理论""站着写""用记者的电讯的精粹语言写"等等观念在文学中风行一时,小品的悬念倒置、情节的贯而不连也在舞台上不胫而走。没有大氅的严实包裹,春风四面八方纷至沓来,启迪着小品艺术家灵智的苏醒。

四

在群众性的艺术活动中,观赏要求日甚一日受到了自娱要求的挤压。人们仍然向往艺术观赏,却更倾心于艺术自娱。人们希望寻觅到那种有更大参与度的艺术形式,于是自娱性舞蹈——交谊舞、迪斯科,像雨后林子里的蘑菇般冒出来,于是自娱性演唱"卡拉OK"宾客盈门,于是自娱性美术和塑造艺术——泥塑、剪纸、根雕作为现代人的民间美术风行一时,于是自娱性符号艺术书法成为爱穿牛仔服的青年人的古典爱好。

于是也便有了小品的不可遏止的崛起。

作为欣赏主体看别人的艺术创作,这是一种审美满足;作为创作主体自己参与艺术创作,这又是一种审美满足。前者主要是欣赏中引发的艺术共鸣、人生感悟、思想启示和对有意味形式的钦羡,后者更有自己对生活的开掘、对意蕴的发现、对有意味形式的驾驭。可以说,后者较前者创造的层次更高,对创造性艺术思维的要求更高,调动得更深刻——人是创造的动物,愈是深刻的创造,愈能得到深刻的满足;愈是难以为之的创造,愈能感到难以获得的满足。克服创造的困难,从事困难的创造,是人、是社会人的强烈欲求,是人类前进、社会发展的重要内动力,是人类追求文明、向往更高精神境界的表现。由此看来,戏剧小品的兴行,在某个方面表现出群众审美文明素质的提高,或者说表现出对提高自身审美文明素质的渴求。

五

我想正式提出一个命题:建立电视喜剧小品样式。

陕西这几年在喜剧小品这个领域,从理论到实践,都成绩斐然,可以说走在前列。电视台等单位举办的喜剧小品大赛，已经到了第五届，此外还开辟了《笑口常开》《三百六十五笑》等专题栏目。在全国性的文艺演出中，我省的喜剧小品毫无疑问是一支劲旅，多次被春节联欢晚会和其他电视晚会选上，有了一批开展这项艺术活动的群众业余文艺和专业团体的基地：西铁局、国防工办系统、宝鸡和铜川的工人业余演出队，还有省人民艺术剧院、西安话剧院、铁一局文工团，并建立了专门的喜剧小品演出团（在全国大约是首屈一指）；有了一批水平不低、影响很大的小品艺术创作者、表演者：石国庆、刘远、郭达、高钦贤、吕宏强、叶勇、董洁、赵安、赵智礼、袁红、西安市郊区农民郭建民等（我看得有限，记忆有限，不能写出更多的名字，敬请各方谅解）；还有了一批有经验的干练的组织者：陈孝英、苟良、田秉毅、刘克明、乔大年，并且吸引了一批社会上知名的艺术家、理论家、活动家参与这项工作。陕西关于喜剧小品的理论讨论会迄今已开了十四次。在我个人印象中，喜剧小品的创作演出和理论研究，陕西恐怕是拿了"两连冠"的。

那么，能不能再拿"三连冠"呢？创造和建立中国电视喜剧小品艺术样式！陕西的喜剧小品其实开始就一头扎在群众文艺舞台上，一头伸向了电视屏幕，才有了今天这样的社会传播面。这也许是喜剧式的机智，只是长时期里，小品和电视的关系停留在勾连，并没有进化为渗溶，好似订了婚，却不再结婚了。虽有契约，却不组成家庭。传播载体和所载之艺，没有水乳交融、血肉一体，就那样将货物装在车子上。

现在的喜剧小品，就内在品质上看，还都是舞台化的。构思、导演、表演，都从戏出。真正电视小品的喜剧几乎看不到。发挥电视的特性，使喜剧小品纪实化、生活化、动态化、内在化，那是一个多么广阔的天地，一个多么具有诱惑力的领域。大远景和特写的加入，构图焦点的瞬息万变，巧用声、光、色的语言来描绘，音画分离造成广阔的再创造空间，无对话的画面具有的感悟张力，音乐的渲染和暗示，字幕的强化和同步传输……那真是别有一番景致在眼中，另一番滋味在心头。那将是喜剧小品的第二个春天。

不是没有人尝试过这种思路，像几年前的宝鸡的《战地浪漫曲》和西安的《塑像》，都可以感到影视思维的萌动，但没有形成气候。这需要喜剧小品队伍和电视艺术队伍共同的努力，从剧本开始，就要面对镜头，写电视小品而不是舞台小品，一直贯通到导演、表演、音乐、美工、服饰、化装各个方面。

小品因其小，尝试起来不难，失败了风险也不大。翘首盼望有志者一试，尤其呼吁电视制作单位出面精心组织。

六

这几年喜剧小品的成绩摆在那里，不说跑不了，今后总还需要进一步提高。为了明天，我贡献几点意见。

在表达感情、情绪方面，要在注意感情浓烈度的同时，更注意情绪的微调和微量感情的传达。人的喜怒哀乐，是色彩反差很强的感情，比较好表现，却常常不能表达十分细致复杂的内心活动。人的愠恼颦嗔，是色彩相近、很难区别的感情，比较难表现，但包含的心理性格内容却何等丰富、复杂。比如宝黛之间那被压抑在淡色中的浓强的爱，那喜、恼混杂，以愠恼表达眷恋的方式，那爱恨交错，以怨恨表达剧爱的方式，是何等细腻而耐人咀嚼。小品《肉夹馍》以笑脸迎逢传达出来的悲凉心境，以对孩子夸奖"说"出来的对大人的批判，也是对两极感情的微量化处理。演员对悲与喜注意了节制，也就在悲喜两极之中找到了感情的张力。"戏"的绰号亦可称"细"，细则有戏，细则引人寻味。

有时，又感到我们在强化感情方面也有缺乏果断和勇气的时候，所谓寻找微量感情，并不是找那种"六十度微温"的不开的水，并不是感情的含混和模糊。当浓则浓，当淡则淡，要敢于起落跌宕，使十几分钟里的情绪感情形成曲线。美学上，曲线一般比直线美。

七

在塑造人物方面，要更多地注意表现人物性格的丰富性。丰富性从哪里来？横的方面看，从在一种主导性格的基础上组合各种性格因素中来。单纯的个性是鲜明的、生动的，很容易产生剧场效果。复杂的个性，常常是人物曲折的命运形成的，是在多方面生活影响下形成的，含纳的心态和感情内容比较丰富，涵蓄社会生活面也较为宽阔，生活和感情的信息量更为密集。

纵的方面看，人物的丰富性从游动、变化中的性格中来。处在相对静止状况的性格，界级清晰，比较好表现，却也单纯。处在转化、游动中的性格，需要在动态中把握人物的分寸。比如《警察与小偷》中（陈佩斯、朱时茂主演），小偷在冒充警察后，受到路人的信任和尊重，唤起了他做人的尊严，他希望能够多帮助几个行人，甚至忘记了自己是小偷，"认真"地去抓那位撬门入室的同伙。但小偷的恶习却又使他同时"下意识地"偷了警察的怀表。他依然处在罪恶的阴影中，却又不是漆黑一团，已经朝光明迈出了一步，尽管这是在假定情境中虚拟的一步。"这一个"小偷由于性格思想处在运动之中，就显得丰富，显得耐人寻味。

我在几年前的一次小品讨论会上，曾经简明地谈到喜剧小品的特点，就是"喜""剧""小""品"四个字。要喜，有幽默、荒诞之处；要有戏剧性；要小，精粹简约；还要有可品味之处，起码要小且有可品之处。性格的丰富性，就是小品可品的重要因素。

八

比较起来，我们的歌颂性小品、讽刺性小品、问题性小品都很为不少，但生活风情，特别是乡土风情性喜剧小品则还未引起更多的关注。乡土风情喜剧小品（这里也包括城市乡土风情）少有浓缩的矛盾冲突，少有令人喷饭的笑料，少有强化了甚至喜剧的性格，少有意料中的巧合和意料外的反转，它主要以美好的畸化了生活情致，美好的人生情怀和美好的风土情致，引发你会心的、开心的微笑，引发你向善、向美的微笑。它依仗一种欢乐的生活氛围和感情氛围，像和煦的春风吹拂你的心田。它需要编、导、演的整体把握和综合效果，这效果很难是轰动的，搞好却并不那么容易。

九

最后，想谈谈发挥优势的问题。我们的优势很多，这里只谈一点：西部喜剧优势。不妨也正式提出一个命题：创建具有中国西部特色的喜剧小品流派，和东部、中部的拉开距离，以自身特色遥领风骚。

中国西部的人民群众是豁达乐观、充满生活智慧的。这是在长期改造自然和社会的搏斗中磨砺出来的一种昂扬奋发，是洞察人生、练达世事之后的一种超然恬适，是弱者对付强者、贫者对付富者的一种智慧优势，是和自然对峙的人最终感受到了自然与人心的互惠之后的那种"天人合一"，也是西部人在艰苦生活中的一种精神调剂和情绪松弛。达观，是西部人在漫长历史道路上艰难前行的一个重要精神支柱。这些都常常结晶为西部文艺中的浪漫气质、幽默性格的喜剧因素。

西部地区远不止一个阿凡提。这里的每个民族和大部分地区都有阿凡提式的典型人物在民间流传，其中有的已经被其他兄弟民族和地区所接受。如藏族有聂局桑布、阿古登巴，蒙古族有巴拉根、沙格德尔，哈萨克族有和加归斯尔、阿勒的尔、库沙，回族有依玛姻，等等。这个庞大的"阿凡提家庭"的共同特点，就是他们的幽默是积极参与现实的，不是旁观者的嘲讽，具有当事者的热烈和热情。他们作为社会发展积极力量的代表，既用勇敢坚毅，更用智慧幽默，承担起自己的社会责任，比如辛辣地讽刺、机智地报复统治阶级和财主老爷，敏锐地指出劳动者身上的某些缺陷，善意地甚至有意装愚卖傻地在这些缺陷面前树起一个理想形象，以引导劳动者，等等。

西部汉族地区民间的幽默人物、喜剧人物也很多。陕西出土的仰韶红陶残片，双眼及嘴巴只扼要地以三画表现，一副愁苦尴尬相。还有胡人笑俑、汉代说书俑，前者满脸憨容傻笑，后者手舞足蹈而得意忘形，都令人捧腹喷饭而万斛愁消。在关中地区，"蔫怪"，即以拙钝表现出来的喜剧性格，更是极有特色。"王木犊系列"对此有了初步的尝试，但我省整个喜剧界，无论是创作还是理论，对西部喜剧小品应该说还未开展自觉的、集中的探索。

这是一块可以有收获却还没有认真开垦的沃土。

1991年5月23日，岚楼

由复苏到复兴

——改革开放 40 年陕西文学的个人记忆

今年是改革开放 40 周年,我的生命正好以 40 年为界分为两大阶段。我马上就 80 岁了。在我三十八九岁的时候,"四人帮"被粉碎了,"文化大革命"结束了,国家进入了一个新时期。

那时我正好被下放在嵯峨山下的一个国防工厂,远离了我的本行新闻和文学,在工厂当秘书。在那看不到尽头的"文革"时代,准备于山沟里终老一生。

1978 年 3 月,北京召开了全国科学大会,邓小平同志在会上号召向科学进军,郭沫若发表了书面讲话《科学的春天》。作为一个老大学生,一个写过一点作品的人,我的心立即死灰复燃,春情萌动。我拿了一个小板凳坐在山坡上,把那份报纸看了又看,泪眼蒙眬,觉得不到 40 岁,还有机会挽回逝去太多的生命。于是每天下班以后,借着落日的余晖在山坡上开始看书,没有多少书可看,就看哲学书。

黑格尔有一句话启发了我:"当你在人生的道路上有困境的时候,你就去找哲学。"

在重新拣起书本的两三个月期间,人民大学新闻系高我一届的同学,在江苏工作的胡福明,写出了《实践是检验真理的唯一标准》一文的底稿。经过中央反复修改,《光明日报》《人民日报》、新华社全力推出,成为三中全会的理论基础。

一个新的 40 年开始了。

当时我很激动,我与胡福明同窗三年呀!赶紧把自己的一个读书体会也写成一篇哲学论文,叫《要重视矛盾同一性在事物发展中的作用》。反思"文化大革命"十年,中国乱成那样,关键是一个"斗"字,总是把人群层层切割,制造各种各样的对立面。到处在斗,你斗我斗,这一派斗那一派,国外斗"帝修反",把矛盾运动的斗争性超域、超载地扩大,超过临界线的扩大,给国家造成了灾难。

矛盾运动的基本规律是什么呢?我在列宁的著作里找到了一个答案。他说辩证法是研究斗争的,但是归根到底是研究同一的,是研究对立的双方怎样在斗争过程中互相吸收、转化,然后锻造出一个新的平台,产生一个新的事物,来推动社会向前发展。我恍然大悟,原来辩证法不仅讲斗争,更讲同一。我写的这篇8000字的文章,在11月份《光明日报》的《哲学》专刊全文发表,不几天,中央人民广播电台连续两天全文转播了。

敏感的人知道中国的春天要来了,但基层并不知情。当时我们单位召开了"帮助"我的会,说毛主席讲矛盾的斗争性,讲一分为二,你为什么讲同一性,讲合二而一?我有口难辩。那时候正是乍暖还寒之时,春寒料峭。三中全会之后,这篇文章被收进了《1978—1981年哲学论争集》。

应该认真深入地想想,我们搞革命干什么?当然是打破一个旧社会,但是那是最终目的吗?不,重建一个新中国才是我们的最终目的。建设新的社会,这正是矛盾同一性大可用武之时。

40年来,历代领导人无一不重视发挥矛盾同一性的作用。邓小平同志一上来就说,稳定压倒一切,对外不称霸,我们永远是第三世界;对内不争论,发展是硬道理。稳定、不争论,同心协力搞建设,就要抓同一性,调动各方面的积极性,这是我们党真正由革命党转变为执政党的哲学基础。

江泽民和胡锦涛同志先后提出了和谐社会,提出了科学的、协调的、可持续发展。什么叫和谐?叫协调?就是空间范畴上的同一,把各个板块的利益诉求整合在一起。什么叫可持续?就是时间范畴上的同一,把各个时间段的不同情况整合到一起,以实现发展的可持续。

进入习近平新时代,我们更加重视发挥同一性的作用。国内的改革开放,我个人认为大致经过了四个时间阶段和四个空间区块的交错进行。最早是"沿海开放",诞生了以深圳为标志的国际性大都市,现在发展为粤港澳大湾区。粤港澳组合在一起,将与东京湾区和旧金山湾区域媲美。后来,提出围绕上海浦东的"沿江开放",逐步形成沪杭甬大湾区与长江三角洲经济区。又提出了"一带一路"倡议,全力实现"沿路开放"。还提出了"沿都开放",在首都西南面建设千年大计的雄安新区。一步步将改革开放由东向西、由南向北纵深推进,向中国腹地推进。这是什么?这不就是对发展不平衡的整合和同一吗?

经济上,我们在数量经济基础上转型升级,重点发展质量经济。关了很多高耗能厂子,比如煤炭、钢铁和小水泥。规模缩小了,产能质量却大幅度提升。工业不再只关注数量性增产,而重视科学化、智能化改造。农业也不再简单要求产量增加,而追求新农村建设的综合质量。

国际上,也十分重视发挥同一性的作用。我们反复提全面战略伙伴、命运共同体、新型全球化,这都是在各个国家、各个民族、各种利益诉求和各个政治版块之间寻找到同一性,把合作的可能性最大化,以推动民族和国家的发展。

40年来,可以看到我们国家由革命党逐步走向执政党的轨迹,由侧重抓矛盾斗争性到侧重抓矛盾同一性的脚印。实践是检验真理的唯一标准,和谐、同一是稳健发展的重要条件!

改革开放之初,我们这些"文革"中的下放干部纷纷落实政策,回到原单位。我也重操旧业,回陕西日报当了文艺编辑和记者。"文革"中被撤销的中国作协陕西分会和其他文艺家协会重新恢复了,不久改名为陕西省作家协会。下放各地"干校"和农村的作家艺术家和协会工作人员陆续回到原来的岗位上。

我记得1978年到1981年,文艺又重新复苏的那几年,我参与报道了许多为作家作品甄别、平反的活动,柯仲平、马健翎、胡采、柳青、王愚,一个个摘掉了强加于他们头上的"叛徒""右派""走资""黑作家"种种不实的帽子,被"解放"出来,重新工作和写作。记忆最深、规模最大的一次,是为杜鹏程同志和《保卫延安》平反,恢复名誉。因为对老杜和他作品的批判曾经是全国规模的,平反昭雪时中央和省上都有人出席,消息写得很长,好像还上了头版。这是文艺生产力的一次重振,一次大解放。

在解放老作家的前后,《延河》杂志复刊了,又调进了一些编辑和创作力量。有了园地,陕西的文学创作力量开始聚集。

1978年,贾平凹、莫伸双双斩获改革开放之后第一次全国性文学评奖——全国优秀短篇小说奖。在他们身边,聚集着路遥、陈忠实、邹志安、京夫、蒋金彦、王晓新等中青年作家的身影。他们和重新拿起笔的老作家们一道,实现了陕文学的再次起跑。

改革开放以来陕西文学的发展，我觉得大约有三个阶段：

第一个阶段，我把它称为"两代接力"的阶段，基本上是改革开放后的前十年，就是上面说到的那几年。

第二个阶段，是"陕军东征"阶段。基本上是80年代末期到21世纪初叶。这十多年中，路遥、陈忠实、贾平凹、高建群、程海，还有京夫、邹志安、叶广芩、刘成章、红柯、孙皓辉、杨争光、阎安、吴克敬、和谷、方英文、冯积奇、王蓬、冷梦等新一代中年作家群体整体亮相，走向全国，有的已经在文学史上确立了自己的地位。

在这个发展进程中，有一个值得探讨的问题：改革开放初拨乱反正和西潮东渐时期，陕西伤痕文学、改革文学和后来的现代主义思潮为什么没有像其他地方那样风行一时？虽然这几方面也有好作品，像白描写北京知青在陕北插队生活的《苍凉青春》，其影响就很大，但总体上没有形成大气候。我认为这是陕西作家一贯的传统和内在素质决定的。在社会风云和美学思潮的变幻中，他们始终沿着现实主义的路子走着，沉潜进民间生活之中，有的去基层挂职蹲点，有的埋头写自己熟悉的生活，很少赶风潮，或用某种理念图解人物形象，或在思潮的变化中"翻烧饼"。几年过去，他们带着作品从底层来到省地，参加太白短篇小说研讨会、榆林长篇小说促进会和一些作家作品讨论会，一直切切实实沉浸在自己的艺术劳动之中。这是沉厚的生活给予陕西文学的定力，这种定力是日后出现"陕军东征"的一个内在原因。

"陕军东征"之所以出现，我认为有这么几方面原因：

首先是本土文学的实力所致。陕西新老两代作家，在代际传承完成之后，中年作家中的实力派，形成了强烈的亮相冲动和亮相实力。

1986年路遥他们策划的陕西作协长篇小说促进会在陕北召开，可以说就是一次战前动员，吹响了冲锋号角。大家都在登山，多么需要鼓劲啊！

其次是全国长篇发展的大势所趋。从全国长篇创作的发展来看，改革开放的前十年总体上数量较少，质量不算上乘。所以，文学创作在"文革"中断了十几年后，集群性的拿出新作力作，是全国长篇创作的大势。陕西以自己沉稳的蓄势，抢占了先机，一下拿出五部长篇佳作，产了集群性效应。

再就是新时代对好作品、大作品的呼唤。改革开放十多年了，文学已经走出了初期伤痕文学和改革文学的类型化，进入新时代生活的新常态。时代呼唤有力度、有深度的大作品。十年说短也短，说长也长，应该是文学对时代作出呼应、作出交待的时候了，应该是作家用大作品来回馈时代的时候了。

毋庸讳言，"陕军东征"名声大噪，迅速引发全国性的争论，这和一开始就卷入了对于《废都》和《白鹿原》中所谓性色描写以及社会政治评价失当有关。这些争论在本质上反映了改革开放初期中国社会思想和美学思想的两种倾向：是留恋过去，还是走进新境？争论因此远远超出了文学范畴，引发了整个社会的关注，而最后的结局，无论是对作品还是对作家，都体现了"双百"方针的宽容。两部作品、两位作家都获得了业界和全社会加倍的认可。这次争论，使我们这个刚刚从极"左"思潮中挣脱出来的社会，开始能够适应不同意见、不同看法，也给领导者提供了一个对待思想文化问题以疏导为主的理念和方法，对改革开放之后文艺新局面的形成起了促进作用。

这是新时期关于长篇小说创作的第一次大亮相、大争论，它确立了陕西文学在全国格局中举足轻重的地位，提升了陕西文学的品牌效应。

第三个阶段，"后东征时代"。"陕军东征"一马当先，使陕西文学再度冲上全国第一平台之后，逐步形成了五大板块，每个板块都在原有基础上有了提升。

高原板块——主要由写陕北生活的作家作品构成。他们把原来对陕北革命历史生活和文化风情的反映，升华为生命的泄、感应和激越的呐喊。

平原板块——主要由写关中生活的作家作品构成。他们也将过去反映农村生活内容的作品，转化提升到以反映农村变革为主的黄土地文明的转型这样一个层次，进入了解剖村社文化深层结构的层次。

山地板块——主要由写秦巴山区的作家作品构成。他们也有了提升，由写山区生活风情到写山地文化流脉，再到写山之生命，写山之本原、山之本来。他们笔下的山已经不是地域，而是一切生命的源泉和寓象。

西部板块——主要由写西部生活的作家作品构成。有着高远阔大的西部情怀，浓郁而蓬勃的诗性浪漫色彩。他们把西域游牧文化的动态感、交汇感、豪放感，以及西部人强烈的生命神圣感，注入到自己作品的内里。

要指出的是，这个西部板块文学其实开始得很早，在"后东征"之前的80年代，这方面的创作实践与理论研究已经开始。创作由高建群《遥远的白房子》始开先河，研究以陕西承办的第一次中国西部文学研讨会为标志。西部文学、西部电影、西北风音乐形成热潮。文艺的西部板块是中原地区农耕文明和西部游牧文明在冲突中的融接，是现实主义和诗性浪漫主义相融合的成功尝试。到了今天，这个板块又是中国文学通过丝绸之路和国际交流的一个重要通道，很值得我们重视。

都市板块——都市文学在陕西原来不太兴盛，此时渐成气候。最早有叶广芩的都市家族文化系列，不久中青年作家便跟了上来。近几年值得注意的是陈彦的崛起，他以两部长篇集中描写了大长安大秦腔的主角、配角和后台人物的幕后生活。戏台小天下，天下大舞台，作者通过舞台生涯写出了大天下，写出了都市底层人命运的酸甜苦辣。西安这座古都，没有自己的都市文学作品是不可思议的。

第四个阶段，我称之为"新纪新变"或"新纪新人"阶段，是21世纪以来这十五六年，主要由70、80、90后的青年作家在经营。这是又一个代际交错、传承发展的时期。上一代作家中的精华加上更新一代的精锐，像陈仓、寇挥、周宣朴、王妹英等很多人组成了新世纪陕西文学的新方阵，构成了陕西文学的中坚力量。

近十几二十年，我转向了西部文化的研究，对于这一部分作家和作品已经不很熟悉。在我的感觉中，由于现代网络媒介导致的地域性的淡化，以及专业创作色彩的淡化，将他们称为"陕军第二代"恐怕已经不是很确切了。在一个交流无比快捷而充分的时代，地域性淡化了，超越地域共有的文化色彩却大幅提升，这是时代潮流使然。他们的作品虽然读得不多，每有阅读，内心总是满怀着喜悦，甚至于倾慕。

总的来看，40年来的陕西文学是稳健地走向开放，走向创新，走向现代，相当有生命活力。创新的步子也许慢一点，并不总是显山露水，但不赶时髦，也少有反复，一直是中国现实主义文学高层次探索的一个平台，是中华文明的深层次开掘的一个平台，也是人类生命文化层次上感应的一个平台。

下面，我想从创作的角度谈一下对陕西整个文学艺术夯实高原、崛起高峰的一些情况和体会。

陕西的文学艺术，应该说在好几个历史时期都构成了中国文艺的一方高原。在这个高原上，群山崛起，高峰雄峙。

这块土地在古代孕育了《诗经》三百篇中的小一半，有162篇诞生在以镐京为中心，从豳州到洽川的关中平原上。后来这里又是唐诗辉煌的主舞台，构成了无可争议的世界诗歌史高原。长期活跃于长安诗坛的诗仙李白、诗圣杜甫、诗佛王维以及陕西籍的白居易、王昌龄、杜牧，都是无可争议的诗歌高峰。文章这里有司马迁；书法这里有"颜筋柳骨"，即颜鲁公和柳公权；绘画这里有阎立本、关仝、范宽；建筑艺术这里有宇文恺；学问这里是萌易、生道、立儒、融佛之地，还有宋代张载的关学，近现代的吴宓，以及书法宗师于右任。再有，便是作为辛亥革命文化转型的西安易俗社和延安文艺运动标志的陕西戏曲研究院（即民众剧团）两个剧团。他们无一不是这块文化高原上的擎天之柱。

在当代文化艺术平台上，文学方面，陕西出现了以柯仲平、柳青、路遥、陈忠实、贾平凹为高峰的文学高原，而且形成了以关中平原文化、陕北高原文化、秦巴山地文化和西部丝路文化四大板块为大文化背景的优秀作家群和作品群。

艺术方面，音乐有以刘炽、赵季平为代表的两代音乐群体；美术有石鲁、赵望云、何海霞、刘文西为代表的长安画派、黄土画派、秦岭画派；影视有以张艺谋、吴天明为标志，曾经名传国内外的西部电影。戏剧，从易俗社到戏曲研究院，从马健翎到尚长荣，再到写"西京三部曲"的陈彦和获得"二度梅"的李梅，无一不享誉全国。

陕西先后涌现过中国剧协、中国音协两个全国文艺家协会的主席，三位全国作协副主席，六位全国美协、剧协、书协、曲协、民协、评协等文艺家协会副主席，这形成了陕西文学艺术各个门类的高原和高峰。

在从高原到高峰的奋斗过程中，陕西文艺形成了哪些特色和给了我们哪些启示呢？我觉得有这么几个规律性的问题值得总结：

一、要在文艺创作上努力形成"厚土——高原——高峰"的良性生态循环。

上面提到的那些文艺大家、文艺高峰，不是西天的"飞来峰"，也不是兀然拔地而起的孤岭独峰，他们无不扎根于脚下的高原，被周围的群山环绕着、簇拥着。是高原以自身的海拔隆起了高峰，激发了高峰之间千仞争雄、万水竞荣的局面。而在高原之下，又有肥沃的现实生活厚土和丰腴的历史文化厚土，层层积淀，代代化育着。厚土——高原——高峰，这是多么好的文艺生态。

厚土承载高原，高原隆起高峰，高峰一旦形成，又会有力地带动高原和厚土，带动专业和业余的文艺群体总体水平的提升。陕西每位文艺大家后面都有一个或几个创作群体，形成扇面形的方阵和流派。在每个方阵和流派背后，又有着时间（历史）、空间（大地）的文化流脉和文化板块支撑着他们。柳青、石鲁、马健翎在各自的界别中甚至被大家称为"教父"，而他们却总是将老百姓和民间艺术家、将历史文化传统视为自己的老师，所谓"一手伸向生活，一手伸向传统"，真诚地拜人民为师、拜传统为师。路遥、陈忠实、贾平凹也不只在文学风格的意义上，更在文化地理和文化人格的意义上成为黄土高原、秦川平原和秦岭山地三个陕西地域文化最典型的符号。

二、对于这块土地的现实生活和文化传统要有矢志不移的对象化的热情和深度。

习近平主席多次谈到柳青为了写《创业史》在长安皇甫村安家14年的事。在这个漫长的过程中，柳青让自己的生存方式实现了深度转化。显然，用"深入生活"来表达已经不够了，它是作家艺术家整个生命和创作状态的对象化，即柳青的"文学世界"向着描写对象即"皇甫村世界"的深度对象化。

这种对象化是双向的。一方面，将陕北作家对象化为关中农民，将柳青对象化为王家彬；另一方面，又将生活对象化为艺术，将农民对象化为典型，将王家彬对象化为梁生宝。

刘文西也是这样，这位浙江籍的画家为了画好陕北人，在60多年的岁月中，将自己的人生安顿在陕北黄土地和延安窑洞中，让自己的生命与父老乡亲血肉相连。他以几十年的时间实现了双向对象化——将自己对象化为延安人，又将延安人对象化为百米长卷《黄土地的主人》等系列作品中的艺术形象。

吴天明在拍电影《老井》时，要求张艺谋等几位主要演员像大山中的开山工那样顶着烈日去背石板。十几天下来，人晒黑了，演员在对象化实践中也找准了角色的内心感觉。

贾平凹稍有不同，他是商洛人，一生致力于写本土，写商山和秦岭。但是他对本土的认识也有一个由浅入深的对象化过程。开始是写"山区"，后来是写"山地"，由生活层面进入文化层面；最后则是写"山本"，写山之本原，山之本来，这就进入了天、地、人互动的大生命层面。他由秦岭写到长安，写山文化与城文化通过人物活动和生命运动的互融互动，格局与纵深之大十分罕有。这都是作者多次让自己的生命和山河、大地、人生相互对象化的结果。

以此故，这些艺术大家都先后由"我写你，画你，演你"，进入了"我写你，画你，演你，同时也在写我，画我，演我自己"的境界，对"我"的表达与对

"我们"的表达便这样融为了一体。

三、要特别重视以新阶范畴来激发创造和开放的艺术气质和文化思维。

陕西文化艺术界给外界的印象似乎比较稳重，甚至倾向于保守。其实，陕西文化的内在结构是创造型和开放型的。

这块土地历史上有汉唐时期开放兼容的气度，一直延续至今。在生活和创作过程中，陕西作家艺术家十分注重吸纳各种新的文化因子来化育创新元素。尤其注重在生活和艺术、主体和客体的矛盾运动中发挥新阶范畴、新阶思维的激励和推动作用。

马健翎本是北京大学学生，他到延安后，将五四新文化运动和延安革命文化的新因子，即新阶范畴因子，输入民间的、传统的艺术，使秦腔和眉户耳目一新、脱胎换骨，成为新时代人民群众喜闻乐见的新艺术。

第五代导演张艺谋也是这样。他们那一代吸收了改革开放后新的社会观念和世界新的电影观念，以电影创作的新阶范畴、新阶思维激活自己的创造激情和创新能力，便产生了《黄土地》《红高粱》这样轰动国内外影坛的经典佳作。

我们都强调《白鹿原》是陈忠实潜回家乡在土地上猫了个好几年的成果，但往往忽略了他在白鹿原的农舍中，曾经集中对外国现当代文学进行过深入的研究，而且写过多篇心得文章，做过多次专题讲座。他从世界文学新成果和新思维的高度重新审视脚下这块土地，将新阶范畴种植在白鹿原的土壤之中，这构成了作品成功的一个重要因素。

贾平凹可以说一开始就走出了陕西文学主流传统的近亲繁衍，他追随的是沈从文、孙犁、汪曾祺那个流脉。而后，他又与中国古典文学的主干拉开距离，从《聊斋》《山海经》，从宗教艺术目连戏和民间碑板铭文中去吸取营养。新颖鲜冽的新阶坐标和创思维激发了他对当下生活不同于别人的一种认知，这才有了贾平凹。

赵季平本来是科班学作曲出身，但音乐学院毕业后他在戏曲院团工作了整整 20 年。对他来说，深度进入中国戏曲音乐、民族和民间音乐就是进入新音乐理念和创作思维的过程，这使他在学校慢慢形成的音乐审美结构产生了极大的变化。不同文化、美学和作曲坐标杂交融会，使赵季平也有了不同于众的新面貌。

四、要加强对各层次文艺人才的培养，形成多层递进的梯队结构，营造尊重、关爱文艺和文艺家的社会氛围。

在陕西，宣传部、文化厅、参事室（文史馆）、文联、作协、社联以及新闻出版、高等院校等各个相关方面，设置了陕西一文艺大奖等几十个奖项组成的评奖系列，还专门设有针对老一代文艺家的"崇文书系""三秦学者"、老艺术家专项出版资助项目，也设有针对青年文艺家的"四个一批""百人青年创作"等人才培养计划。重点的出版、影视、舞台演出和大型活动都有专款资助或由政府购买。对于突出人才的培养宣传更是不遗余力，基本做到了创作有支持、名誉有认可、生活有保障、社会有氛围。

由于组织得力，这几年西安打造书香之城、音乐之城、梨园之城、唐诗之城、博物馆之城以及智慧之城成效显著，定期举办的"丝路国际艺术节""丝路国际电影节"影响日益增大。省、市多方发挥丝路起点优势，大力加强与丝路各国文化艺术的交流合作，丝路卫视、丝路城市电视、丝路博物馆与文物考古修复等各类文化艺术联合体正在切实推进。

这些文化品牌系列极大地促进了陕西文艺向更高水平的推进，也为西安建设以历史文化为特色的国际化大都市提供了新的助力。40年去来，我们对中国文学，对中国文学格局中的陕西文学充满了信心。

2018年10月5日，西安不散居

谈文艺评论写作的思维

文艺评论是对创作进行评论的，它本身也是一种创作活动，需要有严密的逻辑思维，也少不了活跃的形象思维。评论作者的心幕上，既有抽象的概念演绎和论理，又有形象的画面联结和辐射。

每一篇评论的构思写作过程都是不一样的，但又常常有共同的地方。可不可以说大致是这几个过程：先是作为一般的读者和观众初读作品，获得一个大体的感受。这个印象并不具体，有时甚至只凝结为几个很简练的字：真好！挺好的！还不错！也就那样吧！实在不怎么样！真够呛……也有具体的，那便是有几处给你印象最深、最新的地方。这些都将成为"兴奋灶"，成为"思想酵母"，留在你的脑海里。这个最初的评价，是一个总体的评价，很少受其他因素干扰，要抓住不放。你未来文章的立论、角度，以至笔墨，常常由这第一次印象发展而来。这次评价虽不是刻意思考的结果，却是评论者文化素养、理论水平和鉴赏能力的综合表现。一位有修养的评论者，第一次印象和作品的实际应该是八九不离十的，才能为下一步的思考和感受奠定良好的基础。如果第一次印象和作品的实际距离就很远，在以后的思考和写作中，就会越走越远。当然也有可能纠正最初的看法，回过头来逐步靠近作品，这就走了弯路了。

接着，这"第一次印象"就开始在你思想中发酵了，围绕着大脑中这些最早的"兴奋灶"，开始了各种各样的记忆、联想活动，有关的思想观点、生活感受和知识见闻被唤醒了，开始聚合起来，在聚合的过程中进行着初步的筛选和组合，并且不知不觉就进入了分析的阶段。和同类作品的同位点作横的对称比较，和过去有关作品的同位点作纵的递进比较，和成功的（如果你评论的作品是失败的话）和失败的（如果你评论的作品是成功的话）作品做反向比较，等等。通过比较，最初的感觉得到了验证，有的地方修正了，有的地方冲淡了，有的地方加强了，文章的立意、观点、角度便初步形成。

这之后，最好再回过去读一次作品。这次欣赏和一般读者、观众不同了，是带有目的的评论者的眼光。比之第一次欣赏，可以说这是一次微观的欣赏，不仅注意整体感受，而且侧重"拆卸"，在欣赏中伴随着更多的思考。通过再一次欣赏验证观点，充实和丰富材料。在这次欣赏过程中，大观点分出了侧面和层次，材料和语言也大致有了雏形。这种再欣赏的过程，有时可能反复多次，在反复地拆卸中反复地凝聚，最后形成比较准确的综合。

在观点和材料的结合中基本完成积累工作之后，有时还需要对观点作更深的理论上的思考，把你的观点放在更大的格局和更长的历史进程中来观照、展开。这常使你将来的文章带有较强的理论色彩，此后，便可以把这些所思所想形诸文字了。上述整个评论写作的近期准备，我们不妨归结为由宏观的欣赏、感受，到微观的欣赏、思考，再到宏观的思考这样一个三步曲。在这个构思过程中，从思维方法上看，有这么几点应该注意的地方：

第一，要从所评论的作品实际出发，具体问题具体分析，从分析中引出结论，不要"帽子加例子"，更不要"只有帽子没有例子"，离开作品的实际去发空论。电影评论家钟惦棐说：一篇影评，七八十字以后就必须和电影挂上钩，把你的观点，结合着影片来展开。紧紧粘连着作品具体内容的分析，才是有说服力的、有个性的分析。

从实际出发，既要注意你所论述的作品的具体实际，又要注意你所论述的这部分实际在整个作品中的位置，并把所论的作品放到这个大的实际中来展开。

第二，除了思考作品本身，还要把所论的作品放到三个背景中来考查——现实生活的背景、作品的时代背景和社会哲学心理的背景。点实面虚，点面结合，这是一种立体思维。要用这种立体思维来检验原先平面思维、单向思维得出的论点论据的正确性和深刻性。对于阿Q、贾宝玉、奥勃洛莫夫，就事论事是解释不了他们的典型意义的；而不了解社会哲学心理，也无从解释这些典型人物在当前现实生活中的意义和引起共鸣的原因。

第三，要培养和发展自己敏锐的发现能力。作家的才能在于从别人无所发现的生活现象中有所发现。评论家除了需要这方面的才能，还要具备从别人无所发现的文学艺术现象中有所发现、有所感触的能力。这种能力主要表现在：能够远比一般读者、观众更快地将具体的文学艺术现象和一定的文艺规律联系起来，看到偶然中的必然，反常中的有常，个别中的一般，并且实现知觉转移——由艺术欣赏中具体的感受转移到规律性的思考。如果能够将这种转移过程用艺术语言表达出来，一篇有特点的评论文字便诞生了。

第四，构思和写作文艺评论要逻辑思维和形象思维并用。评论中的形象思维主要表现为欣赏过程中的感受能力，因此也可以说，写作文艺评论既要有分析能力，又要有感受能力，甚至可以说感受是分析的基础。王蒙说过这么一段话："正像作家善于感受（感觉、体验、知觉）生活一样，评论家也应该善于感受（感觉、体验、认识）作品。这种感受，不完全是理性的分析，是整体的，是真善美交流的整体印象。这就同样需要敏锐的知觉，丰富的感情，新鲜、强烈、大胆的想象，同样要借助于自己的生活经验与艺术经验的补充，这比作家更难。作家可以改造生活，评论家却只能发现作品。"王蒙是位既写小说又写评论的"两栖作家"，他的体会应该是经验之谈。

形象思维的特点是将现实作为一个整体来感知，而不像逻辑思维那样，按一定的观点，对现实生活作抽象的感知。一般的形象思维是被动地复现表象，创造性的形象思维却是把表象重新组合安排，经过加工创造出新的形象。文艺评论作者在构思和写作过程中，观点的形成和演绎，直到最后的表达，都是不脱离、不弃舍作品所表现的生活形象和人物形象的，否则，容易将作品肢解开来以适应自己论点的需要。而在对作品的总体把握上失之偏颇，至少不利于读者和观众完整地感受和理解作品。

第五，仅有感受，对评论写作当然是不够的。文艺评论的作者还要有一种统摄材料，在感受的基础上形成观点的能力，要锻炼自己能够把欣赏感受，升华成具有概括性的观点，并且用简洁而又通俗的文字表述出来。文艺理论的一些现成的分析语言自然是需要采用的，但文艺评论不是科学研究，它面向的是社会的广大群众，所论的又是社会性很强的文艺作品，因此，评论作者要兼具统摄材料、形成观点和用又通俗又新鲜的文字表达观点的能力。

第六，要培养和发挥自己的"求异思维"，抓住一部作品的异点、新点、难点和动情点，作深入的剖析、阐发。要极力避免观点、思路和语言的落套。发挥求异思维的作用，必须熟悉生活和创作的背景情况，知同才能求异。求异的主要方法，就是通过比较，抓住作品在内容和形式上矛盾的特殊性，并且能够从矛盾的普遍性中来理解这个特殊性。

所谓新点，就是你没有或很少见过的题材、人物、冲突、情节、手法，或者在同类作品的基础上，在某一方面有了新的进展。所谓难点，是观众、读者（也包括你自己在内）在欣赏、理解一部作品时最吃力的地方，这些地方往往包含着深意，或者涉及了一个新的领域，也可能包含着失误和偏差。作品欣赏中的难点，是读者和观众最感兴趣、最需要知道的，切不可绕道走，要迎难而上，分析它、回答它。动情点——欣赏中最感动你的地方。之所以打动你，必有两种情况：一是它同时也能打动别人，既如此，便有这样那样的成功之处，也是大家感兴趣之处；二是它只能打动你，而不能打动所有人，这也值得谈。这种地方，要就表现了评论者过人的感受和理解能力，要就和评论者个人的某种见解或生活回忆联结在一起，都有可能写出有深度、有个性的文字来。

一个评论者有了过人的求异思维，就既不会踏着别人的脚印走，也不会踏着自己的脚印走。

第七，还要培养和锻炼自己迅速发现类似，进行联结和反联结的能力。有位外国著名作家说过，小说的诗意和美，常常表现在作家能够把别人看不到联系的生活现象，合理地、艺术地联系在一起。恐怕写评论也是这样，常常要采用联结和反联结的方法。联结——举个例子，眉户现代剧《兄弟姐妹》反映了80年代农村的婚姻问题，如果将这个戏和另一个写解放初期农村婚姻问题的现代剧《梁秋燕》（也是眉户剧，也是由陕西戏曲研究院演出）联合起来就有很多文章可做：既可以写30年来农村婚姻道德观的变与不变，并论及社会在这方面的进展和沉滞；也可以从事隔30年，这个社会问题非但没有解决，某些方面甚至有加无减来发表自己的议论。将两种或两种以上的创作现象联结到一起，便这样产生了观点。

反联结是将相反而有可比性的两种以上的创作现象联结到一起，产生论点。也举个例子：去年夏天在汉中，话剧《高山下的花环》和歌剧《小二黑结婚》同时演出，也都同时受到欢迎。而这两个戏在农村婚姻方面所反映的道德思想，可以说属于三个不同时代的水平——《花环》中梁三喜叮嘱妻子在自己牺牲后一定要寻找新的幸福，并且留给她"未来的丈夫"一件新军大衣。他把这和共产党人要使全体人民得到幸福的崇高信念自然地联系在一起。小芹、小二黑还在争取婚姻自由的民主革命水平；三仙姑、二诸葛则还在封建道德的阴罩中踱方步。三个时代的道德水平，在80年代的农村，分别都有自己的观众，把当前新旧交替、除旧布新的时代特点反映得多么鲜明。这里有多少文章好做！

要做到联结和反联结，首先要寻找类似，锻炼自己从正反两方面发现事物之间类似的能力。如果在别人看不到类似的地方发现类似，从而进行联结和反联结，"深"和"新"便可能进入你的评论文章。

第八，除了那类全面论述一个作家或一部作品的评论，报刊上的评论文字，从篇幅，从可读性考虑，最好都不要正面出击，而要发挥侧向思维的优势。侧向思维，说通俗些就是"左思右想""旁敲侧击"，从对象本体以外的领域中获得启示的这种方法。英国医生德博诺把这种运用"局外"信息来发现和解决问题的能力，同眼睛的侧视能力相比，称它为"侧向思维"。

一个人侧向思维的培养、锻炼，得有两个条件：一是涉猎面广，有左思右想的广阔天地；二是思维目标集中，经常有一些题目和观点在大脑中形成"优势灶"，海阔天空的想象一和这个目标挂钩，便会引起"优势灶"的兴奋，有时如电光石火，在不经意之中便得到了启示。侧向思维常常使文章落笔新奇，又出其不意地引向了结论。这结论也许是众所周知的，但因为它和人所不知的画面、思路联系在一起，加上论述的角度新奇，常常能让读者久久难忘。譬如我们要说一部作品的结构，谈重组生活素材的重要性，开始却先讲个历史上的故事：曾国藩的湘军在征讨太平天国起义时，经常向清廷谎报军情。有次下面的战报上写着湘军"每战每败"，曾国藩朱笔一勾，成了"每败每战"，仅移一字，而意思大变。前者说的是湘军的狼狈，后者则极言其英勇了。然后，再笔锋一转，联系你所评的作品，谈结构安排在创作中的重要性，肯定是新鲜的、机智的写法。

文艺评论写作中的思维问题当然还不止这些，这里只是就个人体会较深的地方，谈一点看法。

（1990年7月，根据在陕西师范大学讲课提纲整理成文并发表）

中国书法的文化意义
——2012 中国书法·金陵论坛讲演

世界上，只有中国文字具有象形性，每个单字构成一个方形图框，在方寸之地中有结构、有线条、有图像、有意义。追溯到源头，又大多由字与词所指事物的原本图像简化、变异而来。因而汉语文字是直接符号，是表意文字，更倾向于视觉艺术。汉语方块字，是这个世界上唯一的表形、表音、表意三者同步进行表达和传输的文字。

以字母拼音组成的文字，主要以表音来表意，字母虽也有形，但只是形状而不是形象。单个字母的形状，本身并没有形象意义，只有以几十个字母为"母标"的不同组合、拼写，才产生意义。在组成词汇之前，字母只是音标，不是有形象、有意义的图标。而这种意义，只与词的音相关，与字母的形并无关涉。拼音文字的形和意是不挂钩、不同步的。所以拼音文字是表音文字，是需要转译的符号，更倾向于听觉艺术。

这是汉字与其他文字的本质差别，也是汉字之所以成为中国文化和中国思维、中华美学和书法美学最早源头的真正原因。语言文字使人类的精神劳动和物质劳动得以固化为一种形态性表述，通过这种形态性表述才得以传播、交流、留存下去。不同族群、不同文字的呈示和表述方式，必然反过来影响不同族群的文化思维、文化心理和艺术的、行为的方式。

汉字书写的元素影响了我们的文化和思维

汉字书写的哪些元素影响了我们的文化思维和艺术思维？

第一，书画同源的造型特性。汉字由象形的图画经由简化、抽象、变形，逐步演变为符号，每个汉字最初都是描摹事物的一个单幅画（如"鱼""龙"），或由两幅、多幅图画拼接起来的一幅组画（如"好""安"）。音指与象指在汉字中合一，笔划与结构中均有图像、意象和情象内容。后来随着字的日渐功能化、实用化、符号化，书与画在实用功能层面开始分离。但后来，自书法进入愈来愈重视以真、草、隶、篆，特别是行草来表达创作者的感情的阶段，艺术的功能重又上升，书画在艺术审美层面重又结合。所以能再度结合，当然与中国的书法和绘画本来都同时具有造型功能，艺术性格犹如弟兄有密切的关联。

第二，笔、墨、水、纸特性。弹性幅度极大的毛笔，可浓、可淡、可枯、可润的水墨，能够以吸水度和印迹感天然造成原生效果的宣纸，使中国书法因毛笔、水墨、宣纸的书写，能以在快慢、提按、推拉、扭折、顿挫、转甩、浓淡、湿枯、晕涩、虚实中相映相辉、相生相克，能以丰富的艺术语汇，给构思和表现提供无限张力，给精神创造和艺术创造提供了其他文字无可比拟的阔大空间。

第三，多形态、多方向笔画特性。汉字的点、划、撇、捺、钩、方框（圆）和三角的多形态笔法，以及毛笔笔画的多方向性写法，这些在别的文字中罕有的特色，为各类线条和几何图形大量进入书法铺就了通道，使得徒手线艺术、点画造型艺术、符号化艺术、空间造型艺术的许多观念很早就进入汉字书写，同步提升了中国书法具象和抽象的双向表达能力，也为书法提升为书艺，提升为墨象艺术，或再度高层次回归绘画本体，奠定了基石。

汉字书写发酵了哪些中国文化思维和美学思维？

汉字书写这些独特的元素，对中国文化思维和美学思维的形成起到了怎样的作用呢？

我想简明地说一下自己体会较深的几点：

第一，形神说。汉字由具象的图画在漫长的岁月中逐级简化、变异、提升为书法艺术抽象的符号，却又草蛇灰线，留下了各种象形的印痕。中国书法在发生学领域的这一过程，其实全息着也发酵着中国文化特有的思维。形与神，在书法中既衔接，又变异，既隔离，又呼应。形与神互通，形与神暗寓，形与神在运动中融合，在融合中冲突，始终重视并持续解读形神关系，也就逐渐成为中国书论、画论、艺论、文论，乃至整个哲学文化思想的一大特色。

形神说力主艺术不能只停留在形似的、具象的、具体的言说层面，要由形入手，去捕捉、提炼、表述形中之神，以形凝神、以神驭形；要在形的造型基础上，有气有韵，气韵生动，要由形格、能格提升到逸格、神格。在中国古代，由形神说生发出来许多文化理论和美学理论，譬如古典诗论文论中的"通感"说，"述而不作"说（孔子《论语·述而》），"灵幻寓言"说（庄子《逍遥游》），画论书论中的"离形得似"说，"传神"说（顾恺之），"气韵生动"说（谢赫）等等。

第二，造象说。由形神说进一步深化，又衍生出造象说。中国远古的思维，早就为艺术文化不以具体形象表达客体事物开了路。《周易》之"符象""易象"概念，"观物造象"理念，清楚表明"象"并非自然主义地直接选取客观物象本身，而是通过对自然物象烂熟于心的观察，感悟总结其义理，再创造出可观赏体察而又可喻思联想的"象"来。"符象""易象"者，即符号化之象、不停变易之象也。这种"象"已经不是原生之"形"，而是形与理、与心熔冶一炉之后"造"出之"象"，它非物非心非理，亦物亦心亦理，故曰为"意象"。

《周易》前后，这种非具象文化观、艺术观在老子、庄子的言说中得到了进一步的表达。老子首度将"象"与"道""气"视为一体，认为"象"是"道"与"气"的表现与呈示，认为"大象"可以"无形"，"大音"可以"稀声"，可为"无物之状"。庄子的"象罔"说，即有形之象与无形之象（即"道"）的结合才是最高的"象"。这些思想都极大地丰富了中国古典文化和美学思维中的"造象"说，使之成为中国书法作为意象美学和抽象艺术实践的美学基础，它既开古代文人画尚意、写意、品意的风气之先，也是近几十年中国书法在东西方世界陆续出现"现代书象"倾向最早的渊薮。

第三，线的意趣。远古时人善文字的初始阶段都以线来表现，这从东西方的许多文物，特别是壁画和崖画上可以看到。但许多民族在创立了拼音文字之后，线条的功能开始单一化。拼音字母虽仍然用线条书写，却日益趋向表音功能，是与音符益相近而与画符益相远的"母符"。表象功能只是保留了字母书写的装饰性。在西画中，用对面的光暗晕染替代了对物界的线的勾勒。中国不一样，汉字作为"母符"，表音、表象、表意始终不离不弃，多重功能始终结合，也始终将画趣溶于本体之中。

中国书法早于绘画发现并发展了线条的美学表现功能。由于书写全用线划表达，在秦篆、汉隶甚至更早的甲骨文、金文时代，书法对线条审美功能已经有所自觉，对线条作为有意味的形式元素的表现能力已经着手发掘。直到唐代大画家吴道子晚年，绘画才用"如莼菜条"般的线条，以粗细、宽窄、枯润和自如的转折来表现物象的动态、光暗，才对线条丰富的造型能力和表现趣味有了较深的审美认识和艺术实践上的飞跃。"学画先学书"的说法也许就是这样来的。

以此故，中国书法素来被称为线条的艺术。那真是点如朝露，钩如顽石，竖如修竹，横如水波，撇捺若双桨击浪，推拉、扭折、提按更似老藤飞扬，无一不是情感的枝条。或酣畅，或飘逸，或枯涩苍劲，或典雅古拙，又无一不是人生际遇的再现和人格的外化。而以纯形式感的线条来表达书者的生命情怀和艺术意趣，更臻于中国文化写意精神和中国文人写意情趣的极致。书法对线条的探索，给国画提供了持久而丰沃的艺术营养。

第四，程式美学。将线的意趣普泛化、固态化、规律化、形式化，积以时日，则升华为一种程式，像真、草、隶、篆、行。每一形态中，如草书又凝固为章草、狂草、行草。各形态之间还嫁接出新的品种，如行隶、隶篆等等。书法程式和中国艺术、中国文化的程式化美学融通一体，在全球文化中显出自己的奇诡和独特。创作本来最忌重复和相类，程式化却偏偏强调"不易"（不变）和反复。中国书法一贯强调认真切实地习帖学碑，讲究字的师从背景和文化渊源。戏曲有相对固定的行当、脸谱、唱腔和程式表演动作。古典诗词歌赋有严格的平仄、格律、对仗、韵脚。词曲的词牌、曲牌，如《念奴娇》《蝶恋花》《忆秦娥》，以当时流传最广的作品命名，固定传承下来，成为永久品牌。古典小说跑不出章回体，回目的开篇和结尾要有诗为证。就连科举考试的命题文章，也必须符合"八股"程式。

要学习中国古典文艺，必经过带有强制性的反复训练，使前人优秀的创造成果层层积淀，凝固为当下的文化传统和艺术行为。在这一过程中，一方面对原有的积淀不断精致化，以广受欢迎的文化精品持续而全面地传播，培养和提升民族独有的审美评价体系和文化接受渠道；另一方面，汲取新的鲜活的创造因子、新的个体生命体验和艺术感悟，不断锤炼为新的精华甚至经典。我们就是以这种流动的、开放的而又是相对稳定的结构，维系着程式美学的生命力。

第五，"三易"质地。中国书法以上这些特征，不是孤立的文化现象，它具有中国文化思维共有的"三易"质地，也就是说，在总的方面它全息、丰富了"简易、变易、不易"的中国思维。这是东汉郑玄在《易论》中总结出来的。"简易"不是简单化，而是总体地、宏观地、浑一地在各种关系的把握中看问题，是统摄、提升具体而又庞杂的现象，简化、转化为总体感觉的能力。字是对画的简易，线是对面与体的简易，程式是对自然主义的简易。书家对自己创作的定位，对作品结体关系、气韵脉势的把握，常常考验着他在这方面的水平。

"变易"不是乱变，是根据自己的具体情况去实现符合规律的变化发展。变是恒常的，变才能生生不息。但又要有"不易"，执守本质、执守原则、执守规律。字体和书风就是"不易"，经典和传统就是"不易"，碑帖和程式就是"不易"。显然，"不易"不是绝对不变，字体和书风可变，传统一直在与时代的汇流中变化，程式也在不断融进每个创作者生命的过程中变化。用"简易"思维和写意表神精神统摄，辩证处理好"不易"和"变易"的关系，是书法创作之精要，也是中国文化发展之精要。

中国书法与世界文化和现代文化接轨有哪些基础

中国书法作为一种不同于拼音文字的象形文字，看似孤立于世界文字之林，其实在很多方面有着与世界文化和现代文化接轨的基础。

第一，中国文字和书法体系的孤独性，反激出它交流世界、融入世界的热切要求。

方块字是一种更倾向于视觉艺术的直接符号，它以直观视象为基础，表形、表音、表意同步传输。中国文言书写将语言文学化，而产生有别于口语的书面美文和文言美文。由口语到书面语言，是中国人梳理、深化自己思考的重要途径。在这个意义上，书写就是思考，在书写中思考。这使中国书写深深植入民族的思维和人文历史之中，成为民族思想的重要表征。中国书法艺术更将文字的书写由书写表达符号提升为艺术化创作，在文词美的基础上，兼具结构、线条、水墨等造型美，并以文词美、造型美同步倾诉书者的内心世界。这使整个中华民族的思维倾向于"文"（人文，包括论道、玄思、文学、纹饰即美术），倾向于直接的、直观的感悟。在世界文字之林中，中国文字和书法的特色是孤独的，却有一种孤独之美，它益于中国人形象、悟象、灵象思维的发达，并构成了整个思维的东方色彩。

拼音文字则更倾向于听觉，这使西方社会更看重听觉艺术，如音乐。文字和口语的同音，使两者难于分离，难于像中国那样产生与生活口语相分离的只用于书写的书面语言和文言文。由于它不表形只表音，由表音到表意便需要经过翻译、分析，是一种间接的转译符号。这使得使用拼音文字的民族，分析的、逻辑的、实证的思维更为发达。

今天，世界文化已经由早期的隔离发展阶段、中期的竞争发展阶段，进入当代的综合发展阶段。世界和中国都有强烈的双向交流的需求，都希望在交流中互适、互补、互惠。这种希望，不只表现在世界市场和社会一体化进程所激发的人才、知识、经济和资本在交流中的共进，更表现在文化和思维对交流共进的迫切性。外语学习的普及是怎样深刻地改变了中国一代年轻人的思维方式和行为方式，不是有目共睹吗？同样，随着世界正在出现的学习中文和中国书法初热期的持续，中国文字思维又将会怎样地营养和影响人类，也完全可以预期。也许这才是"孔子学院"最深刻的意义。

第二，中国文字和书法体系的变异性，在世界华语地区和一些周边国家扩散出两个泛汉语、泛汉文圈，这是中国文字和书法走向世界的桥梁。

由上亿人构成的世界华人和华裔的汉语地域和社区，是中国文字和书法向世界播扬的桥头堡，是早就存在了几百年，而且早就融入了当地社会和文化场的"孔子学院"。华人华裔圈的汉语、汉文和汉字书法，为了适应各自的交流环境，都有程度不同的变异，这种变异了的汉文、汉语和汉字书法，形成中国文字和书法体系走向世界的第一个泛汉语、泛书法圈层。

另外，在长达千年的历史时期内，汉字曾经是东亚地区的国际通用文字。在东亚汉文化圈内，汉字和记录日本语、朝鲜语、越南语、苗、壮、瑶、侗语的准汉字和非汉字，以及契丹文、女真文、西夏文、方块苗字、方块布依字和越南喃字、日本假名、朝鲜谚文等20多个族借用源汉字创造的本民族文字，形成了"一母多文""一文多语"的文字传播圈。在这个传播圈内，中国书法艺术以程度不同的变异形态发展着，比如功能变异、形符变异、体式变异。有的照搬，有的假借，有的转注仿制，有的变异改创。其中日本、韩国、新加坡保存得较好，中国书法在那里至今仍极有活力。这种以汉语、汉文为基础、为核心的"一文多语"文化圈，是汉文、汉语和汉字书法走向世界的第二个泛汉语、泛书法圈层。

中国文字和书法这两个泛汉字、泛书法圈层，在几百上千年中为汉字和书法文化走向世界积累了丰富的经验。

第三，中国文字和书法原生的非具象表达精神和"以形写意""观物造象"传统，构成中国书法与现代文化接轨的内在通道。

近代白话文的出现，改变了"文""言"分离的状态，书法出现非生活化趋势。书法的书写内容和表达方式，与书家所处当下生活的表述方式严重脱节，出现了书法很难用白话文表达当下世人情怀，只好沿用文言诗文来苟延传统的双重价值。不变不行，变又困难重重。中国书法从诞生那天起，千百年中被古典诗文涵养的那份"胎里带"的高雅质地在转型中将遭受严重冲击。没有了这份古典的高雅，书法情何以堪？又如何自处？

不过我们又分明看到，传统书法与现时代接轨不是没有基础。近几十年来，有识之士一直在发掘、加固这一基础，并在这一基础上卓有成效地实践着。这个内在的基础，就是刘骁纯命名的"书象"。按现代书象艺术家吴华的概括，这种一脉相承于中国各个历史时期的"书象"艺术链，由原始彩陶符号和纹饰，古代易象与书法，现代符象与书绘等，共同构成了连贯几千年的中国"书象"艺术现象。"书象"艺术将真切的图形，提炼为各种线条和几何图形的刻画，形成了艺术长河中的中华非具象艺术。①

这种"书象"艺术远非中国才有。在西亚，远古的美索不达米亚符象与楔形文字、埃及图文并茂的圣书字、3世纪前后美洲的图形玛雅文字等，西方称之为"文字与图像"，其实都类乎中国"书象"。人类文字史上这种世界性现象，正是中国书法走向世界的通道。

汉字与书法点、线、面表现的视角规律已经有许多解释，无须赘述。从视角意义看，汉字和书法的空间布局、水墨趣味，与现当代艺术的一些手法也非常接近。特别是行草书，由于更加远离表述对象的原型，非具象艺术特色更为明显。抽象的线条飞动，一定程度抛弃了象之形，而转换为心之绪。欣赏者可能不拘泥于书法表达的具体内容，而更关注线条运动中流动的情绪。

正是这些沟通的内在可能性，造就了吴冠中大师的创造性探索。他在回顾自己探索之路时这样说："今日看，书法的构架、韵律、性情之透露，都体现了现代艺术所追求的归纳与升华。""我立足于汉字家园，力图孕育东西方都感惊喜的怪胎——混血婴儿。生活变，时代变，文字变……书艺觅新知、觅新的造型美。"②

当然，与此同时，在书法现代化进程中，传统国粹的文化安全问题又尖锐地提到了我们面前。在书法现代转型过程中，由于外来表音词的大量渗入，现实生活"言"的通俗必然冲击古典表述的"文"之高雅。"文言分离"一定程度上破坏了千百年来形成的书法文化内容与表达形式和谐的结合，中国文字文学之美和中国书法艺术之美的分离，极有可能伤及中国书法高雅的本质。再加上当下汉字书写键盘化和网络语言对白话文规范化的严重冲击，让人不能不为书法的未来担忧。尚如此，古埃及文字被罗马拉丁文字所替代的历史恐将重演，几千年中华文明以文字为主干的延续将被危及。如何处理好中国书法在现代转型中的这个悖论，尽量降低书法现代转型的成本，避免书法国粹传承中的安全风险，是一个极需要审慎对待、认真解决的问题。

2012 年 6 月 25 日，西安、南京

注释

① 吴华《略论书象》，见《清华美术》卷 12，第 56、57 页。
② 吴冠中《汉字春秋》，同上，第 1 页。

说草
——《历代草书大家书法字典》序

汉字书法是中国文化特有的审美形态，它仰仗一种特指而又被广泛认同的程式符号体系，以点、画的随机组合，线条的律动和节奏，结体布局的疏密轻重，水、墨、纸、笔主动而极具个性地渗化融合，在精神境界和象征层面营造万千审美气象。以此而在世界文化中独秀一枝，以此而在世界文化史上独呈华彩。

汉字书法作为一种特殊的审美信号系统，传导着中国人的文化心理和审美人格。它以特有的形态，将中国人或规范或潇洒的人格价值追求，中国人或守格或破格的文化精神暗传出来。在线条的飞扬和变化的布局中，你总会时不时感觉到中国人平衡与欹侧、协调与矛盾、统一与变化、齐整与错落等等独特的哲理气息和思辨方式。

真、草、隶、篆之中，草书大约最能传达出书者的生命冲动和书法的艺术神韵了。草书是书法艺术中最具生命感的书体，它极致地体现了中国书法的生命特质。伏于案前书写草书时，那种成竹在胸、率意而为，不期然而然的自在状态，那种在运动中即兴组合、建构审美关系，智慧如繁花纷披的快意感觉，那种时时以情愫的律动运笔，又处处不实写情愫的曲运暗合之智和意会神通之美，那种在符号形式与形象、意蕴之间自由出入的通感，无不给生命提供了喷薄的机缘。

绵延几千年的东方制度和礼教，绵延几千年的伦理中心、家国同构、天人合一的华夏文化，绵延几千年重血缘、族缘、地缘的村社意识，大都有意无意地偏于抑窒生命的天籁去顺应群体生存和社会管理的需求。这种制度、礼教、文化，在国人心里磨出了茧子，结成了痂，厚厚地覆盖着真生命的释放，乃至炎黄子孙不得不在现实层面之外的模拟层面来寻求生命的自由张扬，文学艺术便常常承担起这一功能。中国的社会实践一般躬行儒的哲学，而艺术精神则大都奉传道的流脉，那原因可能正在这里吧。浪漫主义的文学与戏剧，常常虚拟地实现着人对自由、正义和种种真性的欲求。武侠小说描绘的侠精神、侠文化，既发掘、保存，又发展、建构了国人生命中潜藏的自由精神。在书法艺术中，草书便正是释放和养成生命自由的最主要的培养基。

草书又是书法艺术中难度最大的，生命无羁的奔涌几乎要同步纳入精微的法度之中。草书法度不像篆、隶、楷那样森严，而如生命的奔涌变幻莫测。书草如驭马，要有本事同时骑在两匹扬鬃奋蹄的神骥之上，奔腾自如。那连绵不绝的线条，在轻重徐疾、疏密绞缠的时间推移中，显现出音乐的旋律节奏之美；在枯润浓淡、正侧巨细的空间布设中，又具有鲜明的画意甚至色彩感。可以说草书是书法艺术笔法、墨法、构图的集大成者，是书法艺术节奏、韵律、表意的最高层次。

这样说来，苦心习草远不只是为了把握一种书体，实在可以由此出发去领略中国艺术的内在规律，去体味中华美学的精神，乃至去涵养自由心态和生命真性啊。这是中国人对自身文化素质的一种特殊的锤炼。近年来习草者多多，一时蔚成风气，原因怕是在这里吧。

草书自秦汉由隶简化创成之后，在两千多年里，中经章草、今草、狂草，在东汉、大唐和大明时期，出现了三次大的发展高潮，产生了灿若群星的草书大家和各具风采的创作风格。东汉张芝变革章草，转精其妙而创今草，被尊"草圣"；三国皇象笔似龙蠖蛰启，伸盘复行，人称"八绝"；东晋"大王"离方遁圆，势巧形密，"二王"出神入化，气象超然，更是高山仰止；经智永、孙过庭承启熔冶，有大唐张旭金蛇狂舞，落笔如烟，存抒情表现主义于其中焉，醉僧怀素圆劲驰骋，奥妙绝伦，更具浪漫主义情怀，狂草在颠张醉素手中始臻成熟；唐以后，宋代黄庭坚，明代祝允明、董其昌、张瑞图，清代傅山，乃至现代于右任将章草、今草、狂草冶于一炉的规范化"标准草书"的创造，都无不各领风骚，不断构造着中国草书发展的新境界。

杨贵琦、耿庆义二位先生，同为于右任大师的故乡陕西三原县人氏，20世纪60年代同时毕业于西安医科大学。二君本司华佗之职，以悬壶济世而名满三秦,却迷醉中国水墨,习丹青书事竟卓然成家。以业余之时间、执著之心力、认真之精神,费时多年编出这部《历代草书大家法书字典》,使书家的精研和习书者的仿学,有了一部极为全面、实用的工具书。此典以草为经,分类组编,将历时态的草书发展置换为共时态的草书境界,史的时间链接于是转化为典的空间陈列。对习书者它不只可作资料性、工具性的查阅,细细翻读品赏字形、笔势和结体在诸家笔下的异同,又可在研究比较中感触到草书发展的某些脉象和演变规律,这又将空间还原为时间了。

《历代草书大家法书字典》的面世,于中华草书艺术在当代的普及和提高,在世界的展示和弘扬,功莫大焉。

2004年2月15日,西安不散居

文艺塑造"中国形象"问题
——中国文联第六届"当代文艺论坛"演讲

随着中国在世界的影响日益扩大,随着国人民族自信心的日益增强,"中国形象"问题日益受到国内外瞩目。文艺创作对表现、塑造、传播"中国形象"负有重大责任,文艺家对表现、塑造、传播"中国形象"也愈来愈具有激情和自觉性。莫言荣获诺贝尔文学奖和近年来我国各文艺门类在世界的广泛传播、交流所引发的巨大反响,更将对这个问题的思考迫切地提到我们面前。

一

文艺塑造"中国形象",首当其冲好像是题材问题,但又远不只是题材问题。像美术界全面策划的中国重大历史题材系列创作这一宏大的工程,是文艺表现"中国形象"的一次空前自觉行动。不少地方也策划组织了类似的书画活动,但最后决定质量和效果的是创作、是作品,而不是题材和策划。在衡量作品时,首要的尺度是"中国之形"的表现程度,其实更是"中国之象"的表现程度,即体现了中国内在精神的意象、心象、理象乃至灵象、寓象。关仁山的小说《麦河》像贾平凹的《秦腔》一样,写出了乡土文化在中国流失、凋敝的当下景象,却没有沉湎于挽歌的哀怨,而是从新农村土地流转的试验中,将一段历史的终结转换为另一段历史的开端,应该说更准确地写出了当下乡村中国的形象,对中国当下农村的变迁有着更内在的把握。

我们把国内外通过文艺渠道了解今日之中国的欲求、审美把握,凝练为"三贴近"——"贴近生活、贴近时代、贴近人民"。这样一个倡导性的文化口号，已经日见成效。但是，不少反映了当下生活，却依然显得肤浅、平庸甚至轻浮、粗鄙的作品告诉我们，"三贴近"只是表现"中国形象"的一个正确的方向，一个必经的入口。能不能深入到中国形象的内里，是一个更为艰深的艺术课题，它需要对丰厚生活资源的长期积累、系统整合，需要对丰厚生活资源进行睿智的深度开掘、精致的艺术升华。

二

文艺塑造"中国形象"，重点当然是聚光现代中国人的日常生活、社会走向和文化样态，尤其要聚光新事物、新人格和新的文明形态。不过，如若我们的目光和笔触不能深入到中国几千年的文化进程中去开掘、解读当下生活、当下人格，便会显出一种浮萍般的浅薄来。

中国传统文化是谈"中国形象"绕不过去的话题，它是中国当下生活之源、当代人格之基。它的独特，它的优秀，它与同时代人类文明的隔空呼应和异向同步，甚至于它的弊病，都无不遗落在今天中国人的血脉里。从某种意义上讲，今天的"中国形象"是从昨天脱胎出来的，它储存着世代中国人如何一步步承袭、变革、兴替昨天"中国形象"的文化编年史、心灵编年史、感情编年史。

《大秦帝国》的作者孙皓晖在他的学术著作《中国原生文明启示录》中，将中国五千年的文明史划为两大阶段：前三千年是原生文明期，是中华文明活跃的生成、定型的阶段；后两千年是积淀成熟期，中华文明在历史长河中不息地涌动发展。他对春秋战国时期百家争鸣的思想体系进行了分类，即：以法、兵、墨三家为轴心的创造型体系，构成中华民族"求变图存"的基础；以儒、道两家为轴心的守成型价值体系，是社会前进的制动器；以道家、荀子、名家为轴心的哲学思想，是中华文明的哲学阵地；以农、育、医、水、工各家为轴心的实业思想体系，是中国社会的生存价值体系。这个分析显示出，中国文化形象自古以来是多色彩、多运变的，它的丰富性匡正了往往仅以儒、道互补作为中华古典文化基本结构的固有印象。这种多源流的丰沛性，为今天中国形象、中国文化精神的多维发展奠定了基础，输送了复合性的养分。

从政治制度层面看，尧、舜、禹时代在世界首创了禅让制，在社会民意认可的基础上选贤。中国早期国家经历了部落大联盟（五帝）、邦联（夏、商、周）、文明涌动（春秋）、文明裂变（战国）等各种形态，最终跨越到秦帝国统一文明的新国家形态上来。这不也为从根性文化上解读中国当代社会发展和制度变革提供了历史参照坐标吗？

当然，我们表现文化传统对"中国形象"的根性影响时，同时也要审视传统中国人格中的劣根性，这正像我们在表现现代文明时，也不能不从现代性内部有可能滋生反人文、反生态的另一面来审视中国当下的一些社会问题一样。霍布斯、福科都认为，现代文明的野蛮性不是外在的，而是"心魔"。中国人格中的某些劣根性也是已经基因化的"心魔"。与这两类"心魔"的搏杀，是人类恒久的战争。

"中国形象"在漫长历史征途的不息前行中增加着厚重感，中国精神在年深日久的酿造中有了酒的醇香度。

三

"中国形象"的内质是中国精神，是中华民族精神，但在创作中凝聚、表现中国精神时，文艺家的眼界和胸襟又不能局限于民族和地域，要从人类格局和生命坐标上来开掘"中国形象"的内涵。我们固然不赞同笼统抽象地谈什么"普世价值"，但作家艺术家心中却不能没有普世的即人类的、天下的格局和情怀。我们要塑造的"中国形象"，是交流、开放中形成的人类形象的一个板块。体现并不断融汇人类优秀的文明成果、优秀的精神品质，正是中国精神、"中国形象"的一个重要方面。从这个意义上讲，"中国形象"群，也正是"世界形象"群一个不可或缺的重要组成部分。

中国古典文化的重要特点之一是天圆地方观念，它形成了中国人非常特殊的"天下"观念以及在天下观念基础上发展出来的那种世界图像。到了全球化时代的今天，这种天下观念如何转型为世界文明、人类文明的胸襟和思维，至关重要。我们的目标既然已经不再是仅仅停留在一个民族国家的构建上，而是建设一个对全球事务有重大影响的文明大国，我们的一言一行、所作所为就必须以人类文明为出发点，在全球话语体系中建立自己对人类文明独特的理解，并且发出自己的强音，用文艺打造自己的形象群。

整个人类所追求的理想境界，其实是被同一个太阳照耀着，只是各个民族、各个地域追寻的道路不同，常常在不同的云层下孜孜前行而已。我们常常容易忘记或者忽视，这不同的云层透射的其实都是同一个太阳的光辉。有时，当我们自信到自负，会产生一种错觉：好像唯有自己的文化云层最为美丽，把"愈是民族的，愈是世界的"这句名言推向极端，以"民族的"替代"世界的"，而排斥包容、开放、交融，将自己闭塞起来。这也许可以称为文化上的狭隘民族主义倾向。有时，当我们失去自信而惶惑时，又会产生另一种错觉：自己的文化云层全是晦暗，只有逃离到别人的云层下，或者完全比照别人比如西方的要求来重构自己的、东方的云层，才会有出路。这就是被称为文化上的"东方主义"的那种倾向。

这两种倾向都不利于"中国形象"的塑造，都不足取。我们坚信的是，民族文化中的精华必然是世界的，并且正在不断成为世界文明宝库中的瑰宝；同时，世界文化中的精华又应该尽快、尽早转化成为民族的，融汇到我们的民族文化宝库中来。这个有机交融的过程，三十年来正在大幅加速。

四

说到"中国形象"，我们随即想到的可能是人文精神、文化价值、社会生活和承载这些东西的人物、故事。其实，"中国故事"远不纯然是社会故事。由于中国人特殊的"天人合一"自然观，它同时是"天人故事"，是今天所谓的"绿色故事""生态故事"，是中国古典自然观与现代生态观结合的故事和人物。

在英语中，单词"ecology"（生态学）中的"eco"，它的希腊文原意为"居所""家园"。这与中国人对生态（自然、天）的理解和感受惊人地一致。中国人心中的"天"，主要指自然之天，也指宗教之天，义理之天，指那些人类不可违拗、只可顺应的力量和规律。自然之天，是人类此岸的生存家园；宗教之天，是人类彼岸的理想家园；义理之天，则是人类理性的精神家园。故而可以说，中国人对"天"，对"生态家园"这类命题的理解，远较别的民族博大精深。

在中国人心目中，天与人一样，是有生命的。我们有些民族在春节或其他节日中，既给人送礼品、食品，也祭天地，给牛、给树送食品。天、人不但同构，而且同性、同情、同步。欧洲的文艺复兴，以"人本"取代"神本"，在人文主义基础上确立了人的崇高地位，为现代工业社会的出现开了路。但西方人文主义的极化和癌变，又导致了人类中心主义，导致了对自然、生态、环境的蔑视性开发和破坏。而在此之前的一两千年，中国人就有了朴素的生文文化、天文文化、地文文化观念，并将其与人文文化融为四位一体的"天人合一"体系。这种中国式的"四文文化"，将天、地、生（动植物）作为人的对应物、价值物、象征物，融成了一个全维的生命系统。

人与自然相互对应、相互具有价值，也相互寄寓象征，这是中国山水诗、画和美文生成、流行并具有审美创造性之所在。"国破山河在，城春草木深。感时花溅泪，恨别鸟惊心"，杜甫将自然的枯荣、社会的兴亡，与诗人内心的生命苍凉融汇得简直天衣无缝。"江流天地外，山色有无中"，王维在物中写心，在无我中写我，在自然、社会与生命的审美三重奏中，显示出一种淡泊中的浓洌。而陶渊明的一声"归去来兮！田园将芜胡不归？"的仰天长啸，更是声震古今，让我们这些现代人都心旌摇动。陶令感喟的何止是古人，也包括后人；何止是土地上的田园，也包括心灵中的田园，是不是都快要荒芜了啊。

绿色的"中国形象"要寻找绿色的中国故事，更要展开绿色的中国生存方式和中国心态，还要探索绿色的文艺表述方式。毛泽东曾经在《沁园春·雪》中以秦皇、汉武、唐宗、宋祖、成吉思汗作为中国历史上的英雄典型推出，风气所及，我们的文学艺术热衷于描绘得也多是成功者、进击者的楷模形象。而构成"中国形象"很重要的另一面，比如老庄气质的人物，比如在节制和退却、忍让中求胜的人物，在无为而无不为中自恰的人物，反向正悟、静观玄览式的人物，以致淡泊者甚至失败者的形象，较为少见，写得成功的更是凤毛麟角。

从艺术上看，对自然风景的描绘和展示，甚至以环境作为焦点来表现人、表现城乡生活，或者将人与你境作为一个完整的生命系统来表现，都值得提倡。这既能显示作家艺术家的绿色生存姿态和审美姿态，又能在作品所表现的拥挤的社会生活中，劈出一道道自然风光的空间，在密不透风的现代社会和斑斓的当代艺术中，营造出一种疏可走马的艺术境界、生命境界。若像柳宗元的山水散文，陶渊明和王维的诗，沈从文的小说，以及泰戈尔、叶赛宁、艾特玛托夫那样，当代文艺中的"中国形象"又会增添多少真趣和绿意。

五

说到这里，又一个问题便应运而生，那就是中国作家艺术家的形象问题。作家艺术家既是"中国形象"的艺术创作者，自身也是"中国形象"的承载者。文艺的社会影响力，决定了他们在"中国形象"中的权重远高于一般人。

作家艺术家选择什么样的题材、人物、故事，怎样构思，如何开掘，用什么笔法表达，都无不与创作者的情怀、胸襟、气度、格调，即与他们的自身形象有关。逼仄的、沉滞的、陈旧的人生和艺术情怀，无法创造出体现"中国形象"的成功作品。如果我们的作家艺术家能够注意在自己内心凝聚人类文明的光彩，凝聚中华文化和中华人格的精华，笔下自会涵蕴出一种宽厚、温柔、博大而又不失深刻的气场。鲁迅以启蒙者的身影在旷野中、天地间孑然独行，发出屈原式追问和思考的形象；莫言坚持大生命视角，以独特的艺术感悟驾驭灵光飞溅的语言写作才情，不都是"中国形象"的一种体现吗？

2012 年 10 月 26 日，西安、昆明

崇文丛书 徐　晔　主编　西北大学出版社出版

《宅兹中国——文化自信与中华文明的核心价值》
徐　晔　主编

《陕西历史大事鉴览》
黄留珠　主编

《长安新咏》（上下册）
武复兴　主编

《我的文明观》
彭树智　著

《诸班史迹考》
刘清阳　著

《文苑笔谈》
温友言　著

《不散居文存》
肖云儒　著